D1355188

LA DISPARUE

Né en 1960, Michael Robotham est un ancien journaliste d'investigation qui a travaillé en Australie, en Grande-Bretagne et en Afrique. Après le succès fulgurant de *Suspect*, son premier roman, publié chez Lattès en 2005, il confirme avec *La Disparue* sa place parmi les grands maîtres du thriller contemporain.

MICHAEL ROBOTHAM

La Disparue

ROMAN TRADUIT DE L'ANGLAIS PAR STÉPHANE CARN

JC LATTÈS

Titre original :

LOST
Publié par Time Warner Books, 2005

À mon père,
À ma mère.

Qui perd sa fortune, perd quelque chose ;
Qui perd son honneur, perd beaucoup ;
Qui perd son courage, perd tout.

Proverbe allemand.

1

Londres, quai de la Tamise

Il paraît que le moyen le plus sûr, pour savoir le temps qu'il fait, c'est de regarder les mains des avocats — s'ils les mettent dans leurs propres poches, c'est qu'il gèle à pierre fendre… Mais aujourd'hui, il doit faire nettement plus froid. J'en ai la bouche engourdie. À chaque souffle, mes poumons s'emplissent d'éclats de glace.

Autour de moi, ça s'agite et ça piaille à qui mieux mieux. Quelqu'un m'éblouit avec une lampe torche. Mais je m'agrippe à cette grosse bouée jaune, comme si c'était Miss Monroe en personne. Une Marilyn plutôt montée en graine, avec quelques kilos de trop. Elle a dû forcer sur les tranquillisants…

De tous ses films, celui que je préfère, c'est *Certains l'aiment chaud*, avec Jack Lemmon et Tony Curtis. Pourquoi je pense à ça, là, maintenant… Toute façon, qu'on puisse prendre Jack Lemmon pour une femme ça me dépasse.

Un moustachu essoufflé me balance dans l'oreille son haleine haletante, aromatisée à la pizza. Il porte un gilet de sauvetage et s'acharne sur mes doigts, qu'il tente de décrocher de la bouée, un à un. Mais j'ai trop froid. Pas question de bouger. Passant ses bras autour de moi, il me prend en remorque, à reculons. Il me tire dans l'eau. D'autres silhouettes se découpent en ombres chinoises sur le fond lumineux des projecteurs. On m'attrape les bras. On me hisse sur l'embarcadère.

« Bon Dieu, regarde un peu sa jambe ! s'écrie quelqu'un.

— Il s'est pris une balle ! »

Qui ça, « il » ? De qui ils parlent ?

Et les cris se remettent à fuser de toutes parts. On demande des pansements, du plasma. Un grand Noir, l'oreille percée d'un anneau d'or, m'enfonce une aiguille dans le bras et me plonge le visage dans un sac.

« Des couvertures, vite ! Il est en hypothermie.

— Pulsation cardiaque à cent vingt.

— Cent vingt ?

— Oui, cent vingt.

— Des blessures à la tête ?

— À première vue, non. »

Un moteur démarre et nous voilà partis. Je ne sens plus ma jambe. Je ne sens plus rien — pas même le froid. Les lumières aussi s'obscurcissent. La nuit m'envahit l'esprit.

« Prêt ?

— Ouais.

— Un, deux, trois…

— Vérifie ses perfs ! Vérifie ses perfs !

— C'est fait.

— Envoie d'abord un ou deux coups d'oxygène.

— OK !… »

L'amateur de pizza souffle comme un phoque, à présent. Il s'agite le long de mon brancard. Je vois son poing, juste sous mon nez. Il appuie sur le sac pour pomper de l'air dans mes poumons, qui se gonflent à nouveau. Les carrés de lumière se remettent à défiler au-dessus de ma tête. Mes yeux revoient.

Les hurlements d'une sirène me vrillent le crâne. Chaque fois que nous ralentissons, ils se font plus proches et plus forts. Quelqu'un parle à la radio : « On lui a déjà envoyé deux litres de liquide. Il en est à sa quatrième poche de sang. Hémorragie massive. Il pisse le sang. Pression systolique en chute libre.

— Il perd du volume sanguin.

— Envoyez une autre poche de plasma.

— Attention ! Il est en fibrillation ! »

L'une des machines émet un sifflement continu. Nom d'un chien, pourquoi ils ne l'éteignent pas ?

L'amateur de pizza ouvre ma chemise et m'applique deux trucs froids sur la poitrine.

« Prêt ! » annonce-t-il.

La douleur me fait exploser le crâne comme une vulgaire coquille de noix.

Il me refait ça, je lui pète le bras.

« Prêt ! »

Bon Dieu, compte sur moi pour me souvenir de toi, l'amateur de pizza. Je ne suis pas près d'oublier ce que tu m'as fait. Et je te jure qu'à peine sorti d'ici, je te retrouverai… Remettez-moi à la baille. J'étais mieux dans les bras de Marilyn.

Je me réveille. Mes paupières papillotent laborieusement, comme si elles devaient lutter contre la gravité. Je les referme en serrant de toutes mes forces et je renouvelle ma tentative. Je cligne les yeux dans la pénombre.

Tournant la tête de côté, je distingue les cadrans orange d'une machine installée près du lit, avec un point lumineux vert qui traverse le petit écran à cristaux liquides, comme sur l'une de ces stéréos qui affichent des vagues de lumière colorées.

Où suis-je ? Qu'est-ce que je fiche là ?

Je découvre, près de ma tête, une potence dont la surface de chrome reflète les étoiles. Au bout d'un crochet pend une poche de plastique remplie d'un liquide transparent et raccordée à un tube qui va se perdre sous le large pansement de sparadrap qui m'enserre l'avant-bras.

Je suis dans une chambre d'hôpital. Il y a un bloc-notes sur la table de chevet. Comme j'allonge le bras pour le prendre, mon regard tombe sur ma main gauche, sur mon annulaire gauche — mon absence d'annulaire gauche, plus précisément. À la place de mon doigt et de mon alliance, il n'y a plus qu'un pansement de gaze, que je fixe d'un œil ahuri. Je dois être victime d'un sale tour de magie.

Du temps où les jumeaux étaient petits, je leur faisais le coup du pouce qui disparaît — il leur suffisait d'éternuer pour le faire réapparaître. Michael riait aux larmes, à en pisser dans ses culottes courtes.

J'ai réussi à mettre la main sur le bloc-notes. Il porte un en-tête : *St Mary Hospital — Paddington, Londres*. Le tiroir de la table de chevet ne contient qu'une bible et un exemplaire du Coran.

Une écritoire à pince est fixée au pied du lit. Comme j'essaie de me redresser pour l'attraper, une douleur soudaine me cisaille la jambe gauche et se répercute jusqu'au sommet de mon crâne. Nom d'un chien ! Ne jamais refaire ça, sous aucun prétexte.

Pelotonné sur moi-même, j'attends que la douleur veuille bien cesser. Les yeux clos, je prends une profonde inspiration. En me concentrant sur un certain

14

point, juste sous l'os maxillaire, je perçois la pulsation du sang sous ma peau, le flux sanguin, chargé d'oxygène, se ramifiant en canaux de plus en plus fins.

Miranda, mon ex-femme, avait le sommeil si léger qu'elle prétendait que les battements de mon cœur l'empêchaient de dormir. Je ne suis pas du genre ronfleur et je ne me réveille pas en hurlant au milieu de la nuit, mais mon cœur battait à m'en défoncer la poitrine. Ça faisait partie de la liste des griefs de Miranda, lors du divorce. J'exagère un peu, bien sûr — sa liste était déjà bien assez longue comme ça…

Je rouvre les yeux. Le monde répond présent.

Prenant une grande inspiration, j'empoigne mes draps et je les soulève de quelques centimètres. J'ai toujours deux jambes, me semble-t-il. Une, deux. La droite disparaît sous plusieurs couches de gaze, fixées par du sparadrap. On a écrit quelque chose au feutre sur le côté de ma cuisse, mais je n'arrive pas à déchiffrer l'inscription. Plus loin, là-bas, j'aperçois mes orteils. Ils frétillent de joie. Salut, les petits vieux… !

D'une main hésitante, je pars à la recherche de mes génitoires que je soupèse, histoire de m'assurer que tout est bien à sa place.

Une infirmière a passé la tête entre les rideaux. Sa voix me fait sursauter. « Mille excuses… Je tombe mal, on dirait ?

— Je voulais… je voulais juste vérifier.

— Eh bien, je crois que vous devriez commencer par manger un peu, si vous ne voulez pas laisser dépérir votre précieux équipement. »

Son accent est d'Irlande, et elle a les yeux du même vert que de l'herbe fraîchement coupée. Elle actionne le bouton d'appel au-dessus de ma tête. « Dieu merci, vous avez enfin repris connaissance. On commençait à s'inquiéter. » Elle tâte la poche de plasma, vérifie le goutte-à-goutte, puis vient retaper mes oreillers.

« Qu'est-ce qui m'est arrivé ? Comment ai-je atterri ici ?

— Vous vous êtes pris une balle dans la jambe.

— Qui m'a tiré dessus ? »

Elle éclate de rire. « Vous croyez qu'on me met dans ce genre de confidence !

— Mais… Je ne me souviens de rien. Ma jambe… Mon doigt…

— Patience. Le docteur ne devrait plus tarder. »

Elle ne m'écoute plus que d'une oreille, à présent. Allongeant la main, je lui attrape le poignet. Elle tente de se dégager, en proie à une frayeur soudaine.

« Vous ne comprenez pas. Je ne me souviens de rien. Je ne sais même pas comment je suis arrivé ici. »

Elle jette un coup d'œil au bouton d'appel. « On vous a repêché dans la Tamise. C'est du moins ce que j'ai cru comprendre. La police attend votre réveil avec impatience.

— Depuis combien de temps ?

— Huit jours. Vous étiez dans le coma. Hier, il m'a semblé que vous commenciez à émerger un peu. Vous avez marmonné quelque chose dans votre sommeil.

— Qu'est-ce que j'ai dit ?

— Vous parliez d'une petite fille. Vous demandiez où elle était. Vous disiez qu'il fallait la retrouver.

— Qui ça ?

— Vous ne l'avez pas dit. Vous pourriez me lâcher le bras, s'il vous plaît ? Vous me faites mal. »

Mes doigts s'ouvrent, et elle recule de plusieurs pas en se massant le bras. Elle ne s'approchera pas de sitôt.

Mon cœur ne ralentit pas. Il bat de plus en plus vite, il s'emballe comme un tambour chinois. Comment ai-je pu rester huit jours dans cet hôpital ?

« Quel jour sommes-nous ?

— Le 3 octobre.

— Qu'est-ce qui m'est arrivé ? Est-ce que vous m'avez fait prendre des médicaments ?

— De la morphine, balbutie-t-elle. Contre la douleur.

— Et quoi d'autre ? Qu'est-ce que vous m'avez donné ?

— Rien. » Nouveau coup d'œil au bouton d'appel. « Le médecin arrive. Tâchez de garder votre calme, ou il va devoir vous mettre sous sédatifs. »

Elle quitte la pièce, pour ne plus revenir. Comme la porte se referme derrière elle, j'ai juste le temps d'entrevoir un flic en uniforme posté devant l'entrée sur une chaise, les jambes étendues devant lui, comme après une longue attente.

Je me laisse aller contre mes oreillers. Mon lit sent le sparadrap et le sang séché. Levant la main, j'examine mon pansement de gaze. J'essaie de remuer les doigts. Comment ai-je pu tout oublier ?

Pour moi, l'oubli, ça n'existe pas. Il n'y a aucune place dans ma tête pour le vague, le flou, le décousu aux entournures. Je thésaurise, j'entasse les souvenirs comme un avare ses louis d'or. Chaque seconde, chaque minute est soigneusement engrangée et répertoriée, pour peu qu'elle ait une hypothétique valeur.

Je ne catalogue pas les choses de façon linéaire ou photographique. J'établis des connexions entre elles, je les tisse dans une même trame, comme l'araignée file sa toile, raccordant chaque brin à tous les autres. Ce qui explique que je puisse mémoriser en détail des dossiers criminels datant de cinq, dix ou quinze ans. Je m'en souviens comme si les faits remontaient à la semaine dernière. Noms, dates, lieux, témoins, suspects, coupables, victimes — je me souviens de tout. Je peux me déplacer mentalement dans ces mêmes rues, tenir les mêmes conversations, réentendre les mêmes mensonges.

Et voilà que pour la première fois, je suis incapable de me rappeler quelque chose de vraiment essentiel. J'ai tout oublié de ce qui m'est arrivé et de la manière dont j'ai atterri ici. Un trou noir s'est ouvert dans mon esprit, comme une ombre suspecte sur une radio des poumons. Je suis bien placé pour les connaître, ces taches noires. Ma première femme a été emportée par un cancer. Les trous noirs aspirent tout ce qui passe à leur portée. La lumière elle-même ne peut en réchapper.

Il s'écoule une vingtaine de minutes, au bout desquelles je vois le Dr Bennett se glisser entre les rideaux. Il est en jean et porte un nœud papillon sous sa blouse blanche.

« Inspecteur Ruiz ! me lance-t-il. Bienvenue dans le monde des vivants et du fisc omnipotent… »

Il a la voix et le physique du rôle. Accent d'Oxford et frange à la Hugh Grant, qui lui barre le front, comme une serviette tombant sur une cuisse bronzée.

Il m'éblouit de sa mini-lampe torche. « Pouvez-vous remuer les orteils ? me demande-t-il.

— Oui.

— Vous n'avez aucune sensation particulière — picotements, tiraillements ?

— Non. »

Repliant mes draps, il promène une clé sur la plante de mon pied droit. « Et là, vous sentez quelque chose ?

— Oui.

— Parfait. »

S'approchant de l'écritoire, au pied de mon lit, il y appose ses initiales d'un poignet désinvolte.

« Je ne me souviens de rien.

— Concernant l'accident ?

— Parce que c'était un accident ?

— Ça, mystère. On vous a tiré dessus.

— Qui ?

— Vous ne vous en souvenez vraiment pas ?

— Non. »

Notre conversation se mord la queue.

Le Dr Bennett se tapote les dents du bout de son stylo en méditant là-dessus. Puis il tire une chaise, la fait pivoter pour s'y asseoir à califourchon, et croise les bras sur le dossier.

« On vous a tiré dessus. La balle est entrée juste au-dessus du gracilis, sur votre cuisse droite, en y laissant un trou d'un centimètre. Elle a successivement traversé la peau, la couche de graisse et le pectiné, frôlant l'artère et le nerf fémoral, puis a continué à travers le quadriceps crural, la tête du biceps fémoral et le grand fessier, avant de ressortir de l'autre côté. Mais là, le trou était nettement plus impressionnant. Dix centimètres de diamètre. Plus rien. Pas de lambeaux, de débris ni de rognures. La chair s'est volatilisée. »

Il émet un petit sifflement admiratif. « Quand on vous a retrouvé, votre cœur battait toujours, mais votre pression sanguine était en chute libre. Et puis vous avez cessé de respirer. Vous étiez cliniquement mort — on a réussi à vous ramener, mais c'était moins une. »

Il lève la main, le pouce à un demi-centimètre de l'index. « La balle est passée à ça de votre artère fémorale. » Tout juste si j'aperçois l'écart qui sépare ses doigts. « Si elle l'avait touchée, vous vous seriez vidé de votre sang en trois minutes. En plus de cette blessure, on a dû se bagarrer contre une infection massive. Vos vêtements étaient dans un état répugnant. Dieu sait ce qu'il pouvait y avoir dans l'eau du fleuve. Nous avons dû vous bourrer d'antibiotiques. Vous avez eu une sacrée chance. »

Là, il me chambre. Se prendre une balle dans la jambe et passer à deux doigts de la mort — tu parles d'une chance !

« Et mon doigt ? » Je lève la main.

« Sectionné net, j'en ai bien peur. Juste au-dessus de la première phalange. »

Le crâne presque tondu d'un interne maigrichon émerge des rideaux. Le Dr Bennett lâche une sorte de grommellement sourd, apparemment réservé à ses subalternes. Quittant sa chaise, il se lève, les mains au fond des poches de sa blouse blanche.

« Docteur… Pourquoi ai-je tout oublié ?

— Aucune idée. Ça, ça n'est pas du tout mon rayon. Mais ne vous inquiétez pas. On va vous faire passer des examens, en commençant par un scanner ou un IRM, pour écarter toute possibilité de fracture du crâne ou d'hémorragie cérébrale. Je vais prévenir mes collègues de neurologie.

— Ma jambe me fait un mal de chien.

— Tant mieux — c'est que ça cicatrise. Vous êtes en progrès. Il va falloir songer à vous fournir des béquilles ou un déambulateur. Le kiné vous expliquera ce que vous devrez faire, pour la rééducation de votre jambe. » Rejetant sa frange en arrière, il s'apprête à mettre le cap sur la porte. « Désolé pour votre perte de mémoire, inspecteur. Mais c'est déjà beau d'avoir réussi à vous maintenir en vie. »

20

Là-dessus, il sort, laissant un sillage d'after-shave et de supériorité. Qu'est-ce qui donne aux chirurgiens cet air impérial ? Je sais que je devrais m'estimer heureux. Mais si je parvenais à retrouver trace de ce qui m'est arrivé, j'aurais peut-être moins de mal à croire aux explications des experts.

Je devrais donc être mort, à l'heure qu'il est. J'ai toujours eu la conviction d'être promis à une mort subite. Non pas que je sois particulièrement casse-cou, mais j'ai toujours eu l'art du raccourci. La plupart des gens ne meurent qu'une fois, et me voilà avec deux vies. Ajoutez à ça mes trois épouses, et j'en aurai eu nettement plus que ma part. (Mais entre nous, je suis prêt à renoncer à ce dernier avantage, si quelqu'un d'autre y prétend à ma place.)

Mon Irlandaise préférée est de retour. Elle se prénomme Maggie et affiche en permanence un de ces bons sourires qu'ils enseignent dans les écoles d'infirmières. Elle s'est munie d'une éponge et d'une cuvette d'eau chaude.

« Alors, ça va mieux ?

— Mille excuses, pour la peur que je vous ai faite, tout à l'heure.

— Pas de problème. C'est l'heure de la toilette. »

Elle replie mes couvertures, mais je les rabats sur moi.

« J'ai déjà vu tout ce qu'il y a là-dessous, dit-elle.

— Je préférerais qu'on remette ça à plus tard. Je me rappelle parfaitement de toutes celles qui ont dansé avec ce brave Charles le Chauve et, à moins que vous ne soyez cette fille que j'avais rencontrée à un concert des Yardbirds, en 61, au Shepherd's Bush Empire, je ne pense pas que vous en fassiez partie.

— Charles le Chauve ?…

— Mon plus vieux copain… »

Elle secoue la tête, l'air de désespérer de moi, lorsque je vois surgir derrière elle une silhouette familière. Un petit gros, trapu, avec un cou de taureau. Campbell Smith est mon commissaire divisionnaire. Il a la poignée de main dévastatrice et un sourire de circonstance. Il est venu en uniforme, boutons d'argent astiqués avec amour, col de chemise amidonné, menaçant de le décapiter à tout moment.

Tout le monde prétend adorer Campbell, y compris ses pires ennemis. Mais rares sont ceux qui aiment vraiment le voir rappliquer. Pas moi, en tout cas — et sûrement pas aujourd'hui. Mais je le reconnais parfaitement. Bon signe.

« Seigneur, Vincent, tu nous as fichu une de ces trouilles ! tonne-t-il. Tu es resté plusieurs jours entre la vie et la mort. On a tous prié pour toi, au poste. T'as vu ce tas de cartes et de fleurs ? »

Je tourne la tête vers les bouquets et les paniers de fruits.

« Il paraît que quelqu'un m'a flingué, dis-je, incrédule.

— Oui, répond-il en approchant une chaise. Il faudrait tirer au clair ce qui s'est passé.

— Je n'en ai pas le moindre souvenir.

— Tu ne les as pas vus ?

— Qui ça ?

— Les gens, sur le bateau.

— Quel bateau ? » Je le regarde sans comprendre.

Sa voix monte d'un ton. « On t'a retrouvé dans la Tamise, en sale état, à un kilomètre en aval d'un bateau où on se serait cru sur un abattoir flottant. Que s'est-il passé ?

— Aucun souvenir.

— Tu ne te rappelles plus de la fusillade ?

— Je ne me souviens même pas d'y être monté, sur ce putain de rafiot. »

Campbell ne se donne plus la peine de prendre des gants. Il arpente la chambre, les poings serrés, s'efforçant de garder son calme.

« Ça ne va pas du tout, Vincent. Tu déconnes complètement. Est-ce que tu as tué quelqu'un ?

— Aujourd'hui ?

— Pas de ça avec moi. Ton arme de service a été retirée à l'armurerie du poste. Est-ce que tu t'en es servi ? Allons-nous finir par trouver des corps ? »

Des corps ? Ce serait donc ça ?

Campbell se passe les doigts dans les cheveux, pâle de frustration.

« Je ne te dis pas le boxon que ça a fait. On va ouvrir une enquête. Le préfet de police exige des explications. Les journalistes ne se sentent plus de joie. On a retrouvé le sang de trois personnes sur ce bateau, en plus du tien. L'une d'entre elles au moins serait morte, selon les légistes. Ils ont retrouvé des fragments d'os crâniens et de matière cérébrale. »

Autour de moi, les murs se mettent à tanguer. Ça doit être la morphine, ou le manque d'air. Comment ai-je pu oublier un truc pareil ?

« Qu'est-ce que tu allais fiche sur ce bateau ?

— Ça devait être une opération…

— Non ! m'interrompt-il, l'air excédé, en abandonnant ses derniers efforts de cordialité. Ça n'était pas une opération de police, et tu n'étais pas en service. Tu es allé là-bas tout seul, de ta propre initiative. »

Nous jouons quelque temps à qui fera baisser les yeux à l'autre, et je remporte haut la main le concours. Peut-être ne clignerai-je plus jamais les yeux… Cette brave petite sœur Morphine a réponse à tout. Seigneur, que c'est bon.

Campbell se laisse choir sur une chaise et attrape une grappe de raisin dans un sac en papier qui se trouve près du lit.

« Quelle est la dernière chose dont tu te souviennes ? »

Nous nous emmurons dans notre silence, tandis que j'essaie de rassembler quelques bribes de rêve.

Des images me traversent l'esprit en coup de vent, tantôt d'une précision chirurgicale, tantôt plus obscures. Une grosse bouée jaune, Marilyn Monroe…

« Je me souviens d'avoir commandé une pizza.

— Et c'est tout ?

— Désolé. »

Examinant le pansement de ma main, je m'étonne de ressentir une démangeaison qui semble provenir de mes phalanges disparues. « Sur quoi je travaillais ? »

Campbell hausse les épaules. « Tu avais pris un congé.

— Pourquoi ?

— Besoin de repos. »

Mon œil. Je serais parfois tenté de croire qu'il a totalement oublié à quand remontent nos relations. Nous avons fait nos classes ensemble, à l'école de police de Bramshill, et c'est moi qui l'ai présenté à Maureen, sa femme, il y a trente-cinq ans, lors d'un barbecue — elle ne me l'a jamais tout à fait pardonné, et je ne saurais dire ce qui l'agace le plus, mes trois mariages successifs ou le fait que je l'aie refilée à un pote.

D'ailleurs, ça fait une éternité que Campbell ne me traite plus comme un pote. Depuis qu'il a été promu chef superintendant, nous n'avons plus jamais bu ensemble ne serait-ce qu'une bière. C'est devenu un autre homme. Ni pire, ni meilleur. Un autre.

Il crache un pépin de raisin au creux de sa main. « Tu t'es toujours cru supérieur à moi, Vincent. Mais il se trouve que j'ai été promu avant toi. »

Gloire au roi des lèche-culs !

« Je sais que tu me prends pour un lèche-cul (Il lit dans mes pensées, ma parole…), mais j'ai surtout plus de jugeote. Et je sais cultiver mes relations. Je laisse le système travailler pour moi, au lieu de nager à contre-courant. Tu aurais mieux fait de prendre ta retraite voilà trois ans, quand tu en as eu l'occasion. Personne ne t'aurait retiré son estime. Nous aurions fait une grande fiesta, pour ton départ. Tu aurais pu te ranger un peu, te mettre au golf, sauver ton mariage… »

J'attends la suite, mais il se tait, les yeux fixés sur moi, la tête inclinée de côté.

« Vincent, tu m'en voudrais, si je te faisais une remarque ? » Il ne me laisse pas le temps de répondre. « Tu as toujours réussi à sauver la face, vu ce qui t'est tombé dessus ces dernières années. Mais l'impression que tu me fais… eh bien, c'est que tu es vraiment… quelqu'un de triste. Et je sens même quelque chose de plus coriace, en toi. De la colère. »

L'embarras me hérisse la peau, sous mon peignoir d'hôpital, comme une éruption de boutons de chaleur.

« Certains trouvent consolation dans la religion. D'autres ont des amis à qui parler. Mais toi, je sais que ça n'est pas ton style. Regarde-toi un peu ! Tout juste si tu vois tes gosses. Tu vis complètement seul. Et voilà maintenant que tu bousilles ta carrière. Je ne peux plus rien pour toi, Vincent. Je t'avais dit de laisser tomber tout ça.

— Quoi ? Qu'est-ce que je devais laisser tomber ? »

Il garde le silence. Pour toute réponse, il prend sa casquette et en astique la visière d'un revers de manche. D'une seconde à l'autre, il va se retourner et s'expliquer, préciser ce qu'il a voulu dire… mais non. Il se dirige vers la porte, la franchit, et disparaît dans le couloir.

Mon raisin aussi a fichu le camp. Il n'en a laissé que les tiges, qui gisent, tels des petits arbres morts, sur une plaine de papier kraft froissé. Un peu plus loin, dans un panier, un bouquet commence à se flétrir. Bégonias et tulipes laissent choir leurs pétales comme des effeuilleuses fatiguées, en saupoudrant la table d'une fine pellicule de pollen. Entre les tiges, on a glissé une carte de visite blanche, ornée d'une petite volute d'argent, imprimée en relief, mais d'ici, je n'arrive pas à déchiffrer le message qu'elle porte.

Je me suis fait flinguer par un salopard ! Ça devrait rester gravé dans ma mémoire. Je devrais pouvoir raconter tout ça, minute par minute, comme ces victimes qui viennent pleurnicher toute la journée à la télé, dans les talk-shows, le doigt sur la touche qui compose automatiquement le numéro d'un avocat spécialisé en dommages et intérêts. Mais j'ai tout oublié. Je pourrais serrer les paupières, et me cogner la tête contre les murs, ça n'y changerait rien.

Le plus bizarre, c'est ce dont je crois me souvenir. Par exemple, je me rappelle vaguement avoir vu des ombres sur un fond brillamment éclairé. Des types masqués, coiffés de charlottes en plastique et chaussés de pantoufles en papier — ils discutaient bagnoles, plans retraite et résultats de foot. Une vision de l'empire des morts, j'imagine. J'ai dû avoir un bref aperçu de l'Enfer — ça grouillait de chirurgiens.

En partant des choses les plus simples, j'arriverai peut-être à remonter jusqu'aux souvenirs de ce qui m'est arrivé. Les yeux rivés au plafond, je décline mentalement mon identité : Vincent Yanko Ruiz ; né le 11 septembre 1946 — inspecteur-chef de la police métropolitaine de Londres, responsable de la brigade criminelle, secteur ouest. Domicilié à Fulham, Rainville Road…

Moi qui prétendais que j'aurais donné une fortune pour pouvoir oublier les trois quarts de ma vie… J'aurais mieux fait de me taire.

2

Je ne connais que deux types qui aient été blessés par balle. Le premier est un copain avec qui j'ai fait l'école de la police. Il s'appelait Angus Lehman et tenait absolument à être le premier partout — au bar, aux examens, aux promotions...

Il y a quelques années, il avait pris la tête d'un raid contre un laboratoire qui fabriquait des stupéfiants, et il a été le premier à franchir la porte. Il a eu la tête sectionnée net par une salve de semi-automatique. Certains y verront sans doute une bonne leçon.

L'autre, c'était un fermier de mon coin, un certain Bruce Curley. Il s'était tiré une balle dans le pied, en tentant de poursuivre l'amant de sa femme qui avait sauté par la fenêtre. Bruce était un gros dégueulasse, avec des touffes de poils gris qui lui sortaient des oreilles. Sa femme tremblait devant lui dès qu'il levait la main. Dommage qu'il se soit loupé. En visant mieux, il aurait pu se mettre une balle directement entre les deux yeux.

Pendant le stage de formation, on avait un entraînement au maniement des armes à feu. Notre instructeur était un natif de Newcastle, qui avait le crâne comme une boule de billard. Dès le premier jour, il m'avait pris en grippe, parce que j'avais suggéré que le meilleur moyen de tenir le canon de son arme propre, c'était d'utiliser un préservatif.

Il faisait un froid de canard. On était à l'extérieur, sur le champ de tir. Il a pointé l'index sur la cible de carton, à l'autre bout du terrain. C'était la silhouette d'un malfaiteur accroupi, brandissant son flingue, avec des cercles concentriques blancs au niveau de la tête et du cœur.

L'instructeur a pris un revolver et s'est bien campé sur ses jambes. Il a tiré six balles, en laissant un battement entre chaque, et les a mises toutes les six dans la cible du haut.

En récupérant dans sa paume le chargeur encore fumant, il nous a lancé : « Je ne m'attends pas à ce que l'un d'entre vous parvienne à en faire autant, mais essayez tout de même. Qui veut y aller le premier ? »

Personne ne se décidait.

« Alors, le roi de la capote ? »

Toute la classe a éclaté de rire.

Je me suis avancé et j'ai levé mon flingue — je détestais ce plaisir que j'avais à l'avoir en main. « Non, non. Pas comme ça, a dit l'instructeur. Garde les yeux ouverts — les deux. Accroupis-toi. Compte, et appuie. »

Il n'avait pas refermé la bouche que le flingue s'est cabré dans ma main et a fait vibrer l'air — ainsi que quelque chose, tout au fond de moi.

La cible oscillait de gauche à droite, tandis que le chariot la ramenait vers nous. Six impacts, tellement groupés qu'ils avaient découpé un seul trou dans le carton.

« Purée, a murmuré quelqu'un. Voilà ce qui s'appelle un trou de balle…

— Direct, en plein dans le troufignon. »

Je n'ai pas regardé la tête de l'instructeur. Me détournant, j'ai inspecté la chambre, remis le cran de sécurité et ôté mon casque.

« Loupé ! a-t-il fait, d'un air triomphant.

— Si vous le dites, chef… »

Je me réveille en sursaut, et il me faut un bon moment pour retrouver un rythme cardiaque normal. Je jette un œil à ma montre, pas tant pour l'heure que pour la date. Je veux juste m'assurer que je n'ai pas trop dormi, pas trop perdu de temps.

Il y a quelqu'un à mon chevet, un type qui me sourit.

« Je suis le Dr Wickham, dit-il. Je suis neurologue. »

On dirait un de ces médecins qu'on voit à la télé, dans les émissions de l'après-midi.

« J'ai lu quelque part que vous aviez joué au rugby dans les Harlequins contre le London Scottish, dit-il. Et vous auriez battu les Anglais, cette année-là, si vous n'aviez pas été blessé. J'ai moi-même un peu pratiqué. Mais jamais plus haut qu'en seconde division…

— Vraiment ? En quelle position ?

— Ailier centre. »

Ça, je l'aurais deviné — il a dû toucher la balle deux fois par match et parle encore des essais qu'il a failli marquer, il y a dix ans. « J'ai ici les résultats de votre scanner, dit-il en ouvrant un dossier. Aucun signe de fracture du crâne, de rupture d'anévrisme ni d'hémorragie. » Il lève le nez de ses notes. « Mais je tiens tout de même à vous faire passer quelques tests neurologiques, pour déterminer plus précisément ce que vous avez oublié. Je vais vous poser quelques questions, concernant la fusillade.

— Je ne m'en souviens pas.

— Je sais, mais je voudrais que vous y répondiez tout de même — en inventant de toutes pièces, au besoin. Cela s'appelle un test de reconnaissance à choix forcé. Ça vous oblige à faire des choix…

— Je ne vois pas très bien l'intérêt, mais je crois que je comprends.

— Combien de personnes y avait-il sur le bateau ?

— Je ne m'en souviens pas. »

Le Dr Wickham insiste : « Vous devez faire un choix.

— Quatre.

— Était-ce une nuit de pleine lune ?

— Oui.

— Le bateau s'appelait-il le *Charmaine* ?

— Non.

— Combien de moteurs avait-il ?

— Un.

— Était-ce un bateau volé ?

— Oui.

— Est-ce que le moteur tournait ?

— Non.

— Avait-il jeté l'ancre, ou est-ce qu'il dérivait ?

— Il dérivait.

— Étiez-vous armé ?

— Oui.

— Avez-vous tiré ?

— Non. »

C'est grotesque ! À quoi tout ça peut-il servir ? Je réponds absolument n'importe quoi.

Et tout à coup, je comprends. Ils me soupçonnent de simuler l'amnésie. L'objet de ce test n'est pas de déterminer l'étendue de mes symptômes, mais de tester leur validité. Ils me forcent à faire des choix pour calculer le pourcentage de mes réponses correctes. Si j'ai réelle-

31

ment tout oublié, 50 % de mes réponses devraient être exactes, statistiquement. Un résultat accusant un écart significatif, positif ou négatif, par rapport à la moyenne indiquerait que j'essaie de « trafiquer » les résultats en donnant délibérément des réponses fausses — ou justes.

J'en sais assez sur les statistiques pour entrevoir leur objectif. Les probabilités pour qu'un amnésique réponde correctement à dix questions sur cinquante sont inférieures à 5 %.

Le Dr Wickham a pris des notes. Il doit étudier la distribution de mes réponses pour y rechercher des schémas caractéristiques d'autre chose que du pur hasard.

Je l'interromps : « Qui a rédigé ces questions ?

— Je l'ignore.

— Essayez de deviner… »

Il cligne les yeux, en proie à un soudain malaise.

« Alors, doc — vrai ou faux ? Vous pouvez répondre au jugé… S'agit-il d'un test pour voir si mon amnésie est feinte ?

— Je ne sais pas de quoi vous parlez, bafouille-t-il.

— Si je peux deviner la réponse, vous pouvez en faire autant. Qui vous a demandé de faire ça ? Les Affaires intérieures ou Campbell Smith ? »

Il bondit sur ses pieds, et, serrant son écritoire sous son bras, bat en retraite en direction de la porte. Dommage qu'on ne se soit jamais croisés sur un terrain de rugby. Je n'aurais pas détesté lui plonger la tête dans une flaque de boue.

Prenant mon élan, je sors mes jambes de mon lit, et je pose un pied sur le lino. C'est froid et un tantinet gluant. Les dents serrées, je glisse mes avant-bras dans les manchons de plastique de mes béquilles.

Je devrais commencer par utiliser un déambulateur à roulettes, mais très peu pour moi. Pas question de me balader dans une petite cage chromée, comme un vieillard échappé d'un service gériatrique qui ferait la queue à la poste. J'ouvre le placard, espérant y retrouver mes vêtements. Vide.

Est-ce un soupçon de parano, de ma part, ou est-ce qu'on me cache quelque chose ? Il y a forcément quelqu'un qui sait ce que je fabriquais sur la Tamise. Quelqu'un qui a dû entendre les coups de feu, ou voir quelque chose. Pourquoi n'ont-ils retrouvé aucun corps ?

Là-bas, dans le couloir, j'aperçois Campbell Smith en grande discussion avec le Dr Wickham, en compagnie de deux inspecteurs. Je reconnais l'un d'eux : John Keebal. J'ai travaillé avec lui, dans le temps, jusqu'à ce qu'il soit muté à la brigade anticorruption de Scotland Yard, et se mette à enquêter en solo.

Keebal est un de ces flics qui disent « tantouze » pour « homosexuel », et « bougnoule » pour « Oriental ». C'est une grande gueule, lourdingue, étroit d'esprit, totalement fanatique et obsédé par le boulot. Lorsque le *Marchioness* a sombré dans la Tamise, il s'est vu confier la mission d'annoncer aux gens la mort de leurs mômes. Il a eu le temps de « se faire » treize familles avant l'heure du déjeuner. Il savait exactement quoi dire, et avait méticuleusement minuté les entretiens. Un type pareil ne peut pas être complètement pourri.

« Tu vas où, comme ça ? me lance Campbell.

— J'espérais pouvoir aller prendre l'air.

— Ouais, ricane Keebal. Moi aussi, j'ai eu vent de quelque chose… »

Je poursuis mon chemin en direction de l'ascenseur.

« Vous ne pouvez pas sortir, me lance le Dr Wickham. Votre pansement doit être refait tous les jours. Vous devez prendre des antalgiques.

— Mettez-m'en plein les poches. Je suis assez grand pour les prendre tout seul. »

Campbell m'empoigne le bras. « Allez, ne fais pas le con. »

Je m'avise tout à coup que je tremble.

« Vous avez retrouvé quelqu'un ? Des… des corps ?

— Non.

— Je ne fais pas semblant, vous savez. J'ai vraiment tout oublié.

— Je sais, oui. »

Il m'attire un peu à l'écart. « Mais tu connais le refrain. La CIPP doit faire son enquête.

— Et Keebal ? Qu'est-ce qu'il fiche ici ?

— Il veut juste te parler.

— Est-ce que je dois me faire assister d'un avocat ? »

Il pousse un éclat de rire qui ne me rassure qu'à moitié. Keebal me pilote dans le couloir, jusqu'à la salle de visite du service, une pièce dépouillée, sans la moindre fenêtre, avec des canapés orange et des affiches représentant des gens en pleine forme. Keebal déboutonne sa veste, s'installe et attend que j'aie pris place à mon tour et posé mes béquilles.

« Je me suis laissé dire que tu avais bien failli rencontrer la Grande Faucheuse ?

— Elle m'a offert une chambre avec une vue imprenable.

— Et tu as refusé.

— Je déteste crécher à l'hôtel. »

Pendant une bonne dizaine de minutes, on se taille une petite bavette, évoquant nos amis communs et

34

l'époque héroïque où nous travaillions ensemble dans les quartiers ouest de Londres. Comme il me demande des nouvelles de ma mère, je lui annonce qu'elle est dans une maison de retraite.

« Ça doit coûter les yeux de la tête, ce genre d'endroit.

— Possible, ouais.

— Dans quel coin tu habites, en ce moment ?

— Ici même. »

On nous apporte des cafés. Keebal continue à papoter. Il m'informe de ce qu'il pense de la prolifération des armes à feu, de la violence gratuite, des crimes absurdes. Les policiers sont à la fois des cibles faciles et des boucs émissaires. Je vois très bien où il veut en venir. Il essaie de me rallier à la croisade de la Civilisation contre la montée de la barbarie. Face au crime, les Bons doivent se serrer les coudes.

Keebal et ses semblables adoptent une éthique quasi guerrière, comme s'ils se sentaient élus, élevés au-dessus du commun des mortels. Ils prennent pour argent comptant ce que disent les politiciens sur la guerre contre le crime, contre la drogue ou contre le terrorisme, et s'imaginent sous les traits de preux chevaliers, luttant pour maintenir l'ordre et la sécurité dans nos rues.

« Combien de fois as-tu risqué ta peau, Ruiz ? Tu crois que ça leur fait quelque chose, à cette bande de petits cons ? À gauche, ils nous traitent de sales flics, de "pigs" — et à droite, de nazis. *Seig, seig kroink !* » grogne-t-il, en levant le bras droit, tel Hitler à Nuremberg.

Mon regard s'attarde sur la chevalière qu'il porte au petit doigt et je pense à *La Ferme des animaux*, de George Orwell.

Keebal est lancé. « La perfection n'est pas de ce monde… Pourquoi on l'exigerait des flics — pas vrai ? Qu'est-ce qu'on attend de nous, au juste ? On travaille avec des bouts de ficelle, et on doit composer avec un système judiciaire qui libère les assassins plus vite que nous n'arrivons à les épingler ! Toutes ces conneries New Age qu'ils ont étiquetées "prévention de la criminalité", ça ne nous a pas fait avancer d'un iota, ni toi ni moi — pas plus que les pauvres mômes qui se retrouvent entraînés dans la délinquance.

« Y a quelques semaines, j'étais à une conférence où un gros taré de criminologue américain nous a expliqué qu'un policier n'avait pas d'ennemis. "Notre ennemi, c'est le crime — pas les criminels", nous a-t-il balancé. Nom d'un chien, t'as déjà entendu une connerie pareille ? J'ai dû me retenir pour ne pas lui foutre une beigne, à ce crétin ! »

Keebal se penche un peu plus près. Il a l'haleine parfumée aux cacahuètes.

« Personnellement, je comprends très bien que les flics puissent en avoir ras-le-bol. Et à la rigueur qu'ils s'en mettent un peu à gauche, en passant — tant qu'ils ne touchent pas à la came et qu'ils ne font pas de mal aux enfants, bien sûr. Pas vrai, Vince ? » Sa main se pose sur mon épaule. « Je peux t'aider, tu sais. Tu n'as qu'à me dire ce qui s'est passé l'autre nuit…

— Je n'en ai aucun souvenir.

— Je ne me tromperais donc pas en supposant que tu serais incapable d'identifier la personne qui t'a tiré dessus ?

— Non, tu ne te tromperais pas. »

La note de sarcasme qui a filtré dans ma réplique semble le mettre sur le gril. Il sait à présent que son plan « copains de tranchée » me laisse de marbre.

« Où sont les diamants ?

— Quels diamants ? »

Il s'efforce de changer de sujet, mais j'insiste : « Stop ! Quels diamants ? »

Il se met à brailler : « Le pont de ce bateau était couvert de sang. Il y a eu des morts, mais on n'a retrouvé aucun corps et personne n'a été porté disparu. À quoi ça te fait penser ? »

La question m'interpelle, effectivement. Soit les victimes n'avaient ni amis ni parents proches, soit elles trempaient dans une affaire louche. J'essaie de revenir aux diamants, mais Keebal ne l'entend pas de cette oreille.

« J'ai lu des statistiques, l'autre jour : 35 % des criminels inculpés d'homicide prétendent qu'ils sont frappés d'amnésie et qu'ils ont tout oublié. »

Toujours ces conneries de statistiques. « Tu crois que je mens.

— Je crois que tu es un flic véreux. »

J'attrape mes béquilles et je me hisse sur mes pieds. « Keebal, puisque tu as l'air de savoir d'avance toutes les réponses, pourquoi tu ne me dis pas carrément ce qui s'est passé ? Ah, je sais : tu n'y étais pas. Parce qu'effectivement, tu n'y es jamais. Pendant que les vrais flics risquent leur vie sur le terrain, toi, tu restes au fond de ton lit à regarder des remakes des *Ripoux*. Tu ne prends aucun risque et tu te permets de harceler des flics honnêtes pour des critères éthiques que tu es toi-même très loin d'appliquer. Hors de ma vue. Et la prochaine fois que l'envie te prend de venir me voir pour évoquer les souvenirs du bon vieux temps, je te conseille de te munir d'une paire de menottes et d'un mandat d'amener. »

Ses joues ont viré au rouge pivoine. Il se lève et s'éloigne en faisant jouer ses phalanges. « La seule personne que tu aies réussi à mener en bateau, c'est le neurologue, me crie-t-il par-dessus son épaule. Personne d'autre ne te croit. On va te faire regretter que cette putain de balle n'ait fait son boulot qu'à moitié ! »

J'essaie de le pourchasser dans le couloir, en sautillant sur mon unique béquille. Je hurle à m'en décrocher la mâchoire. Deux infirmiers noirs m'immobilisent en me maintenant les bras derrière le dos.

Je finis par me calmer, et ils me ramènent dans ma chambre, où Maggie me tend un petit gobelet plastique, plein d'un liquide sirupeux. Au bout de quelques minutes, je me sens rétrécir, comme Alice au pays des merveilles. Autour de moi, les plis des draps se sont figés en une banquise qui s'étend à perte de vue.

Mon rêve a un parfum de rouge à lèvres à la fraise et d'haleine mentholée. Une fillette disparue, vêtue d'un bikini orange et rose. Elle s'appelle Mickey Carlyle et elle reste empêtrée dans les rochers de ma mémoire, comme un morceau de bois flotté, délavé par la mer et le soleil, qui aurait pris la pâleur diaphane de sa peau ou du fin duvet de ses bras. Elle mesure moins d'un mètre vingt et me tire par la manche. « Pourquoi tu ne m'as pas retrouvée ? me répète-t-elle. T'avais promis à ma copine Sarah que tu me retrouverais. »

Elle le dit et le redit, avec la même voix que prenait Sarah pour me demander une glace : « T'avais promis ! T'avais dit que tu m'en achèterais une, si je te racontais tout ce qui s'est passé. »

Mickey a disparu à proximité d'ici. Je crois même que de ma fenêtre, on aperçoit Randolph Avenue — un canyon de briques, tout un pâté de maisons rouges, construites à l'époque victorienne, en vue de faire du logement social. Mais actuellement, les tarifs immobiliers se sont envolés. Je pourrais économiser pendant dix ans, ou pendant deux siècles, je n'aurais jamais les moyens de m'offrir le moindre appartement sur Randolph Avenue.

Je revois très bien l'ascenseur — une cage métallique à l'ancienne qui bringuebalait entre les étages. L'escalier montait en spirale autour de la cage d'ascenseur. Mickey y avait passé son enfance, dans cet escalier. Elle aimait y jouer. Elle y donnait même des concerts improvisés, en rentrant de l'école. L'acoustique était bonne. Elle zozotait légèrement en chantant, à cause de ses incisives, espacées de quelques millimètres.

Trois ans ont passé. Le monde s'est désintéressé du sort de Mickey. Il y a tant et tant d'autres crimes, pour captiver le public, et le faire frissonner — les reines de beauté assassinées, la guerre contre le terrorisme, la saga des athlètes qui prennent des libertés avec l'idéal olympique. Mais pour moi, Mickey n'a pas disparu. Elle est toujours là. Tel un petit fantôme qui vient s'asseoir en face de moi à chaque repas de fête. Telle une petite voix qui me trotte dans la tête quand je m'endors. Je sais qu'elle est toujours vivante. Je le sais dans le tréfonds de ma conscience, dans ce nœud qui me noue les tripes. Je le sais — mais je ne peux pas le prouver.

Elle est entrée dans ma vie voilà trois ans. C'était la première semaine des vacances d'été. Quatre-vingt-cinq marches, puis le noir absolu. Elle s'est volatilisée. Comment une enfant peut-elle disparaître dans un immeuble de cinq étages, divisé en onze appartements ?

À l'époque, nous avions tout passé au peigne fin, chaque pièce, chaque placard, chaque recoin. J'ai même fouillé plusieurs fois les mêmes endroits, avec l'absurde espoir de la voir réapparaître soudain, en dépit de nos recherches précédentes.

Elle avait sept ans, des boucles blondes, des yeux bleus et un joli sourire, malgré ses incisives écartées. La dernière fois qu'on l'a vue, elle portait un bikini, un bandeau blanc dans les cheveux, des sandales de toile rouge, et elle tenait à la main une serviette de bain rayée.

Les voitures de la police avaient bloqué la rue dans les deux sens. Les voisins nous aidaient à organiser les recherches. On avait même sorti une table sur tréteaux, avec des cruches d'eau fraîche et des remontants. Ce matin-là, à neuf heures, le thermomètre frisait déjà les trente degrés. La rue empestait le bitume chaud et les gaz d'échappement.

Un type bedonnant, vêtu d'un grand short kaki, prenait des photos. Je n'arrivais pas à mettre un nom sur son visage, mais on s'était déjà croisés quelque part. Où ?

Et puis ça m'est revenu — ça finit toujours par me revenir… Cottesloe Park. Un internat privé anglican, situé à Warrington. Il s'appelait Howard Wavell. Un gamin aussi pathétique que déconcertant. Il était trois classes au-dessous de moi. Encore une victoire de ma mémoire.

Je savais que Mickey n'avait pas quitté l'immeuble. J'avais un témoin : Sarah Jordan. Elle n'avait que neuf ans, mais ce qu'elle savait, elle le savait. Je l'ai trouvée assise sur les marches du rez-de-chaussée, une limonade à la main. Elle a chassé d'un revers de main les mèches châtain clair qui lui retombaient dans les yeux. Des petites croix lui pendaient aux oreilles, aussi minces que des morceaux de papier d'argent.

Elle portait un maillot de bain bleu et jaune, avec un short blanc, des sandales marron et une casquette de base-ball. Ses jambes étaient parsemées de piqûres d'insecte qu'elle avait dû gratter. Trop jeune pour être pudique, elle jouait à écarter et à refermer rythmiquement les genoux, la joue appuyée au métal frais de la balustrade.

« Je suis l'inspecteur Ruiz, lui ai-je dit en m'asseyant près d'elle. Tu peux me raconter à nouveau ce qui s'est passé ? »

Elle a poussé un long soupir, en étirant ses jambes. « J'ai appuyé sur le bouton de l'Interphone, comme je vous ai dit.

— Quel bouton ?

— Celui de l'appartement de Mickey. Le numéro 11.

— Tu peux me le montrer, ce bouton ? »

Nouveau soupir. Puis elle traverse le hall en direction de la grande porte d'entrée. L'Interphone est juste là, avant la porte. Elle me montre le bouton du dessus. Elle a les ongles laqués d'un vernis rose qui commence à s'écailler par endroits.

« Vous voyez. Je sais quand même lire le numéro 11 !

— Bien sûr, que tu le sais. Et ensuite ?

— La mère de Mickey a dit qu'elle descendait immédiatement.

— C'est vraiment ce qu'elle a dit ? Mot pour mot ? »

Elle fronce les sourcils pour mieux se concentrer. « Non. Elle a d'abord dit bonjour, et moi aussi, j'ai dit bonjour. Après, j'ai demandé si Mickey pouvait venir jouer. On voulait aller prendre un bain de soleil dans le jardin, en jouant avec les tuyaux. Mr Murphy nous permet d'utiliser le jet d'eau. Il dit que comme ça, on l'aide à arroser la pelouse.

— Qui c'est, Mr Murphy ?

— Mickey dit que c'est le propriétaire… mais moi, je crois qu'il n'est que concierge.

— Et Mickey n'est pas venue ?

— Non.

— Combien de temps tu as attendu ?

— Oh, des siècles ! » Elle s'évente de la main. « Dites, je pourrais avoir une glace ?

— Une seconde. Est-ce que tu as vu passer quelqu'un, pendant que tu attendais ?

— Non.

— Et tu n'as pas quitté ces marches ? Même pas pour aller te chercher quelque chose à boire ? »

Elle secoue la tête.

« Ni pour bavarder avec une amie, ou pour caresser un chien ?

— Non.

— Que s'est-il passé, après ça ?

— La mère de Mickey est descendue avec la poubelle. Elle m'a vue et m'a dit : "Qu'est-ce que tu fais là ? Mickey n'est pas avec toi ?" Alors, je lui ai dit que non. Que je l'attendais toujours. Et elle m'a dit qu'il y avait longtemps qu'elle était descendue. Sauf que non — elle n'est jamais descendue, parce que moi, je n'avais pas bougé de là.

— Qu'est-ce que tu as fait ?

— La mère de Mickey m'a dit d'attendre. De rester là. Alors je me suis assise sur les marches.

— Est-ce que tu as vu passer du monde ?

— Seulement les voisins qui sont descendus pour aider à chercher Mickey.

— Tu connais leur nom ?

— Pour certains, oui. » Elle a compté en silence sur ses doigts, et me les a énumérés. « Qu'est-ce qui se passe ? Est-ce que c'est un mystère ?

— Ça peut se dire comme ça, oui.

— Où elle est partie, Mickey ?

— Je n'en sais rien, mon poussin. Mais on va la retrouver. »

3

Je vais avoir la visite du Pr Joseph O'Loughlin. De ma fenêtre, je le vois traverser le parking de l'hôpital, avec sa jambe gauche qu'il doit faire pivoter, comme si elle était prise dans une attelle. Ses lèvres remuent. Il sourit, salue les gens qu'il croise, leur expliquant avec un fin sourire qu'il prend ses Martini secoués, et non frappés — il n'y a que lui pour badiner ainsi avec Miss Parkinson.

Joe est psychologue, et il a exactement le physique du rôle : un grand type maigre, les cheveux toujours en bataille, et l'air d'un prof un peu largué, fraîchement échappé de l'amphi où il vient de donner sa dernière conférence.

On s'est rencontrés voilà quelques années, au cours d'une enquête. Je l'avais épinglé comme suspect possible pour un meurtre, mais c'était en fait l'un de ses patients qui avait fait le coup. Gageons qu'il ne doit pas s'appesantir beaucoup sur le sujet au cours de ses conférences.

Il frappe doucement à la porte de ma chambre, avant d'entrer avec un sourire mal assuré. Son visage est empreint d'une bienveillante curiosité, avec de grands yeux sombres et humides, comme en ouvrent les bébés phoques, juste avant qu'on les achève d'un coup de matraque.

« Il paraît que vous avez quelques petits problèmes de mémoire ?

— Ouais. On se connaît ?

— Excellent ! Je constate avec plaisir que votre sens de l'humour résiste à tout. »

Il se tourne et se retourne plusieurs fois avant de décider de l'endroit où il va poser son attaché-case, dont il sort un bloc-notes. Puis il tire une chaise jusqu'à mon lit et s'installe à mon chevet, les genoux contre mes couvertures. Enfin prêt, il me contemple sans mot dire, attendant que je me décide à parler, comme si j'avais quelque chose derrière la tête quand je lui ai demandé de venir.

Voilà bien ce que je déteste chez les psys, cette façon qu'ils ont de laisser le silence travailler pour eux — en vous amenant à douter de votre propre santé mentale. L'idée n'est pas venue de moi. Je me souviens parfaitement de mon nom et de mon adresse. Je sais où j'ai garé ma voiture et où j'ai mis mes clés. Je suis en parfait état de marche — plus beau que neuf !

« Comment vous vous sentez ?

— Pas mal, pour un type qui vient de se faire poinçonner par un salopard. »

Sans crier gare, son bras gauche est pris de violents tremblements. L'air embarrassé, il le maintient entre ses genoux.

« Et vous ? Comment ça va, avec Miss Parkinson ?

— Ça va. J'évite juste de commander de la soupe au restaurant.

— Vaut mieux. Et Julianne ?

— Elle est formidable.

— Et les filles ?

— Ça pousse. »

Cancanages, papotages et histoires de famille n'ont jamais été la base de nos relations. D'habitude, j'ai plutôt tendance à m'inviter chez lui, à boire son vin et à conter fleurette à sa femme, tout en le délestant sans vergogne des idées que peuvent lui inspirer mes dossiers non élucidés. Joe n'en est pas dupe, bien sûr — non pas parce qu'il est particulièrement futé, mais parce que je suis particulièrement cousu de fil blanc.

Je l'aime bien. C'est un fils de bonne famille, élevé dans les écoles les plus huppées du pays, mais personne n'est parfait. Et il se trouve que j'adore Julianne, sa femme, qui, pour une raison qui m'échappe, a juré de me remarier — parce que, selon elle, mes antécédents ne devraient pas être retenus contre moi.

« Vous avez vu le boss, il paraît ?

— Le chef superintendant.

— Qu'est-ce que vous en pensez ? »

Joe hausse les épaules. « Le professionnalisme même.

— Allez, professeur… Vous pouvez faire mieux. Dites-moi le fond de votre pensée. »

Joe émet un petit « Tsssh » qui sonne comme un coup de cymbales. Il sait reconnaître un défi qui lui est lancé.

S'éclaircissant la gorge, il contemple un instant ses mains. « Le chef superintendant est un habile officier de police, qui s'exprime avec aisance et aimerait pouvoir planquer son double menton. Il se teint les cheveux, souffre d'asthme et porte un after-shave Calvin Klein. Il est marié, avec trois filles, et les femmes de sa vie le font marcher à la baguette, au point qu'elles pourraient lui mettre un tutu et le faire danser sur un tabouret. Comme elles sont végétariennes, il doit rester dîner à la cantine du poste pour pouvoir s'envoyer un bon steak. C'est un fan des romans de P. D. James ; il se plaît à s'imaginer sous les traits d'Adam Dalgleish, bien qu'il n'ait jamais écrit le moindre vers, et n'ait jamais fait preuve d'une sensibilité particulièrement aiguisée. Il a la fâcheuse habitude de vous assommer avec ses sermons, au lieu d'écouter ce que vous avez à lui dire. »

Je lâche un petit sifflement d'admiration. « Mais vous l'avez pris en filature, ma parole ! »

Joe a soudain l'air embarrassé. Certains joueraient de ce don comme d'un numéro de salon, mais lui, il semble toujours sincèrement surpris de savoir ne fut-ce que la moitié de ce qu'il sait. Et n'allez pas croire qu'il tire tous ces détails de son chapeau. Il serait parfaitement capable d'étayer chacune des informations qu'il vient d'égrener. Il a repéré l'aérosol antiasthme de Campbell, il a reconnu son after-shave, il l'a observé à la cantine, a vu les photos de ses filles…

Et voilà bien ce qui m'effraie, chez Joe : on a parfois l'impression qu'il pourrait vous ouvrir le crâne et lire dans vos pensées, comme d'autres dans le marc de café. Face à un type pareil, mieux vaut garder ses distances, de peur qu'il ne finisse par vous tendre un miroir qui vous renverrait l'image que le monde a de vous.

Il feuillette mon dossier médical, consulte les résultats de mes scanners, de mes CT et de mes IRM. Puis il referme le classeur. « Alors ? Que s'est-il passé ?

— Un fusil, une balle, je ne vous fais pas un dessin.

— Quelle est la première chose dont vous ayez gardé souvenir ?

— De m'être réveillé ici.

— Et la dernière ? »

Je garde le silence. Voilà quarante-huit heures que je me pose la question — depuis mon réveil, plus précisément — et la seule chose qui me revienne, c'est cette odeur de pizza.

« Comment vous sentez-vous, là ?

— Frustré. Furieux.

— D'avoir tout oublié ?

— Personne n'est capable de me dire ce que j'allais faire sur la Tamise. Ça n'était pas une opération officielle. J'ai agi seul. Mais je ne suis pas du genre à magouiller en solo, ni à tirer à tort et à travers, comme le premier punk venu, avec "No Future" tatoué sur la poitrine... Ils me regardent tous de travers, comme si j'étais coupable de quelque chose.

— Les médecins ?

— Non, les flics.

— Ce sentiment d'exclusion pourrait n'être qu'une réaction à votre perte de mémoire. Vous vous sentez mis sur la touche. Vous avez le sentiment que tout le monde est dans le secret, sauf vous.

— Vous pensez que je fais juste un peu de paranoïa ?

— Symptôme courant, chez les patients amnésiques.

— Peut-être, mais ça n'explique pas l'intervention de Keebal. Il est déjà passé trois fois, en me bombardant d'accusations mensongères. Et plus je m'emmure dans mon silence, plus il me met la pression. »

Joe fait rouler son stylo sur ses phalanges. « À une époque, j'ai eu un patient, trente-cinq ans, aucun antécédent neurologique ou psychiatrique. Il avait glissé sur une plaque de verglas et s'était cogné la tête. Il n'a même pas perdu connaissance. Il s'est aussitôt relevé et a continué son chemin...

— Oui, quel rapport ?

— Il ne se souvenait plus d'être tombé et ne savait plus où il allait. Il avait totalement oublié ce qu'il avait fait durant les douze heures qui avaient précédé sa chute. Mais il savait toujours son nom et reconnaissait sa femme et ses enfants. Cela s'appelle une amnésie totale transitoire. Des pans entiers de votre passé s'effacent — quelques minutes, quelques heures ou quelques jours. Le patient se souvient de sa propre identité, et se conduit de façon parfaitement normale, mais il n'a plus aucun souvenir de tel événement ou de telle période de son passé récent.

— Mais ses souvenirs finissent tout de même par lui revenir, non ?

— Pas toujours.

— Qu'est-ce qu'il est devenu, votre patient ?

— Nous avons d'abord pensé qu'il n'avait oublié que sa chute. Mais il lui manquait d'autres éléments de souvenir. Il avait oublié son premier mariage — ou la maison qu'il s'était fait construire. Il ne savait plus que John Major avait été Premier ministre.

— Ça, ça n'était pas une grande perte… »

Joe se fend d'un sourire. « Il est trop tôt pour savoir si vos souvenirs sont définitivement perdus. La commotion cérébrale n'est qu'une hypothèse parmi bien d'autres. La plupart des cas répertoriés ont été précédés par un choc physique ou émotionnel. Se faire tirer dessus peut relever de cette catégorie. Les rapports sexuels ou l'immersion brutale dans de l'eau froide peuvent être des facteurs déclenchants.

— Aucun souvenir d'avoir batifolé sur un plongeoir… »

Ma saillie fait un flop retentissant.

« Pendant les événements traumatisants, poursuit Joe, le système nerveux central altère radicalement notre équilibre hormonal et biochimique. Le corps adopte une sorte de mode de survie — une réaction de fuite ou de contre-attaque. Mais il peut arriver que notre cerveau reste en mode de survie, même lorsque la menace a depuis longtemps cessé, au cas où… Nous devons alors convaincre notre propre cerveau de lâcher prise.

— Comment ça ?

— En parlant. En enquêtant. En utilisant notre journal, notre agenda et des photos pour stimuler notre mémoire.

— Quand m'avez-vous vu pour la dernière fois ? » lui demandé-je, tout à trac.

Il réfléchit une seconde. « Nous avons dîné ensemble, il y a quelque chose comme quatre mois, me semble-t-il. Julianne tenait à vous présenter une de ses amies.

— L'éditrice ?

— Celle-là même — pourquoi me posez-vous la question ?

— Je la pose à tous mes amis, en ce moment. Je les appelle et je leur dis : *"Bonjour, quoi de neuf ? — formidable ! Dis-moi… c'était quand, la dernière fois qu'on s'est vus ? Ah oui — ça fait beaucoup trop longtemps ! On devrait se revoir bientôt…"*

— Et qu'est-ce que vous avez découvert ?

— Que je suis d'une incompétence crasse quand il s'agit de cultiver mes relations.

— OK, mais c'est fondamentalement l'idée : retrouver les chaînons manquants.

— Et si on essayait l'hypnose ?

— Non. Pas plus qu'un grand coup sur le crâne. »

Il allonge un bras tremblotant en direction de sa mallette et en sort un classeur dont il tire un petit carré de bristol aux bords déchiquetés.

« Ils ont retrouvé ça dans votre poche. Ça a dû séjourner dans l'eau. »

Il retourne sa main. La salive a séché sur mes lèvres.

C'est une photo de Mickey Carlyle. Elle porte son uniforme d'écolière et fixe l'objectif avec un grand sourire dévoilant ses incisives écartées, comme si elle riait de quelque chose qui me demeure invisible.

Plus que de la confusion, c'est un immense soulagement qui s'empare de moi : je ne suis pas fou ! Tout ça gravitait bien autour de Mickey…

« Ça n'a rien d'une surprise.

— Pourquoi ?

— Vous allez croire que je déraille, mais j'ai fait des rêves, ces derniers temps… »

Et je vois aussitôt s'ébranler les rouages de son cerveau de psy, traduisant mes paroles en symptômes.

« Vous vous souvenez de l'enquête et du procès ?

— Oui.

— Howard Wavell a été condamné pour son meurtre.

— Oui.

— Mais vous pensez qu'il n'est pas coupable.

— Je ne pense pas qu'elle soit morte. »

Et là, j'obtiens une réaction — le professeur n'est donc pas si imperturbable que ça !

« Et les pièces à conviction ? »

Je lève la main — mon pansement pourrait passer pour un drapeau blanc. Je connais déjà tous les arguments qu'on peut m'opposer. C'est moi qui ai construit le plus clair de ce dossier. Tous les indices accusaient Howard : fibres textiles, taches de sang, absence d'alibi. Le jury a fait son boulot. Justice a été faite — une justice plébiscitée, l'espace d'un après-midi, en l'âme et la conscience de douze citoyens.

La loi a tiré un trait sur Mickey, en toute logique. Mais mon cœur s'insurge contre cette logique. Je ne peux tout simplement pas imaginer un monde où Mickey n'existerait plus.

Joe contemple à nouveau la photo. « Vous vous souvenez du moment où vous l'avez mise dans votre portefeuille ?

— Non.

— Pourquoi l'y avez-vous mise, à votre avis ? »

Je secoue la tête, mais dans un recoin de mon esprit, j'entrevois une explication : il me fallait un moyen de l'identifier. « Qu'est-ce que j'avais d'autre, sur moi ? »

Joe me lit une liste : « On a retrouvé votre holster, un portefeuille, des clés et un canif. Vous avez utilisé votre ceinture comme garrot, pour ralentir l'hémorragie.

— Aucun souvenir.

— Ne vous en faites pas. Nous allons revenir sur tout cela. Nous examinerons tous les indices que vous avez laissés derrière vous — factures, reçus, rendez-vous, agenda. Nous remonterons votre propre piste, pas à pas.

— Et je me souviendrai ?

— Vous apprendrez à vous souvenir. »

Il se tourne vers la fenêtre et jette un coup d'œil au ciel, comme s'il avait prévu d'organiser un pique-nique. « Ça vous dirait, de prendre une permission ?

— Je doute qu'elle me soit accordée. »

Il me sort une lettre de la poche de sa veste. « Pas de problème — j'ai pris mes précautions… »

Il attend, pendant que je m'habille. Je dois me colleter un certain temps avec les boutons de ma chemise, à cause du bandage qui m'immobilise les doigts.

« Vous voulez un coup de main ?

— Non, répliqué-je, d'un ton un poil trop brusque. Il faut que j'apprenne à me débrouiller seul. »

Le regard de Keebal me suit tandis que je traverse le grand hall, comme si j'avais filé rancard à sa propre sœur. Je résiste d'extrême justesse à l'envie de lui adresser un petit salut goguenard.

Sur le perron, je lève la tête vers le soleil et je souffle un bon coup. Posant avec précaution le bout de mes béquilles, je me lance dans la traversée du parking et, tout au bout, je reconnais une silhouette familière au volant d'une voiture de police banalisée. L'inspecteur de police Alisha Kaur Barba (Ali, pour les intimes) s'est plongée dans le manuel réglementaire. Elle prépare son examen de sergent. Quiconque parvient à mémoriser la moitié de ce bouquin mérite d'être immédiatement promu inspecteur-chef !

Elle me décoche un petit sourire nerveux et m'ouvre la portière. Les Indiennes ont une carnation de rêve et des yeux de velours. Elle porte un pantalon à pinces et un chemisier blanc, agrémenté d'un petit médaillon en or qu'elle porte au cou.

Ali était la petite dernière de notre équipe. Nous avions travaillé ensemble sur le dossier Mickey Carlyle. Elle avait l'étoffe d'une excellente enquêtrice, mais Campbell n'a pas appuyé sa demande de promotion. À présent, elle a été mutée au GPD (Groupe de protection diplomatique), où elle assure la sécurité des ambassadeurs, des diplomates et des témoins. Ce qui doit expliquer sa présence dans ce parking — c'est mon garde du corps.

Tandis que nous sortons du parking, elle me jette un coup d'œil, guettant un signe de reconnaissance.

« Si vous me parliez un peu de vous, inspecteur ? » lui lancé-je.

Un petit pli s'est creusé juste au-dessus de son nez. « Je m'appelle Alisha Barba. Je suis membre du Groupe de protection diplomatique.

— On s'est déjà croisés quelque part ?

— Ah… Eh bien oui, monsieur. J'ai travaillé sous vos ordres.

— Sans blague ! Ça, c'est l'un des trois grands avantages qu'il y a à être amnésique : en plus de pouvoir cacher mes propres œufs de Pâques, je n'arrête pas de faire de nouvelles connaissances… »

Après une longue pause, Ali demande : « Et le troisième, monsieur ?

— Eh bien, je peux cacher mes propres œufs de Pâques ! »

Elle éclate de rire et je lui envoie une pichenette sur l'oreille. « Bien sûr que je me souviens de vous, Ali Barba — la terreur des Quarante Voleurs ! »

Elle se fend d'un sourire modeste.

Je remarque sous sa veste la présence d'un holster. Elle est armée — un MP5 Carbine A2, une arme digne de ce nom. Je suis surpris de la voir avec un tel flingue ; très peu de policiers sont autorisés à en porter.

Nous nous dirigeons vers le sud, nous dépassons Victoria, puis Whitehall, en longeant la Tamise. Dans les parcs et les jardins, les pelouses sont semées d'employés qui déjeunent sur l'herbe — des filles robustes, dont les jupes virevoltent dans le soleil d'automne, des types qui font la sieste, la veste roulée sous la tête.

Nous tournons pour nous engager sur le quai Victoria. La Tamise glisse entre ses berges de galets polis. Croissant et décroissant au rythme des marées, elle roule sous les ponts et les gargouilles à tête de lion, au-delà de la Tour de Londres, en direction de Canary Wharf et de Rotherhithe.

Ali gare la voiture dans une petite allée le long de Cannon Street Station. Une quinzaine de marches de pierre descendent vers une petite grève de galets, à présent découverte par la marée. À y regarder de plus près, les « galets » sont constitués de fragments de brique, de poterie, de céramique, et d'éclats de verre polis par les eaux.

« C'est là-bas qu'ils vous ont retrouvé », explique Joe. Sa main glisse sur l'horizon, s'arrêtant sur une bouée de navigation jaune, envahie par la rouille.

« Marilyn Monroe…

— Pardon ?

— Non, rien. »

Au-dessus de nos têtes, les trains accélèrent ou ralentissent pour entrer ou sortir de la gare, située de l'autre côté d'un pont ferroviaire.

« Il paraît que vous aviez perdu plus de deux litres de sang. L'eau froide a dû ralentir votre métabolisme ; c'est ce qui vous a sauvé la vie — outre que vous ayez eu la présence d'esprit de vous servir de votre ceinture en guise de garrot.

— Et le bateau ?

— On ne l'a récupéré que bien plus tard, dans la matinée. Il dérivait à l'est de Tower Bridge. Y a-t-il des détails qui vous reviennent ? »

Je secoue la tête.

« La marée était haute, cette nuit-là. Le niveau de l'eau était supérieur de presque un mètre au niveau actuel. Et il y avait un courant de cinq nœuds. Compte tenu de la quantité de sang que vous avez perdue et de la chute de votre température corporelle, on peut supposer que la fusillade a eu lieu à environ cinq kilomètres en amont. »

Oui — à un millier de variables près, objecté-je à part moi. Mais je comprends ce qu'il essaie de faire : il tente de remonter le temps.

« Votre pantalon était taché de sang et d'un mélange d'argile et de vase, avec des traces de benzène et d'ammoniaque.

— Et le moteur du bateau ? Il tournait toujours ?

— Il était tombé en panne sèche.

— Personne ne s'est plaint de s'être fait tirer dessus sur la Tamise ?

— Non. »

Je contemple l'eau marronnasse, alourdie de feuilles mortes et de débris gluants. Ce fleuve était autrefois la principale voie de communication de la capitale. Une inépuisable source de richesses, de cliques et de clubs, de jalousies et de querelles pour les territoires ou pour le butin repêché — une source de vie et de folklore. Maintenant, trois personnes peuvent se faire descendre par balles à quelques kilomètres de Tower Bridge sans que personne ne voie ni n'entende rien.

Une vedette bleu et blanc appartenant à la police fluviale approche. Le sergent qui est à la barre porte une casquette de base-ball et une combinaison orange. Son gilet pare-balles lui fait une silhouette trapue. Il me tend la main et je parviens à franchir la passerelle. Ali a sorti son chapeau de paille, comme si nous nous embarquions pour une partie de pêche.

Un bateau d'excursion nous dépasse, nous laissant danser dans son sillage. Sur le pont, les caméras et les appareils photo immortalisent ce moment, comme si nous n'étions qu'un détail comme un autre dans le paysage. Le sergent fait machine arrière et nous partons à contre-courant, en direction de Southwark Bridge.

À chaque coude du fleuve, le courant s'accélère du côté interne. L'eau file le long des berges de pierre, entraînant les bateaux qui y sont amarrés, créant des remous autour des pilotis.

Sous un pont, nous croisons une jeune rameuse qui tire vigoureusement sur ses avirons, le dos arqué, les bras trempés de sueur. Mes yeux s'attardent un instant dans son sillage, avant de s'élever vers les immeubles puis, au-delà, vers les nuages blancs qui dessinent toutes sortes de silhouettes à la craie sur le bleu du ciel.

Le Millenium Wheel a l'allure d'un gros ovni grouillant de touristes. À proximité, une classe d'écoliers en goguette a pris possession des bancs. Les filles portent des jupes écossaises et des collants bleus. Quelques amateurs de jogging les dépassent, le long du quai Albert.

Je ne saurais même pas dire si la nuit était claire. À Londres, on distingue rarement les étoiles, à cause de la pollution lumineuse et atmosphérique. On en voit tout au plus une dizaine et très vaguement. Il peut arriver qu'on aperçoive Mars, au sud-est. La nuit, par temps couvert, des segments entiers du fleuve sont plongés dans une quasi-obscurité. Ceux situés en face des parcs, en particulier. Les grilles ferment à la tombée de la nuit.

Il y a un siècle, des familles entières vivaient des corps que l'on retirait de la Tamise. Les gens connaissaient le moindre recoin, la moindre crique où les noyés venaient s'échouer. Les secteurs où le courant était interrompu par les amarres et les chaînes, ou canalisé par les barges et les bateaux au mouillage.

En débarquant du Lancashire, j'ai travaillé dans la police de la Tamise. Chaque semaine, on repêchait en moyenne deux corps dans le fleuve — des suicides, pour la plupart. Ce n'étaient certes pas les candidats qui manquaient. On les repérait immédiatement, à leur façon de se pencher sur le parapet, les yeux perdus dans les profondeurs du fleuve. C'est dans sa nature même. Il peut soit emporter vos espoirs et vos ambitions, soit vous les restituer presque intacts…

La balle qui m'a traversé la jambe se déplaçait à grande vitesse, un tir de sniper, posté à une certaine distance. Il devait y avoir suffisamment de lumière pour que le tireur m'ait vu — à moins qu'il n'ait eu un viseur à infrarouges. Il aurait pu se trouver à peu près n'importe où, dans un rayon de mille mètres, mais plus vraisemblablement de cinq cents mètres. À une distance supérieure, l'angle de dispersion est de deux ou trois centimètres — assez pour manquer le cœur ou la tête.

Ce n'était pas un professionnel ordinaire. Ils sont rares à posséder ce genre de compétences. La plupart des tueurs préfèrent officier de près. Ils attendent dans des véhicules en stationnement ou accostent la voiture de leur victime à un feu rouge et tirent par la portière. Celui-ci, non. Il a dû attendre à plat ventre, immobile, le menton contre la crosse, l'index sur la détente. Un tireur embusqué, c'est un système de mise à feu électronique assisté par ordinateur : il doit savoir ajuster son tir en fonction de la distance, de la vitesse du vent, de sa direction et de la température ambiante. Quelqu'un a dû l'entraîner. L'armée, à vue de nez.

Parcourant du regard l'horizon, une ligne brisée formée par les toits d'usines, les immeubles et les grues, j'essaie de comprendre où le tireur a pu s'embusquer. Il devait être posté au-dessus de moi. Viser depuis le niveau de l'eau n'aurait pas été facile ; la moindre brise, le moindre mouvement du bateau lui aurait fait manquer sa cible. Et chaque coup de feu aurait provoqué une étincelle qui risquait de trahir sa position.

La marée a encore descendu. Le fleuve se rétrécit, découvrant des bancs de vase où les mouettes se disputent leur butin, au milieu des vestiges d'anciens pilotis qui restent plantés, comme des chicots noirâtres, dans le limon du fond.

Le professeur n'a vraiment pas l'air dans son élément. Il ne doit pas avoir le pied marin. « Que faisiez-vous sur le fleuve ?

— Aucune idée.

— Essayez d'imaginer.

— J'avais rendez-vous, ou je filais quelqu'un.

— Pour avoir des informations sur Mickey Carlyle ?

— Possible. »

Mais pourquoi un rendez-vous sur un bateau ? Bizarre, comme choix. Si ce n'est qu'effectivement, le fleuve est plutôt désert le soir, après l'heure des dîners-croisières. Et c'est une voie de dégagement rapide.

« Pourquoi vous aurait-on tiré dessus ? demande Joe.

— Une querelle a pu éclater — ou alors…

— Ou alors quoi ?

— C'était précisément une opération de nettoyage. On n'a retrouvé aucun corps, mais c'était peut-être le but. »

Bon Dieu, que c'est agaçant ! Je voudrais pouvoir m'ouvrir le crâne et m'essorer la matière grise, jusqu'à ce que je parvienne à en extraire la clé qui y est cachée.

« J'aimerais voir le bateau.

— Il est à Wapping, monsieur, répond le sergent.

— Allons-y. »

Il manœuvre la barre avec une précision nonchalante puis accélère, projetant une gerbe d'embruns, tandis que le moteur plonge plus profondément dans l'eau, soulevant la proue. Des gouttelettes s'accrochent aux cils d'Ali, qui doit lever la main pour retenir son chapeau.

Vingt minutes plus tard, à un kilomètre et demi de Tower Bridge, nous arrivons au QG de la police fluviale.

Le yacht de croisière *Charmaine* est en cale sèche, hissé sur des poutres et entouré d'échafaudages. À première vue, l'état du bâtiment semble impeccable — cabines de bois verni, ferrures de laiton. Mais de plus près, on aperçoit le hublot défoncé et les planches du pont qui ont volé en éclats. Les banderoles bleu et blanc posées par la police en interdisent l'accès. Des petits drapeaux blancs plantés sur tout le pourtour du plat-bord signalent les impacts de balles et d'autres détails intéressants.

Le vol du *Charmaine* a été signalé à Kew Pier, quatorze heures après que l'on m'eut repêché, explique Ali, avant de me décliner les caractéristiques du moteur — type, modèle, puissance, vitesse maximale. Elle sait que j'aime les chiffres.

Un officier spécialisé dans l'étude des scènes de crime émerge de la cabine et vient s'accroupir à la poupe. Elle porte une combinaison blanche. Tirant de sa poche un mètre ruban, elle mesure la largeur du pont, note le résultat, et ajuste un théodolite de topographe, monté sur un trépied.

Lorsqu'elle se retourne, la main en visière, elle reconnaît le sergent.

« Je vous présente l'inspecteur Kay Simpson », nous annonce-t-il.

Elle ne doit guère avoir plus de trente ans. C'est une petite blonde avec les cheveux coupés court, et des yeux fureteurs. Son regard revient sans cesse vers moi, comme si elle voyait un spectre.

« Qu'est-ce que vous faites, au juste ? lui demandé-je, légèrement décontenancé.

— J'essaie de déterminer les trajectoires, la vitesse d'impact, l'angle de déviation, le point de visée, les distances, la marge d'erreur, en fonction de la répartition des échantillons sanguins et des… » Elle laisse sa phrase en suspens, s'avisant que nous avons tous décroché après le troisième élément de sa liste. « Eh bien, disons que j'essaie de calculer la distance et l'altitude depuis lesquelles le coup a été tiré, ainsi que la fréquence à laquelle le tireur a manqué sa cible.

— Il m'a tout de même touché à la jambe.

— Oui, mais peut-être visait-il votre tête… » Et après une brève pause, elle ajoute : « Monsieur » — au cas où je me serais senti offensé. « Le tireur a utilisé des balles à pointe creuse, avec une vitesse de huit cent treize mètres-seconde. Elles ne se trouvent généralement pas dans le commerce, mais actuellement, on peut s'acheter à peu près tout ce qu'on veut en Europe de l'Est. »

Une idée semble lui traverser l'esprit. « Pourriez-vous me rendre un service, monsieur ?

— Bien sûr. Lequel ?

— Pourriez-vous vous allonger sur le pont, à cet emplacement ? » Elle me montre le sol à ses pieds. « Mettez-vous là, sur le côté, les jambes étendues, l'une croisée sur l'autre… » Je lâche mes béquilles pour la laisser me placer dans la position désirée, comme le ferait un peintre avec son modèle.

Comme elle se penche sur moi, il me vient soudain l'image d'une autre femme, dont la tête s'incline et dont les lèvres viennent effleurer les miennes. Un imperceptible frisson ébranle l'air autour de nous, et l'image disparaît.

L'inspecteur Simpson va se poster derrière son trépied et oriente son viseur vers mes jambes. Un rayon rouge vif vient frapper mon pantalon juste au-dessus du pansement de ma cuisse.

Un vent de panique s'empare de moi. Je lui crie de se mettre à plat ventre. Tout le monde ! Couchez-vous ! Je me souviens de cette lumière rouge, de ce rayon qui dansait, de ce messager de mort. Je me tapis dans l'ombre, tenaillé par la douleur, tandis que le rayon se promène le long du pont. C'est moi qu'il cherche.

Personne n'a remarqué mes cris. Ils n'ont résonné que dans ma tête. Tous les présents sont restés suspendus aux lèvres de l'inspecteur Simpson.

« La balle est arrivée par ici, explique-t-elle. Elle a pénétré dans votre cuisse à ce niveau et elle en est sortie par là, avant d'aller se loger dans le plancher du pont. Elle a légèrement heurté votre fémur et a ricoché en tournoyant, ce qui explique la largeur de la blessure à sa sortie. »

Elle s'éloigne de quelques pas et à l'aide de son mètre ruban, mesure la distance entre le bastingage et un autre impact de balle. « Pendant des années, on a discutaillé pour savoir s'il valait mieux mesurer la vitesse pure ou l'énergie cinétique, pour déterminer la puissance d'impact d'un projectile. En réalité, la solution est d'additionner ces deux paramètres. Nous disposons actuellement de logiciels qui calculent pour nous la distance parcourue par telle ou telle balle. Ici, il s'agit de quatre cent trente mètres, avec une marge d'erreur de deux pour cent. Il nous suffit de connaître l'emplacement exact de l'impact pour reconstituer la trajectoire et retrouver l'endroit d'où le coup a été tiré. »

Son regard s'abaisse vers moi, comme si j'avais une réponse toute prête. Je suis encore aux prises avec mon émotion, tâchant de retrouver un rythme cardiaque normal.

« Un problème, monsieur ?

— Non, non. Ça va aller. »

Joe vient s'accroupir près de moi. « Peut-être devriez-vous vous ménager un peu ?

— Putain ! On croirait que je suis bon pour la casse, à vous entendre ! »

Je regrette immédiatement le ton sur lequel je l'ai dit et je présente mes excuses à Joe. À présent, tout le monde est mal à l'aise.

L'inspecteur Simpson m'aide à me relever.

« Y a-t-il d'autres éléments que vous pourriez retrouver, en les reconstituant ? »

Ma question semble lui faire plaisir.

« OK. Voilà l'emplacement où vous avez reçu cette balle, initialement. Quelqu'un d'autre a été touché. Son corps est tombé sur vous. On a retrouvé des traces de sang et des éclats d'os dans vos cheveux. »

Elle s'assied sur le pont et se recule un peu, pour venir s'adosser au bastingage.

« Voici l'un des principaux amas d'impacts. » Elle a pointé l'index sur un emplacement, près de ses pieds. « Je pense que vous vous êtes traîné jusqu'ici pour vous mettre à couvert, mais les balles continuaient à pleuvoir autour de vous, à travers le bastingage. Vous avez vu que vous étiez encore trop exposé, et donc…

— J'ai fait un grand roulé-boulé pour traverser le pont, et venir me cacher derrière la cabine de pilotage. »

Joe ouvre de grands yeux. « Vous vous rappelez ?

— Non, mais ça paraît logique », répliqué-je, quoique la réponse ait dû, en partie du moins, m'être dictée par ma mémoire.

L'inspecteur Simpson traverse précipitamment le pont en direction de la cabine. « C'est là que vous avez perdu votre doigt. Vous avez voulu soit regarder dans la cabine, soit voir d'où venaient les coups de feu. Vous étiez déjà grièvement blessé. Vous vous êtes agrippé au rebord extérieur du hublot, pour vous hisser sur vos pieds. C'est alors qu'une balle a traversé la vitre, emportant votre doigt. »

Du côté extérieur, la cloison est maculée de traînées de sang séché qui se déploient autour des trous de sortie laissés par les balles dans le bois déchiqueté.

« On a retrouvé vingt-quatre impacts dans le bateau, dont seulement huit provenant du tireur embusqué. Il était très précis, et parfaitement maître de son tir.

— Et les autres ?

— C'étaient des balles de neuf millimètres. »

Mon Glock 17 à chargement automatique a été sorti de l'armurerie du poste le 22 septembre. Depuis, il est resté introuvable. Et si Campbell était dans le vrai ? J'ai peut-être tué quelqu'un…

L'inspecteur Simpson continue sur sa lancée : « Je pense que vous vous êtes hissé dans le bateau en passant par-dessus le bastingage de la poupe, à l'aide d'un crochet de marine qui a déchiré la boucle de votre ceinture. C'est là que vous avez vomi.

— Je suis donc d'abord passé dans l'eau — avant de me prendre cette balle ?

— Oui. »

Je regarde Joe, en secouant la tête. Je n'en ai gardé aucun souvenir. Du sang, c'est tout ce que je vois. J'en ai le goût dans la bouche et je le sens battre dans mes oreilles.

Je regarde Kay Simpson, et ma voix s'étrangle dans ma gorge. « Vous disiez qu'il y avait eu un mort, n'est-ce pas ? Vous avez dû prélever du sang. Est-ce que c'était… enfin, est-ce qu'il appartenait, ou aurait pu appartenir à… ? » Les mots refusent de franchir mes lèvres.

C'est Joe qui achève la question tout en y répondant.

« Non, ce n'était pas celui de Mickey Carlyle. »

Nous regagnons la voiture, et nous repartons en longeant Tobacco Dock. Après quoi nous dépassons une grande étendue d'eau grise, cernée de tous côtés par des quartiers d'entrepôts. Je serais bien incapable de dire si ces nouveaux programmes de logement sont des opérations de rénovation ou d'embourgeoisement. Avant l'arrivée des promoteurs, la plupart de ces quartiers étaient des amas de ruines. Les vieux pubs des docks ont disparu, remplacés par des gymnases pour fanas de la muscu et de l'aérobic, par des cybercafés et des bars pour végétariens qui vous abreuvent de jus de blé germé.

Un peu plus loin en s'écartant de la Tamise, coincé entre les vérandas victoriennes, nous dénichons enfin un café à l'ancienne, et nous nous installons à une table près de la vitrine. Les murs sont décorés de posters d'Amérique latine. Il flotte dans l'air des parfums de porridge et de lait bouilli.

Deux matrones grisonnantes règnent derrière le comptoir. L'une prend les commandes, tandis que l'autre s'active aux fourneaux.

Deux œufs au plat me contemplent au fond de mon assiette comme une paire d'yeux un rien hépatiques sur les bords, au-dessus d'une saucisse grillée et d'une lanière de bacon qui me sourit d'un air crispé. Ali s'est commandé une salade et entreprend de servir le thé.

À l'école du quartier, ce doit être la pause de midi, car les rues grouillent de jeunes Noirs qui picorent des chips. Une poignée d'adolescents se sont réunis autour d'une cabine téléphonique, la cigarette au bec. D'autres se refilent les écouteurs d'un walkman, en claquant des doigts.

Joe tente de remuer son café de la main gauche, mais renonce et finit par prendre sa cuillère de la main droite. Sa voix domine le cliquetis des couverts.

« Qu'est-ce qui vous porte à croire que Mickey aurait pu se trouver sur le bateau ? »

Ali dresse l'oreille. Elle a dû se poser la même question.

« Je n'en sais rien. La photo, peut-être. Pourquoi je l'aurais emportée, sinon pour m'aider à la reconnaître ? Trois ans ont passé. Ça change, une gamine, en trois ans. »

Le regard d'Ali fait la navette entre moi et le professeur. « Vous pensez qu'elle est toujours vivante ?

— Ça, je ne l'ai tout de même pas imaginé... » D'un geste, je lui indique ma jambe. « Et vous avez vu le bateau. Il y a eu des morts. S'il y a une chose dont je suis sûr, c'est que tout ça a au moins un lien avec Mickey. »

Je n'ai pas touché à mon assiette. Je n'ai plus faim. Finalement, c'est peut-être Joe qui est le plus proche de la vérité… Je m'efforce de redresser les torts pour soulager ma propre conscience.

« Je vais vous ramener à l'hôpital, dit-il.

— Pas tout de suite. Je veux d'abord retrouver Rachel Carlyle. Peut-être savait-elle quelque chose, concernant Mickey. »

Joe hoche la tête. Ça lui paraît judicieux.

4

Les feuilles d'automne tournoient dans Randolph Avenue, et viennent s'entasser contre les marches de Dolphin Mansions. L'immeuble n'a guère changé. L'arche de pierre de l'entrée est toujours peinte en blanc, avec ses lettres mordorées gravées dans le verre, au-dessus de la porte.

De ses ongles coupés court mais soigneusement manucurés, Ali pianote sur son volant. Le seul fait de revenir ici la trouble profondément. Les souvenirs qu'elle gardait de cette maison, tout comme moi, étaient un cocktail de canicule estivale, d'agitation, de bruit, de fureur, de chagrin. Joe ne comprend pas très bien ce qui nous arrive, mais il a dû sentir quelque chose. Soulevant à chaque pas des tourbillons de feuilles, nous traversons la rue et gravissons les marches du perron. Entre neuf et seize heures, le bouton de l'Interphone ouvre automatiquement la porte. Une fois dans le hall, j'explore du regard l'escalier central, comme si je m'attendais à y entendre de lointains échos. Dans ce bâtiment, tout transite par cet escalier — courrier, meubles, sacs à provisions, enfants nouveau-nés ou disparus…

Je me souviens parfaitement de tous les résidents. Je pourrais citer leurs noms, et tracer sur un tableau le diagramme de toutes leurs interconnexions, avec leur CV professionnel, leur emploi du temps et leur alibi pour le jour de la disparition. Je m'en souviens donc, non pas comme d'hier, mais comme du déjeuner que j'ai failli prendre : œufs au plat et bacon maigre.

J'essaie aussi de me rappeler la dernière fois où j'ai vu Rachel Carlyle. Il me semble que c'était lors d'un service à la mémoire de Mickey, quelques mois après le procès. J'étais arrivé en retard. Je me suis assis au dernier rang, avec le sentiment de faire intrusion. Les sanglots étouffés de Rachel, qui semblait bourrée d'anxiolytiques, résonnaient dans la chapelle. Elle m'avait eu l'air accablée de lassitude, lasse de la vie même.

Dans l'assistance, j'avais reconnu certains de ses voisins de Dolphin Mansions : Mrs Swingler, la providence des chats du quartier, avec sa houppette de boucles au sommet du crâne, qui la faisait ressembler à un de ses protégés. Kirsten Fitzroy, qui avait passé le bras autour des épaules de Rachel. À ses côtés se tenait S. K. Dravid, professeur de piano. Ray Murphy, le concierge, était quelques rangs plus loin, en compagnie de son épouse. Leur fils Stevie s'agitait sur le banc en marmonnant — la maladie de Tourette transformait les mouvements du gamin en secousses brusques, plus rapides qu'un interrupteur électrique.

Je ne suis pas resté jusqu'à la fin du service. Je me suis discrètement éclipsé, m'arrêtant quelques secondes devant la plaque qui attendait la bénédiction du pasteur :

MICHAELA LOUISE CARLYLE
1994-2001

Cher petit ange, nous n'avons même pas eu le temps de te dire adieu, mais tu demeures à jamais dans nos cœurs

Il n'y avait aucune leçon à en tirer, aucune logique ni aucune machination à y voir, aucune consolation à en espérer. Comme l'avait si bien dit le juge, lors du procès, la mort de Mickey avait été aussi violente qu'absurde, et toutes les circonstances en avaient été parfaitement élucidées.

Par la suite, j'ai maintes fois interrogé Howard Wavell pour tenter de lui faire avouer où il avait enseveli le corps, mais il a toujours gardé le silence. De temps à autre, nous sondions de nouvelles pistes — un jardin à Pimlico, que nous avons retourné de part en part, sans succès, l'étang de Ravenscourt Park, dont nous avons passé le fond au peigne fin.

Depuis, je n'ai jamais eu l'occasion de parler à Rachel, mais de temps à autre, j'allais me garer discrètement en face de Dolphin Mansions, les yeux fixés sur mon pare-brise, en me demandant comment on pouvait faire disparaître une enfant dans une maison de cinq étages et de onze appartements.

Le vieil ascenseur grince et ferraille entre les paliers avant d'atteindre celui du cinquième. Je frappe au numéro 11. Pas de réponse.

Ali jette un œil par le panneau de petites vitres serties de plomb qui s'ouvre dans la porte, puis s'agenouille pour pousser le rabat de la boîte aux lettres.

« Ça doit faire un bout de temps qu'elle s'est absentée. Il y a tout un tas de lettres par terre.

— Vous voyez autre chose ?

— La porte de la chambre est ouverte. Je vois un peignoir accroché à un portemanteau.

— Bleu clair, le peignoir ?

— Oui. »

Je me souviens de Rachel dans ce peignoir. Elle s'était assise sur le sofa, le téléphone serré contre elle.

Elle avait le regard embrumé et le front trempé de sueur. Je connaissais bien ce signe. Elle avait envie ou plutôt besoin de boire un verre — juste un petit remontant, pour l'empêcher de sombrer.

« Sept ans. Le bel âge… »

Elle avait gardé le silence.

« Vous vous entendiez bien, Mickey et vous ? »

Elle m'a lancé un regard déconcerté, en clignant les yeux.

« Est-ce que vous vous disputiez, je veux dire ?

— Ça nous arrivait, mais pas plus que la normale.

— Et c'est quoi, la normale, à votre avis, en matière de dispute familiale ?

— Je n'en sais rien, inspecteur. Les seules familles "normales" que je connaisse, ce sont celles des feuilletons télé. »

Elle m'a opposé un regard résolu, dénué de toute nuance de défi, mais empreint d'une certitude inébranlable : là, je m'étais lancé sur une fausse piste.

« Est-ce que Mickey avait des relations privilégiées avec quelqu'un en particulier dans l'immeuble ?

— Elle connaissait tout le monde. Mr Wavell, notre voisin du dessous. Kirsten, qui habite l'appartement d'à côté. Mrs Swingler, Mr Murphy, Mr Dravid, au rez-de-chaussée — il donne des cours de piano.

— Aurait-elle pu aller faire un tour et se perdre ?

— Non. » Sa bretelle de soutien-gorge avait glissé sur son bras. Elle la remit en place, mais la bretelle glissa à nouveau.

« Quelqu'un aurait-il pu décider de l'enlever ? »

Elle secoua la tête.

« Et son père ?

— Non.

— Vous êtes divorcés ?

— Depuis trois ans.

— Voit-il Mickey ? »

Le poing serré sur une boule de mouchoirs en papier trempés, elle secoua à nouveau la tête.

Mon calepin était resté ouvert sur mes genoux. « Il me faudrait son nom. »

Elle ne répondit pas.

J'attendais que le silence lui porte sur les nerfs, mais cela ne semblait pas l'affecter. Elle n'avait pas de tics particuliers, ne se tripotait pas les cheveux, ne se mordillait pas les lèvres. Elle semblait totalement emmurée en elle-même, totalement hermétique.

« Jamais il ne lui ferait le moindre mal, déclara-t-elle soudain. Et il n'est pas assez fou pour l'enlever… »

La pointe de mon stylo restait posée sur la page.

« Aleksei Kuznet », murmura-t-elle.

J'ai d'abord cru à une plaisanterie. J'ai même failli éclater de rire. Ce nom avait quelque chose d'une incantation. Un nom propre à vous nouer la gorge et à provoquer un brusque relâchement de votre transit intestinal. Un nom que l'on ne prononçait qu'à voix basse, hors de portée des oreilles indiscrètes, en croisant les doigts ou en touchant du bois.

« Quand avez-vous vu votre ex-époux pour la dernière fois ?

— Le jour de notre divorce.

— Et qu'est-ce qui vous permet d'affirmer qu'il n'a pas enlevé votre fille ? »

La réponse ne se fit pas attendre : « Mon mari a la réputation d'être un type violent et dangereux, inspecteur. Mais pas un idiot. Jamais il ne s'en prendrait à ma fille, ni à moi. Il sait que je peux l'anéantir.

— Comment ça, au juste ? »

Elle n'eut pas besoin de répondre. Je voyais mon reflet dans ses yeux qui ne cillaient pas. C'était pour elle une inébranlable certitude, excluant la possibilité même du moindre doute.

« Il y a autre chose, poursuivit-elle. Mickey a un problème, un trouble psychologique. Elle refuse de sortir seule. Selon son psychothérapeute, c'est de l'agoraphobie.

— Mais ce n'est qu'une…

— Une enfant ? Oui. Mais pour étrange que cela paraisse, ça peut arriver. La seule idée d'aller toute seule à l'école la rendait malade. Pointes de douleur dans la poitrine, palpitations, nausées, gêne respiratoire. La plupart du temps, je devais l'accompagner jusque dans sa classe, et quand j'allais la chercher, je la retrouvais exactement au même endroit. »

Ses larmes menaçaient à nouveau de déborder, mais elle parvint à les réprimer. Les femmes et les larmes — j'ai toujours été d'une incompétence crasse, sur ce chapitre. Certains savent d'instinct les prendre dans leurs bras, sécher leurs pleurs, partager et consoler leur douleur. Moi, je n'ai jamais su y faire. À mon grand regret, d'ailleurs…

Rachel était trop profondément bouleversée pour sauver la face, mais pas assez pour craquer totalement devant moi. Elle tenait à me prouver qu'elle pouvait être forte, si elle voulait — et pour ça, je n'avais aucun mal à la croire. Rien que pour plaquer Aleksei Kuznet, il fallait un courage hors du commun.

« Quelque chose vous est revenu ? me demande Joe, qui s'est approché.

— Non. Je rêvassais. »

Ali regarde en bas, penchée sur la rampe de l'escalier.

« Les voisins sauront peut-être où elle est. Si nous demandions à celle qui collectionne les chats…

— Mrs Swingler. »

Depuis la tragédie, un certain nombre de voisins avaient déménagé. Les Murphy tenaient à présent un pub à Esher, et Kirsten Fitzroy, la meilleure amie de Rachel, était partie s'installer à Notting Hill. Peut-être le malheur se propage-t-il dans tous les étages d'une maison, comme une puanteur que rien ne parvient à chasser.

Nous prenons l'ascenseur jusqu'au premier. Je frappe à la porte de Mrs Swingler. Appuyé sur mes béquilles, j'entends son pas dans le couloir. Les perles de verre qu'elle s'enfile dans les cheveux s'entrechoquent au moindre de ses mouvements. La porte s'ouvre d'un millimètre.

« Bonjour, Mrs Swingler. Vous me reconnaissez ? »

Elle me jette un regard méfiant. Elle doit me prendre pour un inspecteur des services sanitaires municipaux, venu lui enlever ses bestioles.

« Vous m'avez déjà vu, il y a quelques années, au moment de la disparition de Mickey Carlyle. Je voudrais parler à sa mère, Rachel. Vous l'auriez croisée, récemment ? »

De sa porte s'exhalent des effluves hybrides, d'origine mi-féline mi-humaine.

Elle retrouve sa langue : « Non.

— Quand l'avez-vous vue pour la dernière fois ? »

Elle hausse les épaules. « Ça fait plusieurs semaines. Elle a dû partir en vacances.

« — C'est elle qui vous l'a dit ?

— Non.

— Avez-vous vu sa voiture garée devant la maison ?

— Quel genre de voiture ? »

Allez savoir pourquoi, ça me revient, moyennant un violent effort de mémoire : « Une Renault Estate. »

Mrs Swingler secoue la tête, dans un carillonnement de perles multicolores.

Derrière elle, le couloir est encombré de coffres et de cartons. Un petit mouvement m'attire l'œil, suivi d'un second. Et tout à coup, c'est comme si les ombres prenaient vie. Des chats. Il y en a partout. Ils sortent des cartons et des tiroirs. De sous le lit, de sur les placards. Leurs silhouettes sombres glissent sur le plancher, s'attroupent autour d'elle. Ils viennent se frotter contre ses mollets pâles, lui égratignent les chevilles.

« Et moi — quand m'avez-vous vu pour la dernière fois ? »

Elle me regarde d'un drôle d'air. « Le mois dernier. Vous étiez tout le temps fourré ici. Vous n'arrêtiez pas d'entrer et de sortir.

— Seul, ou accompagné ? »

Elle lance un coup d'œil du côté du professeur. « Il essaie de faire de l'humour, votre copain ?

— Non. Il a juste un petit problème de mémoire.

— Vous alliez voir ma voisine du dessus, je suppose.

— Et vous savez pourquoi ? »

Son rire grince comme un crincrin. « Vous me prenez pour votre secrétaire particulière, ou quoi ? »

Elle s'apprête à refermer sa porte, mais se ravise. Une autre idée lui est venue : « Ça y est, je vous remets, à présent… C'est vous qui étiez venu enquêter pour la petite qui s'était fait assassiner. Mais c'était sa faute, tout ça.

— La faute à qui ?

— Ce genre de femme, ça devrait pas faire d'enfants — surtout quand elles sont pas capables de les surveiller ! Payer des impôts pour les enfants des hôpitaux, ou pour réparer les routes, passe encore. Mais pourquoi faudrait qu'on entretienne des mères célibataires qui s'engraissent aux frais de l'aide sociale, et claquent leurs allocations en gnôle et en cigarettes ?

— Elle n'est jamais allée à l'aide sociale. »

Mrs Swingler rajuste son caftan. « Pfff ! Alcoolique un jour, alcoolique toujours !

— Ah oui, vous croyez ? » lui lancé-je, en avançant d'un pas.

Tout à coup, elle n'en semble plus si sûre. « J'en causerai à ma mère. Un problème à la fois, pas vrai ? »

Le professeur referme la porte et l'ascenseur s'ébranle. Lorsque nous arrivons dans le hall d'entrée, je me retourne vers l'escalier.

J'ai fouillé cet immeuble de fond en comble des dizaines de fois, en rêve comme dans la vraie vie. Mais je voudrais pouvoir le fouiller à nouveau. Le démonter s'il le faut, brique par brique.

Rachel a disparu, tout comme ces gens qui ont laissé leurs traces sanglantes sur le bateau. Je ne sais qu'en penser, mais un imperceptible frémissement m'agite l'esprit, un genre de frisson nerveux. Et quelque chose qui s'apparente à l'instinct me souffle que je devrais m'en préoccuper.

Il se fait tard. Les lampadaires s'allument, tout comme les feux des voitures. Nous nous glissons le long d'un mur latéral, jusqu'au jardin de derrière, un étroit rectangle de gazon environné de murets de brique. Les criquets se mettent à striduler, et je distingue dans l'ombre une pataugeoire de plastique, retournée contre un mur.

Au-delà de la clôture du fond s'étend le terrain de jeu de Paddington où les tuyaux d'arrosage forment de petites mares boueuses dans le gazon. À gauche, une allée avec des garages et à droite, au-delà d'une douzaine de murs, c'est le McMillan Estate, un ensemble d'immeubles de logements sociaux datant d'après guerre. Non moins de quatre-vingt-seize appartements, avec du linge séchant sur les balcons et des antennes paraboliques fixées aux murs.

C'est là que Mickey et Sarah venaient prendre leurs bains de soleil. Au-dessus s'ouvre la fenêtre d'où Howard les regardait. Le jour où Mickey a disparu, je suis venu quelques minutes dans ce jardin, en quête d'un peu d'ombre et de calme. Tout me criait que ça n'était pas une simple fugue, qu'une fillette ne disparaît pas comme ça, dans un immeuble de cinq étages. Ça puait le kidnapping — ou pire.

Un enfant qui disparaît, c'est généralement mauvais signe. Chaque jour, il s'en volatilise des dizaines — des fugueurs, pour la plupart, ou des adolescents chassés de chez eux. Quand il s'agit d'une fillette de sept ans, c'est plus inquiétant. Les seules possibilités relèvent du pur cauchemar. Je m'accroupis près de la mare où des grosses carpes tournoient paresseusement. Je n'ai jamais réussi à comprendre pourquoi les gens élevaient des poissons, ces créatures gluantes, impassibles, recouvertes d'écailles, qui finissent par coûter très cher et tournent de l'œil pour un oui ou pour un non. Jessie, ma deuxième femme, en raffolait. Notre mariage a duré six mois et puis, à ses yeux, je suis passé de mode plus vite que les strings pour hommes.

J'avais un élevage de grenouilles, quand j'étais gamin. J'allais pêcher des têtards dans une mare, près de notre ferme, et j'observais leurs métamorphoses, dans un baril de plastique coupé par le milieu. C'est adorable, un bébé grenouille, mais si vous en mettez une centaine dans une bassine, vous obtenez assez rapidement une masse grouillante et visqueuse, qui finit par tout envahir. Mon beau-père m'assurait que mon élevage de batraciens était vraiment « fantastique » — mais il ne devait pas donner à ce mot son sens le plus positif.

Ali est près de moi. Elle glisse une mèche de sa frange derrière son oreille. « Dès le premier jour, vous pensiez qu'elle était peut-être déjà morte.

— Je sais.

— L'enquête n'avait même pas commencé et les collègues du labo n'étaient pas encore sur les lieux. Pas de taches de sang, pas de suspect… mais vous aviez un mauvais pressentiment.

— Oui.

— Et dès le début, vous vous êtes intéressé à Howard. Pourquoi ?

— Il prenait des photos. Tous les autres voisins cherchaient la petite mais lui, il s'est contenté de sortir son appareil photo. Il disait qu'il voulait garder une trace.

— Une trace ? De quoi ?

— De toute cette agitation.

— Pourquoi ?

— Pour avoir un souvenir. »

5

À mon retour, la nuit est pratiquement tombée. Dans l'hôpital rôde une odeur aigrelette et sure, comme l'atmosphère d'une pièce confinée. J'ai manqué une séance de kiné et Maggie m'attend pour changer mon pansement.

« Hier, un flacon de capsules a disparu du chariot à pharmacie, m'annonce-t-elle en ôtant mes derniers bandages. Des capsules de morphine. Ma collègue va avoir des ennuis. L'infirmière-chef la tient pour responsable. »

Elle ne m'accuse nullement, mais j'ai capté le message : « Nous tenons à retrouver rapidement ce flacon. Peut-être n'est-il qu'égaré… »

Elle se dirige vers la porte à reculons, en emportant le plateau sur lequel est posé son matériel à pansement.

« J'espère que ça s'arrangera, pour votre amie », lui dis-je.

Elle hoche la tête, fait demi-tour et sort de la chambre sans ajouter un mot.

Je me rallonge. J'entends le cliquetis de lointains chariots, au fond du couloir. Quelqu'un se réveille d'un cauchemar en hurlant. Par quatre fois, j'essaie le numéro de Rachel Carlyle. Personne. Ali a promis de lancer une recherche sur son nom et le numéro d'immatriculation de sa Renault Estate dans le système informatique de la police nationale.

Ce soir, le couloir est désert, devant ma chambre. Les limiers de la brigade anticorruption s'essouffleraient-ils ?

À neuf heures, j'appelle ma mère, à Villawood Lodge. Elle met une éternité à décrocher.

« Tu dormais ?

— Je regardais la télé. » J'entends le murmure du poste, en arrière-plan. « Pourquoi tu n'es pas passé me voir ?

— Je suis hospitalisé.

— Pourquoi ? Qu'est-ce qui ne va pas ?

— J'ai mal à la jambe, mais ça va aller.

— Eh bien, si ce n'est pas grave, tu devrais venir me voir.

— Selon les médecins, je ne pourrai pas quitter l'hôpital avant une semaine, minimum.

— Et les jumeaux, ils sont au courant ?

— Je ne voulais pas les inquiéter inutilement.

— Claire m'a envoyé une carte postale de New York. Elle a passé le week-end dernier à Martha's Vineyard. Elle me dit que Michael va convoyer un voilier jusqu'à Newport, à Rhode Island. Ils pourront se retrouver là-bas.

— C'est sympa.

— Tu devrais leur passer un coup de fil.

— Oui. »

J'essaie de lui poser encore quelques questions, pour alimenter la conversation, mais elle a peine à arracher son attention de sa télé. Tout à coup, elle émet un reniflement et j'ai l'impression d'avoir son nez dans l'oreille.

« Bonne nuit, Daj. (C'est comme ça que je l'appelle.)

— Attends ! » Sa bouche vient buter contre le combiné. « Passe me voir, Yanko !

— Je viendrai. Bientôt. »

J'attends qu'elle ait raccroché, et je me retrouve le combiné à la main, me demandant si je vais appeler les jumeaux — ne serait-ce que pour m'assurer qu'ils vont bien. Le genre de coup de fil que j'imagine parfaitement, mais que je ne me résous jamais à passer.

J'imagine Claire me disant : « Bonsoir papa, comment tu vas ? Est-ce que tu as reçu le livre que je t'ai envoyé ? Non, non, ce n'est pas un livre de diététique, ça traite de l'ensemble de ton mode de vie — il s'agit de nettoyer ton foie, de te purger de toutes les toxines… » Après quoi elle m'inviterait à venir manger chez elle, un dîner végétarien, histoire de bien me purger le foie, de me nettoyer de toutes mes toxines, de me remettre à neuf, de fond en comble.

J'imagine aussi d'appeler Michael. On se retrouverait quelque part pour boire une bière, échanger des blagues et parler de foot, comme dans toute relation père-fils normale. Sauf qu'il n'y a rien de normal, dans tout ça. C'est comme si j'imaginais la vie de quelqu'un d'autre. Ni ma fille ni son frère ne gaspilleraient leur temps à passer un coup de fil à leur père, sans même parler de lui consacrer une soirée entière…

J'aime mes enfants. Je les adore — c'est juste que j'ai du mal à les comprendre. Quand ils étaient petits, ça allait, mais ils n'ont pas tardé à se métamorphoser en adolescents qui conduisaient trop vite, faisaient hurler la stéréo, et me traitaient comme une barbouze fasciste, sous prétexte que j'étais inspecteur de police. Aimer ses enfants, c'est une chose. Les garder, c'est une autre paire de manches.

Je m'endors devant une émission sur les Caraïbes à la télé. La dernière image qu'il m'en reste, c'est une fille dotée d'un sourire inoxydable, qui laisse tomber son paréo avant de piquer une tête dans une piscine.

Quelques heures plus tard, je suis réveillé par la douleur. Je sens quelque chose dans l'air — une vibration fugace et mortelle, comme les turbulences que laisse un long-courrier dans son sillage. Il y a quelqu'un dans ma chambre. Je ne vois que ses mains. Autour de ses phalanges, je distingue les perles d'un komboloï d'argent.

« Comment êtes-vous entré ?

— Il ne faut pas croire tout ce qu'on raconte, concernant les listes d'attente des hôpitaux !… »

Aleksei Kuznet s'incline vers moi. Il a les yeux noirs, mais pas autant que ses cheveux, qui sont tirés en arrière, formant des stries rigides au-dessus de son front. Ils semblent se tenir au garde-à-vous, à force de gel et de volonté. Son autre trait caractéristique est une cicatrice ronde, rose et fripée, sur sa joue. Quant à la montre qu'il a au poignet, elle doit valoir plus que mon salaire annuel.

« Mais je n'ai même pas pris de nouvelles de votre santé. Comment allez-vous, inspecteur Ruiz ?

— Très bien.

— Vous m'en voyez ravi. Je suis sûr que votre mère sera soulagée de l'apprendre. »

Message reçu.

Je sens de minuscules gouttelettes de sueur se former au bout de mes doigts. « Qu'est-ce que vous faites ici ?

— Je suis venu prendre livraison.

— Prendre livraison ?

— Je crois me souvenir que nous avions passé un marché. » Il parle un anglais impeccable, classique.

Le style de langage qu'on apprend dans les meilleures écoles — irréprochable, mais un peu froid à mon goût.

Je le regarde sans comprendre. Il durcit le ton. « Ma fille — vous deviez la récupérer. »

J'ai le sentiment que des bribes de notre conversation m'ont échappé.

« Que voulez-vous dire ? Comment aurais-je pu récupérer Mickey ?

— Seigneur ! Réponse incorrecte… essayez encore !

— Non, écoutez-moi. Je suis incapable de m'en souvenir. J'ignore totalement ce qui m'est arrivé ces dix derniers jours.

— Avez-vous vu ma fille ?

— Je ne crois pas. Mais je n'en suis pas sûr.

— C'est mon ex-femme qui la cache. Ne cherchez pas plus loin.

— Pourquoi ferait-elle une chose pareille ?

— Parce que c'est une vraie garce, et qu'elle adore retourner le couteau dans la plaie. Pour elle, c'est une sorte de sport. »

La férocité glaciale de ce verdict semble avoir abaissé la température de la pièce.

Retrouvant son calme, il tire sur les manches de sa veste. « J'en conclus donc que vous n'avez pas remis la rançon.

— Quelle rançon ? Qui demandait une rançon ? »

J'en ai les mains qui tremblent. Toute l'incertitude, toute la frustration de ces derniers jours se cristallisent en cet instant. Aleksei Kuznet est au courant de tout. Il sait ce qui s'est passé.

Trébuchant sur les mots, j'essaie de le convaincre de me dire la vérité. « Il y a eu… une fusillade sur le fleuve. Je ne parviens pas à me souvenir… de ce qui m'est arrivé. Il faut que… vous m'aidiez à comprendre. »

Il sourit. Le sourire de celui qui sait. Je lui ai déjà vu ce genre d'expression, auparavant. Le silence s'étire indéfiniment. Il ne me croit pas. Il lève la main vers son front, et l'empoigne, comme s'il essayait de le réduire en miettes. Au pouce, il porte une grosse chevalière en or massif.

« Et vous vous arrangez toujours pour oublier vos échecs, inspecteur ?

— Vous rigolez. D'habitude, c'est le seul truc dont je me souvienne.

— Quelqu'un doit répondre de ce qui s'est passé…

— Si vous commenciez par me le dire, ce qui s'est passé ? »

Il part d'un éclat de rire, l'index pointé sur moi. Son doigt se tend vers mon front, et la chevalière qu'il a au pouce évoque le chien d'un pistolet. Puis d'un mouvement fluide, il tourne le poignet comme s'il voulait encadrer mon visage, en une sorte de L retourné.

« Je veux récupérer ma fille, ou tout au moins mes diamants. J'espère avoir été clair. Mon père me disait de ne jamais faire confiance à un Gitan. Prouvez-moi qu'il avait tort. »

Longtemps après le départ d'Aleksei, sa présence hante encore ma chambre. Il me fait penser à ces personnages de Quentin Tarantino, qui ont peine à tenir sous contrôle l'aura de violence qu'ils projettent. Il ne me bluffe pas, avec ses costumes sur mesure et sa diction étudiée. Je sais d'où il sort. Il y avait des tas de mômes comme lui à l'école. Je le vois très bien dans sa chemise blanche bon marché, avec ses gros godillots et son short trop grand de trois tailles. Il devait se prendre des raclées à la récré à cause de son nom exotique, de ses vêtements minables et de son accent.

Si je sais tout ça, c'est que j'en étais un moi-même — une pièce rapportée. Le fils d'une Tzigane roumaine qui allait à l'école avec les poches pleines d'*ankrustés* (des petits pains aromatisés au cumin ou à la coriandre), en guise de casse-croûte. Au revers de ma veste d'uniforme, je portais un insigne bricolé. À la maison on n'avait pas les moyens d'en acheter un tout fait.

« La beauté ne se mange pas en salade ! » se plaisait à me répéter ma mère et à l'époque, la formule me demeurait impénétrable. Pour moi, ça n'était qu'un de ces mystérieux dictons qu'elle nous servait à toutes les sauces : « Il ne faut pas courir deux lièvres à la fois », ou « N'essaie pas de faire une bourse en soie avec une oreille de porc ».

Tout comme Aleksei, j'ai survécu aux raclées et aux railleries, à cette différence près que je n'ai jamais décroché de bourse pour Charterhouse — lui, si, et il y a laissé son accent russe. Aucun de ses camarades de classe n'était jamais invité chez lui et il dissimulait soigneusement les colis que lui envoyait sa mère — des stocks de dattes fourrées au chocolat, de pain d'épice et de caramels. D'où je sors tout ça ? J'ai mis mes pas dans les siens…

Dimitri Kuznet, son père, était un émigré russe. Il avait débuté en vendant des fleurs à Soho, dans une petite charrette, et s'était bâti un empire sur les trottoirs, dans le secteur ouest. La guerre qu'il fit pour affirmer son pouvoir sur ce territoire se solda par trois morts et cinq portés disparus.

En 1987, le jour de la Saint-Valentin, un marchand de fleurs de Covent Garden fut cloué à sa charrette, arrosé de kérosène et transformé en torche humaine. Le lendemain, nous avons épinglé Dimitri. Aleksei assistait à la scène depuis sa chambre du premier, lorsque nous sommes venus l'arrêter. Les cris et les sanglots de sa mère avaient dû réveiller la moitié du quartier.

Trois semaines avant le procès, Aleksei quitta l'école et reprit les affaires familiales, avec Sacha, son cadet. Cinq ans plus tard, les frères Kuznet avaient en main toutes les charrettes de fleurs dans le centre de Londres. Dix ans plus tard, ils avaient la mainmise sur toute l'industrie horticole britannique et contrôlaient le marché et l'approvisionnement plus efficacement que dame Nature elle-même.

Je ne crois pas aux histoires de croque-mitaine qui courent les rues sur Aleksei Kuznet, mais l'homme me fait peur. Sa mentalité est un sous-produit de son éducation, une réaction de défi, de rejet permanent de la donne génétique qui lui a été octroyée par le Créateur.

Nous aurions pu prendre le même chemin, lui et moi, puisque nous avions souffert du même mépris et des mêmes humiliations, mais je n'ai pas laissé le mal se loger en moi, comme une mucosité coincée dans ma gorge, qui aurait fait obstacle à la bonne oxygénation de mon cerveau.

Il avait fini par prendre en grippe son propre frère. Peut-être parce que Sacha était resté trop russe à son gré. Qu'il n'était pas assez intégré, pas assez british. Mais plus probablement parce que Aleksei désapprouvait certaines de ses fredaines — cocaïne et parties fines, agrémentées de jolies hétaïres. Après une soirée particulièrement tumultueuse, on avait retrouvé une serveuse mineure flottant dans la piscine, la tête en bas, avec du sperme dans l'estomac et dans le sang des traces d'héroïne.

Sacha n'a pas comparu devant un jury de douze membres — quatre ont amplement suffi. Coiffés de leurs passe-montagnes, quatre sbires ont fait une descente chez lui en pleine nuit et ont bâillonné sa femme avant d'enlever le frère cadet d'Aleksei. On murmure que son aîné l'a pendu par les poignets et plongé dans une cuve d'acide. Ou qu'il l'aurait décapité avec un coin à bois. Mais aux dernières nouvelles, Sacha serait toujours de ce monde et vivrait à l'étranger, sous un autre nom.

Pour les gens comme Aleksei, il n'existe que deux catégories d'hommes — non pas les riches et les pauvres, les bons et les méchants, ni les bâtisseurs et les jouisseurs. Non, pour lui, il n'y a que la tête et la queue.

Les vainqueurs et les vaincus.

En temps normal et en période faste, je m'efforce de ne pas ressasser le passé. Je m'interdis de trop penser à ce qu'il a pu advenir de la petite Mickey Carlyle, ou des autres enfants disparus de ma vie.

Mais depuis que je me réveille chaque matin dans un lit d'hôpital, je ne peux m'empêcher de ruminer tout cela, à perte de vue. Je comble les lacunes de ma mémoire en échafaudant les scénarios les plus épouvantables. Je vois des cadavres emportés par la Tamise, dérivant lentement sous les ponts, ou ballottés dans le sillage des bateaux qui passent. Je vois l'eau charrier du sang, des armes tomber dans le fleuve, s'enfoncer dans la vase.

Cinq heures du matin, me dit ma montre. L'heure où les prédateurs se mettent en chasse, où la police vient frapper aux portes, où les humains sont le plus vulnérables. Ils ouvrent un œil, effarés, en ramenant leurs couvertures sur eux.

Aleksei a parlé d'une rançon. Keebal aussi avait parlé de diamants. Je devais être présent, lors de la remise de cette rançon. Et je ne m'y serais certainement pas risqué sans une preuve formelle que la petite était bien en vie. Pour moi, ça devait être une quasi-certitude.

Dans le silence de la nuit éclate un soudain accès d'agitation. Des gens courent dans les couloirs en criant. Quelqu'un a déclenché l'alarme d'incendie.

Maggie apparaît à ma porte. « Il y a une fuite de gaz. Nous devons évacuer l'hôpital. Je vais vous chercher un fauteuil roulant — je ne sais pas s'il en reste.

— Je peux marcher. »

Elle hoche la tête. « Très bien. Je vais donc commencer par emmener les patients les plus difficiles à transporter. Attendez-moi… Je reviens ! »

Je n'ai pas le temps de dire « ouf » qu'elle est déjà loin. De l'autre côté de la vitre, les sirènes de la police et des pompiers ululent en chœur, mais leur vacarme est bientôt noyé par celui des brancards que l'on amène dans le couloir et des instructions que l'on se crie.

Au bout d'une vingtaine de minutes, le niveau sonore décroît. Les minutes s'égrènent, interminables. Et s'ils m'avaient oublié ? Ça m'est arrivé une fois, lors d'une sortie organisée par mon école à Morecambe Bay. Quelqu'un m'avait défié de rejoindre à pied Kents Bank, par les marais. Une balade de douze kilomètres, à partir d'Arnside. Et c'est plutôt dangereux ; il y a sans arrêt des noyades. Les promeneurs se perdent dans le brouillard et se font rattraper par la marée montante.

Évidemment, je n'avais pas été assez bête pour tenter d'accomplir un tel exploit. J'avais tout simplement passé l'après-midi dans un café, à me gaver de petits pains au lait et de fromage blanc pendant que les copains pataugeaient sur le terrain, en observant les échassiers et les oies sauvages. Mais j'ai réussi à faire croire à tout le monde que je l'avais fait. Je n'avais que quatorze ans à l'époque. J'ai bien failli me faire virer de Cottlesloe Park, mais l'aventure a fait ma célébrité pour le reste de ma scolarité.

Mes béquilles d'aluminium sont restées près de la porte de ma chambre. Sortant les jambes du lit, j'avance de côté, à cloche-pied, jusqu'à ce que mes doigts se referment sur les poignées et que mes avant-bras prennent appui dans les manchettes de plastique.

Franchissant la porte de ma chambre, je me retrouve devant un long couloir. Là-bas, au bout, derrière une série de portes vitrées commence un autre couloir qui plonge dans les profondeurs du bâtiment. Il flotte dans l'air une légère odeur de gaz.

Je prends la direction de l'escalier, en suivant les panneaux « sortie ». Je passe devant des chambres vides dont les lits sont jonchés de draps froissés, devant un chariot de nettoyage abandonné là avec ses balais-brosses et ses têtes-de-loup, aussi échevelées que les rock stars de ma jeunesse…

L'escalier est plongé dans la pénombre. Je jette un œil par-dessus la rambarde, m'attendant à voir Maggie accourir d'un instant à l'autre. Me retournant, il me semble voir quelque chose bouger, à l'autre bout du couloir — là d'où je viens. Peut-être sont-ils à ma recherche ?

Je rebrousse chemin, poussant des portes fermées du bout de ma béquille.

« Hé ! Y a quelqu'un ? »

Derrière une cloison de Plexiglas vert, je découvre une salle d'opération. Le billard est recouvert d'un papier froissé, maculé de traînées de sang.

Le bureau des infirmières est désert. Un gobelet de café achève de refroidir près d'un dossier ouvert abandonné sur un comptoir.

De derrière une cloison me parvient un faible gémissement. Maggie gît sur le sol, inerte, une jambe repliée sous elle. Elle a la bouche et le nez en sang. Une petite flaque s'est formée sur le sol, juste sous sa tête.

Je cherche son pouls. Il bat encore.

Une voix étouffée me fait pivoter sur moi-même. « Dites donc, vous — qu'est-ce que vous fichez ici ? »

La silhouette d'un pompier équipé d'un masque intégral est venue s'encadrer dans l'embrasure de la porte. Son appareil respiratoire lui donne l'allure d'un extraterrestre. Il tient à la main une bombe aérosol.

« Elle est blessée. Vite. Faites quelque chose. »

Il vient s'accroupir près de Maggie et lui applique deux doigts sur le cou. « Qu'est-ce que vous lui avez fait ?

— Rien. Je viens de la trouver là, dans cet état. »

Derrière sa visière, je ne vois que ses yeux, qui me scrutent avec méfiance. « Vous ne devriez pas être là.

— Je crois qu'on m'a oublié. »

Il jette un coup d'œil au-dessus de ma tête, puis bondit sur ses pieds et, se précipitant vers la porte, me lance : « Je vais vous chercher un fauteuil roulant.

— Mais je peux marcher !… »

Il ne m'a apparemment pas entendu. Moins d'une minute plus tard, il est de retour. Il fait franchir à un fauteuil une série de portes battantes.

« Et Maggie ?

— Je reviendrai la chercher.

— Mais elle est blessée…

— Rien de grave. »

Plaçant mes béquilles d'aluminium sur mes genoux, je m'installe dans le fauteuil. Il part au pas de course dans le couloir, tourne à droite, puis à gauche, en direction de l'ascenseur principal.

Sa combinaison est immaculée, et ses grosses semelles de caoutchouc claquent sur le sol ciré. Pour une raison qui m'échappe, je n'entends pas le sifflement de l'oxygène dans son masque à gaz.

« Ça ne sent plus le gaz », lui dis-je.

Il ne répond pas.

Nous débouchons dans le couloir central. Là-bas, tout au bout, j'aperçois les ascenseurs. La porte de celui du milieu est maintenue ouverte par un panneau de maintenance jaune.

« Il serait plus sûr de prendre l'escalier, vous ne croyez pas ? »

Il garde le silence, sans ralentir d'un iota.

« Il vaudrait peut-être mieux éviter d'utiliser les ascenseurs… », insisté-je.

Il presse le pas, me précipitant de toute la vitesse de ses jambes vers les portes grandes ouvertes. La fosse noire de l'ascenseur s'ouvre devant moi, comme une gorge béante.

À la dernière seconde, je lève mes béquilles, qui se bloquent en croix au travers de la porte. Je me trouve projeté contre elles. La violence du choc chasse l'air de mes poumons. Mes côtes protestent douloureusement. Profitant du rebond qui me fait repartir en arrière, je parviens à me tourner de côté pour rouler au bas du chariot.

Le pompier reste prostré, plié en deux. Le fauteuil l'a percuté au niveau du bas-ventre. Je me relève tant bien que mal et lui attrape le bras à travers la roue du fauteuil, que je fais tourner à cent quatre-vingts degrés, tordant violemment son poignet contre le châssis. Encore un quart de tour, et il se brise comme un vulgaire crayon.

Il se débat et brasse l'air, tâchant de m'atteindre de son autre poing, mais je suis hors de sa portée. Le fauteuil est toujours entre nous.

« Qui êtes-vous ? Pourquoi faites-vous ça ? »

Dans la mêlée, son masque a été presque arraché. Il me balance un chapelet d'injures puis, changeant tout à coup de stratégie, frappe de son poing valide ma jambe blessée. Ses phalanges s'enfoncent dans le pansement qui recouvre ma plaie. La douleur frôle l'insoutenable. Des points blancs envahissent ma vision. Je fais pivoter mon fauteuil sur le côté, dans l'espoir de lui échapper et, au même instant, j'entends un craquement sinistre du côté de son poignet. Il lâche un grognement.

Nous nous retrouvons tous deux par terre. Il m'envoie un coup de pied dans la poitrine, me projetant en arrière. Ma tête part valdinguer contre le mur. Il parvient à se mettre à genoux, m'attrape par le dos de mon peignoir de sa main valide et tente de me traîner en direction de la cage d'ascenseur. Je rue sur le sol de ma bonne jambe, les doigts agrippés au harnais qu'il porte sur sa veste — et je n'ai pas la moindre intention de lâcher prise.

La fatigue commence à se faire sentir. Il veut ma peau. Je me bats pour survivre. Il a pour lui sa force physique et sa détermination. Moi, j'ai mon instinct de survie et mon adrénaline. L'énergie du désespoir.

« Écoute, Tarzan. Ça ne va… pas… marcher… ton truc, lui dis-je en reprenant souffle entre chaque mot. Si tu veux me balancer dans ce trou, va falloir y descendre avec moi !

— Dégage, putain ! Tu m'as cassé le poignet !

— Moi, on m'a tiré dans la jambe et je pleure même pas ! »

Dans les étages inférieurs, quelqu'un a dû appeler l'ascenseur car le moteur se réveille. Ses yeux se lèvent vers les numéros qui défilent, au-dessus de la porte. Il parvient à se hisser sur ses pieds. Se débarrassant de moi, il dévale le couloir en tenant son poignet comme s'il était déjà en écharpe. Il va réussir à s'échapper par l'escalier, et je ne vois pas comment je pourrais l'en empêcher.

Glissant la main dans ma poche, j'essaie de repêcher un petit comprimé jaune. Mes doigts sont trop épais pour une tâche aussi précise. Ça y est, je le tiens... Je l'ai coincé entre mon pouce et mon index. Voilà... Il est sur ma langue.

Mon taux d'adrénaline commence à redescendre. Mes paupières papillonnent comme les ailes d'une mite piégée sur une vitre trempée. Quelqu'un veut ma mort — bizarre, non ?

L'ascenseur arrive à l'étage. J'entends des murmures. L'index pointé sur le couloir, je bafouille : « Maggie... Filez vous occuper d'elle ! »

6

Des patrouilles de flics sillonnent les couloirs, interrogeant les infirmières, mitraillant tout avec leurs appareils photo. Je reconnais la voix de Campbell qui tombe à bras raccourcis sur un toubib, lui reprochant de perturber son enquête. À l'entendre, on croirait que le malheureux médecin a tué père et mère.

L'effet de la morphine s'atténuant, je me mets à trembler comme une feuille. Pourquoi voudrait-on me supprimer ? Parce que j'ai été témoin d'un meurtre sur le fleuve ? Parce que j'ai tué quelqu'un ? Je serais bien incapable de le dire.

Campbell ouvre la porte et j'ai une impression de déjà-vu — non pas pour le lieu où se tient la scène, mais pour la conversation qui suit. Il prend une chaise et me décoche un de ses sourires « ultramild ». Sans même lui laisser le temps d'ouvrir la bouche, je lui demande des nouvelles de Maggie.

« On l'a installée dans une chambre en bas. Quelqu'un lui a cassé le nez et lui a mis les deux yeux au beurre noir. C'était toi ?

— Non. »

Il hoche la tête. « Effectivement. C'est bien ce qu'elle dit. Tu pourrais me raconter ce qui s'est passé ? »

Je lui relate toute l'histoire par le menu — mes démêlés avec le pseudo-pompier et le sprint en fauteuil roulant dans le couloir. Campbell semble relativement satisfait de mes explications.

« C'est bien ce qu'ont enregistré les caméras ?

— Que dalle ! Il avait neutralisé les objectifs avec une bombe de peinture noire. Nous avons son image dans la salle des infirmières — mais on ne distingue pas sa tête. On ne voit que son masque. Tu l'as reconnu ?

— Non. »

Il affiche une moue écœurée.

« J'ai la quasi-certitude que tout ça tourne autour de Mickey Carlyle, lui dis-je. Quelqu'un a envoyé une demande de rançon. Je pense que c'était pour ça que j'étais sur la Tamise.

— Mickey Carlyle est morte.

— Et si nous avions fait erreur ?

— Foutaises !… Il n'y a pas d'erreur qui tienne.

— J'ai dû avoir une preuve qu'elle était toujours en vie. »

Campbell est parfaitement au courant de tout ça. Il l'a toujours été, depuis le début.

« C'est un pur coup monté ! grogne-t-il. Personne n'y a jamais cru, à part toi et Rachel Carlyle. Une mère éplorée, folle de chagrin, je comprends — mais toi ! » Ses doigts se replient et se déploient alternativement, en un mouvement de flexion/extension. « Tu étais l'officier de police responsable d'un dossier qui a normalement débouché sur une condamnation, et tu as délibérément choisi de marcher dans un bluff qui risque de jeter le doute sur nos résultats. Tu demandes un test d'ADN — tu fonces dans le panneau tête baissée, comme un privé ringard, dans un film américain de série B. C'est là que tu t'es pris cette balle. »

Il s'est rapproché. Je distingue quelques pellicules dans ses sourcils. « C'est Howard Wavell qui a tué Mickey Carlyle. Et si ce gros dégueulasse, ce sale pervers, finit par être relâché dans la nature, il n'y aura plus un seul flic dans cette ville qui voudra faire équipe avec toi. Professionnellement, tu es fini. »

Une vibration basse, continue, s'élève progressivement en moi comme le bruit d'un moteur de bateau dans un entrepont.

« Il faut enquêter. Il y a eu des morts, sur ce rafiot.

— Ouais ! Et à ma connaissance, c'est toi qui les as descendus. »

Ma détermination fond comme neige au soleil. Il me manque trop de détails pour pouvoir lui tenir tête. Quoi qu'il se soit passé sur la Tamise, c'était ma faute… J'ai levé un lièvre trop venimeux. Personne ne veut m'aider.

Campbell poursuit : « Je ne sais pas au juste ce que tu as magouillé, Vincent, mais tu t'es fait quelques solides ennemis. N'essaie surtout pas de revoir Rachel Carlyle. Tiens-toi à l'écart de tout ça. Si jamais tu remets en question la condamnation de Wavell, et si j'entends ne serait-ce qu'un pet de souris de ton côté, tu peux dire adieu à ta carrière. Et ça, c'est pas une menace — c'est une garantie en béton armé. »

Il s'en va et s'engouffre dans le couloir, façon tornade. Combien de temps suis-je resté dans le coaltar ? Huit jours ou huit ans ? Assez longtemps en tout cas pour me réveiller dans un autre monde…

Le professeur débarque, les joues rosies par le froid matinal. Il marque une petite pause sur le seuil de ma chambre comme s'il attendait d'y être invité pour entrer. Derrière lui, dans le couloir, je reconnais Ali, assise sur une chaise. À présent, elle est officiellement mon ombre.

On a installé des détecteurs de métaux dans le hall d'entrée et les infirmières elles-mêmes doivent s'y soumettre. Maggie ne fait plus partie de l'équipe soignante — encore une bourde dont je me sens responsable.

J'ai déjà décrit l'agression une bonne douzaine de fois à mes collègues policiers mais je recommence pour Joe, sans me faire prier. Avec lui, c'est autre chose. Il ne pose pas du tout les mêmes questions qu'un flic. Il veut savoir ce que j'ai entendu, ce que j'ai senti. Est-ce que mon agresseur avait le souffle court ? Est-ce qu'il m'a paru effrayé ?

Je lui fais une petite visite guidée des lieux de l'empoignade. Ali ne s'éloigne jamais de plus de deux mètres. Elle inspecte les chambres et les couloirs.

Appuyé sur mes béquilles, je regarde Joe qui s'est lancé dans son grand numéro de savant visionnaire. Il arpente les distances, s'accroupit pour scruter le sol, inspecte les moindres recoins.

« Et *quid* de cette fuite de gaz ?

— C'est un des livreurs qui a remarqué le premier cette odeur de gaz. Mais personne n'a décelé la moindre fuite. On avait simplement ouvert le robinet d'un tuyau qui part du réservoir à gaz, près des quais de chargement. »

Joe piétine le lino comme s'il voulait l'aplanir. Je pourrais presque entrevoir les rouages de son esprit qui s'ébranlent, dans un sens puis dans l'autre, tandis qu'il s'efforce de reconstituer les faits.

Puis il réfléchit tout haut : « Il savait s'orienter dans l'hôpital, mais il ne connaissait pas l'emplacement de votre chambre. Et comme tout avait été évacué, il n'avait plus personne à qui demander son chemin. »

Il fait demi-tour, arpente le couloir à grandes enjambées. Je m'efforce de le suivre sans perdre l'équilibre. Il s'arrête sous une caméra de surveillance et lève le bras, comme pour brandir une bombe de peinture. « Il devait mesurer un mètre quatre-vingt-cinq, minimum.

— Oui. »

Il continue son chemin jusqu'à la salle des infirmières, jetant un coup d'œil au long couloir, puis à la kitchenette. Des écritoires sont alignées sur un mur, chacune correspondant à un patient.

« Où avez-vous retrouvé Maggie ?

— Elle était ici, par terre. »

Il s'agenouille puis se couche, la tête orientée vers l'évier.

« Non, elle était allongée dans cette direction, la tête presque sous le bureau. »

Bondissant sur ses pieds, il va examiner les écritoires, paupières mi-closes. « Il a dû regarder les feuilles de maladie, pour trouver le numéro de votre chambre.

— Qu'est-ce qui vous permet d'avancer ça ? »

Joe s'accroupit et je suis la direction qu'il m'indique de l'index. La plinthe porte deux traînées noires, laissées par les talons des bottes du faux pompier.

« Maggie est arrivée dans le couloir. Sans doute pour vous chercher. Il a entendu ses pas et s'est reculé dans ce coin pour se cacher… »

J'imagine très bien Maggie se précipitant dans le couloir, inquiète d'être en retard.

« En entrant, elle a tourné la tête, et il en a profité pour lui envoyer un coup de coude sur l'arête du nez. » Joe se laisse tomber à terre et s'allonge là où Maggie s'est écroulée. « Puis, il est passé à votre chambre, mais vous étiez déjà parti. »

Tout ça me semble frappé au coin du bon sens.

« Il y a un truc qui m'échappe : il aurait pu me descendre ici, tout de suite, ou dans le couloir, mais il a pris la peine d'aller chercher un fauteuil roulant pour me balancer dans la cage d'ascenseur. »

Toujours par terre, Joe m'indique la caméra vidéo. « C'est la seule dont il n'ait pas noirci l'objectif.

— Et alors ? Il portait un masque.

— Psychologiquement, ça faisait une différence. Même avec le visage caché, il ne tenait pas à figurer dans une séquence vidéo amateur. Les images auraient pu être utilisées contre lui.

— Il s'est donc arrangé pour m'emmener plus loin.

— Voilà. »

Joe poursuit son raisonnement, sans se soucier des tics et des tremblements qui l'agitent. Je lui emboîte le pas dans le couloir, jusqu'à l'escalier. Là, il marque une pause. Quelque chose a l'air de le turlupiner.

« La fuite de gaz était indispensable, pour les deux plans, lance-t-il.

— Les deux plans ?

— Un pour l'extérieur et un pour l'intérieur... »

Là, je ne pige pas. Le professeur semble avoir totalement décollé. Tout juste s'il se souvient de ma présence. Il monte deux volées de marches qui le mènent à une lourde porte anti-incendie. Il l'ouvre d'un coup d'épaule et nous émergeons sur un rectangle de bitume plat comme la main. Le toit de l'hôpital. Une bolée d'air frisquet me fouette le visage et Joe me rattrape par mon peignoir, pour me remettre d'aplomb. Au-dessus de notre tête se rassemblent de gros cumulus noirs, très bas.

Des canalisations circulaires et des conduits de climatisation émergent du bitume. Un muret de brique garni d'un rebord peint en blanc court le long des murs extérieurs du bâtiment. Il est surmonté d'une clôture de grillage de sécurité, inclinée vers l'intérieur et elle-même hérissée de fil de fer barbelé.

Joe longe pas à pas le muret en jetant de temps à autre un coup d'œil aux immeubles avoisinants, comme pour ajuster sa boussole interne. En arrivant au coin nord-est du toit, il approche de la clôture. « Vous voyez ce petit parc, là, en bas… celui où il y a une fontaine ? » Je suis son regard. « C'est le point de rassemblement, en cas d'évacuation. Tout le monde devait se retrouver là, quand ils ont évacué les services. Vous auriez dû être avec eux. Il n'avait aucun moyen de savoir que vous resteriez en arrière… »

Ça y est — je l'ai rattrapé. « Il avait peut-être prévu de se cacher dans ma chambre et de me tuer à mon retour.

— Ou même de vous tuer dehors. »

Il s'accroupit pour examiner de plus près la fine couche de suie qui assombrit les pierres du rebord — ce film grisâtre qui recouvre tout Londres, jusqu'à la prochaine averse. Trois cercles de la taille d'un penny se sont imprimés en creux sur la surface. Le regard de Joe balaie le sol, en quête de deux traces plus grandes, qu'il trouve au pied du mur.

Quelqu'un s'est agenouillé là avec un trépied calé sur le mur. Un tireur solitaire qui m'attendait, le doigt sur la détente, les cils frôlant l'objectif de son viseur, l'œil vissé sur le petit parc, en bas. Les poils de mes avant-bras se hérissent.

Quinze minutes plus tard, le toit est mis sous scellés et une équipe de techniciens du labo est à pied d'œuvre, à la recherche du moindre indice. Campbell broie du noir, évidemment — s'en faire remontrer par un amateur…

Joe m'emmène au rez-de-chaussée. La cantine est un de ces libres-services aseptisés, entièrement tapissés de carrelage blanc et équipés de comptoirs en Inox. Cedric, le responsable du self, est jamaïcain. Il a sur le crâne un bonnet de boucles incroyablement crépues et un rire qui sonne comme une noix qu'on ferait craquer entre deux briques.

Il nous apporte des cafés et sort de sa poche de tablier une demi-bouteille de scotch dont il me verse un petit verre. Joe fait mine de ne rien voir, à moins qu'il ne soit trop absorbé dans ses réflexions… Il tente de reconstituer les chaînons manquants.

« Les tueurs de ce genre n'éprouvent rien pour leurs victimes. Pour eux, c'est comme s'ils jouaient à un jeu vidéo.

— Ça pourrait donc être un type très jeune.

— Et très isolé. »

Fidèle à ses habitudes, le professeur s'intéresse davantage au « pourquoi » qu'au « qui ». Il veut trouver une explication, alors que moi, j'essaie de mettre un visage dans cette case vide. Je veux un suspect à capturer, à mettre hors d'état de nuire.

« J'ai reçu la visite d'Aleksei Kuznet, ce matin. Je crois que j'ai une idée de ce que j'étais allé faire sur la Tamise : je surveillais la remise d'une rançon. »

Joe me regarde sans sourciller.

« Il a refusé de me donner plus de détails, mais nous devions avoir eu des preuves de la survie de Mickey. Je devais penser que je la trouverais encore en vie.

— Ou l'espérer, à tout le moins. »

Je vois ce qu'il veut dire. Il me soupçonne de ne plus être très rationnel.

« D'accord. En ce cas, il y a quelques questions qui se posent, dit-il. Dans l'hypothèse où Mickey serait toujours de ce monde, où aurait-elle passé les trois dernières années ?

— Je n'en sais rien.

— Et pourquoi ses ravisseurs auraient-ils attendu trois ans pour envoyer leur demande de rançon ?

— Peut-être ne l'avaient-ils pas enlevée en vue de demander une rançon — du moins pas au début.

— OK. En ce cas, pourquoi l'avaient-ils enlevée ? »

Je me creuse désespérément la tête. Je n'en ai aucune idée. « Peut-être voulaient-ils punir Aleksei… »

Ça n'est pas très convaincant.

« Pour moi, ça a tout l'air d'un coup monté. Une personne proche de la famille ou de l'enquête initiale en savait assez pour convaincre les parents éplorés que leur fille était toujours en vie.

— Et la fusillade ?

— Ils se sont disputés, ou l'un d'eux a essayé de tirer la couverture. »

Ça me paraît nettement plus logique que mes propres théories.

Le professeur sort son calepin et se met à dessiner une grille sur une page comme pour jouer à la bataille navale.

« Vous avez grandi dans le Lancashire, il me semble ?

— Quel rapport avec l'âge du capitaine ?

— Juste une question, comme ça, en passant. Votre beau-père était pilote dans la RAF pendant la guerre…

— D'où tenez-vous cela ?

— Vous m'en avez parlé, un soir. »

Une boule de colère m'obstrue la gorge, et je tente vainement de déglutir pour la faire passer. « On dirait que ça vous démange, de lorgner à l'intérieur de ma tête. La Condition Humaine — c'est bien comme ça, que vous appelez ça ? À votre place, j'ouvrirais l'œil, des fois que cette salope serait sur vos traces.

— Comment expliquez-vous tous ces rêves que vous faites, concernant des enfants portés disparus ?

— Allez donc vous faire foutre !

— Vous n'auriez pas un petit problème de culpabilité ?… »

Je préfère garder le silence.

« Peut-être avez-vous refoulé quelque chose.

— Je ne refoule jamais rien.

— Avez-vous déjà rencontré votre vrai père ?

— Quand vous aurez la mâchoire en miettes, vous y réfléchirez à deux fois, avant de me harceler.

— Ça n'a rien d'exceptionnel ! Des foules de gens ignorent qui est leur vrai père. Vous devez vous poser des questions… Vous demander si vous lui ressemblez, si vous avez la même voix que lui.

— Vous vous plantez. Je m'en fiche complètement.

— Pourquoi refuser d'en parler, en ce cas ? Vous êtes probablement un bébé de la guerre — vous êtes né juste après. Beaucoup de pères n'en sont jamais revenus. D'autres sont restés en garnison sur le continent. Des enfants ont été portés disparus… »

Disparus. Je déteste ce mot. Mon père n'a jamais été porté disparu. Il ne dort pas sous quelques arpents de terre normande ou ardennaise, dont il aurait fait pour toujours un morceau d'Angleterre. Je ne sais même pas son nom.

Joe me regarde. Il reste vissé à son siège, et fait vire-volter son stylo entre ses doigts, attendant Godot. Je n'ai aucune envie de me faire psychanalyser, et je ne tiens pas à ce qu'il vienne fourrer son nez dans mon passé. Je ne veux pas parler de mon enfance.

J'avais quatorze ans le jour où ma mère s'est assise près de moi et m'a raconté l'histoire de ma naissance. Il fallait qu'elle soit un peu pompette, bien sûr. Elle s'est affalée au pied de mon lit et m'a demandé de lui masser les chevilles. Puis elle m'a raconté ce qui était arrivé à une certaine Germile Purrum, une Gitane qui portait un « G » tatoué sur le bras gauche et un triangle noir cousu à ses haillons.

« Nous avions une de ces tronches ! On aurait dit des boules de billard, avec les oreilles décollées et des yeux hallucinés », a-t-elle attaqué, le verre entre les seins.

Les filles les plus jolies et les plus robustes étaient envoyées dans les quartiers des officiers SS. Les autres travaillaient dans les bordels des camps, où elles subis-saient des viols collectifs qui finissaient par les briser, de l'intérieur. Elles étaient stérilisées, pour la plupart, parce que les Roms passaient pour une race impure.

Ma mère avait quinze ans quand elle est arrivée à Ravensbruck, le plus grand camp du IIIe Reich. Elle a été affectée au bordel, où elle trimait douze heures par jour.

Elle n'est jamais entrée dans les détails, mais je sais qu'elle se souvenait de tout.

« Je crois que je suis enceinte, a-t-elle dit d'une voix pâteuse.

— Tu es sûre ?

— Je n'ai pas eu mes règles.

— Tu es trop vieille pour être enceinte. »

Elle m'a lancé un regard en coin — elle détestait parler de son âge. « Esther a essayé de me le faire passer.

— Esther ? Qui c'est ?

— Une amie juive… Un ange. Mais tu étais bien accroché. Tu avais décidé de vivre. »

Elle était enceinte de trois mois à la fin de la guerre. Elle a passé deux mois de plus à chercher sa famille, mais ils étaient tous morts — ses deux frères jumeaux, son père, sa mère, ses oncles, ses tantes et ses cousins.

Dans un camp de transit près de Francfort, un jeune officier du service de l'immigration britannique, un certain Vincent Smith, lui a suggéré que le mieux pour elle était d'émigrer. Les États-Unis et l'Angleterre accueillaient les émigrés qui avaient des papiers en règle et de bonnes compétences professionnelles. Germile n'avait rien.

Comme personne ne voulait des Tziganes, elle s'est fait passer pour juive, sur le formulaire de candidature. Tellement de gens avaient disparu. Il était très simple de se trouver des papiers… C'est ainsi que Germile Purrum devint Sophie Eisner, âgée de dix-neuf ans au lieu de seize, couturière à Francfort. Une nouvelle vie s'ouvrait devant elle.

Je suis né dans une ville anglaise battue par la pluie, dans un hôpital dont les fenêtres étaient encore garnies des rideaux noirs de la défense passive. Elle ne m'a pas laissé mourir. Elle n'a pas dit : « Qu'est-ce que je vais en faire, de ce salaud de petit Boche, de ce blondinet aux yeux bleus ? » Et même quand je recrachais son lait ou que je vomissais dans son décolleté (un autre signe que je tenais plus de lui que d'elle…), elle m'a pardonné.

Je ne sais pas ce qu'elle voyait dans mes yeux. L'ennemi, peut-être. Ou les soldats qui la violaient. Selon elle, j'ai toujours eu l'air d'être l'empereur du monde. C'était comme si toute la Création devait être repensée et réorganisée à ma convenance.

À présent, je ne sais toujours pas qui je suis — un miracle de l'instinct de survie, ou une abomination. Je suis mi-allemand, mi-tsigane — un tiers de méchanceté, un tiers de victime, un tiers de fureur. De moi, ma mère disait que j'étais un *gentleman*. Aucune autre langue ne possède ce genre de terme, pour décrire un homme. Et c'est un paradoxe. Personne ne peut se vanter d'en être un, mais nous espérons tous que c'est ainsi que les autres nous voient.

Je regarde Joe en clignant les yeux dans l'espoir de chasser le passé. Il m'a laissé parler, pendant tout ce temps, sans m'interrompre.

Sa voix est plus douce que la mienne : « Personne n'est responsable des erreurs de son père. »

Tout juste, Auguste ! Maintenant, je sens la moutarde me monter au nez. Pourquoi m'a-t-il lancé là-dessus ? Il peut se le garder, son merdier de bric-à-brac psychologique et toutes ces simagrées — sortez vos mouchoirs et envoyez les violons !

Nous nous emmurons tous deux dans notre silence. J'ai vidé mon sac. Mes cauchemars marchent au pas de l'oie et n'aiment pas être dérangés.

Soudain, Joe se lève. Il entreprend de ranger ses papiers dans son attaché-case. Mais je ne veux pas qu'il parte. Nous n'avons pas épuisé notre sujet.

« Et la rançon ? On ne devait pas en parler ?

— Vous êtes fatigué. Retournez dans votre chambre. Je reviendrai demain.

— Mais il me semble me souvenir de certains détails…

106

— Tant mieux.

— N'y a-t-il pas quelque chose que vous voudriez me dire — quelque chose que je devrais faire ? »

Il me lance un regard interrogateur. « Vous voulez un conseil ?

— Oui.

— N'allez jamais consulter un médecin qui laisse mourir les plantes de son cabinet. »

Et il me tire sa révérence.

7

Lors de la disparition de Mickey, je n'ai pas fermé l'œil pendant les premières quarante-huit heures. Après deux jours de recherches infructueuses, les chances de retrouver vivant un enfant disparu diminuent de quarante pour cent. Au bout de deux semaines, elles ne sont plus que de dix pour cent, à peine.

J'ai toujours eu horreur des statistiques. J'ai lu quelque part que le consommateur moyen utilisait une moyenne de 5,9 feuilles de papier toilette pour s'essuyer le derrière. Nous voilà bien avancés ! Qu'est-ce que ça prouve ?

Et puisque nous sommes dans les chiffres… Nous étions six cents bénévoles à sillonner les rues et quatre-vingts policiers à faire du porte-à-porte. La pression, le sentiment d'urgence nous entraînaient parfois à la lisière de la violence. J'avais envie d'ouvrir les portes à coups de pied, de secouer les arbres, de chasser tous les gosses des parcs et des trottoirs.

On a vérifié les alibis, interrogé les cyclistes, les livreurs, les représentants. On a remonté la piste de tous les visiteurs qui étaient passés à Dolphin Mansions le mois précédent. Tous les habitants de l'immeuble furent interrogés. Je savais qui battait sa femme, qui allait aux putes, qui trafiquait ses congés maladie, devait de l'argent aux bookmakers ou cultivait de l'herbe au fond de ses placards.

On a enregistré soixante-quatre témoignages non confirmés de gens qui affirmaient avoir reconnu Mickey, et quatre confessions — dont l'une émanant d'un quidam qui prétendait l'avoir sacrifiée aux dieux païens de la forêt. Nous avons eu douze offres de services de parapsychologues et deux de chiromanciens réputés — sans oublier celle d'un type qui s'était auto-proclamé « magicien de Little Milton ».

Le témoignage qui nous avait paru le plus plausible était celui d'une vieille dame. Elle affirmait avoir croisé Mickey à la station de métro de Leicester Square, le mercredi soir, deux jours après sa disparition. Mais Mrs Esmeralda Bird n'avait pas ses lunettes et Brian, son époux, ne s'était pas suffisamment approché pour distinguer le visage de la petite. La station était équipée de douze caméras de surveillance, mais les angles de prise de vue n'étaient pas les bons et la qualité des images était si déplorable qu'elles ne résolvaient rien. Elles n'auraient pu que faire dérailler totalement toute l'enquête, si nous les avions divulguées.

La recherche était devenue un événement médiatique. Les fourgonnettes de la télé bloquaient Randolph Avenue, diffusant leurs images dans toutes ces petites boîtes électroniques — afin que des gens qui n'avaient jamais vu Mickey puissent lever le nez de leur petit déjeuner et, l'espace d'un instant, l'adopter.

On avait noué des rubans violets aux rambardes des fenêtres de Dolphin Mansions, certains avec des bouquets de fleurs ou des photos de la fillette. Son portrait était affiché sur les palissades des chantiers, les poteaux électriques, les vitrines des boutiques.

Le répertoire des auteurs d'agressions sexuelles nous avait fourni trois cent cinquante-neuf suspects, sur Londres et sa banlieue — vingt-cinq d'entre eux vivaient dans le secteur, ou y avaient des accointances. Chacun fit l'objet de multiples vérifications et contre-vérifications. Chaque détail fut contrôlé, testé, comparé, dans l'espoir de reconstituer cette trame de liens humains dont est tissé le monde.

Hélas, tout ça nous prenait un temps fou, et nous avions engagé une terrible course contre la montre. L'horloge égrenait imperturbablement ses secondes, tel un cœur mécanique. Et ce n'est pas parce qu'un enfant a disparu que les minutes s'allongent — ça n'est qu'une impression…

Au bout de deux jours, je suis rentré chez moi, le temps de prendre une douche et d'enfiler des affaires propres. J'ai retrouvé Daj dans la cuisine. Elle ronflait doucement sur la table, la tête entre les bras, son siamois sur les genoux, les doigts refermés sur un verre de vodka. Son premier verre de la journée, c'était toujours une révélation, disait-elle. « Le jus des anges copulant en plein vol. » Le gin, c'était trop anglais et le whisky trop écossais. Le porto lui assombrissait désagréablement les dents et les gencives — et quand elle vomissait, on aurait dit de la fiente de moineaux qui se seraient gavés de cassis.

Avec les années, en une sorte de retour aux sources, elle est devenue de plus en plus tzigane et de plus en plus alcoolique. Elle s'emmitouflait dans les couches successives de son passé, comme dans les multiples strates de ses jupons. Elle buvait pour oublier, pour atténuer la douleur et parce que ses démons avaient soif.

J'ai dû détacher ses doigts de son verre avant de la porter dans son lit. Le siamois a sauté de ses genoux et s'est coulé dans un coin comme un liquide dans une cuvette. Tandis que je ramenais les couvertures sur elle, elle a ouvert les yeux.

« Tu vas la retrouver, hein, Yanko ? a-t-elle marmonné d'une voix pâteuse. Tu vas la retrouver, cette petite. Je sais ce que c'est, de perdre quelqu'un…

— Je vais faire de mon mieux.

— Je peux tous les voir, les enfants perdus.

— Je ne peux pas tous les retrouver, Daj.

— Ferme les yeux et tu la verras.

— Chhht. Dors, maintenant.

— Ils ne meurent jamais… » murmura-t-elle, en acceptant le baiser que je lui déposais sur la joue.

Un mois plus tard, elle entrait à la maison de retraite. Elle ne m'a jamais pardonné de l'avoir ainsi abandonnée, mais c'est là mon moindre péché…

Ma chambre est sombre. Tout comme le couloir. Dehors, il fait un noir d'encre, à part sous les lampadaires dont la lumière tombe sur les voitures du parking, recouvertes d'un manteau de givre.

Ali s'est endormie sur une chaise à côté de mon lit. La fatigue donne à son teint hâlé une couleur de cendre. La seule lumière provient de la télé qui scintille dans un coin.

Ses yeux s'ouvrent.

« Vous auriez dû rentrer chez vous. »

Elle hausse les épaules. « Ici, ils ont le câble. »

Je jette un œil à l'écran. Ils passent un vieux film en noir et blanc, avec Alec Guinness. L'absence de son souligne le côté caricatural du jeu des acteurs.

« Pour moi, ce n'est pas une obsession, vous savez.

— Qu'est-ce que vous voulez dire, chef ?

— Je veux dire que je n'essaie pas à toute force de ramener Mickey Carlyle à la vie. »

Elle écarte une mèche de cheveux qui lui tombe dans les yeux. « Qu'est-ce qui vous fait croire qu'elle est toujours en vie ?

— Je ne peux pas l'expliquer. »

Elle hoche la tête.

« Vous aviez déjà ce genre de certitude, pour Howard.

— Jamais à ce point. » J'aimerais pouvoir m'expliquer, mais je sais qu'elle me soupçonnerait de paranoïa aiguë. Certains jours, je me dis qu'il n'y a qu'une personne au monde dont je sois sûr qu'elle n'ait pas enlevé Mickey Carlyle, et que c'est moi. On avait mené plus de huit mille interrogatoires, enregistré douze cents dépositions. C'était l'une des plus grandes enquêtes de toute l'histoire de la police britannique, l'une de celles qui ont coûté le plus cher au contribuable. Et nous ne l'avons jamais retrouvée.

De temps à autre, il m'arrive encore de tomber sur des affiches de Mickey, sur des chantiers ou des poteaux. Plus personne ne doit s'arrêter devant sa photo, à présent, ni y aller de sa petite larme, en la contemplant, mais je ne peux pas m'en empêcher. Parfois, la nuit, je lui fais la conversation — ce qui peut paraître bizarre, vu que je n'ai jamais vraiment parlé à Claire, ma propre fille, quand elle avait l'âge de Mickey. Je me sentais plus d'atomes crochus avec mon fils, avec qui je pouvais discuter de cricket et de rugby. Qu'est-ce que j'y connaissais, moi, en ballerines et en poupées Barbie ?

J'en sais plus long sur Mickey que je n'en savais sur Claire. Je sais qu'elle aimait le vernis à ongles pailleté, le rouge à lèvres à la fraise et MTV. Elle avait une petite boîte où elle gardait son trésor : des galets polis, des perles d'argile, une barrette dont elle racontait partout qu'elle était ornée de vrais diamants, et non de petits cabochons de verre.

Elle aimait chanter et danser — sa chanson favorite était « Il était un petit navire, qui n'avait ja-ja-jamais navigué, ohé, ohé ! » Moi aussi, je la chantais à Claire, avant de la border. Et je la poursuivais dans sa chambre jusqu'à ce qu'elle aille se cacher en riant sous ses couvertures.

Ça n'est peut-être qu'un sentiment de culpabilité. Là-dessus, j'en connais un rayon. J'ai vécu avec, j'ai été marié avec, et je l'ai vue flotter sous la couche de glace d'un étang. Je suis docteur en culpabilité. Mickey n'est pas la seule enfant disparue de ma vie.

« Ça va ? me demande Ali, et elle allonge la main, avant de la poser sur le lit, près de moi.

— Je pensais à un truc. »

Elle me remonte mes oreillers puis tourne les talons et va se pencher au-dessus du lavabo, pour se passer de l'eau sur la figure. Mes yeux se sont habitués à la pénombre.

« Êtes-vous heureuse, Ali ? »

Son visage se tourne vers moi. Ma question l'a prise de court.

« Que voulez-vous dire ?

— Ça vous plaît, votre boulot au GPD ? C'était vraiment ce que vous vouliez faire, dans la vie ?

— Ce que je voulais, c'était être flic. À mon poste actuel, tout ce qu'on me demande, c'est de faire le chauffeur.

— Mais vous allez avoir votre examen de sergent.

— Ils ne me confieront jamais la moindre enquête.

— Vous avez toujours voulu devenir officier de police ? »

Elle secoue la tête. « Dans mon enfance, je voulais devenir championne d'athlétisme. La première sprinteuse d'origine sikh à représenter l'Angleterre aux Jeux olympiques.

— Qu'est-ce qui a déraillé ?

— Je n'ai pas réussi à courir assez vite ! » Elle éclate de rire et étire ses bras au-dessus de sa tête à s'en faire craquer les jointures. Puis elle me glisse un regard en coin le long de sa joue. « Vous allez poursuivre votre enquête, hein ? Que ça lui plaise ou non, à Campbell…

— Oui. »

De l'autre côté de la vitre, un éclair transperce la nuit. Mais l'orage est encore loin. Le bruit du tonnerre ne nous parvient pas.

Ali claque de la langue. Elle vient de se décider. « Il me reste quelques semaines de congé à prendre. Je pourrais peut-être vous aider, chef ?…

— Ça, pas question. Pas question de mettre votre carrière en danger.

— Quelle carrière ?

— Je suis sérieux. Vous ne me devez aucun retour d'ascenseur. »

Son regard glisse vers l'écran de la télé. Le rectangle de lumière grise se reflète un instant dans ses yeux.

« Ça va sans doute vous paraître un peu gnangnan, chef, mais j'ai toujours eu de l'admiration pour vous. En tant que femme, ça n'est pas tous les jours facile de survivre, dans notre belle police métropolitaine, mais vous, vous m'avez vraiment donné ma chance. Vous m'avez toujours traitée comme n'importe lequel de mes collègues masculins.

— Vous auriez dû avoir votre promotion, haut la main.

— Ce n'est pas votre faute. À votre sortie de l'hôpital, vous devriez peut-être venir habiter chez moi, dans la chambre d'amis. Ça me sera plus facile d'assurer votre sécurité. Je sais très bien que vous allez refuser, parce que vous êtes convaincu de pouvoir vous débrouiller seul — ou que vous craignez de m'attirer des ennuis. Mais prenez le temps d'y réfléchir. Je pense que ça n'est pas une si mauvaise idée.

— Merci, répliqué-je dans un murmure.

— Je vous demande pardon ?

— J'ai dit "merci".

— Ah !... d'accord. Formidable. »

Elle s'essuie les mains sur son jean, l'air soulagé. Un autre éclair repeint toute la chambre en blanc, comme pour immortaliser la scène sur la pellicule.

Je lui intime l'ordre de rentrer chez elle et d'aller dormir un peu, parce que je vais sortir dans quelques heures. En dépit de tous les efforts déployés par Keebal, je ne suis toujours pas en état d'arrestation. C'est pour me protéger que la police reste devant ma chambre, pas pour me retenir. Je me contrefous de ce qu'en diront mes médecins, ainsi que des menaces de Campbell Smith. Je veux rentrer chez moi, retrouver mon agenda — et Rachel Carlyle.

Je ne vais pas rester là jusqu'au déluge, à attendre que ma mémoire veuille bien se décider à revenir — je risquerais d'attendre longtemps. Ce sont les faits qui permettent d'élucider les dossiers, pas les souvenirs. C'est eux qui me diront ce qu'est devenue Mickey Carlyle.

Il paraît qu'un mauvais flic dort mal à cause de sa conscience, et qu'un bon flic dort tout aussi mal, parce qu'il manque toujours une pièce au puzzle.

Je ne crois pas être un si mauvais flic…

Mais ça aussi, ça reste à démontrer.

8

Le Dr Bennett, chaussé de ses grosses santiags, me précède à reculons dans le couloir.

« Vous n'êtes pas autorisé à sortir. Toute l'équipe médicale s'y oppose.

— Je me sens très bien. »

Il pose la main sur le bouton de l'ascenseur. « Vous êtes sous la protection de la police. Vous ne devez pas quitter votre chambre. »

Je fais mine de trébucher et, comme il allonge le bras pour me retenir, j'en profite pour presser la flèche vers le bas, du bout de ma canne. « Désolé, Doc, mais j'ai organisé mon propre système de protection. » Je fais signe à Ali. Elle tient à la main le sac plastique qui contient toutes mes possessions.

Pour la première fois depuis la fusillade, j'ai enfin l'impression d'être redevenu moi-même. Un flic, pas une victime. Des membres de l'équipe soignante arrivent à la rescousse. La nouvelle se répand dans les couloirs. Ils s'attroupent autour de moi pour me dire au revoir. Je serre des mains, je marmonne des remerciements, en guettant l'arrivée de l'ascenseur.

Quand les portes s'ouvrent, c'est Maggie qui en émerge. Elle a l'air toute guillerette, malgré ses coquards qui lui donnent de faux airs de panda et son nez qui disparaît sous les pansements. Les mots me manquent…

« Alors comme ça, vous alliez partir sans me dire au revoir ?

— Oh ! Bien sûr que non… »

Ali fait mystérieusement apparaître un bouquet de fleurs et le visage tuméfié de Maggie s'illumine. Elle noue ses bras autour de moi, écrasant son bouquet contre ma poitrine. Je la fais tourner en bourrique, je lui empoisonne la vie, au point qu'elle se retrouve elle-même au fond d'un lit d'hôpital, mais ça ne l'empêche pas de me serrer contre son cœur. Allez donc comprendre les femmes !

Au rez-de-chaussée, je traverse le hall clopin-clopant, en m'appuyant sur ma canne. Ma jambe a repris des forces. En me concentrant bien, j'arriverais même à marcher avec l'allure d'un promeneur qui a un caillou dans sa chaussure. Au passage, d'autres médecins et d'autres infirmières me souhaitent bonne chance. Je suis devenu une vraie star : le flic qui a survécu à une tentative d'assassinat sur son fauteuil roulant, dans les couloirs de l'hôpital. J'attends patiemment la fin de mon quart d'heure de gloire…

L'hôpital grouille de flics équipés de gros gilets pare-balles noirs et d'armes automatiques, qui montent la garde à l'entrée et sur le toit. Ils me regardent passer, bouche bée, désemparés, hésitant sur le parti à prendre. Ils sont supposés assurer ma sécurité et voilà que je leur fausse compagnie.

Ali ouvre la marche et me pilote jusqu'à la sortie. Nous descendons les marches de béton du parking, dont j'entreprends la traversée. À quelques mètres de la voiture d'Ali, j'aperçois John Keebal, adossé à un pilier de béton. Il ne bouge pas d'une semelle. Il se contente de faire craquer une cacahuète entre ses doigts. À ses pieds s'est formé un joli petit tas de coques bien net.

Je laisse Ali, pour obliquer vers lui.

« Tu venais rendre visite à ta vieille grand-mère malade, ou tu m'attendais ?

— Je pensais te raccompagner chez toi en voiture, mais je vois que tu as tout prévu, réplique-t-il, en lorgnant Ali de la tête aux pieds. Ça n'est pas un peu jeune pour toi, ça ?

— Occupe-toi de tes oignons. »

Nous nous regardons un moment en chiens de faïence, puis Keebal se fend d'un large sourire. Je me fais vraiment trop vieux pour ce genre de concours débile ; qu'il se trouve quelqu'un d'autre pour jouer avec lui à qui pissera le plus haut…

« On peut savoir ce que tu veux, au juste ?

— J'espérais que tu m'inviterais à passer chez toi.

— Tu n'as pas de mandat ?

— On dirait bien que non. »

Le culot ! Il n'a pas réussi à convaincre un juge de l'autoriser à fouiller mon appartement, mais il espère que je vais l'inviter à le faire. Et si je l'envoie paître, il pourra toujours utiliser ça dans son dossier, en alléguant un refus de coopérer. Le cloporte !

« Écoute, en temps normal, j'aurais été ravi de t'avoir pour le thé. Si j'avais su, j'aurais fait un brin de ménage. J'aurais même acheté des petits gâteaux. Mais là, il se trouve que je n'ai pas mis les pieds chez moi depuis plusieurs semaines. Une autre fois, ça sera avec plaisir. »

Je pivote d'un demi-tour sur ma canne pour rejoindre Ali.

« J'ignorais qu'il était de vos amis, murmure-t-elle, le sourcil levé.

— Vous savez ce que c'est… En ce moment, tout le monde se fait un sang d'encre pour moi. »

Je me glisse sur le siège arrière d'une Audi noire. Ali prend le volant. La voiture s'engage dans une rampe en colimaçon et passe la barrière d'entrée, avant d'émerger à la lumière du jour. Ali conduit sans desserrer les dents. Son regard fait la navette entre ses rétroviseurs et son pare-brise. Elle ralentit et accélère à dessein, en se faufilant dans le flot du trafic, pour s'assurer que nous ne sommes pas suivis.

Elle cherche quelque chose à tâtons sur le siège passager, à côté d'elle, et me fait passer un gilet pare-balles. Elle exige que je le porte. Nous échangeons quelques répliques un peu vives et je sens que la moutarde commence à lui monter au nez.

« Chef, avec tout le respect qui vous est dû, soit vous enfilez ce gilet, soit je tire une balle dans votre bonne jambe et je vous ramène illico d'où vous venez. »

Elle ne plaisante pas. Le regard incendiaire qu'elle me lance dans le rétroviseur achève de m'en convaincre. Il y a trop de femmes dans ma vie, et aucune qui puisse figurer dans la colonne « avantages en nature ».

Nous roulons plein sud, traversant Kensington et Earl's Court. Nous passons devant d'innombrables hôtels pour touristes et d'innombrables fast-foods. Dans les parcs, des nuées de bambins s'ébattent sur les balançoires et les toboggans multicolores, sous l'œil vigilant des mères.

Rainville Road longe les rives de la Tamise, en face de Barn Elms Water Works. J'aime la proximité du fleuve. Le matin, en regardant le ciel par la fenêtre de ma chambre, je peux m'imaginer que je n'habite pas dans une mégapole de sept millions d'habitants…

Ali se gare devant mon immeuble, en gardant un œil sur l'allée piétonne qui court le long de la berge, et sur les maisons d'en face. Elle descend la première, monte prestement les marches du perron et ouvre la porte d'entrée avec la clef que je lui ai remise. Puis, après s'être assurée que tout était OK dans la maison, elle redescend me chercher.

Elle me passe un bras autour de la taille et j'entre chez moi en clopinant. Une montagne de lettres, de factures et de prospectus s'est formée sur le paillasson, derrière la porte. Ali les ramasse. Je n'ai pas le temps d'en prendre connaissance, pour l'instant. Nous ne faisons que passer. Ali fourre sa brassée de courrier dans un sac plastique, tandis que je vais de pièce en pièce, tâchant de ramener à la vie quelques-uns de mes souvenirs.

Je connais cette maison par cœur, mais cette familiarité n'a rien de rassurant. Ce sont toujours les mêmes pièces, les mêmes meubles, les mêmes couleurs. Le plan de travail de la cuisine est propre et rangé, à l'exception de ces trois chopes à café échouées dans l'évier. On dirait que j'ai eu de la visite…

Mais la table est jonchée de débris de plastique orange, de chutes d'adhésif d'emballage et de morceaux de polystyrène découpés au cutter. J'ai dû faire un paquet. Les flocons de polystyrène parsèment le sol, comme une couche de neige artificielle.

Mon agenda est resté près du téléphone, ouvert à la veille du jour où j'ai été blessé — le mardi 23 septembre. Je retrouve, glissée sous la couverture, une facture concernant une petite annonce classée dans le *Sunday Times*. Le texte est écrit de ma main.

Cherche à louer villa en Toscane, pour six personnes, septembre/octobre. Piscine appréciée. Patio et jardin. Proximité Florence.

J'ai payé cette annonce avec ma carte de crédit quatre jours avant la fusillade. Mais pourquoi diable aurais-je voulu louer une maison en Toscane ?

Je ne reconnais pas le téléphone qui apparaît au bas. Décrochant le combiné, je compose le numéro. Une voix métallique m'informe que la ligne n'est pas libre, mais que je peux laisser un message après le bip… je raccroche. Qu'aurais-je pu dire ? De toute façon, il aurait été risqué de laisser mon nom.

Je feuillette mon agenda en remontant le temps et en faisant abstraction des rendez-vous chez le dentiste et des listes de factures à payer. Il doit y avoir d'autres indices. Un nom me saute aux yeux. Rachel Carlyle — je l'ai vue six fois, au cours des dix jours qui ont précédé la fusillade. Je sens une bouffée d'espoir se soulever en moi, comme une grande vague.

Je tourne d'autres pages. Le deuxième jeudi d'août, j'ai noté un nom : Sarah Jordan. La fillette qui avait vainement attendu l'arrivée de Mickey en bas, sur les marches. Je n'ai aucun souvenir d'avoir revu Sarah. Quel âge peut-elle avoir, à présent ? Treize, quatorze ans…

Ali est montée au premier et a entrepris de faire ma valise. « Vous auriez des draps propres ? me crie-t-elle.

— Oui. Je vous les apporte. »

Le placard à linge est dans le couloir, près de la buanderie. Je laisse ma canne appuyée contre la porte, pour pouvoir lever les deux mains.

Un sac de sport a été enfourné au fond de l'étagère. Je le sors et le laisse tomber à terre, le temps de retrouver mes draps. Et tout à coup, quelque chose me fait tiquer. Je regarde le sac. Je sais bien que ma mémoire est une vraie passoire, ces temps-ci, mais je serais prêt à jurer que ce sac ne m'a jamais appartenu.

Je m'agenouille pour ouvrir la fermeture Éclair. Il contient cinq paquets orange vif. Mes mains ne tremblent pas. Je décolle l'adhésif. Je défais l'emballage de plastique, puis une seconde couche de plastique. Elle renferme une bourse de velours noir, que j'ouvre. Des diamants se répandent au creux de ma main, s'insinuant dans les sillons entre mes doigts.

Ali descend du premier et me rejoint. « Alors, ces draps ? »

Je n'ai pas le temps de réagir. Je la regarde, incapable de lui fournir la moindre explication. Je finis par articuler un son rauque : « Des diamants. Ça doit être la rançon ! »

Les mains d'Ali ne tremblent pas, elles non plus, lorsqu'elle prend des glaçons dans le freezer et les laisse tomber dans mon verre. Puis elle se prépare un café et vient s'installer sur le banc, en face de moi. Elle attend toujours une explication.

Et je n'en ai toujours pas. J'ai le sentiment de m'être égaré sur un continent inconnu, entouré de contrées que je ne saurais même pas situer sur une carte.

« Il doit y en avoir pour une fortune.

— Deux millions de livres, répliqué-je dans un souffle.

— Comment vous savez ça ?

— Je n'en sais rien. Ils appartiennent à Aleksei Kuznet. »

Je vois la peur embrumer son regard. Elle a eu vent des rumeurs. On doit se les raconter pendant les stages d'entraînement, après l'extinction des feux.

Mes yeux tombent à nouveau sur les débris d'emballage plastique et sur les flocons de polystyrène qui parsèment le sol. C'est là que j'ai fait les paquets : quatre petits colis identiques, enveloppés de polystyrène et emballés de plastique fluorescent. Ils étaient prévus pour flotter.

Rien de plus facile à passer clandestinement que des diamants. Ça ne laisse pratiquement pas de traces. Les chiens ne les sentent pas. Ils ne portent pas de numéros de série et pour les vendre, ça n'est jamais un problème. On se les arrache, à Anvers ou à New York. Il y a toujours des foules d'acheteurs qui négocient des diamants « au noir », provenant de pays livrés au chaos, tels que l'Angola, le Sierra Leone ou le Congo.

Ali se penche vers moi, les coudes reposant sur la table. « Et on peut savoir ce qu'elle fait chez vous, la rançon ?

— J'en sais rien. » Mais n'est-ce pas de cela que parlait Aleksei à l'hôpital, quand il m'a dit : « Je veux récupérer ma fille, ou tout au moins mes diamants. »

« Il va falloir les rendre », insiste Ali.

Le silence qui suit menace de s'éterniser.

« Vous rigolez, là ! Vous n'avez tout de même pas l'intention de les garder ?

— Bien sûr que non. »

Ali me dévisage. Je déteste l'image que me renvoie son regard, celle d'un type miné, diminué, sapé à la base. Elle détourne la tête, comme pour ne plus voir le gâchis que j'ai fait de ma vie. Les diamants — est-ce l'explication de cette soudaine envie qu'a eue Keebal de me rendre visite… ainsi que celle du prétendu pompier ?

La sonnerie de la porte retentit. Nous sursautons en chœur.

Ali bondit sur ses pieds. « Vite ! Cachez-les ! Cachez-les !

— Calmez-vous. Allez ouvrir. »

Il y a certaines règles de l'art que j'ai apprises dès mes premiers pas dans la carrière. La première, c'est de ne jamais faire de descente dans un entrepôt mal éclairé avec un collègue qu'on surnomme « Boum-boum » — et la seconde, c'est de commencer par souffler un grand coup et de garder son sang-froid.

De l'avant-bras, je rassemble les paquets et les enfourne dans le sac. Ils ont laissé des gouttelettes d'humidité sur la surface lisse de la table. Les diamants ont dû séjourner dans l'eau.

Je reconnais la voix de John Keebal. Il est dans le hall d'entrée. Sa silhouette se découpe en ombre chinoise devant le palier éclairé. Ali se retourne vers moi et me lance un regard alarmé.

« J'ai apporté un cake ! annonce-t-il, en me montrant un sac.

— En ce cas, amène-toi… »

Ali, qui lui présente toujours son dos, ouvre de grands yeux.

« Auriez-vous la gentillesse de mettre la bouilloire sur le feu, ma chère ? lui dis-je, en la pilotant gentiment vers l'évier.

— Qu'est-ce qui vous prend ? me glisse-t-elle, mais je me suis déjà tourné vers Keebal.

— Comment tu aimes ton thé ?

— Avec un nuage de lait.

— Ça, j'ai bien peur de ne pas en avoir. »

Il me sort une brique de lait longue conservation. « J'ai pensé à tout… »

Ali va chercher des tasses en tâchant de se faire oublier, pour ne pas montrer à Keebal le tremblement qui lui agite les mains. Il avise le sac de sport, échoué sur la chaise sur laquelle il s'apprête à se poser.

« Tu n'as qu'à le mettre par terre », lui dis-je.

Il le soulève par les anses, et le fourre sous ses jambes. Les mains d'Ali s'arrêtent à mi-course, suspendues au-dessus des tasses.

« Alors, Ruiz… Qu'est-ce qui s'est passé, d'après toi ? Tu as peut-être perdu la mémoire, comme tu dis, mais tu as sûrement ta théorie, là-dessus ?

— Rien d'aussi élaboré. »

Keebal contemple un instant ses chaussures, à quelques centimètres du sac. Il se baisse pour chasser un grain de poussière qui s'est posé sur le cuir noir, impeccablement ciré.

« Si tu veux mon avis, lui dis-je, pour détourner son attention, tout ça doit tourner autour de Mickey Carlyle.

— Elle est morte depuis trois ans.

— On n'a jamais retrouvé son corps.

— Un type a été condamné pour l'avoir tuée. Ça revient au même. Affaire classée. Si tu prétends la faire ressusciter, t'as intérêt à être envoyé par Dieu le Père en personne, sinon, je ne te dis pas le pétrin où tu vas te fourrer.

— Et si Howard était innocent ? »

Il m'éclate de rire au nez. « C'est ça, ta théorie ? C'est ce que tu essaies de faire ? Tu veux relâcher un pédophile dans la nature ? On croirait entendre son avocat ! Tu te rappelles ce pour quoi on te paie — "protéger et servir" ? Libérer Howard Wavell, ça revient à faire exactement l'inverse. »

Les derniers rayons du soleil font miroiter les pavés du jardin. Nous nous abîmons en silence dans nos réflexions, en terminant notre thé. Personne n'a touché au cake de Keebal, lequel finit par quitter sa chaise, non sans remettre consciencieusement le sac de sport là où il l'a trouvé. Puis son regard fait le tour de la cuisine, et balaie le plafond, comme s'il essayait de transpercer le bois et le plâtre aux rayons X.

« Tu crois que ta mémoire va finir par revenir ? s'enquiert-il.

— Si ça arrive, je te tiendrai au courant.

— Merci d'avance. »

Une fois la porte refermée sur lui, Ali vient s'appuyer à la table des deux mains, l'échine ployée, avec un mélange de soulagement et de désespoir. Elle a eu peur, mais elle a tenu bon. Elle ne comprend toujours pas ce qui se passe.

Je prends le sac pour aller le poser près de la porte d'entrée.

« Qu'est-ce que vous faites ? demande-t-elle.

— On ne peut pas laisser ça ici.

— Mais ils ont déjà failli vous coûter la vie, répond-elle sans ciller.

— Pour l'instant, je n'ai pas de meilleure idée. Il faut poursuivre l'enquête. Ma seule chance de m'en sortir, c'est de réunir les pièces du puzzle.

— Et si votre mémoire ne revient jamais ? » murmure-t-elle.

À cela, je n'ai pas de réponse. En cas d'échec, tous les scénarios possibles aboutissent à la même conclusion, une conclusion que je ne veux même pas entrevoir.

La prison, c'est moi qui y envoie les autres — pas l'inverse.

9

Ma valise est dans le coffre de la voiture d'Ali, avec mon sac de courrier que je n'ai toujours pas lu, et les diamants. Je n'ai jamais eu deux millions de livres entre les mains. Pas plus qu'une Ferrari, ni une femme capable de nouer les queues de cerise avec la langue… Peut-être devrais-je être plus impressionné.

Le professeur est dans le vrai. Il faut remonter ma propre piste — factures, relevés de téléphone, rendez-vous de mon agenda. Je dois reconstituer mon emploi du temps pas à pas, jusqu'à ce que je retrouve les traces de la demande de rançon et le fameux indice — celui qui prouve que Mickey est toujours vivante. Sans cet indice, je n'aurais pas livré ne fut-ce qu'un malheureux caillou.

Sarah Jordan habite au coin de la rue, à deux pas de Dolphin Mansions. Sa mère vient m'ouvrir. Elle me reconnaît. Par-dessus son épaule j'aperçois son mari, étalé sur le canapé, le *Racing Post* sur le ventre, devant la télé qui braille.

« Sarah n'en a pas pour longtemps, dit-elle. Elle est allée faire des courses au supermarché. Tout va bien ?

— Très bien.

— Mais vous lui avez déjà parlé, il y a quelques semaines.

— Ne vous inquiétez pas. Juste quelques questions de routine. »

Le supermarché est au bout de la rue. Laissant Ali à la voiture, je pars à la rencontre de Sarah, ravi de me dérouiller un peu les jambes. Je fais un premier tour dans le magasin. Sous la lumière crue des néons, les allées sont encombrées de cartons et de boîtes vides qui gênent la circulation des caddies.

Au deuxième tour, je repère une jeune fille vêtue d'un long manteau qui rôde dans les rayons, à l'autre bout d'une allée. Elle jette un coup d'œil à droite et à gauche, avant de faire disparaître des confiseries dans sa poche. Son coude droit, serré contre elle, semble retenir quelque chose qu'elle cache sous son manteau.

C'est Sarah. Elle a énormément grandi, et a perdu son embonpoint de petite fille. Une frange châtain clair lui balaie le front et son petit nez droit est parsemé de taches de rousseur.

Je jette un coup d'œil vers la caméra fixée au plafond. L'objectif est orienté dans l'axe de l'allée, mais dans l'autre direction. Sarah a repéré les points aveugles. Ramenant sur sa poitrine les pans de son manteau, elle s'approche de la caisse et pose sur le tapis roulant une boîte de céréales et un sac de marshmallows. Puis elle prend un magazine sur un présentoir et se met à le feuilleter, l'air de se désintéresser complètement de ce qui se passe devant elle. La caissière s'occupe de la cliente qui la précède.

Une jeune mère accompagnée d'un bambin rejoint la queue. Levant les yeux, Sarah remarque que je l'observe. Elle détourne aussitôt le regard et s'absorbe dans le décompte de la monnaie qu'elle a dans la main.

Le vigile du magasin, un Sikh coiffé d'un grand turban bleu, l'observait depuis quelque temps lui aussi, de l'autre côté de la vitrine, caché derrière les affiches des promos de la semaine. Il franchit les portes automatiques, la main à la hanche, comme pour dégainer une arme fictive. La lumière qui cascade derrière lui crée un effet de halo autour de son turban — le Terminator sikh.

Sarah ne s'avise de sa présence que lorsqu'il lui empoigne le bras et le lui tord derrière le dos. Deux magazines tombent de son manteau. Elle se débat en criant. Tout semble s'arrêter dans le magasin : la mandibule de la caissière qui mastiquait son chewing-gum, un magasinier juché sur un escabeau, la main du boucher qui tranchait son jambon...

Mon sac de curry de poulet surgelé me brûle les doigts. Je n'ai aucun souvenir de l'avoir sorti du congélateur. Me frayant un chemin jusqu'à la tête de la file, je tends le paquet à la caissière. « Sarah !... Je t'avais pourtant dit de m'attendre. »

Le vigile semble hésiter.

« Excusez-moi pour tout ça. Nous n'avions pas de panier... » Glissant la main dans la poche de Sarah, j'en sors les barres chocolatées pour les poser sur le tapis. Puis je me baisse pour ramasser les magazines et je découvre un paquet de biscuits, glissé dans l'élastique de son short.

« Elle essayait de les voler... proteste le garde.

— Elle les apportait à la caisse. Lâchez-la.

— Et vous, vous êtes qui ? »

Je lui sors mon insigne sous le nez. « Un type qui va vous inculper pour voies de fait si vous ne la relâchez pas immédiatement. »

Sarah glisse la main dans son manteau et en sort une boîte de thé. Puis elle attend patiemment que la caissière enregistre les articles et les enfourne dans un sac plastique.

J'attrape le sac, je paie, et elle m'emboîte le pas en direction des portes automatiques, près desquelles le directeur du magasin nous intercepte : « Que je ne la revoie plus dans mon magasin. Elle est interdite de séjour !

— Tout client qui paie peut revenir », répliqué-je, en lui passant sous le nez pour sortir dans le grand soleil du matin.

L'espace d'une seconde, je m'attends à voir la gamine prendre ses jambes à son cou, mais non. Elle se tourne vers moi, la main tendue vers le sac de courses.

« Pas si vite ! »

Son manteau est resté entrouvert. Dessous, elle porte un short kaki et un T-shirt.

« C'est exactement le genre de détail qui te trahira, lui dis-je, l'index pointé sur son grand manteau.

— Merci du conseil, répond-elle, d'un ton qui se veut désinvolte et affranchi.

— Je peux t'offrir un jus de fruits, au bar du coin ? »

Elle renâcle. Elle doit s'attendre à un bon savon sur les dangers du vol à l'étalage.

Je soulève le sac. « Si tu veux tes courses, tu viens prendre un verre. »

Nous allons dans le salon de thé qui fait le coin de la rue et nous nous installons en terrasse. Sarah se commande un milk-shake à la banane, avec quelques muffins. Rien qu'à la voir manger, je me sens revivre.

« Nous nous sommes vus, il y a quelques semaines. »

Elle hoche la tête.

« C'était quand, au juste ? »

Elle me regarde d'un drôle d'air.

« J'ai eu un accident. Certaines choses me sont sorties de l'esprit. J'espérais que tu pourrais m'aider à les retrouver. »

Elle jette un coup d'œil à ma jambe. « Un genre d'amnésie, vous voulez dire ?

— Quelque chose comme ça, oui. »

Elle reprend une bouchée de muffin.

« Pourquoi j'étais venu te voir ?

— Vous vouliez savoir s'il m'était arrivé de couper les cheveux de Mickey, ou de compter les pièces de sa tirelire.

— Est-ce que je t'ai dit pourquoi ?

— Non.

— Avons-nous parlé d'autre chose ?

— J'en sais rien. Ouais, on a bavardé un peu. »

Elle se plonge dans la contemplation de ses chaussures, dont elle cogne le bout en mesure contre les pieds de sa chaise. Le soleil brille de tous ses feux, comme s'il tenait à ce dernier coup d'éclat, avant l'hiver.

« Ça t'arrive de penser à Mickey ? lui demandé-je.

— Des fois.

— Moi aussi. Mais maintenant tu as dû te faire des tas de nouveaux amis.

— Quelques-uns, oui. Mais avec Mickey, c'était différent. Pour moi, c'était comme une… une âme cœur.

— Une âme sœur, tu veux dire.

— Oui, une âme sœur, ou une amie de cœur. Elle comptait vraiment, pour moi. » Elle termine son milk-shake à la banane.

— Est-ce que tu vois Mrs Carlyle ? »

Elle promène son doigt sur le bord de son verre, pour cueillir le givre. « Elle habite toujours là-bas. Ma mère dit qu'à elle, ça lui filerait la chair de poule d'habiter dans une maison où quelqu'un s'est fait tuer, mais à mon avis la mère de Mickey a une bonne raison de rester.

— Qui est ?

— Qu'elle attend Mickey. Ça n'est pas qu'elle croit que sa fille va rentrer demain matin, vous voyez. Mais elle espère toujours qu'elle finira par découvrir où elle est. C'est pour ça qu'elle va lui rendre visite tous les mois, à la prison…

— Elle va rendre visite à qui ?

— À Mr Wavell.

— Elle lui rend visite !

— Tous les mois, oui. Ma mère trouve que ça a quelque chose de malsain. Elle dit que ça lui fait froid dans le dos. »

Elle allonge la main vers mon poignet, qu'elle fait pivoter pour regarder ma montre. « Hé ! Je suis drôlement en retard ! Je vais me faire sonner les cloches. Je peux avoir mes courses, maintenant ? »

Je les lui tends, ainsi qu'un billet de dix livres. « Et si je te prends à nouveau la main dans le sac, je te fais lessiver le carrelage du supermarché pendant un mois ! »

Elle lève les yeux au ciel, court chercher sa bicyclette et s'éloigne à grands coups de pédale, emportant le sac de provisions et mon curry surgelé.

À moi aussi, l'idée de Rachel Carlyle rendant visite à Howard Wavell dans sa prison me donne la chair de poule. Le pédophile et la mère de la victime en grand deuil. Il y a quelque chose qui cloche. C'est peut-être choquant, mais je sais ce qu'elle a derrière la tête. Elle veut retrouver sa fille. Elle veut la ramener chez elle.

Je me souviens d'une chose qu'elle m'avait dite, il y a bien longtemps. Ses doigts s'entortillaient sur ses genoux, tandis qu'elle me décrivait ce petit rituel qu'elles avaient institué, Mickey et elle. « Même à la poste… » se disaient-elles, chaque fois qu'elles s'embrassaient avant de se séparer.

« Les gens qu'on aime s'en vont parfois pour toujours, m'avait expliqué Rachel. Il faut toujours peser ses mots, quand on se dit au revoir. »

Elle tentait de se cramponner à chaque détail. Les vêtements que portait sa fille, les jeux auxquels elle jouait, ses chansons préférées, la façon dont elle fronçait les sourcils quand elle parlait de quelque chose qui lui tenait à cœur, ou qu'une crise de fou rire lui faisait jaillir du lait par le nez, au beau milieu du dîner. Elle tenait à graver dans sa mémoire les milliers de petits riens qui font l'ombre et la lumière de chaque existence, fût-elle aussi éphémère que celle de Mickey.

Ali me retrouve au salon de thé et je lui rapporte les paroles de Sarah.

« Une petite visite à Howard s'impose, n'est-ce pas, chef ?

— Oui.

— Est-ce qu'il aurait pu envoyer la demande de rançon ?

— Pas sans aide extérieure. »

J'entrevois le fond de sa pensée, même si elle n'en souffle mot. Elle est d'accord avec Campbell. Toutes les hypothèses plausibles, y compris celle où Howard utiliserait cette demande de rançon pour obtenir et gagner son appel, reposent sur le mot « canular ».

Sur le trajet vers Wormwood Scrubs, nous traversons la voie express par un tunnel pour déboucher dans Scrubs Lane. Des adolescentes jouent au hockey sur un terrain de sport, sous le regard d'une bande de garçons du même âge qui observent, subjugués, les jupes plissées bleu marine virevoltant autour des genoux boueux et des cuisses satinées.

La prison de Wormwood Scrubs a l'allure d'un décor de comédie musicale des années 50 — comme si la suie et la crasse avaient été décapées pour les caméras. Les tours jumelles sont hautes de quatre étages. Au milieu, sous une arche, s'ouvre une imposante porte voûtée, garnie de gros clous.

Je tente de me représenter Rachel Carlyle venant voir Howard. J'imagine un taxi noir qui s'arrête dans la grande cour et Rachel qui en descend, les genoux modestement serrés, et pose prudemment le pied sur les pavés, en veillant à ne pas se tordre les chevilles. Chez elle, malgré la fortune de sa famille, le glamour n'a jamais été une qualité innée.

L'entrée des visiteurs est située à droite de la grande porte, dans un bâtiment temporaire. Il s'est déjà formé un petit attroupement d'épouses et de concubines, certaines flanquées d'enfants qui piaffent et se chamaillent.

À l'intérieur du bâtiment, elles doivent se soumettre à un contrôle d'identité suivi d'une fouille au corps. Leurs objets personnels sont consignés dans un coffre. Tous les colis sont inspectés. Quiconque porte des vêtements qui pourraient être confondus avec l'uniforme de la prison se voit intimer l'ordre de se changer.

Prise d'un frisson, Ali contemple la haute façade victorienne.

« Vous y êtes déjà entrée ?

— Une fois ou deux, répond-elle. Il serait grand temps de démolir tout ça.

— On prétend que ça exerce un effet dissuasif…

— Sur moi, certainement. »

Je la laisse un instant pour aller prendre les diamants dans le coffre. Je les glisse dans les poches de mon pardessus — deux paquets dans les poches intérieures, et deux dans les autres.

« J'aimerais que vous restiez dans la voiture, pour surveiller les diamants. »

Elle acquiesce d'un signe de tête. « Vous mettrez le gilet ?

— Bah ! Je ne crois pas que je risque grand-chose, dans la prison... »

Je traverse la rue et je vais montrer mon insigne à l'entrée des visiteurs. Dix minutes plus tard, je gravis deux volées de marches qui m'amènent à une grande salle où trône une longue table, divisée en son centre par une cloison en Plexiglas. Les visiteurs s'installent d'un côté, et les détenus de l'autre, ce qui rend impossible tout frôlement des genoux ou des lèvres. Les seuls contacts physiques se limitent aux mains. On peut tout de même hisser les jeunes enfants au-dessus de la cloison.

L'arrivée des détenus s'annonce par un lourd martèlement de godillots. Chaque visiteur est muni d'une fiche et doit attendre que le prisonnier se soit installé à sa place pour pouvoir entrer.

Sous mes yeux, un jeune détenu embrasse passionnément la main de sa femme. Ils se penchent tous deux vers la paroi transparente, comme s'ils essayaient de respirer le même air. Je vois la main de l'homme se glisser sous la table... Mais tout à coup, l'un des surveillants empoigne la chaise de la jeune femme et la fait basculer en arrière. Elle s'affale par terre en tentant de protéger son ventre rebondi. Bon Dieu ! Elle est enceinte... Il voulait seulement toucher et caresser son enfant. Mais on chercherait vainement le moindre signe de compassion sur le visage des matons présents.

« Inspecteur Ruiz, encore ! C'est à croire que nous vous manquons ! »

Le directeur a la quarantaine bien sonnée, une carrure de déménageur et un soupçon de calvitie naissante. Il termine son sandwich et se tamponne délicatement les lèvres avec sa serviette en papier — quelques miettes de jaune d'œuf restent accrochées à son menton.

« Alors ?... Quel bon vent vous ramène parmi nous ?

— Ça, je me demande. L'ambiance, peut-être ? »

Il part d'un éclat de rire et jette un coup d'œil aux détenus et à leurs visiteurs à travers l'écran en Plexiglas.

« À quand remonte ma dernière visite ?

— Vous ne vous en souvenez plus ?

— J'oublie tout, en ce moment. Ça doit être l'âge...

— C'était il y a quatre semaines. Vous vous intéressiez de près à cette dame qui venait voir Wavell.

— Mrs Carlyle.

— Oui. On ne l'a pas vue aujourd'hui, mais elle vient tous les mois, avec toujours le même cadeau — des catalogues pour enfants. J'ose espérer que ce salaud n'obtiendra jamais son appel ! »

J'essaie d'imaginer Howard face à Rachel. Avance-t-elle la main pour prendre la sienne, de l'autre côté de la cloison ? Je sens comme un petit pincement de cœur. Je vois d'ici son regard à lui, s'insinuant dans le décolleté de son pull... On vit vraiment dans un monde de dingues.

« J'aimerais parler à Howard.

— Il est à l'isolement.

— Pourquoi ? »

Le directeur se cure les ongles. « Eh bien, comme je vous l'ai déjà dit, personne ne s'attendait à ce qu'il fasse long feu parmi nous. S'en prendre à la fille d'Aleksei Kuznet, ça équivaut à une sentence de mort.

— Mais vous avez réussi à assurer sa sécurité, jusqu'ici. »

Il s'esclaffe. « À cela près que quelqu'un lui a tranché la gorge avec une lame de rasoir, quatre jours après son arrivée. Il a passé le mois suivant à l'hôpital. Depuis, personne n'a rien tenté contre lui — ce qui semble indiquer qu'Aleksei le veut vivant. Mais Howard s'en fiche. Il n'y a qu'à voir son comportement…

— C'est-à-dire ?

— Comme je vous l'ai déjà expliqué, il persiste à refuser son insuline. Ces six derniers mois, il est tombé deux fois en coma diabétique. Et s'il s'en fiche, pourquoi Sa Majesté s'en préoccuperait-elle, n'est-ce pas ? Personnellement, je le laisserais volontiers crever, ce fumier. »

Il doit subodorer que je n'abonde pas dans son sens, car il poursuit :

« Contrairement à une opinion répandue, inspecteur, je ne suis pas payé pour jouer les Mère Teresa auprès de mes pensionnaires. Je n'ai pas à leur tenir la main en leur disant : "Alors, mes pauvres choux, vous avez eu une enfance pourrie, un avocat merdique, et un juge enragé !…" En fait, mon rôle se borne à celui d'un chien de garde. Un pitbull s'en tirerait tout aussi bien que moi… »

Quoiqu'en faisant sans doute preuve d'un peu plus d'humanité, je suppose…

« J'ai tout de même besoin de le voir, insisté-je.

— Il n'est pas autorisé à recevoir des visites.

— Mais vous pouvez le convoquer. »

Il émet un grognement étouffé à l'adresse d'un garde d'un certain grade, qui décroche son téléphone. La chaîne hiérarchique s'ébranle lentement. Quelque part dans les tréfonds de cette geôle, quelqu'un va se lever pour aller chercher Howard. Je l'imagine, étendu sur son étroit châlit, respirant cet air aigrelet. Pour un pédophile en prison, l'avenir est quelque chose de très hypothétique. Votre horizon, ce ne sont pas les prochaines vacances d'été, ou un week-end prolongé à la campagne. Votre avenir s'étend du moment où vous ouvrez les yeux le matin à celui vous vous rendormirez, le soir. Seize heures, en taule, ça peut prendre des allures d'éternité.

L'heure des visites s'achève. Howard arrive. Il avance à contre-courant et à le voir marcher, on pourrait croire qu'il a des chaînes aux pieds. Il explore la salle du regard. Peut-être s'attendait-il à voir Rachel ?

Plus de quarante ans ont passé, mais je discerne toujours en lui le gamin asthmatique et rondouillard qui ne se changeait qu'à l'abri d'une serviette et tétait sans arrêt son aérosol. Il avait un côté tragi-comique — quoiqu'il ne soit jamais allé aussi loin dans le tragique que Rory McIntyre, un copain somnambule qui avait fait le grand saut du haut d'un balcon du troisième étage, à l'aube de la fête de l'école. On dit que les somnambules se réveillent en plein vol, mais Rory n'a pas poussé le moindre cri, et n'a provoqué aucune éclaboussure. C'était un plongeur-né…

Howard prend un siège et ne semble pas outre mesure étonné d'entendre le son de ma voix. Il s'immobilise, le cou tendu, et fait pivoter sa tête. On croirait voir une tortue centenaire. Je m'avance en face de lui. Ses yeux clignent lentement.

« Bonjour Howard. Je voudrais vous parler de Rachel Carlyle. »

Un sourire éclôt graduellement sur ses lèvres, mais il garde le silence. Juste sous son menton et presque d'une oreille à l'autre, court une fine cicatrice.

« Elle vient souvent vous voir. Pourquoi ?

— Ça, c'est à elle qu'il faut le demander.

— De quoi parlez-vous, ensemble ? »

Il jette un coup d'œil en direction des matons. « Je n'ai rien à vous dire. Ma demande en appel sera déposée dans cinq jours.

— Vous n'êtes pas près de sortir d'ici, Howard. Personne ne veut vous voir dehors. »

Il sourit à nouveau. Certaines personnes semblent en conflit avec leur propre voix. C'est le cas, pour Howard. La sienne est curieusement haut perchée, comme s'il avait avalé de l'hélium, et la tache pâle de son visage a l'air d'un ballon blanc, mollement agité par la brise, au-dessus de son torse.

« Personne n'est infaillible, monsieur Ruiz. Nous commettons tous des erreurs et nous devons en supporter les conséquences. Moi, je peux toujours compter sur mon Dieu — c'est là toute la différence entre nous. C'est lui qui sera mon juge — et il me fera sortir d'ici. Vous êtes-vous jamais demandé qui serait votre juge ? »

Il semble sûr de lui. Pourquoi ? A-t-il eu vent de la demande de rançon ? Le moindre indice laissant supposer que Mickey puisse être toujours vivante entraînerait *de facto* une annulation de son procès.

« Pourquoi Mrs Carlyle vient-elle vous voir ? »

Il lève les mains en un geste de capitulation feinte, puis les repose. « Elle veut savoir ce que j'ai fait de

Mickey. Elle craint que je ne disparaisse avant d'avoir tout dit...

— Vous sabotez votre traitement à l'insuline.

— Vous savez ce qui se passe, quand on est en coma diabétique ? Vous commencez par avoir du mal à respirer. Puis vous avez la bouche et la langue qui s'assèchent, et votre pression sanguine se met à chuter. Votre pouls s'accélère. Votre vision se trouble, vos yeux vous font un mal de chien et enfin, vous perdez connaissance. À ce stade, si les médecins n'interviennent pas très très vite, les reins peuvent se bloquer totalement, provoquant des lésions cérébrales irréversibles — et à très court terme, la mort. »

Il semble se délecter en énumérant tous ces effroyables symptômes, comme s'il était impatient de les ressentir.

« Lui avez-vous dit ce qui est arrivé à Mickey ?

— Je lui ai dit la vérité.

— Et quelle est-elle ?

— Je lui ai dit que j'ai certes quelques péchés sur la conscience — mais que de ce crime-là, je suis innocent. J'ai commis bien des fautes, mais pas celle-là. Pour moi, toute vie humaine est sacrée, et tous les enfants sont des dons de Dieu. Ils naissent purs et droits. S'ils se laissent aller à la haine ou à la violence, c'est que nous les leur avons apprises. Eux seuls sont à même de me juger.

— Comment ça ? Comment feront les enfants pour vous juger ? »

Il garde le silence.

Je suis passé derrière lui. Les auréoles de sueur qui tachent le dos de sa chemise aux aisselles se sont élargies au point de fusionner. Le tissu colle à sa peau dont il révèle chaque comédon et chaque grain de beauté.

Mais sous la cotonnade, je distingue autre chose. Quelque chose qui a altéré la couleur de l'étoffe et l'a fait virer au jaunâtre.

Pour me regarder, Howard doit regarder par-dessus son épaule droite. Il fait imperceptiblement la grimace. Au même instant, je lui empoigne l'épaule et le plaque à la table, la bouche contre son avant-bras. Ignorant résolument ses cris étouffés, je soulève sa chemise. Sa chair ressemble à celle d'un melon broyé. De profondes entailles, suintant un mélange de sang et de pus jaunâtre, lui zèbrent le dos.

Les gardes accourent. L'un d'eux le bâillonne d'un mouchoir.

« Vite ! m'écrié-je. Vite, un médecin ! »

On aboie des ordres, on passe des coups de fil. Howard hurle et se débat comme un fou furieux. Subitement, il renonce à toute résistance et s'immobilise, la tête sur la table, les bras étendus.

« Qui vous a fait ça ? »

Pas de réponse.

« Parlez. Qui vous a fait ça ? »

Il marmonne des bribes de phrases inintelligibles. En approchant, je parviens à distinguer quelques mots. « Laissez venir à moi les petits enfants… Allez et ne péchez plus… Ne nous laissez pas succomber à la tentation… »

J'ai effleuré quelque chose, un objet dur, dans la manche de sa chemise. Il ne fait rien pour m'empêcher de le prendre. C'est une poignée de bois, comme celles des cordes à sauter — si ce n'est que celle-ci est garnie de trente centimètres de fil de fer barbelé. Autoflagellation, automutilation, haire et discipline… Est-ce que quelqu'un pourrait m'expliquer à quoi rime tout ça ?

142

Howard chasse ma main d'un haussement d'épaules et se hisse sur ses pieds. Il n'a pas l'intention d'attendre l'arrivée du médecin. Je n'en tirerai pas un mot de plus. Il a mis le cap sur la porte, en traînant ses savates à chaque pas, le souffle court. Son teint a viré au gris verdâtre.

À la dernière seconde, comme il se retourne vers moi, je m'attends à ce qu'il me décoche l'un de ces regards de chien battu dont il a le secret.

Mais pas du tout. Ce type que j'ai contribué à mettre sous les verrous, qui se lacère le dos jusqu'au sang en se fouettant avec du barbelé, qui est chaque jour en butte à toutes sortes de menaces, de vexations et de brimades — c'est de la pitié que je lis dans ses yeux.

Quatre-vingt-cinq marches et quatre-vingt-douze heures après la disparition de Mickey, j'ai débarqué au numéro 11 Dolphin Mansions, muni d'un mandat de perquisition en bonne et due forme.

« Surprise, surprise ! » me suis-je exclamé quand Howard est venu m'ouvrir. Ses gros yeux ont paru à deux doigts de lui jaillir du crâne et sa bouche s'est ouverte, mais il n'en est sorti aucun son. Il était en veste de pyjama avec un bermuda à taille élastique et des mocassins dont la couleur, un bordeaux foncé, contrastait étrangement avec la pâleur de sa peau.

À mon habitude, j'ai commencé par lui décliner tout ce que je savais de lui. Célibataire — jamais marié — enfance à Warrington. Il était le cadet d'une fratrie de sept, dans une famille protestante bon teint. Son père et sa mère étaient morts. Il avait vingt-huit neveux et nièces, et était le parrain de onze d'entre eux. En 1961, il avait été hospitalisé à la suite d'un accident de la route. Un an plus tard, il avait été victime d'une dépression nerveuse et avait été soigné en hôpital de jour, dans une clinique du nord de Londres. Après quoi il avait été successivement magasinier, ouvrier, peintre, décorateur, chauffeur de camionnettes — et à présent, il était jardinier. Il fréquentait l'église trois fois par semaine, chantait dans le chœur, lisait des biographies, souffrait d'une violente allergie aux fraises et faisait de la photo en amateur.

Je voulais lui donner le sentiment de n'être plus qu'un gamin de quinze ans surpris la main dans la culotte dans les toilettes de Cottlesoe Park. Et quels que soient les prétextes qu'il invoquerait, je savais qu'il mentirait. La peur et le doute — les armes les plus efficaces du monde connu.

« Vous oubliez quelque chose, marmonna-t-il.

— Quoi donc ?

— Je suis diabétique. Injections d'insuline, et tout le bataclan.

— Oui, j'avais un oncle diabétique.

— Je sais, oui… Il a tiré une croix sur les sucreries et s'est mis au jogging, et son diabète a disparu — le nombre de fois où j'ai pu entendre ce genre de conneries. Ça et "Seigneur, je préférerais tomber raide mort que de devoir m'enfoncer une aiguille tous les jours !" — sans oublier la meilleure : "C'est quand on a des kilos en trop qu'on attrape ça, pas vrai ?" »

Une foule de gens montaient et descendaient les escaliers, dans mon dos — des techniciens en combinaison, gantés de latex. Certains transportaient des caissons métalliques contenant du matériel photo ou des projecteurs. Ils avaient disposé des caillebotis sur le sol, pour le protéger.

« Qu'est-ce que vous cherchez, au juste ? a-t-il demandé, sans élever la voix.

— Des indices. Des preuves. C'est notre lot quotidien, à nous autres, inspecteurs de police. Il nous faut des preuves pour constituer un dossier. C'est ce qui fait d'une simple hypothèse une véritable théorie, et d'une théorie, un dossier.

— Pour vous, je ne suis donc qu'un dossier…

— Une affaire en cours, disons. »

Et c'était la pure vérité. Je n'aurais su dire exactement ce que je cherchais, jusqu'à ce que je l'aie trouvé — des vêtements, des empreintes digitales, des cordes ou de l'adhésif, quelque chose qui aurait pu servir de liens, des bandes vidéo, des photos, une fillette de sept ans, avec un léger zézaiement — l'un ou l'autre, ou tout cela réuni.

« Je veux téléphoner à mon avocat.

— Parfait. Vous pouvez utiliser mon téléphone. Après quoi, nous irons sur le perron, où nous tiendrons une conférence de presse.

— Vous n'avez pas le droit de m'obliger à sortir. » Les caméras étaient alignées le long du trottoir comme des Tripodes de métal, prêts à se jeter sur quiconque se risquerait hors de l'immeuble.

Howard s'était assis dans l'escalier, cramponné à la rampe.

« Ça sent l'eau de Javel, chez vous.

— Je faisais le ménage.

— J'en ai les yeux qui piquent, Howard. Qu'est-ce que vous aviez à nettoyer, comme ça ?

— J'ai renversé une bouteille de produit chimique dans ma chambre noire. »

Il avait les poignets zébrés d'égratignures.

« Comment vous vous êtes fait ça ?

— Ce sont les chats de Mrs Swingler. Ils se sont échappés dans le jardin. L'un de vos hommes avait

145

laissé la porte ouverte… Je l'ai aidée à les rattraper. » Il tend l'oreille. Chez lui, on ouvre des tiroirs, on déplace des meubles.

« Vous connaissez l'histoire d'Adam et d'Ève, Howard ? C'était le moment le plus essentiel de toute l'histoire humaine, le jour où le premier mensonge a été proféré. C'est ce qui nous distingue des autres animaux. Ça n'a rien à voir avec la capacité de penser sur un plan plus abstrait ou d'avoir une carte de crédit. Nous nous mentons les uns aux autres. Nous nous induisons délibérément en erreur. Je pense que vous êtes quelqu'un de fondamentalement sincère, Howard. Mais là, vous me donnez une information erronée.

— Je vous dis la vérité.

— Vous n'avez aucun secret ?

— Non.

— Et avec Mickey, vous aviez des secrets ? »

Il secoue la tête.

« Suis-je en état d'arrestation ?

— Non. Pour l'instant, vous nous aidez dans notre enquête. Vous êtes un type très serviable — ça, je l'ai vu tout de suite, quand vous avez commencé à prendre des photos et à imprimer des affichettes.

— C'était pour informer les gens, pour leur donner le signalement de Mickey.

— C'est bien ce que je disais ; vous ne demandez qu'à rendre service. »

La perquisition dura plus de trois heures. Les meubles furent époussetés, les tapis passés à l'aspirateur, les vêtements brossés, les siphons démontés. George Noonan, un spécialiste chevronné des scènes de crime, avait pris la direction des opérations. Outre qu'il soit quasiment albinos, Noonan semble détester son boulot quand il n'a aucun cadavre à se mettre sous la dent. Pour lui, un mort, c'est toujours un plus.

« Venez jeter un œil, ça devrait vous intéresser », me dit-il.

Je lui ai emboîté le pas dans le couloir, jusqu'au salon. Il avait occulté toutes les fenêtres et avait posé des adhésifs autour des portes, pour bloquer toutes les sources de lumière. Il me fit venir devant la cheminée, ferma la porte et éteignit.

On s'est retrouvés dans l'obscurité totale. Je ne voyais même plus mes pieds. Puis j'ai remarqué des taches sur la moquette, une enfilade de gouttelettes phosphorescentes vert-bleu.

« Ça pourrait être des taches de sang à basse vélocité, m'a-t-il expliqué. L'hémoglobine du sang réagit au luminol, un produit chimique que j'ai vaporisé sur le sol. Des composés tels que la Javel domestique peuvent déclencher le même genre de réaction. Mais ça, je crois que c'est du sang.

— À basse vélocité ?

— Car provenant d'un saignement peu abondant — sans doute pas un coup de couteau, ni une entaille profonde. »

Les gouttelettes ne sont pas plus grandes que des miettes. Elles s'arrêtent abruptement, selon une ligne droite bien nette.

« Il devait y avoir quelque chose, là. Un paillasson ou un tapis, par exemple, explique-t-il.

— Un tapis qui aurait reçu davantage de sang ?

— Oui. Il a peut-être essayé de faire disparaître les traces.

— Ou d'envelopper un corps. Est-ce qu'on en aurait assez pour une analyse d'ADN ?

— Il me semble, oui. »

Mes genoux se sont rappelés à mon bon souvenir, lorsque je me suis relevé. Noonan a rallumé la lumière.

« Et ça n'est pas tout… » Il tenait à la main un petit bikini d'enfant, protégé par une pochette plastique. « À première vue, il ne porte aucune trace de sang ou de sperme. Mais je ne me prononcerai pas tant que je ne l'aurai pas fait examiner par le labo. »

Howard attendait dans l'escalier. Je ne lui ai posé aucune question concernant les taches de sang ou les sous-vêtements — pas plus que pour les quatre-vingt-six mille photos d'enfants qu'on avait retrouvées sur son disque dur, ou les six cartons de catalogues de confection junior qu'il cachait sous son lit. Ça, ce serait pour plus tard.

L'univers de Howard avait été mis sens dessus dessous et vidé comme un vulgaire tiroir, mais il ne leva même pas la tête lorsque le dernier flic quitta les lieux.

Je suis sorti sur le perron, clignant les yeux dans le soleil, et j'ai dit aux caméras : « Nous avons un mandat du tribunal pour perquisitionner dans tout l'immeuble. L'un des habitants nous aide actuellement dans nos recherches. Il n'est pas en état d'arrestation. Je vous demande de respecter son droit à la vie privée, tout comme la tranquillité des autres habitants de cet immeuble. Évitez tout ce qui pourrait saborder cette enquête. »

Les questions se sont mises à pleuvoir.

« Mickey Carlyle est-elle toujours vivante ?

— Allez-vous procéder à une arrestation ?

— Est-il exact que vous ayez trouvé certaines photos ? »

Je me suis frayé un chemin dans la mêlée jusqu'à ma voiture, sans répondre. Au dernier moment, je me suis tourné vers l'immeuble. Howard était derrière sa fenêtre, mais ce n'était pas moi qu'il regardait. Il contemplait les caméras d'un regard de plus en plus horrifié. Il commençait à comprendre. Les journalistes n'avaient pas l'intention de bouger d'un pouce. C'était lui qu'ils attendaient.

10

En sortant de la prison, je suis saisi d'un soudain sentiment de déjà-vu. Une BMW noire s'arrête brusquement à ma hauteur, la portière s'ouvre et je vois en émerger Aleksei Kuznet. Il a les cheveux brillants et humides, comme si on les lui avait fraîchement peints sur le crâne.

Comment a-t-il pu savoir que j'étais ici ?

Un garde du corps se matérialise derrière lui — le genre de petite frappe qui va régulièrement faire des stages de musculation et d'haltérophilie en prison, et qui règle ses différends à coups de démonte-pneu. Celui-ci a le type slave et marche avec le bras gauche légèrement crispé, loin du corps, à cause du flingue qu'il porte sous l'aisselle.

« Inspecteur Ruiz. Vous étiez venu voir un ami ?

— Je pourrais vous retourner la question… »

Ali est descendue de voiture, elle aussi. Elle accourt. Le sbire russe glisse la main dans sa veste et, l'espace d'une seconde, il me vient des visions d'apocalypse. D'un regard, Aleksei retient le bras de son chien de garde. Les mains retombent, les vestes se reboutonnent.

L'attitude agressive d'Ali a le don d'amuser Aleksei. Pendant un bon moment, il la toise en silence, des pieds à la tête. Puis il lui conseille de « dégager », parce qu'il n'a « pas envie de *brownies*, ce matin ».

Ali me consulte d'un coup d'œil. « Vous pouvez aller vous dégourdir les jambes, inspecteur. Je n'en ai pas pour longtemps. »

Elle s'éloigne, mais guère. Elle va se poster à quelques mètres de là, dans un coin du square d'où elle surveille la scène.

« Je vous demande pardon, fait Aleksei. Je n'avais nullement l'intention d'offenser votre jeune amie.

— Ma jeune amie est officier de police.

— Ah bon ? Ils les prennent vraiment de toutes les couleurs, de nos jours... Alors, cette mémoire — revenue ?

— Non.

— Quel dommage ! »

Ses yeux plongent dans les miens avec une curiosité glacée. Il n'en croit pas un mot. Son regard fait le tour du square.

« Vous saviez qu'il existait des microphones digitaux directionnels, capables de capter une conversation qui se tient dans un parc ou dans un restaurant situé à plus de trois cents mètres ?

— Rassurez-vous — nous sommes loin d'être aussi high-tech, dans la police métropolitaine.

— Ah, vraiment ?

— Je n'essaie pas de vous piéger, Aleksei. Personne ne nous espionne. J'ai vraiment oublié ce qui s'est passé.

— Eh bien, c'est très simple. Je vous ai remis neuf cent soixante-cinq diamants d'un carat minimum, et tous de qualité supérieure. Vous aviez promis de me ramener ma fille. Et j'ai été très clair — je ne paie jamais une chose deux fois ! »

Son téléphone sonne. Il sort de la poche intérieure de sa veste un portable plus petit qu'une boîte de cigarettes, sur lequel il lit un SMS.

« Je suis un fana de ces gadgets, inspecteur. Récemment, quelqu'un a subtilisé mon téléphone. Bien sûr, j'ai porté plainte en bonne et due forme auprès de la police, et j'ai aussi appelé le voleur pour lui dire ce que j'allais lui faire.

— Et alors ? Il vous l'a rendu ?

— Disons qu'il était sincèrement navré, la dernière fois que je l'ai vu. Il a eu quelque peine à me présenter ses excuses de vive voix, parce que ses cordes vocales avaient brûlé. On devrait mieux étiqueter les bouteilles d'acide, vous ne trouvez pas… » Ses yeux balayent à nouveau l'étendue pavée. « Vous avez empoché mes diamants, inspecteur. Je comptais sur vous pour assurer la sécurité de mon investissement. »

Je pense à mon pardessus, sur le siège de la voiture. S'il savait !

« Est-ce que Mickey est toujours vivante ?

— Je vous le demande !

— S'il y a eu une demande de rançon, elle a dû être assortie d'une preuve…

— Ils avaient envoyé des cheveux. Vous avez demandé des tests ADN. Les cheveux appartenaient bien à Mickey.

— Ça ne prouve rien. Ils ont pu récolter des cheveux sur une brosse ou sur un oreiller. Ou même les prélever, il y a trois ans. Ça pouvait être monté de toutes pièces.

— Bien sûr, inspecteur. Mais pour vous, c'était une certitude. Vous avez parié votre vie là-dessus. »

Je n'aime pas du tout la façon dont il a dit « votre vie ». À l'entendre, on croirait que ce gage ne vaut pas un clou. Un vent de panique se lève en moi.

« Pourquoi m'avoir cru ? »

Il m'adresse un clin d'œil frigorifique. « Est-ce que j'avais le choix ? »

Et tout à coup, je comprends. Il s'est trouvé devant ce dilemme : que Mickey soit vivante ou pas, ça ne faisait pas de différence. Il devait verser cette rançon. Il s'agissait de sauver la face, de se raccrocher à la moindre brindille. Même s'il n'avait qu'une chance sur mille de récupérer sa fille, il devait la tenter. Il ne pouvait pas fermer les yeux. De quoi aurait-il eu l'air ? Un père est censé croire aux miracles. Il se doit d'assurer la sécurité de ses enfants, de les ramener sains et saufs à la maison.

Est-ce d'avoir compris cela — je sens tout à coup une sorte de tendresse pour Aleksei. Mais presque aussitôt me revient le souvenir de l'agression dont j'ai été victime à l'hôpital.

« Hier, quelqu'un a essayé de me tuer.

— Eh bien, eh bien… » Il joint les doigts en un petit clocher. « Quelqu'un à qui vous aviez piqué quelque chose, peut-être… »

Ça n'est pas un aveu de culpabilité.

« Ça, on peut en discuter.

— Entre gentlemen ? »

Il me nargue, à présent. « Mais vous n'êtes pas un type très recommandable, inspecteur. Vous avez un accent.

— Possible, mais je suis né ici.

— Oui, mais vous avez un accent. »

Il sort de sa poche un mince sachet de sucre.

« Ma mère est allemande. »

Il hoche la tête et verse le sucre sur sa langue. « *Zigeuner ?* » C'est le mot allemand pour « tzigane ».

« Mon père disait que les Gitans étaient la huitième plaie d'Égypte… »

L'insulte est formulée tout naturellement, sans la moindre aigreur.

« Avez-vous des enfants, inspecteur Ruiz ?

— Deux. Des jumeaux.

— De quel âge ?

— Vingt-six ans.

— Vous les voyez souvent ?

— Pratiquement plus.

— Vous avez peut-être oublié, alors. J'ai trente-six ans. J'ai fait des choses dont je ne suis pas particulièrement fier, mais je m'en accommode. J'ai toujours dormi comme un bébé. Mais je peux vous dire ceci : vous pouvez avoir des millions à la banque, tant que vous n'avez pas d'enfants, c'est comme si vous n'aviez rien — rien ! »

Il gratte la cicatrice qu'il porte à la joue. « Ma femme s'est retournée contre moi, il y a déjà plusieurs années, mais Michaela serait toujours restée ma fille. Une moitié d'elle aurait toujours été à moi — la moitié de moi. Elle aurait grandi. Elle se serait fait sa propre opinion. Elle m'aurait pardonné.

— Vous pensez qu'elle est vraiment morte ?

— Vous aviez réussi à me convaincre du contraire.

— Je devais avoir une bonne raison.

— J'espère. »

Il tourne les talons.

« Je ne suis pas votre ennemi, Aleksei. Je veux simplement savoir ce qui s'est passé. Qu'est-ce que vous savez de ce tireur embusqué ? Il travaillait pour vous ?

— Pour moi ? s'esclaffe-t-il.

— Où étiez-vous, la nuit du 24 septembre ?

— Vous avez oublié ? J'ai un bon alibi… j'étais avec vous. » Se retournant, il fait un signe au Russe qui l'attend près de la voiture, comme un toutou attaché à sa niche. Mais je ne peux pas le laisser s'en tirer à si bon compte. Il doit me dire ce qu'il en est de Rachel, de la demande de rançon. Je lui empoigne le bras, en le lui tordant vers l'extérieur, jusqu'à ce qu'il se cambre en arrière et tombe à genoux. Ma canne claque sur les pavés du trottoir.

Les badauds et les visiteurs de la prison se retournent sur nous. Je m'avise soudain du ridicule de la situation — un flic qui procède à une arrestation armé d'une canne !… Mon amour-propre en prend un coup.

« Je vous arrête pour entrave à la justice. Vous me cachez des informations essentielles à mon enquête.

— Là, vous commettez une erreur, siffle-t-il.

— Restez à terre ! »

Une silhouette se matérialise derrière moi. Le métal tiède d'une arme m'effleure la base du crâne. C'est le Russe, massif, sculptural. Tout à coup, son attention se détourne de moi. Ali est venue se poster à quelques mètres de nous, bien d'aplomb sur ses jambes, le flingue pointé sur la poitrine du molosse.

Sans lâcher le bras d'Aleksei, j'approche mes lèvres de son oreille. « C'est ce que vous voulez ? Qu'on se flingue tous, les uns les autres ?

— *Niet !* » lance-t-il. Le Russe recule d'un pas et rengaine. Il scrute minutieusement le visage d'Ali, pour mémoriser ses traits.

Je pilote Aleksei vers notre voiture. Ali ferme la marche à reculons, sans quitter le Russe de l'œil.

« Appelle Carlucci ! » lui crie Aleksei — Carlucci est son avocat.

155

Il baisse la tête et s'assied sur le siège arrière. Je me glisse près de lui. Mon pardessus pend sur le dossier du siège passager, juste devant nous. Ali n'a pas soufflé mot, mais son esprit travaille à toute vitesse.

« Ça, vous allez le regretter, marmonne Aleksei, le regard fixé sur la vitre, derrière ma tête. Vous aviez dit "pas de police". Nous avions conclu un marché.

— Eh bien, aidez-moi, en ce cas. Dites-moi ce qui s'est réellement passé, cette nuit-là ! »

Il promène sa langue derrière sa joue, comme s'il suçotait cette possibilité.

J'insiste : « Quelqu'un m'a tiré dessus. Je souffre d'amnésie — une *amnésie globale transitoire*, pour être plus précis. J'ai oublié absolument tout ce qui s'est passé.

— Allez vous faire voir ! »

Frank Carlucci est déjà arrivé au poste de Harrow Road. Petit, basané, italien jusqu'au bout des ongles, avec le visage ridé comme une vieille noix, sauf autour des yeux — la chirurgie est passée par là.

Il grimpe les marches du perron à mes côtés, exigeant de parler à son client.

« Vous allez devoir patienter. Il faut procéder à la mise sous écrou. »

Ali est restée dans la voiture. Je pivote vers elle. « Je vous laisse mon pardessus…

— Qu'est-ce que je dois faire ?

— Trouvez-moi le professeur. Dites-lui que j'ai besoin de lui. Puis cherchez Rachel. Elle doit bien être quelque part. »

Son visage n'est plus qu'une question. Elle se demande si je sais vraiment ce que je fais. Avec un sourire qui se veut assuré, je me tourne vers Aleksei.

Comme nous entrons dans la salle commune, un silence de plomb s'abat sur tous les présents. On pourrait entendre pousser les plantes en pot, et l'encre sécher sur le papier. Un silence à couper au couteau. Ces gens qui sont pourtant mes collègues et amis évitent mon regard comme un seul homme — quand ils ne m'ignorent pas totalement. À croire que je suis vraiment mort, l'autre soir, sur la Tamise. Je mets juste un peu de temps à m'en rendre compte…

Je laisse Aleksei dans une salle d'interrogatoire, en compagnie de son avocat. J'ai le cœur qui bat à cent vingt. Je voudrais rassembler un peu mes esprits. Je commence par appeler Campbell. Il est en réunion à Scotland Yard. Je laisse un message sur sa boîte vocale. Vingt minutes plus tard, il déboule dans le poste comme un ouragan, l'air prêt à en découdre. Il me repère dans le couloir.

« Tu es devenu dingue ou quoi ? »

J'écarte d'office cette question purement rhétorique. « Ça t'ennuierait de parler un ton plus bas ?

— Quoi ?

— Parle moins fort : j'ai un suspect dans la salle d'interrogatoire. »

Il baisse la voix : « Tu as arrêté Aleksei Kuznet !

— Il est au courant de la demande de rançon. Il retient des informations essentielles.

— Je t'ai déjà dit de ne pas te mêler de ça.

— Il y a eu des blessés, voire des morts. Mickey Carlyle est peut-être encore en vie.

— Assez ! J'exige que tu retournes immédiatement à l'hôpital.

— Non, chef. »

Il pousse une sorte de grognement, façon ours sortant de sa grotte. « Rendez-moi votre insigne, inspecteur. Vous êtes suspendu de vos fonctions ! »

Une porte s'ouvre dans le couloir. Frank Carlucci en sort, suivi d'Aleksei. L'avocat s'exclame, le doigt pointé sur moi. « Nous portons plainte contre cet officier !

— Ta gueule ! Tu veux qu'on règle ça entre hommes ? Dehors ! »

C'est comme si quelqu'un avait appuyé sur le bouton « panique » en moi. Je suis en proie à une rage incandescente. Campbell a peine à me retenir. Je me débats pour lui échapper.

Aleksei se retourne lentement, avec un naturel surprenant. Il affiche un grand sourire.

« Vous détenez quelque chose qui m'appartient, inspecteur. Rappelez-vous : ce que j'achète, je le paie une fois, pas deux ! »

Je suis depuis un certain temps dans une salle d'interrogatoire, emmuré dans mon silence. J'ai fini mon thé, et les biscuits au gingembre. Ça sent la peur, dans cette pièce. La peur et la haine. Mais c'est peut-être moi…

S'il en avait eu la possibilité, Campbell aurait préféré me faire coffrer. Mais là, son seul choix est de me renvoyer à l'hôpital, sous prétexte d'assurer ma sécurité. Ce qu'il veut, en réalité, c'est m'ôter de son chemin.

Presque d'eux-mêmes, mes doigts retrouvent les capsules de morphine. Ma jambe me fait un mal de chien, mais ça n'est peut-être que mon orgueil froissé. Je ne veux plus penser à tout ça. Je veux tout oublier, me laisser dériver pendant quelque temps. L'amnésie, ça peut avoir du bon.

C'est dans cette pièce que j'ai interrogé Howard pour la première fois. Il s'était terré trois jours dans son appartement, assiégé par les journalistes qui campaient devant l'immeuble. À sa place, la plupart des gens auraient trouvé le moyen de disparaître, chez des amis ou des parents. Mais Howard ne voulait pas prendre le risque d'entraîner la meute dans son sillage.

Il avait débarqué à la réception du poste. Je l'avais trouvé en grande discussion avec le sergent de service.

Il se dandinait d'un pied sur l'autre, en jetant des coups d'œil effrayés par-dessus son épaule. Les manches courtes de sa chemise avaient peine à contenir ses bras et ses boutonnières tiraient sur les boutons, ou vice versa.

« Ils ont mis des crottes de chien dans ma boîte aux lettres, a-t-il dit d'un ton incrédule. Et quelqu'un a balancé des œufs sur mes vitres ! Vous devriez faire quelque chose. »

Le sergent lui a lancé un coup d'œil empreint d'une autorité quelque peu amortie par la fatigue. « Désirez-vous porter plainte pour ces agressions, monsieur ?

— J'ai aussi reçu des menaces.

— Oui — de la part de qui ?

— D'un groupe d'autodéfense armé. Des vrais vandales… »

Le sergent a sorti de son tiroir le registre des plaintes et l'a fait glisser sur le comptoir. Puis il a pris un stylo bille qu'il a posé sur le registre. « Allez-y. Notez-moi tout ça par écrit. »

Howard a paru presque soulagé de me voir arriver.

« Ils ont attaqué mon appartement.

— Je suis désolé. Je vais envoyer un de mes hommes monter la garde. Si vous veniez vous asseoir une minute au calme, dans mon bureau ? »

Il m'a suivi dans le couloir, jusqu'à cette salle d'interrogatoire. J'ai tiré une chaise à proximité du climatiseur. Je lui ai proposé une bouteille d'eau.

« Je suis content que vous soyez venu. On n'a jamais eu l'occasion de reprendre contact, de parler du bon vieux temps. Ça fait une éternité.

— Et comment ! » a-t-il dit, en buvant une gorgée d'eau.

J'ai commencé à lui parler de l'école et de certains de nos anciens maîtres, comme si nous étions de vieux copains. Je n'ai pas eu à le pousser beaucoup pour qu'il y aille de ses propres histoires. C'est une méthode d'interrogatoire. Une fois que le suspect commence à s'exprimer avec aisance sur un sujet, n'importe lequel, il lui est nettement plus difficile de se taire ou de mentir sur d'autres sujets — ceux qui vous intéressent.

« Alors Howard, à votre avis, qu'est-ce qui est arrivé à Mickey Carlyle ? Vous devez y avoir réfléchi. Tout le monde essaie de comprendre. Vous croyez qu'elle aurait réussi à sortir sans que personne ne s'en rende compte, ou qu'elle a été enlevée ? Vous pensez peut-être que ce sont des extraterrestres qui l'ont kidnappée ? Vous n'imagineriez pas ce que j'ai pu entendre, ces derniers jours… »

Il a froncé les sourcils et s'est humecté les lèvres du bout de la langue. Un pigeon avait atterri sur le bord extérieur de la fenêtre, à côté du climatiseur. Howard contemplait l'oiseau comme s'il avait attendu qu'il lui transmette un message.

« Au début, j'ai pensé qu'elle se cachait, vous voyez. Elle aimait bien se cacher sous l'escalier et jouer dans la chaufferie. La semaine dernière, c'est ce que j'aurais dit. Mais maintenant, eh bien… j'en sais rien. Elle est peut-être partie vendre des biscuits maison au porte-à-porte ou un truc du genre.

— Voilà une possibilité que je n'avais pas encore envisagée.

— Je ne voudrais surtout pas vous donner l'impression que je prends ça à la légère, a-t-il dit, l'air soudain mal à l'aise. Mais il se trouve que c'est comme ça que j'avais fait sa connaissance. Elle était venue frapper à ma porte en vendant des cookies pour les scouts — sauf qu'elle n'avait pas d'uniforme et que ses gâteaux étaient faits maison.

— Vous en avez acheté ?

— Personne n'en aurait pris ! Ils étaient complètement carbonisés.

— Alors, pourquoi les lui avoir achetés ? »

Howard a haussé les épaules. « Je la trouvais amusante. Elle avait fait preuve d'initiative. J'ai pas mal de nièces et de neveux, vous savez… » Il a laissé sa phrase en suspens.

« J'aurais pensé que vous étiez porté sur les sucreries. *Annie aime les sucettes, les sucettes à l'anis…* — si vous voyez ce que je veux dire. »

Une ombre rose pâle lui est montée aux joues. Un muscle s'est crispé dans son cou. Il hésitait sur la façon dont il fallait le prendre.

Changeant totalement de sujet, je me suis empressé de le ramener à la case départ : son emploi du temps pendant les heures qui avaient précédé et suivi la disparition de Mickey. Le lundi matin, ses stores étaient restés baissés. Aucun de ses collègues de travail ne l'avait vu tondre les pelouses du réservoir couvert, à Primrose Hill. À une heure, la police avait fouillé son appartement. Après quoi, il n'était pas retourné au boulot. Il avait passé l'après-midi à l'extérieur, avec son appareil photo.

« Vous n'êtes pas allé travailler, mardi matin ?

— Non. Je voulais faire quelque chose, donner un coup de main. J'ai imprimé un portrait de Mickey pour faire des affichettes.

— Dans votre chambre noire ?

— Oui.

— Et ensuite ?

— J'ai lavé quelques affaires.

— Ça, c'était mardi matin, n'est-ce pas ? Tous les gens du quartier étaient sur le pied de guerre, et vous vous avez fait votre lessive… »

Il a hoché la tête d'un air incertain.

« Il y a quelque temps, vous aviez un tapis dans votre salon. » Je lui ai montré une photo, qui était de lui. « Qu'est devenu ce tapis ?

— Je l'ai fichu à la poubelle.

— Pourquoi ?

— Il était sale. Je n'arrivais pas à le nettoyer.

— Pourquoi était-il sale ?

— J'avais renversé du terreau dessus. En rempotant mes géraniums…

— Quand l'avez-vous fichu à la poubelle ?

— Je ne sais plus.

— Était-ce après la disparition de Mickey ?

— Je crois, oui. Peut-être…

— Où l'avez-vous jeté ?

— Dans une benne, garée sur Edgware Road.

— Vous n'en aviez pas trouvé dans le quartier ?

— Elles étaient toutes pleines.

— Mais vous travaillez dans les services municipaux. À votre travail, il doit y avoir des dizaines de grosses poubelles que vous auriez pu utiliser.

— Je… je n'y ai pas pensé.

— Réfléchissez un peu, Howard. Vous avez nettoyé votre appartement de fond en comble, vous vous êtes débarrassé de votre tapis, ça sentait l'eau de Javel — on pourrait croire que vous aviez des choses à cacher.

— Non, je voulais juste faire un brin de ménage. Je voulais que mon appartement ait l'air propre.

— Propre ?

— Oui. Bien tenu.

— Est-ce que ceci vous dit quelque chose, Howard ? » Je lui ai tendu une pochette plastique qui contient des culottes de fillette. « On a trouvé ça dans votre sac à linge sale. »

Sa voix est montée d'un cran. « Elles sont à une de mes nièces. Ils viennent souvent me voir — mes nièces et mes neveux…

— Est-ce qu'ils restent dormir chez vous ?

— Dans la chambre d'amis.

— Est-ce que Mickey Carlyle a déjà dormi dans votre chambre d'amis ?

— Oui. Non. Peut-être.

— Est-ce que vous connaissez bien sa mère, Mrs Carlyle ?

— Je lui dis bonjour, quand on se croise dans l'escalier.

— Est-ce une bonne mère ?

— Je crois, oui.

— Vous trouvez que c'est une belle femme ?

— Ça n'est pas vraiment mon type.

— Tiens. Pourquoi ?

— Elle est toujours un peu brusque, vous voyez. Pas très amicale. N'allez pas le lui répéter. Je ne voudrais pas lui faire de peine.

— C'est quoi, votre type, Howard ?

— Hmmm, ça n'a rien de sexuel, vous savez. Je ne sais pas au juste. C'est difficile à dire.

— Avez-vous une petite amie, Howard ?

— Pas en ce moment, non. »

À l'entendre, on aurait pu croire qu'il venait de s'en envoyer une au petit déjeuner…

« Parlez-moi un peu de Danielle.

— Je ne connais pas de Danielle.

— Vous avez des photos d'une fillette qui s'appelle Danielle, sur votre disque dur. Elle est en monokini. »

Il a cligné des yeux une fois, deux fois, trois fois. « C'est la fille d'une de mes anciennes petites amies.

— Elle ne porte pas de haut, sur la photo. Quel âge a-t-elle ?

— Onze ans.

— Il y a une autre fillette qui est photographiée avec une serviette sur la tête, allongée sur un lit, vêtue en tout et pour tout d'un short. Qui c'est ? »

Il a hésité. « Mickey et Sarah avaient imaginé de monter une pièce de théâtre. Comme ça, pour rigoler.

— Oui, c'est bien ce que je me suis dit », ai-je fait avec un sourire rassurant.

Les cheveux de Howard restaient collés sur son crâne et de temps à autre, une gouttelette de sueur lui coulait dans les yeux, lui faisant cligner les paupières. Ouvrant une grande enveloppe jaune, j'en ai sorti une petite liasse de photographies que j'ai entrepris d'aligner sur la table côte à côte, rangée après rangée. C'étaient toutes des photos de Mickey — il y en avait deux cent dix-sept, au total — des photos d'elle dans le jardin avec Sarah, lézardant au soleil, ou jouant avec un jet d'eau, mangeant des glaces ou s'amusant à se bagarrer sur le canapé de Howard.

« Ça n'est jamais que des photos, a-t-il dit sur la défensive. Mickey était très photogénique.

— Elle l'était, Howard ? Parce que pour vous, elle ne l'est plus ?

— Je n'ai pas voulu dire que… Vous… vous essayez de me faire dire que… je suis un…

— Un photographe, Howard. C'est l'évidence même. Et certaines de vos photos sont fort bonnes.

165

Vous faites aussi partie de la chorale de la paroisse ?
Vous êtes même enfant de chœur…

— Je sers la messe.

— Oui, et vous enseignez à l'École du dimanche.

— Je donne un coup de main.

— En emmenant les gosses en balade — à la plage
ou au jardin zoologique ?

— Oui. »

Je lui ai demandé de regarder de plus près l'une des
photos. « Elle n'a pas l'air très à l'aise, lorsqu'elle pose
en bikini, vous ne trouvez pas ? » J'ai posé un autre cli-
ché sous son nez… puis un autre.

« C'était juste pour s'amuser.

— Où s'était-elle changée ?

— Dans la chambre d'amis.

— Avez-vous pris des photos pendant qu'elle se
changeait ?

— Non.

— Est-elle restée passer la nuit chez vous ?

— Non.

— L'avez-vous laissée seule dans votre appartement ?

— Non.

— Et vous ne l'avez jamais emmenée en ville sans
autorisation ?

— Non.

— Vous ne l'avez jamais invitée au zoo, ou pour
une autre excursion ? »

Il a secoué la tête.

« Bonne chose. Je veux dire, ç'aurait été de la négligence de laisser un enfant sans surveillance, dans un
appartement contenant des produits photo ou des instru-
ments coupants, n'est-ce pas ? »

Il a hoché la tête.

« Si elle s'était coupée, vous auriez dû expliquer la chose à sa mère. Je suis sûr que Mrs Carlyle aurait compris. Ça arrive, ce genre de petit accident. Mais vous avez peut-être eu peur qu'elle se mette en colère. Elle aurait pu interdire à Mickey de revenir vous voir… Alors finalement, vous avez peut-être préféré passer ça sous silence… ?

— Non, je le lui aurais dit.

— Oui, bien sûr. Si Mickey s'était coupée, il aurait fallu prévenir sa mère.

— Oui. »

J'ai sorti une feuille d'un dossier bleu. Mon index s'est promené sur plusieurs paragraphes, avant de s'arrêter sur l'un d'eux.

« C'est très bien, Howard. Mais il y a une chose qui m'intrigue. Voyez-vous, nous avons découvert des traces de sang appartenant à Mickey sur le sol de votre salon, ainsi que dans votre salle de bains et sur l'une de vos serviettes. »

Saisi de stupeur, Howard a ouvert et refermé la bouche, puis sa voix s'est faite stridente. « Vous me soupçonnez d'avoir fait quelque chose — mais ce n'est pas vrai !

— Alors, expliquez-moi d'où vient ce sang.

— Elle s'est coupée… Elles essayaient de faire un téléphone avec des boîtes de conserve, elle et Sarah. Mais Mickey s'est coupé le doigt avec une boîte. J'aurais dû commencer par vérifier que le métal n'était pas coupant. L'entaille était superficielle. Je lui ai mis un morceau de sparadrap. Elle a été très courageuse. Elle n'a pas pleuré…

— En avez-vous parlé à sa mère ? »

Son regard s'est abaissé vers ses mains. « J'ai demandé à Mickey de ne rien dire. J'avais peur que

Mrs Carlyle me trouve négligent, et qu'elle lui défende de venir jouer chez moi.

— Il y avait trop de sang, pour une simple coupure au doigt. Vous avez essayé de l'enlever, mais le tapis était plein de taches. C'est pour ça que vous vous en êtes débarrassé.

— Non, ça n'était pas du sang. Je vous dis que c'était du terreau. Pour mes géraniums — vous vous souvenez, j'ai fait tomber du terreau sur le tapis.

— Du terreau ? »

Il a hoché vigoureusement la tête.

« Vous me dites que vous n'avez jamais emmené Mickey en balade. Mais nous avons trouvé des fibres textiles provenant de ses vêtements dans votre minibus.

— Non. Ça, non. »

J'ai laissé le silence s'éterniser. Dans le regard de Howard a affleuré un mélange de crainte et de regret. Soudain, à ma grande surprise, il a pris la parole, sans attendre ma question. « Vous vous souvenez de Mrs Castle… à l'école ? Elle nous emmenait prendre des leçons de danse. »

Si je m'en souvenais !… Elle ressemblait à Julie Andrews dans *La Mélodie du bonheur* (après sa sortie du couvent) et hantait les rêves de tous les garçons de cinquième, à la possible exception de Nigel Bryant et de Richard Coyle, qui avaient déjà choisi leur camp.

« Quoi, Mrs Castle ?

— Une fois, je l'ai vue sous la douche.

— Vous rigolez !

— Non, c'est vrai. Elle prenait sa douche dans la salle de bains du proviseur et Archie, le professeur de gym, m'avait envoyé chercher quelque chose dans la salle des profs. Elle est sortie de la douche en se séchant les cheveux et n'a remarqué ma présence qu'au dernier moment, quand il était déjà trop tard. Elle m'a laissé me rincer l'œil. Elle s'est essuyée, pratiquement devant moi. Je l'ai même vue enfiler ses collants. Après quoi, elle m'a demandé de ne rien dire à personne. L'événement aurait pu faire ma célébrité dans toute l'école. Il m'aurait suffi de tout raconter. Ça m'aurait évité des dizaines de bagarres, de vannes et de rebuffades. Je serais devenu une légende.

— Pourquoi n'avez-vous rien dit ? » Il m'a lancé un regard triste. « J'étais fou d'elle. Mon amour n'était pas partagé, bien sûr, mais ça ne changeait rien. Je l'aimais. Ça m'étonnerait que vous arriviez à comprendre ça, mais c'est la vérité. Le véritable amour n'a pas besoin d'être payé de retour. On peut aimer sans rien recevoir en échange.

— Quel rapport avec Mickey ?

— Mickey aussi, je l'aimais. Jamais je ne lui aurais fait le moindre mal — sûrement pas de façon délibérée. »

Ses yeux vert pâle débordaient de larmes. Il les a chassées d'un revers de main, quand elles ont menacé de déborder. J'en ai eu le cœur serré pour lui. Comme toujours.

« À présent, écoutez-moi, Howard. Laissez-moi parler, et ensuite ce sera votre tour. » J'ai rapproché ma chaise de la sienne jusqu'à ce que nos genoux se frôlent, ou presque. « Vous êtes un homme d'âge mûr, vous n'avez jamais été marié, vous vivez seul. Vous passez le plus clair de votre temps libre en compagnie de gamins. Vous les prenez en photo. Vous leur achetez des glaces. Vous les emmenez se balader… »

Ses joues se sont empourprées, mais ses lèvres sont restées livides, étroitement serrées. « J'ai des nièces et des neveux. Eux aussi, je les prends en photo. Je ne vois pas ce qu'il y a de mal à ça.

— Et vous collectionnez les magazines et les catalogues de vêtements pour enfants.

— Ce n'est pas un délit. Ce n'est pas de la pornographie. J'ai toujours voulu devenir photographe, photographier des enfants… »

J'ai quitté ma chaise et suis venu me poster derrière lui. « Il y a tout de même un truc que je ne comprends pas, Howard. Qu'est-ce que vous leur trouvez aux petites filles ? Pas de hanches, pas de seins, pas d'expérience. Je ne comprends pas ce qu'on peut leur trouver à ces nymphettes… Je sais bien que les garçons ne sentent pas aussi bon que les petites filles, mais Mickey n'avait aucune rondeur. La bonne fée de l'adolescence n'avait pas jeté dans ses yeux cette poudre magique qui fait battre leurs cils, et s'arrondir leurs courbes. Qu'est-ce que vous aimez dans les petites filles ?

— Leur innocence.

— Et vous voulez la leur enlever ?

— Non. Sûrement pas.

— Vous voulez les prendre. Les serrer dans vos bras.

— Pas comme ça. Pas de façon perverse.

— Mickey a dû vous rire au nez. Le vieux saligaud du dessous et ses mains baladeuses… »

Sa voix est montée d'un ton : « Je vous dis que ne l'ai jamais touchée. Vous ne me connaissez pas. Vous ne savez rien de moi.

— Oh, que si ! Je sais exactement ce que vous êtes. Il y a même un nom pour désigner les gens comme vous : les *pédophiles prévenants*. Vous choisissez vos victimes. Puis vous les isolez. Vous apprivoisez leurs parents. Vous infiltrez leur vie, lentement mais sûrement, jour après jour, vous gagnez leur confiance…

— Non.

— Que faisiez-vous avec Mickey ?

— Rien. Je ne l'ai jamais touchée.

— Mais vous auriez bien voulu.

— Je l'ai juste prise en photo. Je ne lui ai fait aucun mal. »

Il allait ajouter quelque chose, mais je l'ai interrompu d'un geste de la main.

« Je sais que vous n'êtes pas du genre à lui avoir fait du mal volontairement et de façon préméditée. Vous n'êtes pas comme ça. Mais un accident est si vite arrivé. Un incident imprévu, et soudain, tout échappe à votre contrôle… Vous l'avez vue, ce jour-là ?

— Non. Je ne l'ai pas touchée.

— Nous avons retrouvé ses empreintes et des fibres provenant de ses vêtements. »

Il continuait à secouer la tête.

« Il y en avait dans votre minibus, Howard. Il y en avait dans votre chambre. »

Passant le bras par-dessus son épaule, j'ai posé l'index sur chacune des fillettes qui figuraient sur ses photos.

« Nous allons enquêter auprès de tous vos modèles, Howard. Auprès de celle-ci, et de celle-ci, et de celle-ci. Et à chacune de ces fillettes, nous demanderons ce que vous leur avez fait. Ainsi, nous saurons si vous les avez touchées et si vous avez pris des photographies d'un autre genre… »

Ma voix s'était faite plus grave et plus rauque. Je me suis penché contre lui, épaule contre épaule, comme pour le pousser de sa chaise. « Je ne vais pas vous lâcher d'un pouce, Howard. Nous sommes dans le même bateau, comme deux frères siamois, réunis par la hanche, mais pas par la tête, ai-je fait en me tapotant le front. Expliquez-moi. Aidez-moi à comprendre. »

Il s'est tourné lentement vers moi, en quête d'une lueur de sympathie dans mon regard. Puis tout à coup, rejetant le buste en arrière, il s'est précipité vers l'un des coins de la pièce où il s'accroupit, en se protégeant la tête de ses bras croisés.

« NE ME FRAPPEZ PAS ! NE ME FRAPPEZ PAS ! a-t-il hurlé. Je vous dirai tout ce que vous voulez.

— Qu'est-ce qui vous prend ?

— PAS MON VISAGE ! NE ME FRAPPEZ PAS AU VISAGE !

— Relevez-vous. Arrêtez ce numéro !

— JE VOUS EN SUPPLIE… NE RECOMMEN-CEZ PAS… AAARGH ! »

Ouvrant la porte, j'ai appelé deux collègues en uniforme. Ils étaient déjà en chemin, arrivant à la rescousse.

« Relevez-le. Remettez-le sur sa chaise. »

Howard s'est abandonné, cessant toute résistance. C'était comme de ramasser une flaque de gelée de groseille. Chaque fois qu'on essayait de le remettre sur sa chaise, il se laissait choir et s'écroulait à terre, tremblant de tous ses membres, sans cesser de pleurnicher. Le regard des deux flics faisait la navette entre lui et moi. Je commençais à entrevoir ce qui leur traversait l'esprit.

Nous avons fini par renoncer. Nous l'avons laissé affalé sous la table. La main sur la porte, je me suis retourné vers lui. Je voulais lui dire quelque chose. Lui dire que ce n'était que le commencement.

« Pas de ça avec moi, a-t-il murmuré. J'en connais un rayon, sur les brutes dans votre genre. Je suis un véritable expert. J'ai eu affaire à eux toute ma vie. »

La même salle d'interrogatoire, trois ans après — et ça n'est toujours pas terminé. Mon portable sonne.

Le professeur semble soulagé. « Ça va, vous êtes sûr ?

— Oui. Mais il faudrait que vous passiez me prendre. Ils veulent me renvoyer à l'hosto.

— Ce ne serait peut-être pas une si mauvaise idée.

— Vous allez m'aider, oui ou non ? »

C'est l'heure de la relève, dans le poste. L'équipe de nuit vient prendre son service. Campbell doit être quelque part dans les étages à remplir des paperasses, ou quoi que ce soit d'autre qui puisse justifier son salaire. Je me faufile le long du couloir au-delà de la salle commune, jusqu'à la porte qui donne sur le parking, à l'arrière du bâtiment. À peine ai-je mis le nez dehors que je suis accueilli par un courant d'air glacial. Je mets le cap sur la sortie.

Le mécanisme de la barrière automatique se met en branle. Depuis le coin sombre où je me tiens, je vois une ambulance arriver et franchir les portes. Elle vient pour moi. La grille se referme sur son passage et à la dernière seconde, je me glisse à l'extérieur. Je prends à droite le long du trottoir, puis encore à droite, par deux fois, pour me retrouver sur Harrow Road. Les feux des embouteillages illuminent la nuit.

Sur Harrow Road, il y a un pub, le Greyhound. Un endroit enfumé, jauni par la nicotine avec un juke-box et un ivrogne en résidence au coin du bar. Je prends une table et une capsule de morphine ; c'est donc à travers un brouillard chimique que j'aperçois le professeur, lorsqu'il passe la tête par la porte entrouverte. Il paraît que Morphée était un dieu grec, le dieu des Rêves... Quand je pense que certains osent prétendre que les études classiques sont une perte de temps !

Joe jette un regard nerveux autour de lui. Il a dû oublier à quoi ressemblaient les pubs d'origine, avant que la mode des cafés à la continentale ne les transforme en d'immenses salles d'attente carrelées de blanc, où on vous sert de la bière médiocre pour trois fois son prix.

« Avez-vous pris des médicaments ?

— J'avais mal à la jambe...

— Combien en avez-vous pris ?

— Pas assez. »

Il attend de plus amples explications.

« J'ai commencé par des prises de deux cents milligrammes, mais ces derniers jours, j'ai dû augmenter les doses, et j'ai fini par gober ça comme si c'était des Tic-tac. Ma blessure ne me laissait pas une seconde de répit. Ma tête fonctionne mieux quand je suis libéré de la douleur.

— Libéré de la douleur ? » Il n'en croit pas un mot.

« Vous êtes dans un état pitoyable ! Complètement à cran, malade d'angoisse. Vous ne mangez plus. Vous ne fermez plus l'œil.

— Je vais très bien.

— Vous avez besoin de soins.

— Tout ce dont j'ai besoin, c'est de retrouver Rachel Carlyle. »

Mon diagnostic est sans appel. Ravalant ses protestations et ses idées chagrines, Joe préfère abandonner le sujet. Je lui raconte que je suis allé rendre visite à

Howard et que j'ai arrêté Aleksei Kuznet. Il me jette un coup d'œil incrédule.

« Il refusait de me dire ce qu'il en était de la rançon.

— Quelle rançon ? »

Joe ignore tout des diamants, et je n'ai pas l'intention de le mettre au courant. Cela ne l'avancerait pas d'un pouce dans sa compréhension, et j'ai déjà suffisamment mis Ali en danger. Nous n'avons pas élucidé grand-chose, ces quelques dernières heures, mais j'ai désormais un but : dénicher Rachel.

« Comment Aleksei vous a-t-il retrouvé ?

— Je n'en sais rien. Il ne m'a pas suivi à ma sortie d'hôpital et personne ne pouvait savoir que je me rendrais à Wormwood Scrubs. Peut-être quelqu'un l'a-t-il prévenu depuis la prison ? »

Les yeux fermés, je me repasse le film des événements. Je me sens comme sur un nuage, mais j'ai encore toute ma tête. Des bribes de conversation me reviennent.

« Dieu me fera sortir d'ici » — Howard dixit.

Si c'est Howard qui a envoyé la demande de rançon, pourquoi aurait-il attendu trois ans ? Il aurait pu monter un coup fourré pendant son procès, ou depuis, à n'importe quel stade. Mais il aurait eu besoin d'une aide extérieure. Qui ?

La direction de la prison enregistre l'identité de tous les visiteurs des prisonniers de la Couronne. Tous les quelques mois, la sœur aînée de Howard fait le voyage depuis Warrington pour venir le voir. Elle passe la nuit dans un *bed & breakfast* du coin. À part elle, il n'y a eu que Rachel.

Dans les premiers mois qui ont suivi sa condamnation, il a reçu d'énormes quantités de courrier. Des fans. Des femmes qui en pinçaient pour son côté solitaire

175

et pour son crime — l'une d'elles, Bettina Gallagher, secrétaire juridique à Cardiff, est l'une des pin-up les plus célèbres dans les rangs des condamnés à perpétuité. Elle leur envoie des photos pornographiques et a été deux fois fiancée à des pensionnaires du couloir de la mort, en Alabama et en Oklahoma.

Chaque semaine, Howard peut envoyer une lettre gratuitement, sans payer les frais de port, et il peut s'acheter du papier et des timbres à la boutique de la prison. Chaque détenu se voit affecter un code spécial qu'il doit composer pour utiliser le téléphone. Les pédophiles et les agresseurs d'enfants ne peuvent appeler que certains numéros dont la liste est établie d'avance. Le courrier et les coups de fil sont soigneusement filtrés.

Ces éléments sonnent creux. Sans compter que je ne vois pas Howard organiser une remise de rançon depuis sa cellule…

« Fais confiance à tes yeux », me disait mon beau-père, quand nous cherchions les agneaux nouveau-nés dans la neige — le blanc sur le blanc, ça n'est jamais que du blanc. Il faut parfois regarder au-delà des choses, pour parvenir à les voir vraiment.

Il y avait autrefois un comédien de talent qui s'était trouvé un nom bizarre — Nosmo King. J'ai regardé les films de ce type pendant des années avant de comprendre d'où sortait son nom. No Smoking. Nosmo King. Il faut toujours ouvrir l'œil. Parfois la solution est là, juste sous notre nez.

Le professeur ouvre sa mallette et en sort un album photo dont la couverture et la reliure ont fait les délices des poissons d'argent. J'ai déjà vu ce truc quelque part.

« Je suis allé rendre une petite visite à votre maman, dit-il.

— Vous avez fait quoi ?

— Je suis allé la voir. »

Je serre les dents. « De quel droit ! »

Il fait la sourde oreille et promène ses doigts sur la couverture de l'album. Voilà donc ce qu'il voulait dire… Explorer mon enfance, ma famille, mes relations… Mais qu'est-ce que ça prouve ? Rien. Comment quelqu'un d'autre pourrait-il s'y retrouver dans mon passé, dans tout ce qui m'a fait tel que je suis ?

« Ne voulez-vous pas en parler ?

— Non.

— Pourquoi ?

— Je ne veux pas que vous mettiez le nez dans mes affaires. Je ne vous autorise pas à fouiner dans ma propre tête. »

Ça me prend un moment, mais je finis par réaliser que je lui ai crié cette dernière réplique. Dieu merci, il n'y a pratiquement que nous dans le café. L'ivrogne du bar n'a même pas levé la tête…

« Elle ne m'a pas paru très heureuse, dans cette maison de retraite.

— Putain ! C'est pourtant ce qui se fait de mieux, dans le genre… »

Il ouvre l'album. La première photo représente mon beau-père, John Francis Ruiz, fils d'un fermier du Lancashire. Revêtu de son uniforme de pilote de la Royal Air Force, il pose près d'un bombardier Lancaster. Ses tempes prématurément dégarnies et son front haut font ressortir la vivacité de son regard.

Je connais cette photo. Elle a trôné pendant vingt ans sur notre cheminée, entre un petit cadre d'argent représentant le jubilée de la reine et l'une de ces boules de verre de pacotille où l'on voit la cathédrale Saint-Paul sous la neige.

John Ruiz fut porté disparu le 15 juin 1943, lors d'une mission. Il devait bombarder un pont à Gand en Belgique. Son Lancaster fut pris en chasse par des avions allemands et explosa à basse altitude. Il descendit en flammes, comme une étoile filante.

Porté disparu. « Présumé mort », disait le télégramme… sauf qu'il n'en était rien. Il avait survécu à un long séjour dans un camp de prisonniers et avait fini par rentrer chez lui, pour découvrir que son « avenir », pour lequel il s'était tant battu, s'était fait la malle, après avoir épousé un sergent des régiments de ravitaillement américains, originaire du Texas. Personne ne lui jeta la pierre, et John moins que quiconque.

C'est alors qu'il avait rencontré Sophie Eisner (alias Germile Purrum), une jeune couturière juive avec un bébé à charge. Elle descendait la colline de Golden Green avec deux autres amies, bras dessus bras dessous, en riant aux éclats.

« Surtout, n'oubliez pas ! avait plaisanté la plus âgée des trois. C'est ce soir que nous rencontrons nos futurs maris ! »

Au cinéma, au pied de la colline, elles ont aperçu un groupe de jeunes hommes qui faisaient la queue. L'un d'eux portait une veste à revers crantés, avec trois boutons.

« Lequel est le mien, à votre avis ? » glissa Germile à l'oreille de ses amies.

Ce fut John Ruiz qui lui sourit. Un an plus tard, ils étaient mariés.

Joe tourne les pages de l'album. Les images sépia semblent avoir déteint sur le papier. Il y a une photo de la ferme — un cottage avec des fenêtres à petits carreaux sertis de plomb. Les portes étaient si basses que mon beau-père devait se baisser pour les franchir. Ma mère avait la manie d'entasser des souvenirs, comme pour se convaincre que c'était l'héritage de sa famille disparue.

Dehors ondulaient les champs labourés, couleur de chocolat au lait. Un filet de fumée montait de la cheminée, tel un drapeau blanc en charpie. À la fin de l'été, les grandes bottes de foin s'empilaient à flanc de coteau comme des tours de châteaux forts miniatures.

Je pourrais encore sentir les parfums du matin — le pain grillé, le thé fort, le talc que mon beau-père se mettait entre les orteils avant d'enfiler ses chaussettes — et entendre les chiens qui donnaient de la voix et s'attroupaient autour de lui en frétillant, dès qu'il franchissait la porte.

Là-bas, j'ai tout appris de la vie et de la mort. Je savais ouvrir le scrotum des agneaux et leur couper les testicules avec les dents, enfoncer l'avant-bras dans les entrailles d'une jument pleine pour estimer la dilatation du col. J'abattais des veaux pour le boucher. J'ai enterré plusieurs chiens que je considérais comme des frères, plutôt que comme des animaux domestiques.

Il n'y a aucune photo de la vie quotidienne de la ferme. L'album n'a gardé trace que des grandes occasions — mariages, baptêmes, premières communions.

« Qui est-ce ? » Joe me montre une photo de Luke en costume marin. Il est assis sur les marches du perron. Son épi de cheveux blonds se dresse sur sa tête comme le petit drapeau des compteurs de taxis à l'ancienne.

Une grosse boule m'obstrue la gorge, comme une tumeur. La main plaquée sur la bouche, je m'efforce de réprimer le flot de paroles que font surgir l'alcool et la morphine, mais les mots s'échappent de moi par tous les pores de ma peau.

Luke a toujours été petit pour son âge, mais il compensait cette défaillance en étant particulièrement exubérant et turbulent. Je passais le plus clair de mon temps en pension. Je ne le voyais que pendant les vacances. Ma mère me demandait de garder un œil sur lui et, à force de remontrances, tâchait d'obtenir qu'il se calme un peu. Il ne cessait de me tarabuster pour que je joue avec lui ou que je lui prête mes photos de foot.

Au cœur de l'hiver, je descendais la colline en luge. Je partais de la véranda et je dévalais la pente jusqu'à l'étang. Luke était trop petit pour en faire seul, alors je le prenais avec moi. Il se cramponnait à mes genoux en hurlant de rire, quand nous décollions sur les bosses. Après quelques dizaines de mètres en terrain plat, notre piste s'interrompait abruptement, devant une clôture métallique qui, avec le temps et à force de recevoir nos coups de pied, avait fini par s'affaisser entre deux poteaux.

Ce jour-là, mon beau-père était allé en ville acheter un thermostat pour la chaudière. Daj vaquait à ses travaux de lessive — elle avait entrepris de teindre mes draps pour masquer les traces de mes pollutions nocturnes — mais moi, je n'ai plus le moindre souvenir de ce que je faisais. Bizarre, non ? Alors que tout le reste m'est resté en mémoire avec une précision quasi cinématographique.

À l'heure de la toilette, nous nous sommes aperçus de son absence. Nous avons branché un projecteur sur le moteur du tracteur pour explorer l'étang et ses environs. Mais il gelait à pierre fendre et le trou que nous avions creusé dans la glace s'était refermé.

Cette nuit-là, j'ai vainement cherché le sommeil. J'essayais de le ramener à la maison par la seule force de ma volonté. J'aurais donné dix ans de ma vie pour l'entendre ronflotter dans son lit, près du mien, et s'agiter dans son sommeil comme les chiens qui rêvent de puces.

On a fini par le retrouver, le lendemain matin, sous la glace. Il avait le visage tout bleu, et les lèvres encore plus. Il portait l'un de mes vieux pantalons et des chaussures qui m'avaient appartenu.

Je m'étais posté derrière la fenêtre de ma chambre. Ils l'ont allongé sur un drap et en ont glissé un autre sous son menton. Les pare-chocs de l'ambulance étaient couverts de boue. Quand ils ont soulevé le brancard, je me suis précipité sur eux en leur criant de laisser mon frère en paix. Mon beau-père m'a rattrapé sous la véranda. Il m'a soulevé dans ses bras et m'a serré si fort que j'en ai eu le souffle coupé. Il avait le visage d'un gris terreux et les yeux pleins de larmes.

« Il est parti, Vince.

— Je veux qu'il revienne.

— Il est perdu pour nous.

— Je veux le voir.

— Retourne à la maison.

— Je veux le voir. »

Il avait appuyé son menton dans mes cheveux. En bas, ma mère s'était agenouillée près de Luke. Elle sanglotait en se balançant d'avant en arrière, caressait ses cheveux trempés, couvrait de baisers ses paupières closes.

Désormais, je ne lui inspirerais plus que de la haine, j'en avais la certitude. Pour toujours. C'était ma faute. J'aurais dû mieux le surveiller. Lui prêter mes cartes de foot, l'aider à les compter et à les classer, faire l'effort de jouer à ses jeux puérils. Personne ne m'a jamais fait le moindre reproche — personne, sauf moi. Moi, je savais. C'était ma faute. J'étais responsable.

« Il est perdu », avait dit mon beau-père.

Perdu ? Comme un objet qui aurait glissé derrière le canapé ou par un trou de votre poche ? On peut perdre le fil d'une idée ou la notion du temps... mais un enfant !

J'essuie les larmes qui menacent de déborder et je regarde le professeur. Il m'a laissé parler sans m'interrompre, pendant tout ce temps. Pourquoi m'a-t-il lancé là-dessus ? Qu'est-ce qu'il en sait, lui, de la culpabilité ? Ce n'est pas lui qui y est confronté tous les matins, dans son miroir. Il ne voit pas son reflet dans les yeux de sa mère. J'ai fait de la mienne une alcoolique. Elle boit pour trinquer avec les fantômes de sa famille massacrée et de son cadet défunt. Elle boit jusqu'à ce que ses mains se mettent à trembler, jusqu'à ce que son univers se réduise à une trace floue, comme une traînée de rouge à lèvres sur le bord d'un verre. Les alcooliques n'ont pas de relations. Ils n'ont que des otages.

« Et si vous laissiez tomber ça ? » lui suggéré-je à mi-voix, dans l'espoir de l'arrêter.

Il referme l'album. « Votre perte de mémoire résulte d'un traumatisme psychologique.

— Psychologique ? La balle que je me suis prise !

— Les examens n'ont révélé aucune trace de lésion, d'hématome ou d'hémorragie cérébrale. Vous n'avez pas reçu de choc sur la tête. Vous n'avez pas perdu tel ou tel souvenir particulier, vous avez tout rejeté en bloc. Je veux savoir pourquoi.

— Ça fait plus de quarante ans que mon frère est mort.

— Mais vous pensez à lui tous les jours. Vous vous demandez toujours si vous auriez pu le sauver — exactement comme vous vous demandez si vous auriez pu sauver Mickey. »

Je garde le silence. Il ne pourrait pas en faire autant ?…

« C'est comme un film qui se déroulerait dans votre tête, n'est-ce pas ? Il passe et repasse en boucle, encore et encore…

— Arrêtez !

— Vous voudriez redescendre cette pente enneigée, avec Luke entre vos genoux. Vous voudriez le tenir bien serré contre vous, enfoncer vos talons dans la neige, pour vous assurer que la luge s'arrêtera à temps…

— Bouclez-la ! Je vous dis de la boucler ! »

J'ai bondi sur mes pieds. Je le surplombe de toute ma hauteur, l'index pointé entre ses yeux. Derrière son comptoir, le barman a l'air de chercher quelque chose — un téléphone ou une barre de fer.

Mais Joe n'a pas bougé d'un cheveu. Bon Dieu, ce putain de sang-froid… Je distingue mon image, irréelle et désolée, dans le miroir de son regard. Ma colère se dissipe. Mon portable, posé sur la table, se met à sonner.

« Tout va bien ? demande la voix d'Ali. J'ai appris ce qui s'est passé au poste. »

Un arrière-goût de bile me remonte dans la gorge. Je parviens enfin à articuler : « Avez-vous retrouvé Rachel ?

— Non, mais je crois que j'ai déniché sa voiture.

— Où ça ?

— Quelqu'un l'a signalée comme véhicule abandonné. La fourrière est allée l'enlever à Haverstock

Hill, il y a une quinzaine de jours. Elle a été entreposée au parking de la fourrière, à Regis Road. Vous voulez que je m'en occupe ?

— Laissez, je vais y passer. »

Je consulte ma montre… bientôt six heures. Les parkings de la fourrière restent ouverts toute la nuit. Pas pour des raisons bassement financières, bien sûr, mais pour assurer le suivi du service public (et si vous croyez ça, je vous loue la Tour de Londres pour le week-end).

Je descends ce qui reste de ma bière. Je rassemble mes affaires. Le professeur semble s'apprêter à m'envoyer paître.

« Mais vous aussi, vous êtes de l'expédition ! lui lancé-je. Vous pouvez même prendre le volant — à condition de ne pas desserrer les dents. »

12

La fourrière de Camden a l'allure d'un camp de prisonniers de la Seconde Guerre mondiale, avec ses clôtures surmontées de barbelés et de projecteurs. Il y a même une guérite de bois où un vigile solitaire regarde une télé miniature, coincée entre ses genoux. Il a posé sur son bureau ses bottes impeccablement cirées. Manchester United reçoit Liverpool.

Lorsque je frappe à la vitre, il tourne la tête, pose les pieds par terre et remonte son pantalon. Il a une bouille de gros baigneur et les cheveux hérissés sur le crâne. À sa ceinture se balance une matraque gainée de cuir.

« Je suis l'inspecteur Ruiz. Vous devez avoir un véhicule qui a été enlevé dans une rue de Haverstock Hill, il y a deux semaines. »

Ses yeux font plusieurs fois la navette entre ma tête et mes pieds. Il me jauge. « Pourquoi ? Vous voulez la reprendre ?

— Non. Juste y jeter un coup d'œil. »

Son regard s'attarde une seconde sur le professeur. Il doit se demander ce qu'il a au bras, pour trembler comme ça. On fait vraiment la paire, tous les deux : Hop-a-long Cassidy, et Peg-leg Pete !

« Personne ne m'a prévenu de votre passage. J'aurais dû être au courant. Vous comptez payer les frais d'enlèvement ?

— On ne prend pas le véhicule. On va juste y jeter un œil. »

Quelque chose a bougé, derrière lui. Un gros berger allemand soulève sa masse de muscles qui se déploie et se développe, comme une bouée autogonflable. Il est presque plus haut que le bureau. Le chien pousse un grognement. Son maître lui intime l'ordre de se taire.

« Faites pas attention ; il ne vous ferait pas le moindre mal !

— Je compte sur vous pour vous en assurer. »

Le parking contient une centaine de véhicules répertoriés par leur numéro et leur emplacement sur une grille. Le vigile met quelques minutes à retrouver la fiche de la Renault Estate de Rachel.

« On l'a retrouvée sur Belsize Avenue, avec les clés sur le contact et les portières non verrouillées. La stéréo a disparu, ainsi que l'un des sièges… » Il nous pilote entre les cases peintes sur le sol qui divisent le parking.

La voiture de Rachel est constellée de gouttes de pluie. Le plafonnier ne s'allume pas automatiquement à l'ouverture de la portière. Je dois glisser la main à l'intérieur pour actionner l'interrupteur.

Effectivement, il n'y a plus de siège passager. À sa place gît une couverture sombre, pliée par terre, que je soulève délicatement. Dessous, je découvre une bouteille d'eau, des barres chocolatées et un périscope manuel.

« Quelqu'un a dû se poster là, couché sur le sol, hors de vue, fait Joe.

— C'est Rachel qui apportait la rançon. Quelqu'un l'accompagnait. »

La même question nous a traversé l'esprit : était-ce moi ? Campbell m'a traité de nervi. Aleksei avait précisé « pas de police » — c'est-à-dire aucune escorte de surveillance en voiture, en moto ou dans les airs.

« Si je devais livrer une rançon, de quoi commencerais-je par m'assurer ?

— Des preuves de survie de l'otage ! répond Joe.

— Oui, mais à part ça ? Au moment de la remise physique de la rançon, quelles précautions me faudrait-il prendre ? »

Joe hausse les épaules et je réponds pour lui : « J'assurerais mes arrières. Je m'arrangerais pour me faire suivre par quelqu'un, au moins à distance, en m'assurant qu'il ne puisse perdre ma trace.

— Comment ?

— Grâce à un émetteur. » J'en aurais planqué un dans la voiture, et un autre dans la rançon…

Et tout à coup, l'univers se trouve réduit à cette simple idée : il y a un émetteur dans les diamants. Ce qui explique qu'Aleksei se soit trouvé à la sortie de la prison, comme par hasard. Et que Keebal tenait tant à perquisitionner chez moi. Quelqu'un avait dû le tuyauter…

Ali a les diamants.

Une sonnerie, deux, trois…

« Vas-y Ali. Décroche. Décroche, nom d'un chien ! »

Les secondes s'égrènent. Personne ne répond.

J'essaie le numéro de son domicile.

« Allô ?

— Qu'est-ce que vous avez fait de mon pardessus ?

— Il est ici…

— Bien. Ne sortez surtout pas ! Enfermez-vous. Ne vous approchez pas des fenêtres.

— Qu'est-ce qui se passe ?

— Je vous en prie, Ali. Faites ce que je vous dis. Il y a un émetteur caché dans les diamants. C'est ce qui a permis à Aleksei de me suivre à la trace. »

Le flux du trafic s'écoule lentement. Joe accélère à fond. Il slalome dans des ruelles, coupe à travers des parkings et des cours de garage. Dieu seul sait où il a pu apprendre à conduire comme ça ! Ou bien c'est un as du volant qui s'ignore, ou bien c'est un amateur qui joue les Ayrton Senna, et il va finir par nous planter dans le décor !

« C'est quoi cette histoire de diamants ? me crie-t-il.

— Regardez la route et bouclez-la. »

Ali est toujours en ligne.

« Pas de panique… Je peux tout aussi bien me gourer, pour l'émetteur. »

Mais elle a déjà pris les devants. Elle ouvre les colis. Je l'entends détacher les blocs de polystyrène. Je sais d'avance ce qu'elle va y trouver. Ce genre d'émetteur peut peser moins de quatre-vingts grammes. Ils sont généralement équipés d'une pile qui dure de trois à quatre semaines. Le carrelage de ma cuisine était parsemé de flocons de polystyrène et de débris de plastique. J'avais dû creuser la mousse avec un couteau.

« Je l'ai.

— Débranchez la pile.

— Vous aviez gardé les diamants d'Aleksei Kuznet ! s'égosille Joe. Vous êtes dingue, ou quoi ? »

Nous tournons abruptement dans Albany Street, et Joe écrase la pédale de frein pour virer en catastrophe autour d'une file de voitures. Puis il remet les gaz et nous décollons sur un ralentisseur…

Ali habite à Hackney, dans un quartier noir de suie, plein d'entrepôts délabrés et de vitrines condamnées. Elle est restée en ligne.

« Où êtes-vous, maintenant ?

— On approche. Vous avez tout éteint ?

— Oui. »

En arrière-plan, j'entends un bruit de sonnette.

« Vous attendiez quelqu'un ?

— Non.

— Ne répondez pas. »

Dix… vingt… trente secondes s'écoulent. Puis j'entends un bruit de verre brisé.

« Quelqu'un vient de casser la vitre de ma porte », murmure Ali, d'une voix voilée par l'angoisse. L'alarme s'est déclenchée.

« Avez-vous une arme ?

— Oui.

— Donnez-leur les diamants, Ali. Surtout, ne prenez pas le moindre risque.

— Entendu, inspecteur. Mais je ne peux plus vous parler. Faites vite ! »

Elle a raccroché.

Les quelques minutes qui suivent comptent parmi les plus longues dont ma mémoire ait gardé trace. Joe conduit pied au plancher. Il freine sec à chaque tournant et grille systématiquement tous les feux. Il louvoie à contresens sur la file de droite, puis accélère pour dépasser trois bus, contraignant les voitures d'en face à rouler sur le trottoir pour éviter la collision.

Il part en dérapage non contrôlé pour prendre un virage particulièrement serré. Agrippé à son volant, il nous fait faire un tête-à-queue. La mienne, de tête, va percuter la portière, et mon téléphone s'incruste dans mon oreille. J'appelle les collègues pour leur signaler un officier en situation de danger.

« Prochaine à gauche — à peu près à la moitié de la rue ! »

Il y a des toits en terrasse des deux côtés de la route. La lumière des lampadaires repeint le tout en un jaune bilieux, y compris le crépi des façades et les rideaux en fausse dentelle.

Nous arrivons en vue de la maison d'Ali. Sa sirène d'alarme hurle toujours. La voiture s'immobilise et je mets aussitôt pied à terre pour me précipiter en boitillant vers la porte. Dans mon dos, j'entends la voix de Joe qui me crie quelque chose.

La porte d'entrée bée sur un couloir sombre. Le dos plaqué contre le mur extérieur, je jette un coup d'œil à l'intérieur. Je distingue le couloir, l'escalier qui mène à l'étage. Me glissant sur le côté, je franchis le seuil, laissant à mes yeux le temps de s'habituer à la pénombre.

Je suis déjà venu chez Ali, il y a des années. Elle m'avait invité à boire une bière, les pieds sur une lucarne, dans le jardinet qu'elle avait aménagé sur le toit de sa maison. Le coucher de soleil baignait tout le paysage d'une jolie lumière ambrée et je me souviens m'être dit qu'après tout, Londres était peut-être bien la nouvelle Babylone. Mais cette idée s'était évaporée avec la tombée de la nuit.

Dans mon souvenir, le living d'Ali est situé sur la gauche, et la salle à manger se trouve plus loin, dans le couloir, la cuisine étant dans le fond. Le clair de lune entre à flots par la fenêtre du couloir. Aucune trace d'une silhouette ou d'un mouvement révélateur.

Le vacarme de la sirène commence à me taper sur les nerfs. Je promène les doigts le long du mur, en quête de l'interrupteur.

L'alarme doit être reliée au compteur principal, et doit être équipée d'une pile de secours de 12 V, avec un interrupteur de sûreté.

Joe me pose la main sur l'épaule et manque de se faire assommer d'un coup de canne. Hurlant pour couvrir le vacarme, je lui demande de retourner dehors, de trouver la sonnette de l'alarme et de la décrocher du mur.

« Avec quoi ?

— Faites donc marcher vos méninges ! »

Il disparaît, tandis que j'inspecte la cuisine, puis le salon. À la lueur d'un lampadaire, je le vois traverser la rue, armé d'un démonte-pneu. Il se hisse sur un mur de brique et envoie un bon coup à la sonnette. Au troisième coup, elle rend l'âme. Le contraste est si violent qu'on jurerait que la pression atmosphérique est en chute libre.

Je monte l'escalier qui permet d'accéder à l'étage. Je suis sur le palier. J'ai beau militer contre le port et l'usage des armes à feu, là, je donnerais cher pour en avoir une. Mais mon pistolet gît quelque part au fond de la Tamise, s'il n'a pas été déjà refourgué au marché noir.

Je suis devant la première porte. Je marque une pause. Puis, dans le silence absolu, je discerne un souffle. Quelqu'un respire, à proximité. J'applique l'oreille contre la porte. J'attends, en tâchant de situer le bruit.

Soupesant ma canne, je la pose sur la poignée, que je fais jouer. À l'intérieur, l'obscurité est plus profonde que la pénombre d'où je viens.

Et à nouveau, j'attends.

J'ai perçu un léger grincement métallique… des ressorts. C'est le manque, plutôt que la crainte qui me fait trembler la main. Mes doigts trouvent l'interrupteur. Lumière. Ali est devant moi, debout sur son lit, pointant son MP5 Carbine A2 sur mon sternum.

On se regarde une seconde en chiens de faïence, puis elle cligne lentement les yeux et exhale un long soupir de soulagement. « Une chance que je n'aie pas tiré !

— Eh ! J'avais pris mes précautions… »

Et je déboutonne ma chemise, exhibant mon superbe gilet pare-balles.

Le professeur s'est écroulé dans un fauteuil, cramponné aux accoudoirs. Les minutes qui viennent de s'écouler ont épuisé ses ressources nerveuses. Ali lui apporte un verre d'eau qu'il saisit de la main droite, celle qui ne tremble pas.

« Où avez-vous appris à conduire comme ça ?

— À Silverstone, répond-il. J'avais gagné un stage sur les techniques de conduite avancées, à l'occasion d'un jeu-concours organisé par mon école.

— Vous avez loupé votre vocation ! »

Ali a barricadé la porte d'entrée et parcourt la maison pour voir s'il lui manque quelque chose. L'intrus, quel qu'il soit, a pris la fuite après avoir déclenché l'alarme.

« Vous avez vu quelqu'un ?

— Non.

— Où sont les diamants ? »

Elle ouvre un tiroir. « Là où une jeune fille rangée garde ce qu'elle a de plus personnel : avec sa lingerie. »

Les quatre bourses de velours y sont. Elle en ouvre une et les diamants lui coulent entre les doigts, se répandant sur sa couette. Lorsqu'on côtoie tous les jours des objets rares et précieux, la beauté elle-même finit par perdre de son éclat, avec l'habitude. Mais pas les diamants. Leur seule présence suffit à vous couper le souffle.

J'entends des sirènes au loin. Les collègues rappliquent ; Ali descend au rez-de-chaussée pour les accueillir. Je serais surpris de retrouver la moindre empreinte ou le moindre indice matériel, mais il faut satisfaire à la routine des dépositions et des prélèvements habituels.

Joe ne comprend toujours pas comment la rançon a pu échouer dans le tiroir d'Ali. Je lui résume l'histoire de mon armoire à linge et des débris de plastique répandus dans ma cuisine.

Et là, force m'est d'admirer son sens des priorités. Sans perdre une minute à céder à la panique ou à m'accabler de reproches, il va s'asseoir sur le lit et observe ce qui reste des paquets : le plastique orange fluo, le polystyrène blanc, le chatterton noir. L'émetteur a la taille d'une petite boîte d'allumettes, avec les deux filaments qui le rattachent à une pile.

« Pourquoi les avait-on emballés comme ça, à votre avis ?

— Je pense qu'ils étaient prévus pour flotter.

— C'est donc bien vous qui avez apporté les diamants jusqu'à la Tamise ?

— Je n'en sais rien. Ce type d'émetteur envoie toutes les dix secondes un signal qui est capté par un récepteur. À la différence d'un émetteur fonctionnant via un satellite, sa portée est très limitée — cinq kilomètres en ville et dix à la campagne.

— Avec quel degré de précision ?

— À une cinquantaine de mètres près. »

Si c'est Rachel qui a joué le rôle du facteur lors de la remise de la rançon et que je l'ai accompagnée, j'ai dû confier à quelqu'un d'autre la mission de nous suivre, au moyen du signal. À Aleksei, peut-être. L'affaire le concernait de près — il s'agissait à la fois de ses diamants et de sa fille.

Joe soupèse l'émetteur dans le creux de sa main. « Mais comment la rançon a-t-elle pu atterrir dans votre placard ? Les choses ont dû tourner au vinaigre…

— Ô combien ! Je vous rappelle que je me suis pris une balle.

— Réfléchissez un peu. Vous êtes resté dix jours à l'hôpital. Si Aleksei savait que les diamants étaient chez vous, il aurait pu passer les reprendre n'importe quand. Or, il a attendu.

— Peut-être tenait-il à ce que quelqu'un d'autre les retrouve avant lui — Keebal, par exemple. »

Presque aussitôt, je m'efforce de repousser cette idée. Je ne crois généralement pas aux conspirations et je n'ai rien contre Keebal, abstraction faite de son boulot, qui consiste à espionner ses collègues. Reste que quelqu'un l'a forcément tuyauté, pour les diamants — Aleksei, selon toute probabilité. Est-ce qu'ils collaborent, ou est-ce qu'ils se rancardent mutuellement ?

Le professeur est toujours plongé dans son étude des paquets, comme s'il s'efforçait de se représenter les dimensions.

« Et maintenant, qu'est-ce qu'on fait ? s'enquiert Ali, qui revient du rez-de-chaussée.

— Nous allons tirer parti de ce joujou », répliqué-je en lui balançant l'émetteur.

Elle me décoche un grand sourire. Nous sommes sur la même longueur d'onde. « Vous pensez à quoi, là ? À un paquet en express ?

— Non. Trop rapide. » Je consulte ma montre. « Les rotatives commencent juste à tourner, à Wapping. Certains des camions de livraison de la presse vont partir pour Liverpool. »

Bon voyage[1] !

---

1. En français dans le texte. (*N.d.T.*)

13

Des gouttelettes de condensation dégoulinent avec une régularité de métronome sur la vitre, projetant un mini arc-en-ciel sur le rebord de la fenêtre. Quel jour sommes-nous ? Jeudi… Non, vendredi. Allongé dans mon lit, j'écoute ronfler les camions de livraison, pétarader les marteaux-piqueurs, et fuser les cris des ouvriers. La symphonie de l'aube londonienne….

Muselant tous mes scrupules, j'ai accepté l'invitation d'Ali. Nous sommes chez ses parents, à Millwall. Il n'était pas question de passer la nuit chez elle. Pas après les événements d'hier soir.

Son père et sa mère dormaient déjà à poings fermés quand nous avons débarqué et, dans l'état d'épuisement où j'étais, je n'ai pas tardé à en faire autant. Ali m'a conduit à la chambre d'amis et a posé une serviette propre et un savon au pied de mon lit, comme dans les meilleurs *bed & breakfast*.

Ce doit être sa chambre de jeune fille. Les étagères sont pleines d'éléphants de toutes sortes et de toutes tailles, depuis les petites figurines en verre filé jusqu'au gros mammouth en peluche qui trône sur la commode, au pied du lit.

Un coup discret est frappé à la porte. « Je vous ai préparé une tasse de thé, annonce Ali en poussant la porte d'un coup de hanche. Mais je vais commencer par changer votre pansement. »

Elle a passé une robe de chambre retenue à la taille par un cordon, avec un éléphant brodé sur la poche de poitrine. Elle est pieds nus et marche les genoux légèrement écartés et tournés vers l'extérieur, ce qui m'évoque l'image d'un pingouin — curieuse association d'idées, car les mouvements d'Ali sont la grâce même.

« Vous avez bien dormi ?

— Comme une masse. »

Elle n'en croit pas un mot. Elle vient s'asseoir près de moi et dispose sur la table de chevet des ciseaux, des tampons de gaze et du sparadrap. Je passe les quinze minutes suivantes à la regarder défaire et refaire le pansement de ma cuisse.

« Les points de suture ne vont pas tarder à se dissoudre.

— Où avez-vous appris à faire les pansements ?

— J'ai quatre frères.

— Moi qui pensais que les Indiens étaient des non-violents convaincus…

— Disons qu'ils ne frappent pas les premiers. »

Elle découpe un dernier morceau de sparadrap qu'elle applique sur ma jambe. « Ça vous fait encore mal, ce matin ?

— Un peu moins… »

Je sens qu'elle a envie de me demander où j'en suis de mes prises de morphine, mais elle y renonce.

Comme elle se penche en avant pour ramasser ses ciseaux qui ont glissé, j'entrevois ses seins dans le décolleté de son T-shirt. Leurs tétons sont bruns et érigés, comme deux petits pics. Je détourne immédiatement le regard.

« Alors, qu'est-ce que vous comptez en faire, de ces diamants ? demande-t-elle.

— Leur trouver une cachette sûre. » Mon regard fait le tour de la pièce. « Vous avez un petit faible pour les éléphants, on dirait… »

Elle a un sourire confus. « On dit qu'ils portent chance, surtout ceux qui ont la trompe dressée.

— Et celui-là ?… » De l'index, je lui montre le mammouth aux poils laineux, qui, contrairement à ses congénères de la pièce, tient sa trompe abaissée.

« Un cadeau d'un ex-petit ami. Un représentant d'une race frappée d'extinction, lui aussi. »

Elle rassemble ce qui reste de mon vieux pansement et rectifie la position du napperon de dentelle sur la table de chevet. « J'ai reçu un coup de fil ce matin, concernant Rachel Carlyle. » Elle marque une pause. Je me sens soulevé par une vague d'espoir. « Elle a été victime d'un genre de dépression nerveuse. C'est un veilleur de nuit qui l'a retrouvée dans un terrain vague, à Kilburn. Elle était dans une voiture volée.

— Quand ça ?

— Le matin où on vous a repêché dans le fleuve. La police l'a emmenée à un hôpital, le Royal Free, à Hampstead. »

En moi, le soulagement l'emporte sur la joie. Jusqu'à présent, j'évitais de penser aux occupants de ce bateau. Mais comme Rachel restait introuvable, plus les jours passaient et plus j'avais du mal à penser à autre chose.

« A-t-elle été interrogée ?

— Non. Les policiers n'ont même pas eu un entretien avec elle. »

Et là, je sens la patte de Campbell. Il se garde bien d'enquêter sur tout ce qui pourrait toucher à Mickey Carlyle. Il a trop peur des lièvres qu'il pourrait lever.

Vous n'avez pas à déguiser la vérité, tant que vous ne l'avez pas découverte. Pour un dégonflé, prétendre n'être au courant de rien est la meilleure stratégie de défense.

« Ils ont fouillé l'appartement de Rachel. Ils ont retrouvé vos messages sur son répondeur. Et ils ont aussi retrouvé des vêtements à vous. Ils ne veulent surtout pas que vous rétablissiez le contact avec elle. Pas à cinq jours de la demande d'appel de Howard.

— Où se trouve-t-elle, actuellement ?

— Elle a quitté l'hôpital il y a une semaine. »

Ali doit tenir tout cela d'un membre de la garde rapprochée de Campbell. L'un des inspecteurs qui ont travaillé sur l'enquête initiale, sans doute. Je miserais sur Dave King, dit le « Petit Bleu ». Il a toujours eu le béguin pour elle. Son surnom lui vient de l'époque où il avait débarqué chez nous, fraîchement émoulu de sa fac de droit — mais depuis huit ans ont passé, et le surnom lui reste…

« Un brave petit gars, ce Dave. Taillé en athlète. Il doit soulever pas mal de fonte… »

Elle garde le silence.

« Il n'a peut-être pas inventé l'eau chaude, mais on croise nettement pire tous les jours…

— Dave n'est pas un garçon pour moi, chef.

— Tiens. Pourquoi ?

— Eh bien, pour commencer, il a les jambes deux fois plus grosses que les miennes. S'il ne peut pas rentrer dans mes pantalons, je vois mal comment il pourrait porter la culotte… »

Pendant une bonne quinzaine de secondes, elle garde un masque d'un sérieux imperturbable. Pauvre petit Dave — elle est bien trop futée pour lui !

En bas, dans la cuisine, Ali me présente sa mère, un petit bout de femme d'un mètre cinquante, enveloppée dans un sari vert vif qui lui donne des allures de boule de Noël.

« Bonjour, inspecteur. Bienvenue chez nous. J'espère que vous avez passé une bonne nuit… » Ses yeux noirs me sourient et ses paroles de bienvenue ont été prononcées avec une grâce respectueuse, comme si j'étais un invité de marque. Mais elle ne me connaît même pas…

« Excellente. Merci.

— Je vous ai préparé votre petit déjeuner.

— D'habitude, je le prends plus tard dans la matinée… »

Sa mine désappointée me fait immédiatement regretter de n'avoir pas tenu ma langue, mais elle ne semble pas s'en formaliser. Elle a déjà commencé à débarrasser la table, après le premier service. Deux ou trois des frères d'Ali vivent toujours dans la maison. Deux d'entre eux tiennent un garage à Mile End, le troisième est comptable et le cadet n'a pas encore terminé ses études.

Un bruit de chasse d'eau retentit quelque part à l'arrière de la maison et quelques instants plus tard, le père d'Ali fait son entrée, revêtu de son uniforme des Chemins de fer britanniques. Il porte une barbe poivre et sel et un turban bleu vif. Il me serre la main en inclinant légèrement la tête.

« Bienvenue chez nous, inspecteur. »

Ali nous rejoint. Elle a passé un jean et un sweat-shirt. Son père ne réprime qu'à grand-peine sa déception.

« Allez, babba, on est tous anglais, maintenant ! lui dit-elle, en lui déposant un baiser sur le front.

— À l'extérieur, peut-être, réplique-t-il. Mais sous mon toit, tu es toujours ma fille. C'est déjà assez malheureux que tu te sois coupé les cheveux… »

Dans sa famille, Ali est censée ne porter que le sari. Une fois, je l'ai croisée, magnifiquement drapée dans plusieurs mètres de soie vert et orange. Elle se rendait au mariage d'une de ses cousines. Elle m'avait paru à la fois resplendissante et timide. J'ai ressenti une curieuse petite pointe de jalousie : loin de se trouver prise en sandwich entre ses deux cultures, elle semblait les chevaucher avec aisance.

« Je vous remercie infiniment de votre hospitalité », dis-je, pour changer de sujet.

Mr Barba secoue la tête de côté et d'autre. « Pas de problème, inspecteur. Ma fille nous a tout expliqué… (Ça, ça m'étonnerait.) Et c'est une joie que de vous recevoir. Asseyez-vous. Mangez. Vous m'excuserez, mais je vais devoir partir. »

Il prend sa gamelle et sa Thermos sur le plan de travail de la cuisine. Son épouse l'accompagne jusqu'à la porte d'entrée et l'embrasse sur la joue. La bouilloire se met à siffler. Ali remplit une théière.

« J'espère que vous excuserez mes parents, dit-elle. J'aurais dû vous prévenir, pour l'interrogatoire qui se prépare…

— L'interrogatoire ?

— Oui. Ma mère a toujours été d'une curiosité maladive. »

Une voix retentit dans le couloir : « J'ai tout entendu !

— Sans compter qu'elle a des oreilles de chauve-souris, me glisse Ali dans un murmure.

— Ça aussi, je l'ai entendu ! » Mrs Barba réapparaît. « Je suis sûre que vous ne parleriez jamais ainsi de votre propre mère, inspecteur !

La culpabilité me serre le cœur. « Elle vit dans une maison de retraite.

— Ça doit être un endroit charmant. »

Veut-elle dire « hors de prix » ?

Mrs Barba glisse son bras autour de la taille de sa fille. « Ali m'accuse de l'espionner parce que je vais faire le ménage chez elle une fois par semaine.

— Je n'ai pas besoin que tu fasses mon ménage.

— Oh que si ! Si tu es la reine et que je suis la reine mère, qui se chargera de la corvée d'eau ? »

Comme Ali lève les yeux au ciel, Mrs Barba me pose une question : « Avez-vous des enfants, inspecteur ?

— Deux.

— Vous êtes divorcé, à ce qu'il paraît ?

— Deux fois. Jamais deux sans trois, dit-on.

— C'est dommage pour vous. Votre femme ne vous manque-t-elle pas ?

— Si, mais elle s'entraîne régulièrement au tir… »

Mon trait d'humour ne la fait pas sourire. Elle pose devant moi une tasse de thé. « Qu'est-ce qui a fait capoter vos deux précédents mariages ? »

Ali ouvre des yeux horrifiés. « Ça ne se demande pas, maman ! Excusez-moi, chef…

— De rien, de rien, dis-je. En fait, je n'ai pas vraiment de réponse à cette question.

— Ah, pourquoi ? Selon ma fille, vous êtes un homme très brillant.

— Pas dans le domaine sentimental, j'en ai bien peur.

— Ce n'est pas si difficile d'aimer son épouse.

— L'aimer, j'en étais capable. Ce que je n'ai pas su faire, c'est la garder. »

Et sans même m'en apercevoir, je me retrouve à lui raconter ma vie — comment Laura, ma première femme, est morte à trente-huit ans d'un cancer du sein et comment Jessie, ma seconde épouse, a pris ses jambes à son cou le jour où elle a réalisé que le mariage, ça n'était pas juste pour le week-end. Depuis, elle vit en Argentine où elle réalise des documentaires sur les joueurs de polo — et elle doit en profiter pour s'en faire un, par la même occasion, je suppose. Quant à Miranda, mon épouse actuelle, elle a fait ses valises parce que je passais plus de temps au boulot qu'à la maison. On se croirait dans un mauvais feuilleton télé.

J'aurais préféré que Laura soit mon amour d'enfance. Ainsi, j'aurais pu passer plus de quinze ans près d'elle. Nous méritions plus. Elle, surtout…

Et dans la foulée, je lui parle aussi des jumeaux. De Claire, qui est danseuse à New York — chaque fois que je vois ses orteils martyrisés, l'envie me prend de coffrer tout le New York City Ballet. Quant à Michael, la dernière fois que j'ai eu de ses nouvelles, il faisait du convoyage de yachts dans les Caraïbes…

La note de mélancolie qui a résonné dans ma voix n'a pas échappé à la mère d'Ali.

« Vous ne devez pas les voir beaucoup.

— Non. »

Elle secoue la tête et je me prépare à encaisser un sermon sur la responsabilité paternelle, mais elle se contente de refaire le plein de thé dans ma tasse et me parle à son tour de ses enfants, de ses idées et de ses convictions religieuses. Pour elle, il n'y a aucune différence entre les races, les sexes ou les religions. L'humanité est partout la même, à la possible exception de certains pays où la vie ne vaut pas grand-chose et où la haine parvient à hurler plus fort qu'ailleurs.

Lorsque nous quittons la maison, Ali s'excuse encore pour sa mère.

« Pourquoi ? Je l'ai trouvée formidable.

— Vous, peut-être, mais moi, elle me fait vraiment tourner en bourrique.

— Vous voulez l'échanger contre la mienne ? »

Aujourd'hui, nous avons une autre voiture. Ali l'a empruntée à l'un de ses frères garagistes. Ça fait partie des principes professionnels qu'on lui a inculqués à l'école — ne jamais utiliser le même véhicule deux jours d'affilée sur le même parcours. Les gens consacrent des années à leurs études, pour se bourrer le crâne de ce genre de foutaises. Je me demande ce qu'ils deviennent par la suite. Est-ce qu'ils développent des phobies à la seule idée de mettre le nez dehors, comme Mickey Carlyle ?

Tandis que nous nous faufilons dans le flot du trafic sur Edgware Road, en direction du nord, je me prends à espérer. Si j'arrive à retrouver Rachel, mes doutes se dissiperont aujourd'hui même. Elle pourra me dire ce qui s'est passé. Même si mes propres souvenirs ne reviennent toujours pas, au moins j'en aurai le cœur net.

Nous traversons un pont au-dessus d'une voie ferrée puis nous tournons à droite, pour nous retrouver dans une zone industrielle parsemée de garages, de casses, d'ateliers de mécanique et de peinture au pistolet. Des pigeons picorent dans les poubelles derrière un café.

La route s'achève en cul-de-sac et nous nous garons dans un terrain vague ou des vieux barils achèvent de rouiller, près d'un tas de conduits de cheminée cassés, de vieux poteaux de clôture et d'échafaudages. Un congélateur abandonné, qui a dû servir de cible aux gamins du quartier pour s'entraîner au lancer de cailloux, émerge des broussailles.

« C'est ici qu'on a retrouvé Rachel, m'explique Ali, une carte étalée sur les genoux. Elle était prostrée, sur le siège passager d'une voiture qui avait été volée la veille au soir dans un parking de Soho. »

Le ciel s'est dégagé. Le soleil fait miroiter les flaques. Descendant de voiture, je me dirige vers le congélo, en posant prudemment le pied sur le sol inégal. Le bâtiment le plus proche se trouve à une cinquantaine de mètres. Londres est truffé de terrains vagues comme celui-ci. Dans un secteur aussi densément peuplé, on imaginerait que chaque mètre carré est utilisé, mais il existe des milliers d'entrepôts désaffectés, de blocs déserts et de parcelles livrées aux broussailles et aux gravats.

Je ne saurais dire ce que j'espérais trouver, en venant ici. Quelque chose qui me soit familier. Des réponses. Des témoins. Des traces... Tout le monde laisse des traces. Le plus ridicule, c'est que je ne peux pas regarder un terrain vague sans penser à ce qui pourrait y pousser. Même au beau milieu de la ville la plus tentaculaire, je vois des champs d'orge et de colza.

« Pourquoi est-ce que ça ne m'évoque rien ?

— Vous n'êtes peut-être pas passé par ce terrain vague, répond Ali. Rachel a abandonné sa voiture à cinq kilomètres d'ici.

— Mais je l'aurais suivie.

— Pourquoi ?

— J'en sais rien. »

Choisissant le chemin le moins accidenté entre les tas de débris et de détritus, elle me dépasse puis me précède jusqu'à ce que nous arrivions à une clôture grillagée. Derrière passe une voie ferrée — la ligne Bakerloo. Un train fait vibrer le sol sous nos pieds.

Longeant le grillage sur la gauche, nous débouchons sur une passerelle pour piétons, qui enjambe les voies. Au nord, on aperçoit le bout du quai de Kilburn Station. Au bord des voies jumelles, quelques herbes folles ont poussé. Des vieux papiers s'accumulent dans les fossés.

Idéal, pour se faire livrer une rançon. Calme et discret. À la nuit tombée, les usines et les entrepôts des environs doivent être déserts. À proximité passent plusieurs grandes routes menant vers le nord et vers le sud. La voie ferrée est orientée dans le sens est-ouest. En dix minutes, on peut se retrouver à des kilomètres d'ici, dans toutes les directions.

« Il faudrait que vous alliez jeter un œil aux mains courantes dans tous les postes de police du secteur, suggéré-je à Ali. Je veux savoir tout ce qui s'est passé cette nuit-là, dans un rayon de trois kilomètres — cambriolages, agressions, contredanses pour défaut de stationnement, actes de vandalisme contre des lampadaires — tout ce que vous verrez.

— Qu'est-ce que vous cherchez, au juste ?

— Je vous le dirai quand je l'aurai trouvé. »

Le Royal Free Hospital, à Hampstead, est situé à trois kilomètres de l'endroit où l'on a retrouvé Rachel et à deux pas de celui où sa voiture a été abandonnée. Ali m'attend dehors, tandis que je franchis les portes de l'entrée principale.

La réceptionniste est une belle plante d'une cinquantaine d'années, avec une superbe mise en pli d'un brun roux, tirant sur le rougeâtre. Elle pourrait être infirmière, mais sans son uniforme, c'est difficile à dire.

« Je suis l'inspecteur Ruiz. J'aimerais avoir quelques renseignements concernant une patiente qui a été admise chez vous, il y a une semaine. » Puis, jetant un œil au badge qu'elle porte à son revers, j'ajoute : « Je vous remercie d'avance, ma chère Joanne. »

Elle redresse les épaules, en tapotant ses boucles auburn.

« Elle s'appelle Rachel Carlyle. Elle a été amenée ici par la police », précisé-je.

Elle me regarde, appuyée sur le coude.

« Vous pourriez peut-être regarder dans votre fichier informatique… »

Ses joues ont imperceptiblement rosi. Elle se tourne vers son clavier. « Je crains que cette dame n'ait déjà quitté l'hôpital.

— Pourquoi avait-elle été hospitalisée ?

— Je ne vais pas pouvoir vous donner ce genre d'information.

— Quel jour est-elle sortie ?

— Un instant… le 29 septembre.

— Savez-vous où elle est allée ?

— Eh bien, il y a une adresse… mais il va me falloir… »

J'entends déjà ce qu'elle s'apprête à me dire. Elle va me demander un justificatif officiel, une lettre, une carte, un mandat — et je n'ai même plus d'insigne.

Son regard s'attarde sur ma main, et tout spécialement sur ma grosse bague de Gitan, une chevalière en or de quatorze carats, ornée d'un diamant champagne. À en croire Daj, elle aurait appartenu à mon grand-père — mais ne me demandez pas comment elle peut en être si sûre, ni surtout comment elle l'aurait fait sortir d'Auschwitz.

Les superstitions ont la vie dure. Ma mère en jouait de main de maître. À la moindre occasion, fête de l'école ou kermesse du village, elle s'installait derrière une petite table avec son tarot et, moyennant quelques livres, disait la bonne aventure. Chez nous, tous rideaux tirés, dans une atmosphère saturée d'encens, elle donnait des consultations privées. Luke et moi, nous avions consigne de rester à distance prudente.

« Les morts reviennent par les enfants, disait-elle. Ils leur volent leurs âmes. »

Toutes ces conneries ne m'ont jamais empêché de dormir — pas plus que les histoires de mauvais œil ou de malédictions. Mais de temps à autre, lors d'un interrogatoire, je note le coup d'œil anxieux qu'un suspect glisse vers ma bague. Le même genre de regard que me lance à présent Joanne.

Ses yeux se portent sur mon autre main, celle qui n'a plus d'annulaire.

« C'est une balle qui me l'a arraché, dis-je en relevant la main. J'ai parfois l'impression qu'il est toujours là. Qu'il me démange. Vous alliez me donner cette adresse… »

Elle réprime un petit frisson. « Je crois que c'est son père qui est venu la chercher. Sir Douglas Carlyle.

— Pas la peine de chercher l'adresse. Je sais où il habite. »

Sir Douglas Carlyle, riche banquier en retraite, descend en droite ligne de Robert Ier Bruce, roi d'Écosse. Je l'ai interrogé au cours de l'enquête initiale ; il n'a pas eu l'air de m'apprécier beaucoup. À part ça, il n'avait pas l'air d'aimer grand monde, pas même sa propre fille, à qui il n'avait pas adressé la parole depuis onze ans, depuis que Rachel avait laissé tomber ses études, s'était mise à militer à gauche et l'avait désavoué, lui, ses titres et ses millions.

Puis elle avait enfoncé le clou en consacrant le plus clair de son existence à des associations de défense des sans-abri, à des coopératives bio et à des groupes d'actions écologistes qui rêvaient de sauver le monde, fût-ce arbre par arbre. Mais le coup de grâce avait été son mariage avec Aleksei Kuznet.

Ce qui m'avait frappé, dans l'attitude de sir Douglas, c'était son équanimité. Sa patience. Il semblait persuadé que sa fille finirait par lui revenir — et à présent, tout me porte à croire qu'il n'avait pas tort.

Je jette un coup d'œil anxieux à ma propre image dans le rétroviseur, tandis que je me gare devant sa grande maison de Chiswick. Les aristocrates m'ont toujours impressionné. Je n'aurais jamais pu être un héros de la lutte des classes. Une grande fontaine blanche glougloute au centre du jardin. Tout autour rayonnent des allées délimitant des massifs de fleurs ou des parcelles de gazon de forme géométrique.

Je distingue des éclats de rire qui semblent provenir de l'extérieur et les petits *smack!* discrets d'une balle rebondissant sur des raquettes. Puis explose un chœur d'ovations joyeuses, suivi d'un gémissement haletant, désespéré.

Ou bien ils sont en pleine partie de tennis, ou bien ils se passent la bande-son d'un vieux film de cul des années 60.

Le court de tennis, situé sur le côté de la maison, se dissimule derrière un grillage tapissé de lierre. Nous suivons, Ali et moi, un chemin qui aboutit à une petite pergola, près du court. Sur une table de jardin, un plateau chargé de boissons fraîches attend les joueurs. Ils sont quatre sur le court — deux couples. Deux hommes de mon âge, arborant un teint savamment hâlé, du genre chic et cher, avec des muscles à l'avenant. Les femmes sont jeunes et jolies, vêtues de jupettes et de minuscules débardeurs qui dévoilent leur ventre plat.

Sir Douglas s'apprête à servir. Avec sa mine renfrognée et son nez aquilin, il confère au jeu un sérieux quelque peu guindé.

« Vous cherchez quelque chose — je peux vous aider ? » me demande-t-il, visiblement agacé par notre intrusion. Puis il me reconnaît.

« Désolé de vous déranger, sir Douglas. J'aimerais parler à Rachel. »

D'un geste rageur, il envoie sa balle dans le filet. « Ce n'est vraiment pas le moment.

— C'est important. »

Il sort du court, escorté de sa partenaire qui me frôle en venant récupérer un petit blouson blanc au dossier d'une chaise. Elle en profite pour prendre une serviette et s'éponger le front et le cou, qu'elle a très, très long. La presse a abondamment épilogué sur le divorce de sir Douglas d'avec la mère de Rachel.

« Je vous présente Charlotte », dit-il.

L'intéressée me décoche un sourire éblouissant. « Mais vous pouvez m'appeler Tottie… pépie-t-elle. Personne ne m'a jamais appelée Charlotte. Pour tout le monde, je suis Tottie — depuis toujours ! »

Ça semble couler de source.

Sir Douglas fait signe aux deux autres joueurs, restés au fond du court. Haussant le ton, il leur crie : « Et si vous alliez nous attendre au salon ? C'est bientôt l'heure du déjeuner. Nous vous rejoignons tout de suite… »

Il est encore plus svelte et plus athlétique que dans mon souvenir. De près, son bronzage semble teinté dans la masse, comme celui des navigateurs ou des Australiens. On pourrait lui découper les bras en rondelles qu'on les trouverait tout aussi bronzés à l'intérieur !

« Votre fille est-elle chez vous ?

— Qu'est-ce qui vous porte à le croire ? » Il me teste.

« Vous êtes venu la chercher à l'hôpital, il y a un peu plus d'une semaine. »

Quelques mouches décollent du plateau de boissons pour aller se poser quelques centimètres plus loin. « Je ne sais pas si vous vous en souvenez, inspecteur, mais mes relations avec ma fille n'ont jamais été des plus faciles. Pour elle, la bonne société est une sorte d'association de malfaiteurs dont je serais le parrain — et auprès de laquelle la Mafia serait une bande d'enfants de chœur ! Elle n'accorde aucune valeur ni au rang, ni au nom, ni au titre que je lui ai transmis — sans parler de ses études, qui m'ont pourtant coûté si cher. Elle pense que seuls les pauvres sont dignes d'estime. Elle adhère totalement au mythe populaire selon lequel le prolétariat serait exclusivement constitué de braves gens, honnêtes, durs à la tâche et pleins de bon sens. Ne faites jamais d'enfants, inspecteur. C'est une plaie !…

— Où est-elle ? »

Il se sert un verre de limonade et jette un coup d'œil vers Tottie.

D'où me vient cette impression qu'il s'apprête à me balancer un plein tombereau de salades ?

« Vous devriez aller m'attendre à la maison avec nos amis, trésor, lui suggère-t-il. Et dites à Thomas qu'il peut venir desservir. »

Thomas est le majordome.

Tottie quitte sa chaise, en dépliant ses longues jambes, et lui frôle la joue de ses lèvres avant de s'éloigner. « Ne vous laissez surtout pas démonter par tout cela, très cher ! »

210

Sir Douglas nous invite à nous asseoir et tient la chaise d'Ali.

« Vous savez ce qui est le plus dur, pour un père, inspecteur ? C'est d'essayer d'empêcher ses enfants de reproduire ses propres erreurs. On voudrait les guider, les conseiller. Leur faire rencontrer les bonnes personnes. Mais c'est peine perdue. Ils n'en font qu'à leur tête. Ma fille a choisi d'épouser un gangster, doublé d'un psychopathe — et ce en partie pour me punir, j'en suis bien conscient. Je savais qui était cet Aleksei Kuznet. Toutes ses tares, il les avait dans le sang : tel père, tel fils… »

D'un geste rageur, il fourre sa raquette dans un sac de sport. « Mais bizarrement, j'avais plutôt tendance à le plaindre, ce pauvre Aleksei. Seul un millionnaire innocent aurait pu trouver grâce aux yeux de ma fille et, à moins de gagner au loto ou de tomber sur un trésor caché, je ne vois vraiment pas comment on pourrait remplir deux conditions aussi contradictoires. »

Et moi, je vois mal où il veut en venir, mais le plus calmement possible, j'essaie de recentrer le débat : « Si vous me disiez plutôt où est Rachel ? »

Il fait la sourde oreille. « Je les ai toujours plaints, ces gens qui ont choisi de ne pas faire d'enfants. Ils passent à côté d'une très belle chose… La destinée humaine. Expérimenter l'amour sous toutes ses formes. » Son regard se voile de tristesse. « Je n'ai jamais été un père très présent, ni très objectif. Je voulais que ma fille soit fière de moi — alors que c'était moi qui aurais dû être fier d'elle.

— Comment va-t-elle ?

— Elle s'en remet.

— J'ai absolument besoin de lui parler.

— Je crains que cela ne soit pas possible.

— Vous ne comprenez pas. Elle a reçu une demande de rançon, pour votre petite-fille. Rachel était persuadée que Michaela était toujours vivante. Et moi aussi, j'en étais convaincu. Il faut que je comprenne pourquoi.

— S'agit-il d'une enquête officielle, inspecteur ?

— Nous devions avoir reçu des preuves concluantes. Des indices tangibles qui nous ont convaincus.

— Et moi, j'ai reçu un coup de fil d'un certain Campbell — votre supérieur, ai-je cru comprendre. Je ne le connais pas personnellement, mais il m'a l'air d'un homme à poigne. Il m'a mis en garde contre vous et m'a averti que vous tenteriez sans doute de reprendre contact avec Rachel. »

Il évite mon regard à présent, mais continue à parler, comme s'il s'adressait aux arbres. « Ma fille est en état de choc. Une bande d'individus particulièrement insensibles et cruels ont tenté d'exploiter son désespoir. Depuis qu'on l'a retrouvée, elle a à peine dit un mot.

— J'ai besoin de son aide. »

Il m'interrompt d'un geste de la main. « Son médecin nous a laissé des directives très claires. Nous devons lui éviter tout ce qui pourrait la perturber.

— Plusieurs personnes sont mortes. Un crime abominable a été commis.

— Peut-être, mais de mon point de vue, il en ressort au moins une chose très positive : ma fille est revenue sous mon toit, et je suis bien résolu à la protéger. Je ne laisserai plus quiconque lui faire le moindre mal. »

Il ne plaisante pas. Dans son regard, je vois scintiller une détermination d'airain. L'ensemble de notre conversation a un côté conventionnel, convenu — rituel, presque. Je m'attendrais à ce qu'il ajoute : « une autre fois, peut-être », comme si je n'avais rien de plus urgent à faire que de revenir le lendemain…

Je sens se répandre en moi une onde tiède, fondante — une vague de peur. Je ne peux pas quitter cette maison sans avoir parlé à Rachel. Les enjeux sont trop importants.

« Avez-vous dit à Rachel qu'avant la disparition de Mickey, vous aviez déposé une demande pour lui enlever la garde de votre petite-fille ? »

Il a un sursaut de colère. « Ma fille avait un grave problème d'alcoolisme, inspecteur. Nous étions inquiets pour Michaela. Un soir, Rachel est tombée ivre morte dans sa salle de bains et la petite a passé la nuit allongée près d'elle sur le carrelage.

— Comment l'avez-vous su ? »

Il garde le silence.

« Vous la faisiez espionner ? »

Toujours pas de réponse. Depuis le début, j'étais au courant de cette histoire de garde d'enfant. Si Howard n'avait pas été un suspect aussi commode, je m'y serais intéressé de beaucoup plus près. J'aurais poussé sir Douglas dans ses retranchements.

« Jusqu'où êtes-vous allé pour assurer la protection de votre petite-fille ? »

Cette fois, la moutarde lui monte au nez. « Je ne l'ai pas enlevée, si c'est ce que vous insinuez. Je regrette d'ailleurs de ne l'avoir pas fait. Elle serait toujours en vie, à l'heure qu'il est. Mais toutes mes erreurs passées ont été pardonnées. Ma fille est revenue. »

Il se lève, mettant un terme à notre conversation.

Moi aussi, j'ai bondi sur mes pieds — et je pars au pas de course en direction de la maison. Il tente de m'intercepter, mais je le repousse sans ménagement, en m'égosillant : « RACHEL !

— Vous n'avez pas le droit ! J'exige que vous vidiez les lieux immédiatement !

« — RACHEL !

— Sortez de chez moi ! »

Ali tente de s'interposer. « Nous ferions peut-être mieux de partir, chef. »

Sir Douglas me plaque au sol devant le jardin d'hiver. Il a les membres d'une surprenante vigueur.

« Laissez tomber, chef, dit Ali, en m'immobilisant les bras.

— Je dois voir Rachel.

— Pas comme ça… »

Au même moment, je vois sortir Thomas en bras de chemise, avec un tablier blanc. Il brandit un chandelier d'argent, en guise de matraque.

Et tout à coup, je m'avise du côté vaguement ridicule de la scène. Au Cluedo, le chandelier figure parmi les armes possibles mais curieusement, il n'y a pas de majordome parmi les suspects. Charger le personnel, ce n'est qu'un vieux poncif de romans de gare…

Thomas me surplombe et se penche sur moi, tandis que sir Douglas se débarrasse de la boue et des brins d'herbes qui restent collés à ses genoux.

Ali me prend par le bras et me remet sur pied, puis me ramène en direction de l'allée.

Sir Douglas est déjà au téléphone — sans doute a-t-il Campbell au bout du fil.

En désespoir de cause, je m'égosille : « Et si vous faisiez erreur !… Et si votre petite-fille était toujours en vie !? »

Mais seuls les oiseaux répondent à mes cris.

14

Je fouille ma poche, et j'en sors une capsule de morphine que j'avale à sec, en déglutissant laborieusement. Lorsque je rouvre les yeux, quelques minutes plus tard, le monde m'apparaît à travers une gaze opalescente. La voiture semble flotter entre les feux rouges. Les piétons dérivent mollement le long des trottoirs, comme des feuilles mortes sur un cours d'eau.

Une file de bus s'immobilise, après plusieurs soubresauts. Mon beau-père est mort dans un arrêt de bus, à Bradford, en octobre 1995. Il se rendait chez son médecin, quand il a été terrassé par une crise cardiaque — un effet pervers de la pagaille qui règne dans les horaires de bus… Je lui ai trouvé un air très distingué dans son cercueil. On aurait dit un avocat ou un nabab de la finance, avec ses cheveux brillantinés, soigneusement plaqués sur son crâne. Sa raie était tracée avec une précision jamais atteinte de son vivant. J'ai copié sa coiffure pendant des années. Je trouvais que ça me donnait un petit air british.

Après l'enterrement, Daj est venue s'installer à Londres. Elle habitait chez nous, du temps où je vivais encore avec Miranda. Elles s'entendaient comme de l'huile et du vinaigre — avec ma mère dans le rôle du vinaigre, naturellement. Du vinaigre balsamique : à la fois sombre, âpre et corsé. Je me suis retrouvé coincé entre elles deux, lentement dépiauté, comme un artichaut dont elles se seraient disputé le cœur.

Sur le trottoir, à l'abri d'un auvent de toile, je repère une jeune marchande de fleurs entourée de seaux pleins de bouquets. Elle tire sur les manches de son pull-over pour protéger ses poings fermés et tente de se réchauffer de ses bras croisés. Aleksei emploie des escadrons d'immigrés et de réfugiés sur ses stands de fleurs. C'est une main-d'œuvre peu coûteuse, encline à la gratitude et peu susceptible de se rebeller. Je me demande à quoi elle peut bien rêver, cette jeune fille, le soir, en s'endormant dans sa chambre meublée ou dans l'appartement qu'elle partage. Se trouve-t-elle vraiment vernie ? Considère-t-elle vraiment ce boulot comme une bénédiction ?

Les immigrés d'Europe de l'Est ont débarqué ici par dizaines de milliers, fuyant les petits États satellites de la défunte Union soviétique, qui ont proclamé leur indépendance pour aussitôt s'effondrer. On s'attendrait presque à voir toute l'Europe se désagréger ainsi, puis s'écrouler, divisée en miettes de plus en plus petites, jusqu'à ce qu'il ne reste plus un seul pays digne de ce nom, capable de sustenter une langue ou une culture. Peut-être sommes-nous tous destinés à devenir des Gitans ?

Je carbure à la rage et à la peur. La rage de m'être fait tirer comme un lapin, et la peur de ne jamais réussir à comprendre pourquoi. Je voudrais soit retrouver mes souvenirs, soit oublier tout ça — la position médiane est intenable. Qu'on me rende les jours qui ont été dérobés à ma mémoire, ou qu'ils en soient complètement effacés.

Ali perçoit mon angoisse et mon désespoir. « *Ce sont les faits qui permettent d'élucider les dossiers, pas les souvenirs !* — là, je vous cite. Il faut poursuivre l'enquête. »

Elle n'a pas l'air de comprendre. Rachel la connaît, la solution. Il suffirait qu'elle me dise ce qui s'est passé…

« Jamais il ne vous laissera lui parler. Nous devons trouver un autre moyen.

— Si je pouvais lui faire passer un message… »

Tout à coup, cet état curieusement déconnecté où me plonge la morphine s'estompe et un visage me revient en mémoire. Celui d'une femme, une brune qui porte une tache de naissance, comme une coulure de caramel qui se serait répandue dans son cou. Kirsten Fitzroy, la meilleure amie de Rachel, qui était autrefois sa voisine.

Certaines femmes posent sur vous un étrange regard. Comme si elles savaient exactement ce que vous pensez, comme si elles l'avaient toujours su. C'était le cas pour Kirsten. Pendant les jours qui avaient suivi la disparition de Mickey, elle avait fait front dans la tempête. Un vrai rocher, auquel Rachel s'accrochait. Elle la soustrayait à la frénésie des médias. Elle lui préparait ses repas.

Kirsten pourrait faire parvenir un message à Rachel. Rachel lui dirait ce qui s'est réellement passé. Je me souviens qu'elle habite à Notting Hill.

« Je peux retrouver son adresse », dit Ali en se garant le long du trottoir. Elle sort son portable et compose un numéro pré-encodé — celui de son « Petit Bleu » préféré, je suppose.

Vingt minutes plus tard, nous nous arrêtons à Ladbroke Square, devant une grande maison de style XVIIIe qui donne sur les jardins communaux. Les rues environnantes arborent des couleurs de confiserie et sont parsemées de salons de thé ou de terrasses de restaurants.

De toute évidence, Kirsten a gravi plusieurs niveaux dans l'échelle sociale.

Son appartement est situé au troisième, côté rue. Je marque une pause sur le palier, le temps de reprendre mon souffle, lorsque je remarque que la porte est restée entrouverte. Ali se met aussitôt en mode alarme et inspecte l'escalier dans les deux sens.

Je pousse la porte. J'appelle. Pas de réponse.

La serrure a été presque arrachée. Le bois a éclaté vers l'intérieur. Je glisse un œil dans le couloir ; il est jonché de papiers et de vêtements qui ont été jetés çà et là sur le tapis de coco.

Ali dégrafe le rabat de son holster et me fait signe de rester où je suis. Je secoue la tête. Mieux vaut que je la couvre. Elle pivote pour franchir la porte et s'accroupit, l'œil fixé sur la cuisine, au bout du couloir. J'entre sur ses talons, en surveillant la direction opposée, le salon. Les meubles sont sens dessus dessous. Quelqu'un a défoncé le sofa avec un sabre de samouraï. Le rembourrage s'est répandu comme les entrailles d'un animal éventré.

Des abat-jour en papier de riz gisent à terre, en lambeaux. Des fleurs achèvent de faner dans un vase sans eau. Un paravent japonais a volé en miettes.

D'une pièce à l'autre, nous découvrons l'ampleur du désastre. Le sol de la cuisine disparaît sous les appareils ménagers, les aliments et les ustensiles qui ont été jetés par terre avec le contenu des tiroirs et des placards. Une chaise a atterri dans un coin, en morceaux. Quelqu'un l'a utilisée pour fouiller dans les placards du haut.

À première vue, on pencherait davantage pour un acte de vandalisme pur que pour un cambriolage. Puis au milieu de tout ce capharnaüm, je note la présence de plusieurs enveloppes dispersées. L'adresse des expéditeurs a été soigneusement déchirée. Pas d'agenda ni de carnet d'adresses, près du téléphone. Les notes et les photos ont été systématiquement arrachées du tableau de liège ; il n'en reste plus que quelques coins, accrochés à des punaises multicolores.

La morphine m'a laissé dans un état second. Je vais me passer un peu d'eau sur le visage, pour revenir à moi. Dans la salle de bains, une serviette et une chemise de nuit sont pliées sur le porte-serviettes. Un bâton de rouge à lèvres est tombé dans la baignoire. Je le récupère et, ôtant le capuchon, je découvre le petit cylindre tronqué, que je tiens comme un gros crayon.

Au-dessus du lavabo, légèrement incliné vers le bas, est accroché un miroir rectangulaire dans un cadre rehaussé de nacre. J'ai perdu plusieurs kilos. J'ai les joues creuses et les paupières en papier crépon — à moins que ce ne soit quelqu'un d'autre. J'ai dû me faire dupliquer et piéger dans un univers parallèle, imperceptiblement différent. Le monde réel se trouve de l'autre côté du miroir… Je commence déjà à sentir décroître les effets de l'opiacé. Je voudrais m'accrocher à cette irréalité.

Je pose le bâton de rouge sur une étagère, m'émerveillant de la profusion des crèmes, des lotions, des poudres et des cosmétiques divers. Parmi les flacons se trouve le parfum de Kirsten, qui me ramène à l'instant de notre première rencontre, à Dolphin Mansions, le lendemain de la disparition de Mickey.

Elle était grande et mince, le buste gracile et les membres déliés. Son pantalon beige lui arrivait si bas sur les hanches qu'on se demandait par quel miracle il pouvait tenir. Son appartement était un petit musée des armes du Japon féodal. Il y avait des sabres accrochés aux murs, ainsi que d'autres armes, des armures et un casque complet, en fer et en cuir.

« Il paraît qu'il a appartenu à Toyotomi Hideyoshi, m'a expliqué Kirsten. Le seigneur de la guerre auquel le Japon doit son unification, au XVIe siècle. Vous vous intéressez à l'histoire, inspecteur ?

— Non.

— Vous ne pensez donc pas que nous puissions tirer les leçons de nos erreurs ?

— Jusqu'ici, ça n'a guère été le cas. »

Elle accepta mon opinion sans pour autant y adhérer. Ali allait de pièce en pièce, admirant les objets exposés.

« Quelle profession avez-vous dit que vous exerciez ? demanda-t-elle à Kirsten.

— Je ne vous l'ai pas encore dit. » Un sourire lui étira le coin des yeux. « Je dirige une agence d'intérim à Soho. Nous envoyons en mission des cuisiniers, des serveuses, des hôtesses d'accueil, ce genre d'employés…

— Ça doit bien marcher.

— Je travaille beaucoup. »

Elle nous servit le thé dans une théière peinte à la main et dans des bols de céramique ancienne. Nous avons dû nous agenouiller autour de la table basse, tandis qu'elle battait la poudre de thé avec un petit balai, comme pour préparer des œufs brouillés. L'intérêt de toutes ces finasseries m'échappait un peu mais, pour Ali, tout ce qui relevait de l'idée de méditation et d'« Esprit Un » semblait couler de source.

Kirsten avait habité trois ans à Dolphin Mansions. Elle y avait emménagé trois semaines seulement après l'arrivée de Rachel et de Mickey. Elle s'était liée d'amitié avec Rachel. Elles s'invitaient mutuellement à prendre le thé. Elles allaient faire les boutiques ensemble et échangeaient leurs vêtements. Pourtant, Rachel s'était apparemment gardée de faire part à Kirsten de l'existence d'Aleksei, tout comme de son appartenance à une illustre famille. Ça devait être des secrets trop sensibles.

« Qui aurait pu imaginer un tel couple… C'était vraiment la Belle et la Bête ! m'avait dit Kirsten, en apprenant la nouvelle. Elle, à la tête d'une telle fortune, venir s'installer ici…

— Qu'auriez-vous fait à sa place ?

— J'aurais demandé ma part et je serais partie vivre en Patagonie, voire plus loin, au besoin. Et j'aurais dormi avec le pistolet sous l'oreiller pendant le restant de mes jours.

— Vous avez de l'imagination.

— Comme je vous dis, j'ai entendu deux ou trois choses sur cet Aleksei — comme tout le monde, n'est-ce pas ? Par exemple, un jour qu'il jouait au Black Jack, à Las Vegas, voilà qu'il voit débarquer un de ces nouveaux riches californiens qui lui dit qu'il est assis sur sa chaise. Aleksei fait mine de rien et ne bouge pas. Le Californien s'échauffe : "Écoute, petite lopette, je pèse soixante millions de dollars et cette place m'est réservée !" Alors Aleksei sort une pièce de sa poche et fait : "Soixante millions ? Tu veux les jouer à pile ou face ?" »

Elle ne s'attendait pas à ce que nous éclations de rire. Au contraire. Elle a laissé le silence s'appesantir un bon moment.

Elle avait un alibi pour le jour de la disparition de Mickey. Ray Murphy, le concierge, était venu réparer sa douche, et il avait dû « s'y reprendre à non moins de trois fois », précisa-t-elle.

« Et ensuite ? Qu'est-ce que vous avez fait ?

— Je me suis couchée, et j'ai dormi. »

Elle m'a lancé un regard interrogateur, avant d'ajouter : « toute seule ». Vingt ans plus tôt, j'aurais dit qu'elle me faisait du gringue, mais là, je n'étais pas dupe. Elle se moquait de moi. Grandir en âge et en sagesse, c'est un rude coup pour l'ego. Ce sont la jeunesse et la beauté qui règnent sur le monde en maîtres absolus.

En revenant dans le salon, j'y trouve Ali qui inspecte une bibliothèque renversée. L'auteur de ce carnage a tout passé au peigne fin : livres, classeurs, dossiers, albums photo. Il a emporté les agendas, les carnets d'adresses, les disquettes d'ordinateur, les photos. Ça n'avait rien d'un cambriolage. Il cherchait quelque chose — ou plutôt quelqu'un. Il cherchait Kirsten. Il voulait les noms de ses amis et de ses relations. Retrouver trace de quiconque aurait pu la connaître.

« Je pense que nous devrions signaler ça aux collègues, chef.

— Oui.

— Que voulez-vous que je leur dise ?

— La vérité. Nous avons trouvé la porte fracturée. »

Nous descendons pour attendre l'arrivée de la cavalerie.

Nous nous asseyons sur les marches du perron et nous passons en revue les divers scénarios possibles. Une petite bruine s'est mise à tomber. De fines gouttelettes constellent les cheveux d'Ali et scintillent sur l'étoffe de sa veste.

De l'autre côté de la rue, une volée de gamins crottés surgissent d'une Range Rover, avec leurs chaussures de foot à la main et leurs chaussettes tire-bouchonnées sur les chevilles.

Plus loin, un type attend dans une Audi sombre en stationnement. Je n'aurais pas remarqué sa présence sans la flamme d'un briquet qui a brillé trois secondes derrière la vitre teintée. Ma première pensée va vers Keebal. Il a pu me faire suivre. Mais presque aussitôt, j'y vois une autre explication : il y a peut-être quelqu'un d'autre qui attend le retour de Kirsten.

Je fais quelques pas sur le trottoir en m'étirant. Le soleil tente une timide percée mais se fait aussitôt rattraper et engloutir par de gros nuages d'étain. Je me promène autour du square, m'éloignant de la voiture suspecte, puis, arrivé au coin, je tourne pour traverser la rue. Je fais une petite pause, le temps de lire la plaque sous la statue d'un cavalier de bronze.

Je fais demi-tour et repars. Un pigeon prend son vol, brassant l'air avec une frénésie gauche. Je me dirige droit sur la voiture, à présent. Je distingue vaguement la silhouette du conducteur derrière le volant.

Je longe le trottoir, le plus près possible du caniveau, pour rester à l'abri de la file des voitures. Au dernier moment, j'arrive à la hauteur de l'Audi et je frappe à la vitre. Sur le siège passager, j'ai reconnu une photo de Kirsten Fitzroy.

Un type grisonnant, plutôt massif, me fixe d'un air ahuri, bouche bée. J'aperçois deux versions de moi, distordues, dans les verres teintés de ses lunettes. J'essaie d'ouvrir la portière, mais il met le contact. Je lui crie de s'arrêter.

Ali arrive alors et met sa voiture en travers de la rue pour lui bloquer le passage. Il passe la marche arrière et accélère en faisant hurler ses pneus sur l'asphalte. Il tamponne la voiture de derrière puis repart en avant. Ses pneus fument, lorsqu'il repasse la marche arrière.

Ali a mis pied à terre. Elle arrive au niveau de la portière de l'Audi, la main sur la poignée. Le type la voit le premier. Il lève une arme, vise sa poitrine.

Sans même y réfléchir, j'abats ma canne contre son pare-brise. Le bois verni vole en éclats — mais le fracas a suffi à le faire hésiter. Ali se laisse tomber à terre et, d'un roulé-boulé, bat en retraite vers le caniveau. J'en fais autant de l'autre côté, quoique avec nettement moins de grâce.

La porte de la maison voisine s'ouvre, à moins de six mètres de nous. Deux adolescentes en sortent, l'une d'elles poussant un vélo. Le pistolet du type pivote vers elle.

Je lui hurle de se mettre à l'abri, mais elle reste clouée sur place, en ouvrant de grands yeux.

Je glisse un œil du côté d'Ali. Elle se tient en position de tir, les pieds bien plantés, son MP5 à bout de bras, sa main gauche arrondie sous celle qui tient l'arme.

« Je peux l'avoir, inspecteur.

— Non, laissez. Laissez-le filer. »

Ses bras retombent. Le type accélère et part en marche arrière le long de la rue. Arrivé au bout du square, il tourne en serrant son frein à main, avant de prendre Ladbroke Grove, vers le nord.

Ali vient s'asseoir près de moi au bord du trottoir. Ça sent l'embrayage malmené et le caoutchouc brûlé. Les deux gamines ont disparu mais les rideaux s'écartent et des visages inquiets apparaissent aux fenêtres.

Ali essuie une traînée de graisse à canon sur ses doigts. « J'aurais pu l'avoir.

— Je sais. Mais j'aimais mieux pas.

— Pourquoi ?

— Parce qu'à l'école, ils vous apprennent à flinguer les gens, mais pas à vivre avec leur mort sur la conscience. »

Elle hoche la tête et écarte une mèche qui lui balaie le front.

« Vous l'avez reconnu ?

— Non. Mais il attendait Kirsten. Nous ne sommes pas les seuls à la chercher. Quelqu'un d'autre veut lui remettre la main dessus, quel qu'en soit le prix. »

Une voiture de la police tourne le coin et remonte lentement la rue. À son bord, deux jeunes flics en uniforme scrutent les numéros des maisons, des deux côtés de la rue — deux minutes plus tôt, ils se seraient pris l'Audi de plein fouet, ou une balle dans la peau. Nous avons évité le pire.

Remercions le ciel pour tous ses bienfaits, même les plus infimes…

Il faut procéder aux interrogatoires et à l'enregistrement de nos déclarations. Ali répond à pratiquement toutes les questions, donnant une description détaillée de la voiture et de son conducteur. Selon le système informatique, le numéro d'immatriculation serait celui de la camionnette d'un maçon demeurant à Newcastle. Quelqu'un a volé les plaques, ou les a falsifiées.

Dans des circonstances normales, la Police judiciaire du secteur classerait l'incident dans la catégorie « conduite dangereuse », ou « délit de fuite ». En circonstances normales — c'est-à-dire si deux des personnes impliquées n'étaient pas des représentants des forces de l'ordre.

Le sergent Mike Drury est l'un de ces jeunes Turcs de Paddington Green qui se sont fait les dents en interrogeant des membres de l'IRA, et, plus récemment, d'al-Qaida. Il balaie la rue du regard dans les deux sens, les mains enfouies dans ses poches. Il fronce son long nez et hume l'air ambiant, comme si l'odeur du quartier lui déplaisait souverainement.

« Réexpliquez-moi tout ça — pourquoi vouliez-vous voir Kirsten Fitzroy ?

— Je suis à la recherche d'une de ses amies, Rachel Carlyle.

— Et elle, pourquoi vouliez-vous la voir ?

— Pour évoquer des souvenirs communs. »

Il attend la suite, mais je le laisse attendre.

« Aviez-vous un mandat ?

— Je n'en ai pas eu besoin. Nous avons trouvé la porte ouverte.

— Et vous êtes entrés ?

— Pour nous assurer que les coupables n'étaient pas encore sur les lieux. Miss Fitzroy aurait pu être blessée, ou en danger. »

Je n'aime pas le ton sur lequel il me pose ses questions. Cela tient davantage de l'interrogatoire que du simple entretien.

Il note quelque chose dans son calepin. « Vous avez donc signalé l'effraction, avant de remarquer la présence de cet homme, dans une voiture en stationnement ?…

— Il détonnait un peu dans le paysage.

— Il détonnait un peu ?

— Oui.

— Quand vous vous êtes approchés de lui, lui avez-vous montré votre insigne ?

— Non. Je ne l'avais pas sur moi.

— Vous êtes-vous présenté comme un officier de police ?

— Non.

226

— Qu'avez-vous fait, au juste ?

— J'ai essayé d'ouvrir la portière passager.

— Si je comprends bien, ce type était là, bien tranquillement, derrière son volant. Et vous, vous lui tombez dessus en essayant d'entrer dans sa voiture ?

— Ça ne s'est pas passé tout à fait comme ça. »

Mais Drury se fait l'avocat du diable : « Comment aurait-il pu savoir que vous étiez officiers de police, tous les deux ? Vous avez dû lui filer la trouille de sa vie. Pas étonnant qu'il soit parti sur les chapeaux de roue…

— Il était armé. Il tenait ma coéquipière en joue.

— Votre coéquipière ? Il m'avait semblé comprendre que l'inspecteur Barba était affectée au Groupe de protection diplomatique et qu'elle était actuellement en congé. » Il consulte son calepin. « D'ailleurs, d'après mes informations, vous avez été suspendu de vos fonctions, pas plus tard qu'hier, et vous faites l'objet d'une enquête de la Commission des plaintes contre la police. »

Il commence à me les briser menues, ce gugus. Pas seulement lui, mais l'ensemble de la situation. Quarante-trois ans de service, et on me traite comme Charles Bronson dans *Death Wish XV* !

Dans le temps, le quartier aurait déjà été pris d'assaut par soixante enquêteurs qui auraient tâché de retrouver la voiture et d'interroger tous les témoins potentiels. Au lieu de quoi, voilà le merdier que j'ai à me coltiner… Campbell a vraiment mis le doigt dessus : j'aurais mieux fait de prendre ma retraite voilà trois ans. Par les temps qui courent, je ne peux même plus lever le petit doigt sans enfreindre un règlement ou sans empiéter sur les plates-bandes de quelqu'un d'autre. Pourtant, je suis loin d'être bon pour la casse. Je suis toujours plus

227

futé que bon nombre de mes collègues — et en tout cas, vachement plus que ce glandu.

« Ali va répondre à vos autres questions. Pour ma part, j'ai mieux à faire.

— Sûrement pas, répond Drury. Vous allez devoir patienter, je n'ai pas fini.

— Êtes-vous armé, sergent ?

— Non.

— Avez-vous des menottes ?

— Non.

— Eh bien, si vous ne pouvez ni me menotter, ni me tirer dessus, je ne vois pas comment vous pourriez m'empêcher de partir… »

15

Le professeur habite à Primrose Hill, au bout d'une petite rue verdoyante et ombragée, où les maisons coûtent les yeux de la tête et où les voitures sont couvertes de crottes de pigeon — juste retour des choses, dont je ne me lasse pas de me délecter…

Il vient m'ouvrir au second coup de sonnette. Il porte une tenue décontractée : pantalon de velours côtelé, chemise à col ouvert.

« Vous avez une mine épouvantable !

— Ne m'en parlez pas — le monde entier veut ma peau. »

Julianne se matérialise derrière lui. Hautes pommettes, grands yeux bleus, fraîche comme une rose. On dirait une star échappée d'une affiche de film. D'une voix suave, elle confirme le verdict : « Vous avez l'air un peu fatigué, inspecteur Ruiz.

— Je vais finir par le croire. »

Elle m'embrasse sur la joue et je lui emboîte le pas dans le couloir, en direction de la cuisine. Un bambin est installé dans une grande chaise, la cuillère à la main, barbouillé de compote de pomme. Charlie, sa grande sœur de dix ans, vient de rentrer de l'école et préside aux opérations.

« Désolé… dis-je à Julianne. Je n'avais pas réalisé que vous seriez en famille.

— Eh oui ! Nous avons deux enfants, vous vous souvenez ? »

Joe brûle d'apprendre les dernières nouvelles, mais il se retient de m'interroger devant Charlie qui a une passion dévorante pour les histoires de police. Plus ça saigne, plus elle en redemande.

« Vous avez arrêté quelqu'un aujourd'hui ? s'enquiert-elle.

— Pourquoi ? Tu as quelque chose à te reprocher ?

— Oh non ! s'écrie-t-elle, en ouvrant des yeux horrifiés.

— Eh bien, arrange-toi pour que ça continue. »

Comme Julianne me tend une tasse de café, son regard tombe sur ce qui reste de mon annulaire. « Eh bien, cela ne fait que confirmer mes soupçons — vous n'êtes vraiment pas du genre bague au doigt… »

Charlie est tout aussi fascinée. Elle se penche pour examiner le petit moignon qui se termine par un bout de peau rosâtre.

« Qu'est-ce qui vous est arrivé ?

— J'ai dû manger trop vite mon hamburger.

— Berkkk ! C'est dégueulasse !

— Je ne l'ai même pas senti passer !… »

Julianne me morigène : « Taisez-vous, vous allez lui donner des cauchemars. Au travail, Charlie. Je croyais que tu avais des devoirs ?

— Mais c'est vendredi. Tu avais dit qu'on irait acheter des bottes à hauts talons !

— Oui, mais pas plus hauts que ça, réplique sa mère, le pouce et l'index écartés de trois centimètres.

— Pas plus ? C'est nul ! »

Charlie cale son petit frère sur sa hanche et baisse la tête, avant de rejeter sa frange en arrière d'un coup de menton. Tout le portrait de sa maman !

Joe m'emmène au premier, dans son étude, une petite pièce donnant sur le jardin. Le bureau, pris en sandwich entre le placard à dossiers et les étagères de la bibliothèque, occupe pratiquement tout l'espace disponible. Le tableau de liège accroché au mur est couvert de notes, de cartes postales et de photos de famille.

C'est son ermitage. Si j'avais trois femmes à la maison, il m'en faudrait un, à moi aussi, et de toute urgence. Mais je l'équiperais d'un frigo et d'une télé.

Il ramasse en hâte la pile de dossiers qui encombre la chaise et fait un peu de place sur son bureau. J'ai comme l'impression que son organisation laisse un peu à désirer, depuis quelque temps. Un effet de son Parkinson, sans doute.

« Vous ne vous servez plus de votre canne ? observe-t-il.

— Je l'ai cassée.

— Je peux vous en prêter une autre.

— Ça ira. Ma jambe va beaucoup mieux. »

Nous passons l'heure qui suit à mettre un peu d'ordre dans le capharnaüm des événements de la journée. Je lui raconte ma visite chez sir Douglas et l'incident de chez Kirsten. Son visage reste aussi vacant qu'une page vierge de son bloc-notes. Totalement hermétique. Je me souviens qu'il m'avait parlé de ce qu'il appelait le « masque de Parkinson ». Ça doit être ça...

Il commence à crayonner sur son bloc-notes, d'une main pensive. « J'y ai un peu réfléchi, au problème de la rançon.

— Et alors ?...

— Il y a forcément eu une lettre à l'origine de tout. Ou un e-mail — ou un coup de fil. Vous parliez de test d'ADN…

— Sur les cheveux.

— Ce premier contact a dû être un sacré choc. Nous avions une fillette présumée morte, un pédophile condamné pour ce meurtre. Et voilà qu'arrive cette demande de rançon. Qu'est-ce que vous en avez pensé ?

— Pas le moindre souvenir.

— Faites un effort d'imagination. Essayez de vous replacer dans les mêmes dispositions. Quelle serait votre réaction, devant une telle lettre ?

— Je penserais à un canular.

— Vous n'avez *jamais* été sûr à cent pour cent de la culpabilité de Howard.

— Pour moi, ça sent toujours le coup monté.

— Qu'est-ce qui pourrait vous faire changer d'avis ?

— Une vraie preuve que la petite est bien en vie.

— La lettre contient quelques cheveux.

— Je demanderais un test.

— Et puis ?

— Je passerais tout au crible — l'encre, le papier, l'écriture…

— Et qui se chargerait de ce genre d'analyse ?

— Le laboratoire de criminologie, à l'Institut médico-légal.

— Mais si votre chef refuse de vous suivre ? S'il vous ordonne de renoncer à votre enquête ?

— Il a tort !

— Personne n'y croit, à cette lettre, à part la mère de la petite et vous. Pourquoi y croyez-vous ?

— Pas seulement à cause des cheveux. Il a bien fallu que j'aie une preuve plus fiable.

— Par exemple ?

— Une photo ou, mieux, une bande vidéo. Avec un indice qui apporte la preuve de la date à laquelle le document a été établi, comme la première page d'un journal.

— Et quoi d'autre ?

— Du sang, ou des cellules de la peau — quelque chose qui n'aurait pu être conservé pendant trois ans.

— Et en l'absence d'une preuve aussi irréfutable, auriez-vous pris le risque de livrer la rançon ?

— Je n'en sais rien. Ça pourrait être un coup monté.

— Peut-être tenteriez-vous de mettre la main sur ceux qui l'ont monté ?

— Mais en ce cas, je n'aurais sûrement pas envoyé Rachel en première ligne.

— C'est donc que les indices fournis vous avaient convaincu.

— Oui.

— Pourtant, aucun de vos collègues ne partage votre conviction. Pourquoi ?

— Peut-être parce que les indices n'étaient pas absolument concluants. »

Joe a fait légèrement pivoter sa chaise. Il me regarde de biais, à présent, et chaque fois que je marque une pause ou que j'hésite, il me bombarde de nouvelles questions. Un peu comme lorsqu'on peint en suivant des indications chiffrées, en partant des bords vers le centre.

« Pourquoi ceux qui ont fait le coup auraient-ils attendu trois ans pour envoyer leur demande de rançon ?

— Ils n'avaient peut-être pas l'intention de demander une rançon, au moment où ils l'ont kidnappée.

— Pourquoi l'avoir kidnappée, en ce cas ? »

Je sèche. S'il faut en croire Rachel, personne en Angleterre ne savait qu'Aleksei était le père de Mickey. À l'exception de sir Douglas, évidemment — mais si c'était lui qui avait kidnappé la fillette, on voit mal pourquoi il se serait amusé à envoyer une demande de rançon.

« C'est donc quelqu'un d'autre qui a enlevé Mickey, ce qui nous ramène à la même question : pourquoi avoir attendu trois ans ? » demande Joe.

J'en suis réduit aux conjectures : « Soit parce qu'ils n'avaient pas Mickey, soit parce qu'ils voulaient la garder.

— Pourquoi voudraient-ils la rendre, à présent ? »

Je commence à voir où il veut en venir. Telle quelle, cette histoire de rançon ne tient pas debout. Qu'est-ce que j'imagine ? Que Mickey serait restée enchaînée à un radiateur ces trois dernières années ? Allons donc ! Elle n'a pu survivre aussi longtemps dans une salle d'attente. Elle n'a pas attendu qu'on vienne lui porter secours en balançant ses jambes sous sa chaise…

« Et il se pose un autre problème, à présent, poursuit Joe. Si Mickey est toujours vivante, nous devons nous demander si elle tient vraiment à rentrer. Trois ans, pour une gamine de sept ans, c'est l'éternité. Elle a pu nouer de nouveaux liens, s'intégrer dans une nouvelle famille.

— Mais cette lettre qu'elle a écrite…

— Une lettre ? Où ça ? »

Cette découverte me fouette comme un souffle d'air frais. Ça, je m'en souviens ! Une carte postale, avec un petit texte écrit d'une main enfantine, tout en capitales.

Je pourrais le réciter par cœur :

MA CHÈRE PETITE MAMAN,

TU ME MANQUES BEAUCOUP ET JE VOUDRAIS REVENIR À LA MAISON. TOUS LES SOIRS QUAND JE FAIS MA PRIÈRE, C'EST CE QUE JE DEMANDE. ILS DISENT QU'ILS ME LAISSERONT RENTRER, MAIS SEULEMENT EN ÉCHANGE DE QUELQUE CHOSE. JE CROIS QU'ILS VEULENT DE L'ARGENT. J'AI 25 LIVRES ET QUELQUES PIÈCES D'OR DANS MA TIRELIRE, SOUS MON LIT. DÉPÊCHE-TOI, JE T'EN PRIE. JE TE REVERRAI BIENTÔT, MAIS SEULEMENT SI TU N'APPELLES PAS LA POLICE.

JE T'AIME TRÈS FORT
MICKEY.

P.-S. : MAINTENANT, J'AI TOUTES MES DENTS DE DEVANT.

Pendant un bon moment, je me retiens de serrer Joe dans mes bras. Seigneur, que c'est bon de retrouver ses souvenirs… meilleur que la morphine !

« Qu'est-ce que vous en avez fait, de cette carte postale ? s'enquiert-il.

— Je l'ai fait analyser.

— Où ça ?

— Dans un laboratoire privé. »

Je revois la carte sous des lamelles de verre, scannée par cette machine — un comparateur de spectre vidéo, capable de détecter d'éventuelles altérations des lettres et la nature de l'encre utilisée.

« À vue de nez, ça ressemblait à une écriture enfantine…

— Mais vous n'en êtes pas sûr.

— Non. »

J'ai entendu un expert graphologue expliquer que la plupart des enfants forment leurs « R » avec la deuxième jambe partant de l'intersection entre la barre et la boucle. Ce n'était pas le cas, pour les « R » de la carte. Les enfants tendent à faire les trois branches des « E » de longueur égale, et à croiser la boucle de leurs « J », alors que les adultes les laissent ouverts.

Mais ce qui m'avait vraiment fait tiquer, c'était les lignes d'écriture. Pour un enfant, il est difficile d'écrire sur du papier blanc. Leurs lignes d'écriture ont tendance à plonger en direction du coin inférieur droit. Et comme ils ont du mal à prévoir l'espace que prennent les mots, ils empiètent souvent sur la marge de droite.

Or les lignes et les marges du texte étaient parfaitement parallèles et rectilignes.

« Il ne serait donc pas impossible qu'il n'ait pas été écrit par un enfant ? demande Joe.

— Non. »

J'ai soudain un douloureux petit choc au cœur. Joe s'efforce de canaliser mon attention : « Et les cheveux ?

— Il y en avait six.

— Y avait-il des instructions pour la remise de la rançon ?

— Non.

— Il a donc dû y avoir d'autres lettres… ou des coups de fil.

— Ça paraît logique. »

Joe griffonne sur son bloc-notes d'une main machinale. Son dessin figure une sorte de nébuleuse, avec le centre plus sombre. « Les colis de la rançon étaient empaquetés de façon étanche, et conçus pour flotter. Le plastique orange les rendait faciles à repérer dans la nuit. Mais pourquoi quatre colis identiques ?

— Mystère. Parce qu'il y avait quatre ravisseurs, peut-être…

— Ils auraient pu se partager les diamants eux-mêmes.

— Vous avez une autre idée ?

— Je me demande si les colis n'étaient pas prévus pour être glissés dans quelque chose… Ou pour flotter à travers quelque chose.

— Une conduite d'égout, par exemple.

— Oui. »

Je suis fourbu, mais euphorique, comme si mes yeux commençaient enfin à se dessiller. J'entrevois enfin un rayon de lumière.

« Reposez-vous, maintenant. Vous avez fait de sacrés progrès.

— En me rappelant la carte postale ?

— Oui.

— Le texte faisait allusion à la tirelire de Mickey. Son auteur spécifiait même la somme qu'elle contenait. Seule une personne très proche de Mickey et de Rachel aurait pu être au courant de ce genre de chose.

— Un détail vérifiable.

— Mais ça ne suffit pas.

— Patience. »

16

Genetech Corporation, situé sur Harley Street, est le plus important des trois laboratoires qui pratiquent des tests génétiques à Londres. La réception est équipée d'un luxueux comptoir de granit poli et de fauteuils de cuir noir. Au mur, une affiche vante les mérites des tests génétiques pour les recherches en paternité. « Le kit paternité — pour en avoir le cœur net » — il n'y aurait pas comme une contradiction dans les termes, là ?…

La réceptionniste est une grande blonde évaporée — teint blafard, coiffure savamment hirsute, et regard absent. Elle a des perles aux oreilles et un briquet jetable glissé sous la bretelle du soutien-gorge.

« Bonjour, et bienvenue à Genetech, monsieur. Que puis-je pour vous ?

— Vous me reconnaissez ? »

Ses yeux clignent lentement. « Hmmmh… eh bien, non. Il ne me semble pas. Pourquoi ? Vous êtes déjà venu ?

— J'espérais que vous pourriez me le dire. J'ai dû passer chez vous, il y a quelque chose comme un mois.

— Pour des tests ?

— Je crois, oui. »

Tout cela la laisse de marbre. Je pourrais aussi bien lui demander un test de paternité pour le prince William que ça ne la ferait pas tiquer. Elle prend mon nom et se met à pianoter sur son clavier d'ordinateur. « Cela concernait-il un problème de police ?

— Il s'agissait d'un test privé. »

Ses doigts s'agitent encore un peu.

« Voilà, je l'ai… un test d'ADN. Vous nous avez demandé de comparer les résultats avec ceux obtenus sur un autre échantillon… » Elle marque une pause, et laisse échapper un petit « Hmmm… » perplexe.

« Qu'y a-t-il ?

— Par la même occasion, vous nous avez demandé d'analyser une enveloppe et une lettre. Vous avez payé cash. Dans les quatre cent cinquante livres.

— Quel délai pour pratiquer les tests ?

— Ils ont été faits en cinq jours. Mais d'habitude, ça peut prendre jusqu'à six semaines. Vous deviez être pressé. Y aurait-il un problème ?

— Je voudrais avoir les résultats de ces tests. Je ne les ai pas reçus.

— Mais vous êtes venu les chercher vous-même. C'est du moins ce que dit mon fichier… objecte-t-elle, en tapotant son écran.

— Il doit y avoir une erreur. »

L'ombre d'un doute passe dans son regard. « Vous voulez une copie des résultats ?

— Non. Ce que je voudrais, c'est voir la personne qui a pratiqué ces tests. »

Je passe les vingt minutes suivantes sur un canapé de cuir, le nez dans une brochure où il n'est question que de tests génétiques. C'est à croire que nous vivons sous le règne de la suspicion généralisée… Les femmes espionnent leurs maris, les maris espionnent leurs femmes. Les parents veulent savoir si leurs enfants se droguent ou s'ils ont des rapports sexuels. Il y a certaines choses qu'il vaut mieux ne pas savoir…

Quelqu'un finit par venir me chercher pour m'emmener au premier. J'emprunte quelques couloirs style high-tech aseptisé, avant de pénétrer dans une salle toute blanche, équipée de plans de travail où s'alignent des microscopes et divers appareils clignotant à qui mieux mieux. Une jeune femme en blouse blanche me reçoit. Elle ôte ses gants de latex avant de me serrer la main. Elle s'appelle Bernadette Foster et j'ai peine à croire qu'elle ait l'âge d'avoir passé son bac — sans même parler des diplômes qu'il doit falloir pour maîtriser tout cet arsenal.

« Vous aviez des questions à me poser, au sujet d'un test, je crois ?

— Oui. Je voudrais avoir de plus amples détails… »

Elle se laisse glisser de son tabouret pour mettre le cap sur un placard à dossiers, dont elle sort une grosse chemise vert pomme.

« Il me semble me souvenir que les résultats parlaient d'eux-mêmes. J'ai extrait l'ADN des cheveux et comparé mes résultats avec ceux des tests précédemment réalisés par l'Institut de pathologie médico-légale — résultats que vous m'aviez fournis, je suppose…

— Oui.

— Les deux échantillons — l'ancien et le nouveau — provenaient bien de la même personne. Une fillette du nom de Michaela Carlyle.

— Quelles sont les probabilités d'erreur pour ce test ?

— Nous avons pu établir la correspondance entre treize marqueurs, ce qui nous donne une marge d'erreur de un sur dix milliards. »

Ça, je m'y attendais. Ce n'est pas vraiment une surprise, mais j'ai tout de même un peu de mou dans les genoux. Les deux échantillons provenaient bien de la même personne. Cela ne suffit pas à rendre la vie à Mickey, à envoyer de l'air dans ses poumons ni du sang dans ses artères ; mais ça prouve tout de même que jusqu'à un instant T, qui peut être relativement éloigné dans le temps, ces cheveux lui ont balayé le front ou les épaules.

Miss Foster émerge de ses notes. « Sans indiscrétion, pourquoi nous avoir commandé ce test ? D'habitude, nous n'empiétons jamais sur le domaine de la police.

— C'était une demande d'ordre privé, émanant de la mère de la fillette.

— Mais vous êtes policier, si j'ai bonne mémoire…

— Oui. »

Elle me fixe d'un œil attentif, comme si elle attendait une explication qui tarde à venir, puis semble se faire à l'idée que je ne dirai rien de plus. Revenant à son dossier, elle en sort une série de photos. « Les cheveux sont ordinairement les poils les plus longs du corps, et présentent un diamètre uniforme. Dans le cas de ceux-ci, on observe des pointes coupées net, par des ciseaux ou une tondeuse de coiffeur. »

De l'index, elle m'indique une des photos. « Ces cheveux n'ont subi aucun traitement capillaire — ni teinture, ni permanente.

— Vous en êtes sûre ?

— Certaine.

— Pourriez-vous vous prononcer sur l'âge du sujet ?

— Non.

— Pourrait-elle être toujours vivante ? »

Je lui ai posé ces questions d'un ton un peu brusque et trop insistant, mais elle ne paraît pas s'en formaliser.

Elle me montre une autre photo — un agrandissement au microscope électronique. « Sur des cheveux provenant d'un corps en état de décomposition, on observe généralement un anneau plus sombre qui se forme à la racine. Nous l'appelons l'anneau racinéen post mortem.

— Ici, je n'en vois pas.

— Et moi, pas davantage. »

Une deuxième série de photos représentent la carte postale. Le texte est disposé exactement comme dans mon souvenir — de gros blocs de lettres bien carrés, avec des lignes parfaitement droites et parallèles.

« La carte elle-même ne nous a pas révélé grand-chose, pas plus que l'enveloppe. L'expéditeur n'a pas léché le timbre pour le coller, et nous n'y avons retrouvé aucune empreinte… » Elle fouille un moment parmi les photos. « Pourquoi cet intérêt soudain pour cette affaire ?

— Que voulez-vous dire ?

— La semaine dernière, nous avons reçu un coup de fil d'un avocat. Il a posé des questions sur les tests concernant Michaela Carlyle.

— A-t-il dit son nom ?

— Je ne crois pas, non.

— Que lui avez-vous répondu ?

— J'ai refusé de faire le moindre commentaire. Nous sommes tenus par le secret professionnel. »

L'avocat de Howard, probablement. Mais comment pouvait-il être au courant ? Miss Foster range le dossier dans le placard ; j'ai épuisé mon stock de questions.

« Et l'autre paquet ? me demande-t-elle. Il ne vous intéresse pas ? »

J'ai une demi-seconde de confusion pure, qui suffit à me trahir.

« Vous ne vous en souveniez plus, c'est ça ? »

Une onde de chaleur me parcourt l'échine.

« Désolé, oui. J'ai eu un accident. J'ai été blessé par balle. » D'un geste, je lui indique ma jambe. « Je n'ai plus aucun souvenir de ce qui s'est passé.

— Amnésie globale transitoire.

— Oui. C'est ce qui explique ma présence ici. J'essaie de retrouver les pièces du puzzle. Je vous remercie de votre aide. Que contenait-il, cet autre paquet ? »

Elle ouvre un tiroir dont elle tire une boîte de plastique. Elle contient un sac Ziploc transparent, laissant apparaître des triangles de polyester rose et orange. Un bikini !

Elle retourne le sac entre ses doigts. « J'ai pris un minimum de renseignements. Lors de sa disparition, Michaela Carlyle portait un maillot similaire. C'est sans doute pourquoi vous vouliez faire analyser celui-ci, je suppose…

— Vous supposez bien. » J'ai tout à coup la bouche sèche.

« Où l'avez-vous eu, celui-ci ?

— Je n'en ai pas la moindre idée. »

Elle émet un petit « Hmmm-mmh » entendu. « Vous ne pouvez donc pas m'expliquer ce qui s'est passé ?

— J'ai bien peur que non. »

Elle doit lire quelque chose dans mes yeux, car elle semble l'accepter.

« S'agit-il d'un bikini appartenant à Mickey ?

— Nous n'avons pas réussi à extraire d'ADN, mais nous avons trouvé des traces d'urine et de matières fécales. Pas assez, malheureusement, pour pouvoir les analyser. J'ai cependant pu déterminer que ce modèle faisait partie d'un lot qui a été fabriqué en Tunisie et vendu dans les boutiques et les catalogues pendant l'été

2001. Trois mille unités ont été importées et vendues en Grande-Bretagne, dont cinq cents de taille sept ans. »

Je m'efforce de trier ces informations à toute vitesse. Quelques triangles de tissu de polyester de taille sept ans ne sont pas une preuve de survie. Howard aurait pu garder le maillot en souvenir. N'importe qui aurait pu acheter le même modèle. Les détails avaient été divulgués. Les journaux avaient même publié des photos de Mickey portant ce bikini.

Le maillot aurait-il suffi à me convaincre qu'elle était toujours vivante ? Mystère. Mais pour Rachel, c'est plus que vraisemblable.

Étouffant un gémissement, je tente de mettre mon cerveau au travail. Ma blessure se rappelle à mon bon souvenir et ma jambe me donne tout à coup l'impression de vouloir faire cavalier seul — comme si je me promenais avec la jambe de quelqu'un d'autre, après une greffe qui n'aurait pas pris.

Miss Foster me raccompagne au rez-de-chaussée.

« Vous devriez être à l'hôpital, me dit-elle, sur le ton de la mise en garde.

— Je vais très bien. Écoutez… Pourriez-vous pratiquer d'autres tests… sur le bikini ?

— Que voudriez-vous savoir de plus ?

— Je ne sais pas — y a-t-il des traces de teinture capillaire, de fibres, de produits chimiques… ?

— Je peux y regarder de plus près.

— Merci. »

Toute enquête criminelle présente des zones de flou. La plupart du temps, ça ne porte pas à conséquence, dès lors que vous avez des aveux signés ou des preuves tangibles et concordantes. Les questions non élucidées restent en arrière-plan, comme un bruit de souffle ou de friture sur la ligne. Mais là, je dois sans cesse revenir à l'enquête initiale, dans l'espoir de retrouver quelque chose qui nous aurait échappé.

Nous avons interrogé tous les habitants de Dolphin Mansions. Tous avaient un alibi, sauf Howard. Il n'aurait pu connaître le contenu exact de la tirelire de Mickey, à moins qu'elle ne l'ait mis dans la confidence. Sarah elle-même ne le savait pas. Kirsten aussi aurait pu avoir vent de ce genre de détail.

Je vais devoir rendre une autre visite à Joe. Il a les capacités cérébrales *ad hoc* pour s'orienter dans un tel embrouillamini. Il a l'art de trouver des liens entre des détails qui semblent à première vue totalement aléatoires et indépendants. Il parvient à les connecter entre eux, comme dans ces jeux d'enfant où l'on voit surgir un ours ou un canard d'un amas de points sans signification.

Je préférerais ne pas l'appeler un samedi — jour sacré pour les gens qui ont une vie de famille — mais il décroche avant son répondeur. J'entends le rire de Charlie en arrière-plan.

« Bonjour, vous avez déjeuné ? lui demandé-je.

— Oui.

— Déjà ?

— Nous avons un enfant en bas âge dans cette maison — vous vous souvenez ? Cela implique quelques contraintes horaires, pour les repas et les heures de garde.

— Verriez-vous un inconvénient à me regarder manger ?

— Non. »

Nous nous donnons rendez-vous chez Peregrini, à Camden Town, un restaurant qui sert un chianti potable, et dont le chef a l'air de sortir tout droit d'un casting, avec sa grosse moustache et sa voix de stentor.

Je sers un verre de vin à Joe et lui tends un menu. Son regard semble enregistrer la scène environnante, comme s'il collectait et analysait les informations sans même y prendre garde.

« Pourquoi avoir choisi ce restaurant ? me demande-t-il.

— Il ne vous plaît pas ?

— Mais si. C'est parfait.

— Eh bien, parce que je trouve la cuisine excellente, que l'ambiance me rappelle la Toscane et que je connais le propriétaire. Alberto tient ce restaurant depuis les années 60. C'est lui qui est aux fourneaux. Vous êtes sûr de ne rien vouloir manger ?

— Je vais prendre du pudding. »

Tandis que nous attendons de passer nos commandes, je lui résume ce qu'il en est des tests d'ADN et du bikini. L'existence d'autres lettres est à présent plus que probable.

« Qu'est-ce que vous auriez pu en faire ?

— Je les aurais fait analyser.

— Et ensuite ?

— Je les aurais mises en lieu sûr… Au cas où quelque chose me serait arrivé. »

Joe hoche la tête et contemple le vin dans son verre. « OK, passez-moi votre portefeuille. » Sa main se tend en travers de la table.

« Je ne possède rien qui vaille la peine d'être volé.

— Allez… passez-le-moi. »

Il inspecte les multiples poches et compartiments, en sort des reçus, des cartes de visite et les petits rectangles de plastique qui me servent à payer mes dépenses quotidiennes. « OK. Imaginez une seconde que vous trouviez ce portefeuille sur le trottoir. Que pourriez-vous dire de son propriétaire ?

— Qu'il sort avec le minimum d'argent liquide sur lui.

— Et puis ?... »

Encore un de ses jeux psychologiques... ça devient une habitude. Je prends un paquet de reçus qui, en séchant, ont formé un amas compact — mon portefeuille a plongé avec moi dans la Tamise. Je détache les petits feuillets les uns des autres, comme des pelures d'oignon. Certains sont devenus illisibles, mais il y en a cinq ou six qui proviennent de boutiques vendant des plats à emporter. Le 24 septembre, la nuit où j'ai été blessé, j'ai acheté une pizza. À l'hôpital, lorsque Joe m'avait demandé quelle était la dernière chose dont je me souvenais, c'est ce que je lui avais dit : que je me souvenais d'avoir commandé une pizza.

Je jette un coup d'œil à ce qui a envahi la table. Ma vie, étalée devant moi. Déprimant. Les cartes de visite des copains du rugby, un avoir dans un magasin discount, un mot de la compagnie du gaz m'avisant que ma chaudière a besoin d'une révision, un reçu de la poste pour un envoi recommandé, mon permis de conduire, une photo de Luke...

Elle a été prise à Blackpool, au bord de la mer. Nous étions allés passer la journée à la plage, en famille. Daj porte une demi-douzaine de jupons et des sandales à lacets. Elle a caché ses cheveux sous un foulard et fixe l'objectif d'un regard sévère, parce que mon beau-père essayait de la faire sourire. Pendu à son bras, Luke rit aux éclats. Moi, au second plan, j'inspecte les semelles de mes espadrilles, comme si je craignais d'avoir marché dans quelque chose.

« Tu regardes toujours tes pieds, quand tu marches, me disait ma mère — si du moins ça t'empêchait de te casser la figure ! »

Je me rappelle parfaitement cette journée à la plage. Il y avait un concours de chansons et de blagues, sur la jetée. Plusieurs centaines de personnes s'étaient agglutinées en plein soleil pour écouter des émules de Joe Blows chanter ou raconter des histoires drôles. Luke n'arrêtait pas de tirer sur la main de ma mère. Il n'avait que quatre ans, à l'époque. Il piaillait, disant qu'il voulait aller chanter, mais elle lui avait défendu de monter sur scène.

Nous étions allés nous asseoir dans la foule, devant ce type en veste à damier, avec ses cheveux gominés, qui faisait le pitre en racontant des blagues. Il s'est tout à coup interrompu et a ouvert des yeux ronds en voyant débarquer ce bambin sur le podium. C'était Luke, avec ses cheveux en bataille, et son short plein de glace à la fraise. Avec force grimaces, le présentateur a abaissé son micro jusqu'à lui, pour lui poser des questions.

« Eh bien, mon petit bonhomme, comment tu t'appelles ?

— Luke.

— Tu es en vacances ici, Luke ?

— Non. Je suis avec ma maman. »

La foule est partie d'un grand éclat de rire, et Luke a froncé les sourcils. Il ne voyait vraiment pas ce qu'il avait dit de drôle.

« Qu'est-ce que tu viens faire ici, Luke ?

— Chanter une chanson.

— Et que vas-tu nous chanter ?

— Je sais pas. »

Les gens ont à nouveau éclaté de rire. J'étais mort de honte. Mais Luke restait crânement planté sur la scène, hypnotisé. Et même lorsque ma mère est venue le prendre par la main pour le faire redescendre, dans un tonnerre d'applaudissements, il n'a donné aucun signe qui puisse indiquer qu'il était conscient de la présence de la foule. Il ne faisait aucun signe de la main en direction de l'assistance. Il posait sur elle un regard vide.

Joe poursuit son exploration de mon portefeuille. « Tout le monde laisse des traces, dit-il. Pas seulement des morceaux de papier ou des vieilles photos. Ça peut être l'impression qu'on laisse aux gens que l'on côtoie, la manière dont on affronte le monde. »

Il jette un coup d'œil sur sa droite. « Tenez, regardez ce couple, là-bas… »

Un homme et une femme passent leur commande. Il porte un veston sport et elle une jupe droite, très classique, avec un pull cachemire.

« Notez cette façon qu'il a de ne pas regarder le serveur, qui lui énumère la liste des plats du jour. Il garde les yeux fixés sur le menu, comme s'il restait plongé dans sa lecture. Elle, elle se conduit très différemment. Elle est penchée en avant, les coudes plantés sur la table, le menton dans les mains. Elle semble se passionner pour ce que dit le serveur.

— Elle lui fait du gringue…

— Vous croyez ? Jetez un œil sous la table. »

L'inconnue a ôté sa chaussure et son pied gainé de Nylon est venu se poser sur le mollet de son compagnon. En fait, elle le taquine ; elle essaie de le détendre.

« Comme vous voyez, il faut toujours considérer une situation donnée dans son ensemble, dit Joe. Je sais bien que vous ne pouvez plus vous souvenir des événements — enfin, pas pour l'instant. Vous devriez donc tout noter, du moins mentalement : les images, les scènes, les mots, les visages — tout ce qui vous vient.

Pour l'instant, ça peut vous paraître dénué de sens, mais peut-être qu'un jour, vous finirez par comprendre. »

Une serveuse arrive à notre table, chargée d'un plat de sardines.

« Avec les compliments du chef ! » annonce-t-elle.

Je lève mon verre pour Alberto qui est apparu à la porte de sa cuisine et se frappe la poitrine, façon gladiateur.

Joe attaque les sardines, tout en continuant à s'interroger sur le bikini et sur sa provenance. Mickey ne portait pratiquement rien, lors de sa disparition. Sa serviette de bain est devenue la principale pièce à conviction contre Howard.

Dans toute enquête, on a besoin d'un indice clé : un témoin ou un objet tangible, qui transforme tout à coup les simples théories en faits. Pour Mickey, ce fut cette serviette rayée qu'une passante avait retrouvée au cimetière d'East Finchley en promenant son chien. Elle portait des grosses taches de sang et de vomi, et des traces de teinture pour cheveux. Howard n'avait pas d'alibi pour le jour de la disparition de Mickey et était venu travailler au cimetière pendant les jours suivants.

Les tests du labo avaient confirmé qu'il s'agissait bien de sang humain du groupe A–, celui de Mickey, comme de sept pour cent de la population. Les tests d'ADN avaient été positifs.

J'avais donc immédiatement ordonné que l'on fouille tous les massifs de fleurs et les fosses récemment creusées. Nous avons rameuté des radars capables de sonder le sous-sol, des pelleteuses mécaniques et tout un bataillon de techniciens du labo, armés de pelles et de tamis.

Inutile de préciser que Campbell s'est immédiatement mis à grimper aux rideaux : « Tu es en train de

le saccager complètement, ce putain de cimetière ! »
criait-il. Je devais tenir le téléphone à quinze centimètres de mon oreille.

J'ai soufflé un grand coup. « J'essaie de procéder de
façon ponctuelle, chef. Le registre du cimetière indique
l'emplacement de toutes les tombes récemment creusées. Tout ce qui n'y est pas consigné mérite donc
qu'on y jette un coup d'œil.

— Et les stèles funéraires ?

— On s'arrange pour ne pas les abîmer. »

Campbell m'a asséné la liste de toutes les autorités
dont l'accord écrit était indispensable pour procéder
à une exhumation — elle incluait un juge du comté,
l'administrateur général des cimetières et le médecin-
chef du conseil de Westminster.

« Ne t'en fais pas ! Nous ne sommes ni des profana-
teurs de tombes, ni des détrousseurs de cadavres ! »

Nous avions déjà creusé et retourné trente mètres
carrés de pelouse et de parterres fleuris. Les pavés
s'entassaient contre les murs, avec les lambeaux de
gazon enroulés en fagots boueux. Deux mois plus tôt,
Howard avait contribué aux travaux du jardin, à l'occasion de l'opération « Westminster en fleurs », un
concours de jardins fleuris.

Vingt-deux autres emplacements furent éventrés et
explorés, dans l'enceinte du cimetière. Ça peut sembler
futé, comme cachette, mais il n'est pas si facile de planquer un corps dans ce genre d'endroit. D'abord parce
qu'il faut opérer à l'abri des regards, et donc plutôt de
nuit. Or la plupart des gens, qu'ils croient ou non aux
revenants, détestent traîner dans les cimetières après la
tombée de la nuit.

Jusque-là, nous avions réussi à tenir les médias
à l'écart de notre entreprise de terrassement, mais je

savais que ça ne durerait pas. Quelqu'un avait dû prévenir Rachel par téléphone, car je la vis arriver dès le premier jour. Il fallut deux agents pour l'empêcher de passer sous les banderoles délimitant le théâtre des opérations. Elle se débattait comme une furie, tantôt tâchant de leur glisser entre les doigts, tantôt les suppliant de la laisser passer.

« Est-ce que c'est Mickey ? » me cria-t-elle de loin.

Je la pris à part, m'efforçant de la calmer. « Il est trop tôt pour le dire. Nous n'en savons rien.

— Vous avez trouvé quelque chose ?

— Une serviette.

— Celle de Mickey ?

— C'est impossible à dire tant que…

— Est-ce que c'est la serviette de Mickey ? »

Elle dut lire la réponse dans mon regard, car elle parvint tout à coup à nous échapper et piqua un sprint jusqu'à la tranchée. Je la rattrapai *in extremis*, juste avant qu'elle n'arrive au bord, et je nouai les bras autour de sa taille. Elle avait éclaté en sanglots, les bras tendus, comme pour se jeter dans la fosse.

Il n'y avait rien que je puisse dire pour la consoler — et rien qui ne puisse jamais la consoler.

Un peu plus tard, je l'ai accompagnée jusqu'à la chapelle, en attendant la voiture qui devait la ramener chez elle. Nous nous sommes installés à l'extérieur, sur un banc de pierre, à proximité d'une affiche qui proclamait : « Les enfants sont l'espoir du monde. »

Où ça ? Qu'on me les montre ! On peut vouloir en avoir, s'en occuper, se faire un sang d'encre pour eux, les aimer de tout son être — mais comment garantir parfaitement leur sécurité ? Tôt ou tard, le temps, le hasard ou le mal finissent toujours par réduire vos efforts à néant.

Des profondeurs des cuisines nous parvient un fracas de verre brisé. Les conversations s'arrêtent aussitôt dans toute la salle, peut-être en signe de sympathie, pour reprendre progressivement, quelques secondes plus tard. De l'autre côté de la table, Joe me regarde, le visage plus hermétique que jamais. Masque de Parkinson, mon œil ! Je crois plutôt que ça l'arrange, de pouvoir prendre cette expression indéchiffrable.

« Pourquoi la teinture pour cheveux ? demande-t-il.

— Que voulez-vous dire ?

— Ces traces de teinture sur la serviette… Si Howard a enlevé Mickey dans l'escalier et l'a tuée chez lui, pourquoi aurait-il pris la peine de lui teindre les cheveux ? »

Bien sûr. Mais la serviette a pu être tachée plus tôt. Rachel a pu se faire un shampooing colorant — je ne lui ai jamais posé la question… Je peux presque voir s'ébranler les rouages du cerveau de Joe. Il classe l'information en vue d'une recherche ultérieure.

Mon plat arrive, mais je n'ai plus très faim. C'est l'un des effets de la morphine : elle me coupe l'appétit. J'enroule mes spaghettis autour de ma fourchette, que je laisse échouée au bord de mon assiette.

Joe me verse un autre verre de vin. « Vous disiez que vous aviez des doutes, quant à la culpabilité de Howard ?

— Oui. Et curieusement, ils me sont venus à cause d'une chose que vous m'aviez dite, du temps où j'enquêtais sur le meurtre de Catherine McBride. Nous venions juste de faire connaissance, vous et moi. Vous m'avez décrit le profil de l'assassin.

— Qu'est-ce que je vous avais dit, au juste ?

— Qu'on ne naissait pas sadique ou pédophile. Qu'on le devenait. »

Joe hoche la tête, impressionné soit par ma mémoire, soit par la valeur de son conseil.

Je m'efforce de développer : « Jusqu'à ce que nous découvrions cette serviette, notre dossier contre Howard n'était qu'un ramassis de conjectures et d'extrapolations. Il n'y a jamais eu la moindre plainte contre lui, ni des parents ni des enfants qu'il côtoyait. Personne n'avait jamais remarqué qu'il avait un comportement bizarre, personne n'avait demandé qu'on l'écarte des enfants. Son disque dur contenait des milliers d'images, dont quelques-unes seulement pouvaient être considérées comme suspectes — et rien de tout ça ne prouvait qu'il était pédophile. Il n'avait aucun passé d'agression sexuelle et du jour au lendemain, il s'est retrouvé catalogué comme assassin d'enfants. »

Joe contemple la chandelle qui brûle dans le bougeoir de verre rouge. « On peut très bien avoir des fantasmes sur les enfants, mais ne jamais passer à l'acte. On peut se contenter de vivre ça sur le mode du fantasme.

— Exact. Mais je ne voyais pas la progression. Vous m'aviez dit qu'une conduite déviante se manifestait par des paliers prévisibles, que l'on aurait presque pu pointer sur un graphique. On commence, par exemple, par collectionner du matériel pornographique, puis on progresse dans l'échelle, jusqu'au stade ultime de l'enlèvement et du meurtre.

— Avez-vous retrouvé de la pornographie, chez lui ?

— Il possédait une caravane qu'il prétendait avoir revendue. Nous l'avons retrouvée en remontant la piste de ses factures d'essence et un récépissé de nettoyage à sec. Elle était entreposée sur un terrain d'hivernage, sur la côte sud. Il payait le loyer à l'année. On y a retrouvé des cartons de magazines provenant pour la plupart d'Europe de l'Est ou d'Asie. De la pornographie pédo-phile… »

Joe se penche vers moi. Ses petites cellules grises bourdonnent comme un disque dur.

« Ce que vous me décrivez là, c'est un pédophile classique de type prévenant. Il avait senti un point sensible chez Mickey. Il s'est mis dans ses bonnes grâces en la couvrant de compliments, de cadeaux, de jouets, de vêtements. Il la prenait en photo, la félicitait sur sa beauté. Enfin commence la partie sexuelle de la danse à proprement parler, les attouchements furtifs, les parties de catch pour rire. Un pédophile non sadique peut passer des mois, voire des années à lier ainsi connaissance avec un enfant, à le mettre en condition.

— Exact. Ils sont d'une patience extrême. En ce cas, pourquoi Howard aurait-il pris le temps et la peine de préparer Mickey, pour décider tout à coup de l'enlever dans l'escalier ? »

Le bras de Joe tremble comme s'il venait de relâcher un poids de cent kilos. « Tout juste. Pour un tel pédophile, le mode d'action le plus probable est la séduction lente et progressive, jamais la force. »

Mon soulagement est immense. C'est bon de constater que quelqu'un peut être de mon avis.

Avec un soupçon de réserve, toutefois : « La psychologie n'est pas une science exacte, me fait remarquer Joe. Même en supposant que Howard soit innocent, cela ne ramènerait pas Mickey à la vie. La variation de l'un des termes de l'équation n'influe pas systématiquement sur l'autre. Que s'est-il passé quand vous avez fait part de vos doutes à Campbell ?

— Il m'a dit de faire abstraction de mon insigne et de répondre en mon âme et conscience. Étais-je intimement persuadé que Mickey était morte ? Pensant aux taches de sang sur la serviette, j'ai répondu "oui". Tout accusait Howard.

— Ce n'est pas vous qui l'avez condamné. C'est le jury ! »

Il l'a dit sans aucune trace de condescendance, mais je déteste que les gens me cherchent des excuses. Il vide son verre. « Ce dossier vous tient un peu trop à cœur, on dirait ?

— Oui. Peut-être.

— Je crois que je sais pourquoi.

— Parlons d'autre chose, professeur. »

Il pousse la chandelle de côté et plante un coude au milieu de la table. Il me défie au bras de fer.

« Contre moi, vous n'avez pas la moindre chance.

— Je sais.

— Pourquoi insister, en ce cas ?

— Après, vous vous sentirez mieux.

— Comment ça ?

— Pour l'instant, vous semblez croire que je mets un point d'honneur à vous battre à plate couture. Tenez, je vous offre une chance d'égaliser le score. Peut-être finirez-vous par comprendre que ce n'est pas une course à l'échalote, et que j'essaie vraiment de vous aider ! »

J'ai aussitôt un petit pincement au cœur. Le relent amer de cette médication ne m'a pas échappé. Ma gorge se serre. La main de Joe attend toujours la mienne. Il me sourit : « Alors… on déclare le match nul ? »

Ça m'écorcherait la bouche de le reconnaître, mais il y a entre nous une sorte de parenté. Un lien. Nous sommes tous deux engagés dans une lutte contre le temps. Moi, parce que ma carrière touche à sa fin, et lui, à cause de cette maladie qui risque de lui voler ses dernières années. Et je crois qu'il comprend ce que c'est que d'être responsable, par accident ou par omission, de la mort de quelqu'un. Cette enquête pourrait être ma dernière chance de faire amende honorable, de prouver ma valeur. De solder mes comptes dans le Grand Livre.

17

Il fait déjà nuit lorsqu'un taxi me dépose chez les parents d'Ali. Elle m'ouvre prestement la porte et la referme aussitôt. Une pelle et une balayette gisent sur le sol, près des fragments d'une poterie brisée.

« J'ai eu de la visite, m'explique-t-elle.

— Keebal ?

— Comment avez-vous deviné ?

— J'ai reconnu son after-shave. Où sont vos parents ?

— Chez ma tante Meena. Ils vont bientôt rentrer. »

Ali passe l'aspirateur, tandis que je jette les restes de la poterie dans la poubelle. Elle porte un sari auquel elle semble appartenir tout autant qu'il lui appartient. Des plis de la soie s'échappent des senteurs de cumin, de santal et de jasmin.

« Qu'est-ce qu'il voulait, Keebal ?

— Je suis accusée de manquement au protocole. Un policier en congé n'est pas censé enquêter pour son propre compte, ni porter une arme. Je vais passer au conseil de discipline. Il va y avoir une audience.

— Désolé.

— Ne vous en faites pas.

— Attendez, tout est de ma faute ! Je n'aurais jamais dû vous entraîner là-dedans. »

Sa réaction ne se fait pas attendre : « Je suis une grande fille, maintenant ! réplique-t-elle avec humeur. Je peux tout de même prendre mes propres décisions !

— Je ferais mieux de tout laisser tomber.

— Non ! De toute façon, je ne risque pas grand-chose. Je sers de chauffeur aux ambassadeurs et aux diplomates, j'emmène leurs gosses à l'école et leurs femmes faire les boutiques. Vous parlez d'une carrière ! J'attendais un peu plus de la vie…

— Qu'est-ce que vous pourriez faire ?

— Des tas de choses. Monter ma propre affaire. Me marier…

— À ce cher petit Dave ? »

Elle fait la sourde oreille. « Ce qui me fiche le plus en rogne, ce sont toutes ces magouilles internes — et ces types comme Keebal qui se seraient fait éjecter il y a encore quelques années, mais qui aujourd'hui raflent les promotions. Ce crétin de raciste, ce sale petit con de macho ! »

Je regarde vers la poubelle où a disparu le vase brisé. « Vous l'avez touché ?

— Je l'ai loupé, mais de très peu.

— Dommage. »

Elle éclate de rire et je réprime une soudaine envie de la serrer contre mon cœur. Un instant de grâce, que je laisse passer…

Elle va mettre la bouilloire sur le feu et ouvre un paquet de biscuits au chocolat.

« Aujourd'hui, j'ai découvert deux ou trois trucs intéressants, dit-elle en trempant un biscuit dans son café, avant de se lécher les doigts. Aleksei Kuznet possède un gros bateau à moteur, amarré à Chelsea Harbour. Il l'utilise principalement pour accueillir les hôtes de son entreprise. Le skipper est un Serbe. Il habite à bord. J'aurais pu lui poser quelques questions, mais j'ai préféré rester à couvert.

— Bien vu.

— Et ça n'est pas tout. Ces derniers temps, Aleksei a vendu des tonnes d'actions et de parts de ses entreprises. Jusqu'à sa propriété de Hampstead, qu'il a mise en vente.

— Pourquoi ?

— J'ai une amie qui travaille au *Financial Times*. Selon elle, Aleksei liquide ses biens, mais personne ne sait au juste pourquoi. On dit qu'il est très endetté. Peut-être a-t-il de grosses sommes à débourser — à moins qu'il ne s'apprête à racheter quelque chose d'énorme.

— En vendant sa maison ?

— Ça fait un mois qu'elle est en vente. On pourrait peut-être essayer de creuser dans la cave, pour voir si son frère y est enterré ?

— Je croyais que Sacha avait été éviscéré…

— Oui, après avoir été plongé dans une cuve d'acide ! »

Nous partons d'un éclat de rire sardonique, mais nous sommes bien placés, elle et moi, pour savoir que si les histoires de croquemitaines parviennent à se perpétuer, c'est qu'elles contiennent toujours quelques atomes de vérité.

Ali a autre chose à me dire. Elle marque une pause, pour le suspense. « J'ai aussi lancé quelques recherches sur Kirsten Fitzroy. Vous vous souvenez qu'elle nous avait déclaré diriger une agence d'intérim, dans le West End ? L'agence se trouvait à Mayfair, dans un immeuble loué par une boîte enregistrée aux Bermudes. Le bail a expiré voici huit mois. Tous les débiteurs ont été payés rubis sur l'ongle. Depuis, toute leur correspondance est transmise à un bureau de Soho, puis à une firme juridique suisse qui représente les ayants droit — une boîte sise dans le Nevada. »

Ce genre d'organisation saute aux yeux de tout le monde, comme les couilles d'un chien — sauf, précisément, aux cerbères du fisc et des agences antifraudes. Leur seule raison d'être, c'est de servir de paravent, d'échapper au fisc et à diverses responsabilités.

« Selon les voisins, l'agence avait quelques salariés stables, mais ils engageaient surtout des employés qu'ils envoyaient en mission dans des emplois à court terme. Leurs registres font état de serveurs, de serveuses et d'hôtesses d'accueil, mais il n'y a aucune trace de numéros de sécurité sociale, ni de déclarations d'impôt. C'était surtout des femmes, avec pour la plupart des noms à consonance étrangère. Des immigrées clandestines, à vue de nez. »

Personnellement, je subodore tout autre chose. De l'amour tarifé — bas résilles, gorges profondes et talons aiguilles. Ce qui expliquerait que Kirsten ait eu les moyens de s'offrir des armures médiévales et des sabres de collection…

Ali classe ses notes et va s'asseoir sur le canapé pour me les lire, tout en se massant les pieds. « Je suis allée fouiner dans les fichiers des actes notariés. Kirsten a acheté son appartement six cent mille livres — c'est-à-dire à peine la moitié de sa valeur sur le marché — à une firme privée, baptisée Dalmatian Investments, dont le principal actionnaire n'est autre que sir Douglas Carlyle en personne. »

Un frisson me parcourt. Comment se connaissaient-ils ? Et pourquoi sir Douglas aurait-il fait preuve d'une telle générosité ?

« Peut-être avait-il recours à ses services, suggère Ali.

— À moins qu'il ne s'agisse de faveurs d'un autre genre... »

Serait-il possible que je me sois totalement trompé sur le compte de Kirsten ? Son amitié avec Rachel m'avait toujours paru bizarre. Elles avaient si peu de points communs. Rachel ne pensait qu'à échapper au pouvoir et à l'argent de sa famille, à oublier son enfance de privilégiée, tandis que Kirsten s'escrimait avec tout autant de détermination à s'élever dans l'échelle sociale et à sélectionner ses fréquentations. Elle est venue s'installer à Dolphin Mansions très peu de temps après Rachel. Et elles sont devenues inséparables.

Sir Douglas était au courant de certains détails concernant Rachel. Il savait par exemple qu'un soir sa fille était tombée ivre morte dans sa salle de bains et que Mickey avait passé la nuit blottie contre elle. Il avait un sous-marin dans la place : Kirsten. Un demi-million de livres, c'est une sacrée somme, pour garder un œil sur une voisine. Mais cela suffirait à justifier un kidnapping. Ça expliquerait aussi, du même coup, que quelqu'un tienne tant à retrouver Kirsten.

Ali vient prendre ma tasse vide. « Je sais que vous n'êtes pas d'accord, chef, mais pour moi, ça sent toujours le coup monté.

— Quel serait le mobile ?

— L'argent, la revanche, faire sortir Howard de prison — on n'a que l'embarras du choix.

— Et quel serait le rôle de Kirsten, là-dedans ?

— Vous avez dit vous-même qu'elle était bien placée. Elle était parfaitement au courant de toute l'affaire, et assez proche de Rachel pour tout organiser.

— Aurait-elle été capable de jouer un aussi sale tour à une amie ?

— À une personne qu'elle avait pour mission d'espionner, vous voulez dire ? »

Nous pourrions en discuter toute la nuit, sans trouver l'ombre d'une explication qui corresponde à tout ce que nous savons déjà...

« Une dernière chose, me lance Ali en me tendant une liasse de papiers. J'ai réussi à mettre la main sur les pages du registre de main courante correspondant à la nuit où vous avez été blessé. Faites-en votre lecture de chevet... »

Les pages qu'elle a photocopiées couvrent les huit kilomètres carrés du nord de Londres, entre dix heures du soir et trois heures du matin.

« Je peux déjà vous dire qu'il y a eu cinq morts par overdose, trois vols de voiture, six cambriolages, cinq appels bidon, une bagarre dans un restaurant où quelqu'un fêtait l'enterrement de sa vie de garçon, un incendie, onze plaintes concernant une alarme antivol qui s'était mise inopinément à sonner, une rupture de canalisation d'eau, un début d'inondation. Une infirmière s'est fait agresser en rentrant chez elle et une capsule de gaz lacrymogène a été retrouvée dans une poubelle.

— Combien de plaintes pour l'alarme antivol ?

— Onze.

— Dans la même rue ?

— Oui. Priory Road.

— Et la rupture de canalisation d'eau — c'était où ? » Elle consulte la carte, les yeux réduits à deux fentes. « Priory Road. Toute une rangée de magasins ont été inondés.

— Vous pourriez retrouver l'équipe qui s'est chargée de réparer la canalisation ?

— Pourquoi ? Quel intérêt ?

263

— Hé! Moi aussi, je peux avoir quelques secrets. Et si je me trompais? Je tiens à préserver vos illusions quant à mon infaillibilité. »

Elle ne se donne même pas la peine de lever les yeux au ciel; elle se contente d'allonger le bras vers le téléphone.

« Qui appelez-vous?

— Mon petit ami… »

18

Je rêve de noyade. Mes poumons s'emplissent de boue liquide. Puis fuse une lumière éblouissante, et un chaos de voix se superposant dans le noir. Ma poitrine expulse du vomi. Une eau brunâtre me sort du nez, de la bouche et des oreilles.

Une femme se penche sur moi. Ses hanches viennent prendre appui sur les miennes. Ses mains se posent sur ma poitrine. Elle se penche à nouveau et ses lèvres effleurent ma bouche. Sur sa gorge, j'aperçois une tache pâle qui plonge plus bas, entre ses seins.

Il me faut un certain temps pour me réveiller. Je ne veux pas sortir de ce rêve. En ouvrant les yeux, j'ai une sensation qui avait cessé de m'être familière, depuis une éternité — je soulève les couvertures pour m'en assurer. Je devrais peut-être en rougir mais en moi, la joie l'emporte largement sur la confusion. Par les temps qui courent, les rares occasions où je parviens à hisser les couleurs sont sources de réjouissances !

Mais mon euphorie est de courte durée. Presque aussitôt, je replonge dans mes ruminations habituelles sur Mickey, la rançon et la fusillade. Il me manque encore beaucoup trop de pièces. Il y a forcément eu d'autres lettres. Qu'est-ce que j'en ai fait ? J'ai dû les mettre en lieu sûr, au cas où il me serait arrivé quelque chose pendant la remise de la rançon. Je devais tenir à ce que quelqu'un sache la vérité.

Hier, lorsque Joe a fait l'inventaire de mon portefeuille, j'ai bien vu passer un reçu de la poste. J'ai envoyé une lettre recommandée. Attrapant mon pantalon sur la chaise où je l'ai posé, j'étale le reçu sur le lit. L'encre est délavée et les caractères sont à peine lisibles, mais on distingue encore le code postal. Ça me suffit amplement.

Daj répond dès la première sonnerie, en hurlant dans le récepteur — je ne suis pas sûr qu'elle ait bien compris le principe de la technologie sans fil. Elle doit croire que je lui parle dans une boîte de conserve…

« Ça fait trois semaines ! Tu n'aimes donc pas ta mère ?…

— J'étais à l'hôpital.

— Tu ne m'appelles jamais.

— Je t'ai appelée deux fois, la semaine dernière. Tu m'as raccroché au nez.

— Balivernes !

— Je me suis pris une balle.

— Tu vas mourir ?

— Non.

— Tu vois ! Tu as vraiment le chic pour faire tout un plat de trois fois rien. J'ai reçu la visite de ton ami… le psychologue, là, le Dr O'Loughlin. Un homme charmant. Il est resté prendre le thé avec moi ! »

Tout en m'accablant de reproches, elle poursuit une conversation parallèle avec quelqu'un qui se tient en arrière-plan. « Oui, Luke, mon fils cadet… Il était beau comme le jour. Un garçon splendide, blond comme un ange, et il avait de ces yeux ! Mais celui-ci, il m'a toujours brisé le cœur.

— Écoute, Daj… il faut que tu me dises quelque chose. Est-ce que je t'ai envoyé un paquet, récemment ?

— Un paquet, grands dieux ! Tu ne m'envoies jamais rien ! Ah, mon cher petit Luke, un vrai cœur d'or ! Vous pourriez peut-être lui tricoter quelque chose. Un gilet, pour lui tenir chaud ?

— Je t'en prie, Daj. Réfléchis un peu. »

Soudain, quelque chose semble faire tilt dans son esprit. « Oui, tu m'as envoyé une lettre. En me disant de la mettre en lieu sûr.

— J'arrive tout de suite. Surveille bien la lettre.

— D'accord. Profites-en pour m'apporter quelques dattes. »

Le plus gros bâtiment de Villawood Lodge a l'allure d'une ancienne école, avec ses tourelles et ses gargouilles qui surplombent les gouttières. La façade de grès n'est qu'un décor plaqué sur un bâtiment de briques rouges qui date des années 70, avec des fenêtres en aluminium et des tuiles en ciment.

Ma mère m'attend sous la véranda. Elle me laisse de bonne grâce l'embrasser sur chaque joue, mais accueille fraîchement ma boîte de dattes. Visiblement, elle attendait mieux. Ses mains et ses doigts ne cessent de s'activer. Elle se brosse le bras du plat de la main, comme si elle craignait que quelque chose ait grimpé sur elle. Ali s'efforce de rester en arrière-plan, mais ma mère la lorgne d'un œil suspicieux.

« Vous êtes qui, vous ?

— Je te présente Ali, dis-je.

— Dis donc, c'est une vraie mauricaude !

— Mes parents sont originaires d'Inde, explique Ali.

— Humpph ! »

Je ne sais vraiment pas pourquoi tous les parents se sentent tenus de mettre leurs enfants dans l'embarras. Une revanche, peut-être. Pour leur faire payer les cris et les pleurs, les couches sales, les dégueulis et les nuits de sommeil intermittent.

« Où est l'enveloppe, Daj ?

— Non ! On bavarde un peu, d'abord. Si je te la donne, tu vas fiche le camp dès que tu l'auras empochée — comme la dernière fois ! » Elle se tourne vers quelques-uns de ses collègues résidents, une bande de petits vieux décrépits. « Vous avez vu ? Voilà mon fils, Yanko — oui, le policier. Celui qui ne vient jamais me voir. »

Je sens mes joues s'embraser. Ma mère ne s'est pas contentée de s'approprier le nom d'une mère juive, elle en a aussi usurpé le comportement.

« Comment ça, j'ai fichu le camp ? »

Elle prend Ali à témoin. « Vous avez vu — il n'écoute jamais que d'une oreille ! Et ça, depuis qu'il est haut comme ça. Il a toujours eu la tête dans les nuages !

— Quand suis-je venu te voir pour la dernière fois ?

— Tu vois ! Tu as déjà oublié. Ça fait tellement longtemps ! Ton frère Luke, lui, il n'oublie jamais. Il s'occupe bien de moi.

— Luke est mort, Daj. C'était quel jour, la dernière fois que je suis venu te voir ?

— Hmmmphf ! Un dimanche. Tu avais un journal sous le bras et tu attendais un coup de fil.

— Comment tu sais ça ?

— La mère de la petite, là — celle qui a disparu. Elle t'a appelé. Et elle avait l'air dans tous ses états, parce que tu n'arrêtais pas de lui dire de rester calme, de s'armer de patience. Et d'attendre le prochain coup de fil. »

Elle se remet à se brosser le bras.

« J'ai besoin de voir ce que contient cette enveloppe.

— Tu ne pourras pas l'avoir si je ne te dis pas où elle est.

— Maman ! Je n'ai pas de temps à perdre.

— Tu n'as jamais de temps ! Je voudrais que tu m'emmènes faire une promenade. » Elle a déjà enfilé ses chaussures de marche et son manteau. Je la prends par le bras et nous partons à petits pas le long de l'allée de gravier blanc. J'avance au ralenti pour laisser à ses pieds le temps de rattraper les miens. Un petit groupe de résidents fait du tai-chi sur la pelouse. Un peu plus loin, trois jardiniers plantent des bulbes pour le printemps prochain.

« Tu as bien mangé, ces derniers temps ?

— Ils essaient de m'empoisonner.

— Tu as joué au bridge ?

— Oui. Mais tu sais, y en a qui trichent. »

Même les plus sourds ont dû l'entendre.

« Tu devrais faire un petit effort, Daj.

— Pourquoi ? On est tous parqués ici en attendant de mourir.

— Il ne faut pas voir ça comme ça. » Je m'arrête pour boutonner le col de son manteau. De petites lignes partent en étoile autour de ses lèvres, mais ses yeux n'ont pas vieilli. De loin, on pourrait nous prendre pour une mère et son fils, tendrement réunis pendant un moment d'intimité. Mais à y regarder de plus près, ce qui se joue entre nous, depuis maintenant plus de cinquante ans, tient plutôt de la tragi-comédie.

« Alors, tu me la donnes, cette enveloppe ?

— Après le thé. »

Nous allons nous installer dans la salle à manger pour satisfaire au rituel de conversation convenue qui est servi à cinq heures, avec le thé, la crème et la marmelade d'orange. La directrice se promène entre les tables.

« Bonjour ! Quelle bonne surprise ! Vous devez être heureuse d'avoir la visite de votre fils, n'est-ce pas, Mrs Ruiz ? Peut-être nous fera-t-il le plaisir de rester à la conférence que va nous donner Mr Wilson, sur son trekking dans les Andes. »

(Je préférerais être pendu par les pieds et plongé la tête la première dans une bassine de porridge froid !)

Daj proclame haut et clair : « Yanko, ça a toujours été une force de la nature. Quand il était bébé, j'avais besoin de mes deux mains pour lui enlever le biberon — parce qu'il n'a jamais voulu prendre le sein...

— Ça n'intéresse personne, Daj. »

Mais elle poursuit, d'un ton encore plus retentissant : « Mais vous savez que son père était un officier nazi — comme celui d'Arnold Schwarzenegger ! » Je ne sais plus où me mettre. Ma mère est en grande forme...

« Je ne saurai jamais s'il ressemble à son père. J'en ai vu passer tellement, vous savez ! Leurs spermes ont dû se mélanger dans mon ventre ! »

La directrice paraît à deux doigts de s'étrangler. Elle s'empresse de prendre congé, non sans m'avoir lancé, avant de déguerpir, un regard qui me rappelle ceux de mes professeurs, au collège, quand Daj venait aux journées portes ouvertes.

Le thé a refroidi. Laissant un petit pain orphelin sur l'assiette, je ramène ma mère dans sa chambre, où elle finit par me remettre l'enveloppe. Avant de quitter le bâtiment, je fais un saut au bureau de la directrice où je laisse un chèque.

« Vous devez l'aimer beaucoup, votre vieille maman », me fait la secrétaire.

Je la regarde dans le blanc de l'œil, sans sourciller : « Non, mais faut bien être le fils de quelqu'un, pas vrai ? »

De retour à la voiture, j'ouvre la grande enveloppe rembourrée dont je tire des copies de la carte postale et de son enveloppe, ainsi que les résultats des tests d'ADN, de l'analyse de l'encre, du papier et des cheveux.

Mais il y a une autre lettre, insérée dans une pochette de plastique qui ne porte aucune inscription. J'y glisse un doigt et j'en sors une feuille que j'ouvre en soufflant dessus.

Chère Mrs Carlyle,

Votre fille est en vie, et si vous coopérez, elle le restera. Un seul faux pas et elle mourra. Sa vie est entre vos mains. Nous voulons deux millions de livres en diamants taillés, de qualité supérieure, jaugeant au moins un carat. Vous les répartirez en quatre bourses de velours ; chacune sera fixée à un carré de polystyrène d'un centimètre d'épaisseur puis enveloppée dans un double emballage de plastique fluorescent. Chaque colis devra respecter les dimensions suivantes : quinze centimètres de long, sept de large et trois d'épaisseur. Vous les disposerez dans une boîte à pizza de cinquante centimètres de côté.

Dans trois jours, vous ferez passer dans le Sunday Times *une annonce pour une demande de location concernant une villa en Toscane et spécifiant un numéro de portable qui servira à nos communications ultérieures.*

Arrangez-vous pour toujours répondre à ce numéro de téléphone, Mrs Carlyle — vous et vous seule. Si quelqu'un d'autre décroche, Michaela est morte.

Aucun des points énoncés ci-dessus n'est négociable. Aucune excuse ne sera acceptée. Si la police s'en mêle, vous savez à quoi vous attendre.

NOUS VOUS LAISSONS UNE CHANCE — UNE SEULE.

La lettre est impeccablement dactylographiée et, à première vue, tirée sur une imprimante laser. Cette fois, ils n'ont pas pris la peine d'imiter une écriture enfantine, mais le chantage émotionnel est tout aussi fort. J'ai fait passer l'annonce. Je me suis procuré un portable. Je devais donc avoir l'intime conviction que Mickey était toujours vivante. Peut-être était-ce le faisceau des éléments concordants qui m'en avait convaincu, plutôt qu'une preuve tangible. Nous avons condamné Howard sur la foi d'un réseau de présomptions et de preuves circonstancielles. Peut-être ai-je ressuscité Mickey de la même façon, en m'appuyant sur un amas d'extrapolations et de suppositions.

« Voilà au moins une confirmation, dit Ali, en lisant le compte rendu du test ADN.

— Ça ne change rien. Campbell ne va pas rouvrir l'enquête pour autant. Il refusera toujours d'admettre les erreurs qui ont été commises. Ni les experts légistes, ni les avocats, ni les témoins, ni les politiciens n'accepteront de faire marche arrière pour la condamnation de Howard.

— Vous les en blâmez ? Vous voudriez vraiment le remettre en liberté ?

— Non.

— Eh bien, en ce cas, pourquoi vous faites tout ça, chef ?

— Parce que je ne crois pas que la rançon ait été un coup monté. Quelque chose me dit que la petite est toujours en vie ! Sinon, pourquoi aurais-je pris un tel risque ? » Je laisse mon regard errer de l'autre côté de la rue. Une jeune fille qui n'a guère plus de douze ans se tient à l'arrêt de bus. Elle jette un coup d'œil impatient vers l'autre bout de la rue. Elle doit attendre le bus de 11 h 15, qui n'arrivera pas avant 11 h 35…

« Howard n'a rien à voir dans tout ça. Je me fiche complètement du bien-fondé des doutes qui pèsent sur le verdict. Je me fiche de savoir s'il est innocent ou coupable. Ce que je veux, c'est retrouver Mickey. »

Le temps est à l'orage. L'électricité statique qui fait vibrer l'air soulève quelques cheveux sur la tête d'Ali et les maintient suspendus, comme par des fils invisibles. Quelques instants plus tard, des gouttes se mettent à dégringoler et rebondissent sur le pare-brise, telles des billes. Des panaches de vapeur s'élèvent du bitume. En quelques minutes, les gouttières débordent. On peut mettre ça sur le compte du réchauffement de la planète, mais il ne me semble pas avoir vu d'orages aussi violents, dans mon jeune temps.

Les pneus de la Vauxhall chuintent sur l'asphalte trempé. Ali conduit avec une concentration qui me fait penser à celle des amateurs de jeux vidéo. Comme si elle s'attendait à chaque seconde à voir quelqu'un griller un feu ou se précipiter sous ses roues sans crier gare.

Nous traversons Tower Bridge, pour prendre vers l'est en longeant l'autoroute A2. Nous dépassons successivement Blackheath et Shooters Hill, avant d'atteindre Dartford.

L'orage est passé, laissant derrière lui un ciel bas et lourd. Un vent frisquet soulève des volées de vieux papiers qui tourbillonnent un instant avant de retomber sur les trottoirs. La banlieue londonienne dans toute sa splendeur : haies de troènes, piscines grandes comme des pataugeoires, mangeoires à oiseaux… Il flotte dans l'air une odeur d'engrais à gazon et on aperçoit des télés derrière pratiquement chaque fenêtre.

Le White Horse Pub annonce : « Petit déjeuner à toute heure », mais il n'ouvre pas ses portes avant midi… Je jette un coup d'œil par les vitres. Le bar semble désert. Les chaises sont encore sur les tables. L'aspirateur est resté échoué sur la moquette bordeaux. J'aperçois une cible de fléchettes, et une barre en laiton qui court au pied du comptoir.

Je contourne le bâtiment pour passer par la porte de derrière. Ali me suit comme mon ombre. Le grand portail de bois est fermé, mais pas à clef. Nous pénétrons dans une cour de brique pleine de tonnelets de bière argentés. Je repère une moto et deux voitures, dont l'une est posée sur des briques et peinte en vert kaki, façon camouflage.

Sur le capot est installé un garçon d'une quinzaine d'années, occupé à décrasser un carburateur à l'aide d'un chiffon graisseux. Ses vieilles baskets se balancent dans le vide et sa mâchoire est agitée d'un mouvement permanent — comme s'il mordait dans des mots qu'il recrachait, après les avoir longuement mastiqués.

Il m'a vu. Sa tête se balance, agitée de brèves secousses.

« Ptaindmemerte !

— Salut, Stevie. »

Il se laisse glisser du capot et vient me prendre la main, pour presser ma montre contre son oreille.

« Tic-tac… tic-tac ! »

La maladie de Tourette a fait de lui une mêlée confuse de tics, de tremblements, de jurons et de vociférations. « Toute une galerie de monstres de foire à lui tout seul », pour reprendre les termes de son propre père, Ray Murphy, l'ex-concierge de Dolphin Mansions.

Je me tourne vers Ali : « Je vous présente Stevie Murphy.

— S-Murphy, Smurphy. Smurf-smurf ! » Il a aboyé ces derniers mots ; on croirait entendre une otarie.

Ali effleure de la main ses cheveux coupés à deux centimètres de son crâne et il se met à ronronner comme un chaton.

« Il est là, ton père ? »

Sa tête s'agite frénétiquement : « Trésoncul ! pppparti !

— Et tu sais où il est ? »

Il hausse les épaules.

Ray Murphy était l'alibi de Kirsten, pour le jour où Mickey avait disparu. À en croire leurs déclarations mutuelles, il avait passé la matinée à réparer sa douche. Je me souviens d'avoir vu ce petit homme, bizarrement court sur pattes, se produire sur un ring, à Wembley. Il était au sommet de l'affiche pour le titre poids plume d'Angleterre. Ça doit remonter au début des années 80. Je l'ai interrogé à deux reprises, lors de l'enquête initiale. J'espérais qu'il aurait une idée de la manière dont Mickey avait pu quitter l'immeuble.

« Comment a-t-elle pu sortir, à votre avis ?

— Comme tout le monde, m'avait-il répondu. Par la porte.

— Vous pensez que la petite Sarah aurait pu ne pas la voir ?

— Les gamins ne font pas toujours ce qu'on voudrait… »

Et là, il parlait d'expérience. Tony, son aîné, était en taule à Brixton, où il purgeait une peine de cinq ans pour attaque à main armée.

Tournant le dos à Stevie, je frappe à la porte du pub. Au troisième coup, les pieds d'une chaise raclent le sol et la porte s'entrouvre. Une femme sculpturale, les cheveux relevés en un chignon couleur de nicotine, me jette un regard méfiant. Elle porte un pull jaune duveteux sur un caleçon noir qui lui donne l'allure d'un gros poussin quelque peu monté en graine.

« Mrs Murphy ?

— Ah ! Vous l'avez déjà retrouvé ?

— Pardon ?

— Ray, vous l'avez retrouvé ? Avec quelle salope il était en train de traîner ? »

Ali s'efforce de faire le tri. « Vous voulez dire que vous ne savez pas où est votre mari, actuellement ?

— On peut rien vous cacher, Miss Marple ! »

Tournant les talons, elle retourne s'installer dans sa cuisine, à une table encore couverte des restes d'un petit déjeuner. La télé perchée au-dessus du bar affiche des images idylliques — un couple, assis sur un canapé, le sourire aux lèvres, l'air en pleine forme.

« Je me rappelle très bien de vous, fait-elle sans quitter l'écran de l'œil. Vous êtes ce flic qui avait mené l'enquête pour retrouver la petite, là…

— Mickey Carlyle. »

Elle fait un geste évasif de la main. « Stevie, lui, n'a pas oublié. Il se rappelle toujours de tout.

— Mickey, miquette, miquéquette ! chantonne le gamin.

— Arrête de dire des gros mots ! » lui lance sa mère. Stevie fait la grimace et esquive de justesse la gifle maternelle. Battant en retraite, il se met à onduler, en faisant rouler ses hanches en une parodie curieusement convaincante des danses adultes.

La cuisine, minuscule, est encombrée de tout un bric-à-brac. Une collection de souvenirs loufoques a envahi le dessus de cheminée : une salière Mickey Mouse côtoie un trophée de boxe et une photo dédicacée de Henry Cooper…

Stevie danse toujours. Mrs Murphy reste scotchée à sa télé.

Je pourrais attendre jusqu'à la saint-glinglin sans parvenir à canaliser son attention. Je préfère donc appuyer sur le bouton « pause » de la télécommande. La maîtresse des lieux me jette un regard furibard, comme si je l'avais privée d'un soutien vital.

« Quand avez-vous vu Ray pour la dernière fois ?

— Comme je leur ai dit, c'était le 24 septembre.

— À qui l'avez-vous dit ?

— Aux flics ! J'y suis allée deux fois et ils n'ont jamais voulu me croire. Ils disaient qu'il était juste parti faire un tour, comme d'habitude.

— Comme d'habitude ? »

Elle s'essuie les yeux et glisse un regard vers son fils. Ali capte le message.

« Tu ne veux pas qu'on aille se balader un peu dehors ? » propose-t-elle au gamin. Avec un grand sourire, Stevie lui passe un bras autour de la taille.

« Faites gaffe à vous — il peut avoir les mains baladeuses ! » lance Mrs Murphy, avec un regard mélancolique en direction de son écran, désormais vide.

Dès que la porte s'est refermée sur eux, elle poursuit : « Ray n'a jamais su garder sa braguette boutonnée. Mais depuis qu'on a le pub, il restait à la maison. Il l'aimait, son White Horse… » Sa phrase reste en suspens.

« Dites donc, ça devait bien rapporter, son boulot de concierge, pour qu'il ait pu s'offrir ce pub ?… »

Elle se cabre : « On a tout payé rubis sur l'ongle ! C'est l'oncle de Ray qui lui avait laissé un petit pécule.

— Vous le connaissiez, cet oncle ?

— Il travaillait en Arabie Saoudite. On paie pas d'impôts, là-bas. Et Ray méritait bien ça. Il a bossé vingt ans dans les égouts. Vingt ans à se coltiner de la merde, si vous voyez ce que je veux dire… Il pataugeait dedans à mi-cuisse, toute la journée, dans le noir, avec les rats. Il disait que, de temps en temps, ça lui arrivait de tomber sur des nids géants où ça grouillait comme des vers dans un seau.

— Je croyais qu'il était affecté à la régulation des crues.

— Ouais, plus tard. Mais seulement à partir du moment où son dos a commencé à le lâcher. Il faisait partie d'une équipe d'intervention, à la Compagnie des eaux de la Tamise, pour planifier les opérations, en cas de raz-de-marée ou d'inondation dans Londres. Les gens ont tendance à oublier que la Tamise subit l'influence des marées… mais c'est un fait. Et c'est pas demain que ça va changer ! »

Sa voix se teinte d'amertume. « Quand ils ont construit le barrage de la Tamise, ils nous ont raconté que ça solutionnerait tout. Qu'il n'y aurait plus de problème de montée des eaux. Et ils ont licencié Ray, cette bande de cons. Avec le niveau de la mer qui ne cesse de monter et tout le sud-est de l'Angleterre qui s'enfonce — vous voyez le tableau !

— Pourquoi a-t-il choisi de prendre un pub ?

— Vous connaissez un type qui ne rêve pas d'en tenir un ?

— Le problème c'est qu'ils ont tendance à boire les bénéfices…

— Pas Ray. Ça fait seize ans qu'il n'a pas bu une goutte d'alcool. Je vous dis qu'il l'aimait, son pub. Et tout allait bien, jusqu'à ce qu'ils s'avisent d'ouvrir cette connerie de bar à thème, là-bas, au coin de la rue. Le Frog & Lettuce — tu parles d'un nom ! Mais nous, on va tout refaire à neuf, ici. Et on organisera des tournois de fléchettes. C'est Tony qui va nous arranger ça. Il connaît des tas de joueurs professionnels, des cracks !

— Et comment il va, Tony ? »

Elle garde le silence.

« Justement, j'espérais pouvoir lui dire deux mots.

— Il n'est pas là. »

Elle a répondu un poil trop vite et trop brusquement. Je jette un coup d'œil au plafond. Certaines femmes sont comme des boules de cristal. Il suffit de les secouer un peu et il n'y a plus qu'à lire la réponse sur leur visage…

« Il n'a rien fait de mal, mon petit Tony. C'est un bon gars.

— Quand est-ce qu'il est sorti ?

— Il y a six mois.

— Est-ce que Ray lui aurait déjà parlé d'une Kirsten Fitzroy ? »

Le nom semble lui évoquer quelque chose.

« Cette espèce de petite dinde qui habitait à Dolphin Mansions — le genre à vouloir toujours péter plus haut

279

que son cul… Ouais, je me rappelle. Elle avait cette tache de vin sur le cou…

— Une marque de naissance.

— Si vous le dites… fait-elle, d'un air évasif.

— Elle est déjà venue voir Ray ? Elle lui a téléphoné ?

— Oh ! Jamais Ray ne se serait intéressé à ce genre de pétasse. Un vrai sac d'os ! Il les préfère un peu plus girondes. Et si vous voulez mon avis, c'est là qu'il est, à l'heure où je vous parle — en train de s'en farcir une. Il finira bien par revenir au bercail, comme d'habitude. »

Dehors, un moteur éternue et se met à rugir. Stevie a soulevé le capot. Ali s'est mise au volant et fait ronfler l'accélérateur. Quelque part à l'étage, une fenêtre à guillotine s'ouvre et un chapelet d'injures fait vibrer l'air. Quelqu'un exige le silence.

« Tiens, on dirait que Tony s'est réveillé », glissé-je, à la grande confusion de sa mère.

Elle s'appuie des deux mains à la table pour se lever et gravit lourdement les marches.

Tony émerge quelques minutes plus tard, vêtu d'un peignoir. C'est un type musculeux, aux membres déliés. Il a le crâne rasé, à l'exception d'une touffe de cheveux, juste sur la nuque. Avec ses avant-bras tatoués et ses oreilles qui s'écartent de sa tête comme des antennes paraboliques, il a l'allure d'un lointain cousin des extraterrestres de *Star Trek*.

Tout comme son père, Tony a été un jeune espoir de la boxe nationale, jusqu'à ce qu'il s'avise d'intégrer à ses combats certains principes relevant plutôt de la fédération mondiale de catch. La mise en scène et les querelles bidon réjouissaient le public, mais quand l'idée lui vint de truquer les combats, ses ennuis commencèrent, et ne firent qu'empirer lorsqu'il tenta de trafiquer les résultats d'un tournoi de fléchettes. Un jour, il a cassé les doigts à un concurrent qui avait bidouillé le comptage des points, gagnant un jeu qu'il aurait dû perdre.

Il va ouvrir le frigo et en tire du jus d'orange qu'il boit à même le carton. Puis il s'essuie les lèvres et s'assied. « J'ai pas à répondre à vos questions. J'ai même pas à sortir de mon lit pour venir vous causer.

— Mais je te suis reconnaissant d'avoir fait cet effort… » Mon trait d'ironie lui passe nettement au-dessus de la tête.

« Quand as-tu vu ton père pour la dernière fois ?

— Vous trouvez que j'ai la gueule de quelqu'un qui tient son journal ? »

Ma main s'allonge prestement en direction de son poignet qu'elle saisit, évitant de justesse le bol de céréales. « Écoute, espèce de petit fumier — je te rappelle que t'es encore en conditionnelle. Si tu veux y retourner, libre à toi. Mais je veillerai personnellement à ce que tu te retrouves dans la cellule de la pire pédale de toute la taule. Comme ça, t'auras même plus besoin de te lever de la journée. Tu pourras passer ta vie au plumard ! »

Son regard s'attarde un quart de seconde sur un couteau posé sur la table, mais l'idée ne fait que l'effleurer. « C'était il y a trois semaines, fait-il. Je l'ai emmené quelque part dans le sud de Londres et je suis repassé le prendre, en fin d'après-midi.

— Qu'est-ce qu'il faisait ?

— Aucune idée. Il ne m'a mis au courant de rien, et je n'ai posé aucune question. » Il hausse le ton : « J'y suis pour rien, dans cette histoire. Rien de rien.

— Tu penses donc qu'il mijotait quelque chose ?

— Aucune idée.

— Mais t'as quand même vu quelque chose, pas vrai ? Quelque chose qui a éveillé tes soupçons… »

Il promène sa langue à l'intérieur de sa bouche, tâchant de faire la part de ce qu'il peut me dire et de ce qu'il doit taire. « Y a un type que j'ai connu à Brixton. Gerry Brandt. On était dans la même cellule. Son surnom, c'était Grub. »

Un nom que je n'ai pas entendu depuis un certain nombre d'années.

Tony poursuit : « J'ai jamais vu personne roupiller comme ce mec. Ma parole, il pouvait y avoir une putain de bagarre ou un passage à tabac deux cellules plus loin, il continuait d'en écraser, sans même ouvrir l'œil. Il dormait comme un bébé, ce type ! »

Il reprend une gorgée de jus d'orange. « Il n'est resté en taule que quelques mois. Je ne l'avais pas vu depuis des années. Mais y a trois mois de ça, devinez un peu qui je vois rappliquer ? Le Grub, sapé et bronzé façon play-boy, avec un costard super classe et des lunettes noires.

— Il avait de l'argent ?

— Sur le dos, peut-être. Mais il était venu dans un vrai tas de boue. Le genre de caisse qui vaut même pas le bidon d'essence pour y mettre le feu.

— Que voulait-il ?

— Mystère. Ça n'était pas moi qu'il voulait voir, c'était mon vieux. J'ai pas entendu ce qu'ils disaient, mais ils se sont violemment engueulés, au sujet de quelque chose. Mon vieux était furax. Après, il m'a dit que Grub était venu demander du boulot — mais ça, j'ai tout de suite pigé que c'était du flan. Jamais un mec comme lui s'amuserait à essuyer des verres derrière un comptoir. Le Grub, il aime jouer les caïds.

— Ils avaient des affaires en cours ? »

Tony hausse les épaules. « J'en sais foutre rien. Je ne savais même pas qu'ils se connaissaient, tous les deux.

— Du temps où vous étiez dans la même cellule, tu lui avais parlé de ton père ?

— Peut-être. Faut bien parler de quelque chose, vous savez…

— Et le jour où ton père est allé à Londres, qu'est-ce qui t'a fait penser qu'il allait voir Gerry ?

— Je l'ai laissé devant un bar sur Pentonville Road. Et je me souviens que Grub m'en avait parlé, de ce rade. C'était comme qui dirait son quartier général… »

Je sors de ma poche intérieure une photo de Kirsten que je fais glisser sur la table. « Et elle, tu la reconnais ? »

Tony la regarde un moment. Les mensonges jaillissent généralement plus vite que la vérité — ce qui explique que cette dernière prenne un poil plus de temps. Tony fait « non » de la tête, et j'aurais tendance à le croire.

Dans la voiture, je repasse les détails en revue avec l'aide d'Ali qui me bombarde de questions. Elle est de ces gens qui ont besoin de réfléchir à voix haute — moi, je préfère ressasser les choses en silence.

« Vous vous souvenez d'un certain Gerry Brandt ?

— Qui c'est ?

— Une sale petite frappe, méchant comme une teigne et incapable d'aligner deux mots sans dire une obscénité. Ses talents naturels le portent vers le proxénétisme…

— Charmant.

— Son nom a été évoqué, lors de l'enquête initiale. Il apparaissait sur certaines des photos que Howard avait prises dans les environs de Dolphin Mansions, le jour de la disparition de Mickey — un visage dans la foule. Et un peu plus tard, son nom a refait surface, via le fichier des agressions sexuelles, cette fois. Dans sa jeunesse, il avait été condamné pour détournement de mineure. Pas de quoi fouetter un chat. Il avait dix-sept ans, à l'époque, et la fille en avait quatorze. Ils se connaissaient. Nous aurions bien voulu avoir une petite conversation avec lui, mais nous n'avons pas réussi à lui mettre la main dessus. Il semblait s'être volatilisé. Et voilà qu'il refait surface. Selon Tony, il serait venu voir Ray Murphy, voilà trois mois.

— Simple coïncidence ?…

— Possible… »

Kirsten et Ray Murphy demeurent introuvables. Il y a trois ans, Murphy tenait lieu d'alibi à Kirsten, et réciproquement, pour la matinée où Mickey avait disparu. Elle est forcément passée devant la porte de Kirsten pour se rendre dans le hall d'entrée, où l'attendait Sarah. Et entre-temps, sir Douglas Carlyle payait Kirsten pour surveiller sa fille et rassembler des preuves en vue d'obtenir la garde de Mickey. Peut-être a-t-il décidé de franchir le pas — de faire carrément enlever sa petite-fille… Ce qui ne nous dit pas où est la gamine, ni à quoi rime cette demande de rançon, arrivée trois ans après les faits.

C'est peut-être Ali qui est dans le vrai. Et si tout cela n'était qu'un coup monté ? Kirsten aurait pu ramasser des cheveux de Mickey sur une brosse ou une taie d'oreiller. Elle était probablement au courant de l'existence de sa tirelire. Elle a très bien pu échafauder un plan pour tirer parti de la situation.

Je suis pris de frissons, comme s'il était cinq heures du matin. Le professeur se plaît à dire qu'une coïncidence, ça n'est jamais que deux choses se produisant de façon concomitante. Mais là, j'en doute. Rien ne vous envoie au tapis plus sûrement qu'un coup du destin…

19

Le camion de la Compagnie des eaux de la Tamise s'est garé sur Priory Road, face au sud, dans le soleil déclinant. Un contremaître se tient à proximité, la cigarette au bec. Il redresse les épaules et rajuste son pantalon à l'entrejambe. « Normalement, c'est mon jour de congé, les gars. J'espère que vous ne m'avez pas dérangé pour rien ! »

Mais comme on peut s'y attendre, il a tout d'un type qui n'a rien de plus urgent à faire que d'aller retrouver ses copains au pub du coin, pour une partie de billard.

Ali se charge des présentations et le contremaître devient plus circonspect.

« Mr Donovan, le 24 septembre, vous avez réparé une conduite d'eau dans cette rue.

— Pourquoi ? Il y a eu des plaintes ? On n'a fait que notre boulot ! »

Je l'interromps, l'assurant que tout ce qui m'intéresse, c'est ce qui s'est passé.

Il écrase sa cigarette du talon et m'indique d'un coup de menton une plaque de bitume toute fraîche, qui recouvre la rue sur une dizaine de mètres. « On se serait cru devant ce putain de Grand Canyon, c'est moi qui vous le dis ! La moitié de la rue était inondée.

C'était la première fois que je voyais une conduite éclater comme ça.

— C'est-à-dire ? »

Il remonte son pantalon. « Ben, ouais, certaines de ces buses sont en service depuis cent ans, et plus. Elles commencent à fatiguer. Vous en réparez une, et c'est celle d'à côté qui pète — Bang ! C'est comme quand on veut boucher douze trous à la fois, alors qu'on n'a que dix doigts...

— Mais celle-là, c'était différent ?

— Ouais. D'habitude, ça pète au niveau du joint. C'est le point faible. Celle-là, c'était comme si elle avait complètement éclaté, sur toute sa longueur. » Il presse ses mains l'une contre l'autre, avant de les écarter d'un geste brusque. « Impossible à ressouder ou à colmater. On a dû tout remplacer. Sept mètres de tuyaux !

— Et comment vous expliquez ce genre de pépin, vous ? » s'enquiert Ali.

Il secoue la tête, en remontant la ceinture de son pantalon. « Louis, un gars de notre équipe, a été sapeur dans l'armée. Il a dit qu'il y avait eu un genre d'explosion, à voir la distorsion du métal. Il pensait qu'il s'était formé une poche de méthane dans les égouts, et que ça avait pris feu.

— Ça arrive souvent ?

— Non. Avant, oui — ça arrivait. Mais actuellement, ils ont amélioré les systèmes de ventilation dans les égouts. J'ai entendu parler d'un incident du même genre, il y a quelques années. Six rues inondées, à Bayswater. »

Pendant ce temps, Ali arpente la rue dans les deux sens, examinant le sol à ses pieds. « Comment vous faites pour localiser les conduites ? demande-t-elle.

— Ça dépend, répond Donovan. On a des magnétomètres qui détectent le métal. Et dans certains cas, on a besoin de radars spéciaux pour sonder le sous-sol. Mais la plupart du temps, c'est relativement simple. Les conduites principales suivent *grosso modo* le trajet des égouts.

— Et comment vous localisez les égouts ?

— Suffit de suivre la pente. Le système est conçu pour fonctionner grâce à la gravité. »

Je m'accroupis pour promener le doigt sur l'une des grilles métalliques qui recouvrent une bouche d'égout. Les barreaux sont écartés d'environ trois centimètres. La rançon a été empaquetée avec une extrême minutie. Chaque colis était étanche et conçu pour flotter — quinze centimètres de long, sept de large, trois d'épaisseur. Exactement le bon gabarit.

Celui qui a envoyé la demande, qui qu'il fût, se méfiait des émetteurs. Et le seul endroit où ce genre de joujou ne fonctionne pas, c'est sous terre.

« Vous pourriez me faire descendre dans les égouts, Mr Donovan ?

— Vous voulez rire, ou quoi ?

— J'ai toujours eu le sens de l'humour — pas vous ?

— Pfff ! fait-il avec le geste assorti de la main. Depuis le 11 septembre, ils sont devenus chatouilleux pour tout ce qui concerne les égouts. Prenez le Tyburn — il passe juste sous la résidence de l'ambassadeur des États-Unis et sous Buckingham Palace — ou le Tachbrook, qui passe sous Pimlico… ils ne figurent nulle part sur les cartes. En tout cas, pas sur celles qui sont publiées actuellement. Et vous ne trouverez aucune archive dans les grandes bibliothèques publiques. Ils ont tout enlevé !

— Mais ça doit être possible. Je peux faire une demande.

— Ouais. Vaut mieux ne pas être trop pressé. Ça peut prendre un certain temps.

— Combien ?

— Plusieurs semaines, minimum. »

Je vois ça d'ici. Les rouages fatigués de la bureaucratie britannique emporteront ma requête pour la filtrer à travers une succession de comités, de sous-comités et de groupes d'étude, qui en débattront, en délibéreront, l'adopteront à l'essai — et ce uniquement pour décider de la façon dont sera formulée la lettre de refus définitive.

Eh bien, il y a plus d'une façon d'écorcher un chat… au moins trois, selon le professeur, qui s'y connaît, puisqu'il a fait médecine.

Il y a bientôt dix ans, pendant la bataille pour la dérivation de Newbury, un chantier qui, en son temps, avait soulevé de vives polémiques, un homme a survécu seize jours dans un trou qui n'était pas plus large que ses épaules. On a dû creuser pour le déterrer, mais il creusait plus vite à mains nues qu'une douzaine d'hommes armés de pelles et de pioches.

À l'époque, il s'était autoproclamé le « chevalier noir de l'écologie », et avait déclaré la guerre aux « violeurs de la terre ». Les journalistes des tabloïds lui avaient trouvé un joli surnom : « Moley[1] ».

Moyennant trois heures d'enquête et cinquante livres de pourboire, Ali est parvenue à mettre la main sur sa dernière adresse connue — un entrepôt désaffecté à Hackney, dans un de ces quartiers délabrés où on a

1. Soit, approximativement, « Taupinet ». *(N.d.T.)*

un mal de chien à s'y retrouver, à moins d'avoir des bombes de peinture plein les poches, ou d'être en quête de son prochain fix.

Nous roulons au pas, entre des usines noires de suie et des vitrines condamnées par des planches, et nous nous arrêtons de l'autre côté d'un terrain vague où une poignée de gamins ont délimité un terrain de foot en entassant leurs blousons aux quatre coins.

Notre arrivée ne passe pas inaperçue. Le message va circuler dans tout le secteur, par un système de téléphone arabe dont les ramifications s'insinuent jusque sous les pierres et dans les lézardes des murs…

« Je ferais peut-être bien de rester près de la voiture, suggère Ali. Pour m'assurer qu'elle garde ses quatre roues… »

Devant nous, une usine désaffectée a épongé de multiples couches de tags. À un bout s'élève un quai de chargement, avec de grands rideaux de fer. Sur le côté, une porte d'accès a été couverte d'une plaque de tôle ondulée. Je la soulève et j'entre dans la place. Des puits de lumière tombent des fenêtres qui s'ouvrent dans les murs, bien plus haut, métamorphosant les toiles d'araignée en cheveux d'anges argentés.

À part quelques tas de caisses et de cartons abandonnés, le rez-de-chaussée est vide. Je monte au premier, où je découvre une série d'anciens bureaux, avec des coffrages éventrés dévoilant des tableaux électriques et des fils dénudés. Dans l'une des pièces — un minuscule cagibi de quatre mètres carrés —, je repère une petite étagère avec une couverture et un matelas où s'entassent des vêtements. Un pantalon est accroché à un clou. Des boîtes de conserve s'alignent sur des rayonnages. Sur une caisse, au milieu de la pièce, une assiette de ferblanc et un gobelet à l'effigie de Batman.

Je trébuche sur une lampe à pétrole qui traîne par terre et que je rattrape d'extrême justesse. Le verre est encore chaud. Il a dû m'entendre arriver.

Autour de moi, les murs sont tapissés de pages de journaux et d'affiches d'anciennes élections qui composent un patchwork d'images d'actualité. Saddam Hussein, Tony Blair, Yasser Arafat, David Beckham, George W. Bush en tenue de camouflage, en compagnie de la traditionnelle dinde de Thanksgiving…

Sur une autre page, je reconnais une photo d'Art Carney, accompagnée d'un article nécrologique. Je ne savais même pas qu'il était mort. Je me souviendrai toujours de lui dans les *Honey Mooners*, avec Jackie Gleason. Il était le voisin du dessus…. Dans un épisode, ils essayaient d'apprendre à jouer au golf à l'aide d'un manuel et Jackie lui dit : « D'abord, bien établir le contact avec la balle… » Art s'incline donc en agitant la main et s'écrie : « Bien le bonjour, madame la balle ! »

J'en suis là de mes souvenirs quand mon poing traverse la page de journal et se referme sur une masse de cheveux sales, feutrés par la crasse. Je tire sur ma main. Le papier se déchire et une créature sauvage se tortille à mes pieds en glapissant.

« C'est pas moi ! J'ai rien fait ! gémit Moley, en se roulant en boule. Me faites pas de mal !

— Personne ne te fait de mal. Je suis de la police.

— Violation de domicile ! Vous n'avez pas le droit. Vous n'avez pas de mandat.

— Sauf que tu squattes ce local sans aucun titre, Moley. Je ne pense pas que tu sois dans ton droit, toi non plus. »

Il lève vers moi le regard de ses yeux pâles, dans sa figure encore plus blafarde. Ses cheveux noirs, coupés court, ont été rasés sur la nuque, mais en laissant de longues rouflaquettes sur les côtés. Il porte une veste et un immense pantalon de treillis, avec une profusion de sangles et de boucles, comme s'il avait besoin de poignées d'ouverture pour un parachute imaginaire.

Je parviens à le convaincre de s'asseoir en face de moi, sur une caisse. Il me détaille d'un œil suspicieux. Je contemple, bouche bée, son mobilier de fortune.

« Sympa, ton studio.

— Ici, je suis à l'abri », dit-il, sans aucune trace d'ironie. Ses rouflaquettes lui donnent l'allure d'un gros blaireau. Il n'arrête pas de se gratter dans le cou et sous les bras. Seigneur… pourvu que ça ne soit pas trop contagieux.

« Il faudrait que je descende dans les égouts.

— Interdit.

— Mais toi, tu pourrais m'y conduire. »

Il fait à la fois « oui » et « non » de la tête. « Non. Non. Non — formellement interdit.

— Je te répète que je suis officier de police, Moley. »

J'allume la lampe à pétrole et je la pose sur une caisse, avant d'étaler sur le sol une carte que je lisse du plat de la main. « Tu connais cet endroit ? »

De l'index, je lui montre Priory Road, mais il regarde la carte sans réagir.

« C'est près du coin d'Abbot's Place, lui expliqué-je. Ce que je cherche, c'est une conduite maîtresse ou un collecteur d'eaux pluviales. »

Il se gratte le cou.

Et soudain, je comprends — il ne sait pas lire une carte. Tous ses points de repère se trouvent sous terre, et il n'a aucun moyen de les faire correspondre aux carrefours ou aux monuments de la surface.

Sortant une orange de ma poche, je la pose sur la carte. Elle roule plusieurs fois sur elle-même avant de s'arrêter. « Tu pourrais m'y conduire ? »

Moley regarde l'orange d'un œil alléché. « Y a qu'à suivre la pente. Suivre le chemin que prend l'eau.

— Je sais, oui. Mais j'aurai tout de même besoin d'un coup de main. »

Il reste fasciné par l'orange. Je la lui tends et il la fait disparaître dans sa poche, dont il tire la fermeture Éclair. « Vous voulez vraiment aller voir où le diable habite ?

— Oui.

— Juste vous ?

— Juste moi.

— Demain.

— Pourquoi pas tout de suite ?

— Il faut d'abord que je me rencarde avec Pete Météo. C'est lui qui nous dira quel temps il fait.

— Quelle importance, le temps qu'il fait en surface ? »

Moley émet une éloquente onomatopée — le bruit d'un express qui file à toute vitesse. « Vaut mieux pas être là-dessous quand il se met à pleuvoir. C'est comme si Dieu le Père tirait sa chasse d'eau. »

20

« Pourquoi cet intérêt soudain pour les égouts ? » me demande Joe. Il m'indique un siège d'un geste étudié, presque mécanique, comme s'il s'y était longuement exercé.

Nous sommes lundi matin. Son bureau est un cabinet privé, situé sur Harley Street, dans une vieille bâtisse de style XVIIIe, avec des gouttières peintes en noir et les rebords de fenêtres rehaussés de blanc. La plaque posée à l'entrée porte tout un chapelet d'initiales et d'acronymes à la suite de son nom, ainsi qu'un petit *smiley* rigolard, histoire de détendre l'atmosphère.

« Simple hypothèse, pour l'instant. Mais l'emballage de la rançon était conçu pour flotter.

— C'est tout ?

— Ray Murphy a longtemps travaillé dans les égouts. Et lui aussi, il a disparu. »

Le bras gauche de Joe, posé sur ses genoux, est agité d'un soubresaut. Un livre est resté ouvert sur son bureau : *Les Pertes de mémoire réversibles*.

« Comment va votre jambe ?

— De mieux en mieux. »

Il va me parler de la morphine, mais semble se raviser. Pendant quelques secondes, le silence s'étire et s'étale entre nous, comme une flaque de pétrole brut.

Puis Joe se lève en vacillant un peu, lutte un instant pour garder l'équilibre, et se met à arpenter la pièce d'un pas lent et résolu. Pour lui, chaque mètre est un combat. De temps à autre, il part sur la droite, puis rétablit le cap.

Mon regard se promène dans son bureau, sur ses étagères de livres, son placard à dossiers. Tout a l'air un poil de guingois, dans la pièce. Il doit avoir de plus en plus de mal à tenir ses affaires en ordre.

« Jessica Lynch — vous vous souvenez ? me demande-t-il.

— Cette femme-soldat américaine, capturée en Irak…

— Oui. Quand on l'a récupérée là-bas, elle n'avait strictement aucun souvenir, depuis le moment de la fusillade jusqu'à celui où elle s'est réveillée dans un hôpital irakien. Des mois plus tard, après d'innombrables séances de thérapie et bilans psychologiques, elle ne se souvenait toujours de rien. Ses médecins ont diagnostiqué une perte de mémoire, ce qui est très différent de l'amnésie. Cette dernière suppose qu'il y ait eu des souvenirs, mais qu'à la suite d'un événement traumatique, ces souvenirs soient devenus inaccessibles. Mais dans le cas de Jessica, son cerveau n'avait jamais engrangé ces souvenirs. Elle avait tout simplement vécu les événements traumatisants dans un état second, comme une somnambule.

— Ce que vous vous apprêtez à me dire, là, c'est qu'il se pourrait bien que je ne me rappelle jamais ce qui s'est produit.

— Ou plutôt que vous ne vous en soyez *jamais* souvenu. »

Il marque une pause, le temps de laisser l'information filtrer, tandis que j'essaie désespérément de la repousser de moi le plus loin possible. Pas question d'accepter ce genre d'hypothèse ! Ils sont là, mes souvenirs… Je vais finir par les retrouver !

« Ça vous est déjà arrivé, d'être impliqué dans une remise de rançon ? me demande-t-il.

— Il y a une quinzaine d'années, j'ai participé à une opération contre un maître chanteur qui menaçait de contaminer les petits pots pour bébés.

— Quelle serait votre stratégie, en un tel cas ?

— Dans le cas d'une remise de rançon, on peut distinguer deux types de livraison : l'intervention rapide ou l'opération à tiroirs. Cette dernière met en œuvre une longue série d'instructions complexes, obligeant le messager à faire des allées et venues, des tours et des détours, pour obliger la police à éparpiller ses ressources.

— Et l'autre ?

— Eh bien, au début, ça revient au même : on fait courir le messager dans des bus, d'une cabine téléphonique à l'autre, on lui fait changer douze fois de direction et tout à coup, au cours de la balade, quelque chose se produit. Les ravisseurs frappent fort et vite, au moment où on s'y attend le moins. Ils changent radicalement le plan.

— Par exemple ?

— Dans les années 80, un certain Michael Sams a kidnappé une jeune femme, Stephanie Slater, agent immobilier, et a exigé une rançon. Le messager était le patron de l'otage. C'était par une nuit sombre et brumeuse, dans un coin perdu du Yorkshire. Sams avait laissé des messages sur des poteaux télégraphiques et dans des cabines publiques. Il a baladé le messager comme une pièce sur un échiquier, l'envoyant sur des petites routes de campagne et, à un moment, il a immobilisé sa voiture en bloquant la route par une barrière mobile, avec pour instruction de déposer l'argent sur un plateau de bois, placé sur le parapet d'un pont. Sams était posté sous le pont. Il a tiré sur une ficelle, le plateau est tombé. Il a récupéré l'argent et s'est échappé en scooter, par un chemin de terre.

— Et il s'en est tiré ?

— Oui. Avec les 175 000 livres de la rançon. »

Je vois passer une étincelle d'admiration dans les yeux du professeur. Comme la plupart des gens, il est fasciné par la hardiesse et l'ingéniosité. Mais en l'occurrence, ça n'avait rien d'un jeu : Michael Sams avait déjà sur la conscience la mort d'une jeune femme.

« Auriez-vous choisi Rachel pour tenir le rôle du messager ?

— Non.

— Pourquoi ?

— Difficile de prendre des décisions rationnelles, quand la vie de votre propre enfant est en jeu. Ce doit être eux qui ont désigné Rachel. J'en aurais fait autant, à leur place.

— OK. Et qu'est-ce que vous auriez fait d'autre ?

— Je l'aurais minutieusement briefée. J'aurais étudié avec elle les différents scénarios possibles, en m'efforçant de la préparer à toutes les éventualités.

— Comment ça ? » De l'index, il m'indique une chaise vacante. « Imaginez qu'elle soit assise là, à présent… Comment vous y prendriez-vous pour la préparer ? »

Je contemple la chaise vide en tâchant de me représenter Rachel. Il y avait trois tasses, dans mon évier. Rachel était présente. Qui était le troisième ? Aleksei, peut-être. Après tout, les diamants étaient à lui.

Paupières closes, je vois Rachel vêtue d'un jean noir et d'un pull gris. Jusqu'à présent, je n'avais guère prêté attention à son physique. Ce qui dominait, en elle, c'était cette atmosphère de chagrin qui l'environnait. Mais en fait, c'est une jolie femme, très séduisante, malgré son côté intellectuel et mélancolique. Je comprends qu'Aleksei ait pu en tomber amoureux.

Elle est assise, genoux serrés, serrant contre elle un sac de cuir souple. Le sol de ma cuisine est semé de fragments de plastique et de polystyrène.

« N'oubliez pas… lui dis-je. N'oubliez surtout pas que le marché n'est pas encore scellé. La négociation reste ouverte. »

Elle hoche la tête.

« Ce qu'ils veulent, c'est que vous suiviez aveuglément leurs directives, mais nous ne devons pas les laisser nous dicter les termes du contrat. Vous devez persister à exiger qu'ils vous fournissent des éléments tangibles, prouvant effectivement que votre fille est toujours vivante. Insistez. Exigez des preuves. Demandez à la voir, à lui parler.

— Ils diront qu'ils ont déjà fourni les cheveux et le bikini.

— Et vous objecterez que ce ne sont pas des preuves. Exigez quelque chose d'irréfutable.

— Et s'ils me demandent de déposer la rançon quelque part ?

— N'en faites rien. Exigez un échange direct, immédiat. Mickey contre les diamants.

— Et s'ils refusent ?

— Pas de diamants. »

Sa voix se fait aussi fragile qu'un brin de verre filé. « Et s'ils n'ont pas amené Mickey ? S'ils veulent avoir d'abord les diamants ?

298

— Vous refusez.

— Ils la tueront.

— Non ! Ils prétendront qu'elle est seule, ou affamée, privée d'air ou d'eau, pour vous effrayer. Ils veulent vous intimider...

— Mais imaginez qu'ils... » Sa voix se brise. « Qu'ils lui fassent du mal ? »

Je peux presque voir d'ici le conflit qui lui déchire l'esprit.

« Ils vont la tuer, n'est-ce pas ? Ils ne la relâcheront jamais, parce qu'elle peut les identifier... »

Je prends ses mains dans les miennes. Je l'oblige à me regarder bien en face. « Assez ! Tâchez de garder votre sang-froid. Pour l'instant, votre fille est leur atout le plus précieux.

— Mais ensuite ?

— Voilà pourquoi nous devons garder l'initiative et vous, vous tenir prête. »

Je me suis levé. Je viens me placer derrière elle. « OK. Répétons un peu ce que vous allez dire. » Je sors mon portable. Je compose un numéro. Le téléphone qui est devant elle se met à sonner. Je le lui indique d'un signe de tête.

Elle le prend et l'ouvre d'une main tremblante. « Allô ?...

— Jetez-moi ce putain de micro ! »

Elle lève les yeux vers moi et balbutie : « De quoi parlez-vous ?

— Tout de suite, sale garce ! Vire-moi immédiatement ce micro, ou ta fille est morte.

— Mais je... je n'ai pas de micro.

— Pas de salades ! Balance-le par la fenêtre.

— Non.

— Très bien. Elle est morte. Tu as laissé passer ta chance !

— Arrêtez ! Je vais faire tout ce que vous dites. Tout… Je vous en supplie. Voilà, je le fais… »

Elle tremble comme une feuille. Je lui prends le téléphone des mains et je raccroche.

« OK. Ils ne savaient pas que vous aviez un micro. C'était du bluff. Vous n'auriez pas dû tomber dans le panneau. »

Rachel hoche la tête et prend une profonde inspiration.

Nous reprenons l'exercice. Je lui indique comment rester polie et résolue, en évitant toute agressivité et toute situation de conflit. Leur dire « non » sans les défier. Temporiser.

« Dites-leur que vous avez peur, que c'est la première fois que vous faites ce genre de chose. Que vous êtes à cran. Ce qu'ils veulent, c'est vous contrôler. N'hésitez pas à leur donner l'impression que vous êtes vulnérable. »

Et pendant deux heures, la répétition se poursuit. Nous passons en revue tous les scénarios possibles. Il serait irréaliste d'espérer lui faire intégrer trop d'idées différentes. Je lui assène inlassablement la même question : « Qu'allez-vous leur demander ?

— De voir Mickey.

— Quand leur remettrez-vous la rançon ?

— Quand j'aurai ma fille.

— Exact. Quand vous la tiendrez par la main. »

Je la regarde bien en face, espérant lire dans ses yeux la même détermination que j'y avais vue lors de la conférence de presse, juste après la disparition de Mickey, quand Rachel refusait de s'effondrer et de fondre en larmes en public. J'avais reconnu cette même résolution dans son regard, sur les marches du tribunal, après le verdict, quand elle avait lu la déclaration préparée par son avocat.

« Rien ne vous oblige à endurer tout cela », lui rappelé-je.

Elle m'écoute sans sourciller et sans souffler mot. Ses doigts triturent nerveusement la boucle de son sac.

À la lisière de la conscience, j'entends une sonnerie de téléphone. Joe se penche sur son bureau et transfère l'appel à sa secrétaire en me couvant d'un regard plein d'espoir. Son bras gauche est en proie à une agitation fébrile, comme un tuyau d'incendie sectionné. « Quelque chose vous est revenu. »

Mon estomac fait un saut de carpe, puis se calme. « Ça ne suffit pas. »

Son bras ne s'agite plus. Son visage s'est changé en un masque pâle et vide, où seule brille l'étincelle de son regard. Pour lui, la vie est un grand mystère, un puzzle mouvant, toujours renouvelé. La plupart des gens n'interrompent jamais le flot de leurs pensées. Joe, moins que quiconque.

21

Le portable d'Ali est resté éteint pendant tout l'après-midi. Enfin, elle me rappelle.

« Où étiez-vous ?

— Au boulot. J'ai travaillé toute la journée. Là, je rentre chez moi.

— Vous avez travaillé ? Pas pour moi, en tout cas !

— Je vous dis que j'ai *travaillé.* »

Vingt minutes plus tard, elle me rejoint, et je lui trouve un je-ne-sais-quoi de différent. Il paraît qu'à certains signes, on peut voir qu'une femme vient de faire l'amour. Ça devait être moi qui ne le faisais pas assez bien…

Elle m'apporte des informations. Le système informatique national de la police a confirmé que Gerry Brandt se trouvait bien dans la même cellule que Tony Murphy, il y a quatre ans. Brandt a été libéré sur parole deux mois avant la disparition de Mickey.

« Ça, pour une coïncidence !… Mais en voici une autre : Tony Murphy a été libéré sur parole, il y a six mois — juste à temps pour avoir pu participer à tout ceci.

— Et comment se porte ce brave Dave, notre cher Petit Bleu ?

« — Oh, lui… Il m'a semblé plutôt en forme », répond-elle, avec l'ombre d'un sourire.

Bien qu'éreintée, elle prend un siège et feuillette ses notes. Gerry Brandt s'est complètement évanoui dans la nature, il y a trois ans. Depuis, sa trace se perd. Plus de déclaration d'impôt, de cotisation à la Sécurité sociale, de contravention, ni de livres de bibliothèque rendus en retard. Mais il réapparaît soudain, il y a trois mois : il s'est inscrit au chômage.

« Dites-moi donc, éblouissante jeune créature : Mr Brandt aurait-il actuellement une adresse ?

— Eh bien, il se trouve que oui… », répond-elle en allongeant la main vers moi. Entre ses doigts, elle me tend un petit papier plié en quatre — une adresse, dans les quartiers sud.

Bermond est de ces quartiers qui ont été défigurés deux fois — d'abord en 1940, par l'aviation allemande, puis par les architectes des années 70 qui ont entassé pêle-mêle des tours et des cubes de béton de style stalinien, sous prétexte de faire du logement social, l'ensemble donnant l'impression d'une dentition ébréchée, où quelques dents saines côtoieraient d'affreux chicots.

Nous nous garons devant une grande maison blanche nichée dans la verdure. Sous une corniche couverte de lierre, je distingue un petit balcon s'appuyant sur des poutrelles de fer forgé et, au-dessus, un toit d'ardoise pentu, aussi sombre qu'un tableau noir fraîchement lessivé.

Je consulte ma montre. Il est à peine sept heures du matin.

« Bien le bonjour, damoiselle… »

Les cheveux en bataille, une jeune fille qui peut avoir dans les dix-neuf ans nous regarde par la porte entrebâillée. Elle porte un sweat-shirt de rugby et un caleçon de coton. Un tatouage émerge sous l'élastique de sa ceinture.

Elle jette un coup d'œil à l'insigne d'Ali et déverrouille la chaîne. Nous lui emboîtons le pas dans le couloir, jusqu'au living. Sans souffler mot, Ali me lance un regard noir, pour l'incoercible tendance qu'a le mien à suivre le balancement de sa croupe rebondie.

Deux autres filles se sont endormies par terre, enlacées. Une autre personne, de sexe indéterminé, s'est enroulée dans un couvre-lit et somnole sur le canapé. Il flotte dans l'air des relents de hash et de tabac froid.

« Difficile, le réveil ?

— Pas pour moi, je ne bois pas, répond-elle.

— Nous cherchons Gerry Brandt.

— Il est au premier. »

Elle s'assied sur une chaise et pose le pied sur la table pour se vernir les ongles.

« Eh bien, ça vous ennuierait d'aller lui dire que nous aimerions lui parler ? » réplique Ali.

La fille semble soupeser cette possibilité, puis, reposant le pied par terre, elle se dirige vers l'escalier, qu'elle gravit au ralenti, comme si les marches étaient particulièrement raides. Le living est tapissé d'affiches et d'autocollants à la gloire de groupes de rock qui tournent dans les pubs. Dans un coin, je repère un banc d'exercice rembourré, avec une barre et des poids. La porte de la cuisine entrouverte me laisse apercevoir des boîtes vides, et les restes du curry de la veille qui débordent de la poubelle.

La fille est de retour. « Il descend… Il en a pour une minute. »

Elle passe au cabinet de toilettes et s'assied sur la cuvette, sans même se donner la peine de refermer la porte. Cela fait, elle se brosse les dents en m'observant dans le miroir. Une autre chasse d'eau cascade à l'étage, suivie du bruit d'une fenêtre qui s'ouvre. Quelques secondes plus tard, je vois passer une silhouette devant la fenêtre de la cuisine. L'ombre a atterri dans la cour.

J'ai à peine entrevu sa tête, mais j'y ai perçu les stigmates de la peur. La terreur à l'état pur.

Le temps pour moi de me ruer sur la porte de derrière, il a déjà sauté par-dessus la clôture et pique un sprint dans l'allée de derrière. Il est pieds nus, vêtu d'une veste de coton et d'un pantalon de jogging délavé.

Je me laisse rouler par-dessus la clôture, atterrissant lourdement sur les pavés. Il a une trentaine de mètres d'avance. Il file vers un portail délabré. Ali a dû faire le tour par l'avant de la maison, pour le prendre à revers.

Il franchit le portail d'un bond, ce crétin, presque sans ralentir sa foulée. Je le fais voler en éclats d'un coup de pied. Le terrain est trop glissant ; je n'aurais pu m'arrêter à temps. Il prend à gauche, évite une grosse benne pleine à ras bord, et traverse la rue, enjambant une haie pour couper le coin des rues adjacentes.

Même avec vingt ans de moins et deux jambes valides, je n'aurais pas l'ombre d'une chance de le rattraper. Je perds du terrain, je souffle comme une forge. Des points blancs ont envahi ma vision.

Une équipe du gaz a ouvert une tranchée sur tout un côté de la rue. Un tas d'argile rougeâtre s'élève à proximité du trou béant, que je saute à peu près sans problème. Mais je n'ai pas eu le temps de regarder si la voie était libre — les moteurs électriques ne font pas assez de bruit ! Un camion de laitier quitte son arrêt pour s'engager sur la chaussée, et me cueille en plein vol. Dieu merci, il ne fait pas plus de 15 km/h. Je vais tout de même m'écraser contre l'avant du capot, près du garde-boue, et l'espace de quelques secondes, c'est comme si les All Blacks au grand complet unissaient leurs efforts pour me plaquer sur le bitume.

Je fais une demi-douzaine de roulés-boulés, avant d'aller finir ma course dans le caniveau. Ma cuisse ne réagit plus. Mais qu'est-ce qui se passe, avec mes jambes ? Tout le monde se ligue contre moi, ma parole...

Brandt est déjà au bout de la rue. Mais tandis qu'il tourne la tête pour lorgner par-dessus son épaule, il se fait soudain éperonner. Ali a surgi et lui a balancé un coup de poing dans l'estomac. Puis, nouant ses bras autour de la taille du fugitif, elle profite de son élan pour le soulever avant de le jeter à terre et retombe à genoux sur son dos. Je peux presque sentir l'air, chassé de ses poumons.

Elle est carrément assise sur lui, et s'efforce de lui maintenir les bras dans le dos pour lui passer les menottes, mais comme elle tente de les détacher de sa ceinture, Brandt lui envoie un coup de tête en arrière, qui lui percute le menton. Elle est à deux doigts de perdre l'équilibre, mais elle l'enserre de ses genoux et lutte pour le maintenir à terre.

Je me suis hissé sur mes pieds. Je les rejoins, tant bien que mal. Ma jambe est inerte et autant dire inutilisable.

Devant moi, j'aperçois Brandt qui tente de se mettre à quatre pattes. Ali a verrouillé ses jambes autour de sa taille et le chevauche, comme un enfant jouant au cheval avec son père. Elle lui passe le bras autour du cou, pour lui comprimer la trachée. Mais Brandt s'est redressé. Il essaie de se relever — et y parvient. Il mesure un mètre quatre-vingt-cinq, pour plus de cent kilos.

Je ne vois que trop bien ce qui se prépare. J'entends ma propre voix, qui crie à Ali de lâcher prise, mais elle fait la sourde oreille. Elle tient bon. Derrière eux, la cour est bordée d'un muret de pierre d'une trentaine de centimètres, avec une arête saillante. Brandt soulève Ali, qu'il maintient par les jambes, et me regarde droit dans les yeux. Un bruit étrange, un grognement presque animal, lui sourd du gosier, puis il part à la renverse. Chaque gramme de leurs poids combinés va plaquer les vertèbres d'Ali contre l'arête du mur. Elle ploie, puis s'effondre.

Silence.

Je n'entends plus que mes propres cris.

Les ouvriers du gaz restent cloués sur place, pétrifiés dans leurs combinaisons grises. Je plante mon regard sur l'un d'eux et je hurle jusqu'à ce que ses yeux se détachent d'Ali et viennent à la rencontre des miens.

« Vite ! Une ambulance ! Appelez une ambulance ! »

J'ai totalement oublié la douleur qui me cisaille la jambe. Ali reste écroulée sur le muret, là où elle est tombée. Elle n'a pas bougé. Des éclats de lumière ricochent sur les chromes des voitures en stationnement, comme sur les larmes qui brillent dans ses yeux.

Je viens m'agenouiller près d'elle. Son regard m'a suivi. Je distingue ma silhouette sombre dans ses prunelles.

« Je ne sens plus mes jambes, murmure-t-elle.

— N'essayez surtout pas de bouger. Reposez-vous. Les secours arrivent.

— J'ai complètement foiré mon coup, hein… ?

— Vous rigolez ! Je n'ai jamais vu un si beau tacle ! Où est-ce que vous avez appris à plaquer l'adversaire comme ça ?

— Quatre frères… »

Elle reprend souffle, laborieusement. Dieu seul sait ce qu'elle a pu se casser. J'aimerais pouvoir glisser les doigts jusqu'à ses articulations, pour les maintenir en place.

« En temps normal, je ne me le permettrais pas, chef — mais est-ce que vous pourriez enlever cette mèche de mes yeux ? »

J'écarte sa frange de son front et je la glisse derrière son oreille.

« Je crois que je vais vous demander ma journée de demain. Je pourrais prendre l'Eurostar, et aller faire les boutiques à Paris…

— Il ne serait même pas impossible que je vous accompagne.

— Vous détestez Paris, et vous avez horreur des magasins.

— Je sais, mais ça ne fait pas de mal de changer d'air, de temps en temps.

— Et Mickey ?

— Alors, on l'aura retrouvée. »

Je ne vois ni couverture que je pourrais étendre sur elle, ni gourde pour la faire boire. Elle ne pleure plus. Ses yeux ont la sérénité de ceux des chevreuils. J'entends vaguement hurler une sirène d'ambulance.

Gerry Brandt est loin. Il n'a laissé dans son sillage qu'un massif de fleurs dévasté, et un lambeau de son T-shirt, entre les doigts d'Ali.

22

Je déteste les hôpitaux. Ils grouillent d'abominables germes, affublés de noms en « coque » ou en « nomes ». Et j'en parle d'expérience, puisque ma femme a succombé à un cancer. Je me demande parfois si ses séjours dans les hôpitaux n'ont pas sapé sa santé plus sûrement que le mal lui-même…

Elle a mis deux ans à mourir, mais ça m'a paru bien plus long. Elle accueillait chaque jour avec gratitude, comme une fête, comme un bonus, mais j'avais peine à en faire autant. C'était une lente torture, cette perpétuelle ronde de rendez-vous chez les médecins, de scanners, de traitements, de mauvaises nouvelles et de sourires engageants, destinés à masquer la vérité.

Claire et Michael n'avaient que treize ans, à l'époque, mais ils ont fait preuve d'un grand courage. C'est moi qui ai craqué. J'ai disparu dix-huit mois. Je suis allé conduire des camions pour des organisations humanitaires, pendant la guerre de Bosnie. J'aurais mieux fait de rester chez moi, près d'eux, au lieu de leur envoyer des cartes postales. Peut-être ne l'ont-ils jamais digéré.

On ne me laisse pas entrer dans la chambre d'Ali. Les médecins et les infirmières vont et viennent autour de moi, comme si j'étais une des chaises de plastique au milieu de la salle d'attente. L'infirmière de la réception, une certaine Amanda, est une belle jeune femme, douée d'une autorité calme. Quand elle parle, ses mots vous tombent dessus comme un commando aéroporté.

« Vous allez devoir attendre le chirurgien. Il n'en a plus pour bien longtemps. Vous pouvez aller vous acheter des boissons chaudes et des en-cas aux distributeurs automatiques. Non, je suis désolée, mais je ne fais pas la monnaie. »

Voilà six heures que j'attends.

« Il n'y en a plus pour bien longtemps », répète-t-elle, en comptant ses boîtes de bandes, dans un carton.

Les parents d'Ali assistent à la scène. Son père a piqué du nez sur sa chaise, jusqu'à ce que son front vienne se poser sur ses bras croisés. Cet homme si doux et si respectueux me fait penser à un bateau torpillé, englouti par une tempête.

La mère tient à la main un gobelet plein d'eau. De temps à autre, elle s'humecte les doigts pour se mouiller les paupières. Trois des frères sont venus, eux aussi.

Je sens sur moi leur regard, fixe et froid.

De ma chemise s'exhalent des relents de vieille sueur — la même odeur *sui generis* qui envahit les cabines d'avion, quand les hommes d'affaires tombent la veste…

Laissant l'infirmière derrière son comptoir, je regagne ma place à pas comptés. En passant devant le père d'Ali, je m'arrête jusqu'à ce qu'il lève les yeux.

« Je suis vraiment navré de tout ça, Mr Barba. »

Il me serre la main, par pure politesse.

« Vous étiez avec elle, inspecteur ?

— Oui. »

Il hoche la tête et fixe les yeux sur un point situé derrière moi. « Pourquoi laisse-t-on à une femme le soin d'arrêter un délinquant, ou un criminel ? C'est un travail d'homme, non ?

— Votre fille est un excellent officier de police. »

À cela, il préfère ne pas répondre. « Ma fille a fait beaucoup d'athlétisme, quand elle était adolescente. Elle était formidable comme sprinteuse. Un jour, je lui ai demandé ce qui la faisait courir, comme ça. Elle m'a répondu qu'elle essayait de rattraper l'avenir — pour voir quel genre de femme elle deviendrait. »

Il sourit.

« Vous devez être fier d'elle. »

Il fait simultanément « oui » et « non » de la tête.

Poursuivant mon chemin, je vais aux toilettes me passer de l'eau froide sur la figure. J'ôte ma chemise pour me rincer les aisselles — l'eau ruisselle jusqu'à la ceinture de mon pantalon. Puis je ferme la porte des w.-c. et j'abaisse la lunette.

Tout ça est de ma faute. J'aurais dû monter cet escalier pour épingler Gerry Brandt. J'aurais dû le rattraper avant qu'il ne s'échappe par l'allée de derrière. Je revois parfaitement la tête qu'il a faite, une fraction de seconde avant d'immobiliser les jambes d'Ali et de se laisser tomber sur elle, pour lui fracasser le dos contre le mur. Il savait parfaitement ce qu'il faisait. Je vais remonter sa piste et l'arrêter. Avec un peu de chance, il refusera d'obtempérer et nous opposera ne serait-ce qu'un soupçon de résistance.

Une seconde plus tard, je me réveille en sursaut. Je m'étais endormi sur le siège des toilettes, la tête contre le mur. D'abominables contractures me nouent le cou, aussi compactes que des poings serrés. Je me hisse sur mes pieds.

Quel jour sommes-nous ? Lundi… non, mardi matin. Ça doit être le matin, mais il fait toujours nuit. Je ne regarde même pas ma montre.

Ma tête s'éclaircit un peu. Je remets le cap sur la salle d'attente. Mes cheveux sont collés à mon front. J'ai la muqueuse nasale sèche et encrassée.

Le médecin spécialiste responsable est en grande conversation avec la famille d'Ali. Bleu de trouille, je traverse la pièce en slalomant entre les rangées de chaises en plastique. La tristesse semble tout envahir, sous la lumière cruelle des néons.

J'hésite un moment. Je ne voudrais pas leur imposer ma présence… Mais j'ai besoin de savoir. Je me joins donc à leur groupe. Personne ne lève les yeux. Le chirurgien ne s'est pas interrompu.

« Elle a deux vertèbres fracturées et déplacées, qui lui compriment la moelle épinière, tel un tube de dentifrice. Et comme l'hématome se développe vers le bas, nous ne pouvons déterminer pour l'instant l'étendue de la paralysie, ni même savoir si elle sera ou non réversible. J'ai un autre patient, un jockey, qui a souffert du même genre de blessures. Il a été jeté au bas de son cheval et a atterri sur la main courante. Il s'en est très bien remis, et ne devrait plus tarder à marcher à nouveau. »

Un frisson glacé court sur ma peau moite. Mon regard se perd au bout des longs couloirs qui semblent s'étirer indéfiniment, dans toutes les directions.

« Pour l'instant, elle est encore un peu assommée par les antalgiques, mais vous pouvez aller la voir, conclut-il en se grattant le menton, qu'il a hérissé d'une barbe de vingt-quatre heures. Et surtout, tâchez de la rassurer… »

À cet instant, son beeper se met à sonner et nous vrille dans les oreilles. S'excusant d'un coup d'œil, le médecin prend congé des parents d'Ali et s'éloigne dans le couloir en faisant claquer ses semelles.

J'attends mon tour devant la porte d'Ali. Je suis incapable de soutenir le regard de ses parents, quand ils en ressortent. Sa mère pleure. Ses frères cherchent un responsable à engueuler, et je n'ai nulle part où me cacher.

Je sens monter en moi une vague de nausée, tandis que je pousse la porte. Je fais quelques pas dans la pénombre. Elle repose à plat dos, le regard fixé au plafond. Un appareillage d'acier lui maintient le cou et la tête pour l'empêcher de se tourner.

Je reste à distance prudente de son lit, pour lui épargner ma vue et mon odeur. Trop tard. Elle m'a vu dans le miroir qui est placé à côté de sa tête. « Bonjour, dit-elle.

— Bonjour. »

Promenant mon regard dans la pièce, je vais me chercher une chaise. Les stores laissent filtrer des stries de lumière dorée qui tombent sur le lit.

« Comment ça va ? lui demandé-je.

— Pour l'instant, je suis encore au pays de Lucy et de ses diamants… Je ne sens rien. » Elle prend une inspiration, dans un demi-râle, et parvient à sourire. Des traces de larmes ont séché au coin de ses yeux. « Il paraît qu'ils vont devoir m'opérer. Je vais en profiter pour leur demander de m'ajouter quelques centimètres. J'ai toujours rêvé de mesurer le mètre soixante dix-huit réglementaire… »

Elle essaie de me faire rire, mais je ne parviens à me fendre que d'un sourire crispé. Elle garde le silence. Ses yeux restent clos. Sans un bruit, je me lève pour partir, lorsque sa main s'allonge et se referme sur mon poignet.

« Qu'est-ce qu'ils vous ont dit, les médecins ?

— Qu'ils ne sauront rien de définitif avant quelques jours. »

Elle prononce chaque mot dans une sorte de hoquet. « Est-ce qu'ils pensent que je remarcherai ?

— Oui. »

Elle ferme les yeux, paupières serrées. Ses larmes débordent et viennent envahir le réseau de petites rides, autour de ses yeux.

« Vous allez vous en sortir ! lui dis-je, d'un ton qui se veut convaincant. Vous serez de retour à votre poste en moins de temps qu'il n'en faut pour le dire — vous et votre mètre soixante-dix ! »

Elle me demande de rester encore un peu. Je la regarde dormir, jusqu'à ce qu'une infirmière vienne me faire décamper. Il est presque midi. Une bonne dizaine de messages m'attendent sur ma boîte vocale — laissés par Campbell Smith, pour la plupart.

J'appelle les collègues au poste, pour avoir des nouvelles de Gerry Brandt qui reste introuvable. Personne n'a très envie de s'épancher. Je parviens enfin à avoir en ligne un inspecteur-chef qui me prend en pitié. Ils ont trouvé trois cents comprimés d'ecstasy sous une lame du plancher, dans la chambre de Gerry Brandt — ainsi que des traces de speed dans le siphon des toilettes. Est-ce ce qui explique sa fuite ?

Je débarque au poste de Harrow Road juste avant deux heures. Je traverse la réception, bourrée de monde, où deux motards couverts de sang s'engueulent, à la suite d'un accrochage.

Campbell referme derrière moi la porte de son bureau. Il a tout du flic modèle courant, attendant des explications, les mains derrière le dos, les traits plus rigides qu'un cartonnage de chemise.

« Bon sang, Ruiz ! Deux vertèbres fichues, je ne sais combien de côtes cassées, une lésion de la rate… Elle est à deux doigts du fauteuil roulant, là ! Et toi, qu'est-ce que tu fabriques, pendant ce temps ? Tu te fais renverser par un malheureux camion de lait ! On ne t'a jamais appris à regarder avant de traverser ? »

J'entends déjà ricaner les collègues dans les couloirs. La grande parade des blagues n'a peut-être pas encore commencé, mais seul l'état de santé d'Ali les retient.

Campbell ouvre son tiroir du haut, et en tire une feuille dactylographiée. « Je t'avais prévenu. Je t'ai assez dit et répété de rester en dehors de tout ça. »

Il me tend une lettre de démission. La mienne. Je vais prendre immédiatement ma retraite, pour raisons de santé.

« Signe là, au bas.

— Qu'est-ce que tu comptes faire pour retrouver Gerry Brandt ?

— Ça n'est pas ton problème. Signe.

— Je veux contribuer à le retrouver. Je ne signerai que si tu me laisses vous donner un coup de main, pour remonter sa piste. »

Il affiche une expression indignée, soufflant et tempêtant, façon grand méchant loup. Je n'arrive même plus à voir ses yeux, sous ses épais sourcils qui lui barrent le front en direction de ses oreilles…

Je lui résume la situation, pour la lettre de la rançon et les tests d'ADN. Je lui raconte tout ce que j'ai réussi à reconstituer, concernant la remise de la rançon. Je sais bien que tout ça a l'air terriblement tiré par les cheveux, mais je sens que j'approche du but. J'aurais juste besoin d'un petit coup de main pour remonter la piste. Gerry Brandt y est sûrement pour quelque chose.

« Comment ça ?

— Pour l'instant, je n'en sais toujours rien. »

Campbell secoue la tête, l'air de ne pas en croire ses oreilles. « Tu t'écoutes dire des conneries, des fois ? Tu es complètement obsédé !

— Tu ne m'écoutes pas. Quelqu'un détient Mickey. Je ne crois pas que Howard l'ait tuée. Elle est toujours en vie.

— Non ! C'est toi qui vas m'écouter. C'est du flan, tout ça ! Mickey Carlyle est morte voilà trois ans. D'ailleurs, explique-moi un peu pourquoi ses hypothétiques ravisseurs auraient attendu trois ans pour envoyer une demande de rançon ? Ça ne tient pas debout — parce que c'est faux ! »

Il pousse à nouveau vers moi ma lettre de démission. « Tu aurais dû prendre ta retraite quand tu en as eu l'occasion, grâce à moi. Tu es divorcé. Tu as renoncé à la bouteille, mais tu ne vois pratiquement plus tes enfants, et tu vis seul. Regarde-toi un peu, bon sang ! Ça n'est pas joli joli. Quand je pense que dans le temps, je te citais en exemple aux jeunes. Maintenant, tu es dans un état pathétique. Tu as fait ton temps, Vincent. Plus que ton temps…

— Non. Ne me demande pas ça.

— Tu es bon pour la casse. Signe-moi immédiatement cette lettre. »

Je détourne les yeux et serre les paupières pour contenir mon amertume. Plus j'y pense, plus la moutarde me monte au nez. La colère me noue les tripes et s'emballe en moi, comme les pistons d'une machine à vapeur.

Campbell reprend son stylo et le fait disparaître dans un de ses tiroirs. « Bien — tu ne me laisses pas le choix. J'ai donc le regret de t'informer que ta commission auprès de la police métropolitaine de Londres a été annulée. Le commissaire a jugé que tu étais un boulet pour le service. Tu n'es plus autorisé à présenter des preuves en tant qu'officier de police assermenté.

— Présenter des preuves ? Qu'est-ce que tu veux dire ? »

Campbell sort un autre papier de son tiroir — une citation à comparaître.

« Ce matin même, à dix heures, les avocats de Howard Wavell t'ont cité à comparaître pour témoigner, lors de son audience d'appel, demain midi. Ils sont au courant de la demande de rançon et des tests ADN. Ils vont prétendre que si un officier de police expérimenté a approuvé le versement d'une rançon pour Mickey Carlyle, c'est que nous sommes tous convaincus qu'elle est toujours vivante.

— Comment l'ont-ils su ?

— C'est à moi de te poser la question. Ils ont déposé une requête de libération sous caution. Howard Wavell pourrait bien sortir de prison dès demain après-midi. »

Et tout à coup, je comprends. Ma mise à pied est pour eux une façon de limiter les dégâts. Je ne suis plus officier de police — en tout cas plus officiellement. Je suis un insurgé, un rebelle qui fait cavalier seul.

Je n'entends plus qu'une sorte de bruit blanc. Les paroles de Campbell me passent très loin au-dessus de la tête. Je vis avec dix secondes d'avance ou de retard sur l'instant présent. Et pendant ce temps, quelque part dans les bureaux, un téléphone que personne ne vient décrocher sonne désespérément.

23

Je suis inconfortablement installé sur le siège avant défoncé du van, fouillant du regard la pénombre qui s'épaissit de l'autre côté du pare-brise. Un Elvis en plastique, fixé par une ventouse, danse frénétiquement sur le tableau de bord. Pete Météo est au volant avec son bonnet de laine et sa moustache de morse. Sa mâchoire s'active sur une tablette de chewing-gum qu'il a sortie de derrière son oreille.

À l'arrière sont entassés ses quatre copains qui se définissent comme des « explorateurs urbains ». Barry, un titi londonien, n'a plus que deux incisives et ses cheveux brillent par leur absence. Il discute avec Angus, un retraité des mines de charbon, pour savoir quel champion poids lourd avait le meilleur jeu de jambes. En face d'eux, Phil tente d'y mettre son grain de sel, mais son bégaiement ne lui facilite pas la tâche. Moley est le seul à tenir sa langue. Il s'est assis à même le sol et inspecte les cordes et les lampes.

« C'est la dernière frontière, me dit Pete. Soixante mille kilomètres d'égouts, vieux de plusieurs siècles, pour une bonne part. C'est un exploit comparable à celui du canal de Suez. Mais les égouts, personne n'y pense. On se contente de les purger de leurs poisons, de temps à autre, et de tirer la chasse d'eau…

— Mais pourquoi les explorer ? »

Il me jette un regard où je lis de la déception. « Est-ce qu'on a demandé à Hillary pourquoi il avait escaladé l'Everest ?

— Bien sûr qu'on le lui a demandé !

— OK, OK… Eh bien ces égouts, c'est un genre d'Himalaya. C'est la dernière frontière. Vous allez voir. Suffit de descendre trente mètres sous terre, et on est dans un autre monde. Le silence est tel que vous entendez votre propre peau respirer. Et ce noir — c'est surnaturel. Rien à voir avec l'obscurité de l'extérieur. Dehors, si on laisse le temps à ses pupilles d'accommoder, on finit toujours par distinguer quelques formes. Mais en bas, on se retrouve dans un noir plus noir que noir. »

Barry se joint à la conversation depuis l'arrière du van. « Ouais, c'est comme une cité perdue. Il y a des courants, des caniveaux, des abris, des grottes, des tombes, des cryptes, des catacombes, des planques secrètes — et le gouvernement tient à ce qu'elles le restent ! Une autre planète. Une couche recouvre la précédente, comme en géologie. Chaque fois qu'une grande civilisation s'effondre — les Égyptiens, les Hittites ou les Romains — la seule chose qu'on retrouve derrière eux, invariablement, c'est leurs égouts et leurs latrines. Dans un million d'années, je vous fiche mon billet qu'il y aura des archéologues qui étudieront à la loupe nos étrons fossilisés !

— Et c'est pas tout ! enchaîne Angus. On retrouve toutes sortes de choses, là-dessous ! Des bijoux, des fausses dents, des lunettes, des lampes torches, des pièces d'or, des prothèses auditives, des harmonicas, des vieilles godasses.

— Une fois… Je suis même tombé sur un coch, un coch, un… cochon ! lance Phil. Le plus grr…, le plus grr… gros pppppporc que j'aie jamais vu !

— Ça, il devait être dans son élément, là-dessous ! » caquette Angus, imité par Barry, jusqu'à ce que Pete Météo décide d'élever le débat.

« Vous savez ce que c'est, un "tosher"[1] ?

— Non.

— Au XVIIIe siècle, ils creusaient et fouillaient déjà les égouts en filtrant la merde, comme les chercheurs d'or tamisent le sable. Vous imaginez ! Et à l'époque, il y avait déjà des équipes de "rakers" et de "gongfermers", qui se chargeaient du nettoyage et des réparations. Les ancêtres de nos actuels égoutiers. La nuit, en surface, on peut toujours les entendre bosser.

— La nuit ? Pourquoi travaillent-ils de nuit ?

— Parce que c'est le moment où il y a le moins de merde qui circule !… »

J'aurais mieux fait de tenir ma langue. La femme de Ray Murphy m'a dit qu'il avait travaillé un moment à l'entretien des canalisations. Pete nous explique que des petits détachements de six égoutiers, sous la direction d'un chef d'équipe, se chargent de déboucher les engorgements en remontant la vase par les bouches d'égout.

« Ça paraît rétro, comme technique, mais ils en ont d'autres, nettement plus high-tech. Ils ont des genres de petits aéroglisseurs miniatures, équipés de caméras qui filment tout, histoire de surveiller ce qui se passe dans

---

1. Termes archaïques. « Tosher » est un terme d'argot des voleurs londoniens, désignant les « récupérateurs » qui arrachaient le revêtement de cuir des navires mouillés le long des quais de la Tamise. « Raker » désignait des balayeurs de rues. *(N:d.T.)*

le réseau. D'ailleurs, va falloir y faire gaffe. On n'a pas intérêt à se faire pincer là-dessous. »

Le minibus s'arrête en faisant crisser les graviers d'un parking désert. La portière arrière s'ouvre et Moley descend le premier. Il me tend une combinaison et des cuissardes qui m'arrivent à la taille, puis des gants et un harnais de sécurité.

Entre-temps, Pete Météo a ouvert une mallette de plastique jaune dont il sort une perche d'aluminium télescopique montée sur un trépied et équipée d'un anémomètre.

« C'est ma station météo de poche, précise-t-il. Elle me donne la vitesse et la direction du vent, la température, le degré d'hygrométrie, la pression atmosphérique, les radiations solaires et les précipitations. Le tout traité par ordinateur… » Il ouvre un portable sur ses genoux et pianote sur le clavier. « Voilà… Maintenant, vous avez quatre bonnes heures devant vous. »

Moley ajoute à mon équipement un casque et un appareil respiratoire d'urgence. Il se gratte une dernière fois les aisselles avant d'enfiler ses cuissardes. « Si vous avez la moindre coupure, protégez-la avec du sparadrap imperméable, me conseille Barry en m'en faisant passer une boîte. À cause de la maladie de Weil — ça se transmet par l'urine de rat. Ça pénètre dans les fentes de la peau et ça finit par vous bouffer le cerveau… »

Je pense à la plaie de ma jambe, avec un frisson — mais à la grâce de Dieu !

Il inspecte mon harnais et mon gilet de sauvetage. « Je vais vous énumérer tout ce qui peut nous arriver, là-dessous : incendies, explosions, asphyxie, empoisonnement, infection… sans oublier les rats qui peuvent nous attaquer en masse et nettoyer nos os en un rien de temps. Personne ne sait où on est, et on n'a aucun moyen de s'assurer que les galeries sont bien ventilées. On peut tomber sur des poches de méthane, d'ammoniac, d'hydrogène sulfuré, de benzène, de gaz carbonique et de saloperies dont je ne saurais même pas vous dire le nom. N'amenez surtout pas vos gants au contact de vos yeux ou de vos lèvres. Restez bien encordé. Suivez Moley. Il connaît le secteur mieux que personne. »

Il accroche un détecteur de gaz à mon harnais et nous nous encordons. Puis, le pouce levé, il fait signe à Moley qui soulève la grille d'une bouche d'égout et la fait rouler sur le côté avant de faire descendre une lampe de sécurité dans le petit puits circulaire. Angus et Phil s'engagent les premiers sur les échelons de fer. Je descends en quatrième position, entre Barry et Moley.

Le plafond de la galerie n'est qu'à un mètre cinquante du sol. J'avance plié en deux, respirant un air saturé d'humidité et de puanteurs diverses — moisi, décomposition, matières fécales. Les murs de brique s'incurvent sur les côtés, pour plonger sous la surface d'un petit cours d'eau qui s'écoule au centre. Nos ombres s'étirent démesurément sur les briques des parois.

« Et n'oubliez pas de rabattre le couvercle après usage !… » plaisante Angus, en pissant contre un mur.

Moley me regarde. Ses yeux pâles brillent à la lueur des lampes. Il ne prononce pas un mot, mais c'est sa façon de me laisser une dernière chance de renoncer et de rebrousser chemin.

Pete Météo remet la grille en place, scellant notre destin. Je me sens pris d'une nervosité soudaine.

« Comment il nous tiendra au courant, s'il se met à pleuvoir ?

— De la façon la plus simple, réplique Barry. Il soulèvera une grille et la laissera retomber de quinze centimètres. Ça s'entend à des kilomètres à la ronde ! »

Angus me tape sur l'épaule. « Alors, qu'est-ce que vous en dites ?

— Supportable, l'odeur. Je m'attendais à pire. »

Il éclate de rire. « La prochaine fois, venez un samedi matin. Le vendredi, c'est le jour du curry ! »

Moley a pris de l'avance le long du ruisseau. Barry se retrouve derrière moi. Il doit courber encore plus que nous sa grande carcasse, comprimée par son harnais. L'eau tourbillonne autour de mes genoux et les briques ruisselantes s'argentent de reflets fugaces, sous le rayon de nos torches.

« J'appelle ça des *morvectites,* s'esclaffe Barry, l'index pointé sur les stalactites qui frôlent nos casques. »

Je commence à être en nage, en dépit du froid. Au bout d'une centaine de mètres, je suis pris de frissons continus. La façon dont chaque son se répercute, cent fois amplifié, me porte sur les nerfs. Jusqu'ici, j'avais tenté d'inclure Mickey dans les différents scénarios possibles mais ça relève à présent de l'inconcevable.

Dans un autre coin de ma tête, je pense à Ali, immobilisée sur son lit d'hôpital, à se demander si elle remarchera un jour. C'est ma faute. Jamais je n'aurais dû la laisser participer à cette opération où elle avait bien plus à perdre que moi. Je me retrouve dans la merde jusqu'aux genoux — au propre, si l'on peut dire, comme au figuré. Et je ne l'ai pas volé. Sur tous les plans, privés et professionnels, je suis parfaitement à ma place, dans ce cloaque malodorant.

« Cet endroit que vous nous avez montré sur la carte — ça y est. On est juste dessous », dit Barry, en m'aveuglant temporairement de sa torche.

Levant la tête, j'aperçois une grande ouverture et un tunnel latéral. La nuit de la remise de la rançon, la conduite principale qui a explosé a craché quatre mille cinq cents litres-minute dans les rues, puis dans les canalisations. Amplement assez pour emporter la rançon, voire pour m'emporter, moi.

« Si quelque chose était entraîné par le courant à partir d'ici, où est-ce qu'il irait s'échouer ?

— L'ensemble du système est conçu pour suivre la pente. Ça fonctionne grâce à la gravité », répond Angus.

Moley confirme d'un signe de tête.

« Gen…, gen… genre chhh, chhh, chasse d'eau ! » ajoute Phil.

Barry se lance dans de grandes explications : « Toutes les petites conduites locales sont raccordées aux canalisations principales. Les eaux usées et les eaux vannes sont ensuite détournées vers l'un des cinq collecteurs qui vont d'ouest en est ; tous fonctionnent grâce à la gravité. À son plus haut point, le réseau démarre de Hampstead Hill, puis traverse Highgate Road, près de Kentish Town. Plus loin, au sud, il y a deux canalisations de taille moyenne — une qui commence près de Kilburn, et suit le trajet d'Edgware Road, jusqu'à Euston Road, après King's Cross. La seconde part de Kentish Town, passe sous Bayswater et suit Oxford Street. Ensuite, il y a deux conduites plus petites, une qui passe sous Kensington, Piccadilly et la City, et l'autre sous les rives de la Tamise. Elle longe la rive nord du fleuve.

— Où est-ce qu'elles aboutissent ?

— À l'usine de retraitement de Beckton.

— Et c'est l'écoulement des eaux pluviales qui permet de purger le réseau ? »

Il secoue la tête : « Non. En fait, les collecteurs principaux sont construits le long d'anciennes rivières qui fournissent en permanence un débit minimum.

— À ma connaissance, la seule rivière qui se jette dans l'estuaire de la Tamise, sur la rive nord, c'est la Lea, et elle se trouve nettement plus à l'est, par rapport à ici…

— Allons donc, il y a des foultitudes d'affluents ! se récrie Angus. Un cours d'eau, il ne suffit pas de lui dire d'aller se faire voir ailleurs. On peut les recouvrir, les canaliser ou les détourner avec un système de buses, mais quoi qu'on fasse, leurs eaux continuent à se déverser !

— Où aboutissent-ils ?

— Eh bien, il y a le Westbourne, le Walbrook, le Tyburn, le Stamford Brook, le Counter's Creek, le Fleet… »

Tous ces noms ont des consonances familières. Il existe des dizaines de rues, de parcs et de propriétés qui les portent, mais je n'avais jamais fait le rapprochement. Les poils se hérissent sur ma nuque. J'ai entendu toutes sortes d'anecdotes historiques ayant pour cadre ce réseau de galeries secrètes, qui constitue une véritable cité sous la cité — des tunnels par lesquels les Premiers ministres passaient incognito de leur salon au conseil de guerre, des souterrains empruntés par les favorites pour rejoindre leurs royaux amants… Mais je n'avais jamais imaginé ce monde d'eau noire et de rivières invisibles qui s'écoulent sous les rues. Pas étonnant que les murs de Londres suintent…

Moley nous crie de presser le pas. Le tunnel continue tout droit, avec çà et là des puits verticaux qui s'y déversent du dessus, formant de petites cascades. Nous pataugeons au milieu du caniveau, dans quarante centimètres de vase froide et d'eau grisâtre. Peu à peu, la galerie s'élargit. Nous y marchons désormais plus à l'aise, et nos ombres ne s'incurvent plus contre les murs.

Toujours encordés, nous descendons à la file indienne dans un puits et patouillons en silence dans une galerie plus large. De temps à autre, nous nous laissons glisser le long d'une pente cimentée avant d'atterrir dans plusieurs dizaines de centimètres d'eau malodorante. À d'autres endroits, nous sentons la surface toute proche. Des rayons pâles s'insinuent à travers les grilles de fonte.

J'imagine les quatre colis de la rançon dans leur emballage de plastique, emportés le long de ces tunnels et dans ces cascades, à travers les cryptes.

Nous passons l'heure suivante à marcher, à ramper ou à nous laisser glisser. Nous émergeons enfin dans une salle, une immense caverne de style victorien, dont la voûte de brique s'appuie sur des arches et des piliers. Le plafond doit culminer à six ou sept mètres — quoique ce soit difficile à dire, dans l'obscurité. Une eau saumâtre, blanchâtre, semble bouillonner à mes pieds avant de se précipiter vers un trop-plein.

Partout, je vois des grilles rouillées et de longues chaînes qui pendent des voûtes, au-dessus de nos têtes. Un barrage de béton constitué de deux déversoirs divise la salle en son milieu. Des amas de détritus et d'écume sont emportés dans un grand cloaque qui intercepte le flux au-dessus du déversoir.

En dessous, en aval du barrage de béton, se trouve un grand bassin avec d'énormes grilles d'acier, munies de gonds et, sur leur partie supérieure, de contrepoids qui font levier et maintiennent les portes en position fermée.

Angus s'assied au bord du déversoir et sort de sa poche un sandwich protégé par un film plastique.

« Ce truc-là, en haut, c'est le collecteur secondaire. Il part de Chiswick, en direction de l'est, sous les berges de la Tamise, vers la station de pompage d'Abbey Mills, dans l'East End. À partir d'ici, tout est dirigé vers l'usine de retraitement.

— À quoi sert le déversoir ?

— C'est pour les orages. En cas de grosse averse, l'énorme quantité d'eau pluviale qui se déverse sur Londres ne peut s'écouler que dans les canalisations. Vous avez des milliers de kilomètres de gouttières et de puisards qui aboutissent dans les canalisations principales. Si vous êtes quelque part dans le réseau, vous sentez passer un fort courant d'air et ensuite, c'est le grand *whooosh* !

— *Whooooshhh !* » répète Moley en écho.

— Le système ne peut recevoir plus d'une certaine quantité d'eau, précise Angus. Faudrait pas que tout se mette à déborder parce que sinon, les politicards pataugeraient dans la merde à Westminster — littéralement ! Ce qui fait que quand l'eau atteint un certain niveau, elle franchit le barrage et s'écoule en direction de cette porte… » Il pointe le doigt vers les grosses portes de fer qui doivent peser près de trois tonnes chacune. « Elles s'ouvrent comme des valves, dès que les eaux débordent du barrage.

— Et où vont les eaux ?

— Direct dans la Tamise, à une vitesse de dix nœuds. »

Et soudain, j'entraperçois un autre scénario qui tourbillonne autour de moi comme le parfum des amandiers en fleur. Le contremaître de la Compagnie des eaux a dit que la canalisation avait explosé, provoquant une énorme fuite. Le genre de cataclysme qui aurait découragé quiconque de suivre la rançon et aurait eu, entre autres avantages, celui de faire passer les colis au-dessus du barrage.

« Il faut que je franchisse cette porte.

— Impossible, dit Moley. Elle ne s'ouvre qu'en cas de montée des eaux.

— Mais tu sais où ce tunnel aboutit ? Tu peux m'y emmener ? »

Il se gratte vigoureusement les aisselles et secoue la tête de côté et d'autre. Je commence à avoir des démangeaisons sur tout le corps.

24

Le jour se lève. Pete Météo sort un tuyau à haute pression et le branche sur la bouche d'incendie. Le jaillissement de l'eau me force à reculer d'un pas. Je me mets à tournoyer sur moi-même, fouetté par le jet.

Le minibus est garé près du Royal Hospital de Chelsea, presque au-dessus d'une bouche d'égout béante. Les bâtiments de l'hôpital sont nimbés d'une lumière orange et rose qui les fait ressembler à des petites maisons de pain d'épice, sur fond de soleil levant. Depuis la caserne de Chelsea, située à quelques centaines de mètres, nous proviennent les essais laborieux d'une fanfare qui répète.

Me débarrassant de ma combinaison étanche et de mes cuissardes, je traverse une pelouse pour m'approcher de la Tamise, qui est en période de basses eaux. Le bras d'eau s'écoule entre des bancs de vase grise. À côté de ce que je viens d'endurer, les effluves qui remontent du fleuve me caressent les narines comme des parfums.

Un petit fossé de brique qui s'ouvre dans le mur de pierre de la berge m'indique l'entrée de la buse. Une porte métallique ronde ferme l'entrée de la galerie qui s'enfonce dans le sous-sol. Il s'en échappe un filet d'eau qui forme une petite mare dans le banc de vase.

« C'est la sortie du collecteur des eaux pluviales de Ranelagh, m'explique Pete Météo qui m'a rejoint sur la rive. La porte s'ouvre quand le trop-plein déborde et se referme pour empêcher la marée de remonter dans le réseau. »

Il se retourne pour me montrer un point, au-delà de l'hôpital. « Vous êtes partis de là-bas, plein nord par rapport à ici. Vous avez suivi le trajet de la rivière Westbourne.

— Qui vient d'où, au juste ?

— Elle prend sa source du côté de West Hampstead et elle est alimentée par cinq ruisseaux affluents qui la rejoignent près de Kilburn. Puis elle traverse Maida Vale et Paddington, avant d'arriver sous Hyde Park, où elle se jette dans la Serpentine. Après quoi, son cours redevient souterrain. Il suit William Street, sous Cadogan Lane puis sous King's Road, jusqu'à Sloane Square et enfin, sous la caserne de Chelsea.

— On ne voit pas trace du cours d'eau.

— La plupart de ses eaux sont récupérées dans le réseau. Cette porte ne s'ouvre qu'en cas de trop-plein. »

Moley a réintégré sa veste de treillis. Il grimace et cligne les yeux dans la lumière, comme s'il craignait qu'elle ne lui cause des lésions irréversibles. Les autres boivent le thé qu'ils ont apporté dans une Thermos en se remémorant leurs aventures de la nuit.

Je me sens comme un vieux cheval aveugle qui serait tombé dans un puits sec et dont le maître aurait jugé qu'il ne valait pas la peine d'être sauvé. Pour faire d'une pierre deux coups, le maître décide de combler le puits et d'y enterrer la vieille carne, mais le cheval s'ébroue et piétine la terre que l'on jette sur lui. Plus il en tombe, et plus il la piétine, s'élevant peu à peu vers la lumière.

On a essayé de m'enterrer, mais je continue à tasser la terre sous mes sabots. À présent, je sens que j'approche de la solution, et je vous fiche mon billet que tous ceux que je trouverai la pelle à la main au bord du puits vont le sentir passer.

Je commence à avoir une idée de ce qui a pu se dérouler, cette fameuse nuit. Nous avons confectionné ces quatre précieux petits bateaux enveloppés de plastique et prêts à flotter sur leur plaque de mousse. Ils sont partis, emportés par le courant, le long de l'égout de Ranelagh, entraînés par la crue qu'avait provoquée la rupture de la conduite. Quelqu'un attendait la rançon. Quelqu'un qui savait se repérer dans les égouts. Un type du genre de Ray Murphy.

Il m'a fallu tout ce temps pour sentir la colère qui me tenaillait, depuis que j'ai ouvert les yeux dans mon lit d'hôpital, la jambe en charpie, rêvant de Mickey Carlyle. Tout cela dépasse de très loin la somme de ses parties. Des gens bien renseignés, astucieux et déterminés ont misé sur le chagrin d'une mère et tiré parti de ma propre tendance à prendre mes désirs pour des réalités. Et Mickey ? Qu'a-t-elle fait, pendant tout ce temps ? Je sais qu'elle est vivante. Je serais incapable de l'expliquer de façon rationnelle, et encore moins d'en fournir la preuve, mais quelque chose me dit qu'elle est toujours de ce monde, par ce beau matin.

Pete Météo range son matériel dans le minibus, tandis que Moley enlève les piles des détecteurs de gaz. Angus et Barry sont déjà loin — ils sont rentrés en métro. Il va être sept heures du matin.

« Je peux vous déposer quelque part, inspecteur ? »

Je réfléchis un instant. Je dois être au tribunal à midi. J'aimerais aussi passer voir Ali — mais en même temps, je suis trop près du but. Il faut battre le fer. Ce sont les faits qui permettent d'élucider les dossiers, pas les souvenirs… Je dois continuer, coûte que coûte.

« À Maida Vale.

— Ça marche. Montez. »

Le trafic semble aller en s'éclaircissant, tandis que nous approchons de Dolphin Mansions. Mes aventures souterraines m'ont laissé l'épaule endolorie. Ma muqueuse nasale reste comme imprégnée par les relents des égouts.

Pete Météo me dépose au coin, en face du traiteur, et je parcours à pied les soixante-dix mètres qui me séparent de la maison. Dans la doublure de ma poche de pantalon, je déniche mes dernières capsules de morphine. De temps à autre, je glisse la main dans ma poche et je les fais rouler entre mes doigts.

La façade de Dolphin Mansions est en plein soleil. M'arrêtant çà et là, j'examine les gouttières, les conduites d'eau, les grilles de métal. J'observe la pente de la rue et les emplacements où les canalisations s'enfoncent dans le sol.

Certains des immeubles comportent des appartements en sous-sol, situés en dessous du niveau de la rue. Il doit y avoir un système de conduites qui intercepte les eaux pluviales et les empêche de tout inonder.

Sur l'Interphone de Dolphin Mansions, le bouton du bas ouvre automatiquement la porte. J'explore du regard l'escalier central du bâtiment. Contournant la cage d'ascenseur, je trouve une porte qui mène à la cave. Une ampoule de faible consommation, pendant au bout d'un fil, dissipe l'obscurité. L'escalier est aussi étroit que raide. Il descend entre des murs lépreux dont l'humidité a rongé le plâtre.

En bas de l'escalier, j'essaie de me revoir au même endroit, trois ans plus tôt. Je me souviens de l'avoir fouillé de fond en comble, ce sous-sol. Nous l'avions passé au peigne fin, comme toutes les autres pièces de l'immeuble. Le long d'un mur, dans une niche, je repère une vieille chaudière hors service. Elle est énorme, hérissée de valves, de thermomètres et de tuyaux de tous calibres. Sur une plaque de cuivre, on peut lire : « Fergus & Tate ». Le sol est jonché de sacs de plâtre entamés, de pots de peinture, de vieilles chutes de moquette. Je reconnais une lampe à gaz de style victorien, emballée dans du plastique à bulles.

Je commence à déplacer des objets pour examiner le sol, lorsqu'un bruit me fait tourner la tête. Un gamin s'est assis en haut de l'escalier, un robot de plastique sur les genoux. Son pantalon kaki est constellé de taches de peinture. Ses petits yeux sombres me lorgnent d'un air méfiant.

« Vous êtes qui, vous ? Un inconnu ? me demande-t-il.

— Oui, je suppose qu'on peut dire ça.

— Ma maman m'a défendu de parler aux inconnus.

— Ta maman a raison.

— Elle dit que je pourrais me faire kidnapper. Il y a une fille qui s'est fait kidnapper, dans cette maison — juste là, dans l'escalier. Avant, je savais son nom mais j'ai oublié. Elle est morte, tu sais. Tu crois que ça fait mal, quand on meurt ? Mon copain Sam s'est cassé le bras en tombant d'un arbre et il m'a dit que ça faisait drôlement mal…

— Je n'en sais rien.

— Qu'est-ce que tu cherches ?

— Ça non plus, je n'en sais rien.

— Tu ne trouveras jamais ma cachette. Elle aussi, elle allait s'y cacher, quelquefois.

— Qui ça, elle ?

— La fille qui s'est fait kidnapper.

— Michaela Carlyle ?

— Tu sais son nom ! Tu veux que je te montre la cachette ? Mais d'abord, faut me promettre de le dire à personne.

— C'est promis.

— Fais un signe de croix, et dis "croix de bois, croix de fer, si je mens je vais en enfer". »

Je m'exécute.

Glissant son robot dans sa ceinture, le garçonnet dévale les marches sur les fesses et me précède en direction de la chaudière. Là, il disparaît dans un passage qui est juste assez large pour ses épaules, à l'endroit où le flanc incurvé de la chaudière s'éloigne un peu du mur.

« Tu es bien, là-dedans ?

— Oui », réplique-t-il, en émergeant de son trou. Il tient un livre à la main. « C'est mon placard privé. Tu veux venir voir comment c'est ?

— Je ne pense pas que je pourrais passer. Qu'est-ce que tu as encore là-dedans ?

— Ce livre. Avant, il était à elle, et maintenant il est à moi.

— Je peux y jeter un œil ? »

Il me le remet, non sans hésitation. La couverture tombe en miettes et les bords en sont déchiquetés, mais on peut toujours distinguer l'illustration : une maman canard, suivie de ses canetons. À l'intérieur de la couverture, il y a une étiquette où on peut lire : « Michaela Carlyle, 4 1/2 ».

C'est l'histoire de cinq petits canetons qui vont se promener dans les collines, par un beau jour d'été. La maman canard leur dit « coin, coin, coin », mais il n'y en a que quatre qui reviennent. Les canetons dispa-

là, en haut. J'aperçois sa tête qui se découpe sur le carré de lumière.

« Remonte là-haut, Timothy. Et surtout ne redescend pas ! »

Cinq mètres plus bas, je marque une pause, m'agrippant d'une main à l'échelle. Je dirige la torche vers le bas. Rien.

Je continue à descendre. Le courant d'air fraîchit. Jusqu'à ce que mon pied rencontre une surface plate et dure. Le rayon de la torche fait miroiter un cours d'eau qui s'écoule dans un tunnel. Une corniche semble courir le long du bord, vingt-cinq centimètres environ au-dessus du niveau de l'eau, dans les deux directions. Au-delà, la lumière de la torche ne rencontre que du noir. Ce n'est pas un égout. Le plafond est soutenu par deux grosses poutres. Les pierres des murs sont polies par le frottement de l'eau.

Je progresse pas à pas le long de la corniche en faisant glisser alternativement chacun de mes pieds de quelques dizaines de centimètres. À chaque seconde, je m'attends à sentir la pierre s'effondrer sous moi, me précipitant dans l'eau. Je ne distingue que de petits segments du tunnel. Je vois scintiller de minuscules points jaunes — les yeux des rats qui fuient le long de la corniche.

Un épais tapis de mousses sombres recouvre les murs, telle une toison noire, ruisselant d'humidité. Appliquant l'oreille sur les briques, je perçois une infime vibration. Quelque part, là-haut, il y a une rue, de la circulation. Ce murmure confère au tunnel une apparence de vie — comme si j'étais descendu dans les entrailles palpitantes de quelque monstrueux animal atteint de consomption, qui aurait entrepris de me digérer.

Sous terre, tout paraît plus long. Le temps comme les distances. J'ai le sentiment d'être dans ce boyau depuis des heures — alors que je n'ai vraisemblablement parcouru qu'une petite centaine de mètres. Je n'ai aucune idée de ce que je cherche. Ici, aucune trace, aucune pièce à conviction ne subsisterait plus de quelques heures, quelques jours tout au plus. Le tunnel doit être régulièrement balayé par les averses et les orages.

J'essaie d'imaginer quelqu'un qui tenterait d'emmener Mickey par cette galerie. Inconsciente, on aurait pu la faire descendre dans le puits, et l'emporter. Consciente, elle aurait eu trop peur. Elle aurait été difficile à contrôler. L'autre possibilité me noue la gorge. Quel meilleur moyen de se débarrasser d'un corps ? La rivière l'emporterait. Les rats se chargeraient de le nettoyer.

Je repousse cette idée avec un frisson.

Toute tentative de kidnapping aurait exigé la participation d'au moins deux personnes et une minutieuse préparation. Il a bien fallu que quelqu'un referme la grille et la recouvre des sacs de plâtre et de ciment.

Ma chemise me colle à la peau. Mes dents s'entrechoquent.

À la différence de la visite guidée de Moley, cette petite excursion est de l'improvisation pure. Je n'ai rien préparé. C'était une idée idiote. Je ferais mieux de rebrousser chemin.

Devant moi, la corniche s'interrompt abruptement pour recommencer, après un vide d'un mètre vingt. Elle a dû s'effondrer. Je pourrais essayer de sauter, mais même avec deux jambes valides, j'aurais toutes les chances de me casser la figure.

Je m'agenouille, en promenant mes doigts sur la paroi. Il y a une ouverture ronde qui s'ouvre dans le mur, juste au-dessus du niveau de l'eau. Remontant ma manche, j'explore la paroi à tâtons, tâchant d'atteindre le fond. L'ouverture mesure environ cinquante centimètres de diamètre. Cette buse doit servir à évacuer les eaux de la rivière en cas de trop-plein. C'est peut-être l'une des canalisations qui alimentent les égouts.

Je descends dans le caniveau, sacrifiant mon pantalon et mes chaussures qui se remplissent d'eau. Je me faufile dans le conduit. Ma poitrine est immergée, tandis que mon dos racle le plafond du boyau. Je progresse en crapahutant, la lampe entre les dents. L'obscurité me repousse de toutes ses forces.

La boue colle à mes chaussures et à mes genoux. Il y en a dix ou quinze centimètres. J'ai la sensation de m'y tortiller comme un ver de terre. Les râles et les grognements que je pousse se répercutent et me reviennent amplifiés, comme s'il y avait quelqu'un, un peu plus loin. Quelqu'un qui m'attendrait.

Au bout de cinq ou six mètres, le conduit amorce une descente, selon une pente de plus en plus abrupte. Mes mains glissent, je me retrouve le nez dans l'eau. La lampe boit la tasse — mais Dieu merci, elle marche toujours.

La pente et le courant me poussent en avant. Si le diamètre de la galerie se rétrécit, je risque de m'y retrouver piégé, incapable de remonter. Mon dos vient cogner contre le plafond. Le niveau de l'eau a monté, me semble-t-il. Mais ce n'est peut-être qu'une idée que je me fais…

Je glisse à nouveau. Je pars en avant, poussant devant moi une masse d'eau, de vase et de graviers. J'essaie vainement de me retenir, de battre en retraite. Impossible. Mes jambes ne peuvent rien pour moi. Je me sens soulevé au-dessus d'une bosse, puis je retombe, avec une gerbe d'éclaboussures, dans de l'eau boueuse. À l'odeur, je reconnais sans erreur possible un égout. Mon cœur se soulève.

Un cataplasme de vase sombre m'a envahi les yeux. Je m'en débarrasse tant bien que mal, mais le noir est absolu. La lampe a disparu sans laisser de trace.

Je m'assieds, tâchant de m'assurer que je n'ai rien de cassé. Le froid me fait trembler les mains. Je ne sens plus mes doigts. J'entends l'eau cascader depuis l'embouchure, au-dessus de ma tête. Il faut trouver le moyen de sortir d'ici.

Je tente de faire le point, de me représenter où je peux me trouver, par rapport à Dolphin Mansions. Impossible de distinguer ma montre. Je n'ai aucune idée de l'heure, ni du temps qui a pu s'écouler depuis que je suis là-dessous. La corniche était étroite. Je n'ai dû progresser que très lentement, de quelques centaines de mètres tout au plus. J'ai entendu des bruits de circulation. J'ai donc dû passer sous une rue. J'écoute, l'oreille aux aguets. Au lieu d'un murmure, c'est un très léger courant d'air que je perçois, contre ma joue.

Je tente de me mettre sur pieds. Trop vite. Ma tête heurte le plafond — ne recommence jamais ce coup-là… M'accroupissant, je plaque mes paumes contre le mur de briques incurvé. Je tâtonne, comme un aveugle dans un labyrinthe. De temps à autre, je m'arrête pour capter à nouveau le courant d'air. Mon imagination me joue des tours. Parfois la brise disparaît — ou me semble venir de l'autre direction.

Le désespoir s'empare de moi. Il me brûle l'œsophage. Peut-être ferais-je mieux de rebrousser chemin… Dans le noir, je pourrais tomber dans un puits d'où je ne sortirais jamais.

Et tout à coup, j'aperçois une lueur vague, au loin, devant moi. Ce puits de lumière est comme un hologramme, un reflet fantomatique, au centre du tunnel. Je m'avance dedans, je lève la tête. Là-haut, le ciel s'encadre dans une grille rectangulaire dont les bords sont adoucis par des touffes de gazon qui l'ont envahie sur les quatre côtés. J'aperçois des chaussures de foot, des genouillères et des mollets boueux. Un groupe d'écoliers accompagnés de leurs professeurs assistent à un match. « En avant, en avant ! » crie une voix. Et quelqu'un d'autre répond : « Vite ! Sur l'extérieur ! »

Plus près de la grille, un gamin solitaire semble plongé dans un bouquin.

« Au secours ! »

Il regarde autour de lui.

« Ici ! Je suis ici — en bas ! »

Il se penche sur la grille.

« Aidez-moi à sortir. »

Il s'agenouille, approche un œil de la grille.

« La vache ! Qu'est-ce que vous fabriquez là-dessous ?

— Je suis officier de police. »

Ceci ne répond pas à cela, mais il semble s'en satisfaire. Il crie quelque chose à ses camarades et va chercher un professeur. J'entends parfaitement leur conversation.

« Monsieur, il y a quelqu'un dans le trou, là-bas. On dirait qu'il ne peut plus sortir. »

Un nouveau visage apparaît derrière la grille, celui d'un adulte qui doit être l'un des responsables.

« Qu'est-ce que vous faites, là-dessous ?

— J'essaie de sortir. »

D'autres visages les rejoignent et s'agglutinent autour de la bouche d'égout. Le match de foot a dû passer totalement au second plan. La plupart des joueurs se pressent à présent en une mêlée confuse, chacun tâchant d'apercevoir « le type coincé dans le trou ».

Quelqu'un est allé chercher un démonte-pneu dans son coffre. À coups de pied, les gamins dégagent les touffes de gazon qui ont envahi les bords de la grille.

Laquelle finit par se soulever. Des bras robustes plongent vers moi. J'émerge dans un petit rectangle d'automne britannique, les yeux clignant dans le soleil, m'efforçant de débarrasser mon visage du limon puant de l'égout.

Dans le fond de ma poche détrempée, je repêche mes deux derniers comprimés de morphine. Comme par magie, la douleur s'envole et une vague d'émotion me submerge. Normalement, je n'aime pas les débordements émotionnels — cet état gluant, larmoyant et mou du bulbe. C'est bon pour le repos postcoïtal, ou pour les réunions du club de rugby. Mais pour le coup, je les adore ces petits gars. Regardez s'ils n'ont pas fière allure, dans leurs tenues de foot, crottés jusqu'à la taille, trottant avec zèle après leur ballon… Ils m'emmènent me doucher dans les vestiaires. L'un d'eux me prête un polo propre, un pantalon de survêtement et une paire de baskets. J'ai l'air d'un retraité sur un parcours de santé.

Le professeur, prévenu par téléphone, me rejoint dans les vestiaires, devant une bonne tasse de thé. D'entrée de jeu, il me traite comme un patient, me prend la tête entre ses mains, m'examine les pupilles.

« Vous en avez pris combien, là ?

— Les deux dernières.

— Bon Dieu !

— Écoutez, tout va bien. Aucun problème. Je suis allé voir là-dessous, dans les égouts. On aurait dû s'en apercevoir, il y a trois ans.

— De quoi parlez-vous ?

— Ça y est ! Je sais comment ils l'ont fait sortir de Dolphin Mansions. Elle est passée par le tunnel — comme Alice au pays des merveilles. »

Mes explications doivent lui paraître quelque peu décousues, mais il s'accroche. Je finis par lui débiter toute l'histoire, mais loin de la trouver palpitante, il se fiche en rogne. Il me dit que je suis un dangereux malade, un vieux crétin, bêtement casse-cou et impulsif — mais il fait précéder chacune de ces épithètes de la formule « sauf votre respect ». Je n'ai jamais essuyé d'engueulade aussi courtoisement troussée.

Je jette un œil à ma montre. Bientôt onze heures, et on m'attend au tribunal à midi.

« C'est encore jouable.

— Mais avant, je dois faire un saut quelque part.

— Pour vous changer ?

— Pour m'arranger avec un petit garçon qui m'a prêté une lampe de poche. »

25

Les cours royales de justice du Strand occupent un millier de salles reliées par cinq kilomètres de couloirs, et pour la plupart tapissées de lambris sombres qui absorbent la lumière, ajoutant à la mélancolie des lieux. L'architecture est de style néogothique flamboyant, ceci sans doute en vue d'en imposer au vulgaire — rôle dont l'édifice s'acquitte à merveille.

Mais pour Me Eddie Barrett, ça n'est jamais qu'une scène comme une autre. Il enfile les couloirs telle une flèche, poussant les portes battantes d'une main impérieuse, dispersant les attroupements d'avocats en plein conciliabule. Pour un type court sur pattes, qui marche en tortillant du croupion, façon bouledogue, il est d'une étonnante agilité.

Barrett est à sa profession ce que les hyènes sont à la savane africaine — un charognard passé maître en l'art de l'intimidation. Il choisit ses dossiers non pas en fonction de l'argent, mais de la publicité qu'ils peuvent lui rapporter. Il sait tirer parti des moindres interstices, des moindres ambiguïtés de la loi, tout en mettant un point d'honneur à louer hautement le système judiciaire britannique — « le plus élaboré et le plus équitable au monde ».

Pour lui, la loi est un concept élastique qu'il peut à son gré plier, distordre, comprimer ou étirer, pour le faire correspondre aux besoins du moment. En cas de nécessité, il peut même l'escamoter totalement, ou la retourner comme un gant.

Dix pas derrière lui s'avance Charles Raynor, avocat de la Couronne — alias le Corbeau, pour les initiés, à cause de ses cheveux d'un noir de jais et de son nez légèrement busqué. Il s'est rendu célèbre pour avoir tiré des larmes d'un ex-ministre lors d'un contre-interrogatoire où il l'avait bombardé de questions sur ses goûts en matière de sous-vêtements féminins.

Eddie m'a repéré. Il rapplique, de sa démarche chaloupée.

« Inspecteur Rouiiiiizz ! Quelle bonne surprise ! J'en ai entendu de vertes et de pas mûres, sur votre compte. Paraît que votre femme s'envoie en l'air avec son patron… ? Moi, ça me ficherait un coup de prendre la mienne la main dans le sac ! Pour le meilleur et pour le pire, d'accord — mais il n'a jamais été question de la partager avec le directeur commercial de sa boîte, pas vrai ? »

Ma mâchoire et mes poings se crispent. Un voile rouge me tombe devant les yeux.

Eddie recule d'un pas. « Fichtre ! Ça n'était donc pas une légende. Voilà le tempérament dont j'ai tant entendu parler ! Je vous souhaite bien du plaisir, inspecteur… »

Il essaie de me mettre la pression. Chercher les points sensibles, pour mieux appuyer dessus. C'est sa stratégie favorite.

Les bancs ont été pris d'assaut par le public. Je compte trois rangs de journalistes, dont quatre portraitistes. La construction et l'aménagement du prétoire étant très antérieurs à l'avènement des micros et des magnétophones, le sol est jonché de câbles électriques qui serpentent dans toute la salle, fixés par du chatterton.

Je fouille la foule du regard, dans l'espoir d'y apercevoir Rachel, mais je n'y découvre qu'Aleksei qui me fixe comme s'il voulait me transformer en un tas de cendres. Il est flanqué de son garde du corps russe et, à sa droite, d'un jeune Noir aux membres déliés et au regard liquide.

Le Corbeau ajuste sa perruque et jette un regard en direction de la partie adverse, Fiona Hanley, avocat de la Couronne, une jolie brune qui me rappelle Jessie, ma deuxième femme. Elles ont le même détachement calme et le même regard doré. Pour l'instant, Miss Hanley feuillette ses papiers, disposant autour d'elle, en un petit rempart, ses piles de dossiers. Se retournant, elle m'adresse un sourire mal assuré, comme quelqu'un qui se demanderait si nous nous sommes déjà rencontrés… (Une petite dizaine de fois, à peine…)

« Veuillez vous lever. »

Lord Connelly, le juge, apparaît et marque une pause sur le seuil, promenant son regard dans la salle, comme s'il était chargé de surveiller les portes du paradis. Puis il s'assied, imité par toute l'assistance.

Howard fait alors son entrée et gravit les marches de son box. Grisâtre, la bouche entrouverte, le front mollement balayé d'une mèche rebelle, il affiche un vague froncement de sourcils, comme un homme hagard, totalement déboussolé. Eddie lui glisse à l'oreille quelque chose qui le fait rigoler. Je vois des conspirations partout, ma parole.

Pour Campbell, tout cela n'est qu'un coup patiemment monté par ou pour Howard. La demande de rançon, la mèche de cheveux de Mickey, le bikini, tout cela faisait partie d'un plan élaboré, destiné à jeter le doute sur sa condamnation et à le faire libérer.

Je n'y crois pas. Cela nous ramènerait à cette question qui ne cesse de me tarauder : pourquoi avoir attendu trois ans ?

Lord Connelly ajuste un coussin derrière ses lombaires et s'éclaircit la voix. Il laisse s'écouler quelques secondes, absorbé dans la contemplation du plafond, puis attaque :

« J'ai étudié les documents présentés par la défense concernant le procès initial de Mr Wavell, et je suis prêt à recevoir quelques-uns des arguments soulevés contre les conclusions du juge affecté au procès. Mais en définitive, je n'ai pas le sentiment qu'ils aient beaucoup influé sur le résultat des délibérations du jury. Je tiens néanmoins à écouter ces arguments, présentés de vive voix. Maître Raynor, si vous voulez bien commencer... »

Le Corbeau s'est hissé sur ses pieds. Il retrousse les manches de sa robe noire. « C'est exact, Votre Honneur. Je sollicite l'autorisation de produire de nouveaux éléments.

— Ces éléments concernent-ils la demande d'appel, ou les charges initiales ?

— Les charges initiales. »

Miss Hanley fait objection. « Votre Honneur, mon éminent collègue semble déterminé à replaider ce procès avant même d'avoir obtenu l'autorisation de faire appel. Il nous a communiqué une liste d'une douzaine de témoins. J'ose espérer qu'il n'a pas l'intention de les appeler tous à la barre ! »

Les yeux du juge parcourent la liste.

Le Corbeau de s'expliquer : « Il me suffira de vous faire entendre un seul d'entre eux, Votre Honneur. Tout dépend de ce qu'il a à nous dire.

— J'espère que vous ne partez pas à la pêche, maître Raynor.

— Absolument pas, Votre Honneur. Je peux vous assurer que ce n'est pas le cas. J'aimerais appeler à la barre l'inspecteur qui était responsable de l'enquête initiale, lors de la disparition de Mickey Carlyle. »

Lord Connelly souligne mon nom sur sa liste. « Miss Hanley, en droit criminel, la procédure d'appel a pour principal objet de servir les intérêts de la justice. La loi nous autorise à recevoir de nouveaux indices, tant pour le ministère public que pour la défense. Je tiens cependant à vous avertir, maître Raynor, que je ne vous autorise pas à replaider ce procès. »

Miss Hanley présente immédiatement une demande de huis clos pour la suite de la procédure.

« Votre Honneur, nous sommes confrontés à des problèmes et à des faits qui dépassent de loin Mr Wavell et son devenir immédiat. La divulgation de certaines informations sensibles pourrait nuire gravement à une importante enquête en cours. »

Quelle enquête ? Tout ce qui intéresse Campbell, c'est de m'épingler.

« Cette enquête concerne-t-elle Mr Wavell ? s'enquiert le juge.

— De façon indirecte, certainement. J'ai été informée de la nature de cette enquête mais j'en ignore les détails. Il y a un ordre de black-out total vis-à-vis des médias. »

Le Corbeau proteste, davantage par habitude que par réel désir d'en découdre. « La justice doit être rendue au grand jour, Votre Honneur ! » objecte-t-il.

Lord Connelly tranche en faveur de la Couronne et fait évacuer les bancs du public et de la presse. La véritable empoignade peut à présent commencer, généreusement ponctuée de courbettes verbales et de salamalecs tels que « avec tout le respect qui vous est dû » ou que « mon estimé collègue », raccourcis juridiques signifiant quelque chose comme « bougre de vieille bourrique » ou « allez donc vous faire foutre ». Mais en fait, qu'est-ce que j'en sais ? Une fois franchies les portes du prétoire, le Corbeau et Miss Hanley sont peut-être les meilleurs amis du monde — il ne serait même pas impossible qu'ils copulent ensemble, à perruques rabattues…

On appelle mon nom. Je reboutonne ma veste en avançant vers la barre des témoins, pour la déboutonner à nouveau lorsque je m'assieds.

Le Corbeau lève le nez de ses notes et me balance un regard surpris, comme s'il avait été jusque-là persuadé que je ne prendrais même pas la peine de venir. Il se lève sans hâte, et abaisse le menton comme s'il avait des yeux au sommet de son crâne. Il commence par les questions faciles — nom, qualité, grade, nombre d'années d'exercice. Miss Hanley se lève à son tour : « Mon estimé collègue semble accorder à ce témoin un crédit illimité. Il omet de mentionner que l'inspecteur Ruiz a été suspendu de ses fonctions à la tête de la brigade criminelle voici plusieurs jours, et qu'hier après-midi, à la suite d'une audience interne du conseil de discipline, il a été limogé. Il ne fait désormais plus partie de la police métropolitaine et fait lui-même l'objet d'une enquête criminelle. »

Lord Connelly lui fait signe de s'asseoir. « Vous aurez amplement l'occasion d'interroger ce témoin. »

Le Corbeau consulte son bloc-notes et, contre toute attente, commence à m'interroger sur l'enquête initiale et sur les preuves qui ont contribué à établir la culpabilité de son client. Je lui cite les photos, les taches de sang, le tapis disparu, la serviette de Mickey. Tout accusait Howard. Il avait un mobile, l'occasion, et les mœurs sexuelles déviantes.

« Pourriez-vous nous situer le moment où Howard Wavell est devenu suspect, au cours de l'enquête initiale ?

— Tous les habitants de Dolphin Mansions ont été immédiatement considérés comme suspects.

— J'entends bien — mais à quel moment votre attention s'est-elle concentrée sur Mr Wavell ?

— Nous nous sommes particulièrement intéressés à lui en le voyant adopter un comportement suspect, le jour même de la disparition de Mickey. À cela s'ajoutait qu'il n'avait pu nous fournir d'alibi.

— Il n'avait pas pu vous en fournir, ou il n'en avait pas ?

— Il n'en avait pas.

— En quoi son comportement vous a-t-il paru suspect ?

— Il s'est mis à prendre des photos des groupes de recherches et des badauds rassemblés devant Dolphin Mansions.

— Était-il le seul à prendre des photos ?

— Non. Il y avait aussi plusieurs photographes de presse. »

Le Corbeau me décoche un sourire finaud. « Le seul fait de prendre des photos ne suffisait donc pas pour faire de lui un suspect ?

— La petite avait disparu. La plupart des gens du voisinage nous aidaient à quadriller le quartier. Mr Wavell, lui, semblait beaucoup plus occupé à immortaliser l'événement... »

Le Corbeau marque une pause — le temps de faire comprendre à l'assistance qu'il attendait une meilleure réponse.

« Avant d'avoir rencontré Howard Wavell à Dolphin Mansions, ce jour-là, le connaissiez-vous ?

— Nous avions fréquenté le même internat dans les années 60. J'étais quelques classes au-dessus de lui.

— Le connaissiez-vous bien ?

— Non.

— En tant qu'inspecteur chargé de l'enquête, l'idée ne vous est pas venue de vous récuser, ou du moins de déléguer à des collègues le soin d'interroger Mr Wavell, du fait de votre passé commun ?

— Non.

— Connaissiez-vous ses parents ?

— J'ai dû rencontrer un ou deux membres de sa famille.

— Vous ne vous souvenez donc pas d'être sorti avec sa sœur ?... »

Je marque une pause, en me creusant les méninges.

Le Corbeau a un fin sourire : « Sans doute avez-vous eu trop de petites amies pour pouvoir vous souvenir de chacune... »

Des rires courent dans le prétoire et Howard n'est pas le dernier à s'esclaffer.

Le Corbeau attend que le silence soit revenu. Puis, presque incidemment, il me fait remarquer : « Il y a quatre semaines, vous avez apporté une enveloppe contenant quelques cheveux à un laboratoire privé situé dans le centre de Londres, qui a pratiqué des tests d'ADN.

— Oui.

— Est-ce la procédure standard, normalement appliquée par la police — d'avoir recours aux services d'un laboratoire privé pour pratiquer des tests ADN ?

— Non.

— Je ne crois pas me tromper en affirmant que c'est l'institut médico-légal de la police qui se charge d'habitude de ce genre de tests…

— Il s'agissait d'une commande privée, n'émanant pas de la police. »

Il arque les sourcils. « Une démarche officieuse, donc ? Comment avez-vous réglé la facture ?

— En liquide.

— Pourquoi ?

— Je ne vois pas en quoi cela concerne…

— Vous avez payé en liquide parce que vous ne teniez pas à ce que la transaction laisse des traces, n'est-ce pas ? Vous n'avez pas donné votre adresse au laboratoire, pas même un numéro de téléphone. »

Il ne m'a pas laissé le temps d'ouvrir la bouche pour lui répondre, ce qui n'est finalement pas plus mal. Je suis au supplice. Des ruisselets de sueur me dégoulinent sur la poitrine. Une petite flaque a dû se former autour de mon nombril.

« Qu'avez-vous demandé au juste aux techniciens de Genetech ?

— Je leur ai demandé d'extraire l'ADN de l'échantillon de cheveux, afin de le comparer avec celui de Mickey Carlyle.

— Une fillette qui était prétendument morte.

— Rachel Carlyle a reçu une demande de rançon, envoyée par quelqu'un qui prétendait que sa fille était toujours vivante.

— Et apparemment, cette lettre vous a convaincu ?

« — J'ai jugé utile de faire pratiquer des tests sur l'échantillon de cheveux. »

Le Corbeau se fait plus insistant : « Mais vous ne nous avez toujours pas expliqué pourquoi vous avez confié ce test à un laboratoire privé ?

— C'était une faveur que je faisais à Mrs Carlyle. Je ne pensais pas que les cheveux aient pu réellement appartenir à sa fille.

— Mais par-dessus tout, vous vouliez garder le secret, n'est-ce pas ?

— Non. Une requête officielle aurait pu être mal interprétée. Je ne voulais pas donner à penser que j'avais le moindre doute quant à l'enquête initiale.

— Vous vouliez priver Mr Wavell de ses droits naturels à la justice ?

— Je voulais d'abord être sûr de mon fait. »

Le Corbeau retourne vers sa table. Il y prend un autre papier, qu'il fait claquer entre ses doigts, comme s'il voulait mettre la feuille au garde-à-vous.

Pourquoi ne me demande-t-il pas le résultat du test d'ADN ? Peut-être ne connaît-il pas la réponse… Si les cheveux ne correspondaient pas à l'ADN de Mickey, la demande de rançon avait toutes les chances d'être un coup monté — ce qui ne ferait qu'affaiblir la position de Wavell.

Il revient à la charge. « Par la suite, Mrs Carlyle a reçu un deuxième colis. Que contenait-il ?

— Un maillot de bain de fillette.

— Pouvez-vous nous décrire ce maillot de bain ?

— C'était un bikini orange et rose, le même que celui que portait la petite Michaela le jour de sa disparition.

— Était-ce le sien, ou un maillot semblable ?

— Les analyses ne nous ont pas fourni de réponse définitive. »

Le Corbeau se met à décrire de grands cercles, à présent. Son visage est celui d'un oiseau de proie, et son regard celui d'un crocodile. « Sur combien d'homicides avez-vous enquêté, inspecteur Ruiz ? »

Je hausse les épaules. « Plus d'une vingtaine.

— Et combien d'affaires avec des enfants portés disparus ?

— Trop.

— Trop pour que vous puissiez vous en souvenir ?

— Non, maître. » J'ai plongé mes yeux dans les siens. « Je me rappelle parfaitement de chacune d'entre elles. »

La force de cette affirmation semble le déstabiliser légèrement. Il retourne vers la table de la défense où il jette un œil à son bloc-notes. « Un inspecteur chargé d'une telle enquête doit être soumis à d'énormes pressions, je suppose. Une petite fille a disparu. Ses parents sont épouvantés. Les gens veulent entendre des nouvelles rassurantes.

— Cette enquête a été menée avec le plus grand soin. Nous n'avons arrondi aucun angle.

— En effet. » Il lit une liste. « Huit mille personnes interrogées, onze cents dépositions, plus d'un million d'heures de travail — consacrées, en bonne partie, à mon client.

— Nous n'avons négligé aucune piste. »

Le Corbeau essaie de m'emmener quelque part. « N'y a-t-il pas eu quelques suspects sur lesquels vous n'avez pas enquêté ?

— Certainement pas, s'ils étaient d'une certaine importance.

— *Quid* de Gerry Brandt ? »

J'ai une seconde d'hésitation. « Il a retenu notre intérêt pendant une brève période.

— Pourquoi l'avez-vous mis hors de cause ?

— Nous l'avons activement recherché…

— Mais vous n'avez pu lui remettre la main dessus, n'est-ce pas ?

— Gerry Brandt était connu de nos services comme cambrioleur et revendeur de drogue. Il avait de nombreux contacts dans le milieu. À mon avis, c'est ce qui lui a permis de se cacher.

— Est-ce bien cet homme qui a été photographié devant Dolphin Mansions, le jour de la disparition de Michaela ?

— C'est exact, maître. »

Il se détourne de moi, à présent, pour s'adresser à la cantonade : « Un homme qui avait déjà été condamné pour agression sexuelle sur la personne d'une mineure…

— Sa petite amie.

— Ce délinquant sexuel a été photographié devant Dolphin Mansions, mais vous n'avez pas jugé que ce suspect était assez intéressant pour prendre la peine de remonter sa piste. Vous avez préféré orienter votre enquête exclusivement sur mon client, un fervent chrétien, qui n'avait jamais eu maille à partir avec la justice. Et lorsque vous avez eu entre les mains des pièces suggérant que Mickey Carlyle était toujours en vie, vous avez tout fait pour les dissimuler.

— J'en ai fait part à mes supérieurs.

— Peut-être. Mais pas à la défense.

— Avec tout le respect qui vous est dû, maître, mon travail ne consiste pas à aider les avocats de la défense.

— Exact, Mr Ruiz. Il consiste à établir la vérité. Or, dans le cas qui nous intéresse, vous avez tout fait pour la passer sous silence. Vous avez tenté d'étouffer des indices ou, pire, de les dissimuler — tout comme vous avez ignoré Gerry Brandt et omis de le considérer comme suspect.

— Non. »

Le Corbeau se balance un instant sur ses talons. « Cette demande de rançon, était-ce un coup monté, inspecteur ?

— Je n'en sais rien.

— Seriez-vous prêt à parier votre carrière — ou plutôt votre réputation, rectifie-t-il — et, plus important, la liberté de mon client, sur la conviction absolue que Mickey Carlyle a été assassinée, voilà trois ans ? »

Long silence.

« Non. »

Le Corbeau lui-même semble pris de court. Il marque une pause, le temps de reprendre contenance. « Vous avez donc la conviction qu'elle pourrait être encore vivante ?

— Tant qu'il n'y a pas de corps, il reste toujours une chance.

— Et à votre avis, cette possibilité s'est-elle accrue, du fait de l'envoi de cette demande de rançon ?

— Oui.

— Je n'ai plus de questions, Votre Honneur. »

Je ne regarde ni Campbell, ni Eddie Barrett, ni Howard Wavell. Je garde les yeux fixés droits devant moi, en sortant de la salle. Dans ma poche intérieure, contre mon cœur, mon portable s'est mis à sonner.

Je finis par trouver le bouton et je décroche.

« Je viens d'entendre quelque chose, à la radio, m'annonce Joe. Ils ont retrouvé un corps dans la Tamise.

— Où ça ?

— Près de l'île aux Chiens. »

C'est un mercredi après-midi maussade. Les vagues et les rafales de vent fouettent les piliers de Trinity Pier. J'aperçois un dragueur, très bas sur l'eau, avec ses bras squelettiques étendus à l'horizontale et un amas de tuyaux noirs qui jonchent le pont. Sous les projecteurs, l'eau brunâtre devient d'un blanc sale. Deux Zodiac de la police fluviale, luttant contre la marée descendante, lâchent des flotteurs de plastique qui dansent dans leur sillage.

Le professeur gare la voiture sur une sorte de cale qui se termine en cul-de-sac au confluent entre la Lea et l'estuaire de la Tamise. À cet endroit, le fleuve est large de deux cents mètres. En face, sur l'autre rive, la silhouette du Millenium Dome se découpe sur un ciel de porridge.

À mi-chemin d'une passerelle métallique sur laquelle il s'est engagé, Dave fait demi-tour et se détache d'un groupe de flics. Il a les épaules qui tremblent. Il semble hésiter entre me cracher à la figure ou me fiche une beigne. Des bulles de salive se sont formées sur sa lèvre inférieure.

« Dégagez ! Vite, tirez-vous, putain !… » Il l'a dit dans un quasi-gémissement. Il doit en avoir gros sur le cœur, à cause d'Ali.

Par-dessus son épaule, j'aperçois des plongeurs qui préparent leurs bouteilles et leurs équipements. « Qu'est-ce qu'ils ont trouvé ? Qui c'est ? »

Il me repousse le sternum sans ménagement. Ici, personne ne tient à me voir débarquer. Je suis un intrus, ou pire — un traître. Dave aspire sa salive. J'aimerais lui dire que je suis navré, mais j'ai la gorge nouée et, comme d'habitude, les mots me restent coincés dans le gosier. Quelques collègues se sont approchés et se regroupent autour de nous, comme autour d'une bagarre dans une cour d'école. Joe tente de calmer le jeu : « Ali ne voudrait certainement pas que ça se passe comme ça. Si vous nous disiez qui vous avez trouvé… ?

— Et si vous alliez vous faire foutre… ! »

Je tente un passage en force, mais Dave me saisit le bras et m'envoie valdinguer contre un mur de brique garni de grillage. Un coup de poing dans les reins achève de m'envoyer au tapis. Dave s'approche et me surplombe. Il a l'air hagard, anéanti. Un filet de sang lui dégouline du menton. Il a dû se mordre la lèvre…

Pour ce qui est de la scène suivante, je dois avouer qu'elle manque un peu d'élégance. Plongeant le poing vers son entrejambe, je l'empoigne et je serre. Il laisse échapper un gémissement flûté, dans le suraigu, et tombe à genoux. Mais je le tiens, et je tiens bon.

Il brandit les poings, espérant m'assommer contre le sol, mais je resserre ma prise. Il se recroqueville, terrassé par la douleur, incapable de relever la tête. Le feu de mon haleine lui balaie la joue.

« Me laisse pas tomber, Dave…, lui murmuré-je à l'oreille. Tu es un des rares bons. »

Le relâchant, je tente de me remettre sur pied. Je parviens à m'adosser au mur, les yeux perdus sur la surface lisse de l'eau noire. Dave se traîne jusqu'à moi et s'assied à mes côtés en tâchant de retrouver son souffle. Je fais signe à ses collègues de nous fiche la paix.

« Qui c'est ?

— On n'en sait rien », dit-il. Il fait la grimace. « Le dragueur a coupé le corps en deux.

— Je peux le voir ?

— À moins que vous ne soyez capable de le reconnaître en dessous de la ceinture, je vois mal à quoi ça servirait — surtout de mon point de vue.

— Quelles sont les causes de la mort ? »

Il met une seconde de trop à répondre : « On a pu constater une blessure par balle... » Dans le même souffle, il courbe l'échine et se dévisse le cou pour regarder quelque chose qui se passe derrière moi. Une fourgonnette du service médico-légal s'est garée le long du quai. La porte arrière s'ouvre. Je vois émerger une civière.

« Tu sais, je n'ai pas voulu ce qui est arrivé à Ali. »

Il regarde ses poings. « Désolé d'avoir levé la main sur vous, chef.

— C'est rien, c'est rien.

— Campbell va grimper aux rideaux, s'il apprend que vous êtes venu ici.

— Arrange-toi pour qu'il ne l'apprenne pas. De mon côté, je tâcherai de me faire oublier. »

Tandis que les derniers rayons des projecteurs font miroiter les tours de Canary Wharf, quatre plongeurs se laissent glisser sur le dos depuis les Zodiac. Aussi agiles et fluides que des otaries, ils disparaissent sous la surface sans provoquer le moindre remous.

L'officier responsable est un petit homme râblé. Sa combinaison de plongée lui donne l'allure d'une statue d'ébène. Il balance une bouteille d'air comprimé dans un bateau et s'essuie les mains avant de m'en tendre une.

« Sergent Chris Kirkwood.

— Ruiz.

— Ouais, je sais qui vous êtes.

— Et ça vous pose un problème, de me parler ?

— Non. » Il secoue la tête. « C'est bien le cadet de mes soucis : on a moins d'un mètre de visibilité, avec un courant de quatre nœuds. Ils l'ont enchaîné à un baril de ciment, ces cons. Va nous falloir des outils pour couper la chaîne. » Une deuxième bouteille va rejoindre la première.

« Combien de temps il a passé là-dessous, à votre avis ?

— La plupart des corps finissent par remonter. En cette saison, faut compter cinq jours, mais celui-là, on a tout fait pour qu'il reste au fond. Les cadavres se conservent assez bien dans la Tamise. Il n'y a pas de prédateurs aquatiques capables de ronger les ligaments. À vue de nez, notre petit ami a dû y passer quelque chose comme trois semaines. »

Je mets la main à ma poche. Plus la moindre capsule. Je me représente ça mentalement — un corps ondulant sous l'eau, blême comme un mannequin de cire, promené de côté et d'autre par le flux et le reflux des marées. Le Zodiac le plus proche tangue sur le passage d'un petit hors-bord. J'aperçois des bulles qui crèvent à la surface — puis un visage masqué émerge de l'eau, ainsi qu'un poing levé, dont les doigts gantés enserrent un pistolet. Une arme de la police.

Des ondulations se creusent à la surface de l'eau. Il y a autre chose. Une corde, tenue par un second plongeur. On l'arrime à un treuil et soudain, c'est comme si une main glacée s'était refermée sur mon cœur. L'air se change en eau, et le courant m'aspire vers le fond.

Le sergent Kirkwood me retient *in extremis*. Il a passé son bras sous le mien et me traîne en arrière, me forçant à m'éloigner du quai. On me trouve une place pour m'asseoir. Joe est à mes côtés. Il crie à quelqu'un d'apporter un verre d'eau. J'essaie de détourner la tête, mais il me la maintient, me forçant à regarder droit devant moi.

Ma vision s'éclaircit. Autour du premier Zodiac, les plongeurs ont sorti quelque chose de l'eau. Le ronronnement du moteur s'accélère et le Zodiac vire en direction du quai. Des mains adroites interceptent l'amarre et la fixent à un pilier.

Le Zodiac accoste.

Gisant sur le fond de bois, je distingue un torse saturé d'eau grisâtre, couvert d'algues et de débris. On a peine à y discerner quoi que ce soit d'humain et pourtant, je le reconnais. Je connais cette tête, ces mains de boxeur. Et soudain, je me souviens…

26

Quelque part dans ma tête, des portes et des fenêtres se sont ouvertes à la volée. Les dossiers s'ouvrent sur les bureaux, les lumières s'allument. Les photocopieuses se mettent à ronronner, les téléphones se réveillent. Tout un service jusque-là fermé vient de se remettre au boulot et les préposés, qui se tournaient les pouces dans leurs fauteuils, plongés dans une douce torpeur, se secouent en s'écriant « eurêka ! ».

Les images isolées, les instantanés de la mémoire, commencent à s'ordonner et à s'agencer comme un film au montage. Les scènes se succèdent, les dialogues se mettent en place. Un téléphone sonne. Rachel décroche. C'est un message préenregistré, avec une question : « Est-ce que ma pizza est prête ? »

La ligne est aussitôt coupée. Rachel me jette un regard incrédule.

« Ne vous en faites pas. Ils rappelleront. »

Nous sommes dans ma cuisine. Elle porte un pull gris sur un jean noir. Elle a l'air hagard et déboussolé d'une réfugiée qui viendrait de passer clandestinement une frontière.

Pendant les trois heures qui suivent, elle reste clouée sur place, tétanisée, osant à peine respirer. Seules s'agitent ses mains, qui se tordent dans une lutte désespérée, comme si chaque doigt avait déclaré la guerre aux autres. J'essaie de la détendre un peu. Elle va avoir besoin de toute son énergie.

Aleksei reste là, à proximité, l'œil et l'oreille aux aguets, attendant son heure avec la concentration vive d'un animal. De temps à autre, il se retire dans un coin du salon pour téléphoner depuis son mobile, puis il revient près de nous, observant Rachel avec un curieux mélange de désir et de dégoût. Tout est prêt. Les diamants sont empaquetés. Ils ont été livrés quelques heures plus tôt, dans un coffret tapissé de velours. Neuf cent soixante-cinq pierres jaugeant au minimum un carat et toutes de qualité supérieure.

Aleksei va nous suivre, grâce au signal de l'émetteur et à une radiobalise GPS placée dans la voiture de Rachel.

« Personne ne pourra savoir que nous sommes suivis, l'assuré-je, pour la réconforter. Aleksei a promis de garder ses distances. Il ne s'approchera que si nous lui envoyons le signal. Je serai constamment avec vous. Soufflez un grand coup et détendez-vous.

— Me détendre ! Facile à dire…

— Je sais que ça n'est pas simple, mais la nuit risque d'être longue. »

Sa Renault Estate est dans la rue, en face de chez moi. Elle revient tout juste du garage. Le siège passager a été enlevé et les portes renforcées. Un téléphone à haut-parleur me permettra d'entendre toutes les conversations.

« Quoi qu'il arrive, arrangez-vous pour rester dans la voiture. Ne me regardez pas. Ne me parlez pas. Nous serons peut-être surveillés. Si je vous pose une question, vous taperez une fois sur le volant pour répondre "oui", et deux fois pour répondre "non". C'est bien compris ? »

Elle fait « oui » de la tête.

Et je passe une fois de plus en revue les points les plus importants : « Que demanderez-vous en premier ?

— De voir Mickey.

— À quel moment leur remettrez-vous la rançon ?

— Lorsque j'aurai Mickey.

— Exact. Ils veulent que vous suiviez aveuglément leurs ordres, mais vous devez continuer à leur demander des preuves que Mickey est toujours en vie. Insistez, harcelez-les.

— Ils me diront de me contenter des cheveux et du bikini.

— Et vous répondrez que cela ne prouve rien. Vous avez besoin d'une certitude absolue.

— Et s'ils me demandent de déposer la rançon quelque part ?

— N'en faites rien. Exigez un échange direct : Mickey contre les diamants.

— Et s'ils refusent ?

— Vous refusez aussi. Il n'y a pas d'accord possible. Ça n'est pas négociable. »

À 23 h 37, le téléphone se remet à sonner. C'est une voix d'homme, à l'autre bout du fil, mais la hauteur de la voix, ainsi que toutes les voyelles, ont été numériquement altérées par un système de filtre acoustique. Il donne à Rachel l'instruction d'aller jusqu'au rond-point de Hanger Lane, sur la A 40.

Elle tient le portable à deux mains et répond par des hochements de tête, comme si son interlocuteur pouvait la voir. Puis, sans hésiter, elle s'empare du carton à pizza et se dirige vers la porte.

Aleksei lui emboîte le pas, l'air soudain préoccupé. Je ne saurais dire s'il veut lui souhaiter bonne chance ou prendre sa place. Peut-être se fait-il juste un peu de souci pour les diamants… Dans la rue, il ouvre la portière d'une voiture garée un peu plus loin. J'aperçois le Russe derrière le volant.

Je m'allonge sur le tapis de sol de la voiture de Rachel, les épaules coincées sous le tableau de bord et les jambes en accordéon contre la banquette arrière. Je ne vois Rachel que de profil. Elle garde les yeux fixés droit devant elle et les mains crispées sur le volant, comme si elle repassait son permis de conduire.

Le correspondant anonyme a raccroché.

« Détendez-vous. Que diriez-vous d'un peu de musique — ça vous plairait ? »

Elle tape une fois sur son volant.

J'ouvre le coffret de plastique qui contient ses CD. « Je ne suis pas difficile. En fait de musique, tout me va, sauf Neil Diamond ou Barry Manilow. Je suis intimement persuadé que ces deux lascars sont responsables de quatre-vingt-dix pour cent des décès enregistrés dans les maisons de retraite. »

J'ai réussi à la faire sourire.

J'ai un talkie-walkie fixé à ma poche poitrine et sous l'aisselle gauche un holster contenant mon Glock 17 automatique. Le récepteur radio que je porte à l'oreille droite est réglé sur la même fréquence que le combiné de la voiture d'Aleksei.

Je garde aussi sous la main une couverture sombre que je peux ramener sur moi aux feux rouges, ou lorsque d'autres véhicules viennent se placer à notre niveau.

« Souvenez-vous bien… Ne regardez surtout pas dans ma direction. Et si vous devez vous garer quelque part, évitez les lampadaires. Choisissez le coin le plus sombre possible. »

Elle envoie un petit coup à son volant.

Le portable se remet à sonner. Elle allonge la main et appuie sur le bouton du haut-parleur.

En arrière-plan, on entend la voix d'une fillette qui pleure. La voix masculine, toujours déformée et méconnaissable, lui crie de se taire. Rachel fait la grimace.

« Vous avez prévenu la police, Mrs Carlyle.

— Non.

— Ne mentez pas. N'essayez jamais de me mentir. Un inspecteur est venu vous voir à votre travail, il y a cinq jours.

— Oui, mais ce n'était pas sur mon invitation. Je lui ai dit de s'en aller.

— Qu'est-ce que vous lui avez dit d'autre ?

— Rien.

— Ne me prenez pas pour un idiot.

— C'est la vérité, je vous le jure. J'ai la rançon. » Sa voix a légèrement tremblé, mais elle parle sans l'ombre d'une hésitation.

S'il s'agissait d'une opération policière, nous aurions immédiatement tout mis en œuvre pour remonter à l'origine de l'appel, jusqu'à la tour de transmission la plus proche, tout au moins. Mais de toute évidence, l'homme du téléphone doit se trouver lui-même en mouvement, et il évitera de rester en ligne plus de quelques minutes d'affilée.

« J'ai besoin d'un minimum de garanties, dit Rachel. Je veux voir ma fille. J'ai besoin de savoir qu'elle va bien. Sinon, je ne crois pas qu'il sera possible de…

— PUTAIN, TAISEZ-VOUS ! Vous n'êtes pas en position de marchander, Mrs Carlyle.

— Je ne demande rien d'extraordinaire. Je veux simplement m'assurer qu'elle est…

— Vivante ? Vous ne l'entendez pas ?

— Oui, mais… Comment puis-je avoir la certitude que…

— Eh bien, voyons… Je pourrais arracher un de ses jolis yeux bruns et vous l'envoyer par la poste — ou alors carrément lui ouvrir la gorge avec un couteau et vous envoyer sa tête dans un colis express. Vous pourrez la mettre sur votre cheminée, au cas où vous seriez tentée d'oublier À QUEL POINT VOUS POUVEZ ÊTRE CONNE ! »

Tout semble vaciller. La poitrine de Rachel se soulève douloureusement. Elle garde un long moment le silence, incapable de parler.

« Mrs Carlyle ?

— Je suis là.

— Sommes-nous bien d'accord ?

— Oui. Ne lui faites pas de mal.

— Écoutez-moi bien. Je vous laisse une chance — une seule. Au moindre problème, je raccroche. Recommencez à discuter mes ordres et vous n'entendrez plus jamais parler de moi. Vous savez ce que ça signifie ?

— Oui.

— OK, appliquons le programme, comme la dernière fois. »

Comme la dernière fois ?… Qu'est-ce que ça veut dire ? Il l'aurait donc déjà fait ? Effectivement, ses inflexions de voix, le débit de sa parole, tout me laisse penser qu'il n'en est pas à son coup d'essai. La peur me glace les sangs. Mickey ne rentrera pas de sitôt. Certainement pas ce soir… et peut-être jamais. Et ces gens n'hésiteraient pas à tuer Rachel. Qu'est-ce que j'avais dans le crâne ? Tout ça est beaucoup trop dangereux !

« Où êtes-vous, maintenant ?

— Hmmm… J'arrive en vue du rond-point. Il est là-bas, juste devant moi.

« — Faites trois fois le tour du rond-point, et reprenez la direction d'où vous êtes venue.

— Jusqu'où ?

— Jusqu'au rond-point de Prince Albert Road, près de Regent's Park. »

Les ronds-points sont des lieux ouverts, découverts, difficiles à contrôler. Ils la font tourner en rond pour s'assurer qu'elle n'est pas suivie. Pourvu qu'Aleksei voie venir le piège, et garde ses distances.

Nous avons repris la direction des quartiers est. De ma cachette, au-dessous du niveau du pare-brise, je ne vois que les derniers étages des immeubles et les globes des lampadaires. Droit devant nous, au-dessus de la tour de la poste, j'aperçois un point rouge clignotant qui traverse le ciel. Un hélicoptère ou un avion.

La ligne est restée ouverte. Je lève la main, et fais signe à Rachel de parler.

« Est-ce que Mickey va bien ? demande-t-elle d'une voix mal assurée.

— Pour l'instant.

— Est-ce que je peux lui parler ?

— Non.

— Pourquoi avez-vous attendu si longtemps ? »

L'interlocuteur ignore cette question. « Où êtes-vous à présent ?

— Je viens de passer la mosquée de Londres.

— Prenez à droite, dans Prince Albert Road, et contournez Regent's Park. »

Quelque chose me frappe, dans cette voix. Malgré la distorsion artificielle, je distingue un imperceptible accent. Du sud de Londres, peut-être, ou alors plus loin, et plus à l'est. Des gouttelettes de sueur perlent sur la lèvre supérieure de Rachel. Elle les fait disparaître d'un coup de langue et garde les yeux fixés droit devant elle.

« Tournez dans Chalk Farm Road, et roulez plein nord. »

Par la vitre de la portière, j'aperçois quelques petits nuages éclairés par la lune à son premier quartier, sur fond de ciel nocturne. Nous devons être dans la côte de Haverstock Hill, direction Hampstead Heath.

L'homme du téléphone se met à énumérer les rues transversales, comme s'il les comptait : « Belsize Avenue… Ornan Road… Wedderburn Road… » Puis, soudain : « Prenez à gauche, là, tout de suite… Tout de suite ! »

Mes genoux heurtent violemment le levier de vitesse. Cinquante mètres plus loin, il se met à hurler : « ARRÊTEZ-VOUS ! Sortez de la voiture. Avec la pizza.

— Mais… où ?… gémit Rachel.

— Marchez cinquante mètres le long du trottoir, vous trouverez une voiture avec les clés sur le contact. La portière n'est pas fermée. Laissez votre portable. Il y en a un autre qui vous attend là-bas.

— Non. Je ne peux pas…

— Obéissez, ou elle mourra ! »

L'homme du téléphone a raccroché. Rachel semble pétrifiée, elle reste figée sur place, les deux mains agrippées à son volant.

« Ça va ? »

Elle tape un coup sur son volant.

« Y a-t-il quelqu'un en vue ? »

Elle tape deux coups.

« Et derrière nous ? »

Deux coups.

Je me redresse avec précaution, luttant contre les crampes. La rue est bordée d'arbres, et coupée d'intersections importantes. Les branches dissimulent les voitures en stationnement des appartements riverains.

La main de Rachel se pose sur la poignée de la portière.

« Attendez !

— Je dois y aller. Vous avez entendu… »

Il connaissait la succession des rues transversales. Il calculait la distance qu'elle parcourait. Soit il est quelque part dans le coin, soit il a tout organisé d'avance. Puis-je prendre le risque de sortir avec Rachel ?

« OK. Prenez la rançon et marchez le long de la rue. Lorsque vous aurez trouvé la voiture, déverrouillez le coffre. »

Elle pivote vers la banquette arrière et récupère le carton à pizza. La porte s'ouvre. Le plafonnier a été débranché. À l'aide d'un petit périscope manuel muni d'un zoom, je la regarde s'éloigner, tout en surveillant l'ensemble de la rue. J'appuie sur le bouton de l'émetteur récepteur.

« Oscar Sierra — ici Ruiz. Rachel est partie à pied. Le véhicule cible va changer. Redoublez de vigilance. »

Rachel essaie successivement d'ouvrir plusieurs portières. Elle s'éloigne de plus en plus de moi. Là-bas, très loin, je vois s'illuminer l'habitacle d'une Ford Vectra. Rachel se met au volant et prend un autre téléphone. Sa portière se referme. Les voyants des phares s'allument. C'est maintenant ou jamais.

J'ai bondi hors de la Renault. J'ai les jambes tellement ankylosées qu'elles ne marchent plus qu'au radar. Le trottoir est criblé d'ornières et de racines difficiles à repérer dans la pénombre.

À quelques dizaines de mètres de moi, la Ford s'apprête à déboîter. Rachel m'aperçoit à la dernière seconde, dans son rétroviseur, et ralentit. J'ouvre le coffre et je me laisse tomber dedans. Je ramène sur moi le capot qui me pince les doigts sans se refermer tout à fait.

Et nous voilà repartis. Je me suis roulé en boule, la joue contre le tapis de sol synthétique, le cœur battant à tout rompre. Les garde-boue amplifient le crissement des pneus sur la chaussée. Impossible d'entendre quoi que ce soit d'autre.

Je pars à tâtons à la recherche de mon oreillette. Elle est tombée et se balance sur ma poitrine. Je la remets en place. J'entends Aleksei qui hurle en russe. Ils ne savent plus quelle voiture suivre. Deux voitures ont démarré dans la rue. Une BMW qui a pris la direction du sud dans Fitzjohn Avenue, et la Ford qui a pris vers le nord.

Ils tentent vainement de me parler. Le talkie-walkie s'incruste douloureusement dans mon sternum. Je me redresse et le sors de ma poche pour enclencher le bouton, mais je n'obtiens aucune réponse. J'ai dû casser quelque chose au moment où j'ai roulé dans le coffre.

Aleksei devra attendre que les deux véhicules se soient suffisamment éloignés l'un de l'autre pour savoir lequel transporte la rançon. Mais alors, il risque de nous avoir totalement perdus de vue.

Je n'y peux rien. Je préfère me concentrer pour dessiner mentalement une carte du nord de Londres, tâchant de comprendre dans quelles rues nous tournons et quelle direction globale nous avons prise. Les minutes défilent, ainsi que les kilomètres.

Le poids du capot le maintient fermé, jusqu'au moment où nous passons sur un nid-de-poule qui le fait s'entrouvrir. Levant la tête, j'essaie de voir quelque chose par la fente mais je ne distingue que l'asphalte de la chaussée, avec çà et là des phares ou des feux arrière qui passent.

Mon oreillette me permet de savoir où en sont Aleksei et le Russe. Ils ont éliminé la BMW. À présent, ils se dirigent vers Kilburn, se fiant uniquement au signal émis par les diamants.

Roulant sur le dos, je passe la main le long du bord intérieur du capot, jusqu'à ce que mes doigts rencontrent la lumière. Je dévisse la petite ampoule et la sors de sa douille.

À plusieurs reprises, la Ford stoppe et fait demi-tour — soit parce que Rachel s'est perdue, soit parce qu'ils continuent à lui faire faire des tours et des détours. Elle conduit plus vite, à présent. Les rues sont pratiquement désertes.

Nous sommes passés sur un cassis. La voiture stoppe net. Sommes-nous arrivés ? Tirant mon Glock de son étui, je le cale contre ma poitrine.

« Hé, m'dame ! vous pourriez ralentir un peu ? J'ai bien failli vous prendre pour un chauffard en état d'ivresse ! » La voix est celle d'un homme. Un vigile, peut-être, ou un gardien de parking qui cherche à tuer le temps… « Vous êtes perdue ?

— Non. Je cherche… La maison d'une amie.

— Je ne vous conseille pas de traîner dans le quartier, m'dame. Vous feriez bien de faire demi-tour…

— Vous ne comprenez pas… Je suis attendue. Je dois y aller. »

Je peux presque l'entendre méditer là-dessus, comme s'il voulait téléphoner à un copain avant de prendre sa décision. « Je me demande si je me suis bien fait comprendre… reprend-il, en traînant sur les mots.

— Mais je dois absolument…

— Laissez vos mains bien en vue », dit-il. Il contourne la voiture à présent, envoyant des coups de pied dans les pneus.

« Je vous en prie — laissez-moi repartir.

— Vous êtes pressée, on dirait ? Pourquoi — vous avez des ennuis ? »

Le vent s'est levé. Des plaques de ferraille rouillées claquent sur le sol. J'entends un chien qui aboie. Le type contourne la Ford et remarque le capot resté entrouvert. Je vois ses doigts s'insinuer sous le couvercle.

Tandis qu'il s'ouvre, je glisse le canon de mon flingue dans la fente et l'appuie sur son entrejambe. La mâchoire du gardien s'affaisse, ce qui lui permet du même coup de prendre une inspiration particulièrement profonde.

« Vous êtes en train de fiche en l'air une importante opération de police, lui lancé-je, dans un sifflement. Écartez-vous de cette voiture et fichez la paix à sa conductrice. »

Il cligne plusieurs fois les yeux et hoche la tête, avant de rabaisser lentement le capot. La voiture repart et, tandis que nous nous éloignons, je vois sa main s'élever, comme s'il me saluait au garde-à-vous.

Nous avons repris de la vitesse. Nous contournons, me semble-t-il, une sorte d'usine ou d'entrepôt. Rachel semble chercher quelque chose. Elle se rabat sur le terrain accidenté du bas-côté et coupe le moteur.

Dans le silence revenu, j'entends sa voix, mais je n'ai qu'un versant de la conversation.

« Je ne vois aucun cône de signalisation, dit-elle. Non, non… Je ne vois pas. » Une note de désespoir a résonné dans sa voix. « Ce n'est qu'un terrain vague… Attendez… Ça y est ! Je la vois !… »

La portière s'ouvre. Je sens la voiture tanguer doucement. Je ne veux pas que Rachel s'éloigne. Elle doit rester le plus près possible de moi. Mais je n'ai pas le temps de tergiverser. Je croise les doigts pour qu'Aleksei et le Russe nous aient rattrapés et qu'ils soient là, quelque part, en position.

Je soulève le capot et je roule par-dessus la paroi arrière, utilisant mon élan au maximum pour m'éloigner de la zone éclairée. Puis je me couche à plat ventre et je fais le mort, le visage à même la boue et les graviers du sol. Je relève imperceptiblement la tête pour surveiller Rachel à la lumière des phares. Elle s'approche d'un gros congélateur industriel hors service qui se dresse au milieu du terrain vague. La porte d'Inox est cabossée et criblée de traces de coups, mais elle reflète toujours la lumière. Au-dessus, je distingue un gros cône de signalisation orange.

Rachel s'en approche en trébuchant presque à chaque pas dans les débris de briques et de gravats. La jambe de son jean s'accroche à un rouleau de barbelés à demi enfoui dans le sol et elle doit se colleter un moment avec le fil de fer pour s'en dépêtrer.

Elle est tout près du congélateur, à présent. Il est presque plus grand qu'elle. Allongeant la main, elle tire sur la poignée et ouvre la porte. Il en tombe un petit corps qui s'affale sur elle. Une masse minuscule, fluide, presque liquide. Les bras de Rachel se tendent instinctivement et sa bouche s'ouvre sur un cri silencieux.

J'ai sauté sur mes pieds et je me précipite vers elle. Ce sont les quarante mètres les plus longs de ma vie — un Everest horizontal. Rachel est tombée à genoux et berce le petit corps. Je noue mes bras autour de sa taille, pour la relever. Elle ne pèse pratiquement rien. Seule l'adrénaline la soutient. Une tête de chiffon se balance par-dessus son bras, avec des croix à la place des yeux et des touffes de laine jaune figurant les cheveux. C'est une grosse poupée de chiffon, avec en guise de tête une boule de tissu beige rose, bouffie, usée jusqu'à la corde.

« Rachel… Écoutez ! Ça n'est pas Mickey. Regardez. Regardez… Ce n'est qu'une poupée ! »

Son visage affiche une expression étrange, presque sereine. Seules ses paupières semblent animées d'un mouvement délibéré. Je décroche lentement, délicatement ses doigts de la poupée, et j'appuie sa tête contre ma poitrine.

Un message est attaché au cou de la poupée, avec un brin de la laine dont sont faits ses cheveux. Les lettres s'étalent, sommairement barbouillées en rouge sombre — je prie pour que ce soit de l'encre.

Cinq mots, en capitales d'imprimerie : ÇA AURAIT PU ÊTRE ELLE !

Posant ma veste sur les épaules de Rachel, je la ramène lentement vers la voiture, où je la fais asseoir. Elle n'a pas prononcé un mot, et n'a répondu à aucune de mes questions. Ses yeux restent fixés droit devant elle, vers un point situé au loin, ou dans le futur, à cent mètres de nous ou à un siècle d'ici et maintenant.

Je m'empare du téléphone portable qui est resté sur le siège passager. Silence. Mentalement, je hurle de frustration.

« Ils vont rappeler… Ne vous inquiétez pas — ça n'est qu'une question de secondes. Ils vont rappeler… »

Je m'installe sur le siège passager aux côtés de Rachel. Je prends son pouls et je ramène les pans de ma veste sur elle. Elle est en état de choc. Elle a besoin de soins. Je devrais tout laisser tomber immédiatement.

« Que s'est-il passé ? me demande-t-elle, en revenant quelque peu à la réalité.

— Ils ont raccroché.

— Mais ils vont rappeler, n'est-ce pas ? »

Je ne sais que lui dire. « J'appelle une ambulance...

— Non ! »

Incroyable ! Elle a beau être anéantie, il reste au fond d'elle une cellule nerveuse qui fonctionne à plein rendement. C'est la reine de ses neurones, protégée par toute la ruche — et à présent, elle entre dans la danse.

« S'ils détiennent Mickey, ils rappelleront ! » dit-elle, avec tant de force et de détermination que je ne peux que m'incliner.

« OK. Attendons. »

Elle hoche la tête et s'essuie le nez d'un revers de manche — la mienne. Les phares répandent leur lumière crue sur les gravats et les herbes folles. Je ne distingue qu'une rangée d'arbres, qui ont la couleur violacée d'une ecchymose, et se découpent en ombres chinoises dans la pénombre ambiante.

Nous nous sommes plantés. Mais qu'est-ce que nous aurions pu faire d'autre ? Je jette un coup d'œil du côté de Rachel. Ses lèvres tremblent et ses bras reposent, ballants, à ses côtés — comme si elle ne tenait plus debout que par la force de son squelette.

La lointaine rumeur du trafic semble s'amplifier dans le silence... Et tout à coup, le téléphone !

Rachel n'a pas réagi. Son esprit a dû s'envoler vers un endroit plus sûr. Je consulte le petit écran de l'appareil, qui s'est éclairé, et je prends l'appel.

« Mrs Carlyle ?

— Elle ne peut vous répondre. »

Pendant le silence qui s'ensuit, j'aurais le temps d'écrire un livre...

« Où est-elle ? demande la voix, toujours distordue.

— Mrs Carlyle n'est pas en état de prendre la communication. C'est à moi que vous allez devoir parler.

— Vous êtes policier ?

— Peu importe qui je suis. Nous pourrions conclure maintenant, immédiatement. Faisons l'échange : les diamants contre la petite. »

Une autre pause, interminable.

« J'ai la rançon. Elle est là, dans la voiture. Soit vous traitez avec moi, soit vous dégagez.

— Et la petite aussi, elle dégage.

— Très bien. Personnellement, je pense qu'elle est déjà morte. À vous de me prouver le contraire… »

L'écran s'éteint. Il a raccroché.

27

Une porte s'est soudain refermée dans mon esprit. Un sentiment de désespoir s'installe à sa place, avec le hurlement du vent. Joe est agenouillé près de moi. Nos regards se croisent.

« Je me souviens.

— Silence. Ne bougez pas.

— Mais ça y est ! Ça m'est revenu.

— L'ambulance va arriver. Gardez votre calme. Je crois que vous avez juste un peu tourné de l'œil. »

Autour de nous, les plongeurs tirent leurs bouteilles des Zodiac et les déchargent sur le quai. Chaque vibration se répercute dans mon épine dorsale. Des fanaux de navigation sont apparus sur l'eau. Les tours de Canary Wharf se dressent, telles des cités verticales.

Joe avait donc vu juste dès la première seconde, en me disant que si je continuais à glaner des détails, à remonter ma propre piste, quelque chose finirait par faire tilt. Mes souvenirs se ranimeraient et le goutte-à-goutte deviendrait un véritable torrent.

Il me tend une bouteille de plastique. Je prends une gorgée d'eau et je tente de m'asseoir. Il me laisse m'appuyer contre son épaule. Là-haut, quelque part dans le ciel, un avion de ligne aborde sa phase d'approche, avant d'atterrir à Heathrow.

Un ambulancier s'agenouille près de moi.

« Des douleurs thoraciques ?

— Non.

— Le souffle court ?

— Non. »

Ce type porte la moustache exceptionnellement épaisse et son haleine sent la pizza à plein nez. Je l'ai déjà vu quelque part… Ses doigts s'attaquent aux boutons de ma chemise.

« Je vais juste vérifier votre rythme cardiaque », m'annonce-t-il.

Ma main s'est brusquement projetée vers son poignet, qu'elle immobilise. Ses yeux s'écarquillent et son visage affiche une curieuse expression. Lentement, son regard s'abaisse vers ma jambe, avant de se porter vers la rivière.

« Je me souviens de vous, lui dis-je.

— Impossible. Vous étiez complètement dans le coaltar. »

Ma main reste agrippée à son poignet. Je serre de toutes mes forces. « Vous m'avez sauvé la vie.

— Jamais je n'aurais cru que vous vous en sortiriez.

— Essayez un peu de me mettre des électrodes sur la poitrine, et je vous transforme en chair à pâté ! »

Il hoche la tête, avec un petit rire nerveux.

Je prends une bouffée d'oxygène dans un masque, tandis qu'il vérifie ma pression sanguine. Le grand chambardement, le séisme des souvenirs retrouvés semble marquer une pause — comme si ma mémoire retenait son souffle. Mais je sais que ça va recommencer…

Dans les projecteurs, je vois des vagues qui viennent se briser contre les rochers du bord, comme une marée noire. Le Petit Bleu a fait poser des banderoles, celles-là mêmes qui servent à délimiter les scènes de crime, pour interdire l'accès au quai. Les plongeurs reviendront dès demain matin, pour poursuivre les recherches. Combien y a-t-il encore de secrets qui attendent là-dessous, tapis dans la vase ?

« Je vous ramène chez vous », me dit Joe.

Je ne réponds pas, mais je sens que ma tête décrit un mouvement de va-et-vient, de gauche à droite. Je suis si près du but… Je dois continuer. Je ne peux m'offrir le luxe de remettre à demain, ni de me prélasser au lit une nuit entière.

Joe appelle sa femme pour lui annoncer qu'il rentrera plus tard que prévu. La voix de Julianne, retransmise par le portable, me semble toute menue. La voix d'une femme dans sa cuisine. Elle a des enfants à nourrir — nous en avons une à retrouver.

Sur le trajet, je raconte à Joe ce qui m'est revenu — les coups de fil, la poupée de chiffon, le côté froid et définitif de la dernière conversation téléphonique. Tout avait un sens, une raison d'être, une place dans le puzzle : les diamants, les émetteurs, le carton à pizza…

Nous allons nous garer sur le même terrain vague, près du congélateur abandonné. La lumière de nos phares ricoche sur les portes d'Inox grêlées. La poupée de chiffon a disparu, mais le cône orange est toujours là, gisant parmi les broussailles.

Je mets prudemment pied à terre. Je m'approche du grand congélateur. Joe me suit à quatre pas. On dirait qu'il part en safari, dans sa veste de lin froissée…

« Où était Rachel ?

— Elle est restée dans la voiture. Elle ne pouvait plus faire un pas de plus.

— Que s'est-il passé ensuite ? »

Je me creuse les méninges, m'efforçant de faire émerger mes souvenirs.

« Il a dû rappeler. Le type qui m'avait raccroché au nez au téléphone — il a rappelé.

— Et qu'a-t-il dit ?

— Aucune idée. Je ne m'en souviens plus. Attendez ! »

J'examine mes vêtements. « Il m'a ordonné d'enlever mes chaussures, mais je n'ai pas obéi. Je me suis dit qu'il ne pouvait me voir — du moins pas constamment. Il m'a dit de marcher droit devant moi, de dépasser le congélateur… »

J'avance, tout en parlant. Devant nous se dresse une clôture métallique. Au-delà, c'est la ligne Bakerloo.

« J'entendais une fillette pleurer au téléphone.

— Vous en êtes sûr ?

— Certain. »

Derrière nous, la lumière des phares de Joe pâlit au fur et à mesure que nous nous en éloignons. Mes yeux s'habituent à l'obscurité, mais mon imagination commence à me jouer des tours. Je vois remuer des ombres dans le noir, accroupies dans des trous, dissimulées derrière des arbres.

Aucune étoile ne perce le ciel violacé. C'est l'une des choses qui me manquent le plus cruellement, en ville. Les étoiles… ainsi que le silence et cette fine pellicule de givre qui recouvre tout, les matins d'hiver, comme un drap lessivé de frais.

« Il y a un grillage, un peu plus loin. J'ai tourné à gauche… et j'ai suivi la clôture jusqu'au pied du pont. Il me donnait ses instructions par téléphone.

— Avez-vous reconnu la voix ?

— Non. »

Nous arrivons à la clôture, qui morcelle la nuit en petits losanges noirs encadrés d'argent. Nous la longeons jusqu'au pied d'une arche qui passe au-dessus de la voie ferrée. À proximité, un générateur ronronne. Des équipes de maintenance travaillent à la lumière des projecteurs.

Au milieu du pont, je me penche par-dessus le parapet pour suivre des yeux les rubans de fer, incurvés vers le nord. « Et ensuite, impossible de me souvenir de ce que j'ai fait.

— Auriez-vous laissé tomber la rançon du haut du pont ?

— Non. À ce moment-là, le téléphone s'est remis à sonner. Il m'a dit que je me déplaçais trop lentement. Il me suivait à la trace. Le portable devait être équipé d'un système GPS — quelqu'un devait suivre ma position exacte sur un écran d'ordinateur… »

Nous contemplons les rails en silence, comme si nous y cherchions la réponse. Le vent nous apporte des odeurs de détergent et de charbon. Dans ma tête, la voix s'est tue.

« Ne forcez pas votre mémoire, dit Joe. Laissez-lui encore un peu de temps.

— Pas question ! Je n'ai que trop attendu. Maintenant, il est grand temps que je me souvienne… »

Il sort son téléphone et compose un numéro. Ma poche se met à vibrer. Joe se détourne, tandis que j'ouvre mon portable.

« Pourquoi vous arrêtez-vous ? Continuez… Je vous ai dit où vous deviez aller ! »

Les souvenirs remontent lentement et éclosent sans bruit en atteignant la surface. Joe m'a encore joué un de ces tours dont il a le secret — il m'a aidé à remonter ma propre piste.

« Est-ce que je vais retrouver Mickey là où vous m'envoyez ? m'égosillé-je dans le téléphone.

— Bouclez-la, et continuez à avancer ! »

Avancer — mais où? C'est quelque part dans le coin… Le parking, à l'extrémité de la gare — vite!…

Au pas de course à présent, je dégringole l'escalier. Joe a du mal à me suivre. Je vois à peine où je mets les pieds, mais je me souviens. Je sais où se trouve le chemin. Il s'incurve le long de la voie ferrée, enjambe la tranchée… Des portiques d'acier rigide ont été installés de chaque côté des voies, pour faire passer les câbles.

Le vent secoue le grillage et soulève de vieux papiers qui viennent se prendre dans mes jambes. Les lanternes installées le long des voies me facilitent la tâche. Brusquement, le chemin débouche sur un parking désert. Un lampadaire esseulé, planté au centre du parking, projette sur l'asphalte un dôme de lumière jaune. Je me souviens d'un cône de signalisation posé sous le lampadaire. J'ai couru dans sa direction, le carton à pizza sous le bras. Le choix de l'endroit me paraissait bizarre. Trop à découvert…

Joe m'a rattrapé. Nous sommes sous le lampadaire. À mes pieds, je découvre une grille de métal.

« Il voulait que je glisse les colis dans l'égout.

— Vous l'avez fait?

— Je lui ai dit que je voulais d'abord voir Mickey. Il a à nouveau menacé de couper la communication. Sa voix était très calme. Il a dit qu'elle était là, tout près.

— Où ça? »

Je tourne la tête. À une trentaine de mètres se profile l'ombre noire d'un grand puisard, destiné à la collecte des eaux pluviales. « Il a dit qu'elle m'attendait là, en bas. »

Nous nous approchons. Nous jetons un œil à l'intérieur. Les murs de béton escarpés sont couverts de graffitis.

« Je ne voyais rien. Il faisait trop noir. J'ai crié : "Mickey ! Est-ce que tu m'entends ?" Je hurlais dans le téléphone. "Je ne la vois pas ! Où est-elle ? — Elle est en bas, dans la conduite, m'a-t-il dit. — Où ça ?" Je me suis remis à crier : "Mickey ! Tu es là ?" »

Joe m'empoigne les épaules. Il craint que je ne tombe par-dessus bord. Mais simultanément, il brûle de connaître la suite.

« Montrez-moi », me dit-il.

Une échelle de fer est scellée dans la paroi du puisard. Les barreaux sont glacés sous mes doigts. Joe me suit dans ma descente. Je ne pouvais tenir à la fois mon Glock et le carton à pizza. J'ai remis mon arme dans son holster et j'ai glissé la boîte sous mon bras.

« Mickey ! Tu m'entends ? »

Mon pied touche le fond. Contre le mur, sur ma droite, je distingue tout juste la tache plus sombre d'une conduite transversale dans laquelle je pénètre.

Elle devait y être… C'était le seul endroit où elle aurait pu se cacher.

« Michaela ? »

J'ai entendu un grondement assourdi, comme un coup de tonnerre, au loin. J'en sentais la vibration à travers mes semelles. Ma main s'est portée vers mon arme, mais je l'ai laissée où elle était.

« Mickey ? »

Le vent me rebroussait les cheveux. Le grondement s'est rapproché, amplifié comme celui d'un train dans un tunnel, ou le tonnerre des pieds gravissant une rampe de chargement. J'ai regardé de tous côtés, espérant encore l'apercevoir. Le vacarme s'amplifiait de seconde en seconde. Il est arrivé sur moi, surgissant des ténèbres… un raz-de-marée.

La porte s'ouvre à nouveau, et le monde se dissout dans un tourbillon de bruits et de mouvements. La gravité est abolie. Je suis emporté cul par-dessus tête, indéfiniment, tandis qu'un océan déferle dans mes oreilles. Relevant la tête, j'arrive à prendre une demi-goulée d'air, avant de replonger dans un noir d'encre.

Totalement privé de repères, je ne retrouve plus la surface. Je suis entraîné de guingois par le courant qui m'emporte dans une buse ou un tunnel. Mes ongles se brisent en tentant de se raccrocher aux parois gluantes.

Quelques secondes plus tard, je me sens tomber dans un autre puits vertical. J'arrive à prendre un peu d'air, aspirant en même temps de la vase, et Dieu sait quoi. La vague me pousse à présent dans un égout, qui charrie des gaz nauséabonds, de la merde, des étrons en décomposition... Je vais y laisser ma peau.

J'aperçois des éclats de lumière, au-dessus de ma tête. Des grilles de fer. Je lève les bras. Mes doigts se referment sur des barreaux métalliques. Mais la pression de l'eau s'exerce contre ma poitrine et mon cou, m'emplissant la bouche d'immondices. La puanteur frise l'insupportable.

M'efforçant de maintenir la bouche et le nez hors de l'eau, j'essaie de soulever la grille. Peine perdue. La force du courant m'entraîne de côté, horizontalement. J'entrevois des lumières, de l'autre côté des grilles. Des silhouettes mouvantes, des piétons, des voitures. J'essaie d'appeler au secours. Je crie. Personne ne m'entend. Un passant descend du trottoir et jette sa cigarette dans le caniveau. Une cascade d'étincelles roses me tombe dans les yeux.

« Au secours ! Au secours ! »

Quelque chose a grimpé sur mon épaule. Un rat enfonce ses griffes dans ma chemise, luttant pour se soustraire au courant. Je sens l'odeur mouillée de son poil, j'aperçois ses petites dents aiguës qui scintillent dans le carré de lumière, et je suis pris d'un grand frisson... Je suis entouré de rats qui s'agrippent aux crevasses et aux brèches des murs.

Mes mains capitulent, un doigt après l'autre. Je ne vais pas pouvoir tenir beaucoup plus longtemps. Le courant est trop fort. Je repense à Luke. Il avait de sacrés poumons ! Il pouvait retenir son souffle bien plus longtemps que moi... Mais pas sous la glace.

Il était du genre têtu, ce moutard. Quelquefois, je lui pinçais violemment le dos de la main. « Tu te rends ? » lui demandais-je.

Un voile de larmes lui embuait les yeux. « Jamais !

— Rends-toi, et je jure de ne plus jamais te pincer.

— Non. »

Impressionné par son obstination, je lui proposais une trêve, mais il refusait toujours.

« OK, OK — tu as gagné... » Je finissais toujours par capituler, lassé de ce jeu idiot, et fâché de lui avoir fait mal.

Mon dernier bras lâche prise. Je pars la tête la première dans le courant et parviens à prendre une inspiration qui emplit mes poumons d'un air nauséabond. Ballotté dans le noir, je tombe dans une cascade avant d'être emporté dans une conduite plus large.

Je n'ai aucune idée de l'endroit où peut se trouver la rançon. Emportée par le courant. Et Mickey ? A-t-elle été engloutie, elle aussi ? En amont, ou en aval ? J'ai entendu un petit cri étouffé, tout à l'heure, tandis que je regardais dans la conduite. Mais ça aurait pu être un rat, ou même le vent.

Ce sera donc la conclusion de l'histoire... Je vais disparaître dans ce tourbillon puant, entouré d'immondices — assez conformément, somme toute, à la façon dont j'ai vécu, entre deux eaux, patouillant dans un bouillon de culture saumâtre, au milieu des voleurs, des menteurs, des assassins et de leurs victimes. Un chasseur de rats, un écumeur d'égouts, un fouille-merde. La pauvreté, l'ignorance et l'injustice s'allient pour engendrer des criminels que je mets hors d'état de nuire, afin que le monde civilisé ne soit pas incommodé par leur puanteur ou la barbarie de leurs agissements.

Mon épaule a heurté une surface dure. La pression de l'eau me fait rouler sur moi-même. Je parviens à inspirer une bouffée d'air avant d'être ballotté de côté et d'autre, désespérément en quête d'une prise. Je glisse le long d'une rampe ou d'un barrage.

Je plonge dans un bassin plus profond. Je ne sais plus de quel côté est la surface. Je brasse l'eau à l'aveuglette, même si mes efforts risquent de m'éloigner du salut. Ma main a réussi à émerger, mais le courant refuse de me relâcher. Un tourbillon me fait tournoyer, m'entraînant vers le fond. Je me débats pour rejoindre l'air, mais l'eau résiste à tous mes efforts.

La fin se rapproche. Je suis irrésistiblement aspiré dans un étroit boyau, à peine assez large pour mes épaules. Plus la moindre poche d'air. Ma poitrine se rétracte comme si elle était prise dans un câble qui se resserrerait inexorablement.

Le gaz carbonique s'accumule dans mon sang. Le besoin d'air se fait de plus en plus impérieux. Je vais m'empoisonner de l'intérieur. L'instinct qui me fait retenir mon souffle va capituler devant le supplice du manque d'air. Ma bouche s'ouvre. Une première inspiration involontaire emplit d'eau ma trachée. Ma gorge se contracte, mais vainement. L'eau envahit mes poumons. Je suis aussi démuni et aussi vulnérable que le jour de ma naissance. Mes épaules ne raclent plus le tuyau, à présent. C'est un autre courant qui m'emporte, un flux nettement plus lent, qui me tourne et me retourne telle une feuille prise dans une rafale de vent.

Je me noie, mais je refuse encore d'accepter mon sort. Au-dessus de moi, ou peut-être en dessous, je perçois une opalescence grisâtre. Je me sens comme soulevé dans sa direction. Je me fraye un chemin vers cette hypothétique surface, brassant l'air d'une main puis de l'autre, comme si je tirais vers moi une interminable nappe, au bout de laquelle serait posé ce chandelier. Les dernières brasses semblent relever de l'impossible…

Je fais enfin irruption à l'air libre. Je commence par vomir de l'eau, puis d'innommables mucosités, pour faire de la place à cette première goulée d'air. Un projecteur m'aveugle. Un objet dur s'est accroché à ma ceinture et me tire vers le haut, pour me laisser retomber sur un plancher de bois. Mes poumons s'affolent, comprimés dans leur cage comme des poulets de batterie. Des mains robustes m'appuient en cadence sur le plexus solaire. Quelqu'un se penche sur moi, m'essuie le cou et le menton. Kirsten Fitzroy !

Je laisse aller ma tête contre son bras. Elle me caresse le visage, repoussant les mèches mouillées qui me balaient le front.

« Seigneur ! Vous êtes vraiment dingue, vous… » murmure-t-elle en m'essuyant la bouche.

Mon estomac est toujours secoué de spasmes violents. Je suis incapable d'articuler un mot.

Le moteur du bateau est au point mort. L'odeur des gaz d'échappement m'assaille les narines. Une lumière tamisée luit dans la cabine. Aspirant l'air avec avidité, par petits à-coups désordonnés, je tourne la tête. Ray

Murphy est agenouillé près de moi, habillé de noir. « On aurait dû le laisser à la baille, dit-il.

— On a dit "pas de casse" », réplique-t-elle.

Ils échangent quelques répliques plus orageuses, mais Kirsten refuse d'en entendre davantage.

« Où est Mickey ? murmuré-je, dans un souffle.

— Chhhht ! repos… répond-elle.

— Elle est saine et sauve ?

— Putain, grogne Murphy d'un ton menaçant. Pas un mot ! »

Un petit point rouge danse sur son front, comme s'il suivait le rythme d'une mélodie. Une fraction de seconde plus tard, j'entends le bruit d'une bombe à eau qui éclate et je vois disparaître la moitié de sa tête, vaporisée en un fin brouillard rouge, mêlé d'éclats d'os. C'est comme si on lui avait tout à coup effacé un œil, une joue, une demi-mâchoire.

Le sifflement de la balle ne me parvient qu'un battement de paupières plus tard. *Zzzzzzp !*

Kirsten pousse un hurlement. Elle a ouvert des grands yeux de petite fille. Ses joues dégoulinent de sang.

Le corps de Murphy s'est affalé sur moi, la tête sur ma poitrine. Je roule sur le côté pour me débarrasser de lui, je rue pour me redresser, mais mes pieds dérapent sur le pont englué de sang.

Kirsten reste clouée sur place, toujours pétrifiée d'horreur. Je parviens à me retourner, je crapahute vers elle.

Une balle m'atteint à la cuisse. Un tout petit trou, guère plus grand que l'ongle de mon petit doigt — mais à la sortie, la plaie est de la taille d'une tartelette. Une partie de moi en reste bouche bée. Comme si je voyais un gratte-ciel s'effondrer devant mes yeux, ou comme si j'assistais à un grandiose carambolage.

Une seconde balle me frôle l'oreille et vient se loger dans le pont, près de mon genou droit. Le tireur est au-dessus de nous. Je roule de côté, dans une mare de sang, jusqu'à ce que j'arrive près de Kirsten, que je force à se mettre à plat ventre, à l'abri du bastingage.

Au-dessus de nos têtes, un fragment de bois verni vole en éclats. Une écharde lui a égratigné le cou. Elle se remet à hurler.

Je desserre ma ceinture et me redresse, le temps de la passer autour de ma cuisse. Maintenant l'extrémité entre mes dents, je la serre le plus fort possible pour stopper l'hémorragie. Je referme la boucle de mes doigts poisseux. Près de moi, une balle vient heurter l'épaule de Ray Murphy, dont le corps tressaute. Là-bas, près de sa jambe, j'aperçois un petit filet de pêche, au bout d'une perche. Dans le filet, une grappe de petits colis de plastique orange. La rançon.

Dans la cabine de pilotage, quelqu'un tente de faire repartir le moteur mais l'amarre est toujours solidement arrimée à un grand taquet de laiton, à l'arrière.

Mon Glock est toujours dans son holster. Je dégaine, les yeux fixés sur Kirsten. Elle est en état de choc, mais elle peut m'entendre.

« Ne restons pas ici. Mettons-nous à l'abri dans la cabine. Vite ! Maintenant ! » Elle fait « oui » de la tête.

Je la pousse devant moi, pour lui faire traverser le pont. Elle glisse, trébuche dans le sang. Simultanément, je pivote, mon arme pointée au hasard, vers le ciel obscur. Rien ne se produit quand je presse la détente.

Kirsten tournoie sur elle-même, la main crispée sur son côté. Puis me parvient le bruit de la balle. Du sang coule entre ses doigts, mais elle ne s'arrête pas.

Le choix qu'il a entre ses deux cibles semble avoir distrait le tireur, mais je dois trouver un moyen d'éteindre le phare de laiton et de chrome qui brille, monté sur un pied, au beau milieu du pont.

M'abritant derrière le corps de Murphy, je me laisse glisser sur le pont jusqu'au projecteur dont je brise la vitre d'un coup de crosse. L'ampoule jette ses derniers feux et rend l'âme.

Une ombre passe devant moi. Quelqu'un trébuche sur mes pieds et s'affale sur le pont. Gerry Brandt. Il se relève, tente de faire main basse sur les diamants. D'un coup de pied bien ajusté, je l'expédie dans la direction opposée. Une balle siffle à l'endroit qu'il vient de quitter. Il glapit et me balance un juron bien senti. Je viens de lui sauver la peau, à ce crétin — et voilà le remerciement !

Son visage est un masque livide, paralysé par le froid. Un point rouge est apparu au centre de sa poitrine. Même sans le phare, le sniper nous voit. Il doit être équipé d'un viseur infrarouge.

Le regard de Gerry passe de son sternum à mon visage. Il va mourir.

Il se jette à terre, en roulant sur lui-même. Les planches du pont éclatent dans son sillage. Il continue, dépasse le filet et les colis de la rançon avant de plonger par-dessus bord à la poupe — le *splash !* de sa chute est couvert par le bruit du moteur qui part en marche arrière, pleins gaz, et la vision fugitive de son corps tombant sur l'hélice me traverse l'esprit.

Kirsten est dans la cabine. C'est elle qui a mis les gaz. Mais l'amarre retient toujours le bateau par la poupe. Il tangue et roule furieusement, sans avancer d'un mètre. La poussée des deux moteurs va nous faire couler. En un roulé-boulé, je traverse le pont jusqu'au taquet, que je libère en dénouant la dernière boucle de l'amarre. Elle me file entre les doigts. Le bateau se propulse aussitôt mais au lieu de nous éloigner de la berge, il vire de bord et vient heurter lourdement le quai de pierre.

Putain de merde, qu'est-ce qu'elle fabrique !

Nous percutons encore un obstacle — des piliers immergés ou une autre embarcation — avant de repartir vers le centre du fleuve. Il n'y a personne à la barre. Où est passée Kirsten ?

Le bateau tourne en rond. Le tireur embusqué attend d'avoir une bonne ligne de tir pour m'achever.

Je me traîne, crapahutant tant bien que mal pour revenir à la cabine. Là, je m'adosse à la paroi extérieure. Me rétablissant sur mes pieds, je m'agrippe au bord d'un hublot pour me hisser, jusqu'à ce que mes yeux atteignent la petite vitre ronde.

Personne à la barre. Au même instant, une tache sombre envahit mon champ visuel. Du sang. Encore. Mon annulaire a disparu, ainsi que mon alliance. Amputé, sectionné net par une balle à haute vélocité. Je relâche ma prise et me laisse partir à la renverse, retombant lourdement sur le pont.

Le tireur s'est posté quelque part en altitude, sur un pont ou un immeuble. Il vise les moteurs, à présent, ou les réservoirs. Le courant a fait tourner le gouvernail, et nous dérivons au gré de la marée. Nous allons bientôt être hors de portée de son tir.

Je suce le moignon de mon doigt sectionné, surpris de perdre si peu de sang. Et Mickey ? Était-elle dans la conduite d'égout ? A-t-elle sombré dans le courant ? Je ne peux l'abandonner à son sort…

J'entends un autre bruit — un moteur qui n'est pas le nôtre. Adossé à la cabine, je me relève pour regarder par le hublot explosé. Aucun feu de position. Je ne vois que la silhouette d'un autre bateau, avec un homme qui se tient à la proue, l'arme au poing.

Le choix est simple : rester là ou tenter ma chance. En moins d'une seconde, ma décision est prise. C'est alors que j'aperçois Kirsten dissimulée sous une bâche, à la proue. Je ne distingue pas son visage. Je ne vois que sa silhouette qui se redresse, retombe, se relève à nouveau et se laisse tomber par-dessus bord. Je l'entends plonger dans le fleuve, sous les cris des hommes. Des balles percutent la surface de l'eau.

Le bateau se rapproche. J'ai une jambe valide et l'autre qui pisse le sang. En m'aidant de mes bras, je m'éloigne de la cabine. Je fais deux pas chancelants et je roule à mon tour par-dessus bord. Le choc thermique me tétanise. Bizarre… J'étais encore tout trempé, depuis ma baignade précédente.

Fouettant l'eau du fleuve de ma jambe valide, la moulinant de mes deux bras, je me laisse glisser dans cet abîme noir et froid où je vais soit me noyer, soit me vider de mon sang. Au fleuve d'en décider.

28

Joe reste agrippé à moi — je commence à m'habituer à voir sa tête en gros plan… Il passe mon bras autour de ses épaules et arc-boute son corps contre le mien.

« Venez, fichons le camp d'ici.

— Ça m'est revenu…

— Oui. Vous avez réussi.

— Mais Mickey ?

— Elle n'est pas ici. Nous allons la retrouver. » J'escalade le mur du collecteur et nous rebroussons chemin, clopin-clopant, à travers le parking. Un couple d'adolescents, garçon et fille, se sont garés à l'abri des lumières de la rue. Je me demande ce qu'ils peuvent s'imaginer en voyant passer ces deux types d'âge mûr, flageolant sur leurs jambes — deux ivrognes ou deux tourtereaux ? Je n'en sais rien et je m'en fiche.

J'ai retrouvé mes souvenirs. Depuis le temps que j'attendais ce moment, partagé entre l'espoir et la crainte. Et si j'avais eu la mort de quelqu'un sur la conscience ? Et si j'avais récupéré Mickey, mais que je l'avais à nouveau perdue dans la Tamise ? Privé de la vérité, j'échafaudais les pires cauchemars.

Il est près de dix heures quand nous arrivons à Primerose Hill. Les rideaux du salon laissent filtrer une lueur ambrée.

Des braises luisent dans la cheminée.

« Vous allez passer la nuit ici, décrète Joe en ouvrant la porte. Et ne discutez pas, je suis trop fourbu pour argumenter ! »

Moi aussi. D'ailleurs, où irais-je ? Chez moi ? Chez les parents d'Ali ? Je suis une maladie, un germe contagieux. Je ne peux qu'empoisonner et contaminer tous ceux que j'approche. Je ne resterai pas longtemps chez Joe, juste la nuit.

Je ne parviens plus à me dépêtrer de mes souvenirs de noyade. Je suis prisonnier de l'eau, incapable de respirer. L'immonde puanteur des égouts m'envahit. Je vois l'eau saumâtre bouillonner à mes pieds. Chaque fois que ce souvenir me revient, j'inspire dans un douloureux hoquet. Joe me surveille. Il craint la crise cardiaque.

« Et si je vous emmenais à l'hôpital ? Ils pourraient au moins vous examiner.

— Non. J'ai besoin de parler. » Il faut que je lui raconte tout ça, au cas où je viendrais à tout oublier…

Il me verse un verre et vient s'asseoir près de moi. Mais il se fige soudain en position intermédiaire, coincé à mi-chemin du canapé. Puis, tout aussi subitement, il achève son geste. Le signal nerveux a fini par arriver jusqu'à ses membres. Il m'adresse un sourire penaud.

Sur la cheminée s'alignent les photos de sa famille. Le bébé avec sa frimousse ronde et sa touffe de boucles blondes. La petite ressemblera à son père…

« Et votre charmante épouse ?

— Elle est au fond de son lit, à cette heure. Elle se lève tôt. »

Il se penche en avant, les mains entre les cuisses. Je lui raconte mon périple dans les égouts et la scène du bateau. Je me souviens de Kirsten Fitzroy se penchant

sur moi pour essuyer le vomi sur mon cou et mon menton. Je me souviens du poids mort de Ray Murphy, de
son sang ruisselant sur moi, formant une petite flaque
sous ma pomme d'Adam. Du sifflement des balles. Je
revois Kirsten tournoyer sur elle-même, la main au
côté.

Le flux de ces souvenirs en éveille d'autres. Des
images évanescentes que je capte juste avant qu'elles
ne disparaissent. Gerry Brandt se jetant par-dessus
bord à la poupe, la silhouette de l'homme sur le bateau
et de son arme, la disparition de mon doigt... Toutes
ces choses ont pris corps, à présent. Plus rien ne me
semble aussi réel que ce qui s'est produit cette nuit-là.
Au moment même où je tente de décrire tout cela à
Joe, je dois me colleter avec l'horreur de la peur rétros-
pective et du regret. Si seulement je pouvais revenir en
arrière, défaire ce qui a été fait...

Ray Murphy avait longtemps travaillé pour la Compagnie des eaux. Il savait se repérer dans le labyrinthe
des collecteurs et des égouts, parce qu'il avait été égou-
tier, spécialisé dans la prévention des crues. Il avait
l'expérience de la montée des eaux. Il savait parfaitement à quelle canalisation s'attaquer pour créer une
inondation artificielle. L'explosion serait mise sur le
compte d'une poche de méthane ou d'une fuite de gaz.
Personne ne prendrait la peine d'enquêter.

Les émetteurs radio et les systèmes GPS sont ineffi-
caces sous terre. D'ailleurs, qui se serait risqué à suivre
la rançon dans un tel périple ? Ray Murphy connaissait le parcours de la rivière souterraine qui passe sous
Dolphin Mansions. Kirsten et lui, ils s'étaient mutuellement fourni un alibi pour la matinée de la disparition.
Mais que venait faire Gerry Brandt dans la combine ?
Pourquoi avaient-ils fait appel à un troisième larron ?

« Vous ne pouvez toujours pas prouver qu'ils ont kidnappé Mickey, dit Joe. Il n'y a aucune preuve directe. Ça pouvait très bien être un simulacre. Kirsten allait et venait à sa guise chez Rachel. Elle a pu ramasser les cheveux, compter les pièces dans sa tirelire. S'ils l'ont vraiment kidnappée, il y a trois ans, pourquoi avoir tant tardé à réclamer une rançon ?

— Peut-être la rançon n'était-elle pas le véritable objectif — du moins à l'origine. Sir Douglas Carlyle a dit qu'il était prêt à tout pour assurer la protection de sa petite-fille. Nous savons qu'il avait soudoyé Kirsten pour espionner Rachel. Il constituait un dossier pour obtenir la garde de Mickey — mais ses avocats ont dû lui dire qu'il n'avait aucune chance. Peut-être a-t-il décidé de se faire justice lui-même…

— Et la serviette de Mickey ? Comment a-t-elle atterri au cimetière ? »

Là, mon esprit est au point mort. Ils ont pu monter un coup pour faire accuser Howard. Ils ont taché une serviette avec du sang de Mickey et l'ont volontairement abandonnée au cimetière. Pour le reste, la police et les juges s'en sont chargés.

« Vous n'avez toujours rien qui prouve que Mickey est vivante.

— Je sais. »

Se penchant vers le feu, Joe pose sa question suivante directement aux flammes. « Et pourquoi maintenant ? Pourquoi avoir envoyé *maintenant* cette demande de rançon ?

— L'appât du gain. »

Voilà au moins un mobile que je comprends. Je laisse à Joe tous les psychopathes du monde. Donnez-moi un bon vieux mobile standard, modèle courant, avec lequel je puisse m'identifier.

« Qui a envoyé le tueur ? Qui voulait leur mort ?

— Quelqu'un qui voulait les punir — ou les faire taire, dis-je à voix basse, en me penchant en avant. Sir Douglas, par exemple. S'il avait organisé l'enlèvement de Mickey. Peut-être avait-il reçu des menaces de chantage…

— Qui d'autre ? Je ne vous sens pas totalement convaincu de sa culpabilité.

— Aleksei.

— Vous disiez qu'il vous suivait, cette nuit-là, vous et Rachel.

— Disons qu'il suivait les diamants. »

Joe attend une explication. Je sais qu'il a déjà compris, mais il veut entendre la façon dont j'organise mes arguments. « Jamais Aleksei n'aurait laissé quiconque s'en aller avec deux millions de livres qui lui appartenaient. Qu'ils aient ou non kidnappé Mickey. Que sa fille fût morte ou vive. Il fallait que quelqu'un paie. Pensez à ce qu'il a fait à son propre frère.

— Vous croyez qu'il serait allé jusqu'à vous tuer, vous ?

— Non. Je n'aurais jamais dû être sur ce bateau. Personne ne pouvait prévoir que quelqu'un suivrait la rançon dans les égouts.

— Et l'agression à l'hôpital ? »

Ce souvenir me remonte dans la gorge et y reste coincé. « Je n'en sais rien. Pour ça, je n'ai pas encore d'explication. Peut-être a-t-il craint que je finisse par comprendre ce qui s'était vraiment passé — ou alors, il a pensé que j'avais vu quelque chose, cette nuit-là. »

Et je ne m'explique pas davantage comment les diamants ont atterri dans mon placard. Je sais qu'ils étaient dans le carton à pizza. Je les ai nettement reconnus sur le pont du *Charmaine*. La plupart des pièces s'emboîtent, mais pas parfaitement.

Je vais devoir convaincre la police métropolitaine de rouvrir l'enquête. Howard Wavell n'a vraiment plus rien à voir là-dedans. Peut-être est-il tout de même à sa place sous les verrous, mais certainement pas pour ce crime. Le vrai monstre, c'est Aleksei.

Je me réveille dans un frisson, terrassé d'une fatigue qui me fait monter les larmes aux yeux. La journée ne fait que commencer, mais je ne sais pas quand la précédente s'est achevée. J'ai passé la nuit à me bagarrer avec l'eau noire des égouts et avec des points rouges qui dansaient sur les murs.

Julianne m'accueille dans sa cuisine avec un sourire enjoué. « Comment ça va ce matin ? »

Cinq secondes de ma vie s'évaporent à méditer là-dessus, mais je préfère finalement ne pas me prononcer, et j'accepte avec gratitude le café qu'elle me tend.

« Où sont passées les filles ?

— Joe est parti emmener Charlie à l'école, et il a pris Emma pour la balader un peu. »

Ses yeux bleu pâle se sont posés sur moi avec cet air vaguement accusateur des gens qui ont découvert la voie royale du bonheur domestique — la vie conjugale.

Avec sa jupe bordeaux et son pull clair, elle est, comme toujours, l'élégance même. On l'imaginerait marchant pieds nus le long d'une plage tropicale, un bébé calé sur la hanche. Le professeur est vraiment verni.

La porte d'entrée s'ouvre et Joe débarque avec les journaux du matin.

Julianne noue ses bras autour de sa taille et lui dépose un baiser dans le cou. La main de Joe s'attarde un peu sur sa croupe, puis il se tourne vers moi.

« Je n'ai trouvé que quelques lignes, concernant un corps retrouvé dans la Tamise.

— Il est encore trop tôt. L'autopsie n'aura lieu qu'aujourd'hui.

— Que comptez-vous faire ?

— Je dois réussir à les convaincre d'enquêter sur la fusillade. Vous m'accompagnerez ? J'ai besoin de quelqu'un pour me prêter main-forte.

— Je doute qu'ils m'écoutent.

— Rien ne coûte d'essayer. »

Sur le chemin de New Scotland Yard, mes mains se mettent à trembler. Joe a peut-être remarqué mes symptômes — migraine, tremblements, maux de ventre continuels. Mais même s'il a reconnu les signes cliniques du manque, il se garde bien d'y faire la moindre allusion.

À Scotland Yard, on nous fait attendre, comme n'importe quels quidams. Ma demande d'entretien avec le préfet de police est enregistrée par le service des Affaires publiques, qui la transmet à diverses branches de la bureaucratie — en pure perte. Elle est rejetée. Je demande alors à voir l'adjoint du préfet. Cette nouvelle requête repart dans les étages, où elle se balade de bureau en bureau, comme un problème auquel personne ne veut s'atteler. Finalement, on me renvoie à Campbell Smith. Traversant la City, nous poireautons une autre heure dans la salle d'attente du poste de Harrow Road. Joe tue le temps en contemplant les photos des gens recherchés, comme s'il se baladait à la National Portrait Gallery. Tout le monde — réceptionnistes, secrétaires et agents en uniforme — nous ignore. Un mois plus tôt, je dirigeais ce poste. Je lui ai consacré ma vie.

Enfin, Campbell accepte de nous recevoir. Joe enfile le couloir à mes côtés en boitillant. Nos pas résonnent sur le sol lisse. Tout au bout, dans la salle du standard, des opérateurs en civil travaillent devant des écrans d'ordinateur. Le crépitement de leurs claviers produit le même bruit qu'une averse nourrie sur un toit de plastique. Certains sont équipés de micros-casques qui leur permettent de communiquer avec les collègues qui sont sur le terrain et qui ont besoin de vérifier des noms, des adresses ou des plaques d'immatriculation.

La brigade criminelle a un nouveau patron — l'inspecteur John Meldrum. Il me voit arriver de loin. « Hey ! J'ai connu un type qui était votre parfait sosie… Il bossait ici, autrefois. Je crois qu'il est mort.

— Mort, mais pas enterré ! riposté-je. Compliments, pour cette promotion, John ! »

J'essaie de rester moi-même, mais en pure perte. Je me sens submergé par une impérieuse bouffée de colère et de jalousie juvéniles. Meldrum s'est approprié *mon* bureau. Il a posé sa veste sur le dossier de *mon* fauteuil.

Campbell nous fait à nouveau poireauter devant sa porte. Joe ne comprend pas la portée politique de tout cela. En fait, ce n'est même pas de la politique. C'est du pur mépris.

Enfin, nous sommes convoqués. Je laisse le professeur entrer le premier. Campbell lui serre la main avec un sourire mi-figue mi-raisin. Puis il me dévisage un moment et m'indique une chaise. Meldrum s'assied avec nous, mais recule sa chaise de quelques dizaines de centimètres. Il n'est là qu'à titre de témoin et d'observateur.

C'est toute l'équipe que je devrais avoir devant moi. Le bureau devrait être pris d'assaut par des inspecteurs en costards gris, avec des cravates de la fête des pères, et des femmes flics coiffées comme des hommes et à peine maquillées — et me voilà en train de plaider ma cause devant un chef superintendant qui me soupçonne d'avoir trahi mes collègues et de vouloir saborder leur boulot — la condamnation de Howard Wavell.

M'approchant du tableau blanc, j'entreprends de leur expliquer ce qui s'est passé sur la Tamise. J'ai inscrit, en haut à gauche, une liste de quatre noms : Ray Murphy, Kirsten Fitzroy, Gerry Brandt et Aleksei Kuznet. Ray Murphy est mort. Kirsten et Gerry Brandt sont portés disparus.

Puis je sors mon enveloppe de papier kraft. Je lui présente les lettres de demande de rançon et les rapports d'analyse d'ADN, avant de lui raconter la remise de la rançon et mon périple dans les égouts.

« J'ai bien conscience que ça peut paraître tiré par les cheveux, mais j'y suis vraiment allé. J'ai suivi la piste. Ils attendaient les diamants à l'arrivée. Ray Murphy était le concierge de Dolphin Mansions, lors de la disparition de Mickey Carlyle. Je l'ai vu se prendre une balle et tomber mort sur le *Charmaine*. Le labo établira sûrement la correspondance entre le sang et les balles retrouvées sur le bateau.

— Qui l'a tué ?

— Un tireur embusqué. »

Meldrum se penche vers moi. « Et ce serait le même sniper qui aurait essayé de vous tuer, vous ?

— Je me suis trouvé dans son champ. »

Campbell n'a pas desserré les dents, mais je sens l'effort surhumain qu'il fait pour garder son sang-froid.

« Kirsten Fitzroy habitait à Dolphin Mansions, lorsque Mickey a disparu. C'était la meilleure amie de Rachel Carlyle. Je l'ai reconnue sur le *Charmaine*. Elle s'est pris une balle dans le ventre et a sauté par-dessus bord. Je serais incapable de dire si elle a réussi à survivre.

— Son appartement a été cambriolé, dit Meldrum.

— Ce n'était pas un cambriolage. C'était une perquisition. Je pense qu'Aleksei Kuznet la recherche activement. Il veut se venger des gens qui ont envoyé la demande de rançon. Je crois que les expéditeurs de cette lettre et ceux qui ont kidnappé sa fille sont les mêmes personnes. »

Campbell s'esclaffe avec humeur : « C'est Howard Wavell qui a tué Mickey Carlyle !

— Même si vous en êtes toujours convaincu, vous devez bien admettre que c'est quelqu'un d'autre qui a envoyé la demande de rançon, accompagnée d'un échantillon des cheveux de Mickey et de son bikini.

— Ce qui ne prouve en rien qu'elle soit toujours vivante.

— Non. Mais Ray Murphy est bien mort, et Kirsten est en danger. Jamais Aleksei Kuznet ne se serait laissé délester de deux millions de livres. Il a organisé une exécution. Et à présent, il recherche Kirsten et Gerry Brandt pour finir le boulot. »

J'ai délibérément pris la décision de ne faire aucune allusion à sir Douglas Carlyle. Campbell est déjà à cran. Ma seule chance de le convaincre de réouvrir l'enquête, c'est de le laisser croire que la rançon était un coup monté. D'ailleurs, je ne peux toujours pas apporter la preuve du contraire.

« Que vient faire Gerry Brandt, dans tout ça ?

— Il était sur le *Charmaine*. Je l'ai vu plonger par-dessus bord. »

J'attends. J'ignore si mes explications vont suffire.

Campbell a pris l'air du propriétaire. « J'aimerais m'assurer d'avoir bien compris. Jusqu'ici, tu nous as parlé d'un enlèvement, d'un raid de représailles, d'une fusillade et d'une demande de rançon. J'aimerais ajouter quelques éléments à cette liste : manquement aux devoirs de son poste, négligence ayant entraîné l'invalidité d'une collègue, rétention d'information et désobéissance caractérisée… »

Un voyant rouge se met à clignoter quelque part dans ma tête. Il ne pige vraiment rien. Il refuse de voir quoi que ce soit, au-delà de Howard Wavell.

« Nous devons retrouver Kirsten avant qu'Aleksei s'en charge. Si elle a survécu, elle a dû avoir besoin de soins. Il faut éplucher la liste des hôpitaux, demander aux médecins de consulter leurs fichiers. Il faut enquêter auprès de sa banque, auprès des organismes de voyage, vérifier ses relevés de téléphone. Nous devons retrouver trace de ses derniers déplacements connus, des gens chez qui elle a pu se réfugier, de ses points de chute habituels. »

Campbell me lance un regard acéré. « Tu n'abuserais pas un peu du pronom "nous" ? Tu as un peu de mal à enregistrer le fait que tu ne comptes plus au nombre des membres actifs de la police métropolitaine, on dirait… »

La colère me trouble la vue.

Joe tente de calmer le jeu : « Pour ma part, messieurs, il me semble que nous sommes tous en quête de la vérité. L'inspecteur Meldrum, ici présent, est chargé de l'enquête sur la fusillade du *Charmaine*. L'inspecteur Ruiz intervient en tant que témoin. Il vous

404

propose de faire une déposition. Il ne se mêlera pas de l'enquête. »

Meldrum hoche la tête, satisfait.

Campbell a pointé l'index sur moi. « Je veux que tu saches une chose, Ruiz. Je sais la vérité.

— Bien sûr », dis-je.

Campbell m'adresse un sourire de triomphe. « Tu es dans le vrai, pour Aleksei Kuznet. Il n'est pas du genre à se laisser détrousser de deux millions. Mais, soit dit en passant, c'est toi qu'il accuse d'avoir volé ses diamants. Il a officiellement porté plainte, et nous avons demandé un mandat d'arrêt contre toi. À ta place, je me chercherais un bon avocat. »

La rage me fait presser le pas. Joe a un peu de mal à se maintenir à mon niveau, tandis que je descends le couloir et que je m'engouffre entre les portes battantes vitrées.

Sur le trottoir, une voix s'élève comme une rafale de vent glacée : « C'est vous qui l'avez tué ? »

Tony Murphy attend ma réponse, les dents serrées, raide et crispé de la tête aux pieds. « Je reviens de la morgue, poursuit-il. Je suis allé l'identifier. Vous avez déjà vu un demi-cadavre ? Il était gonflé d'eau, blanc et bouffi comme un cierge qui aurait fondu. Les flics disent qu'il s'est fait tirer dessus. Ils ont un témoin — c'est vous, ce témoin ?

— Oui. »

Il se mordille l'intérieur de la joue. « Et c'est vous qui l'avez flingué ?

— Non.

— Vous savez qui l'a fait ?

— Je ne sais pas qui était derrière le fusil, mais je l'ai vu tomber. Je n'ai rien pu faire pour lui. »

Tony déglutit laborieusement. « Je vais devoir m'occuper de maman et de Stevie, maintenant. Le pub, c'est tout ce qui nous reste.

— Je suis navré… »

Il voudrait faire ou dire quelque chose de plus, mais il reste planté là, sans mot dire, prisonnier de sa propre détresse, sous les projecteurs des tours de garde.

« Rentre chez toi, Tony. Je vais démêler tout ça. »

29

Joe attend que je lui dise quelque chose. Ses yeux sombres me contemplent avec une tristesse vague, qu'accentue la certitude de ne rien pouvoir faire pour m'aider. De mon côté, je ne cesse de ruminer la façon dont les choses auraient dû se dérouler. Campbell aurait dû organiser une équipe chargée de cette mission. Il aurait dû mettre une vingtaine d'inspecteurs sur les traces de Kirsten et de Gerry Brandt. Placer Aleksei sous haute surveillance et faire perquisitionner son bateau.

Je retourne tout ça dans ma tête pendant une bonne heure. Je ne peux plus m'offrir le luxe de me tromper dans mes décisions.

Nous longeons Euston Road, au-delà de Regent's Park.

« Que comptez-vous faire ? me demande-t-il.

— Les retrouver.

— Tout seul ?

— Je n'ai pas le choix. »

Joe semble avoir un plan. « Et si nous rassemblions quelques bénévoles ? Nous pourrions demander à nos amis et à nos parents. Combien de personnes nous faudrait-il ?

— Aucune idée. Il faudrait enquêter auprès des hôpitaux, des médecins et des cliniques. Kirsten est forcément allée se faire soigner quelque part.

— Nous pourrions nous installer dans mon bureau, dit Joe. L'espace n'est pas illimité, mais il y a la salle d'attente, un débarras et une cuisine. J'ai six lignes téléphoniques et un fax. Nous pourrions trouver plus de postes. Je peux demander à ma secrétaire de contacter des volontaires potentiels. »

Nous nous garons devant le bâtiment où se trouve son cabinet. « Et maintenant ? »

L'air est ébranlé d'un petit choc invisible. Notre décision est prise.

« D'une façon ou d'une autre, je vais me débrouiller pour voir Rachel Carlyle. »

Pas de tennis aujourd'hui. Le court est parsemé de flaques et de grosses gouttes s'accrochent aux mailles du filet comme des perles de verre. La pluie s'est faite plus froide. Ça doit être l'automne…

Garé devant la villa de Carlyle, je surveille l'entrée en écoutant la radio. Ils ont prononcé le nom de Ray Murphy, mais pour Kirsten c'est le black-out complet. Campbell a dû exiger le secret.

Comme je ramène mon regard vers la maison, je vois une Mercedes sombre franchir le grand portail. Elle marque une pause, avant de tourner à gauche. Sir Douglas et Tottie vont prendre l'air.

Je laisse s'écouler quelques minutes, puis je mets pied à terre et j'entre dans le jardin. Des feuilles détrempées se sont accumulées le long de l'allée, piégées par les haies. Quelques-unes ont dû boucher le siphon de la fontaine, car l'eau déborde sur le côté, inondant le piédestal.

Évitant l'entrée principale, je contourne le bâtiment. Je gravis les quelques marches qui permettent d'accéder à une porte située sur le côté droit, à laquelle je frappe quatre fois avant qu'elle ne s'ouvre, sur Thomas.

« J'aimerais parler à Rachel.

— Miss Rachel n'est pas ici, monsieur. »

Je n'en crois pas un mot.

« Vous n'avez pas à la protéger. Je n'ai pas l'intention de lui causer le moindre tort. Si elle ne désire pas me parler, je repartirai. »

Il regarde par-dessus mon épaule, en direction du jardin. « Je ne crois pas que sir Douglas verrait cela d'un très bon œil.

— Je vous en prie, posez-lui la question. »

Il soupèse un instant ma proposition et finit par accepter, en me laissant attendre sur les marches. Quelque part, quelqu'un fait flamber des mauvaises herbes. La fumée donne à l'air la couleur d'une eau grisâtre.

Thomas est de retour. « Mademoiselle recevra monsieur dans la cuisine. »

Il m'ouvre le chemin. Nous passons dans des couloirs où s'alignent des toiles représentant des chiens terriers, des chevaux et des faisans. Le bois sombre des cadres se confond avec celui des murs lambrissés, et les animaux ont l'air pris en gelée. Au-dessus de l'escalier, je reconnais des paysages anglais avec des lacs et des cours d'eau.

Il me faut un certain temps pour réaliser que Rachel est déjà là, dans la cuisine. Elle m'attend, debout, grande et brune, figée comme sur un portrait. Ses cheveux coiffés en arrière lui arrivent à l'épaule.

« Votre père m'avait dit que je ne pouvais pas vous voir, lui dis-je.

— Il ne m'a même pas demandé mon avis. »

Elle porte un jean et une chemise en soie. Son visage triangulaire est adouci par sa nouvelle coupe de cheveux, plus courte que celle dont j'avais le souvenir.

« J'ai entendu dire que vous aviez totalement oublié ce qui est arrivé, cette nuit-là.

— Oui. Pendant quelque temps. »

Elle se mord la lèvre du bas et semble se demander si elle doit me croire. « Mais moi, vous ne m'aviez pas oubliée.

— Non. Mais j'ignorais ce que vous étiez devenue. Il y a seulement quelques jours que j'ai retrouvé votre trace. »

Son regard se fait plus pressant. « Alors… avez-vous vu Mickey ? Était-elle bien là ?

— Non. Je suis navré. »

Elle détourne le visage, avec une moue de dépit. « Ça doit être confortable de perdre la mémoire, de tout oublier. Toutes ces horreurs, cette culpabilité, ces regrets — balayés, emportés. Il y a des jours où, moi aussi, j'aimerais… » Elle n'achève pas sa phrase. Penchée au-dessus de l'évier, elle remplit un verre d'eau et le vide dans une jardinière où poussent des violettes, sur le rebord de la fenêtre. « Vous ne m'avez jamais demandé pourquoi j'avais épousé Aleksei.

— Ça ne me regarde pas.

— Je l'ai rencontré à un dîner, une œuvre de bienfaisance pour les orphelins de Bosnie. Il avait déposé un énorme chèque. À l'époque, il signait des chèques à tours de bras. Chaque fois que je l'amenais à des conférences ou à des réunions concernant la déforestation, la défense des animaux ou la lutte contre la pauvreté — il sortait son carnet de chèques.

— Pour acheter votre indulgence.

— À l'époque, je n'ai jamais douté de sa sincérité.

— Vos parents ne l'aimaient pas beaucoup ?

— Ils étaient horrifiés, vous voulez dire. À leurs yeux, n'importe qui aurait mieux valu qu'un émigré russe, avec un assassin pour père.

— Et vous ? Vous l'aimiez ? »

Elle réfléchit. « Oui. Je crois.

— Que s'est-il passé ? »

Elle hausse les épaules. « On s'est mariés. Pendant les trois premières années, nous avons vécu en Hollande. Mickey est née à Amsterdam. Aleksei commençait juste à bâtir son empire. »

Elle parle d'une voix basse, introvertie, méditative. « Malgré ce que peut en penser mon père, je ne suis pas totalement écervelée. Je sentais qu'il y avait quelque chose. J'avais eu vent de certaines rumeurs. Je surprenais des signes, des regards nerveux. Quand j'en parlais à Aleksei, il répondait que les gens étaient jaloux. Je savais qu'il était impliqué dans quelque chose de suspect. Mais chaque fois que j'essayais de l'interroger, il se fâchait. Il disait qu'une femme ne doit pas harceler son mari de questions indiscrètes. Qu'elle doit se contenter de lui obéir.

« Jusqu'au jour où l'épouse d'un gros horticulteur hollandais est venue me voir à la maison. J'ignore comment elle avait eu mon adresse. Elle m'a montré une photo de son mari — son visage était tellement ravagé par l'acide qu'on aurait dit de la cire fondue.

« "Vous savez pourquoi une femme reste avec un homme qui ressemble à ça ?" m'a-t-elle demandé, et, comme je secouais la tête, elle a dit : "Parce que ça ne peut pas être pire que d'être avec celui qui le lui a fait !"

« J'ai alors commencé à mener mon enquête. J'écoutais les conversations, je lisais les e-mails, je gardais des copies des lettres… ce qui m'a permis d'apprendre pas mal de choses.

— Assez pour vous faire tuer.

— Assez pour assurer ma propre sécurité, disons. J'ai appris comment Aleksei dirigeait ses affaires. Une méthode très simple, mais diablement efficace. Il commence par faire une offre de rachat pour une entreprise. S'il ne parvient pas à se mettre d'accord avec les propriétaires sur un prix, il la brûle. S'ils la reconstruisent, il brûle les propriétaires avec leur maison. Et si le message n'est toujours pas passé, il brûle aussi les maisons des frères, des cousins et, au besoin, les écoles que fréquentent leurs enfants.

— Comment a-t-il réagi, quand vous l'avez quitté?

— Il a commencé par les supplications. Puis il a essayé de me corrompre à force de largesses. Et enfin, il a tenté de me faire peur.

— Vous n'étiez pas retournée dans votre famille? »

Elle repousse une mèche de cheveux derrière son oreille et secoue la tête. « J'ai passé toute ma vie à les fuir. »

Nous gardons le silence. Le courant d'air tiède que dispense le climatiseur fait virevolter quelques-unes de ses mèches.

« Quand avez-vous vu Kirsten Fitzroy pour la dernière fois?

— C'était il y a deux mois environ. Elle m'a dit qu'elle partait à l'étranger.

— A-t-elle précisé pour quel pays?

— En Amérique ou en Amérique du Sud. En Argentine, peut-être. Elle m'avait promis de m'envoyer une carte postale, mais je n'ai rien reçu. Que s'est-il passé? Aurait-elle des problèmes?

412

— Vous vous étiez rencontrées à Dolphin Mansions ?

— Oui.

— Savez-vous si Kirsten connaît votre père ?

— Non, je ne pense pas.

— En êtes-vous sûre ?

— Pourquoi ? Qu'est-ce qu'elle a fait ?

— C'était lui qui payait son loyer, à Dolphin Mansions. Et plus tard, il l'a aidée à s'acheter un appartement à Notting Hill. »

Elle reste sans réaction. Je serais bien incapable de dire si elle tombe des nues, ou si elle l'a toujours soupçonné.

« Elle vous surveillait. Sir Douglas voulait obtenir la garde de Mickey. Ses avocats travaillaient déjà sur un dossier. Leur argument était que vous ne pouviez assumer la garde de votre fille, à cause de l'alcool. La requête a été retirée auprès des tribunaux lorsque vous avez pris la décision de vous faire soigner.

— J'ai peine à le croire », murmure-t-elle.

Je suis loin d'en avoir terminé, mais je me demande ce que je dois lui dire.

« La nuit de la remise de la rançon, j'ai suivi les diamants dans les égouts, et j'ai abouti dans la Tamise. C'est Kirsten qui m'a sauvé la vie.

— Qu'est-ce qu'elle faisait là ?

— Ils attendaient les diamants, elle et Ray Murphy. Ils avaient tout organisé — les lettres, la demande de rançon, les cheveux, le bikini… Kirsten savait tout de vous et de votre fille. Elle a compté les pièces de la tire-lire de Mickey. Elle savait exactement où appuyer. »

Rachel secoue la tête. « Mais le bikini… c'était bien celui de Mickey.

— Oui. Et c'est sur elle qu'ils l'ont pris. »

Tout à coup, elle prend la mesure de mes révélations ; le sentiment du danger précède d'une seconde l'éclair de la compréhension.

Au même instant, une porte s'ouvre à la volée quelque part dans la maison et la pression atmosphérique chute d'un coup. Sir Douglas traverse le grand hall en coup de vent. Il appelle Thomas et lui crie d'alerter la police. Le maître d'hôtel a dû lui téléphoner peu après mon arrivée.

Le père de Rachel reste quelque temps hors de vue, puis il réapparaît sur le seuil de la cuisine, une arme au poing. Son visage semble clignoter comme un voyant d'alarme.

« Ne bougez pas ! Vous êtes en état d'arrestation.

— Calmez-vous.

— Vous êtes ici chez moi, sans mon autorisation.

— Pose cette arme, papa. »

Il la pointe sur moi. « Écarte-toi de lui.

— Je t'en prie ! Pose ça immédiatement. »

Rachel le regarde d'un air incrédule. Elle s'avance vers lui, ce qui détourne un instant son attention. Il ne me voit pas venir. Empoignant son arme, je la lui fais lâcher en lui tordant le poignet et j'achève de le mettre hors combat d'un coup de poing juste sous les côtes flottantes. Je jette un coup d'œil d'excuses à Rachel. Je n'avais vraiment pas l'intention de lui faire le moindre mal...

Sir Douglas prend une longue inspiration entrecoupée de hoquets, puis il parvient à parler et m'enjoint à nouveau de sortir. Mais j'ai déjà pris le chemin de la porte. Rachel m'emboîte aussitôt le pas, me suppliant de lui expliquer.

« Mais pourquoi ? Pourquoi auraient-ils enlevé Mickey ? »

414

Je me retourne vers elle et lui décoche un clin d'œil dénué de toute joie. « Ça, je n'en sais rien. Demandez à votre père… »

Je ne veux surtout pas lui donner de faux espoirs. Je ne suis même pas sûr d'avoir dit vrai. Je n'en suis pas à une erreur près, ces jours-ci.

Je descends les marches du grand perron et m'engage dans l'allée dont les graviers crissent sous mes semelles. Rachel m'interpelle depuis les marches.

« Et Mickey ? me crie-t-elle.

— Je pense que Howard ne l'a pas tuée. »

Elle reste d'abord sans réaction. Soit qu'elle ait renoncé à tout espoir, soit qu'elle accuse le choc, empêtrée dans l'écheveau du passé. Mais un instant plus tard, elle me rejoint en courant. Je lui ai laissé le choix entre la haine, le pardon ou l'espoir. Et elle semble avoir choisi l'espoir.

30

« Où allons-nous ? me demande-t-elle.

— Vous allez voir. Nous y sommes presque. »

Nous nous garons devant un cottage, à Hampstead. Une charmille surplombe le portail d'entrée, qui s'ouvre sur une allée bordée de rosiers entretenus avec amour. Nous traversons le jardin à toutes jambes, sous un petit crachin automnal, et nous nous serrons sous l'auvent de l'entrée, jusqu'à ce qu'on vienne nous ouvrir.

Esmeralda Bird, une dame d'âge respectable, vêtue d'un cardigan et d'une jupe assortie, nous prie d'attendre dans son salon, pendant qu'elle va chercher son mari. Nous nous asseyons au bord du canapé. La pièce est pleine de coussins, de napperons au crochet et de portraits de petits-enfants dodus à souhait. Voilà à quoi ressemblaient les intérieurs anglais, avant l'invasion du design scandinave en aggloméré…

J'ai fait la connaissance de Mr et Mrs Bird voilà trois ans, à l'occasion de l'enquête initiale. Ces deux charmants retraités surveillent leur langage lorsqu'ils s'adressent aux officiers de police et ont une voix particulière, qu'ils réservent au téléphone.

Mrs Bird revient. Elle a changé quelque chose à ses cheveux — elle les a coiffés en arrière ou brossés d'une autre façon. Elle a passé un nouveau cardigan et mis ses boucles de perles.

« Je vais faire le thé.

— Ne vous dérangez surtout pas pour nous… »

Elle fait la sourde oreille à mes protestations. « J'ai justement un gâteau tout prêt. »

Brian Bird arrive à son tour, clopin-clopant, avec l'air d'un mort-vivant filmé au ralenti. Il a le crâne totalement chauve et le visage aussi ridé qu'un sac de cellophane froissé. Appuyé sur sa canne, il met ce qui me paraît une éternité à se poser dans un fauteuil.

Nous gardons le silence, tandis que le thé infuse. Mrs Bird fait passer une assiette garnie de tranches de cake.

« Vous vous souvenez de ma dernière visite ?

— Oui. Vous enquêtiez sur cette fillette qui avait disparu — celle que nous avions vue sur le quai du métro. »

Le regard de Rachel fait la navette entre mon visage et celui de Mrs Bird.

« C'est bien ça. Vous pensiez avoir vu Mickey Carlyle. Je vous présente Rachel, sa mère… »

Nos deux hôtes lui adressent des sourires navrés.

« J'aimerais que vous répétiez à Mrs Carlyle ce que vous avez vu, ce soir-là.

— Avec plaisir, répond Mrs Bird. Mais en définitive, il semblerait bien que nous nous soyons trompés. Ce sale type, là… Celui que vous avez mis en prison — je ne me souviens plus de son nom. » Du regard, elle interroge son mari qui la contemple d'un œil vague, sans réagir.

Rachel a retrouvé sa voix. « Pourriez-vous nous dire ce que vous avez vu, je vous prie ?

— Sur le quai, oui… Attendez voir. C'était… un mercredi soir. Nous étions allés au Queen's Theatre, voir *Les Misérables*. J'ai déjà vu cette pièce une bonne trentaine de fois. Brian a manqué quelques-unes des représentations, à cause de son pontage — pas vrai, Brian ? »

Brian hoche la tête.

« Qu'est-ce qui vous fait dire qu'il s'agissait bien de Mickey ? lui demandé-je.

— Sa photo avait paru dans tous les journaux. Nous étions dans le métro — nous descendions par l'escalier roulant. Elle était là, en bas. L'air un peu perdue.

— Un peu perdue ?

— Oui, elle semblait hésiter sur la direction à prendre.

— Comment était-elle vêtue ?

— Attendez un peu, que je réfléchisse. Ça commence à faire longtemps, vous savez. Qu'est-ce que je vous avais dit à l'époque ?

— Un pantalon et un blouson, lui soufflé-je.

— Oui, c'est vrai — mais Brian pense qu'elle portait plutôt un de ces pantalons de survêtement, avec des fermetures Éclair dans le bas. Mais ce qui était sûr, c'est que son blouson avait une capuche.

— Et elle avait la capuche sur la tête ?

— Oui.

— Ce qui fait que vous n'avez pas vu ses cheveux. Vous ne savez pas s'ils étaient longs ou courts ?

— Je n'ai vu que sa frange.

— Quelle était sa couleur de cheveux ?

— Châtain clair.

— À quelle distance l'avez-vous approchée ?

— Brian ne pouvait pas se déplacer très vite, à cause de ses jambes. Je le précédais de quelques pas. Nous étions à quelque chose comme trois mètres d'elle. Au début, je ne l'ai pas reconnue. Je me suis dit qu'elle avait l'air de s'être perdue, mais je n'ai pas fait le rapprochement. Je lui ai dit : "Est-ce que tu es perdue, mon poussin ? Tu veux que je t'aide à retrouver ton chemin ?" Mais elle s'est enfuie.

— Dans quelle direction ?

— Vers le quai. » Elle hoche résolument la tête, puis se penche en avant, la tasse à thé à la main, pour prendre une soucoupe qu'elle place sous sa tasse.

« Je crois qu'à l'époque, il avait été question de vos lunettes, vous souvenez-vous ? »

Elle porte la main vers l'arête de son nez, d'un air confus. « Effectivement, oui.

— Vous ne les portiez pas, ce soir-là ?

— Non. D'habitude, je ne les oublie jamais.

— Avait-elle les oreilles percées ?

— Je ne m'en souviens pas. Elle est partie trop vite.

— Mais vous avez dit qu'elle avait les incisives de devant écartées, et le nez parsemé de taches de rousseur. Vous avez aussi remarqué qu'elle avait quelque chose dans les mains. Pensez-vous que ça aurait pu être une serviette de bain ?

— Seigneur, je n'en sais trop rien ! Sur le moment, je n'ai pas bien regardé. Il y avait d'autres personnes, autour de nous. Eux, ils ont peut-être vu.

— Nous avons fait des appels à témoin. Personne ne s'est présenté.

— Ah, ça par exemple… »

Une tasse tinte contre une soucoupe. Les mains de Rachel sont prises d'un incoercible tremblement.

« Avez-vous des petits-enfants, Mrs Bird ?

— Oh, que oui ! J'en ai six.

419

— Quel âge ont-ils ?

— Entre huit et dix-huit ans.

— La fillette que vous avez vue au pied de l'escalator, avait-elle à peu près le même âge que le plus jeune de vos petits-enfants ?

— Oui, c'est cela.

— Avait-elle l'air effrayée ?

— Perdue. Elle avait l'air perdue. »

Rachel la dévisage avec dans le regard une intensité presque extatique.

« Désolée de ne pouvoir vous en dire davantage. Cela remonte à trois ans, maintenant. » Mrs Bird jette un bref coup d'œil vers ses mains. « Ça aurait vraiment pu être elle. Mais quand la police a arrêté ce type… Eh bien, je me suis dit que nous avions dû faire fausse route. À notre âge, nos yeux peuvent nous jouer des tours. Cette histoire est vraiment navrante. Vous reprendrez bien un peu de thé ? »

Sur le chemin du retour, Rachel me bombarde de questions auxquelles je ne peux répondre. Nous avions recueilli des dizaines de déclarations de personnes qui prétendaient avoir vu Mickey, quelques jours ou quelques semaines après sa disparition. En l'absence de tout témoignage corroborant, et compte tenu du fait que Mrs Bird n'avait pas ses lunettes, je ne pouvais me fier totalement à ses souvenirs.

« Il devait bien y avoir des caméras de surveillance dans la station, me fait remarquer Rachel.

— Mais ce qu'elles ont enregistré est inutilisable. Sur les images, on ne peut même pas dire s'il s'agit d'un enfant. »

Rachel insiste : « Je voudrais les voir.

— Parfait. C'est justement là que nous allons. »

Le siège social du métro londonien est situé sur Broadway, à deux pas de New Scotland Yard. Le chef superintendant Paul Magee, responsable de la police des transports pour le secteur, est un ami de trente ans. Nous avons fait connaissance à l'époque héroïque où l'IRA nous faisait passer des nuits blanches. À présent, c'est à des terroristes d'un autre genre qu'il a affaire.

Il a le visage mince et le menton rasé de frais. Il garde un air presque juvénile, malgré ses cheveux poivre et sel, où le sel l'emporte un peu plus chaque fois que je viens le voir. Il va finir par avoir l'air d'un blondinet…

« Tu as une mine de déterré, Vince !

— Je ne sais pas pourquoi, mais en ce moment, on n'arrête pas de me le dire.

— Il paraît que tu vas encore divorcer. Qu'est-ce qui s'est passé ?

— J'ai oublié de mettre du sucre dans son thé. »

Il s'esclaffe. Paul s'est marié avec son amour de jeunesse — sa femme et lui se sont rencontrés au collège, en quatrième. Shirley, son épouse, le surveille de près et déplore l'influence néfaste que j'exerce sur lui — ce qui ne l'a apparemment pas empêchée de me choisir comme parrain pour son fils aîné.

Le bureau de Paul donne sur la caserne de Wellington. Il assiste tous les jours à la relève de la garde, à demeure. Rachel reste en arrière. Elle attend que je fasse les présentations. Son nom n'évoque aucun souvenir à Paul. Je lui explique le but de notre visite — visionner une bande vidéo qui date d'il y a trois ans.

« Nous ne les conservons pas si longtemps.

— Celle-là, si. Je te l'avais expressément demandé. »

Il fait tout à coup le lien et dévisage un instant Rachel. Puis il nous entraîne dans un couloir, ouvrant des portes défendues par des codes d'accès, et nous pilote jusqu'au Saint des Saints.

Nous finissons par arriver dans une petite pièce équipée de gros magnétoscopes. Rachel contemple la bande qui se rembobine. Elle semble retenir son souffle. Des images en noir et blanc apparaissent à l'écran. On y distingue une silhouette, au bas des escalators, à la station de Leicester Square. En supposant que c'est une fillette, elle porte un ensemble de jogging sombre et a les bras chargés de quelque chose. Ça pourrait être une serviette… ou à peu près n'importe quoi d'autre.

La station est équipée de douze caméras, toutes installées au-dessus des quais et des escalators. Leurs angles de prise de vue ne nous ont pas permis d'enregistrer des visages. Aucun traitement informatique ne pourrait restituer un visage qui ne s'est pas tourné vers l'objectif.

Paul nous laisse seuls. Je rembobine la cassette. Je la repasse. Penchés sur l'écran, nous regardons la fillette descendre l'escalator, en nous retenant de l'appeler pour qu'elle lève le nez vers la caméra. Parvenue au pied des escalators, elle marque une pause. Mrs Bird apparaît à l'image et trois secondes plus tard, c'est son mari qui arrive avec son déambulateur. C'est là que Mrs Bird a dit quelque chose à la fillette, avant qu'elle ne s'éloigne et disparaisse dans le couloir qui devait l'emmener vers le quai d'une ligne à destination du sud de Londres.

L'heure et la date s'affichent en bas de l'écran, sur la droite : 22 :14, le 25 juillet. Le mercredi soir.

Sur le quai, une seconde caméra a enregistré l'image de la fillette, mais de nettement plus loin. Elle semble être seule. Une brune bien en chair, portant un uniforme d'infirmière, la croise sans la remarquer.

« Alors, qu'en pensez-vous ? » demandé-je à Rachel.

Elle ne répond pas. Me retournant vers elle, je vois des larmes briller dans ses yeux. Elle cligne les paupières et elles se mettent à ruisseler sur ses joues.

« Vous en êtes sûre ? »

Elle hoche la tête, sans mot dire.

« Mais elle pourrait avoir sept ou dix-sept ans. À aucun moment on ne voit son visage…

— C'est elle. Je reconnais ma fille. Je connais sa façon de marcher, de se tenir, de porter la tête… »

Dans neuf cas sur dix, je mettrais ça sur le compte du désespoir d'une mère qui veut continuer à croire que sa fille est toujours vivante. C'est d'ailleurs pour cette raison que j'avais préféré ne pas montrer ces images à Rachel, il y a trois ans. Elles risquaient de faire dérailler toute l'enquête, d'envoyer des dizaines de policiers sur de fausses pistes et de disperser l'attention du public, au lieu de la canaliser sur la recherche de Mickey.

Mais à présent, je serais tenté de croire Rachel. Il n'y aurait pas un seul juge ou un seul juré dans tout le royaume qui accepterait de croire de façon indubitable que Mickey est bien la personne figurant sur cette bande, mais tant pis. La personne la mieux placée pour en juger semble en être intimement convaincue. Le mercredi 25 juillet, deux jours après sa disparition, Mickey était donc toujours bien vivante.

31

Nous sommes dans la salle d'attente de Joe, en compagnie d'un autre type, un homme entre deux âges dont
le complet veston bâille aux épaules dès qu'il replie les
bras. Il se triture les dents avec une allumette et je sens
son regard sur moi, tandis que je m'assieds.

« La secrétaire est allée chercher du café, m'explique-
t-il. Le professeur est en consultation. »

Je hoche la tête, et il continue à m'observer à la déro-
bée. Finalement, il me demande : « On ne se serait pas
déjà croisés quelque part ?

— Je ne crois pas. Vous êtes flic ?

— Oui. Sergent Roger Casey. On m'appelle Roger
la Mouche… » Il s'approche de quelques sièges et me
tend la main, l'œil posé sur Rachel.

« Où travaillez-vous, Roger ?

— À Holborn, brigade des mœurs. »

Une ambiance de franche camaraderie s'installe,
comme si nous étions deux vieux copains de chambrée.
Sa tête devrait me dire quelque chose, mais il y a des
foules de types de son âge qui ont quitté le service, ces
dix dernières années.

« Et celle-là, vous la connaissez ? enchaîne-t-il.
Combien il faut de flics pour balancer un type dans un
escalier ?

— Aucune idée. Combien ?

— Zéro : il s'est cassé la gueule tout seul ! »

Roger part d'un grand éclat de rire, auquel je réponds d'un sourire mesuré. Il arque le sourcil et se tait.

La secrétaire du professeur est de retour, chargée de gobelets de café et d'un sac en papier maculé de taches de graisse. Elle semble fraîchement sortie de son lycée et cligne des yeux, derrière ses lunettes cerclées de métal. Elle aurait préféré être prévenue de ma visite…

« Je suis l'inspecteur Ruiz. Pourriez-vous avertir le professeur de notre arrivée ? »

Elle pousse un soupir. « Installez-vous… »

Au même instant, la porte intérieure s'ouvre sur le passage de Joe, qui salue Roger d'un signe de tête. Puis son sourire s'épanouit, lorsqu'il nous reconnaît : « Par ici, vous deux ! nous lance-t-il.

— Le sergent était le premier », précisé-je.

Joe secoue la tête et pousse un soupir : « Oh, Seigneur !… Roger, vous aviez fait tellement de progrès ! » Il se tourne vers sa secrétaire : « Pour votre gouverne, Philippa, l'inspecteur Ruiz est un authentique officier de police. Tous les gens qui débarquent ici en déclarant être flics ne sont pas forcément des mythomanes… »

La secrétaire pique un fard, tandis que Roger pouffe dans son coin. Moi aussi, je sens le rouge me monter aux joues.

« Désolé, pour Roger… dit Joe, en nous faisant entrer dans son cabinet. Il se fait passer pour un inspecteur de police auprès des prostituées et fait pression sur elles pour avoir des passes à l'œil.

— Et ça marche ?

— Apparemment.

— C'est un vrai tordu, ce type ! »

Joe me lance un coup d'œil gêné. « Peut-être, mais il fait partie de l'équipe. »

Ça promet !

Joe a passé la matinée au téléphone, à recruter. Jusqu'à présent et aux dernières nouvelles, nous avons déjà le concours de treize volontaires, dont deux vieux potes à moi, des rugbymen, et une balance notoire, qui porte le surnom de « Dicko ». Ce gus est doté d'un sixième sens, particulièrement aiguisé, pour dénicher les embrouilles — mais sans doute au détriment de son odorat, ce qui entraîne un certain relâchement au niveau de son hygiène corporelle.

Au cours de l'heure suivante, nous voyons débarquer le reste de « l'équipe ». Joe a réussi à recruter son beau-frère et Rebecca, sa sœur cadette, qui travaille pour les Nations unies. Julianne nous rejoindra, après être passée chercher les enfants à l'école. Il y a aussi quelques-uns de ses patients, dont Margaret qui ne sort jamais sans sa bouée en forme de torpille orange et Jean, qui passe son temps à nettoyer les téléphones avec des lingettes désinfectantes.

Margaret se glisse près de moi : « Il paraît que vous avez échappé de peu à la noyade, vous... Surtout, méfiez-vous des ponts ! »

Une fois les derniers retardataires arrivés, je rassemble tout le monde dans la salle d'attente. C'est bien la plus étrange équipe d'« enquêteurs » qu'il m'ait jamais été donné de diriger. Ayant accroché deux photos au tableau de liège, je m'éclaircis la gorge et je me présente — non pas comme un inspecteur de police, mais comme un simple civil.

« Les deux personnes que vous voyez sur ces photos sont portées disparues. Ils s'appellent Kirsten Fitzroy et Gerry Brandt. Nous voulons les retrouver.

— Qu'ont-ils fait ?

— Je pense qu'ils ont enlevé une fillette. »

Un murmure court dans la salle.

« Nous devons découvrir quels sont leurs liens. La date et le lieu de leurs éventuelles rencontres, ce qu'ils ont en commun. Mais par-dessus tout, nous devons retrouver leur trace. Chacun de vous aura une tâche bien précise. Personne ne vous demandera de faire quoi que ce soit d'illégal, mais ce travail d'enquête doit rester strictement confidentiel.

— Pourquoi ne demandez-vous pas à la police de les retrouver ? s'étonne le beau-frère de Joe, assis au bord d'un bureau.

— La police ne s'est pas beaucoup investie dans cette recherche, jusqu'à présent.

— Mais vous, vous êtes policier.

— Je l'étais. »

J'enchaîne en leur expliquant que Kirsten a été vue pour la dernière fois à bord du *Charmaine*. « Elle s'était pris une balle dans le côté. Rien ne nous dit qu'elle ait survécu à ses blessures ni à la traversée du fleuve, mais pour l'instant, nous supposerons qu'elle est toujours en vie. Gerry Brandt est un dealer notoire, plusieurs fois condamné pour proxénétisme et attaque à main armée. Personne n'aura à l'approcher. »

Je glisse un œil vers Dicko, dont les lèvres s'agitent vaguement sans émettre le moindre son.

M'adressant à lui, je dis : « Je veux que tu ailles bavarder avec tous les gens qui le connaissent — fournisseurs, clients, passeurs, copains. Il avait ses habitudes dans un pub de Pentonville Road. Vas-y, et demande si quelqu'un se souvient de lui. »

Il commence par grincer des dents quelques instants, avant de laisser tomber : « Il va me falloir un peu de liquidités…

— OK. Mais si je te chope à picoler aux frais de la princesse, je te fore un trou dans le crâne ! »

Les dames de l'équipe ouvrent de grands yeux catastrophés.

« Je ferais peut-être bien d'y aller avec lui, suggère Roger.

— Parfait. Et n'oubliez pas ce que je viens de vous dire. En aucun cas vous ne devez aborder directement Gerry Brandt. »

De la main, Roger m'adresse un petit signe désinvolte.

« Philippa, Margaret et Jean, j'aimerais que vous téléphoniez à tous les hôpitaux, cliniques et dispensaires de Londres et de sa région. Inventez une histoire. Dites par exemple que vous êtes à la recherche d'une amie qui a disparu. Rachel et le professeur se chargeront de contacter la famille de Kirsten et ses anciens employés. Elle a passé son enfance dans le Devon.

— Et vous ? Qu'est-ce que vous allez faire ? demande Joe.

— Gerry Brandt avait une ex-petite amie, une petite, maigrelette, avec les gencives en mauvais état et un balayage de mèches blondes. Avec un peu de chance, elle aura peut-être une idée de l'endroit où il a pu se planquer. »

Hell's Half-Mile est une rue située derrière King's Cross Station. Les trottoirs grouillent de monde, et les tapineuses s'agglutinent autour de braseros de fortune, pour se tenir chaud. Certaines n'ont guère plus de seize ans, mais comment en être sûr ? Même en l'absence de toute plaie, bosse, ecchymose ou cicatrice, une année dans la rue vous fait vieillir de cinq ans.

Il ne reste plus beaucoup de prostituées sur les trottoirs. La police les a chassées de la rue. Presque toutes travaillent pour des agences de rencontre ou des salons de massage, à présent. Certaines suivent les meetings politiques, les conférences, les expositions ou les salons professionnels aux quatre coins du monde. Prostituée — un métier d'avenir qui vous fera voir du pays !

Celles de ce quartier attendent le client dans des couloirs ouverts, menant à des studios, dans les étages. Aux fenêtres, des panneaux annoncent : « Jeune modèle pour photos d'art » ou quelque chose du genre. La plupart sont assistées d'une femme de chambre, généralement une femme d'un certain âge qui se charge d'encaisser le prix de la passe, augmenté d'un petit pourboire.

En dehors du bouche à oreille, elles laissent des cartes dans les cabines téléphoniques, ou comptent sur les chauffeurs de taxi — ces saints patrons du micheton en mal d'amour.

Je remonte la rue en flânant, m'efforçant de reconnaître l'une ou l'autre des filles. Une jeune toxicomane coiffée à la Jeanne d'Arc et équipée d'un soutien-gorge pigeonnant m'accoste.

« Tu cherches quelque chose, chéri ? Je peux te renseigner ?

— Oui. C'est quoi le programme de *Sesame Street*, ce soir ? »

Elle rougit jusqu'aux oreilles. « Eh, dégage, vieux con !

— Je cherche une fille, en particulier. Elle s'appelle Theresa. Blonde, un mètre soixante-dix. Originaire de Harrogate. Elle porte un tatouage à l'épaule. Un papillon.

— Et qu'est-ce qu'elle a de plus que moi, ta Theresa ?

— Des vrais seins ! Allez, trêve de conneries, tu l'as vue dans le coin ?

— Non.

— OK. Voilà un billet de cinquante livres. Tu te balades dans la rue, tu frappes aux portes et tu demandes si quelqu'un la connaît. Tu me ramènes la bonne réponse, et les cinquante tickets sont à toi.

— Tu es flic ?

— Non — et pour une fois dans ma vie, je dis vrai.

— Pourquoi tu tiens tant à la retrouver ?

— Elle a gagné au loto. Qu'est-ce que ça peut te fiche ?

— Je le fais, mais pour cent livres.

— Cinquante, j'ai dit — et ça sera sûrement les cinquante livres les plus faciles que tu te seras jamais fait.

— Tu parles ! J'ai certains clients qui jouissent rien qu'en me regardant !

— Sûr !... »

Je la regarde s'éloigner. Elle ne sait même pas encore marcher comme une femme... mais ça n'est peut-être qu'une déformation professionnelle.

Les lampadaires de la rue s'allument l'un après l'autre, en jetant des lueurs violettes sur les trottoirs. Je m'installe à la brasserie du coin qui fait un tabac en vendant des gobelets de café à emporter et de la soupe maison servie par des serveuses tchèques, avec un accent à couper au couteau et des T-shirts moulants. J'aurais l'âge d'être leur grand-père, mais cela ne me culpabilise pas outre mesure. L'une d'elles m'apporte un café et un muffin dont la cuisson laisse un peu à désirer.

La brasserie est pleine de filles et de macs qui viennent relever les compteurs. Deux d'entre eux me surveillent d'un œil froid. Ils sont vissés sur leur chaise, immobiles, raides comme la justice. On dirait deux magistrats.

Dans la vraie vie, les proxénètes ne sont pas tout à fait tels que les montrent les films. Ce ne sont généralement pas des dandys se pavanant en manteau de cuir, avec des kilos de bijoux. Ce sont en majorité de simples dealers, ou des petits amis qui seraient prêts à tapiner eux-mêmes, s'ils tombaient sur le bon créneau.

Mon petit page héroïnomane est de retour. Elle jette un coup d'œil alléché à la marmite de soupe qui fume sur un réchaud. Je lui en offre un bol. Une Noire à peine plus âgée nous couve d'un œil nerveux, de l'autre côté de la vitrine. Elle porte une minijupe plus que mini et des bottes à lacets. Ses cheveux sont divisés en petites tresses qui partent de son front vers l'arrière de sa tête, sur laquelle elles dessinent des sillons réguliers.

« Elle dit qu'elle connaît Theresa.

— Comment elle s'appelle ?

— Brittany.

— Pourquoi ne veut-elle pas entrer ?

— À cause de son mac. Des fois, il la surveille, et il n'aime pas qu'elle tire au flanc. Et mes cinquante livres ? »

Comme elle allonge la main pour me les prendre des doigts, je lui retourne le poignet sur la table et lui relève la manche. Elle a la peau d'un blanc laiteux, mais intacte.

« Cherchez pas, je suis clean, renifle-t-elle.

— C'est bon. Rentre chez toi.

— Avec plaisir, ouais. Vous devriez venir voir où j'habite !… »

Brittany accepte de me parler. Elle semble sur les charbons ardents. Elle mâchonne constamment son chewing-gum, ponctuant chacune de ses répliques d'un bruit de succion.

« Qu'est-ce que vous lui voulez, à Theresa ? Qu'est-ce qu'elle a fait ?

— Rien. Je veux juste lui parler. »

Elle jette un œil du côté de la rue, en se demandant si elle doit me croire ou non, et finit par capituler devant un billet de vingt livres.

« Elle habite dans une tour, à Finsbury Park. Elle a un enfant.

— Est-ce qu'elle turbine toujours ?

— Elle n'a plus que quelques clients. Des habitués. »

Un quart d'heure plus tard, j'escalade quatorze étages d'une tour dont l'ascenseur est en panne. Des effluves d'origines diverses se mêlent dans la cage d'escalier, ainsi que le vacarme des télés et des querelles domestiques des différents étages.

Theresa devait attendre la visite de quelqu'un d'autre, car elle vient m'ouvrir et m'accueille d'un grand geste de bienvenue, seulement vêtue d'une veste de smoking noire et d'une paire d'oreilles de lapin.

« Merde ! Vous êtes qui, vous ?

— Le grand méchant loup. »

Elle jette un coup d'œil dans le couloir, derrière moi, avant de revenir à moi. Et elle finit par me remettre.

« Oh, non !… »

Tournant les talons, elle s'éloigne de la porte, attrapant au passage un peignoir, qu'elle enfile. Je lui emboîte le pas. Le sol du living est parsemé de jouets. Un émetteur-récepteur pour chambre d'enfant bourdonne au-dessus de la télé. La porte de la chambre est fermée.

« Vous vous souvenez de moi ?

— Ouais. » Elle rejette ses cheveux derrière son épaule et s'allume une cigarette.

« Je suis à la recherche de Gerry.

— Vous étiez déjà à sa recherche, il y a trois ans.

— Je suis du genre patient. »

Elle jette un coup d'œil à une pendule en forme d'ananas, accrochée au mur. « Dites donc, j'attends quelqu'un, là. Mon meilleur client. S'il vous trouve ici en arrivant, je peux tirer une croix dessus.

— Un homme marié, je suppose ?

— Comme tous les bons clients. »

Je pousse de côté un parc à bébé, pour venir prendre place sur le canapé. « Concernant Gerry…

— Je ne l'ai pas vu.

— Si ça se trouve, il est caché dans la chambre…

— Soyez sympa — ne réveillez pas le bébé. »

Elle serait plutôt jolie, sans son nez busqué, et les cernes sombres de junkie qui se creusent sous ses yeux.

« Il m'a plaquée, il y a trois ans. Je le croyais mort, jusqu'à ce que je le voie revenir, cet été, tout bronzé, avec tout un tas d'histoires comme quoi il s'était acheté un bar en Thaïlande.

— Un bar ?

— Ouais. Il avait un passeport et un permis avec un nouveau nom. Je me suis dit qu'il avait dû les piquer.

— Vous vous souvenez du nom ?

— Peter Brannigan.

— Pourquoi était-il revenu ?

— Mystère. Il disait qu'il attendait une grosse rentrée.

— Quand l'avez-vous vu pour la dernière fois ?

— Il y a trois jours — ça devait être lundi soir. » Elle écrase sa cigarette et s'en allume aussitôt une autre. « Il a débarqué chez moi en hurlant. Il était vert de trouille. J'ai jamais vu personne dans un tel état. On aurait dit qu'il avait le diable aux trousses. »

Sans doute après avoir blessé Ali. Je me souviens de l'expression de terreur qu'a reflétée son visage, juste avant qu'il ne prenne la fuite. Il s'attendait à me voir débarquer d'un instant à l'autre, pour l'exécuter.

Theresa essuie une traînée de rouge à lèvres, au coin de sa bouche. « Il voulait de l'argent. Il disait qu'il devait quitter le pays de toute urgence. Il était complètement dingue. Je lui ai permis de rester, mais dès qu'il s'est endormi, j'ai pris un couteau, et je le lui ai mis là… » Elle pointe l'index sur sa cloison nasale. « Je lui ai dit de décarrer, et que s'il essayait de revenir, je le buterais.

— Ça, c'était mardi matin ?
— Ouais.
— Avez-vous une idée de l'endroit où il a pu aller ?
— J'en sais rien, et je m'en contrefiche. Ce type est un taré. »

Sa main s'agace sur son paquet de cigarettes vide. Son regard vitreux s'attarde sur le canapé et sur les jouets, avant de revenir vers moi. « En ce moment, les choses auraient plutôt tendance à s'arranger, pour moi. Le dernier truc dont j'aie besoin, c'est bien qu'un Grub, un Peter Brannigan, ou allez savoir sous quel nom il peut se faire passer, vienne tout foutre en l'air ! »

Minuit est déjà passé depuis trois bonnes heures. La lampe du bureau de Joe projette un cercle de lumière plus vive au centre et plus douce en périphérie. J'ai les yeux tellement irrités que je ne peux regarder que la pénombre.

À neuf heures, j'ai acheté des pizzas et à onze, notre stock de café était épuisé. Nos valeureux volontaires ont tous regagné leurs pénates, exceptés Joe et Rachel qui travaillent toujours d'arrache-pied. Le tableau de liège de la salle d'attente est couvert de notes et de messages téléphoniques. À proximité, sous la fenêtre, s'alignent cinq piles de dossiers, formant une étagère improvisée où se sont échoués les restes de pizzas et les bouteilles d'eau.

Rachel est toujours au téléphone.

« Allô, l'hôpital Sainte-Catherine ? Désolée de vous appeler si tard, mais je suis à la recherche d'une de mes amies qui a disparu. Elle s'appelle Kirsten Fitzroy. Elle a trente-cinq ans, des cheveux bruns et des yeux verts, et une marque de naissance dans le cou. »

Rachel attend. « D'accord. Elle n'est peut-être pas chez vous actuellement, mais il ne serait pas impossible qu'elle ait eu besoin de soins, ces dernières semaines. Pourriez-vous consulter vos fichiers d'entrée ? Oui — je sais qu'il est tard, mais c'est important. » Elle refuse de perdre cette bataille. « En fait, c'est ma sœur. Nos parents sont malades d'inquiétude. Nous pensons qu'elle a pu être blessée. »

Elle attend à nouveau. « Rien dans votre fichier. OK. Merci beaucoup. Désolée de vous avoir dérangé. »

Ils ont tous travaillé dur. Roger et Dicko se sont offert une tournée des grands-ducs dans Londres by night. Ils ont écumé les pubs, les casinos clandestins et les bars à strip-tease, en quête de Gerry. Pendant ce temps, Margaret a fait merveille auprès des compagnies aériennes et des agences de voyages. Nous avons plus ou moins établi que Kirsten n'a pas pu quitter le pays sous son nom, du moins pas par un moyen de transport régulier.

Les principaux établissements hospitaliers de Londres n'ont enregistré aucune patiente victime d'une blessure par balle durant la semaine qui a suivi la remise de la rançon. À présent, nous épluchons la liste des médecins et des dispensaires.

Nous en savons bien plus long sur Kirsten qu'il y a six heures. Elle est née en 1972, à Exeter. Son père était postier, sa mère institutrice. Ses deux frères habitent toujours dans le Cornwall. En 1984, elle a décroché une bourse pour Sherbourne, une prestigieuse école privée de filles, dans le Dorset. Elle excellait en arts plastiques et en histoire de l'art. L'une de ses sculptures avait été exposée à Londres, à l'Académie royale. Mais au cours de sa dernière année, elle avait dû quitter l'école en catastrophe, avec deux camarades. On avait parlé de drogue, à l'époque, mais rien n'avait filtré dans son casier.

Un an plus tard, elle avait eu son bac et avait été reçue à l'université de Bristol en histoire de l'art. Elle était sortie major de sa promotion, en 1994. Cette même année, elle avait été photographiée par le magazine *Tatler* à un match de polo qui se tenait à Windsor et auquel elle assistait en compagnie du fils d'un ministre saoudien. Après quoi, elle semble se volatiliser, pour refaire surface six ans plus tard, au poste de directrice de l'agence d'intérim.

« J'ai parlé aux responsables de Sotheby's, m'annonce Rachel. Kirsten était bien connue des marchands d'art et du personnel des salles de vente. Elle y venait toujours en tailleur noir et ne parlait pratiquement qu'à son portable.

— Parce qu'elle enchérissait pour le compte de quelqu'un d'autre ?

« — Voilà quatre mois, elle a emporté un paysage de Turner, pour soixante-dix mille livres.

— Qui était le véritable acheteur ?

— Ils ne nous l'auraient sûrement pas dit, chez Sotheby's. Mais quelqu'un m'a faxé une reproduction de cette aquarelle, et je l'ai reconnue. Je l'ai vue très récemment, dans le bureau de mon père. »

Ses yeux, démesurément agrandis, font la navette entre Joe et moi. Ses pensées semblent s'emballer.

« Je n'arrive toujours pas à croire qu'elle ait pu nous faire une chose pareille ! Elle avait beaucoup d'affection pour Mickey.

— Qu'allez-vous faire ?

— Poser directement la question à mon père.

— Et vous pensez qu'il vous dira la vérité ?

— Il y a un début à tout. »

Le bras de Joe tressaute, tandis qu'il allonge la main vers une bouteille d'eau. « Nous avons plusieurs longueurs d'avance. La famille et les amis de Kirsten ont été contactés. Certains ont reçu des menaces. L'un de ses frères a été battu jusqu'à en perdre connaissance, une heure seulement après avoir refermé la porte au nez d'un type qui prétendait venir récupérer des dettes...

— Vous croyez que les gens de sa famille savent où elle est ?

— Non. »

Rachel hoche la tête. « Jamais elle ne leur ferait courir un tel risque. »

Pourquoi Aleksei se donne-t-il tant de mal ? Il lui suffirait de laisser venir. Kirsten finirait forcément par refaire surface. On finit toujours par les voir réapparaître — témoin, Gerry Brandt. Mais il ne s'agit pas seulement des diamants. Il en fait une affaire personnelle. Si la rumeur dit vrai, s'il a sauvagement exécuté son frère pour avoir quelque peu écorné l'image de la famille, que ferait-il à quelqu'un qui aurait eu la témérité d'enlever sa propre fille ?

Joe s'est installé en face de moi et prend des notes. Il me rappelle mon instituteur de cours préparatoire qui pouvait vous citer le nombre exact de crayons, de livres et de pinceaux qu'il avait en stock dans son armoire, mais arrivait régulièrement en classe le menton encore plein de mousse à raser, ou avec aux pieds des chaussettes dépareillées.

Julianne m'a appelé et a exigé que je lui promette de ne pas laisser son mari conduire sur le chemin du retour. La fatigue aggrave ses symptômes. Puis elle a parlé un moment avec Joe et lui a dit de bien s'occuper de moi.

Rachel a entrepris de réunir les gobelets vides pour les emporter vers le coin cuisine. Il n'y a d'ailleurs rien à laver. Jean a passé l'après-midi à astiquer l'évier de fond en comble.

Joe plonge la main dans sa poche. Il en tire une page froissée, qu'il lisse sur sa cuisse. « J'ai bien réfléchi…

— Tant mieux.

— Je préfère pour l'instant oublier le problème du kidnapping pour me concentrer sur celui de la demande de rançon. Si on examine la lettre, on n'y relève aucun signe de troubles psychologiques ou d'obsessions. Ils ont demandé une somme astronomique mais qui reste réaliste, pour un homme comme Aleksei, ou comme sir Douglas. Une somme qui vaut que l'on coure un tel risque.

« Nous savons qu'il y a au moins trois participants. Kirsten était vraisemblablement le cerveau de l'opération. Ray Murphy s'est chargé des problèmes de logistique. Les capacités intellectuelles de Kirsten la plaçaient très au-dessus du lot. Elle est la minutie même. Elle a tout prévu, tout organisé. Elle a dû tester les dimensions des colis, elle avait tout prévu pour déjouer d'éventuels émetteurs et les tests de médecine légale… »

Et c'est parti… Le professeur est dans son élément. Je l'ai souvent vu exécuter ce petit numéro de télépathie. Il s'infiltre dans l'esprit de ses sujets, jusqu'à ce que tout lui devienne limpide. Il sait ce qu'ils savent, il ressent ce qu'ils ressentent. « Le plan de l'opération était brillant, mais un peu compliqué. Face à un problème trop complexe, la plupart des gens envisagent un certain nombre d'options, des scénarios de rechange. Mais s'il y a trop d'inconnues, ils risquent de s'emmêler les pédales, ce qui explique qu'ils se contentent généralement de planifier jusqu'à un certain point, ou par segments. Il peut aussi arriver qu'ils négligent purement et simplement d'échafauder une stratégie de repli, parce qu'ils excluent d'emblée le scénario de l'échec.

« Les concepteurs de ce plan, quels qu'ils soient, ont pensé à tout, mais ils n'ont pu éviter l'écueil de la complexité. Pensez à tout ce qui devait bien tourner, pour que ça marche : l'emballage des diamants, qui devait être parfait, la surveillance du messager, l'arrivée de la rançon jusqu'au collecteur des eaux pluviales, l'explosion, l'inondation… Il aurait suffi qu'un seul de ces éléments échoue pour faire s'écrouler tout l'édifice.

— Il se pourrait qu'ils aient commencé par tester leur système. Le correspondant qu'a eu Rachel au téléphone a bien dit "appliquons le programme, *comme la dernière fois…*" »

Joe n'est qu'à moitié convaincu. « C'est le genre d'opération qu'on ne s'amuse pas à tenter une seconde fois ! Si on décide de recommencer, on s'arrange pour simplifier radicalement les choses… »

Il se lève et arpente la pièce de long en large, en faisant virevolter ses mains. « Supposons une seconde qu'ils l'aient vraiment kidnappée. Ils l'ont transportée via le sous-sol, et ils utilisent le même moyen pour acheminer la rançon. Mais il leur fallait quelqu'un pour s'occuper de la petite — et c'est vraisemblablement à Ray Murphy qu'est revenue la tâche de choisir l'endroit.

— Sûrement pas dans les égouts ! Trop dangereux.

— Mais l'emmener en surface, c'était risquer qu'elle soit reconnue. Sa photo était placardée à tous les coins de rue.

— Vous pensez qu'ils auraient pu la cacher sous terre ?

— Ça mérite d'être envisagé. »

Il y a quelqu'un qui pourrait peut-être y répondre — Pete Météo. Je jette un œil à ma montre. Dans quelques heures, je pourrai l'appeler.

« Et Gerry Brandt ? demande Joe.

— Il avait un passeport et un permis de conduire au nom de Peter Brannigan. Ça coûte très cher, de se construire une nouvelle identité et de disparaître, même dans un pays comme la Thaïlande. Il faut avoir des relations.

— Vous pensez au milieu de la drogue ?

— Peut-être. Selon l'annuaire international, il existe bien un bar qui s'appelle le Brannigan's, sur la plage de Phuket.

— Voyez-vous ça ! Quelle heure est-il, en Thaïlande ?

— L'heure de les réveiller. »

440

Rachel s'est endormie sur le canapé de la salle d'attente. Je la secoue doucement. « Venez. Je vais vous ramener chez vous.

— Et Mickey ?

— Allez vous reposer. Nous continuerons demain matin. »

Joe est toujours en ligne avec Phuket. Il parle à une serveuse de bar qui ne comprend que quelques mots d'anglais. Il tâche de lui faire décrire Peter Brannigan, pour avoir confirmation que Gerry Brandt et lui ne font qu'un.

Dehors, les rues sont désertes, exception faite de la machine de nettoyage qui passe le long du trottoir en faisant tournoyer ses brosses. J'ouvre la portière à Rachel et elle se glisse sur le fauteuil passager. Ma voiture sent le déodorant au pin et le tabac froid.

Elle m'a emprunté mon pardessus pour l'étendre sur ses jambes. Je sens que les questions se bousculent dans sa tête. Elle voudrait être rassurée. Peut-être faisons-nous totalement fausse route, l'un comme l'autre.

Nous partons en direction de Maida Vale. La lumière des lampadaires balaie l'intérieur de l'habitacle. La tête calée contre son dossier, elle me dévisage.

« Est-ce que vous avez des enfants, inspecteur ?

— Je ne fais plus partie de la police. Vous pouvez m'appeler Vincent… »

Elle attend ma réponse.

« Des jumeaux. Ils sont grands, maintenant.

— Vous les voyez souvent ?

— Non.

— Pourquoi ?

— C'est une longue histoire.

— Une longue histoire ? Pourquoi ? Ce sont vos enfants, non ? »

Je suis pris au piège. Quoi que j'essaie de lui expliquer, elle ne comprendra rien. Elle qui se bat désespérément pour retrouver sa gamine, alors que moi, je ne parle même plus aux miens. À quoi ça rime ?

« Vous savez, il m'arrive de penser que c'est moi qui suis à l'origine de cette terreur que Mickey avait pour le monde extérieur.

— Pourquoi ?

— Je lui répétais sans cesse de faire attention.

— Comme tous les parents.

— Oui. Mais ça allait un peu plus loin. Cela ne se limitait pas à ne pas caresser les chiens errants et à regarder avant de traverser. J'ai dû l'effrayer en lui parlant trop souvent du déchirement que c'est, de trop aimer quelque chose ou quelqu'un qui finit par vous décevoir ou vous être arraché. Elle n'a pas toujours été terrifiée à l'idée de sortir. Ça n'a commencé que lorsqu'elle avait quatre ans.

— Que s'est-il passé ? »

D'une voix mélancolique, où résonne une note de regret, elle me raconte ce samedi après-midi où elle avait emmené sa fille dans un parc du quartier pour donner à manger aux canards. Ce jour-là, il y avait une petite fête foraine avec un manège et un marchand de barbe à papa et de sucres d'orge. Mickey était montée seule sur un cheval multicolore, toute fière de n'avoir plus besoin d'être accompagnée par sa maman. À la fin du tour de manège, son cheval s'est retrouvé de l'autre côté du manège et Rachel, qui parlait avec une autre mère, a mis quelque temps à remarquer qu'il s'était arrêté.

La petite était descendue. Au lieu de faire le tour du manège, elle s'était aventurée entre les jambes des badauds, certaine de finir par y retrouver celles de sa mère.

C'est ainsi qu'elle est arrivée jusqu'à l'étang, où les canards étaient rassemblés sous les branches d'un saule. Deux galopins d'une douzaine d'années leur lançaient des cailloux. Les canards effrayés restaient blottis les uns contre les autres. Mickey s'est alors demandé pourquoi ils ne prenaient pas la fuite, jusqu'à ce qu'elle aperçoive une couvée de canetons qui s'abritaient sous une aile boueuse.

L'un d'eux, un petit noiraud, a quitté le groupe. Un caillou l'a heurté de plein fouet et il a sombré, pour réapparaître un moment plus tard, inerte, à la surface, parmi l'écume verte et les détritus qui s'accumulaient dans ce coin de l'étang.

Mickey a fondu en larmes et s'est mise à hurler. Ses cris ont fait sursauter les garçons, qui ont lâché leurs cailloux et ont jugé plus prudent de décamper.

Mais ses hurlements terrifiés créaient une étrange dichotomie, parmi les promeneurs. Certaines des personnes présentes les ignoraient ostensiblement, tandis que d'autres se contentaient de regarder sans rien faire, attendant que quelqu'un d'autre se décide à intervenir.

À quelques mètres se tenait un petit vieux chenu, aux dents jaunes, qui donnait à manger aux pigeons. Chassant ceux qu'il avait sur les genoux, il s'est levé, s'est approché de Mickey et a relevé ses jambes de pantalon pour s'accroupir près d'elle.

« Quelque chose ne va pas, ma petite demoiselle ?

— Il faut leur dire d'arrêter ! » criait-elle, les mains sur les oreilles.

Mais il n'avait pas l'air de comprendre. « Vous voulez donner à manger aux petits oiseaux ?

— Les canards… sanglota-t-elle.

— Vous voulez donner à manger aux canards ? »

Pour toute réponse, il n'obtint que des hurlements redoublés. Le vieil homme la considéra, sourcils arqués. Il avait toujours eu du mal avec les enfants. Il la prit par la main et se mit en quête de sa mère ou d'un gardien du parc.

Un agent de police arrivait déjà à la rescousse. Se frayant un chemin dans la foule, il prit les choses en main : « Lâchez immédiatement cette petite fille ! l'enjoignit-t-il.

— Je cherche sa mère, expliqua le vieil homme.

— Lâchez cette petite, écartez-vous ! »

Enfin, Rachel arriva. Elle prit sa fille dans ses bras et la serra contre elle à l'étouffer, pendant que le vieil homme, les bras étendus contre le dossier d'un banc, se faisait fouiller par le policeman, qui lui retourna les poches, répandant une pluie de graines.

Plus jamais Mickey ne demanda d'aller jeter du pain aux canards. Elle refusa net d'aller au parc et finit même par refuser de sortir de Dolphin Mansions. Un an plus tard commençait sa première thérapie.

Le livre d'images que Timothy a sorti de la cachette de Mickey racontait l'histoire de cinq petits canards qui partaient à la découverte du monde et finissaient par revenir chez eux. Mais Mickey savait déjà d'expérience que certains canetons ne retrouvent jamais le chemin de leur nid.

32

D'un revers de main, Pete Météo essuie les flocons de crème qui s'accrochent à sa moustache et, du gobelet qu'il tient à la main, m'indique le fleuve : « Les égouts, ça n'a jamais été un endroit pour les petites filles. »

Il a laissé son minibus sur une cale, au pied du Putney Bridge, d'où l'on voit les bateaux à rames sillonner l'eau comme des insectes aquatiques géants. Moley dort à l'arrière, pelotonné sous une couverture, un œil ouvert.

« Où auraient-ils pu la mettre ? »

Pete se vidange lentement les poumons en faisant vibrer ses lèvres. « Il n'y a que l'embarras du choix : stations de métro désaffectées, tunnels de service, abris antibombes, locaux techniques, bouches d'égout… Qu'est-ce qui vous fait croire qu'il pourrait se cacher là-dessous ?

— Il a peur. Des tas de gens le cherchent.

— Hmmmm… c'est pas n'importe qui qui pourrait survivre dans de telles conditions.

— Brandt n'est pas n'importe qui.

— Non, ça n'est pas ce que je veux dire. Prenez Moley… s'il décidait de se cacher dans les égouts, vous ne le retrouveriez jamais. Pas même au bout de deux siècles. Parce que lui, il aime le noir, comme d'autres aiment le froid. Vous voyez où je veux en venir ?

— Ça n'est pas son cas, à ce type.

— Alors, comment se fait-il qu'il puisse s'y retrouver dans les souterrains ?

— Il se dirige de mémoire. Quelqu'un a dû lui montrer une cachette et lui apprendre à y aller. Un ex-égoutier, un certain Ray Murphy.

— Saccharine Ray ! Le boxeur !

— Vous le connaissez ?

— Si je le connais ! Comme boxeur, il n'a jamais vraiment fait le poids, ce vieux Ray. Il a dû plonger plus souvent que Jürgen Klinsmann ! Mais je ne me souvenais pas qu'il ait bossé dans les égouts.

— Ça remonte au déluge. Par la suite, il a travaillé à la prévention des inondations. »

Un sourire se répand lentement sur les traits de Pete, comme une flaque de confiture sur une tartine. « Et leurs anciens locaux techniques se trouvent justement dans le souterrain de la ligne de tram de Kingsway.

— Mais ça fait plus de cinquante ans qu'on n'a pas vu un tram rouler dans Londres.

— Justement. Le tunnel est désaffecté depuis une éternité. D'ailleurs, entre nous, c'était pas très malin comme endroit, pour le centre de prévention des inondations. Ç'aurait été le premier trou à se retrouver envahi par la flotte, en cas de crue. Ce qu'ils peuvent être cons ! »

Le souterrain de Kingsway est l'un de ces étranges monuments méconnus, presque secrets, dont sont jalonnées les villes. Chaque jour, des milliers de personnes passent au-dessus, à pied ou en voiture, sans même soupçonner son existence. Tout ce qu'on en voit, c'est un garde-corps métallique et un bout de voie d'accès pavée, qui s'enfonce dans les profondeurs du sol. Le souterrain longe la Kingsway, l'une des artères les plus animées du West End, jusqu'à l'Aldwych, au niveau duquel il tourne à droite pour aboutir directement sous Waterloo Bridge.

Pete Météo se gare sur la voie d'accès, ignorant superbement les pancartes « stationnement interdit » et les lignes rouges continues peintes sur le sol. Il me tend un casque et sort un panneau « attention travaux ». « Si on vous demande quelque chose, dites qu'on est des services municipaux. »

Les vestiges des rails du tram sont scellés entre les pavés. Une grille monumentale interdit l'accès au tunnel.

« Vous pensez qu'on peut passer ?

— On va être en infraction », dit-il en sortant le plus colossal coupe-boulon qu'il m'ait jamais été donné de voir. À l'arrière, Moley grogne en tirant sa couverture sur sa tête.

Tâchant de tempérer un peu l'enthousiasme de Pete, je lui explique que Gerry Brandt est un individu dangereux et qu'il a déjà expédié une collègue à l'hôpital. Je ne tiens pas à ce qu'il bousille quelqu'un d'autre. Dès que nous aurons la preuve qu'il est bien là-dessous, j'appelle la police.

« Suffit d'envoyer notre taupe en reconnaissance », fait Pete en envoyant un petit coup dans le tas de couvertures, d'où la tête de Moley finit par émerger. « Debout, là-dedans ! »

Nous partons tous trois le long de la voie d'accès, comme un trio de techniciens en route pour leur tournée d'inspection, un vendredi matin des plus ordinaires. Les cadenas de la grille m'ont l'air du genre sérieux, mais le coupe-boulon de Pete n'en fait qu'une bouchée. Nous voilà dans la place.

Je ne distingue qu'une dizaine de mètres de tunnel, mais avant de plonger dans l'obscurité absolue, le souterrain me paraît aller en s'élargissant. Le long des murs s'empilent des panneaux de signalisation — plaques de rue, pancartes et panneaux divers, dalles, bornes de pierre… Les services municipaux doivent utiliser le tunnel comme débarras.

« On ferait mieux de rester là, me souffle Pete. À quoi ça nous avancerait, d'aller faire les cons dans le noir… » Il tend à Moley ce qui ressemble à une fusée de détresse, « au cas où ».

Moley applique la joue contre la muraille et tend l'oreille pendant une quinzaine de secondes. Puis il parcourt quelques dizaines de mètres à petites foulées, sans un bruit, et écoute à nouveau. Quelques secondes plus tard, il est hors de vue. Je n'entends plus que les battements de mon cœur et la pulsation du trafic, une douzaine de mètres au-dessus de nos têtes.

Un quart d'heure plus tard, Moley est de retour.

« Il y a quelqu'un. À une centaine de mètres d'ici, j'ai vu deux petites baraques de chantier démontables. À l'odeur, il doit avoir une lampe à kérosène.

— Qu'est-ce qu'il fait ?

— Il pionce. »

Et là, je ferais mieux de passer le relais. Il me suffirait d'appeler directement notre Petit Bleu préféré, en passant par-dessus Meldrum et Campbell. Dave n'a pas plus de raisons que moi de porter Gerry Brandt dans son cœur. Nous avons l'un et l'autre des comptes à régler avec lui…

Mais une autre partie de moi, la moins rationnelle, voit les choses tout autrement. Je ne parviens pas à

chasser cette image de ma mémoire : Gerry Brandt soulevant Ali sur ses épaules et me lançant ce regard de
défi, avant de se laisser tomber sur elle. Et ce tunnel est
exactement le genre d'endroit où je rêve de le coincer
à l'abri des regards indiscrets — un trou noir, hors de
portée du reste du monde.

Si j'appelle la cavalerie à la rescousse, les collègues
vont débarquer en force, armés jusqu'aux dents. Il
risque d'y avoir des blessés, voire des morts — sans
même parler de trahison ou de complot. C'est simplement le cours normal des choses. L'erreur est humaine.
Or, je ne peux m'offrir le luxe de perdre Brandt. C'est
un salopard, violent et impulsif, qui vend du malheur
au gramme, dans du papier alu ; mais j'ai besoin de lui
pour Ali et pour Mickey. Car il sait forcément ce qu'est
devenue la petite.

« Alors, murmure Pete. Qu'est-ce que vous voulez
faire ?

— Appeler la police. Mais d'abord, je veux parler à
ce type. Je ne veux surtout pas qu'il s'échappe ou qu'il
soit blessé. »

La lumière de l'entrée pose un halo sur la tignasse
de Moley. Il incline la tête de côté, et me regarde avec
une curiosité mêlée d'appréhension. « Pourquoi ? C'est
vraiment un méchant, ce gazier !

— Un peu, oui.

— Vous voulez que je vous emmène ?

— Oui. »

Pete s'accorde cinq secondes de réflexion, puis
hoche la tête. Comme si c'était le genre de chose qu'il
faisait tous les matins au saut du lit. Nous retournons
vers la camionnette, d'où j'appelle ce brave petit Dave.
Je consulte ma montre. À cette heure, Ali doit passer
sur le billard. Sans entrer dans les détails, je crois qu'ils

vont lui fixer des vis dans la colonne vertébrale et souder plusieurs de ses vertèbres.

Pete s'est équipé. Il a sorti d'autres fusées de détresse de sa camionnette et ce qu'il appelle son arme secrète : des balles de ping-pong. « Fabrication maison, explique-t-il. Poudre à canon, poudre de flash, rubans de magnésium, et une goutte de cire à bougie…

— Et qu'est-ce que ça fait ?

— Un grand boum ! s'esclaffe-t-il, avec un grand sourire. Un boucan du diable, doublé d'un vrai 14 juillet ! Vous entendriez ça dans un égout ! »

Comme plan, on ne fait pas plus simple : Moley va s'assurer qu'il n'y a pas d'autres issues. Puis, une fois dans la place, il va allumer les bombinettes de Pete et les fusées.

« Il va en faire dans son froc, ce fils de pute ! » dit-il, tout émoustillé.

Pete me regarde. « Vous avez des lunettes de soleil ? Portez-les et évitez de regarder directement la lumière. Vous n'aurez que quelques secondes pour lui mettre la main dessus, en profitant de l'effet de surprise. »

Nous laissons dix minutes d'avance à Moley. Puis nous nous postons, Pete et moi, de chaque côté du tunnel, et nous partons à tâtons le long des murs. Nous pataugeons dans des flaques d'eau huileuses. Nous piétinons des amas de feuilles qui ont échoué là.

Progressivement, le plafond du tunnel s'abaisse. Les voies ferrées qui passent au-dessus de nos têtes empiètent sur l'ancienne voûte. La baraque de chantier se trouve juste devant moi. Je distingue la lumière jaune d'une lanterne qui filtre autour d'une fenêtre recouverte d'une couverture ou de bandes adhésives.

Je m'accroupis pour attendre Moley. Il pourrait être à portée de ma main que je n'en saurais rien. J'ai la bouche sèche. Voilà deux jours que je carbure à la codéine, pour oublier que je n'ai plus de morphine, en me répétant que je n'ai pas mal à la jambe.

Ce qui se produit ensuite ne fait l'objet d'aucun chapitre dans les manuels de la police. L'explosion sonore est si soudaine et si véhémente que j'ai la sensation de m'être pris un coup de canon en pleine poire. L'obscurité se transforme instantanément en un déluge de lumière. Un faisceau d'arcs éblouissants se déploie sous la voûte, pour atterrir juste devant la porte de la baraque.

Je cligne les yeux. Mes paupières me piquent. Je ne vois plus qu'un grand trou blanc. Tournant la tête, je saute sur mes pieds et je franchis les quelques derniers mètres qui me séparent de la porte de la baraque. Une seconde balle de ping-pong explose et une silhouette apparaît. Un type a surgi de l'entrée, les jambes piaffant sous lui, comme pour prendre son élan. Ébloui, il fonce droit dans le mur du tunnel, s'assommant à demi.

Je l'empoigne par-derrière, les bras noués autour de sa taille. Il bascule sur la gauche, battant l'air de ses bras, et nous nous affalons dans une flaque, mais je tiens bon. Je tire ses bras en arrière, j'essaie de lui passer les menottes. Il m'envoie un coup de tête qui m'atteint au menton.

Il se débat à l'aveuglette. Je suis toujours derrière lui, à califourchon sur son torse. Je lui tords le bras jusqu'à lui arracher un râle de douleur. Il fait le gros dos en s'efforçant de m'atteindre, mais je lui passe un bras autour du cou pour lui comprimer la trachée. Sans relâcher ma prise, je pèse sur lui de tout mon poids, l'obligeant à piquer du nez vers le sol. Il ne peut plus respirer. Ses jambes tressautent comme si tout son corps était en caoutchouc.

Il est à ma merci. Il me suffirait de maintenir ma prise jusqu'à ce qu'il s'étouffe, ou de lui briser le cou. Et alors ?… Sa mort serait-elle une si grande perte pour l'humanité ? Il ne laisserait pas derrière lui beaucoup de chefs-d'œuvre inachevés, ni de médailles non réclamées. La seule trace qu'il laisserait en ce bas monde, ce serait une traînée de sang.

Mon bras se relâche. Je laisse sa tête retomber sur le sol de béton, qu'elle heurte avec un bruit sourd. Il suffoque, tâchant de reprendre souffle.

J'en profite pour ramener son autre bras derrière son dos, lui passer les menottes et rouler sur le côté. Je me relève tant bien que mal et je le regarde. Ses cheveux noirs sont en bataille sur son crâne. Des éclats de verre se sont incrustés dans ses pommettes. Dans les dernières lueurs des fusées de détresse, je distingue un mince filet de sang qui s'égoutte derrière son oreille. Il me semble entendre un hululement, au loin — une sirène de police. « Allons-y. Sortons de ce trou.

— Et si les flics nous cherchent des poux dans la tête ? demande Moley, qui est venu se poster près de Pete.

— Tout ira bien. Restez dans la camionnette. Je me charge des explications. »

Nous arrivons à l'entrée du tunnel. La grille s'ouvre dans un grincement métallique. Deux voitures pleines de flics en armes se sont garées sur la voie d'accès, à proximité de la camionnette. Deux des officiers sont armés de carabines MP5. Un véhicule banalisé s'arrête à leur niveau. J'en vois surgir Dave, suivi de près par Campbell, qui marche comme s'il avait des boules de bowling dans le slip.

« Arrêtez cet homme ! » s'égosille-t-il, l'index pointé sur moi. Gerry Brandt relève la tête.

« Je ne voulais pas le faire, s'exclame-t-il. Je l'ai relâchée !

— Où est-elle ? »

Il secoue la tête. « Je l'ai relâchée…

— Qu'est-ce que vous avez fait de Mickey ?

— Il faut que vous le disiez à Mr Kuznet — que je l'ai relâchée ! »

Un point rouge apparaît sur sa joue, deux centimètres au-dessus de ses écorchures. Une fraction de seconde, le point danse dans ses yeux qui se mettent à cligner, avant de s'élever vers son front. L'information fait tilt dans mon esprit, mais un poil trop tard. Dans un brouillard de sang et de vapeur, je vois Gerry Brandt tournoyer sur lui-même avant de s'écrouler.

La balle a dû être tirée quelque part au-dessus de nous, car elle a successivement traversé sa joue et son cou pour ressortir en dessous de son omoplate. Il doit peser un bon quintal. Je suis incapable de le retenir. Il m'entraîne dans sa chute. Je roule sur moi-même, laissant la gravité faire son boulot. Ma tête heurte plusieurs fois les pavés, jusqu'à ce que je sois arrêté par le mur.

Il n'y a plus un chat sur la voie d'accès. Ils ont tous pris leurs jambes à leur cou et se sont éparpillés comme une bande de cafards. Seul Brandt reste là, impassible. Son visage disparaît sous un pan de sa veste qui commence à s'imbiber de sang.

Il n'y aura pas de second coup de feu. Le premier a suffi.

33

À en croire les spécialistes, notre monde est condamné à disparaître dans cinq milliards d'années, lorsque le soleil, dans un dernier coup d'éclat, engloutira les planètes les plus proches et transformera les autres en brasiers. J'ai toujours imaginé ce grandiose bouquet final comme une sorte d'apothéose, où Jésus et Charlton Heston s'affronteront pour savoir qui aura le dernier mot — mais je ne serai sans doute pas là pour voir ça.

Voilà à quoi je pense, sur le siège arrière d'une voiture de police, tandis que mes collègues s'activent autour du corps de Gerry Brandt qu'ils mitraillent de leurs flashes. Des équipes de policiers en armes écument toutes les maisons du quartier, fouillant systématiquement boutiques, bureaux et habitations. Ils ne trouveront rien. Le tueur est déjà loin.

Campbell aussi. Il a pris la fuite. Je l'ai pourchassé jusqu'à sa voiture en hurlant : « Qui était au courant ? À qui l'aviez-vous dit ? »

À la minute même où j'ai appelé en demandant des secours, quelqu'un a décroché son téléphone pour avertir Aleksei. Sinon, comment le tueur aurait-il pu savoir où se trouvait Brandt ? Je ne vois pas d'autre possibilité.

Une dizaine de policiers descendent la rampe d'accès en ligne, en scrutant les pavés et les feuilles détrempées qui les parsèment, entre leurs bottes cirées. Quelques employés communaux de Camden lorgnent la scène d'un œil curieux.

Toute cette affaire pue le coup monté. Les coupables se font descendre et les innocents se prennent des balles perdues. Ce qui pourrait bien être le cas de Howard. Je ne comprends pas encore quel rôle il a pu jouer dans tout ça, mais je l'imagine très bien, dans sa cellule, allongé sur sa couchette, rêvant à ses premiers jours de liberté.

Les agresseurs d'enfants ont du mal à fermer l'œil en prison. Ils écoutent leur nom, murmuré de cellule en cellule, en une effrayante litanie qui va s'amplifiant...

Les membres de la police scientifique ont débarqué en combinaisons blanches, armés de projecteurs montés sur des supports mobiles qui projettent des ombres grotesques sur les murs du tunnel. Noonan, leur chef, s'égosille dans son dictaphone : « Le sujet est un individu de race blanche et de sexe masculin, physiquement bien développé et bien nourri. On observe une légère contusion violacée sur la partie gauche du front et une autre, au niveau de l'arête du nez — ecchymoses provoquées soit par la chute, lorsque le sujet s'est cogné en tombant après le tir, soit par un coup qui lui aurait été porté au visage avant le tir... »

Le Petit Bleu m'apporte un café dont le goût de bitume rappelle à ma mémoire des souvenirs d'anciennes filatures, de longues stations en planque, de petits matins difficiles.

Noonan retourne le corps pour inspecter le contenu de ses poches et de la doublure de sa veste. Il en sort un petit paquet de papier alu qu'il tient entre deux doigts.

Dave fait la grimace. « En voilà un que je ne pleurerai pas. »

Et je le comprends. Surtout après les déboires d'Ali. Il ne voit toujours pas pourquoi je tenais tant à capturer Brandt vivant. Il desserre sa cravate et déboutonne son col. .

« Il paraît que vous essayez de saborder le dossier Howard Wavell ?…

— C'est faux.

— Le bruit court aussi que vous détenez les diamants d'Aleksei Kuznet, et que vous êtes un ripou.

— Qu'est-ce que tu en penses ?

— Ali vous fait toujours confiance. »

Un bus à deux étages passe, dans une débauche de rouges et de jaunes. Une rangée de visages plombés par l'ennui nous contemplent derrière les vitres. De là-haut et dans la grisaille, Londres ne doit pas être une ville spécialement folichonne.

Je suis donc en état d'arrestation. L'ordre vient de Campbell. Dave n'est tout de même pas allé jusqu'à me passer les menottes. Sans doute mes états de service parlent-ils peu ou prou en ma faveur… Je pourrais même tenter de convaincre les officiers de police qui me gardent — si Ali comptait parmi eux et si elle n'était pas venue se fourvoyer dans ce foutoir.

Le labo en a fini avec la scène du crime. On m'emmène au poste de Harrow Road, où on me fait entrer par la porte de derrière. On me pilote jusqu'au dépôt — je connais la rengaine. On prélève quelques-uns de mes cheveux que l'on scelle sous plastique, puis un échantillon de salive et de cellules de peau, recueilli sur un coton. On me presse les doigts sur un tampon encreur. Après quoi, au lieu de m'enfermer dans une cellule, on me conduit dans une salle d'interrogatoire, où on me laisse mijoter.

Je me penche en avant, les coudes sur les genoux, en m'absorbant dans le décompte des rivets qui maintiennent le plateau de la table. C'est une partie essentielle de tout interrogatoire : le silence est une arme parfois plus efficace que toutes les questions que l'on pourrait poser au prévenu.

Keebal finit par arriver, les bras chargés de dossiers. Il commence à feuilleter ses paperasses — elles n'ont sans doute rien à voir avec moi, mais il veut me faire croire que les preuves s'accumulent sur ma tête. Aujourd'hui, tout le monde est à la fête…

Keebal aimerait se faire passer pour un modèle de patience, mais avec moi, il aurait du mal. C'est peut-être mon sang tzigane, mais je pourrais très bien regarder quelqu'un dans le blanc de l'œil une journée entière sans prononcer une syllabe. Les Gitans sont des sortes de Siciliens. Nous pourrions trinquer en souriant d'une oreille à l'autre, avec un flingue pointé sous la table vers notre interlocuteur.

Enfin, Keebal enclenche le magnéto, et commence par annoncer l'heure, la date et le nom de tous les présents.

« Il paraît que vous avez retrouvé la mémoire, dit-il en tapotant son brushing.

— Et si on remettait ça à plus tard ? Vous n'avez pas le temps, là — vous avez rendez-vous chez votre esthéticienne. »

Il ramène aussitôt la main et me flingue du regard.

« Le 24 septembre, à environ quatre heures de l'après-midi, on vous a remis une mallette contenant neuf cent soixante-cinq diamants de premier choix — exact ?

— Oui.

— Quand les avez-vous vus pour la dernière fois ? »

Mon estomac se noue tout à coup, comme si un rouage interne avait fini par s'enclencher. Je revois parfaitement les colis s'échapper de mon sac de sport, dans mon placard à linge. Un orage sec se déchaîne sous mon crâne — signe avant-coureur d'une migraine carabinée.

« Je n'en sais rien.

— Les avez-vous donnés à quelqu'un d'autre ?

— Non.

— À quoi ces diamants étaient-ils destinés ?

— Vous êtes sûr que vous ne connaissez pas la réponse à cette question ?

— Pour cet enregistrement, je vous demande d'y répondre.

— Une rançon. »

Il me fixe d'un regard vide, sans un battement de paupières. Je suis en train de faire exactement ce qu'il veut : je creuse le trou où il m'a acculé. Je respire un grand coup, et je reprends toute l'histoire. Qu'est-ce que j'ai à perdre ? Au moins, je laisserai une trace. Ma version sera consignée quelque part, au cas où il viendrait à m'arriver quelque chose.

« Quelqu'un a envoyé une demande de rançon pour Mickey Carlyle. Ils ont fourni des cheveux, un bikini semblable à celui qu'elle portait, et des informations que seule une personne très proche de la famille aurait pu détenir...

— Une demande de rançon, pour une fillette qui est morte depuis trois ans ?

— Je ne crois pas qu'elle soit vraiment morte. »

Il en prend note. C'est comme un jeu. Je tiens ma partie. Et pendant les quatre-vingt-dix minutes suivantes, je lui raconte tout par le menu. Des centaines d'heures de recherche synthétisées, condensées, déployées devant lui, comme les pavés d'un chemin qu'il n'a plus qu'à suivre. Mais cela sonne tout de même davantage comme une confession que comme un interrogatoire.

Keebal a tout d'un type qui ferait mieux de se recycler dans la vente de polices d'assurance ou de bagnoles d'occase. « Vous reconnaissez donc avoir été présent sur le bateau, lorsque Ray Murphy a été tué ?

— Oui.

— Et selon vous, les diamants étaient bien dans les colis que vous avez vus sur le pont ?

— Oui.

— Y avait-il un émetteur dans les colis ?

— Oui.

— Quand vous avez sauté par-dessus bord, avez-vous emporté les diamants ?

— Non.

— Où sont-ils à présent ?

— Qu'est-ce qui vous permet d'avancer que je pourrais le savoir ?

— Ils pourraient aussi bien être cachés chez vous, sous votre matelas ?

— Absolument. »

Il scrute mon visage, à l'affût d'un mensonge. Il y est — c'est juste que Keebal ne peut le discerner.

« Je vais vous donner un bon conseil, me dit-il. La prochaine fois que vous tentez de voler une rançon, assurez-vous de vous être débarrassé de l'émetteur. Sinon, vous risquez d'être suivi à la trace…

— Tiens ! À ce propos, comment va Aleksei ? Combien vous paie-t-il pour récupérer ses diamants ? »

Keebal fronce les lèvres et soupire par le nez, comme si je le décevais profondément.

« Dites-moi un truc, enchaîné-je. Un tireur embusqué me met une balle dans la jambe. Je pisse le sang. Je passe huit jours entre la vie et la mort en coma profond. Et vous êtes persuadé que j'ai pris les diamants — mais où… quand… comment ?… »

Une expression de triomphe se peint sur ses traits. « Ça, je vais vous le dire : ils n'ont jamais quitté votre domicile. Vous avez contribué à tout mettre sur pied — la lettre, les tests d'ADN. Vous avez roulé tout le monde. Et tous ceux qui savent le fin mot de l'histoire décèdent mystérieusement, dès que vous apparaissez. Ray Murphy, d'abord, et maintenant Gerry Brandt. »

Il ne peut pas croire un mot de ce qu'il raconte. C'est du pur délire ! Je lui connaissais un petit côté obsessionnel et fanatique, mais là, ça va bien au-delà. Il est fou à lier.

« J'ai été blessé.

— Parce que vous avez essayé de les doubler, sans doute.

— C'est vous qui avez appelé Aleksei. » J'ai imperceptiblement haussé le ton. « Vous lui avez dit où il pourrait trouver Gerry Brandt. Ça fait des années que vous persécutez des flics qui font honnêtement leur boulot. À présent, vous laissez transparaître votre vraie couleur. Vous êtes un jaune, Keebal — de la tête aux pieds ! »

Dans le silence qui s'abat sur la pièce, je pourrais distinguer le bruissement du tissu de sa veste.

Keebal est au courant. Il sait tout.

Le professeur passe me prendre juste après cinq heures.

« Comment va ?

— Je tiens à peu près debout.

— Tant mieux. »

Quel soulagement d'être à nouveau libre… Le simple crissement de mes semelles sur le trottoir est un vrai délice. Keebal n'avait pas de quoi me coffrer et, vu mes états de service, il n'y a pas un juge dans ce pays qui me refuserait la liberté sous caution.

Le cabinet de Joe est toujours en pleine ébullition. Nos valeureux bénévoles passent des coups de fil et pianotent sur leurs claviers, épluchant les listes électorales et les annuaires téléphoniques. Quelqu'un a fixé à la fenêtre une photo de Mickey, au cas où nous aurions oublié le pourquoi de toute cette effervescence.

Des visages familiers se lèvent à mon arrivée — Roger, Margaret, Jean et Rebecca — ainsi que quelques nouvelles têtes. Deux des frères d'Ali nous ont rejoints.

« Depuis quand sont-ils arrivés ?

— Depuis l'heure du déjeuner », répond Joe.

Ce doit être Ali qui les a appelés. Elle a dû sortir du service de chirurgie. Je me demande si elle est au courant, pour Gerry Brandt.

À l'autre bout de la pièce, Rachel m'épie. Elle me jette un regard d'espoir, en tripotant son col d'une main nerveuse.

« Avez-vous pu lui parler ? Enfin… vous a-t-il dit quelque chose ?

— Il a dit qu'il avait relâché Mickey. »

Un hoquet d'émotion lui noue la gorge. « Qu'est-ce qui a pu se passer, en ce cas ?

— Je n'en sais rien. Il n'a pas eu le temps de me le dire. » Me tournant vers les autres, je lance à la cantonade : « À présent, il devient encore plus impératif de retrouver Kirsten Fitzroy. Elle pourrait bien être la

461

seule personne survivante à savoir ce qui est vraiment arrivé à Mickey. »

Nous installons les chaises en cercle pour tenir une grande assemblée générale.

Margaret et Jean ont réussi à retrouver une dizaine d'ex-employées de Kirsten — toutes des femmes, de vingt-deux à trente-quatre ans, portant pour la plupart des noms à consonance étrangère. Elles n'ont accepté de parler qu'avec la plus grande réticence — un palmarès de call-girl, ça peut faire tache dans un CV. Aucune d'elles n'avait revu Kirsten depuis la fermeture de l'agence.

Pendant ce temps, Roger est allé rendre une petite visite aux anciens bureaux de l'agence. Le concierge de l'immeuble avait gardé deux boîtes de dossiers, oubliées sur place lors du déménagement. Parmi les documents se trouvaient des factures d'un laboratoire de biologie médicale. Les filles devaient passer des tests de dépistage pour les maladies sexuellement transmissibles…

Un autre dossier contenait des informations sur des cartes de crédit, identifiées par des initiales. Kirsten devait avoir une liste de ces initiales et des noms correspondants. Du doigt, je parcours la page en quête des initiales de sir Douglas. Rien.

« À cette date, nous avons appelé plus de quatre cents cliniques et dispensaires, dit Roger. Personne n'a gardé trace du passage d'une patiente victime de blessures par balle. Mais il y a eu un cambriolage, le 25, dans une pharmacie de Southwark. Le voleur a emporté des boîtes de pansements et des antalgiques.

— Rappelez ce pharmacien. Demandez-lui si la police a pu relever des empreintes… »

Margaret me tend un café, mais Jean me le prend des mains et file laver la tasse avant même que j'aie eu le temps d'en boire une gorgée. Quelqu'un fait passer des sandwiches et des boissons fraîches. Je me sens tout à fait ragaillardi.

Je me suis assis à l'écart, sur les premières marches de l'escalier. Joe vient me rejoindre et approche un siège. « Vous n'avez rien dit des diamants. Qu'est-ce qu'ils sont devenus ?

— Je les ai mis en lieu sûr. »

Je revois mentalement les petits sacs de velours, cousus dans le ventre du mammouth en peluche, dans l'ancienne chambre d'Ali. Je devrais mettre Joe dans la confidence. Si quelque chose venait à m'arriver, personne ne pourrait les retrouver. Mais je rechigne à exposer quelqu'un d'autre.

« Vous saviez, vous, que les éléphants représentés la trompe en l'air passaient pour porter bonheur ?

— Non.

— C'est Ali qui m'a appris ça. Elle a une superbe collection d'éléphants, mais on peut se demander s'ils lui ont vraiment porté chance… »

J'ai la bouche sèche. Je me lève. J'enfile ma veste.

« Vous allez rendre une petite visite à Aleksei, n'est-ce pas ? » s'enquiert Joe — ma tête à couper qu'il lit dans mes pensées.

Je lui réponds d'un silence éloquent.

« Vous savez que c'est de la folie, dit Joe.

— Il faut stopper ça. »

Je sais que ça peut paraître bête et rétro, mais j'ai toujours eu la conviction qu'il y avait une certaine noblesse à affronter son ennemi face à face, les yeux dans les yeux, quitte à lui percer le cœur de son sabre un instant plus tard.

« N'y allez pas seul.

— Il n'accepterait pas de me recevoir. Je vais prendre rendez-vous. On ne supprime pas froidement un type avec qui on a rendez-vous. »

Joe soupèse l'argument. « OK. Je vous accompagne.

— Non, merci. Mais votre offre me touche infiniment. »

Pourquoi les gens persistent-ils à vouloir m'aider ? Ils feraient mieux de prendre leurs jambes à leur cou. Ali prétend que j'inspire confiance et fidélité, mais j'ai surtout l'impression d'accepter des tas de faveurs que je serais bien en peine de retourner. Je n'ai rien d'un homme parfait. Je suis plutôt du genre cynique et pessimiste. J'ai parfois le sentiment d'avoir été piégé dans cette vie de façon purement accidentelle, au hasard de ma naissance. Mais en de tels moments, un geste de bonté gratuite, ou le simple contact d'un autre être humain, me porte à penser que je pourrais être un homme différent, meilleur, racheté. C'est Joe qui doit produire cet effet sur moi.

Ceci dit, jamais un type sans le sou ne devrait contracter une si grosse dette.

Mon coup de fil à Aleksei passe par plusieurs numéros avant qu'il ne réponde. J'entends des bruits d'eau en arrière-plan. La Tamise.

« Je veux simplement parler. Sans avocats, sans police et sans témoins. »

Il réfléchit rapidement. « Vous avez une idée, pour l'endroit ?

— En terrain neutre.

— Pas question. Si vous voulez me rencontrer, venez chez moi. Au port de Chelsea. Vous n'aurez aucun mal à me trouver. » Un taxi noir me dépose à l'entrée de la

464

marina, quelques minutes avant dix heures. Je consulte ma montre et j'attends que l'aiguille des minutes vienne se placer sur douze. Inutile d'arriver en avance à son propre enterrement…

La lumière des projecteurs ricoche sur les coques impeccables des voiliers et des yachts de croisière, créant des flaques de blancheur, comme de la peinture répandue dans l'eau. Par contraste, l'enchevêtrement des docks gris paraît nettement plus sale et plus obscur. Des bouées multicolores sont suspendues aux piliers enfoncés dans la vase du fond.

Le bateau d'Aleksei, décoré de guirlandes électriques, monopolise deux emplacements à lui seul, avec ses trois ponts dont les lignes aérodynamiques s'élancent en pointe de flèche, de la poupe à la proue. Le pont supérieur est hérissé d'antennes radio et d'émetteurs par satellite.

J'ai passé cinq années de ma vie à bricoler sur les bateaux. Ce sont des joujoux de luxe dont la particularité, outre de voguer sur l'eau, est d'engloutir des montagnes de fric. On dit que plus vous avez le sens de l'équilibre, plus vous êtes susceptible d'avoir le mal de mer. Je ne sais pas si je peux me prévaloir de mon sens de l'équilibre, mais pour moi, une heure de ferry par gros temps peut être plus longue qu'une année.

La passerelle est garnie d'un épais tapis de caoutchouc et d'une rambarde qui s'appuie sur des poteaux de bronze. À l'instant où je mets le pied à bord, je sens le bateau tanguer imperceptiblement. À travers une porte restée ouverte, j'aperçois une grande cabine meublée d'une monumentale table d'acajou pour huit convives. Le long de la cloison est installé un coin bar, avec plusieurs fauteuils disposés devant une télé à écran plat.

Je descends quelques marches en baissant la tête — une précaution inutile. Aleksei Kuznet est installé derrière un bureau, les yeux fixés sur l'écran d'un portable. Il a levé la main pour me faire attendre. Sa main reste là quelque temps, suspendue, immobile, puis son poignet décrit un demi-tour et ses doigts me font signe d'approcher. Quand il lève enfin les yeux, son regard reste fixé sur un point au-delà de ma tête, comme si j'avais oublié quelque chose — la rançon, peut-être. Il veut ses diamants.

« Joli bateau…

— C'est un yacht de croisière.

— Superbe bâtiment. Hors de prix, sans doute ?…

— Très économique, au contraire, puisqu'il me tient lieu de bureau. Je l'ai fait construire d'après des plans américains, dans un chantier naval situé sur la mer Noire, dans la région d'Odessa. Et comme vous voyez, j'ai pris ce qu'il y avait de meilleur — la conception américaine, les ingénieurs allemands, les constructeurs italiens, le teck brésilien et les ouvriers slaves. Certains critiquent les pays d'Europe de l'Est, prétendant qu'ils ne comprennent rien aux lois du capitalisme. Mais ils ne font qu'appliquer le capitalisme sous sa forme la plus pure. Si j'avais voulu faire construire ce bateau en Angleterre, j'aurais dû payer une fortune en assurances, charges, permis et honoraires divers — sans compter les pots-de-vin, j'entends, pour avoir la paix avec les syndicats. Exactement comme quand on fait construire un immeuble. À chaque stade, quelqu'un peut vous mettre des bâtons dans les roues. En Russie, en Lettonie ou en Géorgie, vous n'avez aucun de ces problèmes — si vous avez de quoi payer, évidemment. C'est ce que j'appelle du capitalisme pur.

— C'est pour ça que vous vendez tout ? Vous préparez votre grand retour au pays ? »

Il éclate d'un rire sarcastique. « Ne vous méprenez pas, inspecteur. Je ne suis absolument pas du genre patriotard. Je suis prêt à employer des Russes, à financer leurs écoles et leurs hôpitaux et même, au besoin, à arroser leurs leaders politiques corrompus — mais ne me demandez pas de retourner vivre avec eux. »

Il s'est levé et a mis le cap sur le bar. J'explore du regard la grande cabine, m'attendant presque à entendre le déclic d'un piège qui se refermerait sur moi.

« Pourquoi tout liquider, en ce cas ?

— Des prés plus verts. De nouveaux défis. Je pense sérieusement à m'offrir un club de foot. Ça se fait beaucoup de nos jours. Ou alors, à me trouver un petit coin au chaud, pour l'hiver.

— Je n'ai jamais compris ce qu'on leur trouve, aux pays tropicaux. »

Ses yeux plongent dans l'obscurité d'un hublot, à tribord. « Chacun peut se créer son propre petit paradis, à peu près n'importe où, inspecteur. Mais il est difficile d'aimer Londres. »

Il me tend un verre de scotch, et fait glisser vers moi le seau à glace.

« Êtes-vous marin ?

— Pas vraiment, non.

— Dommage. Moi, ce sont les avions que j'ai en horreur. Vous n'avez jamais vu cet épisode de *La Quatrième Dimension* où William Shatner regarde par le hublot d'un avion volant à vingt mille pieds, et aperçoit un diablotin qui a entrepris d'arracher une à une les pièces de l'aile ? Ils en ont fait un film, mais ça ne valait pas le feuilleton. C'est le sentiment que j'ai, chaque fois que je mets le pied à bord d'un avion. Je suis la seule personne à savoir qu'il va s'écraser.

— Vous ne prenez donc jamais l'avion ? »

Il lève les paumes au ciel, comme pour souligner l'évidence. « Eh ! J'ai un yacht de croisière. »

Mon scotch descend, laissant dans son sillage une agréable brûlure, mais son goût n'a plus grand-chose de ce qu'il était. La morphine a dû m'émousser les papilles.

Aleksei est un homme d'affaires habitué à passer des contrats. Il doit savoir interpréter les documents comptables, évaluer les risques, maximiser les profits.

« J'aurais peut-être un marché à vous proposer », annoncé-je.

Sa main s'élève à nouveau, mais cette fois, son index vient s'appuyer sur sa lèvre. Le garde du corps russe émerge de l'escalier menant à la cabine, boudiné dans un costume qu'il semble avoir emprunté à quelqu'un d'autre.

« Je suis sûr que vous comprendrez… » dit Aleksei sur le ton de l'excuse, tandis que le garde du corps promène le long de mes jambes un détecteur à métaux. Puis il donne quelques instructions, par radio. Les moteurs du bateau se réveillent. Les glaçons frémissent dans mon verre.

Aleksei me fait signe de le suivre dans l'escalier, jusqu'à la coquerie, où une étroite échelle nous mène au pont inférieur. Nous arrivons devant une porte massivement isolée qui donne sur la salle des machines. Un vacarme infernal m'ébranle les neurones.

Le bloc-moteur est haut de deux mètres et hérissé de valves, de robinets à fuel, de tuyaux, de radiateurs, de ressorts et de diverses pièces d'acier poli. Deux fauteuils ont été installés sur les passerelles de métal qui longent la salle, de chaque côté. Aleksei y prend place, comme s'il s'apprêtait à écouter un récital, et attend que je vienne le rejoindre. Le verre toujours à la main, il me regarde avec une curiosité altière.

Hurlant pour couvrir le bruit des moteurs, je commence par lui demander comment il a retrouvé Gerry Brandt. Il sourit, affichant la même expression d'indolence bien renseignée qu'à la porte de la prison, à Wormwoods Scrubs. « J'espère que vous ne m'accusez d'aucun méfait, inspecteur…

— Vous savez donc de qui je parle ?

— Non. Qui est ce monsieur ? »

Pour lui, tout ceci n'est qu'un jeu. Un inconvénient mineur, comparé à d'autres préoccupations, bien plus importantes. Je risque de perdre son attention si je n'entre pas dans le vif du sujet.

« Kirsten Fitzroy est-elle toujours en vie ? »

Il garde le silence.

« Je ne suis pas venu vous accuser, Aleksei. J'ai simplement un marché hypothétique à vous proposer.

— Un marché hypothétique ! s'esclaffe-t-il — et je sens tout à coup ma résolution fléchir.

— Je vous offre les diamants contre la vie de Kirsten. Fichez-lui la paix et vous les récupérerez. »

Il se passe les doigts dans les cheveux, laissant des sillons dans les mèches généreusement enduites de gel. « Parce que vous avez mes diamants.

— Hypothétiquement, s'entend.

— En ce cas, et toujours de façon hypothétique, vous devez me les rendre, point final. Pourquoi devrais-je les échanger ?

— Parce que pour l'instant, tout ceci n'est qu'une hypothèse. Mais je peux en faire une réalité. Je sais que vous avez délibérément laissé les diamants chez moi pour me faire coffrer. Keebal devait obtenir un mandat de perquisition, mais je les ai retrouvés le premier. Vous pensez que j'ai vu quelque chose, cette nuit-là. Que j'en sais suffisamment pour vous nuire, d'une façon ou d'une autre. Mais vous avez ma parole. Si nous nous mettons d'accord, les dégâts s'arrêteront là.

— Ah bon ? raille-t-il. Je ne vous conseille pas de vous recycler comme représentant de commerce, inspecteur.

— C'est une offre honnête.

— Mais hypothétique. » Il me regarde, les lèvres froncées. « Voici ma façon de voir, inspecteur : ma fille s'est fait kidnapper et vous avez été incapable de la retrouver. Elle s'est fait tuer et vous êtes tout aussi incapable de récupérer ne serait-ce que son corps. Après quoi, on tente de m'extorquer deux millions de livres, et vous échouez lamentablement à coffrer les coupables. Là-dessus, vous volez les diamants de la rançon, en m'accusant de les avoir laissés chez vous à dessein. Et pour couronner le tout, vous voudriez que je vous promette de passer l'éponge. Vous êtes une sacrée ordure… Vous avez honteusement exploité le chagrin de mon ex-femme. Vous avez profité de ma bonne volonté et de mon désir d'arranger les choses. Ce n'est pas moi qui ai commencé, dans cette histoire !

— Mais vous avez du moins la possibilité d'y mettre fin.

— Vous vous trompez lourdement, si vous pensez que j'aspire à la paix et à l'harmonie. Au contraire. Mon plus cher désir, c'est que justice soit faite. Et d'être vengé. »

Il se lève. La discussion est finie.

Je hausse un peu le ton : « Pour l'amour de Dieu, Aleksei ! Je remue ciel et terre pour retrouver Mickey —

votre propre fille. N'avez-vous pas envie de savoir ce qui lui est arrivé ?

— Je sais ce qui lui est arrivé, inspecteur. Elle a été tuée, il y a trois ans. Et je vais vous dire une chose, pour ce qui est des relations familiales : elles sont largement surestimées. En fait, votre famille, c'est le pire des handicaps. Elle vous quitte, vous déçoit ou vous est enlevée. La famille, c'est un vrai boulet…

— Est-ce pour cela que vous vous êtes débarrassé de Sacha ? »

Il fait la sourde oreille et pousse la lourde porte.

Nous voilà dehors. Je peux enfin m'entendre penser. Aleksei a repris la parole.

« Vous me demandez de vous faire confiance. De passer un marché avec vous. Mais pour ma fille, vous n'avez aucune idée, pas vrai ? Pas l'ombre d'un indice. Vous êtes comme les trois petits singes chinois — le sourd, l'aveugle et le muet — réunis en un seul. Je vais passer un marché avec vous, effectivement… hypothétiquement parlant, bien sûr. Vous me rendez les diamants et vous vous faites oublier. Vous laissez les gens régler leurs comptes entre eux. Les forces du marché : l'offre et la demande. Voilà des choses que je comprends. Que chacun récolte ce qu'il a semé !

— Comme Gerry Brandt, par exemple ? » D'un mouvement du poignet, je lui agrippe l'avant-bras. Il me regarde sans sourciller. « Fichez la paix à Kirsten, Aleksei. »

Ses yeux ne sont plus que deux fentes noires, brillant d'un éclat venimeux. Il me prend pour un vulgaire tâcheron, se distinguant à peine de la masse de ses collègues, et pour lequel un interrogatoire se résumerait à une matraque et à une poigne d'acier. Il faut admettre qu'en un sens, ma conduite lui donne raison, sur ce dernier point.

« Vous savez ce que c'est, un Heffalump ? lui lancé-je.

— Le copain de Winnie l'Ourson ?

— Non — celui-là, c'est Porcinet. Les Heffalumps et les Woozels sont les créatures de cauchemar qui hantent les rêves de Winnie l'Ourson. Il a peur qu'elles viennent lui voler son miel. Mais personne ne peut les voir, à part lui. C'est à cela que vous me faites penser…

— À un Heffalump ?

— Non. À Winnie l'Ourson. Vous êtes persuadé que le monde grouille de gens qui ne pensent qu'à vous voler. »

Le ciel est gris et l'atmosphère moite. Délivré de la lancinante vibration du moteur, mon mal de crâne retrouve son rythme de croisière. Aleksei me raccompagne jusqu'à la passerelle. Le Russe reste deux pas derrière lui. Son bras gauche se balance un peu plus loin de son corps, à cause de son holster.

« Vous n'avez jamais envisagé de vous trouver un boulot normal ? » lui demandé-je.

Il y réfléchit quelques secondes. « Et vous ? Nous devrions peut-être changer de branche, vous et moi… »

Et le plus drôle, c'est qu'il a raison. Nous ne sommes pas si différents. Nous avons tous deux sabordé notre mariage. Nous avons perdu nos enfants et nous sommes trop vieux pour nous recycler dans un autre secteur d'activité. J'ai consacré quarante années de ma vie à mettre des délinquants sur la touche — du menu fretin, pour la plupart, des voleurs de mobylettes. Aleksei, c'était le sommet de ma carrière. Mon ultime ambition. Ma raison d'être, en tant que flic.

Je prends pied sur la passerelle, le Russe sur les talons. Il me rattrape à mi-chemin et je sens le métal tiède de son flingue balayer les poils de ma nuque.

« Mon employé va vous raccompagner chez vous et récupérer les diamants… »

Il n'a pas refermé la bouche que je bascule de côté, comme pour plonger dans le fleuve. Mais au dernier moment, je m'accroche à la corde du garde-fou et me laisse pendre, tandis que mon corps décrit un grand arc de cercle et fait basculer la passerelle. Le Russe perd l'équilibre et plonge sous mon nez.

Lançant ma jambe valide vers le quai, je parviens à y prendre pied. Aleksei regarde le Russe dont les bras fouettent désespérément l'eau.

« Je me demande s'il sait nager, lancé-je.

— Certains n'apprendront jamais rien… », répond Aleksei avec une froide ironie.

Décrochant une bouée de sauvetage fixée à un pilier, je la jette au Russe qui s'y agrippe.

« Une dernière question, Aleksei : comment saviez-vous où la rançon allait refaire surface ? Quelqu'un a bien dû vous le dire… »

Ses lèvres se retroussent en un rictus grimaçant, mais son regard reste vide. « Rendez-moi mes diamants. Vous avez jusqu'à demain matin. »

34

Ali dort, environnée de tout un réseau de tubes —
ceux qui arrivent, l'alimentant en produits antalgiques,
et ceux qui repartent, évacuant les déchets. À inter-
valles réguliers, plusieurs fois par jour, une infirmière
apporte une nouvelle poche de morphine liquide. Le
temps s'écoule au rythme des changements de poche.

« Vous allez devoir quitter la chambre, m'annonce
la sœur infirmière. Revenez demain matin, elle sera
réveillée. »

Les couloirs de l'hôpital sont déserts, à cette heure.
Je vais m'asseoir dans la salle d'attente. Je ferme les
yeux. J'espérais pouvoir faire entendre raison à Aleksei,
mais la haine l'aveugle totalement. Il refuse de croire
que Mickey puisse être toujours vivante. Il pense que
les gens ont tenté d'exploiter son chagrin, son talon
d'Achille — sa famille.

Et c'est l'image de Luke qui me revient. Peut-être
Aleksei n'est-il pas si loin de la vérité. Daj n'a toujours
pas réussi à faire le deuil de la famille qu'elle a perdue.
Et moi, je m'inquiète toujours pour Claire et Michael ;
je me creuse toujours les méninges pour comprendre ce
qui a pu foirer. Il serait tellement plus simple de m'en
contrefoutre.

Tout mon corps me fait un mal de chien, comme s'il avait décidé de lutter contre lui-même. Des images de cauchemar m'emplissent la tête, des corps qui sombrent, emportés par le fleuve ou par le flot immonde des égouts. Bientôt, ce sera le tour de Kirsten…

Derrière la vitre, c'est la nuit. Je contemple la rue, en bas, et je me sens pris de nostalgie en pensant à la campagne. Ici, la vie est rythmée par les marteaux-piqueurs, les feux des intersections et les horaires des trains. On voit à peine se succéder les saisons.

Un reflet passe sur la vitre près de moi.

« Je savais que je vous trouverais ici », s'exclame Joe. Il prend une chaise et allonge ses jambes sur la table. « Comment ça s'est passé, avec Aleksei ?

— Il a refusé de m'écouter. »

Joe hoche la tête. « Vous devriez aller vous reposer un peu.

— Et vous donc !

— Nous aurons tout le temps de nous reposer, quand nous serons morts.

— C'est ce que disait mon beau-père. Il ne doit plus manquer de sommeil, à présent… »

D'un geste, Joe m'invite à venir s'asseoir sur le canapé, à côté de lui. « J'ai pas mal réfléchi.

— Ouais.

— Et je crois que j'ai compris pourquoi tout cela vous tenait tant à cœur. Quand vous m'avez raconté l'accident de Luke, vous ne m'avez pas tout dit. »

Tout à coup, une grosse boule m'obstrue le gosier. Le voudrais-je que je serais incapable de prononcer un mot.

« Vous m'avez dit qu'il était allé seul faire de la luge, que votre beau-père était en ville et que votre mère était occupée — à teindre vos draps, si j'ai bonne mémoire. Vous m'avez même dit que vous aviez oublié ce que vous faisiez à ce moment-là, mais c'est faux. Vous vous en souvenez parfaitement. Vous étiez avec Luke… »

Je revois encore cette belle journée. Un épais tapis de neige recouvrait le sol. Du sommet de la colline, on embrassait toute la ferme. On pouvait voir jusqu'à la rivière, et même jusqu'aux manches à air de l'aérodrome…

« … Il était sous votre garde… »

Son haleine sentait encore les biscuits du goûter. Il s'était assis entre mes jambes, emmitouflé dans un de mes anciens blousons. Il était si petit que sa tête m'arrivait à peine au menton. Il s'était vissé sur le crâne une vieille casquette style aviateur, doublée de lainage, dont les rabats lui battaient les oreilles, lui donnant l'allure pataude d'un chiot labrador.

« Dans le pub, juste avant d'aller voir la voiture de Rachel, m'explique Joe, je vous ai décrit un rêve. C'était votre rêve. Je vous ai dit que vous aviez le fantasme de sauver Luke. Que vous vous imaginiez sur la luge dévalant la colline, freinant avec les talons de vos bottes juste avant d'arriver à l'étang. Mais, comme je viens de le comprendre, ça n'avait rien d'un rêve. C'est ce qui s'est réellement passé… »

Chaque bosse du terrain nous faisait décoller. Luke hurlait de rire. « Plus vite, Yanko ! Plus vite ! » Cramponné à mes genoux, il s'appuyait à ma poitrine. Au bout de notre piste, le terrain s'aplanissait, avant d'aboutir au grillage affaissé, entre les deux poteaux. Nous avions pris plus de vitesse que d'habitude à cause de l'excédent de poids. J'ai freiné, comme les autres fois, mais nous avons heurté le grillage avec une trop grande force. Je croyais le tenir fermement, mais une seconde plus tard, mes bras se sont refermés sur le vide.

La glace a cédé sous son poids. Elle s'est brisée en une myriade de losanges et de triangles aux arêtes aiguës. Je suis entré dans l'eau, en criant son nom. J'ai pataugé, de plus en plus profond. Si seulement ma main avait pu rencontrer ses cheveux ou le col de son blouson !... Il s'en serait sorti. J'aurais pu le sauver. Mais il faisait trop froid et l'étang était trop profond.

Entre-temps, mon beau-père était revenu. Il a branché un projecteur sur le moteur du tracteur. Il a mis des planches sur la glace, pour pouvoir crapahuter sur l'étang. Il a cassé la glace à coups de hache et a plongé dans l'eau froide pour sonder le fond. Je le regardais faire depuis la fenêtre de ma chambre, priant pour que Luke soit sauvé. Personne ne m'a jamais rien dit. Ça aurait été inutile. C'était ma faute. Je l'avais tué.

« Vous aviez douze ans. C'était un accident.

— Je l'ai perdu. »

Je m'essuie les joues d'un revers de main, en secouant la tête. Et je le maudis — qu'est-ce qu'ils y connaissent, à la culpabilité, tous autant qu'ils sont ?

Joe s'est levé. Il me tend la main. « Venez. Allons-y. »

Je ne pense pas m'être déconsidéré à ses yeux, mais entre nous, rien ne sera plus comme avant. Si seulement il avait pu laisser mon frère reposer en paix.

Sur le trajet jusqu'à son bureau, nous ne desserrons pas les dents. C'est Rachel qui vient nous ouvrir. Elle a travaillé toute la nuit.

« J'ai peut-être une piste, nous annonce-t-elle dans l'escalier. Je me suis souvenue d'une chose que Kirsten m'avait dite, pendant le procès de Howard. Nous parlions des témoignages que nous allions produire au tribunal et elle a dit qu'un jour, elle avait été appelée à témoigner de la moralité d'une amie, au cours d'un procès.

— Savez-vous de quel genre de procès il s'agissait ?

— Non. Et elle ne m'a cité aucun nom. »

Je décroche le téléphone. Ce brave petit Dave ne me doit certes aucun retour d'ascenseur, mais il acceptera peut-être de faire ça pour moi — ou pour l'amour d'Ali.

« Désolé de vous réveiller, Dave… »

Il pousse un grognement.

« J'ai besoin d'un coup de main. Si vous pouviez faire une recherche croisée dans les fichiers de la police et du tribunal, pour Kirsten Fitzroy.

— On l'a déjà fait.

— Oui. Mais vous l'avez recherchée en tant qu'accusée ou que partie plaignante. Or, il se pourrait qu'elle ait été entendue comme simple témoin. »

Il ne répond pas. Il doit se demander pourquoi diable il ne me raccroche pas au nez. Il n'a pas l'ombre d'une raison de m'aider, mais il en a toute une flopée de m'envoyer sur les roses.

« Ça ne pourrait pas attendre l'ouverture des bureaux ?

— Non. »

Une autre pause, très longue. « OK. Rendez-vous chez Otto, à six heures. »

Chez Otto, c'est un café pris en sandwich entre un bureau de jeux et un lavomatic, à l'extrémité ouest d'Elgin Avenue. La clientèle du samedi matin est en majorité composée de chauffeurs de taxi ou de livreurs qui font le plein de caféine et d'hydrates de carbone pour la journée.

478

Je m'installe près de la vitre. Dave est la ponctualité même. Je le vois arriver, slalomant entre les crottes de chiens et les flaques d'eau, avant de s'engouffrer dans le café. Il a les cheveux en bataille et sa chemise aurait besoin d'un bon coup de fer.

Il se commande un café et sort de sa poche un paquet qu'il garde soigneusement hors de ma portée. « Je voudrais d'abord que vous m'éclairiez sur quelques points. Gerry Brandt était en possession d'un faux passeport et d'un permis au nom de Peter Brannigan. Depuis trois ans, il possède un bar en Thaïlande. Ce type est une vraie larve — d'où pouvait-il tenir tout ce fric ?

— De la came.

— C'est bien ce que je pensais. Mais il n'y a rien sur lui dans les fichiers, ni à la brigade des stupéfiants, ni à Interpol. Il est revenu en Grande-Bretagne il y a deux mois. Selon son oncle, il cherchait des investisseurs.

— Ce qui pourrait expliquer la demande de rançon. Sans compter que le pub de Ray Murphy battait de l'aile, lui aussi.

— Eh bien, c'est ce qui les a perdus. Les experts en balistique ont établi la correspondance entre la balle qui a tué Brandt et celle qui a tué Murphy. Même fusil. » Dave consulte sa montre. « Je dois filer à l'hôpital. Je tiens à être là au réveil d'Ali. »

Il me tend son papier. « Il y a six ans, Kirsten Fitzroy a témoigné lors d'un procès qui a eu lieu à la cour royale de Southwark. Elle était témoin de moralité pour une certaine Heather Wilde, accusée de tenir une maison de passe et de gagner sa vie par des moyens que la morale réprouve. »

Je me souviens de cette affaire. Heather dirigeait un club échangiste à Brixton. Elle avait un site sur Internet, mais niait toute accusation de prostitution, alléguant qu'il n'y avait jamais eu de transactions financières.

Où ça, à Brixton ? Dans une maison, sur Dumbarton Road.

Ma mémoire a encore frappé. Une véritable calamité.

35

La porte d'entrée s'ouvre dans une façade de brique badigeonnée de blanc, sans numéro ni boîte aux lettres. Le bâtiment comporte trois étages et je compte une bonne douzaine de fenêtres, toutes munies de barreaux verticaux et toutes noires de crasse.

Kirsten est-elle vraiment là-dedans ? La maison semble déserte. J'aimerais pouvoir m'en assurer, mais cette fois, vu ce qui est arrivé à Gerry Brandt, pas question d'appeler la police.

Des gouttes de pluie constellent encore le capot des voitures garées des deux côtés de la rue. En longeant le trottoir, j'ai croisé des vélos enchaînés aux barreaux des clôtures et des tas de poubelles attendant d'être ramassées.

Je frappe. J'attends. Des verrous glissent, une serrure de sécurité se déclenche et la porte s'entrouvre d'un cheveu. Des yeux méfiants, dans un visage glacial, d'âge plus que mûr, me toisent de la tête aux pieds, sans l'ombre d'un sourire.

« Mrs Wilde ?

— Est-ce que vous savez l'heure qu'il est ?

— Je suis à la recherche de Kirsten Fitzroy.

— Jamais entendu parler. »

Je jette un coup d'œil par-dessus son épaule et j'aperçois derrière elle un petit hall d'entrée menant à un salon faiblement éclairé. Elle tente de me refermer la porte au nez, mais je l'arrête de l'épaule et l'oblige à reculer. Battant en retraite, elle heurte la table du téléphone, qui part à la renverse.

« Je ne vous veux aucun mal. Écoutez juste ce que j'ai à vous dire… »

Je l'aide à relever la table et à ramasser les annuaires. Elle a la bouche maculée d'une traînée de rouge à lèvres et laisse dans son sillage des relents de parfum et de vieux cendrier. Ses seins sont serrés dans un peignoir de satin qui laisse apercevoir un décolleté évoquant des melons d'Espagne. Ma mère m'a appris à les choisir — quand ils sont à point, ils prennent une couleur blanchâtre. Vous voyez comme j'ai bonne mémoire…

Pratiquement tous les meubles du salon sont recouverts de draps, à l'exception d'un fauteuil d'osier installé près de la cheminée et d'une lampe ouvragée qui trône sur une table basse, près d'un livre ouvert, d'un paquet de cigarettes, d'un cendrier débordant et d'un briquet à l'effigie de la Vénus de Milo.

« Avez-vous des nouvelles de Kirsten ?

— Je vous ai déjà dit que je n'en ai jamais entendu parler.

— Pouvez-vous lui dire que ses diamants sont en ma possession ?

— Ses diamants ? Quels diamants ? »

On dirait que j'ai piqué sa curiosité. « Ceux qui ont failli lui coûter la vie. »

Mrs Wilde ne m'a pas offert de siège, mais je m'installe d'office dans un fauteuil, après l'avoir débarrassé de son drap. Elle a la peau presque translucide et tendue à craquer, abstraction faite de son cou et de ses mains. Elle prend une cigarette et m'observe à travers la flamme du briquet.

« Kirsten a de gros ennuis, précisé-je. J'essaie de l'aider. Je sais qu'elle est de vos amies. Il serait assez plausible qu'elle ait fait appel à votre hospitalité, si elle avait eu besoin de se mettre à l'abri pendant quelque temps. »

Des rubans de fumée s'échappent de ses lèvres. « J'ignore de quoi vous parlez. »

Mon regard balaie la pièce : les murs tendus de velours, les meubles de style rococo. S'il existe au monde un endroit plus déprimant qu'un bordel, c'est bien un ex-bordel. Comme si les lieux avaient éponge plus que leur compte de dégoût et de déception, et qu'ils accusaient la même lassitude blasée que les parties sexuelles des employées.

« Il y a des années, Kirsten m'avait dit qu'elle n'essayerait jamais de doubler Aleksei Kuznet — ou que, dans le cas contraire, elle prendrait le premier avion à destination de la Patagonie. Mais je suppose qu'elle a raté son vol. »

Aleksei Kuznet. Le nom semble l'avoir ébranlée.

« Ah. Kirsten ne vous l'avait pas dit ? Elle a essayé de l'estamper de deux millions de livres, en diamants. Inutile de vous faire un dessin. Kirsten est actuellement en danger de mort. » Je marque une pause, pour l'effet. « Ainsi que vous, d'ailleurs.

— Mais je n'y suis pour rien.

— Ça, je suis sûr qu'Aleksei en tiendra compte. C'est un type très raisonnable. Je l'ai rencontré, pas plus tard qu'hier, et je lui ai proposé un marché. Je lui rends ses diamants et il fiche la paix à Kirsten. Il a refusé. Il se considère comme un homme d'honneur. Pour lui, l'argent ne pèse pas plus lourd que les excuses. Mais si vous n'avez pas vu Kirsten, tant pis. Je vais l'en informer. »

La cendre de la cigarette de Mrs Wilde est tombée sur son peignoir. « Je peux toujours essayer d'en parler autour de moi. Vous parliez d'argent…

— De diamants.

— Ça pourrait m'aider dans mes recherches.

— Et moi qui vous prenais pour une philanthrope. »

Sa lèvre supérieure se retrousse. « Pourquoi… vous auriez vu une Rolls devant chez moi ? »

Ses paupières semblent actionnées par des élastiques qui seraient fixés au sommet de son crâne. Magistral, le lifting… Ils ont tellement tiré sur son cuir chevelu que tout en elle a remonté d'un cran.

Sortant mon portefeuille, j'y prélève trois billets de vingt qu'elle compte d'un coup d'œil.

« Je connaissais une clinique à Tottenham. Hors de prix, mais discrétion assurée. Ils l'ont retapée. »

J'ajoute deux billets de vingt. Elle saisit aussitôt l'argent et le fait disparaître entre ses seins d'une main preste. Puis elle incline la tête de côté, comme si elle écoutait la pluie.

« Je vous connais, inspecteur. Vous êtes tzigane. » Ma mine surprise lui tire un gloussement de plaisir. « On disait même que votre mère avait un don.

— Vous la connaissez ? Comment ?

— Vous ne reconnaissez donc pas vos semblables ? » Elle se met à caqueter d'une voix rauque, en se prétendant d'origine gitane. « Un jour, votre mère m'a dit la bonne aventure. Elle m'a prédit que je serais toujours une beauté et que j'aurais tous les hommes que je voudrais. »

Elle devait envisager le problème sous l'angle de la quantité…

Daj a effectivement un don — pour interpréter le moindre détail et pour prédire l'évidence. Elle prenait l'argent des gogos en faisant jouer l'éternel ressort de l'espoir. Après quoi, elle les raccompagnait à la porte, leur souhaitait bonne chance et filait s'acheter une bouteille.

Un bruit se fait entendre à l'étage. Un objet est tombé. Mrs Wilde jette un bref regard vers le plafond.

« C'est l'une de mes anciennes filles. Elle vient passer quelques jours avec moi, de temps en temps. »

Ses prunelles d'un bleu laiteux l'ont trahie. Ses mains s'avancent vers moi pour m'empêcher de quitter mon siège. « Je vais vous donner l'adresse de la clinique, s'empresse-t-elle d'ajouter. Ils sauront peut-être où elle se trouve… »

Écartant ses mains, je mets le cap sur l'escalier que j'explore du regard. Au premier étage, au-delà de la rambarde, je compte trois portes. Deux sont entrouvertes et la troisième est fermée. Je frappe doucement. Je fais jouer la poignée. Fermée à clé.

« Ne me touchez pas ! Fichez-moi la paix ! »

C'est une voix enfantine — celle-là même que j'ai entendue au téléphone, le soir de la remise de la rançon. Je recule en pivotant, pour venir m'adosser à la cloison. Seule ma main dépasse du chambranle.

La première balle traverse la porte à une vingtaine de centimètres de la poignée de la porte, au niveau de mon estomac. Je me laisse lourdement tomber sur le sol en poussant un petit grognement.

Mrs Wilde hurle dans la cage d'escalier. « Eh ! Doucement avec ma porte ! Vous allez payer la casse ! »

Une seconde balle traverse le panneau de bois à trente-cinq centimètres du sol.

La voix de Mrs Wilde s'élève à nouveau : « Ça suffit comme ça ! À partir de maintenant, j'augmente le montant de la caution ! »

Je reste assis en silence, écoutant ma propre respiration.

« Hé… vous, là, dehors… dit une voix, à peine au-dessus du murmure. Vous êtes mort ?

— Non.

— Blessé ?

— Non. »

Elle pousse un juron.

« C'est moi, Vincent Ruiz. Je suis là pour vous aider.

— Allez-vous-en… Je vous en prie ! »

J'ai reconnu la voix de Kirsten, enrouée et alourdie par l'angoisse.

« Impossible. »

Après une autre longue pause, elle me demande : « Comment se porte votre jambe ?

— Plus courte de deux centimètres. »

Mrs Wilde s'égosille dans l'escalier. « Si vous ne payez pas pour ma porte, j'appelle immédiatement la police ! »

Je pousse un soupir. « Je vous laisse votre flingue, si vous nous débarrassez de votre propriétaire. »

Son éclat de rire s'achève en quinte de toux.

« Je vais entrer.

— Si vous franchissez cette porte, je tire.

— Je n'en crois pas un mot. »

Je me remets sur pied. « Ouvrez donc cette porte, que je puisse entrer. »

Au bout d'un long silence, j'entends deux déclics métalliques. Je tourne la poignée ; la porte s'ouvre.

Les hautes fenêtres sont masquées par des tentures qui plongent la chambre dans une semi-pénombre.

Deux des murs sont occupés par des miroirs. Un grand lit de fer forgé occupe le centre de la pièce. Kirsten s'est assise parmi les couvertures en désordre, les jambes repliées, le revolver sur les genoux. Elle s'est coupé et décoloré les cheveux, avec une frange dont les mèches, trempées de sueur, lui balaient le front.

« Je vous croyais mort, dit-elle.

— Vous m'ôtez les mots de la bouche ! »

Elle pose le menton sur le canon de son revolver, le regard perdu dans la pénombre. Le peu de lumière que laissent filtrer les rideaux vient jouer sur le lustre bon marché, au-dessus de sa tête. Les miroirs me renvoient tous la même scène, quoique chacun sous un angle légèrement différent.

Écartant les rideaux, je vais m'adosser à la fenêtre. Dans mon dos crépite le bruit mouillé des gouttes de pluie qui s'écrasent sur les vitres.

Kirsten change légèrement de position, avec une grimace de douleur. Autour du lit, le parquet est jonché de boîtes de médicaments et de papier aluminium froissé.

« Je peux jeter un œil ? »

Sans répondre, elle soulève sa chemise pour me montrer son pansement — un bandage jaunâtre où s'est formée une grosse croûte de sang et de sueur.

« Vous devriez aller vous faire soigner d'urgence dans un hôpital. »

Elle rabat sa chemise, sans mot dire.

« Il y a pas mal de gens qui sont à votre recherche.

— Et vous avez décroché le gros lot.

— Vous voulez que j'appelle une ambulance ?

— Non.

— OK. Mais bavardons un peu, tous les deux. Expliquez-moi ce qui s'est passé. »

Elle hausse les épaules et pose son revolver sur sa cuisse. « J'ai vu passer une occasion.

— De jouer avec le feu ?

— De repartir de zéro… » Elle laisse sa phrase en suspens et s'humecte les lèvres, comme si elle prenait une décision silencieuse, avant de poursuivre : « Au départ, ça n'était rien de plus qu'une blague. Une de ces idées loufoques qu'on lance au hasard, pour rigoler. Ray avait toutes les compétences requises, sur le plan technique. Il connaissait les égouts comme sa poche. Et moi, j'avais la maîtrise des détails. Au début, j'avais même imaginé de mettre Rachel dans le coup. On aurait pu tout organiser pour qu'elle puisse arracher à sa famille et à son ex ce qu'ils lui devaient. Car ils ont une sacrée dette envers elle.

— Mais elle a refusé.

— Je ne lui ai même pas posé la question. Je connaissais la réponse. »

Je balaie la pièce du regard. Le papier peint s'orne de motifs octogonaux, chacun composé de silhouettes féminines dénudées, représentées dans diverses positions, toutes sexuelles.

« Qu'est devenue Mickey ? »

Kirsten ne semble pas m'avoir entendu. Elle poursuit sur sa lancée, me dévoilant son histoire à son propre rythme.

« Tout se serait parfaitement bien déroulé, vous savez. Sans Gerry Brandt, Mickey aurait tranquillement regagné ses pénates, et Ray serait toujours en vie. Jamais Gerry n'aurait dû la laisser partir seule. Il avait pour mission de la raccompagner jusqu'à chez elle.

— Je ne vous suis plus… De quoi parlez-vous ? »

Un sourire douloureux passe sur son visage, sans parvenir à entrouvrir ses lèvres. « Mon pauvre Ruiz.

Vous n'avez toujours pas réussi à y voir clair, n'est-ce pas ? »

La vérité commence pourtant à se propager en moi, telle une tumeur dont les cellules se multiplieraient à une vitesse frénétique, envahissant chaque lézarde, chaque brèche de ma mémoire. Gerry Brandt a dit qu'il l'avait relâchée. Ce furent même ses dernières paroles.

« Nous ne l'avons retenue que quelques jours, enchaîne Kirsten, en se rongeant l'ongle du pouce. Après quoi, Aleksei a payé la rançon.

— Quelle rançon ?

— La première.

— Qu'est-ce que c'est que cette histoire ?

— Jamais nous n'aurions touché à un cheveu de la petite. Dès que nous avons eu la rançon, nous avons confié à Gerry la mission de la ramener. Il devait la laisser au bout de la rue. Mais il a paniqué et l'a déposée à une station de métro, ce demeuré. Il a toujours eu une case de vide. Dès le premier jour, il a failli tout fiche en l'air. Son rôle se bornait strictement à s'occuper de Mickey, mais il n'a pas résisté à l'envie d'aller traîner du côté de Randolph Avenue, pour voir les caméras et les voitures de police.

« Jamais il n'aurait dû faire partie de notre équipe, mais nous avions besoin de quelqu'un pour s'occuper de Mickey — quelqu'un qu'elle ne pourrait pas identifier. Parce que, comme je vous disais, notre intention a toujours été de la relâcher. Elle a dit à Gerry qu'elle connaissait le chemin pour rentrer, qu'elle changerait à Piccadilly Circus, et prendrait la ligne de Bakerloo. »

Cette information me descend droit dans l'estomac, et achève de me le nouer. Mon esprit trie rapidement les détails. Mr et Mrs Bird ont croisé Mickey à Leicester Square — soit à une station de Piccadilly Circus.

« Mais si vous l'avez vraiment relâchée, que s'est-il passé ? »

Elle me jette un regard accablé. « Howard… »

Je ne fais toujours pas le lien.

« C'est Howard qui est passé par là, répète-t-elle. Mickey avait réussi à rentrer chez elle, mais elle est tombée sur Howard. »

Bon Dieu ! C'était un mercredi soir. Rachel était sortie. Elle passait aux infos du soir pour lancer un nouvel appel. Je me souviens parfaitement de l'avoir vue à la télé, au poste de Harrow Road. Ils avaient inclus des séquences prises lors de la conférence de presse qui s'était tenue plus tôt dans la journée.

« Je vous répète que nous ne lui voulions aucun mal. Nous l'avons relâchée. Quand vous avez retrouvé sa serviette tachée de sang et que vous avez inculpé Howard, j'ai vraiment souhaité mourir. »

J'imagine la scène. Une fillette terrifiée dans la foule. Elle qui avait si peur de sortir, elle a bravement entrepris la traversée de la ville, et a presque réussi. Il ne s'en est fallu que de quelques mètres. Howard l'a interceptée dans l'escalier…

Je rassemble mes énergies pour me lever, mais mes genoux se dérobent sous moi, comme si le contenu de mon corps était devenu liquide et cherchait désespérément à se répandre. Putain, quel gâchis ! Je n'aurais guère pu faire pire. Ali, Rachel, Mickey — j'ai tout saboté.

« Je ne peux pas vous dire à quel point j'ai regretté tout ça. J'aurais tout donné pour que ce soit à refaire, poursuit Kirsten. Je vous jure que j'aurais donné mon bras droit pour avoir raccompagné Mickey moi-même, pour l'avoir ramenée jusqu'à sa porte.

« — Mais bon sang, vous étiez leur amie, à elle et à Rachel. Comment avez-vous pu faire une chose pareille ? »

L'espace d'un instant, son chagrin semble vouloir se changer en colère, mais la rage exigerait d'elle trop d'énergie. « Jamais je n'ai eu l'intention de la faire souffrir, ni elle ni sa mère.

— Alors, pourquoi ?

— En fait, nous voulions voler le pire des voleurs. Extorquer des diamants à Aleksei Kuznet, ce monstre, assassin de son propre frère…

— Ce qui revenait à s'attaquer au plus gros poisson de l'étang et au plus vorace.

— Nous sommes revenus à l'époque féodale, inspecteur. Nous partons en guerre non plus pour défendre le tombeau du Christ, mais pour prendre le contrôle des puits de pétrole. Nous échangeons des contrats commerciaux contre des indulgences politiques.

— De grâce, gardez vos sermons !

— Nous ne voulions faire de mal à personne.

— Mais Rachel en aurait souffert, inévitablement. »

Elle lève vers moi des yeux baignés de larmes. Je pourrais presque sentir leur goût salé.

« Je vous assure que… nous ne voulions pas. Nous avons immédiatement relâché la petite. Jamais je n'aurais… » Elle laisse tomber son arme entre ses genoux, et baisse la tête. « Je regrette tout ça. Je ne peux pas vous dire à quel point. »

Ce genre de délectation morose m'a toujours porté sur les nerfs, mais je veux le reste de l'histoire. Kirsten détourne les yeux et me décrit la grille et la fosse, dans la cave, puis la rivière souterraine. Ray Murphy avait prévu un bateau gonflable et avait dessiné un plan que Gerry Brandt avait suivi : ils n'avaient qu'une centaine de mètres à parcourir avant de faire sortir Mickey par une bouche d'égout prévue pour les eaux pluviales.

« Ray connaissait une cachette pour la garder quelque temps. Je n'y ai jamais mis les pieds. Mon travail, c'était tout ce qui concernait la demande de rançon.

— Où l'avez-vous envoyée ?

— À Aleksei, directement.

— Et le bikini ?

— Gerry l'a gardé.

— Comment était-elle habillée, quand il l'a relâchée ?

— Je ne sais pas exactement.

— Est-ce qu'elle avait sa serviette ?

— D'après Gerry, c'était une sorte de couverture fétiche, comme en ont les enfants — elle refusait de s'en séparer. »

Je patauge dans tout cela, à l'aveuglette. Dans tous les scénarios que j'avais envisagés jusque-là, j'avais éliminé Howard. Je m'étais convaincu de son innocence. J'avais évalué les diverses probabilités, en fonction des indices dont nous disposions, et j'en avais conclu que nous l'avions accusé et condamné à tort. Quand Campbell m'a reproché de nier l'évidence, je me suis dit que c'était lui qui se laissait aveugler par ses propres préjugés.

« En ce cas, pourquoi avoir demandé une seconde rançon, nom d'un chien ! Comment avez-vous pu faire ça à Rachel — ranimer son chagrin, la laisser espérer que sa fille était toujours vivante ! »

Une grimace de douleur lui plisse le visage. « Ça, je ne l'ai pas voulu. Vous ne comprenez pas…

— Eh bien, expliquez-le-moi !

— Quand vous avez arrêté Howard pour le meurtre de Mickey, Gerry était hors de lui. Il n'arrêtait pas de dire qu'il avait été complice de ce meurtre et qu'il ne voulait surtout pas retourner en prison — surtout pas pour le meurtre d'un enfant. Il était bien placé pour savoir ce que deviennent les assassins d'enfants, en taule. Et là, j'ai compris que nous avions un problème. Nous devions faire taire Gerry ou tout au moins l'aider à disparaître.

— Vous lui avez donc fait quitter le pays.

— Nous lui avons versé le double de sa part : quatre cent mille livres. Et il s'était engagé à disparaître de la circulation, mais il a tout claqué au jeu ou en poudre.

— Il s'est acheté un bar en Thaïlande.

— Si vous le dites.

— Puis il est revenu…

— Je n'ai appris l'existence de cette seconde demande de rançon que le jour où Rachel a reçu la carte postale. Gerry avait monté le coup en solo. On n'avait jamais retrouvé le corps de Mickey. Il avait gardé le maillot de bain, et des mèches de cheveux. Et là, j'ai pété les plombs. Sa bêtise et son avidité nous mettaient tous en danger. Ray disait qu'il fallait mettre Gerry hors d'état de nuire avant qu'il ne nous fasse tous tomber.

— Vous pouviez encore disparaître dans la nature, à ce moment-là. Personne ne vous soupçonnait.

— Mais je voulais sa peau, à ce salaud. Je voulais vraiment le descendre.

— Qu'est-ce qui vous a fait changer d'avis ?

— Nous étions convaincus qu'Aleksei refuserait. Vous pensez… après avoir payé une première fois… Mais il a accepté, sans discuter. Je me souviens d'avoir eu presque pitié de lui. Il voulait tellement croire que sa fille était toujours vivante.

— Il n'avait pas le choix. Espérer, c'est le rôle d'un père.

— Non. Ce qu'il voulait, en fait, c'était se venger. Et peu importait le prix. Il s'en fichait bien, de Mickey, comme de Rachel. Ce qu'il voulait, c'était nous voir tous morts. C'était son seul mobile. »

Ça, ça n'aurait rien d'impossible. Aleksei a amplement prouvé sa capacité à se faire justice lui-même.

« Je ne paie jamais une chose deux fois ! » m'avait-il dit, sur le trottoir de la prison, d'abord, puis au poste de police. Et c'était bien la teneur du message : il avait déjà payé pour récupérer sa fille, et ne se laisserait pas rouler une seconde fois.

« Pourquoi avoir appliqué le même système pour récupérer la rançon ?

— On n'a tout simplement pas eu le temps d'en imaginer un autre. Aleksei a dû finir par comprendre. Mais je vous répète que nous ne nous attendions pas à ce qu'il accepte. Quand il a dit oui, nous avons paniqué. Nous avons à peine eu le temps de préparer l'opération. Je voulais tout annuler, mais Ray avait besoin d'argent, lui aussi, et il disait que la seconde fois, ça serait d'autant plus simple.

— Vous saviez que j'étais dans la voiture avec Rachel ?

— Non. Surtout pas après le changement de voiture — et en tout cas, aucun de nous n'aurait imaginé que quelqu'un puisse être assez dingue pour suivre la piste de la rançon dans les égouts !

— Ce soir-là, au téléphone, j'ai entendu une voix d'enfant. C'était vous, n'est-ce pas ?

— Oui. »

L'obscurité a envahi la chambre et Kirsten semble se fondre dans la pénombre. La distance qui nous sépare me fait l'effet d'une immensité glacée.

« Quand j'ai entendu les balles siffler, j'ai cru que c'était la police. Mais la fusillade ne s'arrêtait pas…

— Avez-vous vu le tireur ?

— Non.

— Avez-vous vu quelqu'un d'autre ? »

Elle secoue la tête.

Bien qu'éreintée, elle semble soulagée de m'avoir parlé. Elle n'a aucun souvenir du laps de temps qu'elle a passé dans l'eau. Le courant l'a entraînée jusqu'à Westminster. Finalement, elle a réussi à gravir les marches de la jetée de Bankside, près du Globe Theatre. Elle a cassé la vitrine d'une pharmacie où elle a fait main basse sur tout ce qui ressemblait à des pansements et à des antalgiques. Elle s'est écroulée dans un chantier, sous de vieilles bâches.

Elle ne pouvait ni prendre la fuite ni aller à l'hôpital. Aleksei l'aurait immédiatement retrouvée. Dès lors qu'il savait qui avait kidnappé Mickey, il n'aurait jamais relâché sa surveillance.

« Et depuis, vous vous cachez ?

— J'attends la mort, disons. » Elle l'a murmuré d'une voix si ténue que le son semble venir de la pièce voisine.

L'atmosphère de la chambre est chargée d'une écœurante odeur de sueur et d'infection. Ce qu'elle vient de me raconter ne peut être que la vérité — ou alors, j'ai devant moi une menteuse de classe internationale.

« Éloignez-vous de la fenêtre, me dit-elle.

— Pourquoi ?

— Je n'arrête pas de voir des points rouges. Comme s'ils étaient imprimés sous mes paupières. »

Je vois très bien ce qu'elle veut dire.

J'approche une chaise du lit et je lui tends un verre d'eau. Ses doigts ont relâché la crosse de son revolver.

« Qu'est-ce que vous comptiez faire, avec la rançon ?

— J'avais des projets. » Elle commence à me décrire ses rêves de nouveau départ, en Amérique. Partir, sans un regard en arrière. La vieille rengaine de la table rase.

Moi aussi, je caresse ce genre de fantasme, de temps à autre. Me retrouver dans la peau de quelqu'un d'autre, tout reprendre à zéro. Mais presque aussitôt, je m'avise que je n'ai aucune envie de partir à la découverte du monde et que j'ai assez de mal comme ça à garder mes anciens amis, pour prendre la peine de m'en faire de nouveaux. Et qu'est-ce que je fuirais, au juste ? Je serais comme un chien qui court après sa queue…

« C'était de la folie. Nous aurions dû tout plaquer, en nous estimant heureux que personne n'ait compris ce qui s'était passé pour Mickey. Maintenant, c'est trop tard.

— Je peux vous protéger, dis-je.

— Personne ne peut assurer ma sécurité.

— J'en parlerai au service du procureur. Si vous acceptez de témoigner contre Aleksei, ils pourront vous placer…

— Témoigner ? dit-elle, d'une voix rauque. Mais de quoi ? Je ne l'ai jamais vu tirer sur quiconque. Je ne pourrais même pas désigner une photo dans un fichier, ou un coupable parmi plusieurs suspects. Le seul truc bizarre qu'il ait fait, c'est d'avoir payé deux rançons — mais ça n'est pas un délit, que je sache. »

Exact. Aleksei s'est rendu coupable, tout au plus, d'avoir dissimulé des informations à la police, lors de la première demande de rançon.

Mais il doit forcément y avoir autre chose. Ce type a organisé une véritable exécution collective, et il reste intouchable.

Pour la première fois depuis bien longtemps, je n'ai aucune idée de ce que je devrais faire. Je sais qu'il faudrait appeler la police, et assurer la sécurité de Kirsten. Il existe des programmes de protection des témoins, pour les repentis de l'IRA ou de la Mafia, mais que peut espérer Kirsten ? Elle ne détient aucune information sensible sur Aleksei. Elle ne peut établir la preuve qu'il est à l'origine de l'exécution du *Charmaine*, ni des nombreux autres crimes qu'il a sur la conscience.

« Et si nous arrangions une entrevue ?

— Comment ça ?

— Téléphonez à Aleksei. Proposez-lui un rendez-vous. »

Elle se bouche les oreilles. Elle ne veut pas en entendre davantage. Sa peau a pris un éclat mat, métallique, dans la lumière de sa lampe de chevet.

Elle a raison. Jamais Aleksei n'accepterait.

« Vous ne pouvez assurer ma sécurité. À votre place, je lui téléphonerais pour lui dire que vous m'avez retrouvée. Cela vous vaudrait peut-être une récompense.

— Je vais appeler une ambulance.

— Non.

— Vous ne pouvez rester ici indéfiniment. Votre propriétaire va finir par vous dénoncer.

— Nous sommes de vieilles amies.

— Je vois, oui ! Combien vous a déjà coûté ce petit séjour ? »

Elle lève la main, doigts écartés. Elle n'a plus aucun bijou.

Nous gardons quelque temps le silence et au bout de quelques minutes, il me semble que son souffle s'est fait plus régulier. Elle s'est endormie. M'approchant délicatement, je lui enlève son revolver, avant de rabattre la couverture sur elle. Puis je sors sur le palier, et je compose le numéro de ce brave Petit Bleu. Mes mains tremblent un peu.

« J'ai retrouvé Kirsten Fizroy. Il me faudrait une ambulance et une escorte de police. Surtout pas un mot à Meldrum, ni à Campbell.

— Entendu. »

Quand je reviens dans la chambre, Kirsten a ouvert les yeux.

« Alors, ils arrivent ?

— Oui.

— La cavalerie ou le corbillard ?

— Une ambulance. »

Les dents serrées pour résister à la douleur, elle sort les jambes de son lit, et s'assied en me tournant le dos. Sa chemise de soie noire, trempée, suit de près les courbes de son corps, comme si on l'avait aspergée d'huile.

« Peut-être parviendrez-vous à assurer ma sécurité, aujourd'hui — mais demain ? » dit-elle en se hissant sur ses pieds.

À pas comptés, elle se dirige vers les toilettes, et comme je m'apprête à la suivre pour la soutenir, elle m'arrête d'un geste. « Restez là ; j'en ai pour une seconde. »

Je l'attends donc sur le palier, pas mécontent d'échapper un peu à l'atmosphère malsaine de la chambre. Dans cette affaire, le nombre et l'ampleur des mensonges, l'étendue des trahisons ont de quoi vous donner le vertige. Mickey, morte ! J'aurai donc échoué sur toute la ligne. J'aimerais pouvoir retourner dans les égouts, où je serais à ma vraie place, et ne plus en sortir.

On a frappé à la porte, en bas. Mrs Wilde accourt. Je glisse un œil par-dessus la rambarde, m'attendant à voir surgir Dave, mais c'est un coursier. Ses paroles me demeurent incompréhensibles.

Mrs Wilde fait demi-tour, chargée d'un gros bouquet de fleurs, et au même instant, j'entends un bruit inquiétant — du métal sur de l'os. Elle tombe en avant, le nez dans les fleurs. Le coursier, un motard habillé de cuir noir et coiffé d'un casque rutilant, enjambe son corps.

J'appuie sur le bouton bis de mon portable mais le numéro de Dave sonne occupé. Il doit être en train d'appeler l'ambulance.

Le coursier commence par fouiller le rez-de-chaussée. Je l'entends ouvrir les portes à coups de pied. Il doit s'accroupir sur chaque seuil, balayant la pièce du canon de son arme. Un professionnel. Un ancien militaire, à vue de nez.

Kirsten tire la chasse d'eau et sort des w.-c. Je lui fais signe de se baisser. Elle tombe à genoux en étouffant un gémissement. Elle a dû voir dans mes yeux quelque chose qui n'y était pas jusque-là.

« Ne me laissez pas tomber… », articule-t-elle silencieusement. Je pose l'index sur mes lèvres avant de le pointer vers l'étage du dessous.

Le bruit de la chasse d'eau a alerté le motard. Il est au pied de l'escalier. Me détournant de Kirsten, je monte à l'étage supérieur. J'essaie à nouveau le numéro de Dave. Occupé.

Dans l'escalier, une lame de plancher ploie sous mon poids, avant de reprendre sa place. La vibration me parcourt des pieds à la tête. Kirsten a déjà tiré deux balles. En supposant qu'elle avait entièrement chargé son arme, il m'en reste quatre.

Je devrais avoir peur mais, apparemment, je n'en suis déjà plus là. Je ne pense plus qu'à ces six dernières semaines, durant lesquelles Aleksei a joué au yo-yo avec moi. Je ne suis ni furieux ni amer. Je me sens plutôt dans la peau de Boucles d'Or qui vient de se faire chasser de la maison des Trois Ours, pour avoir mangé une assiette de porridge et cassé une chaise. Sauf que dans ma version, Boucles d'Or revient, l'arme au poing — et cette fois, elle va s'arranger pour ne viser ni trop haut, ni trop bas...

Dave répond enfin.

« Code Un. Officier en danger. Urgence absolue ! »

Le coursier commence à gravir les marches, le dos plaqué contre le mur, pour surveiller ce qui peut venir du dessus. Dès qu'il prendra pied sur le palier, il sera pile dans ma ligne de tir. J'attends, tapi dans l'ombre, en tâchant de me faire tout petit. Un ruisselet s'est formé au creux de mon dos.

Une autre marche grince. Une ombre apparaît. Il a un semi-automatique qu'il balance d'un côté à l'autre. Mon doigt enclenche délicatement la détente, repoussant le chien, comprimant le ressort métallique niché dans la crosse... un rochet fait tourner le barillet, amenant une balle dans la chambre... juste dans l'alignement du canon...

Cette fois, je le vois en pied. Il s'apprête à entrer dans la chambre. Son casque me dissimule son visage.

« Police ! Abaissez votre arme ! »

Il plonge à terre et roule sur lui-même en aspergeant l'escalier de balles, à l'aveuglette. Elles pleuvent tout autour de moi, arrachant le papier peint à deux doigts de ma tête, faisant voler en éclats le bois de la rampe. Une écharde m'égratigne le cou.

À la seconde où je tirerai, il saura où je suis. J'appuie franchement sur la détente, libérant le chien.

La balle pénètre par son épaule et continue sur sa trajectoire descendante, à travers sa poitrine. Sa tête part valdinguer contre le mur. Sa visière noire panoramique semble me contempler. Son doigt appuie à nouveau sur la détente. Nous tirons ensemble. Il s'écroule en arrière.

Un goût de sang m'envahit la bouche. J'ai dû me mordre la langue. Mes poumons me font un mal de chien. Où a filé l'oxygène de l'air ? J'entends des sirènes dans la rue, des crissements de pneus. Dave fait irruption en bas, dans le couloir, manquant de s'étaler sur Mrs Wilde.

Je tombe à genoux sur le palier. Je pose le revolver près de moi, les yeux fixés sur ma poitrine. Dave grimpe l'escalier quatre à quatre, en hurlant mon nom. Déboutonnant ma chemise, je tâte mon sternum du bout des doigts. Un joli petit trou, encore tiède, s'est creusé au centre du gilet pare-balles.

Bon sang de bonsoir ! Ali m'a encore sauvé la vie.

36

Voilà quatre heures qu'un mandat d'arrêt a été lancé contre Aleksei, mais on n'a pas pu le lui signifier. Son bateau a quitté le port de Chelsea, vendredi à minuit. Une heure à peine après notre entrevue. Le skipper a prétendu qu'il ne s'agissait que d'un court trajet jusqu'au chantier naval de Moody, sur la côte sud. Mais samedi midi, il n'était toujours pas arrivé.

Nous avons alerté les garde-côtes ainsi que toutes les stations de sauvetage, et demandé par radio à tous les bâtiments croisant dans un rayon de cinq cents milles nautiques de signaler la présence du bateau de Kuznet, s'ils l'apercevaient. On a transmis son signalement aux capitaineries de tous les ports de France, de Belgique, de Hollande, du Danemark, du Portugal et d'Espagne.

Je ne pense pas qu'Aleksei ait pris la fuite. Une part de moi persiste à croire qu'il va débarquer dans un poste de police flanqué de tout un escadron d'avocats, débordant d'autosatisfaction et prêt à en découdre. Il sait que nous n'avons rien contre lui — ou peu de chose. Des preuves circonstancielles. Personne ne l'a vu sur la scène des meurtres. Si Kirsten venait à mourir, je ne pourrais même plus prouver qu'il a payé la première rançon.

Mais bien sûr, ce n'est plus mon boulot de prouver quoi que ce soit — comme ne cesse de me le seriner Campbell, qui arpente les couloirs de l'hôpital engoncé dans son pardessus de tweed. Chaque fois que ses yeux croisent les miens, il détourne le regard. Il avait raison. Je me suis complètement planté. En dépit de tout ce tin-touin et du bain de sang de ces dernières semaines, les faits demeurent : Mickey est bien morte voilà trois ans, et son assassin n'est autre que Howard Wavell.

Selon le radiologue, je n'ai qu'un banal hématome au thorax et l'égratignure de mon cou ne justifie même pas trois points de suture. Kirsten est à l'étage du dessus, sous bonne garde, dans un total anonymat. Les ambulanciers ne connaissaient même pas son nom, quand ils l'ont déposée à l'unité de soins intensifs.

Dès lundi matin, Eddie Barrett et le Corbeau demanderont la libération de leur client, en alléguant que Mickey Carlyle a été enlevée pour être rançonnée et a été tuée par ses ravisseurs. La silhouette enregistrée par les caméras de Leicester Square pourrait être à peu près n'importe qui. La serviette retrouvée au cimetière d'East Finchley a été déposée là-bas à dessein pour faire accuser Howard d'un meurtre qu'il n'a pas commis.

Cette version des événements est tellement plus facile à soutenir que ce qui s'est réellement passé. Le dossier qu'avait la police contre Howard reposait sur des pré-somptions. Il nous avait fallu présenter les preuves pas à pas, pièce par pièce, en expliquant au jury comment les fragments s'emboîtaient. Maintenant, ça tient plutôt du château de cartes.

Howard va obtenir d'être rejugé. Kirsten était notre seul espoir de parvenir à maintenir sa condamnation, à supposer qu'un jury accepte d'ajouter foi à son histoire. Les avocats de la défense se feront un plaisir de lui ôter toute crédibilité, vu son palmarès : kidnapping, extorsion de fonds, direction d'une agence de call-girls…

Je me suis lourdement trompé : sur Howard, sur Mickey, sur à peu près tout. À cause de moi, un assassin d'enfant va être remis en liberté. J'en suis personnellement responsable.

Quand un flic ouvre le feu sur quelqu'un, c'est déjà le bazar ; mais quand il s'agit d'un ex-flic, c'est dix fois pire. Il va y avoir une enquête interne, menée par la police des polices. Je vais devoir passer des tests toxicologiques, des examens psychiatriques. Je ne m'y connais pas assez en morphine pour savoir s'il restera des traces d'opiacé dans mon système, mais si les tests sont positifs, je suis dedans jusqu'au cou.

L'homme que j'ai tué n'a pu être identifié. Il conduisait une moto volée et n'avait aucun papier. Ses dents ont été soignées par un dentiste d'Europe de l'Est et son pistolet automatique provient d'un poste de police de Belfast, cambriolé il y a plus de quatre ans. Son seul signe distinctif est une petite croix d'argent qu'il portait au cou, incrustée d'une pierre violette. Une chariote, un minéral rare que l'on ne trouve qu'en Sibérie, dans la région de Bratsk. Peut-être les collègues d'Interpol auront-ils plus de chance…

L'heure des visites est passée, mais la sœur de garde m'a laissé entrer. Bien qu'allongée à plat dos et gardant les yeux fixés au miroir que l'on a orienté au-dessus de sa tête, Ali me gratifie d'un sourire plus radieux que je n'estime le mériter. Elle tente de tourner la tête, mais n'y parvient qu'à moitié. Ses cervicales se rappellent douloureusement à son bon souvenir.

« Je vous ai apporté des chocolats… lui annoncé-je.

— Ma parole, vous voulez me faire grossir !

— Vous rigolez ! Vous n'avez pas eu un gramme de graisse depuis que votre maman a cessé de vous nourrir au sein. »

Elle ne peut pas rire, ça lui fait trop mal.

« Comment ça se passe ? lui demandé-je.

— Pas mal. Cet après-midi, j'ai senti quelques picotements dans les jambes.

— Très bon signe. Je vais bientôt pouvoir vous emmener danser.

— Vous détestez ça.

— Pas s'il s'agit de danser avec *vous*. »

Là, je sombre carrément dans la mièvrerie, mais c'est un peu tard pour revenir sur mes paroles, d'autant qu'Ali semble apprécier cet effort d'amabilité.

Elle m'explique qu'elle va devoir porter un plâtre sur tout le corps pendant trois mois, puis un corset de toile avec des sangles aux épaules, pendant trois mois de plus.

« Et ensuite, si tout va bien, je pourrai à nouveau marcher. »

Je déteste cette expression — *si tout va bien*. Ce n'est ni une résolution, ni même une déclaration d'intention. C'est une prière, un genre de « si Dieu le veut », murmuré en croisant les doigts pour conjurer le mauvais sort, qui jusqu'à présent semble s'acharner sur Ali.

Je sors une bouteille de whisky d'un sac de papier et je l'agite devant ses yeux. Elle sourit. Puis, comme si je tirais un lapin de mon chapeau, je fais apparaître deux verres, et je lui verse un doigt de whisky allongé d'eau, que je vais prendre au robinet du lavabo.

« Je n'arrive pas encore à tenir un verre, dit-elle. Désolée… »

Ma main plonge à nouveau dans le sac magique dont je sors cette fois une jolie paille multicolore, entortillée de boucles et de spirales. Posant le verre sur son sternum, je lui glisse la paille dans la bouche. Elle prend une gorgée et parvient à déglutir. C'est la première fois que je la vois boire de l'alcool.

Nos yeux se croisent dans le miroir. « Un avocat du ministère est passé me voir, aujourd'hui, dit-elle. Ils m'offrent une prime de compensation, assortie d'une bonne pension d'invalidité, si je décide de démissionner.

— Qu'est-ce que vous leur avez répondu ?

— Que je voulais continuer.

— Ils craignent que vous les attaquiez en justice.

— Pourquoi ? Ce n'est la faute de personne. » Ses yeux plongent dans les miens et je me sens tout à la fois débordant de gratitude et indigne de son amitié.

« J'ai appris ce qui est arrivé à Gerry Brandt.

— Ouais. »

J'ai perçu un subtil changement en elle, une imperceptible rétraction, provoquée par cette seule phrase. Moi aussi, je l'ai ressenti, ce pincement. Et je prends la mesure des dégâts — toute cette douleur qu'elle a endurée, sans compter ce qui l'attend, dans les mois à venir.

Une mèche de ses cheveux noir de jais s'est échappée de sa barrette. Elle baisse les yeux, avec une moue de défi.

« Et vous avez retrouvé Kirsten. Nous devrions porter un toast à ce succès ! »

Elle aspire une gorgée et s'arrête, remarquant mon absence de réaction.

« Quoi ? Qu'est-ce qu'il y a ?

— Je regrette vraiment de vous avoir entraînée dans tout ça. C'était une folie. Une entreprise idiote. Je voulais croire… j'espérais que Mickey était encore en vie — et voilà le résultat ! Vous, clouée sur ce lit d'hôpital, des morts à la pelle, Rachel à nouveau écrasée de chagrin. Et demain, Howard va être rejugé. Tout est de ma faute. Je n'ai aucune excuse. »

Elle garde le silence. Dehors, la lumière a viré au rose. Les lampadaires s'allument en clignotant. Je me penche en avant, contemplant mon verre. Ali allonge la main et la pose sur mon épaule, pour l'empêcher de trembler.

« C'est une douleur affreuse, lui dis-je, dans un murmure. Pourquoi mettre une enfant au monde et lui donner sept ans à vivre, pour ensuite permettre qu'elle soit enlevée, violée, terrifiée, torturée ou allez savoir ce qu'elle a pu subir ?

— À cela, il n'existe aucune réponse.

— Dieu, je n'y crois pas. Pas plus qu'au paradis, à la réincarnation ou à la vie éternelle. Vous pourriez lui poser la question, pour moi ? Demandez-lui, à Dieu. Demandez-lui pourquoi. »

Elle me jette un regard triste. « Ça n'est pas comme ça que ça marche.

— Eh bien, demandez-lui ce qu'il en est, de son grand dessein universel. Pendant qu'il s'occupe de faire tourner tout ça, qui s'occupe des enfants perdus, comme Mickey ? Une petite fille, ça peut paraître négligeable en regard des millions d'enfants qui ont besoin d'être secourus. Mais il pourrait commencer par en sauver un, par-ci par-là. »

Je finis mon verre. Le whisky me brûle agréablement la gorge au passage. Je suis déjà un peu pompette, mais pas tout à fait assez.

Un taxi noir me ramène chez moi. Je retrouve mes clés et franchis le seuil d'un pas mal assuré, avant de me précipiter dans l'escalier, puis dans les toilettes où je me penche au-dessus de la cuvette pour vomir. Après quoi, je me passe de l'eau sur le cou et le visage, aspergeant généreusement mon col de chemise.

L'étranger qui me lorgne d'un regard mauvais dans le miroir est d'une effrayante pâleur. Dans ses yeux se reflète l'image de Mickey au sommet de l'escalator, de Daj derrière ses barbelés, de Luke gisant sous la glace.

C'est comme si je n'avais pas d'autres souvenirs. Des enfants morts, disparus, violentés. Des bébés noyés dans des baignoires, des marmots assommés, battus jusqu'au coma, des gosses envoyés aux chambres à gaz, kidnappés dans les cours d'école, étouffés sous des oreillers. Mais comment oserais-je en blâmer Dieu, moi qui n'ai même pas réussi à sauver une malheureuse gamine…

37

Juste en face du palais de justice, un livreur décharge un camion plein de mannequins. Les figures de résine synthétique, mâles ou femelles, chauves ou chevelues, restent emmêlées, figées dans une orgie de plastique. Le chauffeur les porte deux par deux, en équilibre sur ses épaules, les mains calées sur leur arrière-train pour les empêcher de tomber. Je le vois s'esclaffer sous les coups de klaxon goguenards des taxis. Des têtes émergent aux fenêtres des bureaux.

Je prends le temps d'observer la scène. Ça ne fait pas de mal de rigoler un peu…

Mais ma pause est de courte durée. Rachel lève les yeux vers moi tandis que je descends le couloir. Elle a le regard vague et le sourire incertain, comme si elle avait besoin d'un bon moment pour me reconnaître. La lumière qui tombe des hautes fenêtres, brisée et réfractée par d'innombrables petites vitres serties de plomb, se dissipe bien avant d'avoir atteint les profondeurs du grand hall de marbre.

Je la prends à part, dans une salle de conférences déserte. Je la fais asseoir et lui résume l'histoire, telle que me l'a racontée Kirsten, en tâchant de ne rien omettre. Quand je lui rapporte l'épisode de Mickey prenant le métro pour traverser Londres, tard dans la soirée, elle ferme les yeux, paupières serrées, s'efforçant de chasser cette image.

« Où est Kirsten, à présent ?

— Elle lutte contre la septicémie. Nous en saurons davantage dans quarante-huit heures. »

Le visage de Rachel reflète une sourde angoisse. Sa capacité à pardonner l'emporte de très loin sur la mienne. Je la vois déjà dire une prière pour son amie, ou faire brûler un cierge. Elle devrait pester contre elle — et contre moi, donc ! J'ai tout fait pour entretenir ses espoirs, et voilà le travail…

Au lieu de quoi, elle endosse le blâme. « C'est ma faute. Si je n'avais pas demandé à Aleksei de verser cette rançon, rien ne serait arrivé.

— Non. Dès le premier jour, il avait décidé ce qui est arrivé à Mickey. Rien à voir avec ce que vous avez fait ou pas fait. »

Sa voix n'est plus qu'un murmure. « J'aurais tant voulu qu'elle revienne…

— Je sais. »

Je consulte ma montre. C'est l'heure de l'audience. Rachel se concentre un instant, rassemblant ses énergies avant de quitter la salle.

Les couloirs et les zones réservées au public se sont déjà vidés. Le Corbeau gravit les marches du perron d'entrée. Eddie Barrett est venu se placer trois marches au-dessus de lui, ce qui les met au même niveau. Le Corbeau m'a l'air au sommet de sa forme, quant à Eddie, il rugit en gesticulant comme s'il voulait avaler tout l'air de Londres.

Rachel s'appuie sur mon bras pour garder l'équilibre. « Mais si Aleksei avait déjà payé une première rançon, pourquoi n'a-t-il rien dit ?

— Il voulait sans doute éviter que la police s'en mêle.

— Mais après coup, quand il a appris que Mickey n'était pas rentrée, il aurait tout de même pu en parler. »

À cela, je n'ai pas de réponse. Je soupçonne qu'il a tout simplement rechigné à reconnaître publiquement qu'il s'était fait avoir. Et il est certainement assez présomptueux pour avoir imaginé qu'il parviendrait à retrouver sa fille avant la police. Peut-être a-t-il su qu'elle avait presque réussi à revenir chez sa mère — à quatre-vingt-cinq marches près. Tout cela a dû le mettre hors de lui.

Lord Connelly se fait attendre, mais il finit par arriver, avec dix minutes de retard. Toute l'assistance se lève. Puis il s'installe, disposant avec soin son marteau de noyer, à sa droite, et son verre d'eau, à sa gauche.

Howard émerge du fond de la salle. Il tient une bible dont les pages sont marquées de rubans rouges. De sous ses paupières, qui semblent flétries, filtre un regard méfiant. Eddie Barrett lui serre la main et Howard lui répond d'un sourire las.

Fiona Hanley, avocat de la Couronne, a déjà bondi sur ses pieds.

« Je vais peut-être pouvoir accélérer quelque peu cette procédure, Votre Honneur. Au vu de certaines informations qui ont été mises au jour ce week-end, la Couronne ne s'oppose plus à la requête de la défense et consent à ce que ce dossier fasse l'objet d'un nouveau jugement, dans les meilleurs délais et à la convenance de la Cour. »

La salle a tressailli, dans un grand hoquet de surprise. L'atmosphère est comme envahie de sang et tous les yeux se tournent vers Howard. Je ne pense pas qu'il ait très bien compris. Barrett lui-même semble en rester baba.

« Je me retire dans mon cabinet », dit le juge avant de quitter l'estrade, comme un chevalier des croisades, drapé dans sa cape noire.

Nous attendons tous quatre dans l'antichambre de lord Connelly. Eddie Barrett et le Corbeau sont en plein conciliabule, dans un coin. Le Corbeau affiche un véritable sourire — ce qui lui vient difficilement, au naturel. Fiona Hanley s'enveloppe dans sa robe en évitant mon regard.

L'assistante de lord Connelly, une belle plante noire à la poitrine épanouie, arbore un sourire radieux, qu'elle réserve d'ordinaire à Son Honneur. Voilà quinze ans qu'ils collaborent et toutes sortes de rumeurs ont couru sur leur compte.

« Il va vous recevoir », dit-elle, l'index pointé sur la porte.

Eddie s'efface pour laisser passer Miss Hanley, s'inclinant légèrement sur son passage, le temps de nous montrer le sommet de son crâne déplumé.

Il n'y a que trois chaises devant le bureau du juge. Je vais donc me poster dos aux rayonnages qui tapissent le mur du fond. Lord Connelly a ôté sa perruque. Ses cheveux d'origine sont tout aussi blancs, mais coupés court et soigneusement dégagés au-dessus des oreilles. Sa voix a des inflexions exaltées, très *public school*.

« J'ai passé sept jours sur ce jugement, et vous me sortez ça, comme ça, au dernier moment ? » Son regard s'est arrêté sur Fiona.

« Toutes mes excuses, Votre Honneur. Ces informations ne me sont parvenues qu'hier dans la soirée.

— Et à qui devons-nous cette brillante idée ?

512

— Nous disposons à présent d'éléments totalement nouveaux.

— Qui jettent un doute sur la culpabilité de Mr Wavell ? »

Elle semble hésiter. « Disons que cela soulève quelques complications.

— J'espère que vous mesurez vos paroles et surtout, qu'elles sont bien le reflet de votre pensée ! »

Eddie ne se sent plus de joie. Le juge le fusille du regard. « Vous, Mr Barrett, je vous prierais de garder vos réflexions pour vous. J'ai suffisamment à faire pour vous supporter en salle d'audience. Ici, je ne vous passerai rien ! »

Le sourire d'Eddie s'évanouit illico.

Lord Connelly se lève et contourne son fauteuil pour venir s'appuyer des deux mains au dossier. Ses yeux s'arrêtent sur moi. « J'ai cru comprendre que je ne devais plus faire allusion à votre grade, inspecteur divisionnaire Ruiz — mais peut-être pourrez-vous m'éclairer sur ce qui est arrivé ?…

— La police a un nouveau témoin.

— Un témoin ou un suspect ?

— Les deux.

— Lors de la déclaration que vous avez faite devant moi, il y a plusieurs jours, vous émettiez l'hypothèse que Mickey Carlyle pourrait toujours être en vie. Êtes-vous toujours de cet avis ?

— Non, Votre Honneur. »

Une lueur triste brille dans son regard. « Ce témoin vous a donc amené à revoir votre version des faits ?

— Elle a avoué avoir participé au kidnapping de Mickey Carlyle, et avoir envoyé une demande de rançon. Elle attestera avoir relâché Mickey saine et sauve, au bout de trois jours.

— Et ensuite ?

— Nous pensons que la petite a réussi à regagner Dolphin Mansions. »

Le juge commence à comprendre où je veux en venir. Il grince des dents, comme s'il voulait se les limer. « Mais c'est absurde !

— Nous maintenons notre demande de libération sous caution, Votre Honneur, s'interpose Eddie.

— Vous, taisez-vous ! »

J'élève la voix, pour couvrir leur querelle. « Howard Wavell est un assassin d'enfant. Sa place est en prison.

— Foutaises ! marmonne Eddie. C'est un sacré tordu, peut-être — et certainement pas un Apollon ! Mais aux dernières nouvelles, le délit de sale gueule n'est toujours pas un crime… une chance, pour vous comme pour moi !

— Silence, vous deux ! s'exclame lord Connelly, qui semble prêt à nous dévorer à belles dents. Le prochain qui dit un mot, je le fais arrêter pour outrage à magistrat ! »

Puis il se tourne vers moi : « Inspecteur Ruiz, j'ose espérer que vous vous chargerez d'expliquer ce qui se passe à la famille de cette malheureuse fillette.

— Oui, Votre Honneur.

— Je vais accorder à la défense l'autorisation de faire appel, poursuit-il pour les autres. Et je vais m'assurer qu'ils auront amplement le temps d'examiner ce nouveau témoignage. Je tiens à assurer un terrain de discussion équitable. Vous pouvez présenter votre requête de libération sous caution, maître Raynor. Mais je vous rappelle que votre client a été reconnu coupable de meurtre et que cette présomption de culpabilité doit rester…

« — Votre Honneur, mon client est gravement malade. Il a besoin de soins qu'il ne peut recevoir en prison. Ces considérations humanitaires dépassent… »

Lord Connelly l'interrompt, l'index dressé : « Ce n'est ni le lieu, ni le moment. Vous présenterez votre requête à la Cour. »

Le reste de l'audience s'écoule dans un tourbillon d'escarmouches juridiques et de grogne larvée. L'autorisation d'appel est accordée. Lord Connelly demande que l'affaire soit rejugée, mais refuse de remettre Howard en liberté. Il ordonne toutefois son transfert dans un hôpital civil, sous bonne garde.

De l'autre côté de la porte du prétoire, c'est une véritable foire d'empoigne. Les journalistes s'égosillent dans leurs portables et jouent des coudes pour se rapprocher de Rachel, hurlant à la fois les questions et réponses, comme s'ils ne voulaient que sa confirmation.

Elle a noué ses bras autour de ma taille et se serre contre mon dos. J'ai l'impression de foncer dans une mêlée de rugby particulièrement houleuse, tandis que nous tentons de franchir les lignes de l'adversaire. Eddie Barrett, dont je n'attendais pourtant aucun secours, lève son attaché-case et nous ouvre un passage en le balançant à bout de bras, tel un guerrier scythe.

« C'est peut-être l'occasion de s'enfuir par le passage secret », nous crie-t-il, avec un geste en direction d'une porte où on lit : « Réservé aux officiels ».

Eddie a appris de longue date à utiliser toutes les ressources des sous-sols et des portes dérobées pour sortir des tribunaux. Il nous précède dans un dédale de couloirs et nous fait traverser des services administratifs ou des quartiers carcéraux, avant de nous faire sortir par une cour intérieure où des poubelles attendent d'être collectées et où l'on a tendu un grillage antipigeons.

Des grilles s'écartent automatiquement. Une ambulance les franchit et s'arrête devant Howard qui attend, assis sur les marches de pierre, la tête dans les mains, plongé dans la contemplation de ses chaussures fatiguées. Il est escorté de plusieurs policiers et gardiens de prison.

Inclinant la tête, Eddie arrondit ses mains autour de son briquet pour allumer une cigarette. Un nuage de fumée lui passe devant les yeux et se disperse avec son souffle. Il m'en offre une, et je ressens une soudaine bouffée de camaraderie. La solidarité des survivants, au soir de la bataille.

« Il l'a fait, et vous le savez.

— Ce n'est pas ce qu'il dit.

— Mais vous, qu'est-ce que vous en pensez ? »

Eddie pouffe de rire. « Si c'est une confession que vous voulez, regardez les émissions spécialisées, à la télé. »

Rachel se tient près de moi, les yeux fixés sur Howard. Les infirmiers ont ouvert la porte arrière de l'ambulance et sortent un brancard.

« Est-ce que je peux lui parler ? » demande-t-elle.

Eddie préférerait qu'elle s'en abstienne.

« Je vais juste lui demander comment il va. »

Eddie me regarde. Je hausse les épaules.

Rachel traverse la cour. Les policiers s'écartent, pour la laisser approcher du brancard. Je n'entends pas un mot de ce qu'ils se disent, mais je vois sa main s'avancer pour se poser sur l'épaule de Howard.

Le visage d'Eddie se lève vers le carré de ciel qui nous surplombe. « Qu'est-ce que vous essayez de faire, inspecteur ?

516

— De découvrir la vérité. »

Il incline la tête, l'air toujours buté, mais empreint d'un certain respect. « J'ai appris d'expérience que presque toutes les vérités n'étaient que des mensonges. » Ses traits se détendent et contre toute attente, son expression reflète une improbable douceur.

« Vous disiez que Mickey avait été libérée par ses ravisseurs… Quel jour était-ce ?

— Le mercredi soir. »

Il hoche la tête.

Je me souviens parfaitement de cette nuit. J'avais regardé Rachel à la télé. Elle était passée au journal télévisé du soir — ce qui explique qu'elle n'ait pu répondre, lorsque Mickey a appuyé sur le bouton de l'Interphone. J'étais resté travailler à mon bureau. Je lisais des dépositions, en tentant de remettre mentalement chaque chose dans son contexte. Je soulevais le toit de l'immeuble, je déplaçais les voisins dans leurs appartements respectifs, comme des figurines dans une maison de poupées : Mrs Swingler, Kirsten Fitzroy, Ray Murphy. Et Mickey dehors, près de l'Interphone, dressée sur la pointe des pieds pour atteindre la sonnette de son appartement… mais personne ne répond.

Là, il me manque une pièce. Plantant Eddie, je traverse la cour. Howard s'est déjà allongé sur le brancard que les infirmiers s'apprêtent à enfourner dans l'ambulance.

« Qu'est-ce que vous faisiez, le mercredi soir, Howard ? »

Il me jette un regard morne.

« Avant d'aller en prison, je veux dire. Que faisiez-vous le mercredi soir ? »

Il s'éclaircit la gorge. « J'allais à la chorale. En sept ans, je n'ai jamais manqué une répétition… »

Il se produit un battement, le temps pour l'information de filtrer jusqu'à ma conscience. Moins d'un battement, même — l'espace entre deux battements. Quel crétin !… J'ai tellement focalisé mes énergies sur la recherche de Kirsten que j'ai négligé les autres possibilités.

Je tourne les talons, sans même prendre congé de Howard ni de Rachel, et je me précipite dans la rue, où je hèle un taxi — le tout en hurlant des bribes de phrases sans suite dans mon portable. J'ai peine à me faire comprendre ; ce n'est pas un chaînon, qui me manque, ce sont des pans entiers. Mais j'en sais assez. Je sais ce qui s'est produit.

Ces traces de teinture, sur la serviette de Mickey, m'ont toujours turlupiné. Gerry Brandt ne lui avait pas teint les cheveux ; quant à Howard, pourquoi se serait-il préoccupé de ce genre de détail ?

« Ce que j'achète, je ne le paie pas deux fois ! » avait dit Aleksei. Et à présent, je comprends ce qu'il voulait dire. Il n'a pas organisé lui-même l'enlèvement de sa fille, mais, tout comme Kirsten et Ray Murphy, il y a vu une occasion à saisir. Il voulait récupérer sa fille, la seule chose vraiment belle qu'il ait faite de toute sa vie. Il a donc discrètement payé la rançon — pas de flics, pas de publicité. Et ce soir-là, quand Mickey est arrivée devant sa porte, c'était Aleksei qui l'attendait.

Puis il a enclenché son plan d'action, qui consistait à faire croire au reste du monde que sa fille était morte. Il a d'abord pensé qu'il suffirait de faire accuser les ravisseurs. Il a prélevé un peu de sang de Mickey et un peu de vomi, et a déposé la pièce à conviction qui devait faire croire à tout le monde qu'elle avait été tuée par ses ravisseurs. Malheureusement, il ignorait qui ils étaient… et il s'est alors produit une chose totalement imprévisible, un hasard — heureux ou malheureux, c'est selon. La police est tombée sur un suspect providentiel, avec une sexualité déficiente et n'ayant pas d'alibi pour le jour de la disparition. Howard Wavell. La coïncidence était presque trop belle.

Mais qu'est-il advenu de Mickey, pendant ce temps ? Il l'a fait disparaître, en lui faisant passer clandestinement la frontière. À bord de son yacht, selon toutes probabilités. Et pour cela, il a dû lui faire changer de nom et d'apparence physique…

Difficile de dire quelles étaient les intentions d'Aleksei, à long terme. Peut-être comptait-il la faire revenir en Angleterre sous une nouvelle identité, bien plus tard, quand suffisamment d'années auraient passé. Ou alors, il avait prévu de la rejoindre à l'étranger.

Et sans Gerry Brandt, le plan se serait déroulé sans la moindre faille. Brandt, cette tête brûlée, ce junkie en bout de course, qui s'imaginait pouvoir voler indéfiniment des pommes sous le même pommier. Ayant dilapidé sa part de la première rançon, il est revenu en Angleterre, décidé à récidiver. On n'avait pas retrouvé le corps de Mickey. Il avait gardé une mèche de cheveux et son bikini. Kirsten avait immédiatement compris que Brandt était de retour. Elle en avait parlé à Ray Murphy. Brandt et sa rapacité stupide étaient une menace pour eux trois.

Mais ce qu'ils ignoraient, c'était qu'il menaçait aussi le grand projet d'Aleksei. Pour le monde entier, Mickey était morte. Une seconde demande de rançon remettait tout en question. Et cela a dû jeter un sérieux doute dans l'esprit d'Aleksei — qu'est-ce que ces gens savaient, au juste ?

La seule solution, s'il tenait à garder son secret, était de les faire taire. Il payerait donc, mais suivrait la rançon et massacrerait tout le monde. Je lui ai fourni un alibi idéal : il me couvrirait, lors de la remise des diamants.

Tout cela me traverse l'esprit en trombe, presque trop vite pour que je puisse mettre un minimum d'ordre et de chronologie dans mes idées. Mais comme me le disait si bien la petite Sarah, la copine de Mickey, le premier matin de mon enquête à Dolphin Mansions : « Ce que je sais, je le sais. »

J'ai le Petit Bleu au bout du fil.

« Avez-vous retrouvé la piste d'Aleksei ?

— Son yacht est arrivé en Belgique, à Ostende, samedi matin, à onze heures.

— Qui se trouvait à bord ?

— Toujours rien là-dessus. »

Mon propre souffle me parvient, dans un halètement rauque. « Écoutez-moi bien ! Je sais que j'ai commis pas mal de bourdes, mais cette fois, je suis sûr de mon fait. Je tiens la vérité. Il faut retrouver Aleksei. Ne le laissez surtout pas s'évaporer dans la nature ! »

Je souffle un grand coup. Dave est toujours en ligne. Ali est désormais la seule chose qui nous relie, mais ça va peut-être suffire. « Vérifiez toutes les listes de passagers des ferries, des hovercrafts et de tous les trains Eurostar, au départ de Waterloo Station. Laissez tomber les compagnies aériennes : Aleksei ne prend jamais l'avion. Demandez des mandats pour perquisitionner dans sa maison, son bureau, ses voitures, ses coffres bancaires et les hangars de son bateau. Contrôlez ses relevés bancaires et téléphoniques des trois dernières années… »

Je sens qu'il commence à perdre patience, à l'autre bout du fil. Il n'a pas autorité pour faire la moitié de ces contrôles et ni Campbell ni Meldrum ne seront enclins à suivre mes directives.

Je me laisse aller contre la banquette du taxi, le regard perdu de l'autre côté de la vitre. Mais mes yeux ne voient rien. En fait, je tourne les pages de ma mémoire, encombrées de notes, de diagrammes, de schémas. Je fouille mentalement le fatras des faits, en quête d'un indice.

Pendant mes années d'apprentissage, un flic du nom de Donald Kinsella m'avait pris sous son aile. Il avait une grosse moustache broussailleuse et une queue-de-cheval — ce qui était la marque distinctive de la police, dans les années 70, jusqu'à ce que les Village People se l'approprient.

« Restons simples ! » me répétait Donald. C'était sa devise. « Ne fonce pas tête baissée dans la première théorie de conspiration qui passe. Écoute-les, soupèse les probabilités et range-les dans le même tiroir que les articles du *Socialist Worker*, ou les éditos du *Daily Telegraph*... »

Pour Donald, la vérité se situait toujours quelque part à mi-chemin. C'était un pragmatique. Le soir où la princesse de Galles a trouvé la mort à Paris, il m'a passé un coup de fil. Il avait déjà pris sa retraite, à l'époque.

« Dans trois mois, dans un an, tu vas voir débouler des ribambelles de bouquins sur cette affaire, m'a-t-il dit. On va accuser la CIA, le MI5, le Front de libération de la Palestine, la Mafia, Ben Laden ou un autre poisson du vivier, petit ou gros — on n'a que l'embarras du choix. On va découvrir des témoins secrets, des preuves jusque-là passées inaperçues, de mystérieux véhicules, des rapports volés, des traces de pneus ou de poison, des preuves de grossesse... Et je vais te dire — la seule chose que tu n'y trouveras pas, dans ces bouquins, c'est la solution la plus simple et la plus plausible. Parce que le public raffole des conspirations. Il boit ça comme du petit-lait et il en redemande. Il déteste l'idée qu'une de leurs idoles, une personne célèbre, une star qui les fait rêver, puisse mourir dans des circonstances ordinaires, prosaïques, aussi banales qu'un siphon d'évier. »

Ce dont Donald était convaincu, c'est qu'en dépit de la complexité de nos vies, nos morts sont en général très simples. Les assassins peuvent avoir l'esprit torturé, mais leurs crimes coulent de source. Les procureurs et les psys se penchent sur les mobiles. Moi, ce sont les faits qui m'intéressent, les « quoi », les « comment » et les « quand » — et non les « pourquoi ». Mais mon préféré restera toujours le « qui », le coupable. Le visage qui va venir s'encadrer dans mon cadre vide.

Eddie Barrett a tort. Toute vérité n'est pas mensongère. Je n'ai pas la naïveté de croire qu'elles sont toutes paroles d'Évangile, mais ce que je cherche, ce sont des faits, auxquels je puisse me cramponner, et que je puisse consigner dans un rapport. Des faits plus fiables que mes souvenirs.

Le chauffeur du taxi me jette un coup d'œil dans le rétroviseur. J'ai dû penser tout haut…

« C'est le deuxième symptôme précurseur de la folie, lui expliqué-je.

— Sans blague — et quel est le premier ?

— Massacrer des tas de gens, pour leur dévorer les parties. »

Il pouffe de rire, en me glissant un autre coup d'œil dans son rétroviseur.

38

Mickey Carlyle pourrait bien être encore vivante. Je le sais depuis maintenant trois heures. Le bateau d'Aleksei est arrivé à Ostende il y a deux jours, ce qui lui assure une avance confortable. Mais nous savons qu'il ne voyagera que par voie de terre. Peut-être est-il déjà arrivé — mais où ?

Les Pays-Bas ? Ça n'aurait rien d'impossible. Ils y ont déjà vécu, lui et Rachel. Mickey est née à Amsterdam. Mais je pencherais plutôt pour l'Europe de l'Est. Il doit avoir des contacts, là-bas. Et peut-être de la famille.

Dans le cabinet du professeur, une douzaine de bénévoles passent des coups de fil et consultent des écrans. Une fois de plus, ils ont répondu présent, au besoin en prenant des jours de congé. Cela commence même à ressembler à un véritable comité de crise, débordant d'enthousiasme et d'énergie.

Roger interroge la capitainerie du port d'Ostende. Le yacht d'Aleksei transportait six adultes à son bord, dont Aleksei lui-même, mais aucun enfant. Le bateau est à présent mouillé au Royal Yacht Club, la plus grande marina d'Ostende, au cœur de la ville. Nous avons la liste des hommes d'équipage. Margaret et Jean téléphonent à tous les hôtels du secteur. D'autres se chargent des boîtes de location de voitures, des agences de voyages ou des billetteries des compagnies de ferries et de chemin de fer. Hélas, les possibilités sont pratiquement infinies. Aleksei a très bien pu se volatiliser sans laisser de traces, et disparaître au fin fond de l'Europe.

Sans mandat et sans décision d'une cour de justice, nous ne pouvons accéder à ses comptes en banque, à ses boîtes postales, ni à ses relevés téléphoniques. Nous n'avons aucun moyen de retrouver trace d'éventuels versements qu'il aurait faits régulièrement, à destination du continent. D'ailleurs, je doute que la piste de l'argent puisse nous conduire à Mickey. Aleksei est trop fin stratège pour avoir négligé ce genre de détail. Sa fortune doit être dispersée aux quatre coins du monde, dans des paradis fiscaux internationaux tels que les îles Caïmans, Gibraltar ou les Bermudes. Une armée d'experts financiers pourrait éplucher le dossier pendant vingt ans sans pour autant parvenir à démêler cet embrouillamini de paperasses.

Je consulte ma montre. Chaque minute l'éloigne de nous.

Attrapant mon manteau, je fais signe à Joe. « Venez, on y va.

— Où ça ?

— Jeter un œil à la maison. »

Contrairement à une opinion répandue, le roi de l'industrie horticole n'a pas forcément le pouce vert, et ne dispose pas forcément de sa propre serre. Les jardins dont s'entoure la villa d'Aleksei n'ont rien de très exotiques. Ils sont plutôt du genre rustique, bien de chez nous, avec quelques beaux cèdres et un verger.

En arrivant, nous trouvons la grille électronique déjà ouverte. Nous remontons donc l'allée en faisant crisser les graviers sous nos pneus. Tout semble fermé. Les tourelles d'ardoise sombre s'élèvent droit vers le ciel, comme si elles tournaient délibérément le dos à la ville, pour regarder vers Hampstead Heath.

Je descends de voiture, tâchant d'enregistrer l'agencement du bâtiment, en comptant les différents étages.

« Nous ne faisons rien d'illégal, n'est-ce pas ? demande Joe.

— Pas pour l'instant.

— Je ne rigole pas.

— Moi non plus. »

À pas comptés, j'entreprends de faire le tour de la maison. Le système de sécurité est un vrai modèle du genre. Fenêtres munies de barreaux, murs extérieurs semés de projecteurs de sécurité et d'alarmes à détection de mouvement. Une grande étable convertie en garage abrite une douzaine de voitures, protégées par des bâches.

Derrière la maison, j'aperçois une colonne de fumée qui monte d'un incinérateur. Le jardinier, un vieil homme avec une opulente crinière blanche et la moustache assortie, lève les yeux à notre arrivée. Il porte une veste de tweed fatiguée et des bottillons en caoutchouc.

« Bonjour ! »

Il soulève sa casquette. « Bonjour, messieurs !

— Vous travaillez ici ?

— Oui, monsieur. Enfin… je travaillais.

— Où sont passés les habitants de la maison ?

— Tout le monde est parti. La maison est à vendre. Je viens juste m'occuper du jardin. »

À proximité s'alignent plusieurs gros cageots contenant des feuilles mortes et de l'herbe fraîchement coupée.

« Quel est votre nom ?

— Harold.

« — Connaissiez-vous bien le propriétaire, Mr Kuznet ?

— Oh… pour ça oui, monsieur. Très bien. Il me confiait l'entretien de ses voitures. Et il était très pointilleux sur les produits que j'utilisais — seulement de la cire, pour les carrosseries. Jamais aucun produit abrasif !

— C'était donc un bon patron ?

— Oh, meilleur que la plupart.

— Certaines personnes avaient pourtant peur de lui.

— Ça, je n'ai jamais compris pourquoi. Mais on peut pas empêcher les gens de causer, pas vrai ? Certains sont même allés raconter qu'il aurait tué son propre frère, qu'il aurait enterré des corps dans sa cave et allez savoir quoi. Mais je vous dis les choses comme elles sont : avec moi, il a toujours été correct.

— Vous rappelez-vous avoir vu une petite fille, dans le coin ? »

Harold se gratte le menton. « Ça, je ne pourrais pas vous dire. Mais sûr que la maison serait parfaite pour y élever des enfants. Regardez-moi ces jardins. C'est mes petits-enfants qui seraient heureux de venir jouer dans un endroit pareil ! »

S'éloignant de nous, Joe se promène autour de la maison, le regard levé vers le toit, comme s'il cherchait des nids de pigeon. Puis, il fait un écart sur le côté, manquant de se prendre les pieds dans un tuyau d'arrosage.

« Qu'est-ce qu'il a, votre ami ? Pourquoi qu'il tremble comme ça ?

— Parkinson. »

Harold hoche la tête. « Ah. J'ai eu un oncle qui avait ça… »

Il retourne à ses feuilles mortes, qu'il rassemble en un petit tas.

526

« Si vous veniez pour la maison, vous avez juste loupé la dame de l'agence. Elle était là, y a à peine une heure de ça. Pour faire visiter la maison à la police. D'ailleurs, en vous voyant arriver, j'ai cru que vous en étiez.

— Je n'en fais plus partie. Vous pensez que ça serait possible de jeter un œil à l'intérieur ?

— Je n'ai pas l'autorisation.

— Mais vous avez sûrement une clé ?

— Eh bien, disons que je sais où elle les cache… »

Sortant de ma poche un paquet de caramels, je l'ouvre et le tends au jardinier.

« Écoutez, Harold, nous sommes un peu pris de court, là. Une petite fille a disparu, voilà déjà pas mal de temps, et nous essayons de la retrouver. J'aurais vraiment besoin de regarder à l'intérieur. Personne n'en saura rien.

— Une petite fille, vous dites ?

— Oui. »

Il semble méditer là-dessus un moment, tout en mâchonnant son caramel. Puis, sa décision prise, il pose son râteau et part en direction de la maison. Après une petite pente, le terrain redevient plat comme une pelouse de croquet quelque peu marécageuse, en face du jardin d'hiver. Joe nous rattrape en tâchant de ne pas trop se mouiller les pieds. Une porte latérale s'ouvre sur un petit hall d'entrée dallé de pierre et équipé pour recevoir manteaux, bottes et parapluies. Une odeur de détergent et de produit de repassage flotte encore dans l'air. La lingerie ne doit pas être bien loin.

Harold ouvre la porte suivante, qui donne dans une grande cuisine avec un plan de travail central et des équipements d'acier dépoli. Elle communique par une arche avec la salle à manger, dont la table pourrait aisément accueillir douze convives.

Joe s'en va fureter dans son coin. Cette fois, il scrute les plinthes derrière les chaises et tout autour de la pièce. « Vous ne remarquez rien de bizarre dans cette maison ? me demande-t-il.

— Quoi, par exemple ?

— On ne voit aucune ligne téléphonique. Cette maison n'est pas raccordée au réseau.

— Elles ont peut-être été enterrées.

— Oui. C'est ce que je me suis d'abord dit. Mais il n'y a même pas de prise, sur les murs. »

Je me tourne vers Harold.

« Il y a un téléphone, dans la maison ? »

Il sourit. « Il a l'œil, votre copain. Le patron n'aimait pas les postes fixes. Je crois qu'il s'en méfiait un peu. Nous étions tous équipés de ces nouveaux machins, là… » Il glisse la main dans sa poche de veste et en sort un téléphone portable.

« Tout le personnel de la maison ?

— Oui. Le cuisinier, le chauffeur, les femmes de ménage, et même moi. Sans doute que je vais devoir le rendre, maintenant.

— Vous l'avez depuis longtemps ?

— Pas très, non. Et le patron nous faisait sans arrêt changer de numéro. Je n'ai jamais gardé le même plus d'un mois. »

Aleksei devait se méfier d'une éventuelle surveillance téléphonique. Sans doute avait-il loué des centaines de mobiles, qu'il avait distribués à ses employés, avec consigne de s'en servir à leur domicile comme à leur travail. Et il avait institué un système de rotation, en y incluant son propre numéro, ce qui rendait pratiquement impossible tout repérage de ses propres coups de fil, et empêchait quiconque de remonter jusqu'à lui à partir de tel ou tel numéro d'appel. La liste des numéros appelés devait ressembler aux résultats du loto pour les dix dernières années — le tout porté sur un compte unique.

Mon esprit s'accroche à cette idée comme si quelque chose me disait que c'est un point essentiel. Il paraît que les éléphants n'oublient jamais un point d'eau, fût-il situé à des centaines de kilomètres et même s'ils n'y sont pas passés depuis vingt ans. Je fonctionne un peu de cette manière, moi aussi. Ma mémoire refuse obstinément d'enregistrer certains détails comme les dates d'anniversaire ou les paroles des chansons, mais faites-moi lire quatre-vingts dépositions de témoins, et j'en retiendrai tous les détails, presque par cœur…

Et voilà ce qui me revient, à présent… Aleksei s'est fait voler un téléphone. Il m'en avait parlé, le jour où il m'a rencontré devant Wormwood Scrubs. Un modèle dernier cri — il raffole de ces nouveaux joujoux.

Je fais brusquement demi-tour et me rue sur la porte. Joe m'emboîte le pas et s'efforce de me suivre, tant bien que mal, le long de l'allée de gravier, pour pouvoir entendre ce que je dis au téléphone.

Dave a décroché à la première sonnerie, mais je ne lui laisse pas le temps d'en placer une.

« Aleksei s'est fait voler un téléphone, voici quelques mois. Il m'a dit qu'il avait porté plainte. On doit en avoir gardé trace, quelque part… »

Silence.

Dave est toujours en ligne. Je l'entends pianoter sur son clavier d'ordinateur. Les seuls autres bruits qui me parviennent sont les gargouillis de mon estomac et de tous mes autres fluides corporels.

Je me mets à arpenter l'allée de gravier blanc qui ceint la roseraie. Là-bas, tout au bout, au-delà d'une charmille, se dresse une colonne de grès, soutenant un cadran solaire. À sa base, sur une petite plaque, on peut lire cette inscription : « Les familles sont éternelles. »

Dave est de retour. « La plainte a été enregistrée le 28 août.

— OK. Écoutez-moi bien. Il faudrait vérifier tous les relevés des appels passés par ce numéro de portable, en recherchant particulièrement les appels internationaux à la date du 14 août. C'est essentiel.

— Pourquoi ? »

Dave n'a jamais eu d'enfants. Il ne comprend donc pas. « Parce qu'il y a une date qu'un père n'oublie jamais… »

39

La silhouette noire des ormes et des bouleaux se profile sur la crête des collines, comme sur un dessin au fusain. Quelques nuages blancs s'effilochent, sur un fond de ciel bleu. La Gallant noire cahote et ferraille dans les nids-de-poule du bitume, dérapant çà et là sur les plaques de verglas qui se forment dans les zones d'ombre.

Notre chauffeur se bagarre avec son volant, apparemment sans se soucier des profondes ravines qui bordent la route, des deux côtés. Deux Gallant noires nous suivent, identiques à la nôtre et tout aussi maculées de boue.

Une fine couche de glace recouvre la plaine marécageuse. Elle prend à partir des bords et progresse vers le centre des marais et des étangs. L'image d'une raffinerie où une torchère crache des flammes orange miroite sur la surface de l'eau huileuse.

Sur notre gauche, séparée de la route par un grand fossé, passe la voie ferrée. Des grappes de cabanes de bois, qui ressemblent davantage à de vagues tas de bûches qu'à des habitations dignes de ce nom, s'agglutinent le long de la voie. Des glaçons pendent aux gouttières. Des tas de neige sale s'accumulent contre les murs. Seuls les minces filets de fumée que crachent les cheminées, et les chiens étiques qui fouillent les poubelles, trahissent une présence humaine. La route carrossable s'achève abruptement, et nous plongeons dans une forêt monochrome, sur une piste slalomant entre les arbres. La boue du chemin a gardé des traces de pneus. Une seule série de traces — et cette route est le seul accès. La voiture d'Aleksei doit être quelque part devant nous.

Depuis notre arrivée à Moscou, Rachel n'a pratiquement pas desserré les dents. Elle est assise près de moi à l'arrière, les mains arc-boutées à la banquette, comme pour prévenir les cahots qui secouent la voiture.

Notre chauffeur a davantage l'allure d'un jeune officier de l'armée que d'un policier. Son menton et sa lèvre supérieure s'ombrent d'une barbe de deux jours et ses pommettes semblent avoir été taillées d'un coup de scalpel. Près de lui se tient le major Dimitri Menshikov, enquêteur chevronné de la police moscovite. Le major est venu nous chercher à l'aéroport Cheremetievo et pendant tout le trajet, nous a prodigué commentaires et explications, comme s'il s'agissait d'une excursion touristique.

Depuis vingt-quatre heures, nous avons remonté la piste d'Aleksei Kuznet dans toute l'Europe de l'Ouest puis de l'Est. Après avoir débarqué à Ostende, il y a passé la nuit et dès le lendemain a pris un train à Bruxelles, direction Berlin — où il est arrivé le dimanche. Là, il a pris une correspondance pour Varsovie. Il était en Pologne le lundi au petit matin.

C'est alors que nous avons failli perdre sa trace. S'il avait continué sa route en train, le plus court trajet pour Moscou passait par Brest, en Biélorussie, puis par Minsk. Mais selon les gardes qui avaient arrêté le train à la frontière, il n'était pas à bord. Peut-être avait-il acheté une voiture à Varsovie, mais les autorités russes imposent des délais de vingt-quatre, voire de quarante-huit heures, pour l'entrée des véhicules étrangers. Et Aleksei était pris de court par le temps. Il avait donc le choix entre sauter dans un autre train ou traverser la Lituanie et la Lettonie en bus.

Et là, c'est ce cher petit Dave qui nous a sortis d'affaire. Il a mis la main sur les relevés des communications passées depuis le fameux téléphone portable volé. Au cours du mois d'août, Aleksei avait passé des dizaines de coups de fil à l'étranger ; mais le 14, le jour de l'anniversaire de Mickey, il a parlé pendant une heure à un correspondant qui se trouvait dans une datcha au sud-ouest de Moscou.

Dimitri se retourne vers nous. « Qui peuvent être les gens qui vivent dans cette maison — vous avez une petite idée ? » Son anglais est teinté d'un fort accent américain.

« Rien de sûr.

— Avez-vous au moins la preuve que la fillette est bien en Russie ?

— Non.

— Ce n'est donc qu'une hypothèse… » Il adresse un signe de tête à Rachel, en guise d'excuse, et se retourne vers le pare-brise, la main levée vers son chapeau, tandis que nous rebondissons dans une ornière particulièrement traître. Les ombres tissent des espaces impénétrables entre les arbres.

« Et vous êtes sûre de pouvoir la reconnaître, s'il s'agit bien de votre fille ? »

Rachel hoche la tête.

« Au bout de trois ans et demi ! Les enfants ont la mémoire courte, vous savez. Peut-être est-elle heureuse, là où elle est. Vous feriez peut-être mieux de laisser les choses en l'état… »

La forêt s'interrompt un moment pour laisser place à une carrière parsemée de maisons préfabriquées, de carcasses rouillées et de poteaux électriques tendus de vieux câbles. Un vol de corbeaux décolle du sol dans un tourbillon sombre, comme un nuage de cendres au-dessus d'un feu.

Bientôt, la voiture replonge dans la forêt, croisant et recroisant les ornières de la piste — les arbres se remettent à défiler derrière les vitres, dans un grand flou. Nous passons un petit pont au-dessus d'un cours d'eau embourbé, avant d'arriver à une barrière restée ouverte que nous franchissons. Un lac apparaît sur notre gauche. De ses eaux sombres émerge un embarcadère de fortune qui s'affaisse d'un côté. J'aperçois des chambres à air, amarrées à l'un des piliers.

La neige de la nuit s'est déposée sur la couche de glace nouvellement formée, en une pellicule si transparente que l'on distingue en dessous l'eau sombre du lac, aussi épaisse et lourde que du sang. Un frisson me parcourt. J'imagine le visage violacé de Luke venant buter contre la glace…

La maison se dresse derrière un bosquet de frênes, au bout d'une allée de gravier. Les volets sont pour la plupart fermés. Les tables et les chaises du jardin ont été entassées les pieds en l'air sur une terrasse au milieu d'une roseraie.

L'allée s'achève dans une grande cour rectangulaire. Une Mercedes gris métallisé, couverte de boue, est garée près de l'entrée d'une grange. Près de la portière conducteur, restée ouverte, je reconnais Aleksei. Il est assis à même le sol, adossé à la roue avant. Un fin crachin s'est remis à tomber. L'eau s'accumule sur les épaules de son imper. Des gouttelettes argentées restent prises dans ses cheveux. Son visage est uniformément blême, à part ce gros trou noir qu'il a au milieu du front. Ses traits reflètent une expression de surprise, comme s'il avait dérapé sur une plaque de verglas et qu'il achevait de rassembler ses énergies, avant de se remettre sur pied.

Les trois Gallant noires s'arrêtent dans la cour. Les portières s'ouvrent. Des canons émergent des capots…

Un homme sort de la maison, serrant un fusil au creux de son bras. Il a quelques années de moins qu'Aleksei, mais ils ont le même nez et le même front haut. L'ourlet de son pantalon est glissé dans ses bottillons à lacets. Il porte un couteau de chasse à la ceinture, dans un fourreau.

Je sors de derrière la voiture pour m'avancer vers lui. Il lève son fusil et l'appuie sur son épaule, comme un petit soldat.

« Salut, Sacha. »

Il hoche la tête sans mot dire. Comme son regard se pose sur Aleksei, ses paupières s'abaissent, trahissant un instant de remords.

« Tout le monde te croyait mort.

— L'ancien Sacha *est* mort. Vous ne le trouverez nulle part ici. »

Son accent n'a pratiquement plus rien d'anglais. Contrairement à son frère aîné, Sacha n'a jamais voulu rompre avec ses racines russes.

Rachel met pied à terre, sans quitter des yeux le corps d'Aleksei, comme si elle s'attendait à le voir se relever, en essuyant la traînée de sang qui a ruisselé sur son front.

Le vent fraîchit. Graduellement, la pluie fait place à de la neige fondue.

« Tu peux me dire ce qui s'est passé, Sacha ? »

Ses yeux restent rivés à ses chaussures. « Tout ça est allé beaucoup trop loin. Il n'aurait jamais dû revenir. Il l'a déjà arrachée à son premier foyer et il voulait nous la reprendre. Trop, c'est trop… »

Une femme apparaît dans l'embrasure de la porte, derrière lui, avec une fillette qui se tient tout contre elle.

« Ma femme, Elena… »

Son bras reste passé autour des épaules de la fillette qu'elle maintient légèrement tournée, pour l'empêcher de voir le corps d'Aleksei.

« Nous nous sommes bien occupés d'elle. Elle n'a jamais manqué de rien. » Il cherche ses mots. « Elle était comme notre fille. »

Rachel a porté ses deux mains à sa bouche, comme pour empêcher son souffle de s'échapper. Elle s'élance en avant, me dépasse, franchit la distance qui les sépare.

Mickey porte un pantalon et une veste d'équitation. Ses cheveux, ainsi que ceux d'Elena, sont réunis en une grosse tresse, reposant sur son épaule.

Arrivée près d'elle, Rachel s'agenouille. Le bout de ses bottes ne déplace qu'à peine les graviers, pris dans la glace.

Mickey dit quelque chose à Sacha, en russe.

« Maintenant, on va parler anglais, lui répond Sacha. Tu vas devoir rentrer chez toi.

— Mais c'est ici, chez moi ! »

Il lui sourit avec douceur. « Plus maintenant. Souviens-toi… tu es anglaise.

536

— Non ! » Elle secoue la tête avec colère, étouffant un début de sanglot.

« Écoute-moi un peu. » Sacha pose son fusil contre le mur de la maison, et s'accroupit près d'elle. « Ne pleure pas. Je t'ai appris à être forte. Tu te souviens, l'an dernier, quand on est allés pêcher dans la glace ? Tu te souviens comme il faisait froid ? Et tu ne t'es jamais plainte — *niet* ! »

Elle jette ses bras autour du cou de son oncle, éclatant en larmes.

Rachel a observé la scène avec une impatience mêlée d'espoir. Elle prend une profonde inspiration. « Tu m'as terriblement manqué, Mickey. »

La fillette relève la tête en écrasant une larme qui a coulé sur sa joue.

« Je t'ai longtemps attendue. Je suis restée dans notre appartement, en espérant qu'on te retrouverait. J'ai gardé ta chambre et tous tes jouets.

— Et moi, j'ai appris à monter à cheval, annonce Mickey.

— Vraiment ?

— Et même à faire du patin à glace — et je n'ai plus peur du tout, quand je vais dehors.

— Je vois ça. Tu as tellement grandi… Je parie que tu pourrais ouvrir le placard de la cuisine, celui qui est tout en haut, près de la fenêtre…

— Celui où tu mets les bonbons ?

— Tu n'as pas oublié ! » Les yeux de Rachel étincellent. Elle lui tend la main. Mickey hésite une seconde, puis se décide à tendre la sienne.

Rachel l'attire à elle et enfouit son nez dans ses cheveux.

« Tout va bien, maintenant, dit la petite. Pas la peine de pleurer !

— Je sais. »

Rachel lève les yeux vers moi, puis vers Sacha qui se tape sur la poitrine pour s'éclaircir la gorge. Les jeunes policiers se sont attroupés autour du corps d'Aleksei, admirant le tissu de sa chemise sur mesure, tâtant le cachemire de son pardessus. Dimitri a défait la boucle de sa montre-bracelet et la compare à la sienne.

Entre-temps, la neige s'est mise à tomber plus dru. Le vent la soulève en grands tourbillons, transformant tous les gris en noir ou en blanc.

Un autre pays. Une autre mère, un autre enfant.

Daj est dans son fauteuil roulant, à mes côtés, supportant vaillamment un de ces longs silences qui mettraient n'importe qui d'autre mal à l'aise. Elle a les épaules enveloppées dans un châle blanc qu'elle ramène sur sa poitrine de ses longues mains noueuses. Elle reste figée, les yeux fixés de l'autre côté de la vitre, comme un vieil oiseau de proie.

Derrière nous, l'atelier d'arrangement floral a pris d'assaut les tables du salon. Une volée de têtes grises déplumées et de permanentes bleutées chantonnent, roucoulent ou jacassent entre elles, tout en triant des feuillages et des fleurs de diverses couleurs.

Je fais admirer à Daj la première page d'un journal. La photo représente Rachel et Mickey qui s'embrassent sous l'œil des caméras, à leur arrivée à Heathrow. On peut m'apercevoir en arrière-plan, près du chariot à bagages. Sur la valise du dessus trône une de ces poupées gigognes multicolores, peintes à la main.

Joe est sur la photo, lui aussi. Ainsi qu'Ali, qui s'appuie sur son épaule pour garder l'équilibre. De l'autre main, elle tient une pancarte proclamant : « Bienvenue, Mickey ! »

« Tu t'en rappelles, de cette petite, Daj ? Celle qui avait été portée disparue voilà trois ans, et qu'on n'avait jamais retrouvée. Eh bien à présent, c'est fait. J'ai réussi à la ramener chez elle. »

L'espace de quelques secondes, elle me couve d'un regard débordant d'orgueil et glisse ses doigts osseux entre les miens. Mais en fait, elle est complètement ailleurs. Son esprit est sur une tout autre longueur d'onde :

« Surtout, vérifie que Luke a bien mis son écharpe, avant de sortir.

— OK.

— Et s'il fait du vélo, dis-lui de mettre son pantalon dans ses chaussettes. Qu'il n'aille pas me fiche de la graisse dessus… »

Je hoche la tête. Elle me lâche la main pour brosser une invisible miette sur ses genoux.

Je viendrai la voir plus souvent, désormais. Plus seulement le week-end, mais aussi le soir, en semaine. Et tant pis si, la plupart du temps, elle ne se souvient même plus de ma présence. Elle se creuse les méninges pour rassembler ses souvenirs, mais c'est parfois au-dessus de ses forces, qui vont s'amenuisant.

Villawood Lodge est un établissement coûteux. Le plus clair de mes économies y sont passées. L'idée m'a effleuré de garder quelques diamants, voire d'en offrir une pincée à Ali, pour prix de ses épreuves. Mais jamais elle ne les aurait acceptés, et pour cause !… Ils ont trempé dans le sang.

C'est Harold, le jardinier d'Aleksei à Hampstead, qui les a retrouvés. Il a empoché sa récompense sans se faire prier. Sa photo a paru dans les journaux. On l'y voit penché sur un cadran solaire, le doigt pointé vers la cachette où il avait déniché les quatre sacs de velours noir.

Daj tourne la tête, l'oreille aux aguets. Quelqu'un joue du piano au salon. Dehors, la classe de gym trottine à petites foulées dans le jardin. Les bras se balancent, les arrière-trains se tortillent. La prof lève les genoux en cadence, en regardant par-dessus son épaule pour s'assurer que tout le monde suit.

« Je peux les voir, les enfants perdus, murmure Daj. Moi, je les vois — toi tu les retrouves.

— Je ne peux pas les retrouver tous.

— Tu n'as même pas essayé. »

C'est bien moi qu'elle regarde, à présent. Elle me reconnaît. Je voudrais me cramponner à cet instant qui ne peut être qu'éphémère. Au premier courant d'air, son esprit s'envolera et se dispersera, comme des graines de pissenlit au vent.

Je n'ai jamais cru au destin, ni au karma. Je ne crois pas que tout ce qui arrive soit écrit d'avance ou pré-déterminé — ni que les coups du sort, veine ou mal-chance, s'équilibrent d'eux-mêmes, à l'échelle d'une vie. L'ordre qui est à l'œuvre dans le monde a de quoi vous couper le souffle. Le lever et le coucher du soleil, le cycle des saisons, le mouvement des étoiles — toute cette mécanique céleste, sans laquelle le cosmos nous tomberait sur la tête. La société a ses lois, elle aussi. Et mon boulot consiste à les préserver. Ça ne vole peut-être pas bien haut, comme philosophie, mais jusqu'ici, je m'en suis contenté.

Ma vie est pleine d'enfants perdus. Il serait vain d'espérer les ramener tous sains et saufs — mais je ne renoncerai pas sans avoir essayé.

Déposant un baiser sur le front de ma mère, je récu-père mon pardessus, avant de prendre le couloir qui mène au grand hall de l'établissement. J'y trouverai un téléphone à cartes.

Le combiné coincé entre le cou et l'épaule, je compose le numéro de ma fille et j'attends la sonnerie. Je connais par cœur le numéro de Claire et de Michael — il y a des choses qui ne s'oublient pas.